KUWEI
酷威文化
图书 影视

宁愿

藤萝为枝 著

上册

江苏凤凰文艺出版社
JIANGSU PHOENIX LITERATURE AND ART PUBLISHING

目录
CONTENTS

第一卷 杏花村

Xing hua cun

第二卷 暗巷（上）

AnXiang(Shang)

杏花村

第一卷

DI YI JUAN

第一章

大小姐

她被绑架了。

月光透过仓库缝隙照进来，有人推开门，用粗哑的声音说：“去看看她醒没醒。”

话音刚落，一个男人抓起她的头发，疼得纪黛宁闷哼一声。

“老大，醒了。”

纪黛宁不得不睁开眼睛，她的嘴被贴上胶带，没法说话。被称作老大的男人阴森森地看她半晌，说：“纪大小姐，对不住，有人要你命，黄泉路上，你别找我们。”

黛宁呜呜挣扎。

一个男人搓着手，嘿嘿笑道：“老规矩，反正她都要死了。老大，可不可以让我们……”

老大挥挥手：“动作快点，别节外生枝。”

几个男人围过来，黛宁挣脱不开，惊恐地瞪大了眼。

“可惜脸被毁了，听说纪大小姐曾经是个难得的美人。”

“这妞儿到底是得罪了多少人？那几位同时吩咐我们把她解决了。”

黛宁瞳孔紧缩。

“少废话，小心你小子狗命。啧，这妞儿皮肤可真白。”

黛宁已经绝望了，她眼中迸发出浓烈的恨意。

不管是谁，在经历了被未婚夫、小叔叔、亲弟弟讨厌以后，还毁了容被绑架，面临如今这种死局，都会心如死灰。

被硫酸毁掉的脸看上去有几分狰狞，但这位大小姐金尊玉贵，又有一副好身材，他们很难不动心。

黛宁瞳孔灰败。

下一刻，这些人突然不动了，一个声音在黛宁脑海里催促：“愣着做什么，跑啊！”

黛宁这才发现她的手腕被松开，嘴上的胶带也没了，她站起来，狠狠地踹了身前被定住不动的男人一脚，跑出仓库。

月光惨白，这里是郊外，路两旁树影婆娑，黛宁没什么力气，她咬紧牙关，跌跌撞撞地往前跑。

有人反应过来，喊道：“那女人跑了！”

“还不快追！”

黛宁好不容易跑到大路，一辆疾驰的车将她撞飞出去，黛宁最后看见的是一阵耀眼的白光，身上碎裂似的痛。

大路安静，女孩破败的身体悄无声息地躺在路上。

有人下车，低声问：“死了吗？”

“是的。”

“走吧，结束了。”

“我穿行三界，从未见过气运像你这么糟糕的人。”

白色空间内，一个少女蜷缩在光晕里，抱紧自己，闻言没有吭声。

“你想报仇吗？你得知道，要不是我，你现在已经被那群禽兽糟蹋死了。”

那个声音絮絮叨叨地诱惑她，黛宁依旧不说话。她记得自己是怎么死的，事情发生得很突然，她至今都觉得不真实，只有那种痛，让人记忆清晰。

再睁开眼，黛宁就到了这个不知名空间，一个小青团子在她身边长吁短叹。

“太倒霉了，太惨了，负气运的人，我第一次见，救都救不回来。你说说话，你到底想不想报仇？”

黛宁盖住眼睛：“不想。”

空中那团青色一噎：“你这个人怎么回事啊？”

所有人都想逆袭人生，这个人类女孩的灵魂明明变成了黑色，可她竟然不想报仇。

青团恨铁不成钢：“你本来是纪家大小姐，有钱有颜，可是最后人人厌恶你，你经历了毁容、绑架，差点被玷污，最后死在车祸中！你知道你为什么会落得这般境地吗？”

黛宁也不明白事情为什么会这样，明明几年前，她还千娇万宠，可是转眼，人生就变得这样糟糕，是从什么时候开始的呢？

对了，是从她那个身为私生女的妹妹纪恬来到自己家以后。

自己处处针对纪恬，可弟弟喜欢纪恬，她未婚夫喜欢纪恬，连冷冰冰的小叔叔也喜爱纪恬，到了最后，连爷爷都觉得自己无理取闹。

“因为你的世界本来就是一本男频书，书中有三个男主角，他们都通过不同方式走上了巅峰。书里没有女主角，你是炮灰女配，你那个妹妹纪恬在书里渐渐有了女主角气运，她一来收服了你叛逆的双胞胎弟弟，你弟弟从此成为她忠犬，你阴鸷的未婚夫喜爱她，你小叔叔为她要死要活。”

青团子飞到她的脸颊上：“你身边的男人，个个是天之骄子，因为他们的爱，女主角吸收了他们的气运，顺风顺水，在你那个世界呼风唤雨。男人们为博她一笑，一掷千金，你死了却没人记得你。”

女孩纯黑色的灵魂发出幽暗的光芒，青团子咽了口唾沫。

它再接再厉：“黛宁，你不想把原本属于你的东西抢回来吗？”

女孩沉默许久，低声笑起来，笑声中带着几分刻毒，却偏偏清脆悦耳，极为动听：“纪恬抢了他们的气运，他们失去气运，就不会有好下场。我不会回去，你别说了。”

青团急得不行。

“那不一定，纪恬每个人只夺一点点，他们照样能好好的。再说了，你不管你弟弟吗？”

“我不要他了。”

黛宁捂住眼睛，遮盖眼中情绪，她的灵魂没有伤疤，也不疼，这样挺好的。

过去一年像是噩梦一般，所有人都喜欢把她和纪恬对比：大小姐张扬跋扈，二小姐温柔体贴；大小姐心肠歹毒，二小姐可爱善良。连同胞弟弟都只认纪恬是他妹妹，不认她这个胞姐，她做什么都是错，她伤了纪恬一根头发，就有人毁了她的脸。

短短一年，她什么都没了。

一切的一切，原来就因为在这个男频文里，人家变成了女主角，而自己只是个炮灰女配。

青团无计可施，最后叹息开口。

“原剧情里，你死了以后，你爷爷不愿意接受这个事实，他追寻真相，最后死在医院里，死因是脑出血。”

女孩呼吸一滞。

青团看见她墨黑的灵魂里，有一抹白色浅浅亮起。

她的表情终于生动起来，沙哑着嗓子问：“谁做的？”黛宁不相信这是巧合。

青团不告诉她，只问道：“你愿意回去逆袭了吗？”

黛宁坐起来，抿住唇：“把我送回去。”

青团欣喜地同意，欢快地游荡在她的周围：“与我签订合约，我用所有的力量送你回去改写剧情，逆袭完成以后，我要你的灵魂。”

黛宁就知道没有天上掉馅饼的好事，她心中生气，原来幸运 E（形容运气极差）女配，连遇上的“金手指”都对她有所图。

人家的“金手指”是“金手指”，她遇见的却是毒瘤。

黛宁说：“可以。”

“毒瘤”青团讲：“那我们开始啦。”

一张合约飘在黛宁面前，黛宁看它一眼，签了字。

青团欢天喜地收了合约。

“走走走，我们现在就走。你要记得，我们回去，要遵循天地法则，你妹妹穿书过来，已经身负微弱的女主角气运，你不能杀了任何剧情关键人物，否则会被抹杀，但你可以消磨她的气运。”

让原本爱她的男主角们全部爱上你。这个后来的女主角，自然会因为失去气运供养而消弭。

青团抱着黑色的灵魂穿行，时空罡风把它的小身板吹得摇摇晃晃，它不解地想，为什么一个坏女配，不愿因报仇回去，反而愿意为一位行将就木的老人奉献出灵魂，对抗大气运男主角和女主角，重新走一次糟糕的人生呢？

“宁宁，依爷爷说，你没必要去那么偏远的地方散心，你想玩，让小张他们带你出海，或者去北国看雪。”

老人急得跺拐杖，期望小孙女回心转意。

埋头收拾行李的黛宁抬起头，露出一张粉雕玉琢的小脸。

“爷爷，没事的，你要是不放心，多派几个人保护我，我每天都给你打电话好不好？”

十七岁的少女声音又软又甜，老爷子本就最疼爱她，她抱住老爷子的胳膊撒娇，就算是一块石头，也软了心肠。

前几天她才失去父母，老爷子生怕她情绪不好，见她无恙，情绪稳定，也不忍拒绝她的请求。

“那你答应爷爷，尽快回来，有事要马上说。这几天恰好高温，你过两天再走。”

少女点头应了。

青团在她脑海里跳脚：“你有没有搞错？女主角已经来到了这个世界，在气运之子身边待了好几天了，你再不走，要等对方爱上她吗？”

黛宁说：“不急，我要准备些东西。”

青团带她回到了六年前，书中，这个时候纪黛宁的父母刚死，叛逆期的黛宁和弟弟大吵了一架。按理这时候她和桀骜的弟弟搞好关系最重要，可是一来黛宁对纪墨珏最为心寒，短时间不想见他，二来女主角第一个接触的人是赵屿，估计已经开始攻略赵屿。

黛宁掐指一算，赵屿这一年充其量也就十八岁，六年后他心如磐石、歹毒狠辣，独独对女主角心软，显然是这段时间的攻略起了效果。

黛宁说不急就是不急，她打量着镜子里的非主流少女，突然有几分理解为什么大家都不太喜欢她——她曾经的审美的确不太好。

女孩一头黄发，戴着硕大的圆耳环，妆容夸张庸俗，裤子还是破洞牛仔裤。

在青团的催促声中，她慢悠悠地做了一个美容，她皮肤底子很好，白皙如牛奶，黛宁想了想，把黄色的头发也染回了深褐色，又让人把一头直发弄回了原来的模样。她的头发是天然鬈，自然垂下来，像是漂亮的水藻，黛宁用蓝色蝴蝶结丝带捆在发间做装饰，然后把破洞牛仔裤都扔了，换上漂亮的天蓝色裙子。

黛宁懒懒地眨巴着一双漂亮的猫眼，冲用人们挥挥手：“钱叔，和我去买东西。”

用人们看着黛宁，纷纷呆滞。

眼前的女孩桃腮粉红，柔嫩得想让人掐一掐，偏她还打扮得青春有活力，委实可爱漂亮，不论她性格如何，这张脸确实像被天使吻过。

而这竟然是那个非主流大小姐？！太、太可爱了吧！

经过一番折腾，青团倒吸一口凉气。

这个世界是男频文，女孩子们就是男人功成名就后的嘉奖，没有丑女人。但是好看成这样的纪黛宁……真是，犯规啊！

青团现在一点儿都不急了，看着黛宁指挥人疯狂囤积可口的食物和体面衣服。

“对，赵屿家现在特别穷，多买一点，让他吃饱穿暖。”

黛宁笑而不语。

她没告诉青团，她不打算攻略赵屿，她特别厌恶那个外表沉稳阴鸷的男人。

谁说消磨女主角气运就非要让男主角爱上自己？让男主角讨厌女主角不就行了吗？

过了几天，黛宁准备出发。

她让两辆载着物资的大卡车先行，自己和爷爷告别。

纪老爷子摸摸孙女儿柔软的鬈发，很是舍不得：“这就对了，我们家宁宁这么好看，别学那些坏学生，这样很可爱。”

小女娃幼时，简直萌死人不偿命，对比起干瘦的同胞弟弟纪墨珏，好看得不得了，以至于这么多年，老爷子依旧对黛宁最好。

黛宁心中有几分酸涩，她想多陪陪爷爷，不管剧情多强大，爷爷都是唯一没有讨厌和放弃自己的人，可时间不等人，要摆脱爷爷惨死的命运，她不得不离开。

黛宁挥挥手，嗓音甜蜜：“我很快就回来啦！”

老爷子站在门口，看孙女的车远去。

黛宁坐在车里嚼泡泡糖，开车的钱叔突然说：“大小姐，您的好朋友在招手。”

时间过了太久，黛宁想了好一会儿，才想起来“好朋友”是谁。

她十七岁的时候，的确有个好朋友，一个小康家庭的女孩子，微胖但嘴甜，叫作陈小莉，黛宁对别人不好，对陈小莉却是没话说。

可这人实打实是个白眼狼，几年后到处诋毁自己的名声，说自己多么刻薄歹毒，好像还和女主角成了好朋友，也不知道下场如何。

黛宁眼中闪过一丝玩味。

“停车吧。”她想看看陈小莉要做什么。

车子已经开出了一小段，陈小莉见黛宁没有下车的意思，只好自己气喘吁吁地追上来。

她拉开车门，和以往一样抱怨道：“黛宁，不是约好昨天一起看……”

话音未落，陈小莉僵住了，不可思议地看着眼前的女孩。

面前洋娃娃一般精致漂亮的女孩弯起眼睛：“看什么？”

陈小莉心乱如麻，不敢相信这是纪黛宁！她、她怎么变得这么漂亮！她压下酸溜溜的心思，更加不满：“看展览会啊！”

原本黛宁约好和她看展览会，结果黛宁没去，平时这些活动都是纪家大小姐付钱，纪黛宁不去，陈小莉舍不得钱，自然也没去。

纪黛宁支着下巴：“哦，忘了。”

陈小莉下意识地想发火，可是看着眼前这双透亮的眼睛，她什么话也说不出来。她有种预感，仿佛翻了脸，自己和纪黛宁的“友谊”也就完蛋了。

“你要去哪里？”

黛宁瞅着她，觉得挺有趣儿，道：“杏花村度假。”

陈小莉心思一动，尽管不知道杏花村是什么地方，但是大小姐去的地方，怎么都是好地方。她眼珠子一转：“我知道你最近心情不好，我陪你去吧，还可以照顾你。”

黛宁差点儿笑了：“你要来照顾我？”

有了后几年的经历，她发现陈小莉浅薄的心思根本不够看，什么都写在脸上。

“是啊。”

黛宁说：“好呀，可是你爸妈不会担心吗？”

陈小莉：“我打个电话回去。”

黛宁也不阻止，她看着陈小莉兴冲冲地爬上车的模样。陈父陈母也爱贪便宜，陈小莉前前后后从黛宁身上得了几十万好处，他们巴不得女儿和大小姐交好，还夸陈小莉聪明。

黛宁憋住笑："出发吧。"

车子开了一天半，途中找宾馆休息了一晚，随着地区越来越偏，几人换乘三轮继续前行，陈小莉终于觉出了不对劲。

"我们到底是要去哪里？"

黛宁摸出一包瓜子嗑，她这个人小气，只分给了钱叔小张他们，却没分给陈小莉："杏花村啊。"

陈小莉坐立不安，但是极力忍住了，她安慰自己，大小姐不可能自找苦吃，一定有个世外桃源等着她们。

直到下午，一场雨突如其来，地上湿滑泥泞，而她们要进山了。

陈小莉有点儿怕，可来都来了，总不能什么好处都得不到就回去吧！

几个人坐在三轮上，只有黛宁有软垫。

钱叔率先下车："大小姐等等，我马上回来。"

黛宁哼着歌儿，心情不错，小腿凌空晃晃，雨水落在她嫩生生的小腿上。

年轻小伙子小张说："大小姐别这样，会着凉。"

黛宁应了一声，摸摸小张的头，把腿拿回来，小张的脸一下子变得通红。

陈小莉很焦虑，四处看着，可是这地方怎么看怎么像是那种偏僻的大山，她摸出手机一看，连信号都没有！

"我们要进山？"

"是啊。"

陈小莉怀疑得很，这地方怎么进去？走路都打滑！

没一会儿，钱叔回来了，还找来了两个提前等候的山里人，他们抬着一把做工精致的小椅子，顶上有篷，可遮阳可挡雨。

"大小姐坐。"

陈小莉眼睁睁地看着黛宁坐上椅子，忍不住问道："我呢？"

黛宁扑哧一笑，她长得甜，嗓音也脆如铃："你走路啊。"

钱叔说："抱歉，我们只准备了大小姐的，陈小姐也可以选择回去。"

说实话，钱叔一直不喜欢陈小莉，这个女孩年纪轻轻，心思倒是不少，大小姐看着跋扈，但在陈小莉面前没少吃亏。

小张叫张永丰，为人老实忠厚，肌肉鼓鼓。

他跳下来，拎起了大小姐的备用鞋子，也没觉得让陈小莉走路有什么不对，他也走路呢，再说了，只有大小姐这样漂亮娇滴滴的人才是一看就走不得路的。

陈小莉委屈得不得了，咬咬牙，跟在他们身后。

走了一个多小时，陈小莉裤子上全是泥点子。她后悔极了，很想回去，可是一看来时的路，峭壁嶙峋，山路百转千回，她十分绝望，只能继续咬牙前行。

反观小椅子上的纪黛宁，吃着零食，张永丰还时不时讲话逗她开心，她高兴了就往张永丰嘴里塞一颗奶糖。在陈小莉眼中明明是逗狗一样的情形，偏张永丰浑然不觉，耳根一直红着。

陈小莉绝望地看着前面望不到尽头的路。

这哪里是什么世外桃源，简直穷山恶水，原来还有这么穷这么糟糕的地方？

书中的杏花村的确糟糕又落后，糟糕到什么地步呢？根本没有外村的女孩愿意嫁过来，因此，村里谁家适龄的闺女，和另一家适龄的儿子结合，就是延续后代的唯一路径。

村里人世代种地，但因为地势偏僻，连六十多年前的乡下都比不上。

作为一本男频书，或许是为了满足逆袭升级的爽感设定，这样落后的地方，又几乎与世隔绝，完全靠未来的男主角拯救。

直到几天前，村里来了好几个穿着衬衫的男人，他们的衣服那么白、那么整洁，抬了无数个密封箱子进村长家，商量了些什么。

村里人探头探脑，猜测有大事即将发生。

正值农忙时节，可村长一家连水稻都不再收割，反而跑去收拾新盖的平房，那些漂亮的箱子全部被抬进了平房里。

村长家是第一个盖平房的，其他人家都是瓦房，这平房还没来得及住，现在似乎就要让出去了。

村民好奇极了，逮住村长家二姑娘就问：“二妞，你爹干啥呢？你家房子那么好，谁要住进来？”

二妞吸溜着鼻涕说：“俺爹说有个大小姐要来家里住，俺哥和姐待会儿都要去给大小姐搬东西。”

二妞的脸颊被晒得黑红，道：“爹说大小姐家很有钱，咱们要在水泥地上铺毯子，俺看过她的毯子，摸起来好舒服。”可那么好的东西，竟然是给大小姐踩的。

杏花村就这么几十户人家，八卦当天就传开了，有个金贵的城里大小姐要来他们村子！据说每个帮她搬东西的人，至少能得到两百块钱！

两百啊！他们杏花村卖一百斤米，都不到两百块，不管真的假的，下午男女老少都争着去给大小姐搬东西。

村民路过杜寡妇门口时，好心喊了一句：“你家恬妞也可以去，搬得多还可以加钱。”

杜月香摇摇头：“恬恬体弱，算了。”

在房间里缝衣服的纪恬忍不住皱起眉。她进入这本书里已经小半个月了，本来绝望于这个村庄的贫穷落后，谁承想在这个破地方，竟然会有几年后了不得的大人物——此时十八岁的赵屿。

在这本书的后期，谁见了赵屿，都得恭称一声“赵爷”。

纪恬向来不是自怨自艾的人，她觉得自己一来就出现在未来大佬身边是天意，当即斗志满满，只要抱上赵屿大腿，还愁未来没有好日子过吗？

作为外来者，她知道除自身情况以外的剧情走向，所以她并不知道自己的身份是纪恬、纪家私生女，现在的她还随母姓，叫作杜恬。

杜恬放下手中的衣服，忍不住思考，书里赵屿年少时，村里来过一个这么金贵的大小姐吗？这和未来赵屿的发家史有没有关系？

毕竟是男频文，对男主角崛起前期的事情交代得不甚清楚，杜恬冷静下来，打算去看看到底发生了什么事。

她特意换了一身浅粉色连衣裙，这是自己最好看的衣服。

杜恬早就发现自己和村里的姑娘不一样，她长相清秀水灵，母亲也十分文雅，只不过母女两个都太过文雅，在农村反而不太好过。

她路过田埂时，一眼就看见了在田里收割水稻的一个身影。

青年的裤腿高高卷起，他赤着脚，额上全是汗。刚刚下过一场雨，这会儿烈阳高照，青年的肌肤被晒成小麦色，露在外面的胳膊和腿十分结实。他年轻勤快，动作也利落，走过的地方，水稻成堆拢起。

所有人都去帮大小姐搬东西了，可他没去。

杜恬心里松了一口气，柔声喊道：“赵屿哥。”

青年抬头，他眉眼清隽，脸颊上被水稻割出一道浅浅的新伤，神色疲惫。

赵屿擦了擦汗：“恬妞儿，什么事？”

杜恬道：“叫我杜恬就好。”

她实在不习惯杏花村的人喊这么土的称呼，男孩喊“××娃”，女孩喊“×妞”。

杜恬见他没有去搬东西的打算，把带的水瓶递了过去。

“没什么，给你送点水，你喝吧。”

“谢谢。”赵屿没有拒绝，他确实渴坏了。

大山像一座无声的牢笼，把他关在里面，他家有五口人，爹是个瘫子，娘积劳成疾，小弟今年十二岁，在村里上初中，回家要照顾爹娘和小妹，至于小妹，今年才六岁。一家的重担压在他一个人身上，他即便再聪明再有理想，可是这样脆弱的家，他一走，其他人不知道还能不能活过半个月。

赵屿割了一上午水稻，总算喝上了水。

杜恬看着他滚动的喉结，干脆坐在田埂上：“我陪你说说话吧。”

赵屿垂下眼睛，不置可否，继续卖力干活。他自然也听说了帮大小姐搬东西能拿钱的事，可两百块钱不是长久之计，别人家除了搬东西的人，还有其他壮劳力，他家只有他，不如把水稻收了，晒干谷子，等家里有了存粮，他再出去找工作也放心些。

杜恬说了什么，他没听进去。对于肚子饿的人来说，好看的姑娘不如一个香喷喷的馒头。下午会更热，现在得抓紧时间干活。

赵屿不说话了，吵嚷声远远传来，身边收水稻的人纷纷直起腰，看着大路那边。

“好热闹，那个就是大城市里的小姑娘吧！”

杜恬愣了愣，赵屿也抬起头看过去。

那应该是赵屿见过的最狼狈的城里姑娘。

远远看去，女孩的头发湿答答的，裤腿上全是泥点子，身上也是泥水遍布，应该是摔倒了。她嘴唇被晒得干裂，脸色也十分难看。

身边五大三粗的汉子们笑起来。

“箱子都那么气派，大小姐咋就这个样子哟。”

杜恬抿嘴，忍住了笑，心里委实松了口气。

陈小莉走了三个小时山路，还摔了一跤，简直绝望到没脾气。好不容易进了村子，众人看猴儿一般的眼神让她恼火又难堪。

村长家二妞咬着指头，问她：“你就是纪大小姐吗？”

陈小莉挥开她：“滚开，我不是。”

纪黛宁那个娇气“作精”还在后头让张永丰给她换鞋子呢。

听她讲不是，二妞耸耸肩，抻长了脖子继续眼巴巴地往后看，很快，她看到了爹和哥嘴里念叨了两天的大小姐。

二妞张着嘴巴，瞪大了眼睛。

少女海藻般的鬈发垂落，一身妃色裙子长度到小腿，她那双鞋不知道怎么做的，质地透亮，上面还嵌着扇贝装饰，鞋底竟然凝固成蓝色湖水的模样。

女孩子的脚小巧玲珑，足尖樱粉，见这么多人看她，她偏头眨眼一笑。

二妞红了脸，躲在了哥哥身后，她小声道：“哥，她好漂亮。”

二妞的哥哥李壮脖子都是红的，他本来以为电视机里的女明星够好看了，没想到天外有天。

黛宁撑着下巴，照旧坐在椅子上。此时抬椅子的不再是村民，而是爷爷的保镖。

她是娇气的纪黛宁，不管重来几回都是，破落的小村子没有水泥路，她不会委屈自己。

张永丰在给村里的孩子们发糖。

黛宁似有所觉，抬眸往田边一望，看见了数双惊艳的眼，还有村姑打扮的“纪恬”和十八岁的赵屿。黛宁有种摸出手机把他们的落魄样拍下来的冲动，好在她记得自己是来干什么的，她看了“纪恬”几眼，又把目光落在了赵屿身上。

“他们叫什么？”她问村长。

村长眯眼一看："女娃子是杜寡妇家的恬妞，男娃是老赵家的狗娃，大名叫……"

李壮闻言，连忙道："爹，叫赵屿。"

"哦哦对，赵屿。"

噗！

恬妞！狗娃！狗娃？

山里人觉得贱名好养活，可是尽管早有准备，黛宁依旧没想到那个数年后翻手为云覆手为雨的赵屿，在此时居然如此接地气。

黛宁心里爆笑，忍住没再看"狗娃"，指挥着张永丰他们给自己搬东西。

田里的赵屿直起腰，后知后觉地明白过来，这位才是村子里传得沸沸扬扬的大小姐。

少女美丽精致，只远远地高高在上地看了他一眼，就收回了目光。

赵屿看着她漂亮的衣裙，又低眸看看自己沾满湿泥的小腿，肚子叫了两声催促他，赵屿收回目光，继续干活。

田埂边的杜恬用手悄悄握紧了裙子，不知道为什么，她心里不太舒服。

黛宁早就知道穷乡僻壤条件差，可是没想到这么差，参观完村子里最好的房子，她小脸皱巴巴的，一点儿也不开心。

杏花村的村长叫李爱国，家里有村里唯一的两间平房，是年前修好准备将来给大儿子李壮娶媳妇用的。

乡下人舍不得住的好房子，在黛宁看来却没有一点儿可取之处，连纪家别墅的卫生间都比不上，哪怕水泥地板上铺好了毯子，窗帘和大床也换了，黛宁依旧动动鼻子，嫌弃道："什么味儿？好臭。"

张永丰无奈地道："大小姐，农村人养猪……"

黛宁推开窗户，果然看见村长家后院儿的栅栏里有几头大猪和数十只小猪崽儿正拱来拱去。

哪怕前世惨死，黛宁也没在现实中见过活猪。

它们是村长家的宝贝，黛宁所在的位置处于风口，那股味儿飘过来，比毒蛇猛兽还要让人难忍，她的一双猫眼瞪圆，半晌说不出话。

钱叔有点儿想笑，说："大小姐，您就不该来这样的地方，村长家的条件已经是最好的了，如果您后悔了，我们就回去吧。"

"不行，不回去。"黛宁关上窗，"晚点问问，看哪家不养猪。"

钱叔拿这个小魔女没办法，他点头："大小姐饿不饿？我去让人做饭。"

"快去快去。"

外面的猪叫声凄切，黛宁倒在自己带来的床上，用枕头捂住自己的耳朵，生无可恋。

她一定要换个房子！

中午吃饭时，路过李爱国家的人全都探头探脑地往里看。

"村长，你家吃啥呢？这么香。"

李爱国捧着红苕干饭，坐门槛儿上，也往里看，那股香味儿勾人，李爱国吸溜一下口水："纪小姐他们在吃饭，我不知道。"

在李家人看来，纪小姐这派头，说是皇帝出行也不为过，她带了一个管家、两个厨子、四个保镖，起初还有八个搬运工，现在搬运工已经走了。

城里的厨子做饭可真香！也不知道大小姐吃的什么好东西，李爱国想着，再看碗里的干饭，觉得索然无味。

二妞馋得不行，一直张望，可她胆子不大，不敢过去。

张永丰出来道："小朋友，一起过来吃吧。"

二妞回头看她娘，她娘连连摆手道："算了，二妞不懂事，万一冲撞了纪小姐……"

张永丰露出一口大白牙："没关系，大小姐有事问。"

李二妞跟着张永丰进来，坐在凳子上，目光一下子被桌上的菜吸引了，她家过年都没有这么多菜，小小的李二妞根本没法移开眼！

不说远处的十来道肉菜和果盘，光是摆在小女孩面前的这道桂花蛋就颜色金黄，香气里带着甜糯，是用鸡蛋、淀粉、白糖加水搅匀炒成的。

黛宁说："别光看着，吃！"

李二妞再也忍不住，用筷子夹一个放嘴里，她嘴巴胀鼓鼓的，表情很奇妙，继而转变为惊喜。

黛宁看得一乐，等小女娃吃得差不多了，才问她："小妹妹，你们村哪户人家不养猪？”

钱叔没想到大小姐还惦记着这件事，颇有些哭笑不得。

李二妞眼中茫然片刻，不明白大小姐为什么问这种问题，她道：“大家都养猪。”顿了顿，她想起什么似的，“狗哥哥家里不养猪，他家猪前两年卖了给他爹看病了，现在猪圈空着呢，平哥哥要上学，他家没人砍猪草。”

黛宁撑着下巴，觉得耳熟：“狗哥哥叫……”

李二妞嘴角沾着米粒，含糊地说：“狗哥哥叫赵屿。”

黛宁看了看一屋子人，想到如果不能就近监视男女主角，他们有进展自己也不知道，她毕竟是来坏人姻缘的，还是看着点儿好。

为了远离村子里的猪、方便实施自己的计划，黛宁忍痛道：“钱叔，我要去赵家住。”

钱叔好头疼。

赵屿把镰刀放下，又在院子冲干净脚底板的泥，这才走进屋子。

堂屋里，六岁的小女娃赵安安正在摆碗筷。她虽然六岁了，却很瘦小，像只小猴子，一点儿也没有小女娃的圆润粉嫩，平时家里的鸡也都是她在喂。

赵屿摸摸妹妹的脑袋：“安安，爹娘吃了没？”

赵安安说：“大哥你回来啦，我们在等你，二哥在喂爹娘。”

她人虽小，却十分懂事：“大哥你快坐，我去喊二哥。”

赵屿道：“我去。”

他走进爹娘的屋子，空气中弥漫着一股药味儿和难闻的霉味。旧被子下是一对中年夫妇，男人躺着，口眼歪斜，女人则有气无力地靠坐在床头，贫穷和疾病让他们看起来老态龙钟。

床边，一个少年在耐心地给他们喂饭。

赵屿说：“小平，我来吧。”

赵平见哥哥回来了，很高兴：“哥，不用，我喂完了。”说罢他亮起碗给赵屿看，果然是空的。

赵母问长子：“累不累？”

赵屿弯起唇：“不累，娘。”

赵母十分愧疚，这一家老的老，小的小，全部变成了赵屿身上的担子，把才长成的男人的肩膀压弯了。

她忍住眼泪和心疼，道："你和弟弟妹妹去吃饭吧。"

赵屿应了声，拿过一旁的碗，和赵平一起出去。兄妹三人坐在饭桌上，桌上只有三碗干饭和一碟野菜。

沉默吃饭间，赵平突然道："哥，我听说村里有人给大小姐搬东西，得了一千八呢！"

赵屿筷子顿住，抬眸看他。

赵平说："我十二岁了，有力气，我也想去试试。"

赵屿摇头，语气平静："不许。"

赵平涨红了脸，到底不敢反驳他哥，没吭声。赵屿看了一眼小妹："安安，看着你二哥，不许他去。"

赵安安点头。

饭后赵屿又下田去了，他一个人得保证五个人的口粮，唯一庆幸的是今年收成不错。

赵安安在院子里喂鸡，赵平看看小妹，兀自往外走。

赵安安脆生生地道："二哥！"

赵平说："安安，你小声点！别让大哥知道了，我就是去看看。"

他拉过小妹，诱哄道："你想不想让大哥不那么累？"

赵安安点头。

"二哥去帮大小姐搬东西，不会出事，放心吧。等二哥赚到钱，大哥就不会那么累了，他手上那一条条血口，你看着难过吗？"

赵安安犹豫起来。

"就这样，你看好爹娘。"赵平一溜烟跑了。

下午的八卦早就传开了，人人都知道大小姐出手大方，这下，没去的后悔得不行，听说大小姐还有行李在山外，都抢着要去。

黛宁嗑着瓜子，站在二楼看。

人群里，一个十一二岁的少年胳膊腿瘦弱，人也矮，挑着黛宁的东西，艰难地穿梭在人群。

黛宁认识他，如果没记错的话，他是赵屿的弟弟，叫赵平。现在的赵平又黑又瘦，像个难民，远不及几年后跟着赵屿那般风光。

她不喜欢赵家人，所以看着也不觉得可怜。

十二岁的赵平走得摇摇晃晃，黛宁看得眼晕，没承想下一刻，赵平就摔倒在地。

箱子里噼里啪啦一阵响，赵平愣了片刻，脸色唰一下变得惨白，他知道搬的东西越重，钱越多，少年贪多，但箱子里全是瓷碗，一摔就碎。

这个变故，让所有人都愣住了。

村长有点无措地看向黛宁，生怕大小姐发火。

钱叔皱眉，小声道："大小姐，你看……"钱叔心软，心想着这只是个穷人家的孩子，自己还没说什么，小孩脸就吓得惨白。瓷碗也不值几个钱，不如算了。

黛宁眼睛一眨："让他赔。"她漂亮得过分，说话却像个不留情的小魔女，"谁让他不小心。"

她本来就不是来攻略赵屿的，折磨折磨赵屿一家怎么了！

"钱叔，算好账，一分都不能少。"

脸色惨白的赵平此刻已经快急哭了，他不该不听大哥的话过来搬东西，现在钱没挣到，还闯了大祸。

刘伯跑得气喘吁吁，喊在田里干活的赵屿："快过去！你弟闯祸了！"

赵屿闻言，连忙走上田埂，鞋子都顾不得穿就往村长家走。

第二章
入住赵家

路上，赵屿听刘伯讲了事情经过。到村长家时，发现看热闹的人不少，瘦弱的赵平身子发着抖，看见赵屿的那一刻，眼泪直接涌了出来。

“哥，我不是故意的。”

赵屿沉默着，用粗糙的手掌给小弟擦了泪：“哭什么，哥在。”

赵屿自然知道打坏了人家的东西要赔的道理，十八岁的青年赤着脚，还算平静地抬头，正好对上少女的目光。

黛宁在楼上托着下巴看着他。

她很好看，眼角眉梢无一不精致，见他抬头看自己，还露出了一个坏坏的笑。

刚好，钱叔算好了账，黛宁下巴微抬，戳戳钱叔：“告诉他们，我的碗值多少。”

钱叔走下去，心中极为同情。

“你是赵平的哥哥吧，他打碎的碗，价值三万四千六百元。”

此言一出，不止赵家兄弟，连外围看热闹的村民都倒吸一口凉气，他们家的瓷碗顶多一块钱一个，山外头就有卖的，三万多，连村长家都拿不出这个钱！

赵平听到这个天价数字，眼圈红了个彻底，险些晕过去。

赵屿也沉了眸光，他站在赵平身前，摇摇头：“抱歉，我家很穷，暂时拿不出那么多钱。”

钱叔为难地回头看一眼黛宁，黛宁下楼来，歪着头，一副事不关己的模样。

钱叔好头疼。

平时大小姐一个包也不过这么点钱，也不知道这家姓赵的是哪里得罪了她。

陈小莉的目光充满不赞同："黛宁，你家那么有钱，为什么非要揪着人家不放？"

黛宁觉得这姑娘三观极不正，打碎了东西要赔偿不是天经地义的吗，穷还有理啦？！

她娇声道："看不下去的话，你替他还呀。"

陈小莉涨红了脸，一瞬间安静如鸡，她、她哪来三万块啊？

"这不就得了？"黛宁粉嘟嘟的脸颊转向赵屿，"我有个主意，可以让你抵债。"

赵屿皱眉："你说。"

少女道："我们去你家住，你家负责照顾我们，就当还钱。"

赵屿立刻道："不行。"他拒绝得斩钉截铁，见少女满脸不高兴，沉声解释道，"我家五口人，能住人的房间只有四个。"

爹娘一个，他和弟弟小妹各一个，哪里空得出多的房间给大小姐。

黛宁说："那钱叔他们可以不去，我去你家住。"

赵屿抿紧了唇。

黛宁才不和他说实话，她说："还钱还是照顾我，你选。"

村长焦急地对钱叔道："赵家很穷的，你们家纪小姐住不惯的。老赵头是个瘫子，他婆娘也得了病。"

钱叔闻言满心忧虑，刚想阻止大小姐，就听赵屿说："我回去收拾一下。"

黛宁很高兴，问他："你家有猪吗？"

"没有。"

她满意了："那你快点吧。"

赵屿看了她一眼，带弟弟回了家。

赵平一路抽泣，他长到十二岁，从来没有这么伤心过，赵屿没说他，事情已经成了这样，解决问题才是最重要的。今天水稻没法收了，得回去给城里的大小姐腾个房间。

赵安安坐在院子里，见两个哥哥提前回来，非常惊讶。

赵屿洗完脚换上鞋，审视着自己家的房子。

他家很穷，还是瓦房，外面的水泥墙偶有青苔，屋子里光线也不好，那位娇滴滴的姑娘看不上村长家的房子，更别提他家这个破屋了。

他眉头无法舒展，赵平自知有错："哥，把我的房间给纪小姐吧。"

赵屿摇头。家里的四间房，爹娘的最大，但是常年有药味儿，还堆了杂物，赵平的房间墙角漏水，自己那间窗户有问题，夜间漏风，至于赵安安的，她的房间小得可怜，像个猫窝。

赵屿卷起袖子，进了自己屋。

他是个勤快人，屋子平时也干净，如果大小姐今天就要住进来，收拾自己的房间最容易，他可以和小弟挤挤。

赵安安趴在门边，看着大哥收拾房子。

赵屿对赵平说："去给爹娘说一声。"

赵平见大哥稳重，心中渐渐也不那么慌了，他应了一声，跟爹娘说家里要来人。

赵屿找来薄木板，把窗户补了补，他怕大小姐挑刺，没钉牢，留了明亮光线，又用厚重的布料临时做了窗帘。

赵平犯了错，此时很乖觉，他把家里的鸡赶进鸡圈，又把院子里的鸡屎清理得干干净净。

赵安安问："二哥，咋了？"

赵平闷声道："我把纪小姐的碗摔破了，哥答应让她来家里住。"

赵安安没有见过"大小姐"，但她听隔壁大牛哥哥说过，大小姐像个仙女，家里的钱可以堆成山。赵安安出生以来没见过这样的人，很不安。

三兄妹各怀心事地把房子拾掇了一遍。

说真的，赵平觉得他家过年都没这么干净过，哥哥把院子里的杂草都铲了。

傍晚，赵平准备做饭，却面临一个问题。

他们家晚上煮稀饭，加上地窖里的红薯，能吃个七分饱，菜是不可能炒的，如果不是农忙，哥哥下山一趟，还可以买肉吃，可这两天赵屿累得不行，也没时间下山，一家人已经好几天没吃过肉了。

"我要做大小姐的份吗？"

赵屿洗了把脸，顺带把井水提上来，说："做上吧。"

赵平说："我们家没有肉，要不……"他看看哥哥，家里养了鸡，鸡好养，平时捉虫子，或者菜叶子也能喂。

两只母鸡每天能下两个蛋，平时都是早上给爹娘蒸着吃，或者直接做成水煮蛋，偶尔喂妹妹两口，这次大小姐来……

赵屿擦手："不用，别做鸡蛋，也别杀你和安安养大的鸡，留着给爹娘。"

赵安安怯生生地看着两个哥哥。

赵屿抱起她，低声说："没事，她来我们家，要是欺负你，你给哥说。"

赵安安抱紧了赵屿脖子，点点头。

赵屿没打算招待黛宁好吃的，倒不是他吝啬，也不是说他多恨黛宁，他只是想得透彻——一套碗三万多的大小姐，不至于看得上他家这两只鸡和几个蛋。

傍晚黛宁换了一双普通凉鞋，等赵屿来接她。

钱叔说得嘴巴都干了："村长答应我，把他家会吓到你的猪都杀了，大小姐，你就待这里好不好？"

黛宁笑眯眯道："你别担心嘛，赵屿不是说了，他会照顾我的。"

钱叔觉得自己得少活几年。

尽管从村长口中了解到那个青年十分独立，人品也很好，可是他哪里放心把这个金疙瘩往陌生人家里放。

眼看赵屿快过来了，黛宁说："我走啦，快把我的行李拿上。"

说完，一个人蹦蹦跳跳出去了。

钱叔唉声叹气，张永丰只听黛宁的，听大小姐说要拿行李，连忙把一个大包裹和一个浅蓝色行李箱拎上，包裹有半人高，是大小姐垫地板的毯子，还有窗帘、枕头，内有夹层，保证干干净净，行李箱内是衣服和日用品。

村长李爱国问："大小姐，俺家大妞还需要给你洗今天换下来的衣裳吗？"他好怕自家大妞粗糙的手把大小姐的衣裳给洗坏了，他家赔不起啊！

黛宁摆摆手，说："不用，打包带上，让赵屿洗。"

村长松了口气，竟然莫名有几分送走大神的轻松感，钱虽然赚少了，可是人平安啊。

赵屿来时已是黄昏时分。

他身后是炊烟袅袅，每家人都在做饭。黛宁远远地打量着他，身高大概一米八三，看上去没有后来成熟，皮肤也更黑些，只有气质，那种沉稳感，让人觉得眼熟。

她讨厌这个人不是没有理由的。

这本男频书里，赵屿是主角之一。他出身贫寒，家境糟糕，靠自学从大山中走了出去，后来依靠出色的商业头脑和踏实稳重的性格被一户豪门看上，答应入赘，人人以为他好拿捏，没想到他踩着豪门资源，一路平步青云，最后成了一大传奇。

如果黛宁只是个读者，她都要为这男人的辉煌一生叫好，可惜，她就是书中那个豪门家的傻闺女，被人利用、被人甩，还被人糟践，更甚者，为了得到她家，赵屿极有可能就是害死她爷爷的凶手。

思及此，她鼓了鼓脸颊，怎么看赵屿都不顺眼。

赵屿第一眼就看出她情绪不好，他是个聪明人，选择了不作声。

黛宁说："张永丰，行李给他拿。"

张永丰连忙应了，把包裹给赵屿，赵屿默默接过来，他常年劳作，不缺力气，背着一个巨大包裹也不觉得吃力。

四个保镖抬着她的床，显然要随行，赵屿没说什么，在前面领路。

黛宁回头瞪张永丰："你跟着我做什么，回去！"

张永丰挠挠头："哦。"

黛宁说："不许让别人动我的东西，尤其是陈小莉，不然我要生气。"

她奶凶奶凶的，看得张永丰直傻笑。

最近老实不少的陈小莉在一旁，听见这话，险些气炸，她本来以为黛宁一走，自己的好日子就来了，没想到纪黛宁这么斤斤计较！

张永丰忙不迭地点头，像守卫的大忠犬，黛宁很满意，这才示意赵屿继续走。

赵屿扛着黛宁的行李，在一旁等着，短短的时间里，他基本了解了黛宁是什么性格——跋扈、坏脾气、小气，还娇气。

村子就这么大，好在有大路，并不远，他们到达时赵平才把饭做好，按理说应该先喂爹娘，可是今天家里来了位娇客，赵平看向哥哥。

赵屿放下黛宁的行李，低声道："照旧。"

赵平闻言跑进厨房，赶紧给爹娘盛饭，他心有余悸，害怕和黛宁相处，此刻在赵平眼里，碰坏了纪家大小姐哪里都得赔巨款。

赵屿一回头，发现不妙，院子里，大小姐揪住了他小妹。

黛宁一脸诧异地看着眼前干巴巴瘦兮兮的黑丫头：“你叫什么呀？”

黑丫头惊艳又害羞地看着她：“赵、赵安安。”

黛宁像是被雷劈了。

这竟然是小时候的赵安安！她记得那丫头没这么丑啊，六年后十二岁的赵安安看上去挺水灵的。说真的，赵家人全死那儿她都不心软，除了赵安安。

几年后，一家子心思都不浅，唯有赵安安真的以为黛宁会是她嫂嫂，赵安安性格内向善良，看谁都是好人。

黛宁戳戳赵安安的脸：“你好丑啊。”

赵安安有几分委屈，她也知道自己不好看。

赵屿忍住脾气，把赵安安拉过来：“纪小姐，你去看看房间吧。”

黛宁骄矜地点头，去看保镖放床。

赵屿问赵安安：“她欺负你了吗？”

赵安安摇头。

“大哥。”她抿住小嘴儿，带着几分羡慕和失落小声说，“大小姐真的好好看啊。”

赵屿看一眼前面活泼的少女背影，有心想反驳，但是他不得不承认，哪怕一切不美好的品质都可以套用在她身上，但在容貌方面，她真的让人说不出任何贬低的词语。

他最后道：“别学她。”

黛宁充满期待地跑进屋子，没过半分钟就退了出来，一双圆圆的猫眼火气十足。

赵屿有种早有预料的感觉，他就知道，长着一张天使脸的魔女又得搞事情了。

“你竟然给我住这种地方！”黛宁这次真不是挑刺，房间又小又潮湿，窗户是一层单花布，虽然夏天住进去不冷，可这是鬼屋吗？

赵屿毫不意外，他让赵安安先进屋。

“纪小姐，”青年淡声道，“我家只有这种屋，现在也没办法推倒重修，你不满意这间，可以看看别的。”

见赵屿神情不作伪，黛宁知道他说的恐怕是实话，她没心情再参观其他屋子，表情恹恹的。

赵屿看见少女踮脚看了一眼村长家，又回头看看他家，一脸艰难地下定决心，进屋去看人收拾东西。他没想到黛宁会选择留下来。

几个保镖动作很快，已经把黛宁的东西摆放好，地毯铺上，窗帘也换掉了。

黛宁说："你们走吧。"

保镖们离开时，赵平刚好把爹娘的饭喂完。

赵屿洗了手，道："喊纪小姐来吃饭。"

赵平不敢去，让小妹去喊。没一会儿，赵安安跟着黛宁进来。

赵屿没有等她，他端起稀饭，默不吭声地吃，眼睛却忍不住暗暗观察这个"作精"，看她又要闹什么幺蛾子。

黛宁不想说话，她看看颜色发黑的木桌木凳，完全没有坐下去的想法。

青团也不想说话，它带着黛宁穿过时间通道，能量所剩无几，这几天看着黛宁折腾，明白这个女配真的是超级娇惯不听话。它已经不指望黛宁攻略下男主角，只期望黛宁不要惹得男主角想捅死她就好。

赵安安坐上板凳，小声说："纪小姐吃饭。"

黛宁看了一眼桌上的几碗稀饭，猜到男主角恐怕不太欢迎自己，不然待客怎么着也得有个菜。

她面带不屑之色："算了，看你们家这么穷，我也不吃你们的大米，晚点赵安安去喊钱叔给我送饭。"

赵安安听了，点头："哦。"

赵屿反感纪黛宁指挥小妹像指挥下人的态度，呼哧呼哧把稀饭吃完，对赵安安说："大哥去，你待在家里。"

黛宁也不管谁去，她有饭吃就好，更不怕赵屿害她，好歹是几个男主角之一，赵屿还不至于做这么没品的事。

护犊子这点基本品质，赵屿还是很合格的，赵屿交代好赵平看着爹娘小妹，就出门去了，给钱叔讲了来意。

钱叔早有准备，他就晓得大小姐去人家屋里也不会安生，事实上，怕大小姐出事，几个保镖一直暗中守着。

钱叔拿出两个食盒递给赵屿："麻烦小兄弟照顾我们家小姐了。"

赵屿漆黑的眸垂下，没有说话，拿起食盒走回去，手中的食盒分好几层，沉甸甸的，也不知道装了些什么，赵屿没有探究的想法。

他一来一回，天色已经暗了下来。

赵平和赵安安等在门口，赵屿问："纪小姐呢？"

赵安安道："屋里。"

赵屿说："我去送饭，赵平带着安安洗脸洗脚，去睡觉。"

赵平好奇地看一眼哥哥手中的食盒，点头应了。

赵屿上前去敲门，好一会儿房间里才探出小脑袋："我的饭呢？"

赵屿递给她，他透过门边，看见自己原本简陋的屋子完全变了个样。

不说地上柔软的毯子，那张奢侈的大床把房间占得满满当当，床上还有一堆玩偶，窗帘变成雅致的小碎花。

女孩赤脚踩在地毯上，把他关在门外。

赵屿面无表情，转身去了赵平屋里。

本来以为今天折腾一天，总算安生了，没想到刚刚躺在床上，空气中就传来一阵诱人的香味儿。

赵平睁大了眼睛，香！太香了！他这辈子也没闻过这么香的食物！他猛然咽一口口水，小声道："哥，纪小姐吃啥呢？"

赵屿也睡不好，他虽然比村里人都稳重，然而幼年开始的劳苦生活，还有腹中七分饱的不适感，让他也沉浸在那股香气里。

他在田里待了一天，比弟妹都累，想起那两个精致的食盒，他用被子盖住弟弟，闷声道："睡觉。"

屋子另一角，赵安安躺在她的被窝里，被黛宁的饭菜香得两眼发直。她出生没多久爹娘的身子就坏了，她由两个粗糙的哥哥带大，小丫头的日子比哥哥们过得还糟糕，如果不是很听大哥的话，她这会儿已经循着香气去敲大小姐的门了。

农村的房子不隔音，也阻隔不了气味，赵爹赵母闻到这股香气，十分不安，大儿子这是把什么了不得的人领回来了啊？

不说赵家，隔壁的杜恬也从床上坐了起来。

她看了一眼赵屿家，有几分不解，她的家境一般，可是也吃过几次好的，隐约能辨认出几道名菜，以赵屿如今的身份，家里有米粮就不错，哪里吃得起这种好东西。

杜恬在小山村过了半个多月苦日子，此刻也有点儿馋，她忽略了那股香气，下床问她娘。

“赵屿哥家发生什么事了吗？”杜恬下午挖野菜去了，她好歹有女主角命，生活技能点满，也有一手好厨艺。

杜月香道：“纪大小姐去他家住了。”

比起杜恬，这个女人更加心思不宁，一听说大小姐姓纪，杜月香就有个可怕的猜想。杜月香有心事，显得魂不守舍。

杜恬皱眉，看了一眼隔壁，下定决心明天去探查一番。无论如何，她一定要得到赵屿的心，才有可能摆脱目前的窘境，过上好日子。

任何人都不可以破坏她的计划。

黛宁一晚上没睡好。

她带了一堆奇奇怪怪的东西，愣是没带最基本的蚊香，山蚊子围着鲜嫩可口的大小姐转了一宿，气得黛宁想把这个破房子给砸了。凌晨五点半，她听见隔壁窸窸窣窣的声音，知道有人已经起床，一溜烟爬了起来。

赵屿惯于早起。

他作为长子，每天要做的事情很多，五点多醒过来，首先要把水缸里的水打满，然后去伺候爹娘上厕所。如果有要洗的衣服，赵屿也得在这时候把衣服洗干净，夏季炎热，白天晾晒一整天，黄昏就可以收。

他才打了一桶水上来，身边就出现了一个身影，赵屿没回头也知道这是谁。

她很香，步子也轻，村里谁也不可能用得起香水。

赵屿猜到大小姐起这么早，估计又有不如意的地方，他回头，压低声音问：“怎么了？”

大小姐蹲下来，一脸不满地伸出胳膊。

赵屿低眸，看见她嫩生生的胳膊上生出数个显眼的红印子。这么几个蚊子咬出来的包要是落在别人身上，估计不痛不痒，可黛宁皮肤白嫩，像无垢的雪地，几个红印子就让人看得触目惊心。

赵屿皱眉。

黛宁说："你快给我点蚊香。"

"我家没有这种东西。"皮糙肉厚惯了，谁害怕蚊子叮？再说了，蚊子也没对当地人这么狠。

赵屿见她没什么精神，只一晚，大小姐就变得有点儿可怜了，天将亮，几缕天光垂下来，眼前这双圆圆的眼睛竟有几分惹人怜爱。

赵屿叹口气："我让赵平给你找点草药熏，放心，和蚊香一样有效果。"

她嘟起嘴，觉得胳膊痒，不住地挠。

赵屿看她一抓一条印，放下水桶："你等一下。"他进屋一趟，回来时手里拿了管牙膏，"用这个涂会好点。"

大小姐满脸狐疑，嫌弃地看着还剩一点儿的牙膏，并不领情，也不伸手接，仿佛是什么脏东西。

赵屿瞥了她一眼，差点儿被气笑。不要就算了，他也懒得管她，继续打水。

水快打完了，赵屿一看，黛宁已经离开。

直到一大早钱叔来送饭，赵屿才看见大小姐推门出来，胳膊上还有几个干涸的白印，想来还是难受，偷偷用她自己的牙膏抹的。

赵屿也不知道为什么，有点想笑。

大小姐嘟嘟囔囔地抱怨了一堆，钱叔都好脾气地哄着，她又提了许多奇奇怪怪的要求，钱叔仔细地记下。

赵安安在远处好奇地看着，赵屿把妹妹小脑袋掰了回来。

可别学坏了，他家养不起这么娇的魔女。

山里没信号，手机都不好用，没有娱乐活动，黛宁只能期待吃的，她打开自己的早餐盒子，这回，赵家兄妹三人都忍不住看了过来。

不一样的香气，但是同样的勾人。

黛宁食盒里有一碟可爱的肉包子、一碟精致的蒸饺、两个茄饼，甚至还有菠萝羹和豆浆。包子和蒸饺小巧玲珑，皮薄得能看见馅儿，饺子皮水晶一般透亮，茄饼外酥里嫩，一口咬下去口齿生香。更别说煨在菠萝里的米羹，厨子可是做了一个小时的。

她吃了好一会儿独食，想起什么似的，转头看向两双黑亮的眼睛。

赵平和赵安安眼也不眨地盯着她的食盒，尤其是赵安安，她从没见小丫头眼睛里的光这么炙热过。

赵屿对上她的目光，终于觉得小弟小妹有点儿丢人，他推一下他们：“看着爹娘，我还要干活。”

黛宁知道赵屿这人很有自尊，也不去惹他，笑嘻嘻地扬了扬手中的水晶饺子，问他的弟弟妹妹：“小孩儿，吃不？”

两个小孩的眼睛忍不住落在她身上，赵屿严肃了脸，这回声音也重：“赵平，赵安安！”

赵平怕自己忍不住诱惑，咬着唇拉起赵安安进了屋，眼不见为净。

这会儿快八点钟了，黛宁嘴巴上叼着小半个包子，看着赵屿拿起镰刀要出门。

“你去干什么呀？”她嗓音含含糊糊地问。

赵屿眉头皱成“川”字：“割水稻。”

少女跑过来，把吃了一小口的茄饼递到他嘴边：“吃吗？”

赵屿有几分窝火，看了她一眼，这一眼带了几分平时呵斥弟妹的威严，对黛宁却不管用，她像是发现了什么好玩的事，被逗得咯咯直笑。

赵屿气得不行，看也不看她，挽起裤腿走了。

钱叔在一旁看得叹气，觉得大小姐简直是个魔鬼，按理说借住在人家家里，她不慷慨点就算了，还逗弄人家。

钱叔看着黛宁洗漱好，问她：“大小姐想去哪里玩？”

黛宁认真想了一下：“有什么好玩的吗？”

“现在是七月份，山里有好些野果子，野地瓜、桃金娘，还有覆盆子，我联系了几个农民，他们随时可以带我们进山。”

这一带没什么毒物猛兽，相对比较安全。

黛宁“哦”一声，刚要说话，就看见邻家的门打开，一个妙龄少女走出来，正是杜恬。

杜恬今天没穿裙子，穿得相对干练，脚上着筒靴，拎着个篮子独自出门，虽然衣着不讲究，可看她头发梳得一丝不苟，就知道她要去找谁。

黛宁瞬间改了主意，对野果子不感兴趣了，当即宣布：“我要去看割水稻！”

玩什么能比上整男女主角好玩啊！

黛宁看着自己漂亮的裙子，也不打算换，但是拖鞋得换，她兴冲冲地跑进屋子，换上米色小凉鞋。

“赵安安！”

小丫头听她喊，怯生生地走出来。

“带我去看你哥割水稻。”

跟着出来的赵平连忙摆手：“不行不行，我和安安要在家照顾……”

黛宁掏出两颗进口奶糖，剥了糖纸，往他俩嘴巴里一塞，猫儿眼一弯：“快带我去。”

赵平被糖呛着了，险些泪流满面，可嘴巴里香甜的糖又让他舍不得吐。赵安安猝不及防被塞一颗糖，表情呆呆的，好半晌，她闭上嘴，珍惜地感受这股美妙的滋味儿。

山村里也有糖，是那种一角钱的硬糖，有甜味儿却不怎么好吃，但进口糖不一样，赵安安从来不知道糖可以这么好吃！

赵平吃人嘴软，含着糖果，舌尖感受着甜味，垂头丧气地道：“我带你去找我哥。”

黛宁要去做坏事，不许钱叔跟。她和赵平两个人沿着曲曲折折的田埂走了好一会儿，终于看见远处的赵屿和杜恬。

赵平害怕哥哥斥责自己把大小姐带来，连忙问黛宁：“我哥就在那里，我可以回去了吗？”

黛宁笑嘻嘻点头：“再见。”

赵平不敢看她，跑得飞快，他今年十二岁，也快到知慕少艾的年龄了，大小姐美得近乎妖孽，性格却怪怪的，他听初中班上的同学讲过，这种女孩子最好不要招惹。

他哪里敢招惹大小姐，一套碗三万多，害他做了一宿噩梦。

赵平跑得不见影，黛宁拎起裙摆，小心地涉过泥坑，朝着男女主角迈进。

黛宁速度这样慢，脚程快的杜恬已经到达好一会儿了。

按照设定，杜恬没进入书中之前已经二十五岁，是个白领，小时候跟着家人生活在农村，什么农活都干过，相当利落能干。她家奔小康以后，杜恬开始讲究生活品质，自己在网上找菜谱学做饭煮茶，在落后的杏花村，煮茶指望不了，但她做饭和认野菜的水平分外出色，靠着这两个技能，她来以后带着母亲过得很不错。

赵屿家的情况她知道，家里懂事点儿的就两兄弟，平时衣服破了都是自己缝缝补补，按杜恬分析，这种男人特别需要关怀和陪伴，赵屿重情，日后发达了，定不会忘记她的帮扶之恩。

事实上，她的洞察和分析十分正确，之前她就成功变成了赵屿生命里不可磨灭的存在。

但前提是大小姐没来搞破坏。

杜恬一大早做了蔬菜饼，不同于杏花村土生土长的人，她做菜舍得放油，饼子煎得又脆又香。

杜恬柔声道："赵屿哥，我做了蔬菜饼，我娘让我给邻居都分一点，你要尝尝吗？"

此刻已经十点半，太阳完全出来了，上午的太阳并不毒辣，然而在七月，依然热得人够呛。

赵屿对着她脸色好了很多，他摇头谢绝杜恬好意："谢谢，不用。"

杜恬之前是村子里公认最好看的少女，让人看到，估计会说她闲话。

杜恬也不气馁，她说："那你喝点水吧。"

她眼里的光很真诚，不过分谄媚，也不过分冷清。

杜恬解释："去年我娘进山拾柴，多亏你救她一命，我一直想感谢你。"

赵屿本来还疑惑杜恬这段时间为什么突然对他很好，闻言明白过来，他犹豫一下，这回倒没拒绝。

他年前满了十八，正是长身体的年龄，最饿的时候，赵屿觉得自己能吃下一头牛。偏偏农忙时家里伙食不好，早上那一碗稀饭早就消化得差不多了，他又渴又饿，加上杜恬再接再厉地柔声道："你下次去山外，帮我带一只小兔子吧。"

聪明的女人明白不能步步紧逼，做交换才会让男人心安，几个饼换一只兔子，算起来是她赚了。

"好。"

赵屿从田里上来，接过杜恬的蔬菜饼，就着她带来的凉白开，坐她身边吃。

杜恬蕙质兰心，厨艺过硬，赵屿眉宇舒展开，夏风拂过他们，一切都很安静美好，直到赵屿看见远处穿紫色裙子的少女。

大小姐小心翼翼地走过来，她的裙子似盛放的紫罗兰，发间用同色丝带做点缀。黛宁忽视了他们俩的谈笑风生，目光落在了赵屿手中的蔬菜饼上，带着明晃晃的嫌弃之色。

赵屿见她这个眼神，本来还吃得有滋有味，一想起大小姐这两天丰盛的伙食，顿时也觉得嘴巴里的饼子索然无味。

他放下蔬菜饼，问黛宁："你来做什么？"

黛宁疑惑地偏了偏头："来看你割水稻，你为什么不割，在偷懒吗？"

她以为人人都是她吗？还偷懒！赵屿嘴角一动，没说话，被她破坏了吃东西的心情，重新挽起裤腿准备下田。

一旁的杜恬抬眸看黛宁，离得近，她终于更加清晰地感受到黛宁带来的美颜暴击，大小姐肌肤吹弹可破，白白嫩嫩。

本来属于她和赵屿的美好时光，因为黛宁的加入，一下子变得诡异起来。

杜恬皱眉道："纪小姐，赵屿哥又不是机器，累了自然可以歇歇。"

黛宁赞同地点点头："这么容易累，他好弱啊。"

赵屿动作顿了顿，手背冒出青筋。

杜恬吸一口气，一双含情目瞪她："你别乱说话。"

"是你说他累了嘛！"她可比杜恬凶多了，大眼睛瞪回去。

杜恬哑口无言，她看看田里的赵屿，想说自己没那个意思。

赵屿却已经发话："杜恬，你别理她。"

杜恬见赵屿把自己和他划在同一战线，心里微甜，也不和黛宁计较了，轻轻应一声："嗯。"

太阳高照，黛宁开始后悔出来了。

女主角不走，她也不走，坚持到现在，她终于不行了。

黛宁站田埂上，冲已经割好几排水稻的赵屿喊："喂，你过来一下。"

赵屿回头。

"你快过来嘛！"

赵屿看见她就一脑门子官司，走过来语气不是很好地问："你又怎么了？"

旁边站成一道风景的杜恬也警惕地看过来。

“好热，我晒。”她是真的急，拽住青年干净的衣领，“你快想办法呀。”

赵屿见她原来白皙的脸蛋儿被晒得发红，沉默了一下：“你回去就好。”

黛宁说：“我找不到回去的路，你送我回去。”

赵屿和她说实话：“我必须把这片割完，送你回去再回来都下午了。”

黛宁会体谅他才有鬼，她紧紧拽住他的衣领：“你不给我想办法我就不让你继续！”

赵屿脸色一黑，偏偏眼前的人打又打不得，说也说不得，他说：“松手，我给你想办法。”

过了一会儿，他去林子里采了几片芭蕉叶，在一棵小树下搭起棚子，用两片垫在地上，冲黛宁道：“过来。”

黛宁欢欢喜喜地跑过去坐好，她觉得挺新奇，虽然还是热，可至少不晒了，她坐在这里，视角还不错。

赵屿见她不再闹，继续干农活。

杜恬心思几转，纪黛宁娇气讨厌，净添乱，如果这时候她表现出自己不怕苦，一心关心赵屿，两人一对比……

“赵屿哥，快中午了，你还剩那么多，我来帮你吧。”

见赵屿要拒绝，她斩钉截铁地道：“我就帮你堆放一下，你已经耽搁了好一会儿，说不定什么时候就要下雨，再不快点来不及了。”

说着，她穿着筒靴下了田。

赵屿低声道：“谢谢。”

他知道杜恬是个好姑娘，心中多有感动，想着以后尽可能多照顾她和她娘。

黛宁盘腿坐好，撑着下巴看着他们。她没见过人割水稻，按理说农村夫妻都是一起下田，边割边脱粒，可是赵屿家只有他一个壮劳力，只好割完再想办法脱粒。杜恬虽然去帮忙，但是只帮忙堆放，对赵屿来讲不过杯水车薪。

黛宁心想，杜恬不愧是女主角，真够拼的，这么热也要站在赵屿身边，难怪这份青梅之谊让赵屿动容。

她从包里摸出手机，开始拍风景照。

田里的男女主角听见拍照声，同时抬起头，赵屿看黛宁悠闲的模样，额上青筋一跳。

说实话，有纪黛宁在的地方简直就是世界的核心，不管是让人想关注她还是想打死她，她都很擅长。

赵屿："大小姐，你在做什么？"

少女说："我没拍你们，你要不要看看？"

赵屿吃饱了撑的才去看她拍照，他按捺住脾气，加快速度割水稻，却忍不住分了一丝心神留意黛宁。

她没干什么坏事，只是撑着下巴看他和杜恬收割水稻，那眼神充满趣味……跟看耍猴儿一样，赵屿习惯以后就麻木了，懒得再理她。

旁边的杜恬却不好受，她总觉得黛宁把自己的狼狈模样拍下来了。

杜恬下田没多久就开始后悔，正午的太阳明晃晃的，在田埂边还好，可是下田迎着大太阳，很快她就出了一身汗，衣服湿答答地黏在身上，筒靴上都是泥，裤子上也溅了不少。女孩子都爱美，杜恬甚至担心赵屿会闻到自己身上的汗味。

如果黛宁不在一旁，她还可以安慰自己如今是在和赵屿共患难，但是芭蕉叶下坐了一个俏生生的少女。纪黛宁眸若点星，桃腮浅粉，裙子在芭蕉叶上铺开，正看戏似的看着她，让杜恬觉得浑身不自在。

最让人生气的是，纪黛宁被赵屿照顾得那样好，她却在田间忍受太阳的烘烤，加上身边的男人明显有几分心不在焉。杜恬没有后悔的余地，她心中懊恼，却依旧坚持陪着赵屿收割完这块地。

赵屿先到了田埂边，他冲杜恬伸出手："上来吧，辛苦你了。"

杜恬呆呆地看着他，心脏怦怦跳，把手放进他的掌心。

赵屿把杜恬拉了上来，杜恬心中喜悦，忘了先前的狼狈，她有心想看看黛宁的反应。

黛宁的确很意外，男女主角的吸引力这么强吗？她这么大个灯泡还在这里呀！

黛宁不高兴了，她把不高兴都写在脸上，瞅着赵屿。

赵屿不知道两个女孩子在想什么，他捡起镰刀，对芭蕉叶下的黛宁道："大小姐，回去了。"

黛宁气哼哼地说："你来拉我。"

虽然她不喜欢赵屿，但她要气杜恬。

赵屿不想拉她，大小姐这是什么毛病？玩了一个多小时，起身还要人拉。

"快点，你不走我们走了。"

黛宁眼睛圆鼓鼓的，威胁他："你敢不管我？！"

赵屿叹了口气，他只想快点回去吃饭，于是认命地走过去，伸出手拉她，黛宁看了一眼他的手，又开始嫌脏。

赵屿知道她什么德行："拉衣服吧，我衣服干净。"

她这才高兴，拽着赵屿的衣服站起来，黛宁一想，总觉得男女主角拉手，自己拉衣服，落了下乘。

好胜心让她不再嫌弃赵屿脏，她看了一眼紧紧盯着这边的杜恬，一个泰山压顶，勾住赵屿的脖子，半边身子挂在了他身上。

赵屿差点被她勒断气。

他咬牙切齿："纪……"好半天，他才反应过来自己不知道大小姐的全名。

像个树袋熊一样挂在他身上的女孩子催促道："我叫纪黛宁，快走快走，热死啦，我要回去。"

看杜恬脸色不好，黛宁心情就特别好。

赵屿真想给身上的少女一镰刀，好在理智占上风，他素来沉稳，忍住脾气拖着"树袋熊"少女往前走，走了好几步，他才觉得自己好像忘了什么，一回头，杜恬委屈地看着他们，赵屿这才想起，他把杜恬给忘了。

赵屿沉默片刻，竟然不知道说什么好。

一旦对上纪黛宁，别人基本上没法分走半点注意力，偏偏黛宁还揪他耳朵，娇声凶巴巴地道："赵屿，你要不要走吗？！耽误我吃饭啦！"

杜恬也算好修养，她捡起地上自家的篮子，笑着对赵屿道："没关系，一起回去吧。"

杜恬外表柔柔弱弱，她撩了一下耳畔的发，唇色有几分苍白。

杜月香家的两个女人作为外来居民，也没分到地，农忙时杜恬也是不会下地的，赵屿看杜恬的脸颊被晒得发红，蹙眉道："杜恬妹妹，我改天请你吃饭。”

杜恬抿唇一笑，点头。

赵屿才说了这话，耳朵上又被人揪了一下，大小姐不满地道：“你好啰唆，有什么话不能回去说吗？”

赵屿沉着脸，带着“拖油瓶”往家走，杜恬不远不近跟在他们后面。

黛宁挂在他身上，小声在他耳边问：“赵屿，你喜欢她呀？”

赵屿淡淡地道：“你别胡说。”

“你们俩不配。”黛宁睁着眼睛说瞎话，给他分析，“你看你家，房子那么破，还带着四个累赘。我听说李壮喜欢杜恬呢，他是村长的儿子，比你有竞争力多了，你养自己都困难，怎么养老婆啊？”

赵屿想掐死她：“你说谁是累赘？你才是我家多出来的那个累赘。”

黛宁认真地强调：“我才不是累赘，我特别有钱。你这个穷鬼。”

赵屿冷笑一声。

黛宁下巴往他肩上一搁：“你家怎么这么远？我好热。”

少女下巴小巧，让赵屿身体一僵。不和大小姐拌嘴了，他才注意到少女玲珑的身躯贴着他，她虽然讨厌，可是身子软乎乎的，她还很香，说话的口气都是香甜的，让赵屿走路都开始不自在。

他面无表情地道：“你热就从我身上下去。”

“不要。”

赵屿知道和她说实话没用，但还是忍不住咬牙道：“纪小姐，你是女孩子，我是男人，你这样不像话。”

黛宁不以为然：“你这个人想的好多，我只是把你当个物件儿。”

至于是什么物件儿，赵屿问都不想问，肯定不是什么好东西，他气得想把她扔了。

杜恬在他们后面，看黛宁耍赖的模样，手指忍不住收紧握成拳。

好半晌，杜恬吸一口气，劝自己别和纪黛宁计较，长得漂亮又如何，这么讨人厌的性格，谁会真的喜欢？刚刚那一路，她都在回忆这本男频书的戏份，纪黛宁这个名字，她终于想起耳熟在哪里了！

纪大小姐可不就是赵屿将来的未婚妻吗？书里那个又蠢又作，最后死得很惨的女炮灰。

原剧情中，赵屿把纪黛宁当作跳板，夺了她家的一切，还手段狠辣地对待纪黛宁，对她不要说爱，简直是厌恶至极。

赵屿厌恶大小姐的原因，恐怕和纪黛宁此刻的所作所为脱不了干系。想到这里，杜恬弯唇一笑。

原来是这样啊，来日方长。

赵屿家的中午饭依旧是简单的干饭和野菜，看弟弟妹妹频繁地往黛宁屋里望，赵屿叱道："都好好吃饭！"

他心中烦闷，生怕大小姐在自己家待久了，把弟弟妹妹都带坏了。

赵安安舔舔唇，听哥哥的话，黑瘦的小脸埋进碗里。

下午，赵屿拿着麦杷出门，他家稻谷收割完，还堆在田里，现在得脱粒。七月山里的天气阴晴不定，说不定什么时候就会下雨，得趁着没下雨把谷子运回来，免得谷子烂在田里。

他出门时，发现黛宁那边又有不小的动静。

大小姐嫌农村热，这边没有风扇，更别说空调了，虽然大小姐能弄来，可是山里电压不够，即便是变频空调，也不能运转。

钱叔想了个法子，让人每天运冰块过来。满满一铝箱的冰，放进屋子里，瞬间凉快得和秋天一样，等第二天化成水，再换一批冰块。

赵屿抹了把脸上的汗，没说什么，下田去了。大小姐娇贵，上午吃了苦头，下午说什么也不肯再去看他打谷子。

赵屿一走，家里两个小的就好奇地往黛宁屋看。

赵安安道："二哥，大小姐中午吃的是什么呀？"那股肉香味让她至今念念不忘。

赵平也不知道，说："我要去挖蚯蚓喂鸡，你在家别被大小姐欺负了，哥回来给你带果子。"

赵安安点头。没想到两个哥哥才走，身后紧闭的屋子门就打开了。

黛宁招手："赵安安，过来。"

赵安安吓一跳，连忙摇头。

黛宁说："你不过来我生气啦！"

赵安安就是个软柿子，闻言犹豫地走过去，靠近黛宁门边，扑面而来的冷气让小丫头睁大了眼，赵安安定睛一看，屋里冰块上飘着白雾，房间跟仙境一样。六岁的赵安安不知道什么叫仙境，但此刻，黛宁的房间在她眼里就是这个概念。

冰蓝色的公主床上放着一堆漂亮柔软的玩偶，房间里香香的，地毯柔软，空气中的凉气沁人心脾。

黛宁说：“鞋子脱了，进来待着。”

赵安安不敢动，黛宁揪住她的辫子扯扯她，她只好照做。

小丫头被哥哥教得好，比较爱卫生，凉鞋一脱，脚底板干干净净。黛宁还算满意，她拉出一个小垫子，让赵安安坐着。

小女娃瘦得快脱了相，害羞不安地看着她，什么都不敢碰，生怕弄坏了大小姐的东西。

黛宁说：“我觉得你有点儿傻，你有必要聪明一点。”

“有点儿傻”的赵安安呆呆地看着她。

黛宁撑住下巴，教小孩：“你隔壁那个姐姐，知道她叫什么吗？”

“恬姐。”

“对，她看上你哥了。”黛宁托着粉嫩的腮，胡说八道，“你看你家这么穷，全靠你哥，要是她成了你嫂嫂，肯定不许你哥再养你们，到时候你爸，哦不，你爹娘，就要卷被子滚蛋，你二哥要成小乞丐，饿死在村口，像这样。”

她做了一个惨死的表情。

赵安安一脸震惊，眼泪急得都快流出来了：“怎么办？”她不要爹娘被丢出去，也不要二哥饿死。

黛宁笑嘻嘻地说：“你有空就盯着杜恬嘛，她要是靠近你哥哥，你就把你哥拉走。她不当你嫂嫂，就没事啦。”

赵安安连忙点头。

黛宁识海里的青团很绝望，它怎么选了这么个人结缔契约？怪不得人家杜恬能当女主角，纪黛宁只能当个炮灰。男主角要是知道她这么骗他妹妹，不会打死她吧？

黛宁毫无骗小孩的负罪感，她懒，又怕晒，让赵安安盯梢最有用，何况赵屿疼小妹，比起现在还没什么关系的杜恬，肯定更听赵安安的。

赵安安看着黛宁，细声细气地问：“大小姐，你会当我嫂嫂吗？”小孩子天真，她觉得黛宁已经住在她家，但是爹娘和二哥都好好的，如果黛宁当嫂嫂，就依旧可以安安稳稳。

黛宁难以置信地道："你想得美，让你哥做白日梦去吧！"

赵安安有点儿委屈。

黛宁还不忘威胁她："不许告诉你哥我讲了什么知道吗？不然屁股给你打烂。"

赵安安乖巧点头。

黛宁戳一下小孩的脑袋瓜，赵安安简直是赵家智商盆地，看着眼前瘦小可怜的小豆丁，黛宁心想，如果她哥未来惨淡，就把赵安安弄回去当玩具玩。

赵屿辛苦了好几天，总算把谷子搬了回来。

大小姐每天安安分分地待在她的冰块房里，倒是小妹有几分不对劲，每次他出门，小女娃就眼巴巴看着，有一回杜恬找他说事情，小妹还急得不行，非要拉他回去。

村里有统一晒谷子的谷场，那边阳光最好，地势开阔，赵屿照旧把自家谷子运过去。

雨季还没来，今年收成也不错，赵屿想起先前说请杜恬吃饭的事，他刻意出山一趟，买了肉菜，邀请杜恬母女晚上来家里吃饭。

杜恬很惊喜地答应了，杜月香皱着眉，看了女儿一眼。

村里结婚早，有好几家来她家透露出想结亲的意思，但是杜月香见过世面，也知道女儿的身份，那些人都配不上她家恬恬。说亲的人里，还有村长的儿子李壮，李壮杜月香都看不上，更何况一无所有的赵屿。

杜恬知道母亲在想什么，她道："妈，我有分寸，你相信我。"

现在如果不和赵屿打好关系，未来就高攀不起。

杜月香一想，女儿最近变得十分能干，有主意，手也巧，偏偏运气也不错，进山一趟，次次收获颇丰，她们的日子一下好过起来，杜恬俨然成了家中主心骨。

她压下愁绪，晚上和杜恬去吃饭。

赵屿今天亲自下厨。

赵平到底是个十二岁的少年，让他煮饭还行，炒菜有些勉强。赵屿发现小妹坐立不安，到杜恬母女过来时，小妹的焦虑达到了顶峰。

赵安安跑出去，忍不住敲了敲纪黛宁的房门，小孩泪汪汪地说："大小姐，你救救我爹娘和二哥吧！”

黛宁不明所以，她是个坏心的主儿，好半晌才想起自己忽悠赵安安的话。

赵安安说：“恬姐要来我家吃饭，她是不是要当我嫂嫂了？”

黛宁闻言好气：“你家都没请我吃饭，为什么要请杜恬吃饭？赵屿这个小气鬼！”她都闻到肉味儿了。

两人鸡同鸭讲，但好在目标一致，于是晚上，等赵屿把饭菜端上桌子，一眼就看见端坐在上位的大小姐。

大小姐一双漂亮的猫眼炯炯有神地看着他，小妹也一眨不眨地看着他。

赵屿沉默一瞬，他可怕地发现，自己竟然对黛宁突然出现使坏毫不觉意外，他低声对黛宁警告道：“你别闹。”

话语有多大作用，恐怕只有他自己知道。

黛宁说：“我也要吃。”

赵屿没多说什么，他不至于这么小气。爹娘赵平早就喂过，他给大小姐分了一双碗筷，看向杜恬母女，说了一些感谢的话。

黛宁只是说说，她看不上赵屿家的饭菜，就是来盯梢的。

杜恬没理黛宁，笑容温柔娴静：“赵屿哥，谢谢你送的小兔子，让你破费了。你今晚就要去谷场守谷子吧？我家做了多余的蒲扇，你拿着赶蚊子。”

蒲扇这东西不值钱却实用，赵屿谢过她的好意。

杜恬又道：“赵屿哥，我听说你学习很不错，你……”

黛宁觉察不对，赶紧一戳赵安安，小丫头赶紧捂住自己肚皮：“大哥，我肚子痛。”

赵屿连忙看妹妹有没有事，带妹妹出去上厕所：“抱歉，我带安安出去一趟。”

等他们一走，黛宁对杜恬做了一个鬼脸，杜恬笑容险些挂不住，赵平更是一脸云里雾里。杜月香看着黛宁这张生动漂亮的脸，似是陷入了什么回忆里。

黛宁知道杜月香有问题，但她不是为杜月香来的，也懒得理她。

很快，赵屿带着赵安安回来了，赵屿道：“抱歉。”

杜恬说："没事，赵屿哥，以前村里的老先生教你文化课，我听说还有英语，你可不可以教……"

杜恬会英语不好？黛宁记得杜恬可是个学霸。

黛宁手指在桌子下继续戳赵安安，赵安安哭丧着脸，小声道："大哥，我肚子还痛。"

赵屿看向小妹，他是个聪明人，看了一眼事不关己的黛宁，还算平静地抱起小妹："抱歉，我再失陪一下。"

茅房外面，赵屿蹲下，道："安安，给大哥说实话。"

他神情严厉，赵安安搅着指头，怎么也不肯说，她答应过大小姐的。

赵屿说："大哥不喜欢说谎的孩子。"

赵安安再也绷不住，抱住赵屿的脖子"哇"的一声哭了出来："我不是故意的。"

小女孩抽抽噎噎，把事情都说了。

赵屿脸色越来越黑，气得想笑，纪黛宁！

第三章

谷场的夜

到底是在小妹面前，赵屿收敛好心情，哄着赵安安：“大哥不会不要你们，别害怕。你别听大小姐乱说，相信大哥好吗？”

赵安安点头。

“那好，我们回去。”

桌前的杜恬还算沉着，黛宁看她镇定如斯，难免佩服她的忍耐力，如果是自己，讲话三番五次被打断，早就已经掀桌子了。

赵屿牵着赵安安回来，杜恬问：“安安没事吧？”

赵屿道：“没事。”

赵安安很心虚，不敢看大小姐。

杜恬向来不是一个容易放弃的人，能在一本男频书里得到几大男主角青睐，她身上很多品质可圈可点，比如毅力。

“赵屿哥可不可以教我英语？”杜恬学聪明了，一句话不分几句说，直接点明来意。

黛宁桌子下的手再次去戳赵安安，可这回没触碰到干巴巴的小丫头，她柔软的手就被一只大手截住了。

黛宁眨眨眼，看向赵屿，男人握住她的手，面不改色，黛宁要抽回来，赵屿索性收紧，不许她再打他妹妹的主意。

赵屿见黛宁不可思议地瞪着自己，他干脆别过头，回道：“你要是想学英语，我家里有些书可以拿过去看，有不懂的地方可以问我。”赵屿觉得自己的家乡太过闭塞，多个乡亲上进是好事。

桌子下面的波涛汹涌杜恬看不见，得了这个结果，她已经算满意，当即轻轻笑一下，甜甜道谢：“谢谢赵屿哥。”

“没事。”

黛宁听他回答更生气，她亮出指甲，要挠赵屿，男人手腕一转，干脆逼她握成拳，把她的小手全部握在自己掌心。

大小姐野猫一样，可是小拳头也就那么点大，真要拼武力，她就是个渣渣。

赵屿面无表情，单手扒饭吃，黛宁嘟着嘴，干脆拿起筷子往他碗里夹辣椒，夹完还扔花椒和姜片进去。

这顿饭吃得赵屿和黛宁火气都很大。

等杜恬和杜月香母女一走，忍了一顿饭的黛宁终于爆发，气哼哼地跳起来。

赵屿擦干净嘴，松开她的手，在黛宁要捶他的时候，直接把她扛了起来。

赵安安傻眼了，赵平也张大了嘴。

黛宁挣扎："赵屿，你疯啦！"

赵屿冷笑："你当我脾气很好是吧？"

黛宁踢他："你把我放下来，不然我让钱叔打死你！"

赵屿回头看一眼小弟，叮嘱道："把碗洗了，我一会儿回来。"说完就按住不安分的大小姐，出门去了。

赵屿这几天观察过，知道附近有黛宁的保镖，他洞察力惊人，知道他们都在哪几处，于是扛起大小姐就往山里走。

男人语气冷冰冰的："纪黛宁，要打我妹妹屁股是吧。"

黛宁不承认："没有，我说过吗？我没有啊。"

她识海的青团简直没眼看，它见过作的，但没见过黛宁这样明明倒霉还作天作地的。男主角之所以是男主角，除了气运爆炸，本身也不可能是软柿子。

赵屿小时候就撑起了整个家，要真那么好惹，他全家早都被人欺负死了，哪还能把赵平和赵安安养大？

赵屿有心教训大小姐，顺带吓唬一下她，免得自己不在，黛宁就逮着他弟弟妹妹欺负。赵安安以前从不说谎，大小姐才来几天，小丫头就学坏了？

肩上的少女让人生气，然而少女曲线惊人，她今天穿的玫瑰红裙子，裙摆到膝盖，现在嫩生生的小腿蹬呀蹬，半点儿不知道害怕，还冲他娇声吼："你敢打我，你全家都要陪葬！"

吼这么大声，也不怕赵屿就地把她埋了。

赵屿目光在她臀部落了一秒便移开了，倒不是因为大小姐的威胁才不下手，实在是大小姐发育得太好，他怎么也不可能把她当成妹妹教育。

赵屿扛着人，第一次觉得有点棘手。

肩上的少女简直是个混世小魔王，偏她还扬扬得意，以为自己威胁有效："知道怕了吧，快让我下去，赵屿，我要头晕啦。"

赵屿抿唇："你以后离安安远点。"

"好好好，快点嘛，你这样我想吐。"

赵屿见她答应得这样快，更加不信，他警惕地补充一句："也离赵平和我爹娘远点。"

"行行行，你好啰唆。"她肚皮好痛，赵屿的肩膀是钢筋做的吗？

赵屿道："纪黛宁，记好自己答应了什么，不然我不介意用我一条贱命换你金贵的命。"

他沉着脸，把黛宁放下来，黛宁头昏脑涨，扶着他的胸膛，还不忘讽刺他："我才看不上你的贱命。"

她分不清东南西北，小手碰到他的胸膛，赵屿赶紧把她拨开，让她靠着树。他脸色绷得死紧，本来下定决心要让黛宁长个教训，可惜大小姐胆子肥，什么都不怕，像只让人无从下嘴的刺猬。

这件事，起初重拿，最后只能轻放。

明明没把大小姐怎么样，她缓过来，倒是开始秋后算账："赵屿，你敢这么对我！你要给我道歉，还要保证不会有下次，不然我让张永丰把你家破房子拆了。"

青团不许她对气运之子下手，但是没说不能拆家。

赵屿深吸一口气，面无表情："对不起，没下次。"

黛宁捂住肚子，扁嘴看他。

赵屿看她的小脸确实没晚饭时红润，皱紧眉头问："你怎么了？"

黛宁说："肚子疼，都怪你。"

赵屿沉默了一会儿，他不知道有人比小妹还不耐磋磨。

黛宁很会看眼色，见赵屿气消，开始提要求："你要把我背回去，当作赎罪。"

赵屿说："你腿又没事。"

"那人家肚子疼嘛。"

赵屿的心脏像是被猛地戳了一下，说不清那种感觉，总之心里特别不自在，他蹲下来："上来。"

赵屿长这么大，第一次觉得无力，世界上怎么会有这样的人，前一刻还恨不得打死她，下一秒又让人没办法只能妥协。

黛宁趴在他背上，用手戳他的脸颊："你这个骗子，又说不喜欢杜恬，又要教她英语。"

赵屿都不想和她掰扯，掰扯输了自己生气，赢了黛宁要冲他发脾气，两样都讨不着好。

"你不否认，难道是开始喜欢她了吗？你快回答我。"

黛宁在他背上，赵屿怎么都不吭声，像只岿然不动的老王八。没人和她讲话她最难受，黛宁气得揪他头发："坏蛋。"

他忍不住笑了一下，也不知道为什么会笑，他低声道："纪黛宁。"

"嗯？"

"谁把你养成这样子的。"脾气坏还娇气，得理不饶人，谎话连篇，小孩子都能带坏。

这辈子，谁敢娶你啊？

天气晴好，正适合晒谷子。

杏花村有个晒谷场，地势特别好，往往晒三天，谷子就干了。晒谷子时，必须有人在谷场守着，一来防鸟雀偷吃，二来万一下雨，好及时盖上。晒谷子有讲究，即便下雨也得晾着，不然潮湿的稻谷发芽，就会前功尽弃。

夜间也得有人守，虽说乡里乡亲，可村里总有那么几个懒汉，自己不种地，想趁这时候捡便宜兜一袋跑。

赵屿家只有他一个成熟男人，在谷场守谷子的事自然落在他身上。

谷场离不开人，赵屿在谷场搭了个小棚子，晚上睡在那里，三餐都由赵平给赵屿送过去。

没有网络的情况下，黛宁百无聊赖，玩贪吃蛇玩到小蛇占满整个屏幕，她自己把自己恶心到了，又换成消灭星星。

有了冰块，黛宁不乐意出门，外面好热，她出去一会儿就会出汗。大小姐懒洋洋的，钱叔反而挺放心，她不乱跑，别的不说，起码安全，所以钱叔也不唆使她出去玩。

第一天还好，第二天黛宁意识到不对劲，她头天从窗户看见杜恬黄昏出去，一直到晚上都没回来。

她好奇地问赵平："杜恬去做什么，她家也要晒谷子吗？"

赵平被哥哥叮嘱远离大小姐，此刻被捉住，十分苦恼，不理大小姐也不好吧？

"恬姐家没有谷子。"

"那她去做什么？"

赵平摇头："我不知道。"

生怕大小姐折腾赵安安，赵平补充一句："小妹也不知道。"

黛宁把手机往兜里一揣，雄赳赳地出门去了。

他们都不知道，她却猜到了，好呀，杜恬真鸡贼，竟然晚上去谷场和赵屿私会！亏得她立马反应过来，亡羊补牢，不然还会让杜恬钻两天空子！

孤男寡女干柴烈火的，哪怕杜恬是只母猪，那种环境下赵屿都容易看出感情，更何况杜恬不是。她作为女主角，没有黛宁颜值逆天，但摸着良心说，她长得还不错。

不得不说，在嗅八卦和当灯泡这方面，连青团都得为这黛宁点个赞。

黛宁猜得八九不离十，杜恬是很会利用机会的人，即便没有机会，她也可以自己创造机会。

杜恬家没有田地，不需要晒谷子，她想了个主意，夜里帮同村的老刘伯看谷场，老刘伯年龄大了，她做个顺水人情，也显得乐于助人温婉善良。杜恬很聪明，她去之前，把赵屿借给自己的英语书带上，自然而然就可以和赵屿搭话。

赵屿家晒谷子的地方和老刘伯家挨很近，赵屿本来也没事做，见邻居家妹妹聪明好学，他乐意指点几句。

老刘伯善良，在赵安安小时候没少接济小女娃吃的，杜恬帮老刘伯看谷场，让赵屿对她挺有好感，第一天两个人相处十分融洽。

赵屿惊异于杜恬的聪明，村里只有小学和初中，老师是半吊子，赵屿早熟聪颖，大了只身走出大山后，都是自己买来课本学，但是他教杜恬，发现杜恬学得很轻松，还能举一反三。

赵屿哪里知道，这些东西杜恬都学过，此刻听他讲，自然不会有困难。两个学霸探讨了一晚上学术。

杜恬想得很好，第一天晚上做铺垫，消除生疏感，第二天晚上就可以更近一步，她连今晚的话题都找好了，比如问问赵屿今后的打算。赵屿爹娘身体都有问题，他肯定想给爹娘治病，她循循善诱，就能走进赵屿心坎。

她外表清秀可人，还多才多艺，给赵屿出出主意，他说不定能更快成功。

一切计划都很完美，直到黄昏，天边色彩瑰丽，身着缀花鱼尾裙的黛宁款款向他们走来。

大小姐戴着白色遮阳帽，柔和夕阳下，她雪肤花貌，像是山水画中走出来的美人。守谷场的大多是男人和中年妇女，上到六十的老头儿，下到十四五岁的少年，中间还有几个四十岁左右的妇女，通通呆呆地看着她，大小姐拎着裙子，莲步轻移，大家的目光都神奇一致地落在她那截比藕还嫩白的小腿上。

大小姐险些踩着谷子，弯弯绕绕地来到赵屿和杜恬身边，赵屿坐在地上，看见她一路招蜂引蝶地过来，有几分头疼。

“又怎么了？”他自己都不知道，他说这句话时，声音自觉低了好几个调。

一旁的杜恬放下书本，她如今已经发展到看见黛宁，就觉得有糟心事发生的地步了。虽然是炮灰女配，可这女配怎么这么烦啊！

黛宁看见杜恬，知道自己猜得没错。

大小姐毫不客气，往两人中间一坐，她嚼着水果糖，冲赵屿道：“我在家不好玩。”

她平时不使坏时，看起来赏心悦目，赵屿对着她脾气还可以。

“钱先生没带你去玩吗？”

黛宁道：“他一个死板老头儿无聊得很，我要和你们玩。”

空气静了几秒，赵屿和杜恬隐约觉得，这句话应该翻译为“我要玩你们”。

杜恬礼貌地道：“纪小姐，我在请教英语问题，你坐着我的书了，可不可以让让？”

黛宁抽出她的书，翻了翻：“你问赵屿做什么，他那么傻，一看就没读几年书，你哪里不会问我呀。”

赵屿看了黛宁一眼。

黛宁疯狂往自己脸上贴金：“我什么都会，来来，我教你。”

杜恬就没有不会的地方，但是赵屿看着呢，为了保持住爱学习的温柔少女形象，她柔声问：“纪小姐，这道题怎么翻译？”

黛宁一眼看过去，煞有介事地沉思了两秒。

她说自己很厉害，赵屿和杜恬都信了，毕竟大小姐在大城市长大，受的教育请的老师都是顶尖的，于是黛宁要回答时，连赵屿都忍不住看着她。

黛宁眼睛一眨，从随身包包里掏出一部手机。她手指点得飞快，打开扫描功能后，在杜恬英语书上扫过，很快，手机自带词典就把英语翻译了出来。

黛宁把手机塞给杜恬：“我厉害吧？”

黛宁大方得很，她笑嘻嘻地道：“你这么喜欢学习，我手机给你拿着用，超级方便哟，扫一扫无障碍，你还可以查单词，练听力，一条龙服务。”

杜恬咬牙：“无功不受禄，手机这样贵，我怕弄坏了。”

她哪里是要学什么英文！

黛宁财大气粗：“一个手机而已，我如果想要，明天可以弄一百个来。你坐远一点，说话口水喷到人家脸上啦。”

杜恬的笑容差点挂不住。

大小姐不满地擦擦脸，转头看赵屿：“你快给我擦干净。”

赵屿看着大小姐粉嘟嘟的脸，什么都没说，知道她又在闹幺蛾子。赵屿没理黛宁，转头对杜恬道：“杜恬妹妹，大小姐平时娇惯了些，你别和她计较。”

杜恬笑得勉强：“不会。”

说是这样说，对话却再也进行不下去了。杜恬按捺住心头憋闷之感，站起身：“我回去看看谷子，赵屿哥，谢谢你了。”

她起身离开，黛宁还冲她挥手，杜恬深吸一口气，没回头。

见杜恬走远，黛宁转头看赵屿，赵屿也在看她。

“你很讨厌杜恬。”

用的不是疑问句，而是肯定句。

黛宁不否认，反而认真地和他商量：“你和我一起讨厌她吧！”

赵屿看她半晌，薄唇吐出几个字："无理取闹。"

论讨人厌的程度，谁比得上大小姐？赵屿不了解杜恬，但是就目前来看，杜恬没做任何惹人讨厌的事，反倒与人为善。如果想得多的人，估计还会猜，大小姐这样见不得他和杜恬在一起，是否是对赵屿有意？

可赵屿不会这样想，杜恬一离开，黛宁立马离他一丈远，原因赵屿能猜到，他白天在谷场守着，阳光固然利于晒谷，可也是真的热，他哪怕是个再爱干净的男人，都无法避免出了一身汗，大小姐这种嫌弃的表现会对他有意才怪。

赵屿对她道："趁着天没黑，你快回去吧。"

黛宁托着下巴摇头，杜恬都不走，她也不能走，杜恬就跟打不死的小强一样，自己一走，她铁定立刻黏过来。

赵屿："你不自己回去，晚点我也没法送你。"

黛宁说："我不回去，我也要在这里守谷子。"

赵屿知道她古灵精怪，不会听自己的，也就不浪费唇舌。赵屿从帐中拿出中午留下的干饼子，就着凉白开啃，如果不是大小姐搅和，他这会儿早该吃饭了。

饼子是小弟赵平烙的，干硬而无味。

赵屿垂着眸，没什么表情，这种苦日子他从小就过，如今已经习惯，不觉得难吃，安之若素。

身边的少女大眼睛一眨不眨看着他。

黛宁来谷场之前就已经吃过钱叔送的晚饭，她含着金汤匙出生，从没过过苦日子，原来哪怕心里煎熬了些，但到底是纪家大小姐，从不缺衣少食。

黛宁无法理解，像赵屿这样辛苦、身边一堆拖油瓶，日子看不见光似的，活着有什么意义？纵然他未来会变好，可现在他不知道啊，不是没盼头吗？

假如让大小姐来过这种日子，她这样没斗志的人，早就直接选择安详地凉了。

太阳落下去，山村没多少人夜间舍得点灯，谷场黑漆漆的，好在有月光，还有满天星斗。远处传来几声细弱的虫鸣和蛙叫声。

蚊子围着黛宁转，不得已，她挪到赵屿身边，向他告状："赵屿，有蚊子咬我。”

赵屿说：“我把手电筒给你，你自己回去吧。”

黛宁摇头：“不要不要。”

赵屿也没法替她赶蚊子，大小姐自己作了一番斗争，累得够呛。黛宁揉揉眼睛：“我要睡觉。”

说来奇怪，都市的人容易变成夜猫子，但是小村庄与世隔绝，因着没信号，黛宁生生调整好了作息，平时睡得很早，往常这个点，她已经舒舒服服地躺在“冷气房”的床上了。

大小姐困倦的声音软绵绵的，赵屿抿了抿唇：“你如果不介意，去帐篷里睡。”

黛宁说：“哦。”

如果是杜恬，肯定会体贴担忧地问一句“那你怎么办？”但黛宁不会问，赵屿一说，她立刻乐呵呵地自己跑去睡了，她还小心眼地道：“你不许靠过来。”

赵屿垂眸，也习惯她小气又自私的性格，从鼻子里挤出一个音“嗯”。

黛宁钻进他的帐篷。

在今天之前，大小姐没有睡过这种几块钱一个的帐篷，她爬进去，有几分茫然，借着月光，她看清了这个帐篷里有些什么：一床用来垫的破棉絮，还有一张用来盖的薄毯，没有枕头，只有一把蒲扇、一本书、一个水壶，还有个手电筒。

黛宁心想，这穷鬼！

她忍住嫌弃，试着往棉絮上一躺，隔着这床破棉絮，她感受到泥巴地面凹凸不平的形状，黛宁身上哪里都娇气，一下子难受得她倒吸了一口气。

赵屿坐在外面，听着夏夜的蝉声，打算就这样将就一晚，他年轻气盛，几晚上不睡也没事。

身后霸占他休息地方的少女探出头来：“赵屿！”

赵屿低声问：“怎么了？”

“你快过来一下。”

赵屿走过去蹲下，月光下，她头发散开，海藻般的鬈发怪可爱的，只可惜又开始嫌这嫌那。

“地上好硬，我不舒服。”

赵屿道：“只有这个条件，你也看见了，大家都这样睡。”

“可我不是大家。”黛宁强调道，“我不要这样睡，你给我想办法。”

赵屿简直头大。

“你自己要跟过来的，我再有本事，也变不出高床软枕，没办法，你要睡就安分一点，不睡就回去。”

一听这话，她脸颊鼓得像小河豚。

见她这样，赵屿忍不住笑了笑，但他依旧没松口。大小姐毛病多，一身公主病，给她惯的，再说了，他确实没办法。

赵屿至今没想明白，大小姐这样富豪家的掌上明珠，怎么会来这种偏僻小村庄玩。他们这个村子比其他地方起码落后四十年，大山阻隔了出路，村里只有一轮绝望的月亮。

赵屿不肯想办法，黛宁自己想，她借着月光将破棉絮叠两层，又把薄毯盖在上面，然后把它们全部扔在了赵屿怀里，她自己美滋滋地往新出炉的“人肉垫子”上一躺——

啊，舒服多了！

赵屿怀里拥着一床棉絮一床毯子，上面还加了一个人，他沉默半晌，看着她开口：“纪黛宁。”

她脆生生地应了一声：“你不要说话，我快睡着了。”

赵屿额上青筋一跳，你要脸吗！

大小姐调整好惬意的姿势，想起什么，顺手拿来蒲扇塞他手中：“我热，你给我扇扇。”

赵屿已经不想讲话了。

大夏天的，他身上有两床被子一个人，想起先前大小姐说只把他当个物件儿的话，赵屿有种把她扔出去的冲动。

怀里的黛宁露出半张精致的小脸，深褐色的发散在他怀里，有两缕落在他掌中，赵屿不经意碰到，发现手感特别好，卷卷的，毛茸茸的，小动物一样，发间还有两个黛色丝带结，不讲话时，她可爱漂亮得就像海里走出来的小海妖。

月光皎洁，等他回过神，发现大小姐呼吸均匀，也不知道是他看得太久，还是她入睡太快。

黛宁娇贵惯了，即便睡着，梦里也觉得不舒服，在他怀里的毯子上动来动去，还无意识地用手背揉脸。

赵屿见她脸上停了只蚊子，几乎条件反射，拿起蒲扇，替她扇走蚊子，她感觉到舒服，睡颜重新变得乖巧起来。

赵屿难以置信自己刚刚做了什么，他这是被纪黛宁虐出奴性了吗？

赵屿把蒲扇一扔，打算直接把她推开，这时，月光温柔地落在她的鱼尾裙上，她不知道梦到了什么，弯起了唇角，笑容甜蜜。

赵屿推她胳膊的手顿了顿，最后心不在焉地看着她发间的丝带结。

罢了，和一个女孩子计较什么呢？

他热出了满身的汗，最后捡起蒲扇，有一搭没一搭替她扇风。

黛宁睡着了不知道，赵屿却记得，那晚北斗七星特别亮，星河流转，四周安谧。

他低头看着纪黛宁，迫切希望她尽快离开，平静的生活因为她的到来被打破，他不喜欢这样的变化。

第二天，黛宁醒过来，对上赵屿一双黑眸，她揉揉眼睛："早上好啊。"

赵屿一点也不好，他浑身僵硬，身上的汗水湿了又干。

天边露白，大小姐坐起来，不怎么满意地抱怨："我昨晚睡得好难受。"

赵屿冷笑一声，这回话都不想跟她讲了，把怀里的被子一扔，径自从水壶里倒水喝。

他身上又酸又僵硬，倒水的动作不怎么自然，赵屿也不问黛宁喝不喝，喝完水就走出去了。村里的人给他打招呼，他点头，也同他们问好。

杜恬昨晚辗转反侧，此刻终于看见赵屿，发现男人带着疲倦，她连忙柔声关心："赵屿哥，你看起来精神不太好，你没事吧？"

赵屿摇头："没事。"

杜恬："我娘做了早饭送过来，有多的，一起吃吧。"

赵屿谢绝："不用，一会儿赵平会给我送。"

偶尔邻里往来的好意他还能接收，但是多了赵屿肯定不允许，杜恬一个妙龄少女，自己也是个单身男人，传出去对杜恬的名声不好。

杜恬闻言笑笑，没勉强，她笑容挺治愈的，看着也温柔。

赵屿走了几圈活动筋骨，感觉好些了，这才回到自己家晒谷子的地方，巧的是，钱叔得知大小姐跑来谷场，一大早赶过来看这块豪门心头肉。

赵屿听见她委委屈屈地和钱叔撒娇："钱叔，这里好多好多蚊子，晚上还热，你看我身上被咬的包。地好硬啊，我全身都疼。"

钱叔心疼坏了："哎哟，钱叔看看，这么大的包！大小姐忍一忍，我让张永丰给你找药膏，我们家大小姐受苦了，咱们以后不来了啊。"

黛宁点头："嗯嗯！"

赵屿靠在旁边的树上，嘴角抽了抽，他俨然觉得将就纪黛宁一晚上的自己是傻子。

钱叔带的两个保镖手上拿着盆、干净的毛巾和热水壶，一个人倒好水，供大小姐洗漱，另一个递来牙刷和杯子，连牙膏都挤好了。

赵屿眼不见为净，去附近的一条小溪掬水洗了把脸，回来时大小姐已经开始盘腿坐着吃早餐了，那股香气笼罩着整个谷场，村民们全部咽着口水，目光发直地看黛宁吃饭。

穷困的小村庄几时来过黛宁这种人间富贵花？她吃的好东西，许多人一辈子都没见过。

黛宁吃得很香，俨然不知道自己造成了多大的影响，钱叔在一旁等自家大小姐吃完。

赵屿觉得大小姐真的欠教育。

黛宁见他回来，不满意早上他的"不告而别"，按她说，面对她的抱怨，赵屿应该是跟钱叔一样的态度，可他一声不吭跑了。

本来黛宁还打算分他两个包子，反正她吃不完嘛，这下倒好，记仇的大小姐连灌汤包的汁都不要给他尝一口。

赵屿面无表情地道："纪黛宁，你下次不要在这么多人面前吃饭。人心隔肚皮，你这副样子，摆明鼓励人来抢你。"

黛宁用看傻子的眼神看了他一眼。

"才不会，来一个我家保镖打死一个，来两个打死一双。"她惯来擅长以小人之心度君子之腹，警惕地看着他，"你想抢我的东西吗？你自己掂量一下！"

赵屿忍无可忍地伸出手，在她白嫩嫩的脸颊上狠狠掐了一下。

黛宁愣了半晌，一双猫儿眼充满震惊，他们这种气运子这么不怕死吗？钱叔都在这儿呢，赵屿竟然敢对她动手！

赵屿敛着眉眼，冷冷地说："早就想收拾你了。"

黛宁火冒三丈，回头看钱叔："给我打死他！"

钱叔看得脑仁直跳，事实上，他也不是个傻子，村民们因为贫困和饥饿大多数都吃不好，还有少数吃不饱饭，他们家大小姐看着就一副谁抢她谁走上巅峰的感觉。那些饥饿、冰冷而麻木的目光，让钱叔心惊肉跳，在赵屿点出来以后，钱叔更是意识到严重性。

保镖们再厉害，也只有四个人，陈小莉忽略不计，加上张永丰和自己，也就六个人，他们手中的电棍杀伤力再大，也防范不了一整个村庄的村民。一开始村民们不敢妄动，倘若大小姐待久了，说不准会发生什么。

钱叔心中一沉，也低声在大小姐耳边道："赵屿说得对，大小姐，咱们要收敛点。"

黛宁识海中的青团已经绝望地躺平了，它怎么就忘记了，作为一本书中的人物，纪黛宁很难跳出她这个人物本身的设定——骄纵、自大、小气、自私。

黛宁捂住被掐红的脸，她揉揉脸颊，眼珠子一转："好嘛好嘛！不吃就不吃。"

青团翻了个身，觉得还能抢救，至少纪黛宁脸皮厚，能屈能伸！尽管她可能在准备事后算账。

赵屿冷眼看着她。

黛宁一张芙蓉面凑近，笑嘻嘻地道："我知道你说得对，赵屿你真好，你别生气嘛。"她戳戳自己另一边脸颊，非常没下限，"不然你再捏捏？"

软软的脸颊，一戳一个窝儿。

赵屿看了她半晌，把她拉起来，对钱叔低声道："你们如果还要留下来，最好再带一部分人过来，但我的建议是尽快走。杏花村算不上什么好地方，这么多天你们也清楚了，这里贫瘠，没信号，也没娱乐，再待下去没有意义。"

钱叔看向黛宁。

黛宁点头，说："钱叔你多找点人过来。"

钱叔没想到大小姐这样执着，依旧决定留下，只好答应，他连忙把大小姐没吃完的早饭收起来。折腾了这么一通，给赵屿送饭的赵平也来了。

他看着这一大群人，硬着头皮喊："哥。"

赵屿道："小平，你在谷场看一会儿，我回去洗个澡换身衣服再过来替你。"被大小姐折腾了一宿，他必须回去洗洗，白天让赵平看一会儿谷场没事。

"好。"

黛宁跟着赵屿回去的路上，她看着他的背影，亮出手，五指成爪，对着他背影扬了扬。

她总会想一个严肃的问题——为什么自己死得早，赵屿这样的贱命活到了最后？

气运子被叫气运子是有道理的。她打算先听话，总觉得跟着这个老成王八能苟活到地老天荒，等哪天不需要他，没有生命危险了，她再慢慢收拾他。

黛宁决定回去就写个记仇日记，把赵屿的缺点全写上。

赵屿不知道她在打什么小九九，他回去先看了一眼爹娘，陪他们说了几句话，然后去后院打井水冲凉。男人年轻的身体结实，他也不怕凉，只觉得舒服，等冲完凉出来，看见堂屋坐着的大小姐和赵安安，他神经再度紧绷。

赵安安嘴巴里被塞了一个鸡蛋饼，可怜巴巴地看着大哥。

赵屿一把拉住黛宁的手腕，质问她："你在做什么？我不是说过吗？离我妹妹远点，我的警告你当……"

黛宁眼疾手快，反手将一个黄金炸虾丸塞进了他嘴里。

香味在赵屿嘴里散开，他下意识就要吐出来，可是从小受过的教育是不能浪费粮食，他克制隐忍地看着黛宁，把嘴里的食物咽下去。味蕾感受到一股前所未有的美好滋味，饶是赵屿在气头上，也不得不承认，嘴里的食物是他长这么大吃到过最好吃的东西。

赵安安小声道："大哥，大小姐没有欺负我，她在喂我吃东西。"

她也知道不该吃，可是大小姐能动手从来不讲过程，当一个又一个香糯点心塞进她嘴巴，她什么话都说不出来，只觉得这一刻好幸福。

黛宁从来都吃独食，这还是第一次把东西分给他小妹。

等赵安安说完，她瞬间戏精上身，泪汪汪地指责赵屿："我给丑丫头吃东西，你还凶我！"

赵屿低声道："抱歉。"他都懒得纠正黛宁胡乱给自己妹妹取的外号了。

黛宁伸出手腕，抽泣道："人家的手都被你掐疼了！"

赵屿带着几分无奈："是我不对，你想怎么样？"

黛宁说："我给丑丫头吃了那么多东西，你也吃了，既然大家都吃了好东西，我们就是一条船上的人，钱叔找人来之前，你要保护好我！"

赵屿嘴唇动了动："知道了。"

原来折腾这么一出，是怕死。

黛宁得了他的承诺，一瞬间又变得活蹦乱跳，哪里还有刚才半点装可怜的委屈感，她欢快跑出去，朗声道："钱叔，我要洗澡，你喊人给我烧水。"

赵屿垂眸，忍着笑摸摸小妹脑袋。

赵屿怕黛宁今晚还要跟着他去谷场，如果今晚大小姐再去，估计得把床搬过去，到时候围观的人更多。幸好今天就是第三天，赵屿为了杜绝这种情况发生，决定白天再晒一天，就把谷子全部运回来，晚上不用去谷场了。

杜恬心里堵得不行，她帮人看了三晚的谷子，夜间山蚊子多，她睡得一点都不好，周围人还动不动就打鼾，关键是，她除了第一天晚上和赵屿探讨了几道英文题目，别的什么也没讨论上，可谓赔了夫人又折兵。杜恬深吸一口气，告诉自己不能气，纪黛宁早晚要遭报应，她等着那一天就行。

赵屿没想到，才收了谷子，晚上就下起雨，在谷场的人慌慌张张地盖住谷子，忍不住叹一声晦气，本来想多晒一两天，谁想到下雨这么突然。

第二天雨依旧没停，看来山里的雨季来了。

黛宁也很高兴，她得意地道："赵屿，你看我来你家，你家运气都变好了吧！"

真是什么都能往自己身上揽功，赵屿心中好笑，还真是因为大小姐这个事精，他才早早收了谷子，这话从某些方面来说，倒是没错。

下雨天他不便出门，照惯例留在家教小弟小妹读书。赵屿心有丘壑，明白一辈子在大山里绝非一家人的出路，他需要钱给爹娘治病，还要让小弟小妹过上更好的生活。

换个人恐怕会打黛宁的主意，但赵屿并不这样想。

一来黛宁性格自私跳脱靠不住，二来他知道靠自己才走得长远，大小姐总有一天会离开，到时候他依旧得带着一家人继续过这样的日子，所以哪怕最近大小姐心情好，偶尔要投喂小弟小妹，他也只是一脸平静地把赵平和赵安安拉过来，让大小姐别闹。

由俭入奢易，由奢入俭难，他不会让小弟小妹再吃她的东西，他不是吃软饭的男人，也还不上大小姐这些珍馐，所幸两个小家伙听话，大哥不让，他们就闭紧嘴巴，也不再惦记。

黛宁觉得这家人好没意思。她着实无聊，晃来晃去，最后干脆看赵屿给赵平和赵安安讲课，说不定她还可以挑个刺玩。

两个黑黑瘦瘦的小家伙中，一下子加入一张盛世美颜，她眼睛比起一旁的赵安安和赵平，又大又圆。

赵屿不知道为什么，想起那晚在谷场，她吹牛说她什么都会，其实那些单词，她没看懂几个吧？这么不听话的女孩子，在学校时会好好学习才怪，大小姐不把同学全部欺负一遍就算好。

一旦接受了黛宁的学渣设定，赵屿再看她，突然觉得圆眼睛的鬈毛姑娘……坐在两个小朋友中间，其实也不那么讨人厌。

黛宁发现赵屿讲课很有一套，他并不拘泥于赵安安和赵平的课本，偶尔会讲几个带着道理的故事，男人声线清朗，两个小孩听得津津有味，连黛宁也忍不住听得入神。

只要黛宁不捣乱，赵屿也不会赶她走。

雨还没停，一个年轻小伙穿着蓑衣跑过来喊："屿哥！"

赵屿抬眼看过去，是同村的刘栓，他小腿和筒靴上都是泥点子，赵平赶紧道："栓子哥，进来坐。"

刘栓打小和赵屿一起长大，小伙子浓眉大眼，看上去十分喜庆，他走进来笑道："赵平，安安！"

喊完人方才发现屋里还有个懒洋洋地打量他的少女。

那女孩穿一身紫裙，脖子上挂一条紫水晶项链，嫌弃地看一眼他身上的泥水，本来还兴冲冲的刘栓耳朵红了红，一下不自在起来。

赵平偷偷捂着嘴笑，大小姐还真是无差别嫌弃别人啊。

赵屿知道大小姐谁也看不起，替刘栓解围道："栓子，有什么事吗？"

刘栓这才反应过来："我爹弄了几尾鱼，让我带一条来给叔和婶补补身子。"

他手中果然拎着一尾肥鱼。

赵屿并不和他客套，亲自接了，把鱼放进水缸养着，那尾肥鱼十分鲜活，下水就开始摆尾吐泡泡。

赵安安细声道："谢谢栓子哥。"

刘栓眉开眼笑："不谢不谢，屿哥没少帮衬我家里。"他挠挠头，有点儿不好意思，黑红的皮肤更红了几分，"还有件事，我和小燕下个月要结婚了，屿哥你们一家人一定要来吃喜酒。"

此言一出，连赵平都忍不住"哇"了一声。

赵屿露出笑模样，捶了下刘栓的肩膀："恭喜。"

刘栓看一眼黛宁，小伙子憨厚，道："纪小姐有空的话，到时候也可以来瞧瞧热闹。"

黛宁面露不屑，正要发言，旁边一只大掌把她嘴巴捂住。

赵屿道："她知道了。"

刘栓看看赵屿，又看看因说不出话而愤怒挣扎的大小姐，一头雾水。"那我走了，你们一定要来。"

刘栓再次冒雨离开，可以看出他的确十分高兴，不然不会一刻都等不及，冒雨来给大家宣布这件喜讯。

等刘栓看不见影了，赵屿才松开捂着大小姐嘴的手，黛宁呸呸两声，当场要奓毛。

赵屿看了她一眼，道："人家结婚是好事，你不许说风凉话。"

黛宁不满道："你知道我要说什么？"

赵屿哪有不知道的？无非就是他们这些山里人庙小，供不起她这尊大佛。

赵屿最近胆子越来越肥，黛宁生气地打他，赵屿知道是自己理亏，没动，任她打个够。

赵屿见她气哼哼的，只好道："你不想去可以不去。"

黛宁本来不想去，被他这样一说，这下偏要去。

赵屿如今对着她简直没办法，他道："你那天不许捣乱，知道吗？"

雨一下就下到了八月初。

刘栓和小燕要结婚全村都知道，杏花村很少有这么喜庆的事，大家也跟着喜气洋洋。

对黛宁来讲，最近也有件好事——钱叔从山外又调了十个保镖过来，现在她有个全副武装的十四人保镖团，不是她吹，对抗一个杏花村完全没压力的。

一旦感受到安全感，黛宁又变成了一点都不听话的大小姐。

赵平有点儿不解，小声问他哥："哥，我怎么觉得大小姐这两天格外活泼？"

用"活泼"形容纪黛宁，简直委屈了"活泼"这个词，大小姐这几天开始闹着要吃冰激凌和冻荔枝，保镖团绞尽脑汁地给她想办法，围着这个宝贝疙瘩团团转。

赵屿道："别理她，我们家给栓子准备的东西弄好了吗？"

赵平点头："鞭炮和肉都在屋里呢，鸡要都送过去吗？"

"送吧，"赵屿说，"过段时间我去和人换几只小鸡崽给你和安安养。"

"没事，哥。我不心疼，栓子哥结婚是好事，应该办得体面些。"

见小弟开始懂事，赵屿心中很欣慰。

赵屿进屋，给他爹娘也讲了这件事，他爹瘫着，说不出话，浑浊的老眼里几乎没什么光彩。

赵母感慨道："一眨眼，栓子都要结婚了，时间过得真快。"她是个苦命的女人，同时也有点多愁善感，本来是高兴的事，说着说着，看着大儿子，又想落泪，"都怪爹娘不好，这么多年，拖累你了。"

赵屿给他娘拉了拉被子："娘，别这么说，过两年我赚了钱，带你们去城里看病，到时候你们身体好起来，还能接着带小妹。"

赵母想起什么，摇摇头，握住赵屿的手："我身体什么情况我自己清楚，你别花工夫。咱家的钱攒着，屿哥儿，你今年也十八了，要是看上哪家姑娘，到时候去求求看。”

山村里结婚早，往往先办酒席，有条件的时候再去领个证。

赵屿没讲话。

赵母有了这个念头，就停不下来，开始思索村里还有哪些适龄姑娘：“我听赵平讲，隔壁的恬妞对你很不错，你看……”

赵屿打断她说话：“娘！人家看不上我们家的。”

赵母嘴唇嗫嚅两下，显得有几分卑微难过。他们家什么情况，她自己也清楚，别的不说，单讲他们这一大家子拖累，就没几个姑娘愿意嫁过来。

他们家屿哥儿明明比所有小伙子都长得好，也能干，可现在这些事还没个着落。

赵屿知道娘在想什么，安慰道：“你别想太多，城里有些人二十八九岁都没结婚，我还早，到时候多赚点钱，想娶什么样的姑娘没有？”

他顿了顿，也不知道想到什么，没再继续这个话题。

赵屿起身：“我去看看小妹。”

没过几天，就是栓子和小燕结婚的日子，天还没亮，赵屿早早起床去随礼，他想得周到，趁着酒席没开始，他还可以去帮帮忙。

栓子对好兄弟的好意十分受用，他高兴又紧张，五点钟开始就频频往小燕家望了。

赵屿给蒸笼加着柴火，尽管他们这边十分穷，可结婚还是挺讲究的，蒸菜足足有八道，其中六道得是肉，数字寓意吉祥。

天蒙蒙亮，栓子珍惜地换上新郎官的红布裳，九点钟才能出发去接新娘子，现在还早。

栓子一刻也闲不住，与赵屿讲话消磨时间：“屿哥，你有喜欢的姑娘没有？”

赵屿看着火光，平静地道：“没有，你也知道我家什么情况。”

这话栓子不爱听，他反驳道：“我们这一批人，就屿哥你最能干，小时候我就觉得你将来铁定有出息，哪个姑娘嫁给你都是福气。”

赵屿笑了一下。

栓子小声道：“我听说你家和杜恬家关系还可以啊。”

赵屿语气重了点：“你别乱说话。”

“嘿嘿。”栓子笑两声，挤眉弄眼。

说来也奇怪，提起赵屿的亲事，谁也不会想到住在他家的那位大小姐，在村民们看来，纪黛宁遥不可及，在哪里都是要供起来的存在，怎么可能看上他们村里的人。

栓子问：“纪大小姐会来吃我和小燕的喜酒吗？”

赵屿点头：“她说她会来。”

赵屿帮刘栓把活干得差不多了，再过一会儿，栓子要去迎接新娘了，赵屿突然想到什么，脸色变了变，低声道：“栓子，我回家一趟。”

“去接赵平和安安吗？好的。”栓子憨厚地道，“放心，我知道叔和婶不方便过来，我专门让我爹娘给他们留了饭菜，一会儿屿哥你带回去。”

“嗯。”赵屿没多解释，迎着晨光走回家。

赵安安和赵平早早就收拾好，只等着时间差不多，两兄妹就自觉去栓子家，如今看见哥哥回来，两个娃都很惊讶。

赵屿道：“赵平，你带着安安先过去。”

赵平没多问，拉着小妹先走。

赵屿走到自己原本那个房门，深吸一口气敲门：“大小姐。”

好一会儿，门才被人拉开。

赵屿看清楚房间内的少女，纵然有心理准备，他依旧愣住了。

大小姐穿着一身金色礼服，十厘米的同色高跟鞋一穿，身高直逼赵屿下巴处，她像只开屏的小孔雀，整个人艳光四射。

大小姐说：“你做什么，打断我化妆啦。”

赵屿抿唇：“纪黛宁，衣服换了，找一身低调点的。”

黛宁把门一关：“我才不听你的。”

头可断，血可流，美貌不可丢，她经历了毁容的疼痛，更加珍爱自己的容貌。

赵屿皱眉，要是真让大小姐这样出去，今天大家也不用看栓子的新媳妇小燕了，索性变成大小姐的个人秀算了。栓子一辈子就结这么一次婚，赵屿无论如何也不能让他的新娘心中留下这么重的阴影。

“你不换衣服，今天就别去了。”

黛宁在屋里挑项链，闻言不屑地道：“你以为你是谁啊，我想去的地方，谁也拦不住。”

敢这么和赵屿讲话，显然是十四人保镖团加持的作用。

赵屿沉下眉眼：“纪黛宁！”

“小点儿声，人家没聋！”

赵屿拿她没办法，压下心头火和她说实话：“大小姐，今天是栓子和小燕结婚，你也知道我们村很穷，大家都穿得不好，栓子和小燕只能穿红布衣，你这样去，会让新娘难堪。”

黛宁是讲得通道理的人才怪。

她道：“你们穷，她穿得不好，是我的错吗？这是什么道理，她穷我就要表现得比她更穷啊？我才不。”

赵屿实在没法了，低声道：“纪黛宁。”

黛宁打扮得漂漂亮亮的，看也不看赵屿，拉开门就要带着保镖团去参加喜宴，话说农村传统喜宴，她还没见过呢，怪期待的。

赵屿握住她手腕，声音再次降低两个度，无奈地哄道：“大小姐，你这么美，小燕见了你会自惭形秽。这毕竟是她的人生大事，你乖一点，不要闹好不好？”

黛宁稀奇地回头，她问识海中的青团：“我没听错吧？”

青团没眼看，闷声开口：“没有，他夸你美。”

黛宁瞬间乐了，这么久以来，她还是第一次听赵屿承认她美，她记得原来初见赵屿时，他手下已经有两个小公司，态度不卑不亢，从不多看她一眼，更别提夸她。

黛宁捧着自己的小脸，喜滋滋地凑近赵屿：“我真的那么美呀？”

赵屿看着她，喉结动了动：“嗯。”也不知道为什么，说出这个字，他觉得有几分羞耻，赵屿别开眼睛道，“穿普通一点。”

“你求我呀。”

反正他都麻木了：“我求你。”

黛宁被哄得顺了毛，骄矜地点头：“好吧。”

赵屿微不可察地弯了弯唇。

大小姐讨厌是挺讨厌的，哄……也挺好哄的。

第四章

离间

虽然答应赵屿重新换一身衣服，可实际操作起来很有困难。

黛宁苦恼地坐在地毯上，挑挑拣拣："我的衣服都好看呀。"

赵屿定睛一看，可不是吗？大小姐衣品在线，又喜欢张扬，每条裙子都设计感十足。

赵屿道："你穿裤子，别穿裙子了。"

黛宁有点儿不乐意，她从行李箱里拿出一条超短裤，赵屿看那点布料，嘴角微微抽了抽。

"长裤子。"

"你好烦！"抱怨归抱怨，念在他夸自己美，黛宁还是找出了一条牛仔裤。

她几下换好，上衣也换成浅粉色短袖，黛宁把长长的鬈发编成两条辫子，她虽然四体不勤，五谷不分，可是在打扮上是一把好手。

赵屿在外头等她，见她再次推开门，赵屿抿了抿唇，难得有点儿无力。

牛仔裤包裹住少女的腿，衬得她的腿又细又直，两条辫子格外显嫩，怎么看怎么水灵灵，这些打扮丝毫不能减损她的美丽。

赵屿没什么话说，只安慰自己黛宁这一身比金色的小孔雀装扮要好些。

"走吧。"

黛宁跟在他身后，还记挂着自己的十四人保镖团："他们也要跟我去。"

赵屿心想，那是人家的婚礼，不是去砸场子。他现在已经知道了大小姐得顺毛撸，你夸她赞美她，她说不定能乖一天，你要是骂她一句，她恨不得把你一家人全部打死。

于是赵屿道："婚礼的席位不够，栓子只邀请了你，没有邀请他们。"

黛宁一想，觉得是自己在杏花村比较可爱受欢迎，又高兴起来："好吧，可是不带他们，你要保护我的安全。"

不用她讲，赵屿今天也会对她寸步不离，他低声道："嗯。"

走了两步，身后小手扯扯他衣裳："赵屿赵屿！"

赵屿回头："怎么了？"

"我要那个花，你去给我摘，我要两朵。"

赵屿顺着她手指的地方一看，是一片开在田埂边的天蓝色小雏菊，农村到处有这种小花儿，生命力顽强又漂亮，赵屿没多说什么，这些方面他也乐意依着她，走过田埂，给她摘了两朵回来。

黛宁把它们别在自己的辫子上，花儿俏生生的，她也俏生生的，一股子朝气蓬勃的味道。

见赵屿看着自己，黛宁问："好看吗？"

他低咳一声。

黛宁鼓起脸颊，赵屿叹息道："好看。"

她很高兴，往常看他不顺眼，今天觉得他顺眼了不少。

离栓子家还有一段距离，唢呐声和敲鼓声远远响起，还没过去，就能感受到这股热闹。

黛宁探头去看："新娘子是哪个呀？"

赵屿说："小燕在屋里，准备和栓子拜天地。"

黛宁很惊讶："你们这边还拜天地？这么古老的传统啊！"

赵屿："这是老祖宗流传下来的规矩，这里没有离婚的说法，拜了天地，栓子就要和小燕过一辈子。生老病死，不离不弃。"

黛宁眨眨眼："你也是这样吗？"

赵屿顿了顿，看了她一眼："我也是。"

黛宁猛然凑近他，赵屿克制住没有后退，她笑得坏坏的："我才不信呢，你以后要是有钱有势了，肯定要养十个八个小情人，心里还要揣一个白月光。"

赵屿有几分不悦："你为什么这样想？"

黛宁说："男频文都这样写。"毕竟在男性作者的笔下，真是恨不得把天下美人都收入囊中。

赵屿不知道她一天都在看什么乱七八糟的玩意儿，他也懒得解释。

“他们拜堂你看不看？”

“看看看。”

他们两个人走过去，赵平高兴地冲他们挥挥手，人群拥挤，赵屿护着黛宁，不让人挤到她。

黛宁好奇地看过去，一眼就看见了喜堂上的新娘小燕。

如赵屿所说，小燕穿着一身正红色盘扣布衣，她不像城里姑娘那般戴着头纱，只是佩戴着一朵红花。小燕脸上化了新娘妆，看上去羞涩而幸福。

赵屿不动声色地挡着黛宁，因此注意到国色天香的大小姐的人并不多，小燕依旧是喜宴主角。

黛宁拽住赵屿的衣服，在他耳边问：“戒指呢，也不用戴戒指吗？”

赵屿见她兴致勃勃，一脸兴奋，解释道：“没有戒指。”

禁锢住人的，往往不是金银玉器，而是一份难得的真心。

礼成以后，新郎便可以吻新娘。

人群起哄声传来，赵屿下意识去看自己小弟小妹，十二岁的赵平连忙一手捂住赵安安的眼睛，一手捂住自己的眼睛，脸蛋红红。

赵屿放下心来，他低眸看身边的大小姐，黛宁靠着他的手臂，睁大眼睛看人家亲嘴儿，看得津津有味，半点也不害臊。

赵屿无言以对，指望大小姐害羞，估计是下辈子的事。

黛宁小声在他耳边问：“那你们闹洞房不？”

赵屿点头：“嗯。”

黛宁很期待：“我也要去。”

赵屿他总有种不好的感觉。

好在这个让人担忧的时刻不会立即到来，栓子爹娘招待乡亲们入席，黛宁坐在赵屿旁边，一桌子人，男女老少都有，大家都炯炯有神地看着大小姐。

黛宁也不觉得别扭，她长得这么好看，万众瞩目怎么了！

黛宁另一边不是别人，正好是六岁的赵安安，巧的是，对面就是杜恬母女。

“喂，赵屿，杜恬在看你。”

赵屿皱眉，道："别乱讲。"

黛宁说："假正经，你看着吧，她一会儿肯定要想办法和你讲话，你有本事别回答。"

话音刚落，杜恬轻声道："赵屿哥，你上次借我的书我看完了，我明天还给你吧？"

黛宁鄙夷地看了赵屿一眼。

他手背上青筋跳了跳，回答杜恬："不用，你拿着吧，那些书我也用不着。"

杜恬温和一笑："可以留着给赵平和安安看。"

赵屿应下来。

如果这番对话发生在黛宁预测之前，他还不会觉得有什么，可此时，他心里难免觉得怪怪的。

赵屿有自知之明，也有几分不解，明明他记忆里的恬妞性格内向，平时见了他，话都没几句，甚至带着几分高傲，赵屿从来就不觉得杜恬喜欢自己，怎么最近一段时间突然亲近起他来？此刻，看着对面笑盈盈的少女，他若有所思。

人突然发生这么大的转变，只有一个原因，那就是杜恬认为他身上有利可图，可是他一个朝不保夕的穷小子，有什么值得贪图的呢？

黛宁万万想不到自己随口一句话会让赵屿想那么多，且竟然八九不离十。男频文的男主角设定当然不是恋爱脑，赵屿面上看不出什么，心中却暗暗警惕起杜恬来。

黛宁就随口一说，并不关心赵屿怎么想，她撑着下巴看人上菜，哪怕这是喜宴，也不及她平时吃得好，一旁的赵安安和赵平倒是吃得很高兴。

赵屿见黛宁基本没有动筷，低声哄道："等吃完饭，我陪你去钱先生那里，让你垫垫肚子。"

黛宁高兴了，她大眼睛一弯："嗯。"少女小声在他耳边说，"你真上道。"

赵屿啼笑皆非。

他们俩的互动被杜恬看在眼中，心中生出一丝不安，但她作为这个世界的外来者，别的没有，对剧情走向的了解就是最大"金手指"。

她内心沉着，安抚自己别着急，且不说黛宁到底多不讨人喜欢，赵屿只是男主角之一，万一她攻略失败，她再去找另外两个男主角也来得及。

她这个身份才十七岁，而不是二十七，时间线还早。

赵屿说话算话，等散了宴席，陪黛宁去村长家，等着厨子重新给黛宁做饭。

这还是黛宁搬出去以后，第一次回到村长家。

张永丰挠头汇报："大小姐，我没让陈小莉碰你的东西，你要不要检查一下。"

黛宁眉开眼笑，摸摸张永丰的头："干得漂亮。"

张永丰脸通红。

赵屿见了，淡淡移开目光。

他眼睛落在窗外一棵孤独的泡桐木上，不去看黛宁到底在做些什么，她和谁说话，什么处事方式，都与他无关。

憔悴的陈小莉突然跑出来。

"纪黛宁！"她咬牙道，"我想回去！"

对于陈小莉来说，这些天的日子简直不是人过的，不能上网就算了，她的生活用度，除了吃饭，都是随村长家。

比如那张木床，睡得她身子骨都快散架了！

张永丰这个铁憨憨，只听黛宁的话，黛宁那两大卡车好东西，她一根毛都摸不着。陈小莉再也不能忍，她一定要回去。

黛宁小口喝着甜汤，稀奇道："我没有不让你走呀。"

陈小莉说："那你让人送我回 B 市，我受不了这个破地方了！"

到处鸡屎味儿。

赵屿原本坐在门口，听见这话看过来，他知道陈小莉是大小姐的朋友，但是很明显，这种攀附型女孩，家世远远比不上大小姐。

连陈小莉都受不了这样的环境，那么……黛宁也该离开了吧？

黛宁说："你脸皮好厚呀，我家的人，为什么要送你离开？你自己跟着来的，想回去随时可以自己回去啊。"

陈小莉哪敢自己回去，这穷山恶水嶙峋峭壁的。

到底不敢和大小姐撕破脸，陈小莉吃了这么多天苦，也学聪明了，她咬唇："你什么时候走？"

黛宁顿了顿，她转头，没想到正好对上赵屿的目光。

赵屿平静垂眸，看着自己骨节分明的手指。

黛宁说："我暂时不走，这里挺好玩儿的。"

男主角惨，女主角杜恬比起后期小白莲一样的战斗力，这年简直弱爆，趁着能尽情打压杜恬，她才舍不得走。

看来杜恬也是个成长型演技派。

黛宁心思活络开，在心里问青团："我可以喊人打杜恬一顿吗？"

青团："不可以。"

"如果我就要呢。"

"你不会成功，还会被人揭穿。"

好嘛，她懂，这个应该就叫作主角光环，如果杜恬喊人来揍她，估计她分分钟得完蛋。

她没有直接对付女主角的能力，在这个世界，能对付女主角的，只有大气运子。

黛宁站起来，用足尖踢踢门口坐着的赵屿。

"回去啦。"

赵屿站起来，和她返回栓子家。

路两旁山花烂漫，赵屿突然问她："为什么会来我们这个村子？"

黛宁耸耸肩说："我父母去世了，来散心。"

赵屿想过许多种答案，但是万万没想到是这种，他心里像被刺了一下，低声道："抱歉。"

黛宁笑嘻嘻的，也看不出到底难不难过。

赵屿看她没心没肺的模样，心想，如果可能，在她留在村里的这段时间，对她好一点。

然而这想法还没坚持多久，在晚上闹洞房时，就险些破了功。

村里的婚宴总共吃两顿，晚上的宴席结束，年轻小伙子和姑娘们簇拥着栓子和小燕去婚房。

赵屿眼疾手快地拉住黛宁："大小姐！咱们回去吧。"

黛宁这回可不听他的，她很有兴致："我要去看闹洞房。"

赵屿不同意，他总觉得黛宁不是个安分的人，到时候闹出什么事，不好收场。

黛宁讨厌他这副严肃的模样，说："我是去看闹洞房，又不是盯着他们俩洞房，你管这么宽，不知道的人，还以为小燕是你媳妇呢！"

赵屿恨不得捂住她这张嘴，他左右看看，生怕乡亲们听见大小姐的口不择言："胡说什么！"

"我不管，我要去看，你也一起来。"

赵屿拗不过她，她今天白天已经算十分听话，现在强行把人带回去，大小姐估计会把他家房子的屋顶掀翻。

赵屿嘴唇动了动："你到时候别乱跑。"

"知道。"黛宁反手拉住他，跟着大家进入新房。

杜恬见了，连忙跟着站起身："娘，我过去看看。"

山村的新房简陋，为了迎娶小燕，栓子家春天装修了一番，但也仅仅是加盖了瓦片，换了张木床，床上的被子换成喜庆的大红色，房间到处贴着喜字。

新娘小燕才十七岁，和纪黛宁一般大，小燕坐在洒满花生和红枣的床上，脸颊红如朝霞。

说是闹洞房，但其实只是男人们凑一堆，女人们凑一堆，说说话。

小燕好奇地打量黛宁，她知道这位大小姐是个金贵的城里人，大小姐比村上所有女孩都好看，此刻在歪着头打量她。

小燕羞赧地道："纪小姐，你要过来坐坐吗？"

黛宁开心地道："好呀。"

赵屿拉都没拉住，大小姐愣是跑过去和新娘子坐在一起了。

黛宁伸出手，摸摸小燕头上的红花，发现是布的。刚坐下，就被屁股下的花生硌了一下，连忙挪开。

小燕笑道："别介意，这是风俗。"

山村花生多，意味着多子多福，早生贵子。

黛宁说："你们这里的闹洞房就这样呀？真没意思。"亏她从午饭时就开始期待。

小燕红着脸虚心请教："城里面闹洞房是怎么样的呢？"

黛宁看看房间里的苹果，就地取材拿了一个，冲栓子招手："来，过来。”

被兄弟们调侃的栓子回过头，不确定地指指自己：“我吗？”

“你媳妇想知道城里是怎么闹洞房的，你过来配合一下。”

栓子一头雾水地过来。

赵屿头疼地看着黛宁，他心里有种果然如此的荒谬感，赵屿拦住栓子：“你别听她胡闹。”

栓子笑呵呵地说：“没事。”

年轻人们也好奇地看过去。

黛宁让栓子和小燕对坐，把苹果放在他们中间。

“你们同时咬住苹果，算游戏结束，来来，开始。”

栓子和小燕都是老实人，听到她指挥，不遗余力地凑上去想咬一口，黛宁猛然抽走苹果。

本想让两个人接个吻，没想到两个人太实诚，牙直接磕在了一起，小燕捂住唇，当场差点疼得飙泪，栓子顾不上自己也疼，连忙去看小燕怎么样了。

黛宁也十分意外，这两个二傻子碰撞的声音，听得她都觉得疼。

赵屿连忙把黛宁拉过来，道歉道：“对不住，栓子，大小姐不是故意的，你和小燕没事吧？”

栓子含糊地说没事，小燕脾气也可以，蹙着眉摇了摇头。

赵屿示意黛宁道个歉，黛宁探出个头，提议道：“你们不喜欢这个游戏的话，我还有别的游戏哟，特别好玩，咱们来试试吧！”

栓子和小燕吓得连连摆手。

杜恬暗地里挑了挑眉，有几分想笑，纪黛宁如此招人恨，她大可不必担心，炮灰就是炮灰，看看赵屿的脸黑成什么样子了。

赵屿赔了好几个不是，也不敢让黛宁继续在新房待着：“祝福你们，我带纪小姐先走。”

黛宁不大乐意地被赵屿拉走。

天色晚了，月光明亮。

赵屿一肚子火：“你好好反省自己做了什么！”

黛宁不明所以地道：“我做什么啦？”

见她不知悔改，赵屿声音就大了点：“人家新婚之夜，差点牙都掉了！”

黛宁见赵屿竟然吼自己，她跳上菜地旁边的石头，居高临下地看他，吼得比他还大声：“是他们自己傻嘛，怎么能怪我？我让他们做什么就做什么，我让他们吃屎难不成他们也干？！”

赵屿气得一佛出世二佛升天，千防万防，还是让纪黛宁使坏成功了。

“纪黛宁，你整人还有理了是吧！”

“我没整人，你这个没见识的老古板。”她理直气壮，“是小燕想知道怎么闹洞房，我就让她体验一下，再说了，我还没放大招。”

赵屿冷笑：“你还想放什么大招！”

“可是你让我说的，拿颗樱桃往这里一放。”她在自己胸口比画了一下，“新郎用嘴叼出来。”

黛宁想了想，补充道：“小燕太瘦了，好像夹不住。没关系，还有别的……”

赵屿咬牙：“纪黛宁！”

你可真会玩！

黛宁很不高兴，她觉得赵屿简直是无理取闹：“你这个人怎么这样？是你让我说的，我说了你又生气。你这个表情，是想打我吗？”

她小脸充满警惕，早知道就不相信赵屿了，如果十四人保镖团在这里，她不会这样没安全感。

赵屿是真的想收拾她，他不在乎大小姐犯错，但忍不了她犯错以后毫无愧疚，比谁都理直气壮。

“你给我下来。”

黛宁看他一眼，明白打不过他，当即扭头就跑。

赵屿十分绝望——她跳进了人家的菜地里！

地里的空心菜才种下去不久，显得弱小可怜，大小姐跑进去，立即糟蹋了一大片。

赵屿完全不指望大小姐能分清蔬菜和野草，她估计连自己在哪里都不晓得，赵屿说：“你赶紧出来。”

黛宁见他不追，她回头，有点儿不解地问：“你不打我啦？”

赵屿几乎是从牙齿里挤出来的声音：“不打你，你站在别人家菜地里了，你看看你踩死了多少？”

“你早说嘛。”她穿高跟鞋跑起来，脚很难受的。

黛宁看了一眼周围：“我又不认识这是菜。”

反正说来说去，她没错就对了。

赵屿说：“过来。”

黛宁和他讲条件：“我不信你，你把我的保镖团喊过来，万一我过去，你反悔对我动手怎么办？”

赵屿沉着脸，他语气森寒：“那你别出来，就待在里面，菜地里说不准什么时候会出来一条菜花蛇，你好自为之。”

黛宁立刻僵住了身体，赵屿不说还好，一说她就觉得自己小腿上好像有个什么东西在动。

赵屿转身就要走，听见后面大小姐连声唤他：“赵屿赵屿！”

她急得不行：“这个地里有虫子，有什、什么东西在我腿上。”

赵屿没回头。

黛宁怕死得很，也怕恶心的动物，都不敢看到底是什么虫子，这种时候面子算什么，她当即服软，连声音都变得乖乖的：“我错了，赵屿，你快回来，我去道歉还不行吗？你救救人家！”

赵屿顿住脚步，他皱眉。

“我保证！真的真的。”

赵屿走回来，说：“出来。”

黛宁十分委屈：“我动不了，我怕它咬我，你快把它拿开。”

赵屿绕开种了空心菜的地方，走到她身边。

大小姐如蒙大赦，跳到他身上，紧紧搂住他脖子：“快拿走拿走！”

赵屿也想知道是什么把她吓成这样，他低头，看见一只蟋蟀已经从大小姐腿上跳了下去。

他下意识扶住她的腰。赵屿不知道说什么好，大小姐对付人蛮横又不讲理，却连一只小虫子都怕，典型的恃宠而骄，窝里横。

赵屿说：“好了。”

黛宁闷声问：“是什么？”

赵屿沉默了一下，说：“菜青虫，软的，青色，会蠕动，很胖。”

呕！她收紧手臂，要哭不哭地骂他：“王八蛋，我恨你。”

如果不是赵屿吓她，她就不会跳进这个破土，也不会遇见菜青虫。

赵屿终于忍不住笑了。

大小姐伤心欲绝，越想越反胃，她一个连玩贪吃蛇都会把自己恶心到的人，现在整个人都不好了。

赵屿把她抱出菜地：“行了，从我身上下去。”

黛宁死活不肯：“不要不要，万一我再遇见虫子怎么办？”

“这里是大路，不会有虫子。”

黛宁把脸颊埋进男人颈窝：“我不，旁边都是草。”

有草就有虫，不行，不能想了，越想浑身都难受。

她催促道：“我们快回去，我要洗澡。”

赵屿没想到她真的被恶心得这么厉害，他松开扶住她腰肢的手，大小姐危机感很强，生怕他把自己丢了，两条纤细的腿紧紧盘在他腰上。

夏衫薄，少女紧紧贴着他的胸膛，也不知道为什么，赵屿想起了黛宁口中那个还没实行的荒唐游戏。

赵屿抿唇：“纪黛宁，你下去。”

她带着鼻音：“你就当我死了好不好？”

赵屿没见过这么豁得出去咒自己的人，他简直叹服。

“赵屿，你最好了，咱们回家吧。”

他摸摸她的小鬈毛，没再说什么，扶住她的腰肢，带她回了家。

纪黛宁回去，一分钟也忍不了，立刻要洗澡。

保镖团连忙去给她搬浴桶，什么都齐全，除了热水得现烧，平时都是每天在村长家烧好水，保镖给抬过来，今天大小姐显然不愿意等那么久。

一个保镖会使用村里的灶，他问赵屿：“我们能不能借一下你家厨房，给大小姐烧些热水？”

赵屿说：“我来吧。”

保镖感激道：“麻烦小兄弟。”

赵屿点头，他将水缸中的水盛进锅里，打火烧水，火光明明灭灭地映在赵屿脸上，连他都分不清，此刻是在折腾大小姐，还是在折腾自己。

他动作麻利，烧好水，保镖给抬了过去。赵屿去井边，打算自己也草草冲一下。今天把大小姐抱回来，到底是夏夜，累虽不累，可出了一身汗。

水才打上来，他就听见一声娇叱：“笨蛋，水这么烫，你们要烫死我吗？”

赵屿拎起手边的桶，到了黛宁房外，果然，一群五大三粗的汉子，手足无措，被训得不敢吱声。

赵屿敲门：“开门，给你兑凉水。”

门打开，冰块凉气扑面而来，赵屿不多话，把桶里的井水往她浴桶中倒。

大小姐的浴桶外面的材质是檀木，散发着浅浅的香味，浴桶直径足足一米五，但凡再大一点点，房间就塞不下了。

黛宁在一旁，嘟着嘴：“你小心些，别倒多了，水凉了也不舒服。”

赵屿已经习惯了，一旦脱离危险，她就会立马开始作。

“你用手感受一下，合适就喊停。”

黛宁依言把手放进浴桶中，那只小手玉一般白，她搅和着玩：“再倒一点点……好了。你出去，我要洗澡了。”

赵屿算是总结出来了，黛宁需要他的时候，嘴巴像是抹了蜜，一口一个“赵屿你真好”，不需要他时，她巴不得他哪儿凉快哪儿待着去。

赵屿拎起桶出去，没有和她计较的心思。

赵平和赵安安早就自己回来了，赵屿冲完凉，跟他们说了会儿话，又去给爹娘喂饭。

栓子是个厚道人，给他爹娘留的饭菜都不错，赵屿热了一下，端进爹娘屋子。

赵母吃着喜宴拿回来的饭菜，又忍不住看长子。

苍老的女人低声道：“儿啊，恬妞你不喜欢，你莫不是喜欢……”

赵屿抬眸。

赵母深吸一口气，看着赵屿：“你莫不是喜欢住在我们家那位贵客吧？”

赵屿手顿了顿，面不改色地继续喂他娘：“没有的事。”

见他不慌不忙，没有羞赧，也没有紧张，赵母摸不准自己是不是猜错了。大儿子从小就有主意，早熟又懂事，他要是存心隐瞒心思，谁也看不出什么。

赵母说："这么久以来，我没有见过纪大小姐，但是知道她身份高贵，屿哥儿，娘在琢磨，她这样的千金小姐，按理说怎么也不可能住咱们家，她留了这么久，娘看你对她也不错，她会不会对你有意？"

事实上，说出这番话，赵母存了很大希冀，纵然她自己也觉得不现实，但倘若大小姐真的看上了屿哥儿，哪怕是给她入赘，屿哥儿也能走出大山，下半生衣食无忧，不必再受这种苦累了。

赵屿打断母亲的妄想："她不喜欢我，这件事你别想了。"

"屿哥儿……"

赵屿说："娘，你相信我，过不了几年，我会带你和爹、小弟小妹走出杏花村，也能治好你的病。大小姐不可能看上我，今天我去村长家，她朋友透露出想走的意思，过不了多久，纪黛宁也会回城，以后别再说这种话，让她听到，我们家难堪是一回事，她还会发脾气。"

赵母尴尬地点头。

赵屿平静道："我去洗碗。"

他收走碗筷，回到灶屋。赵屿没再烧热水，就着缸中所剩不多的冷水，把碗筷洗干净。

夜色浓重，月光也隐了去。他一腔复杂的心情，也随之深藏起来。赵屿觉得问题不算严重，只要纪黛宁尽快离开，他的生活就能回归正轨了。

山村有个习俗，结婚第二天才能拆村民们送的礼，栓子和新媳妇小燕正坐在屋里清点乡亲们送的礼物。

"刘伯家送了一只鸭子，一挂鞭炮，一壶酒。"

"宋叔的，面粉、粉条，还随了二十块钱。"

……

山村就这个条件，大家送出的东西，都是力所能及做到的。

直到小燕拿起一个硕大的、鼓鼓囊囊的同心结："咦，这是什么？"

栓子挠挠头："不知道。"

他扯起嗓子冲外面喊："娘，这个红珞子是谁送的啊？"

他娘在外头缝衣服："纪小姐拿来的。"

小燕说："好像挺沉的。"

"上面有个结，你拉开看看。"

小燕依言一拉开，目瞪口呆。

栓子凑过去，也结巴了："好、好多钱。"

他长这么大，还没见过这么多红彤彤的钞票，厚厚一叠，塞满了同心结，这下一家人都不淡定了，他们围在一起，小燕颤抖着嘴唇数了数。

栓子爹拿着烟斗，问："多少？"

"一、一万二。"

栓子问："咋整啊爹？"

莫说他，他爹也慌，老头儿赶紧用被子捂着钱："别说出去知道不？财不露白。"

栓子和小燕跟做梦一样，他们依稀觉得，如果不是同心结装不下，又得凑个吉利数字，大小姐还可以往里面多塞点。

栓子爹说："也别让你赵屿哥知道。"

"为什么，爹？"栓子不赞同，"屿哥不是外人。"

老头儿瞪他一眼："死小子，喊你听话就听话。"

一家人把钱藏严实。

栓子心脏怦怦跳，第一次见识到什么叫有钱人。昨晚本来还在抱怨大小姐胡来，现在觉得，哪怕大小姐要掀翻他家的屋顶，他和小燕也可以帮她扶着梯子！

钱叔得知大小姐昨晚践踏了人家的菜地，简直哭笑不得。

他认命给了好几倍赔偿，还道了歉，那家人喜上眉梢，空心菜值几个钱？现在多的都赚了，连忙说不怪大小姐。

天气晴好，离入秋还有段时间，钱叔带了封信过来。

"纪老先生写给小姐的。"

黛宁连忙拆开，她爷爷的钢笔字颇有风骨，老人家字字句句写着对宝贝孙女的惦念，他问黛宁有没有吃好、有没有人欺负她、是否开心，又是否调皮捣蛋。信末尾，他提到了黛宁的弟弟，说纪墨珏也惦记她。

黛宁撇了撇嘴："那浑球儿会惦记我才怪，他巴不得我消失。"

钱叔失笑："大小姐别乱说话，你们一母同胞，纪少怎么可能不盼你好。"

不论纪墨珏如何，纪老爷子的惦念和关爱，黛宁感受得到。她有点儿忧愁，竟是想家了，大别墅多舒服啊，老头儿也把她当心尖儿。

钱叔说："大小姐，咱们出来也快一个月了，回去吧？"

黛宁立即否认："不行。"

她来这里就是为了阻碍"纪恬"获得气运，只要"纪恬"没有气运加身，自己就不会毁容，也不会死，纪爷爷便不会因为自己遭遇不幸。

黛宁算不上耐性很好的人，她等不及与村里的杜恬继续耗下去，第一次正儿八经地问识海中的青团："赵屿爱上杜恬，是什么时候的事？"

青团说："现在是男主角赵屿的人生前期，书中没有详写这一段。"

黛宁觉得它这个毒手指很没用："你看看后面，赵屿的心情和回忆，有没有提到关于杜恬最深刻的事件。"

青团一检索，果然发现了："真有一段。赵屿说，年少时，杜恬救了他爹一命，让他十分感激。"

救人父母，还真是大恩，估计在赵屿心中，杜恬人美又心善，就是这样来的。

"时间呢，有没有提到？"

"有个大致的，我算算，啊，就是这段时间。"

黛宁来了精神："也就是说，起码我得阻止杜恬对赵屿施恩。"

她很疑惑，杜恬怎么还有救人这个技能？

青团给她解释："女主角的设定是，进入书中之前，外公是一名医生。"

女主角不愧是女主角，技能点太足了，怪不得有后期开挂的条件，黛宁想知道杜恬到底还有多少隐藏技能。

青团说："恐怕过几天，赵父就会发病，我们怎么办？"

按它的意思，他们截和，提前把赵父救下来。

"很简单。"黛宁戳着信封，软绵绵地道，"我们不让杜恬救，让赵父死嘛。”

人死了，不就一劳永逸了，杜恬以后想救都没得救。

黛宁说得轻描淡写，青团却愣住了，它穿行大千世界万千时空，见过形形色色的人，但是这样长相美丽天真，却凉薄寡情、内心残忍的人，它还是第一次见。

青团犹豫地说：“赵屿这段时间对你挺好的吧？”

黛宁回忆了一下：“将就。”

那你还忍心吗？

这句话，青团到底没问出口，它并非书中人，也并非世间物，管得太多，未免僭越。

这一等，就等到了八月末。

酷暑过去，山里泛起点点凉意，赵屿没有机会闲下来，农忙持续了好久，他忙得脚不沾地，小麦需要收割，玉米也成熟了，连家中的半大孩子赵平，也得在这时候拿着镰刀跟哥哥一起干活。

太阳炽热，赵屿又黑了一个度。

黛宁没了耐性，村里娱乐设施匮乏，她听说山外的一个古镇有花灯看，决定出去看灯会。

黛宁想走就走，也没想过和谁打声招呼。

赵屿忙到傍晚，回家喝水，小妹眼圈红红地看着自己。

赵屿低声问：“安安，怎么了？”

“大小姐上午走了。”

小女娃今天看见几人簇拥着大小姐离开，在小孩心中，离别是件可怕的事。尽管大小姐经常使坏，还嫌弃她丑，可相处久了，软糯的赵安安对黛宁很有感情，毕竟她长到六岁，唯一亲近过的年轻女性就是大小姐。

赵屿愣了许久，他推开门，果然房间中空无一人。

黛宁的东西都还在，可这并不能证明什么，她那样挑剔的人，走了全部抛下也正常。

赵屿紧紧抿住唇。

赵安安拉拉他的裤腿，赵屿道：“她走就走了吧，晚点大哥把房间收拾出来，咱们家还能宽敞点。”

赵安安很是失落。

“行了，照看好爹娘，大哥去推玉米。”赵屿很平静，他推着推车穿越过山林，快到玉米地之前，他回头看了一眼出村子的方向。

群山巍峨，太阳已经落了下去，这个村子一如他出生时的样子，十八年来从未变过。贫瘠、落后、愚昧、乏味，留不住朝阳，留不住夕晖，自然也留不住世上一切珍贵的事物。

赵屿转头，还有一块土地的玉米等着他搬运，也有四张嘴等着他养活，旁的，实在不必分出心思再去想。

吃晚饭的点，赵屿依旧在忙碌。

赵平看不下去：“哥，先吃饭吧。”

“你带着安安吃，我把最后几袋搬回来再说。”

赵平看他哥满身汗水，没法说什么，他把大哥的饭盖好，招呼赵安安过来吃饭。两兄妹没扒两口，屋里就传来赵母急切的声音。

“平哥儿！屿哥儿！”

赵平连忙跑进屋子，一看不好，常年瘫着的赵父此时全身抽搐，两眼翻白，嘴唇都青了。

赵母急得不行：“你大哥呢？快把大哥喊回来。”

赵平立马意识到严重性，撒腿往自家玉米地跑，赵屿听小弟说完，脸色大变，推车都没要，跑回了家。

“屿哥儿，你爹突然就这样了，怎么办？”

赵屿心里一沉：“我去喊孙大夫。”

村里就一个半吊子大夫可以看病，孙大夫年纪大了，医术也不行，谁心里都清楚，他恐怕看不了这样的病，但他们没有办法，走出大山要三个小时，现在天色已晚，赵父已经等不及了。

赵家动静闹得这样大，邻里都被惊动了，隔壁的杜恬愣了愣，脑中灵光一闪，她立马站起来，拿起屋里前两天上山采的、原本打算卖钱的草药，往赵屿家走，出门正撞上神色低沉的赵屿和孙大夫。

孙大夫说没办法医，让他准备好后事，说完就走了。

杜恬道：“赵屿哥，让我试试吧！”她鼓起勇气，眼睛亮晶晶的，“我以前学过医，看我外——一个亲戚处理过类似情况。”

赵屿燃起些许希望，决定死马当活马医。

“她不行！”一个娇脆的声音响起，划破沉寂的夜。

赵屿抬眸，无边夜色中，黛宁手握一盏凤凰花灯，不疾不徐地向他走来。

圆月在她身后升起，大小姐身后，无数人执灯，照亮黑暗。

她眨眼笑笑：“我回来啦！”

第五章

恩情

见到黛宁，杜恬难免心中一沉。

自来到书中世界，她身带“锦鲤运”，上山捡到了两根人参，悄悄换了钱，和母亲的日子一下子好过起来，杜恬沉得住气，谁也没有说。

只有一点特别不顺利，她所有靠近赵屿的计划几乎都被纪黛宁破坏了，杜恬再沉稳，看见黛宁也忍不住有几分心头火。

杜恬面上一派急切愤怒之色，道：“纪小姐，我也是出自好心，赵叔再不医治，不知道会出什么事，你平时玩闹也就算了，如今阻止我救人，耽误赵叔病情怎么办？”她说罢，看向赵屿，希望赵屿支持自己的说法。

赵屿皱眉看着黛宁，他实在没想到黛宁还会回来，他本以为大小姐已经永远离开了村庄。

“杜恬说得对。”赵屿道，“大小姐，你别捣乱了。”

倒不是赵屿多么信任杜恬，村里唯一的大夫都说他父亲没救，这时他只从杜恬身上看到了一线希望。

杜恬心中一喜，她压住眸中笑意，就要进屋去看赵父。

黛宁拨弄着自己的花灯，对保镖们下令：“拦住她。”

保镖们立即拦住杜恬，杜恬脸色变了变：“纪黛宁，你这是什么意思？”

别说她，就连赵屿的脸色也不好看，他平日纵着大小姐，可这次不一样，事关他父亲的性命，纪黛宁竟还当成一场不痛不痒的游戏。

黛宁见赵屿眸中充血，他第一次用这种厌恶憎恨的目光看着她，恍然间，就跟曾经一样。

这段时间他对她还不错，此刻恨不得生啖她血的模样，这种反差让黛宁很不满，在她眼里，赵屿卑微如蝼蚁，她不喜欢这样的眼神。

平时和黛宁说话都容易脸红的赵平现在也走出来站在哥哥身边，少年拳头握紧，像只小狼崽子："坏女人！"

只有六岁的赵安安扒在门边，可怜茫然地看着她。

只要能达成目的，黛宁半点儿也不在乎和他们翻脸，可倘若他们一个村子都这样憎恨自己，黛宁心想，她能活着回去吗？蚁多咬死象，何况男女主角的气运加持，下场难以预测。

黛宁暗道自己失策，今天就不该跑出去玩，如果守在这里，第一时间悄悄让人把杜恬控制起来，赵父的死成定局后，现在也没这么多事。

黛宁眸光流转，一瞬笑开："你们别这样想人家嘛，我可不是要捣乱，钱叔，你去看看赵屿他爹。"

钱叔得了令，立即往屋里走。

赵屿依旧摸不准她的心思，蹙眉看过来，黛宁解释："钱叔是我们的家庭医生，他特别厉害的，博士学历。早年四处历练过，见过不少疑难杂症，多少人求着他看病都没那个荣幸，比起杜恬这种半吊子，他可专业多啦。"

杜恬闻言，心中一沉，像是有什么本来属于她的重要的东西，现在全都不见了。

她还是不想轻易放弃："赵屿哥！"

赵屿思忖，若黛宁说的是真话，钱先生的确比杜恬可靠，毕竟他和杜恬做邻居这么久，也没见她为谁看病治疗过。大小姐不靠谱，但她身份金贵，出来不可能没有医生。

想通这一切，赵屿对杜恬道："先等钱先生出结果吧。"

接下来的半个小时，钱叔陆陆续续让人拿了许多药物，杜恬看得焦急，那些药正好是自己原本要用的！如果真让纪黛宁的人把赵父治好，日后赵屿还能狠下心对纪黛宁下手吗？

赵屿守在门口，身体紧绷，一家人都笼罩在紧张的氛围中，直到赵父身体停止抽搐，呼吸也开始正常。

赵屿连忙过去，赵父发青的脸色消退，果然不再病危。

钱叔走出去，微微弯腰："大小姐，没事了。"

"唉！"黛宁很愁。

人到底还是救活了，赵父活着，对她来说并无好处，万一后面还要病发，还得时时刻刻防着杜恬，想走都走不了，多麻烦，但这些话她不会傻到说出来。

赵安安害羞又高兴地拉住她手指："谢谢大小姐。"

黛宁弹一下她的脑袋瓜，暗骂一句蠢货。

赵平也挺不好意思，他刚刚还叫嚣着骂大小姐"坏女人"，结果转眼自己爹就让黛宁给让人治好了，他踌躇着，一副无措的模样。

既然一时半会儿走不了，黛宁自然怎么舒服怎么来。

黛宁笑嘻嘻地冲杜恬眨眨眼，杜恬一肚子火，如今人不是她治好的，她站在这里显得十分多余，杜恬冲屋里道："赵屿哥，既然赵叔没事，我先回去了，改天我和娘再来探望赵叔。"

赵屿听钱叔的嘱咐，此刻在给赵父喂水，他抽空答了一声："好。"

赵屿喂完水，出来看见大小姐正坐在堂屋，吃一串草莓糖葫芦，她手中那个精致的花灯放在桌子上，房子外面二十多个人，或手中执各色花灯，或拿着零食礼盒，等大小姐说话。

黛宁把糖嚼得嘎嘣响，对赵屿说："这下你相信了吧。"

赵屿低声道："多谢你。"

"大恩不言谢，"她撑住下巴，"你应该报答。"

赵屿此刻心情放松，他点头："需要我做什么？"

黛宁来了兴致："我走了一天，腿疼，你给我捶腿。"

赵屿抬眸看她。

黛宁"哼"一声，把糖葫芦木签扔到他身上："你刚刚那样想我，我都没生气呢，让你给人家捶捶腿怎么了？"

赵屿："别让赵平和安安看到。"

黛宁乐得不行，说："好呀，来我房间。"她走出去，对钱叔和张永丰道，"你们把我的东西都放去村长家，赵屿家的小破屋放不下，别弄坏了。"

钱叔尴尬地看了一眼主人家赵屿。

赵屿神色平静。

钱叔不好拆大小姐的台，和张永丰带着人离开。

黛宁兴冲冲地往床上一坐，她晃着两条细嫩的腿催促道："赵屿赵屿。"

赵屿把门关上，从容地在她面前蹲下。

大小姐穿着她的水晶湖水鞋，靠近了看，才发现那层会流动的湖水是很细小的圆润珠子，贝壳是仿真塑料材质。她身上又干爽又香，估计让人抬了一天，半点路也没走过。

睁着眼说瞎话的本事还不错。

赵屿蹲在她面前，比她矮了好一截，黛宁看得满意，赵屿这个姿态就挺好。她过去认识他时，他已经颇有手腕，更别说后来成了呼风唤雨无所不能的赵总，再不可能对人作这样低的姿态。

她下巴扬起："给我捶腿。"

赵屿问她："不是走了吗，怎么又回来了？"

她小脸天真无邪："我看灯会去啦，外面那个镇子破破的，可是灯会真好玩，张永丰猜中了好几个花灯呢。你废话好多，快捶。"

男人黑黢黢的眸看了她两秒，依她所言，为她捶腿。

少女裙子上大片蔷薇盛开，也只有她压得住这样的花色，裙摆到膝盖，里面穿了安全裤。

她一双玉腿生得美，又细又白，还笔直，脚腕比他手腕还细得多，但并不过分瘦削，反而骨肉匀称，十分柔软漂亮。

赵屿觉得，大小姐这种性格，倘若不是投了个好胎，估计很容易成为那些所谓有钱人的玩物。

"玩物"突然收回腿，一脚踹在了他肩膀上。

"喂！你弄疼我了！"

她下脚毫不吝惜力气，鞋子还带着跟，踹在赵屿肩膀上，疼得他闷哼一声。

赵屿抿唇："纪黛宁！"

黛宁说："让你捶腿，你走什么神？我疼，踹你一下怎么了！张永丰都比你能干，他捶腿特别舒服。"

黛宁真的觉得他好笨，也不知道是怎么当上男主角的。

赵屿闭了闭眼，站起来，他向来知道她口蜜腹剑、没心没肺，也就不再与她多言。

"你让张永丰给你捶。"他说着，径自开门出去了。

黛宁看着他的背影，觉得莫名其妙，赵屿怎么突然这么小气，脑壳坏掉啦？

赵父才渡过难关，没想到第二天出事的人就变成了杜恬的母亲。

杜月香和杜恬去溪边洗衣裳，遇见了山里过来喝水的野猪，野猪发狂最为凶恶，追得杜月香掉下了山坡。

杜恬见势不妙，立刻跑回来喊人，她抹着眼泪：“赵屿哥，我娘出事了，求你救救她。”

赵屿听杜恬说完来龙去脉，立即道：“走。”

这么多年，村中人不捕猎野生动物，村里也没发生野生动物伤人事件，估计是杜月香倒霉，碰上了怀崽的野猪。

黛宁本来在吃早饭，闻言忍不住稀奇地道：“为什么野猪只追你娘不追你？再说，赵屿能打过野猪吗？”

来自大小姐灵魂的拷问，让杜恬气红了脸，亏杜恬这时候还惦记着纯善人设，她也不与黛宁吵架，只用一双泪盈盈的眼睛委屈地看着赵屿。

赵屿对杜恬道：“别听她乱讲话，救人要紧，我们先去看看杜姨。”

他们一走，青团很着急：“男女主角独处了，黛宁，你还不去看看。”

“我才不去，没听见说有危险吗？”黛宁说，“我运气特别糟糕，从小就没中过奖，小时候我同学买一瓶水中一瓶，我把小超市都买了，开盖发现全部没奖。”

黛宁：“杜恬不愧是女主角，运气倒是好，野猪都不追她，如果我过去，野猪直接放过她妈，改来追我了。”她咬着豆浆管子总结，“放心吧，这种时候，他们没时间谈恋爱，话说回来，野猪把赵屿和杜恬一起撞死就好啦！”

青团不想和她讲话，它跟着黛宁，三观已经岌岌可危。

但很遗憾，没过一会儿，赵屿背着杜月香，身后跟着杜恬，三人回来了。杜月香额头渗出了汗珠，显然是疼的，野猪没怎么伤到她，她是掉下山坡才摔断了腿。

黛宁见有热闹看，幸灾乐祸地跟上去。

赵屿把杜月香放在椅子上坐着，杜月香疼得“唉哟唉哟”地喊，赵屿知道恐怕是伤到骨头了，这种程度的伤，村里的孙大夫显然治不了。

他回头看黛宁：“大小姐，能否……”

“不行不行，我家钱叔不会正骨。”黛宁一副小气的模样，“杜恬不是说自己会医术吗？让她给她娘治腿啊。”

杜恬听见黛宁说这话，眼眶都红了，一半是急的，一半是气的。

赵屿说黛宁："你别闹。"

黛宁很无辜："我说钱叔不会就是不会。"

赵屿拿黛宁没办法，他只好对杜恬道："关乎骨头的事，要去大医院看看。"

杜恬也知道这个道理，她眼眶含着泪，楚楚可怜地哀求道："赵屿哥，你知道我们家在村里没有亲人，我身体不好，没办法带着娘走出大山，你可以不可以帮帮我？我将来一定会报答你的。"

赵屿道："都是乡亲，不用说这些，你等一下，我交代赵平一些事，回去拿推车，马上带杜姨去医院。"

他回头，看见一张气鼓鼓的包子脸，黛宁踹了他一脚，生气地走了。

大小姐总算想明白了，杜月香出事，冥冥之中是这个世界在为男女主角创造契机呢，今天你家病，明天她家伤，帮来帮去，没完没了！

算上赵平和赵安安，赵屿家还可以来两轮呢！不守了不守了！谁爱监视他们谁监视，她找张永丰和陈小莉嗨去。

赵屿回家，才垫好推车，就看见大小姐头也不回地离开了他家。

赵屿皱眉："纪黛宁。"

大小姐看也不看他，乡间白色的蝶在她身后飞舞，快入秋了，她穿着珍珠小外套用来防晒，慢慢消失在大路那头。

赵屿收回视线，垂下眼睛，用骨节分明的手推着推车接杜月香。

他和杜恬走上山路，一直没怎么说话。

杜恬因祸得福，心思又活络开来，这次身边没有讨人厌的纪黛宁，她终于可以好好和赵屿相处了。她轻声细语地道："赵屿哥，这次多亏了你，如果没有你，我和我娘不知道该怎么办。"

赵屿推着杜月香，平静地道："不会的，哪怕不是我，别的乡亲也很乐意帮你们。"

"这怎么能一样？"杜恬柔声说，"在我心里，你就是家人一样的存在。"

赵屿带着探究打量她一眼："在我心里，你也是妹妹，所以不用说客套话。"

杜恬没想到他会说这样的话，只能强笑道："我也把你当作哥哥。"

她并非目光短浅的人，两人有关系，总比陌生人好。

话题再次归于沉寂，只有山间几只鸟儿发出鸣叫声。

杜恬做无意状问："纪小姐在你们家住了这么久，她养尊处优惯了，你一定很辛苦吧。"

想起那个气冲冲的背影，赵屿低声道："还好。"

杜恬脸上带着几分愧疚："我总觉得，因为你帮我们，纪小姐生气了。"

换个人理解，能从这句话里多多少少地品出纪黛宁心胸狭隘之意。

赵屿却微不可察地弯了弯唇："没事，她挺好哄的。"

杜恬愣住，她难以想象自己听见了什么！挺、挺好哄？杜恬深吸一口气，心止不住往下沉，她是个聪明人，瞬间不再继续这个话题。

杜月香要住院，杜恬得在医院照顾母亲，赵屿记挂家里，提出要回去。

杜恬没脸赖住人家在医院陪她，只好温柔地道："谢谢赵屿哥，你等等再回，我看见外面有卖石榴的，看上去很不错，我给你买几个，带给安安和赵平吃。"

赵屿自然不会要她东西："不必了，你好好照顾杜姨，有需要帮助的地方尽管开口，我会尽力。"

说着，男人迈着步子离开。

杜恬咬住唇，她发现自己在错失那么多机会以后，和赵屿的相处，进展微小得可以不计。她心中升起浓重的危机感，如果不采取措施，她只能错失赵屿这个男主角了。

赵屿离开医院后本想直接回去，想起杜恬口中说的石榴，他步子顿住，过去挑了三个又大又红的。赵家拮据，能省则省，向来不在山外买零嘴，赵安安和赵平也习惯了，山里熟什么果子，到季节时可以品个味儿。

赵屿脚程快，拎着三个石榴回到村子时，太阳还没完全下山。

门口坐着喂鸡的赵安安和赵平，赵安安看见大哥手中的石榴，眼睛都亮了。

赵屿笑着摸摸小丫头的头："一个你和你二哥分，一个给爹娘。"

还有一个……

赵安安和赵平兴奋得不行，没有多问，赵屿也就没有说。

黛宁并不在家，往常这个点，她都该等着钱叔过来投喂了。

赵安安吮着手指，道：“大小姐好像去溪边烧烤了。”

幼小的她不明白什么叫烧烤，但黛宁吃的玩的，在她眼里都是好东西。

赵屿点头，等吃完了饭还没见黛宁回来，赵屿决定过去看看，大小姐破坏力惊人，可别让哪家又遭了殃。他沿着溪流走，沿途遇见了好几个收工的村民，直到小溪中游，他才看见他们。

赵屿眼里的笑意淡去，染上些微冰冷。

黛宁觉得自己好倒霉，她下午突发奇想，打算来个烧烤，于是叫上陈小莉和张永丰，一起去河边玩。

陈小莉虽然天天在心里骂黛宁，可当黛宁问：“你去不去？”

陈小莉立马说：“去。”

在这个破村子，她都快成原始人，憋出病来了，要是能让她回去，打死她也不再攀附纪黛宁了。

顾忌大小姐怕虫子，张永丰特地选了块空地，空地没有草，自然也不存在虫子。

早有厨子准备好了食材，张永丰架起炭火和烤架，开始准备烧烤。

陈小莉全程黑着脸，她算是明白黛宁为什么要邀请自己了，敢情是拿她当女工，为大小姐串烧烤呢，她心中不满，故意将油撞翻了。

黛宁反应挺快，连忙后退，可油依旧洒在了她鞋子上，黛宁眯起眼睛，看向陈小莉。

陈小莉稳住心慌，心里隐隐还有几分出气的快感：“哎呀黛宁，我不是故意的，你没事吧？你别怪我。”

黛宁偏了偏头：“你都说了不是故意的，油又不烫，我怎么可能怪你呢？”那一瞬间，她心里想了几十种整陈小莉的方法。

一旁的张永丰见了，连忙要过来给黛宁换鞋。

油已经渗进鞋子里，黛宁百般不舒服，她挥挥手：“我去溪边洗洗。”

村里的溪水清凉，平日里村民们会在里面洗衣服，没想到这一洗出了事……村民们常年在溪水中洗衣服都没事，可纪黛宁刚把脚放进去，竟然被螃蟹夹了。

张永丰震惊了，连陈小莉都是呆滞脸。

青团总算明白什么叫幸运 E 了，就这运气，是不是人品不好造就的啊？

张永丰反应过来，赶紧把螃蟹拿走，哄泪汪汪的大小姐。

那只白嫩嫩的脚丫上，伤口渗出了血，看得张永丰快慌死了，他老实木讷又笨拙，现在完全手足无措。

这下不得了，大小姐一疼，就开始记所有人的仇。

张永丰失职，竟然在眼皮子底下让她受了伤！

陈小莉该死，没有她就不会有洗脚这件事！

连钱叔也不对，他今天要去山外打电话给老爷子报平安，现在都没回来，不然不会让她带着两个年轻人出去胡闹，而且现在也没法给她看伤。

张永丰抱起黛宁："我带小姐去找医生，很快就不痛了。"

黛宁揪他耳朵，叱道："你这个憨憨。"村里那个蹩脚大夫，给她医猪她都嫌弃。

"是，我是憨憨，大小姐你还痛不痛了？"他边跑边哄，盼着大小姐心情好了能消火。

从下游跑到中游，几人遇见了来寻人的赵屿，黛宁这下更不高兴了。

归根到底，她今天跑出来玩，都是由赵屿帮助杜恬引起的，赵屿如果不让她生气，她也不会突发奇想要出来烧烤。

黛宁搂住张永丰的脖子，把脸蛋往他怀里一埋，看也不看赵屿。张永丰耳朵通红，大小姐虽娇蛮，可是小小软软的一团，哪个男人都难免心猿意马。

张永丰尴尬地对赵屿解释道："大小姐脚受伤了，我带她去看看。"

赵屿一看，果然，黛宁白嫩嫩的小脚丫上有一道伤口，血迹还没干。

黛宁催促张永丰道："你和他解释做什么，我们快回去，我疼死了！"

"是是。"

张永丰抱起大小姐，就要绕开赵屿走。

赵屿沉默片刻，抓住张永丰的手臂："把大小姐给我吧，我家有药水能治伤。"

张永丰一听，连忙要把怀里的黛宁递出去，气得黛宁抓紧了张永丰衣领，死活不去赵屿怀里："我不要他！"

张永丰只听她的话，闻言不好意思地对赵屿道："我还是带大小姐去找医生吧。"

赵屿看看黛宁，她一头长长的小鬈毛乱糟糟的，正揪着张永丰的衬衣扣子玩。

赵屿平静地让开，张永丰匆匆抱着大小姐离开了。

赵屿看着他们的背影，再一次明白纪黛宁是什么样的人，她永远不在意抱着她的人是谁，只要那人合她意，会哄她高兴就行。

上一刻还可以嗲声嗲气地说他最好，下一刻就可以翻脸不认人。

赵屿踩着色彩浓重的夕阳，面无表情地走回去。

赵安安见他一个人回来，问他："大哥，纪小姐呢？"

赵屿拍拍小妹的头，一言不发。

黛宁不愿意找看起来猥琐的孙大夫看病，一想到要被糟老头子摸脚她就受不了，硬生生在村长家撑到了钱叔回来。

钱叔回来就看见这一场面：村长一家跟孙子一样，战战兢兢地往新房子这边看。

张永丰急得抓耳挠腮，他自知照顾不周，此刻看见钱叔，像是看见了救命稻草。

钱叔听他说完来龙去脉，简直哭笑不得，这也太倒霉了。

他走过去看着被子里隆起的一团："大小姐，我回来了，来，我给你看看伤。"

一张委屈又生气的芙蓉面探出来，和他告状："钱叔，都怪陈小莉和张永丰，还有赵屿。"

她这会儿倒是记得把钱叔排除在外了。

钱叔忍住笑，给她清理好伤口，又用漂亮的创可贴给她贴好。

"钱叔，你真厉害，一点也不疼啦。"她虽脾气不好，骄纵跋扈，可嘴巴甜起来，又十分招人疼。

钱叔便也不说她跑出去玩的事，反而说起纪老先生："你爷爷问你什么时候回家？暑假就快过去了，再过几天就要开学了，大小姐，我们该走了。"

黛宁差点忘了这回事——如今她还是个快上高三的学生。

黛宁用被子蒙住自己：“我不想回去上学，上学好无聊。”

钱叔轻轻拍一下那一团：“大小姐，听点儿话，纪少都回去上学了，你再自己好好想想，钱叔去准备些东西，过几天我们就回去。”

识海中，青团像个操心的老妈子：“黛宁，我们不能回去，杜恬还在这里，你任务没有完成，后续不好掌控，万一赵屿爱上杜恬，杜恬气运加身，将来更难对付。你已经和女主角结仇，将来哪怕她不讲，爱上她的气运子都会想尽办法铲除你。”

道理纪黛宁都懂，可她能怎么办啊！赵屿他都是个成熟的气运子了，就不能懂点事，自己离杜恬远一点吗？

“我又不能灭了他们，总不可能守赵屿一辈子吧？”她不肯，爷爷也等不及，到时候老爷子担心，估计会直接来小山村把她捉回去。

青团咳两声，给出建议：“黛宁，既然你没耐心破坏他们发展，不如想办法让赵屿爱上你？”

黛宁从床上坐起来，她半信半疑：“真能行？先不说他喜不喜欢我，万一后面他又变心了怎么办？”

青团很无语：“他是气运子，又不是渣男。”

倘若感情不纯粹，当初他也不会对后来的纪恬一片赤诚。

这样一想，黛宁觉得这主意还不错，她揉揉头发：“好气，早知道就让赵屿抱我回去了。”

黛宁扬声冲外面喊：“钱叔，我要回去睡！”

钱叔习惯了大小姐一会儿一个想法，让人把她送回了赵屿家。

黛宁都快走远了，突然想起什么，连忙道：“钱叔！耳朵凑过来。”

大小姐带着坏笑吩咐。

钱叔一脸纠结：“这不好吧。”

“谁让她使坏！”

当天傍晚，陈小莉险些崩溃，她被赶进村长家的猪圈，和一圈臭烘烘的猪相处了一个小时！

张永丰在外面一板一眼地监工，这个人是个死脑筋，即便陈小莉想跑出来，也会被他扔进去。

陈小莉一边尖叫一边道："我都说了不是故意的，是纪黛宁自己受了伤，凭什么怪我！"

然而没人理她，只有被她吓到的猪崽们发出尖锐的叫声。

张永丰好心劝她："你别吵小猪就不会跑来跑去。"就能实现人与动物和平共处了。

陈小莉听见这话，气上加气，差点两眼翻白晕过去！

另一边，太阳落下，赵屿趁着空闲，热了水给赵父擦身子。

他端着水出来，大小姐刚好回来。

黛宁犹豫着要不要继续生气，看了赵屿一眼，又赶紧别开眼睛，她对青团说："我觉得他喜欢杜恬多过我，你看，他看见我都没好脸色。"

赵屿把水倒了，也没理她。

秋天就要到来，他迫不及待要实行之前走出大山的计划，过段时间要忙的事情实在不少。

黛宁趴在床上，心想：算啦，今天的事情明天做，明天再思考吧。

赵屿入睡前，看见桌子上剩下的一个红石榴，他沉默良久，拿起它，敲响了大小姐的门。

黛宁正在看一本豪门狗血小说，听见声音，单脚跳过来开门。

月光下，男人眸色清冷，他伸出手："给你的。"

黛宁眨眨眼，接住了那颗石榴。

赵屿转身就要走。

黛宁若有所思地看着他的背影，突然觉得挺有意思，开口道："赵屿，你帮我剥一下。"

赵屿步子顿住："自己动手。"

"我没有刀子，剥不开。"她蹦出来，把石榴塞进他手中，大方地道，"你把它打开，我分你一半。"

赵屿看了她一眼。

她脸皮厚，完全没有半点不好意思，但大小姐主动分东西给别人，还挺少见。

赵屿去灶屋把石榴切开，拿回来给她，他自己没要另一半，赵屿神色疲倦，打算回去睡觉。

黛宁可怜巴巴地开口："赵屿，今天钱叔讲我们得回去了，我快开学了。你看，人家在你家留不了几天，你不要这么冷淡嘛！”

月光下，他转过头来。

黛宁以为他在为自己早上踹他那一脚生气，但她绝口不提这个事，更不打算给赵屿道歉，她说：“你对我好一点，说不定我可以帮你想想办法，为你爹娘医治。”

赵屿神色莫名，看她好一会儿，不予置否，问她：“什么时候走？”

“我也不知道，九月开学。”

而现在已经进入八月下旬了，最多还有十天时间。

他一言不发，对此也没任何回应，直接回屋去了。

黛宁看着他冷漠的背影，目瞪口呆。

青团努力憋着笑，难得看大小姐吃瘪。

许是她平时太坏，现在说要走，赵屿竟然半点儿舍不得的情绪都没有，惹得黛宁生了一小会儿闷气，但她并没有苦恼多久，就去继续看霸总小说。她本来也没打算和赵屿怎么样，一开始她打的就是破坏赵屿和杜恬感情的主意，没在乎自己在赵屿心中的形象，他不喜欢她也正常。

第二天，赵家全家开始剥玉米。

杏花村剥玉米还是土办法，要么用手，要么用鞋底，将布鞋鞋底倒扣在小木凳上，把玉米在上面磨，平常人家，齐心协力，半天也能磨出几百斤。

赵屿家劳动力匮乏，这次连六岁的赵安安都得上阵，她虽然年龄小，可是干起农活来有模有样。

黛宁出来看，发现小丫头身边堆着一小堆玉米粒，玉米芯有将近二十个。

赵屿见黛宁蹦蹦跳跳地围观，从身后拿了个凳子给她坐，黛宁坐下撑着下巴看赵安安磨玉米。

赵安安羞赧地问：“大小姐，你要试试吗？”

黛宁说：“好呀。”

她觉得神奇，鞋底还能这么用？黛宁学着赵安安的模样磨了几下，玉米不怎么听话地在鞋底上滚，基本上没掉下来几颗。

赵平在一旁低头偷笑，大小姐好神奇啊。

赵安安说：“不是这样的，大小姐，哥哥说不可以这样磨，你要这样。”

在小朋友的指教下，黛宁磨完了半个玉米。

黛宁脚伤了，不能跑出去玩，觉得玩玉米还挺有意思的，于是霸占了赵安安的位子，结果才磨了一个半，就开始失去兴趣，渐渐偷懒起来。

她手好痛。

黛宁吹吹掌心：“我不来了，赵安安，你自己来。”

“哦。”

赵屿看过去，大小姐柔嫩的掌心一片通红，这情况他早有预料，连六岁的赵安安的手都是干巴巴粗糙的，只有纪黛宁的手又白又嫩。

黛宁坐去他身边，问他：“赵屿，你最近不去看杜恬她娘了吗？”

赵屿垂眸：“我去做什么？有杜恬在医院照顾她。”

她高兴起来：“那你带我上山玩儿吧，我还没有去过山上呢！”

黛宁来杏花村时是盛夏，天气热，她不愿出门，如今天气转凉，特别适合游玩。

赵屿看了一眼她贴着卡通创可贴的脚：“你脚受了伤，别想着到处跑，再说，你也看见了，我忙，没工夫陪你闹。”

男人油盐不进，黛宁被拒绝了。

她正准备耍赖，旁边的赵安安突然道：“二哥，那里有条玉米虫。”

“哪里？”

“地上呢。”赵安安手指的地方离黛宁不远。

黛宁回头，看清地上蠕动的虫子，脸色大变，她胃中一阵翻滚，连人带凳子往后退。

赵平习惯性地拿了个瓶子过来捉虫。

农村的孩子都不怕这些，对于家里的小鸡来说，它们是营养的口粮，瓶子里已经有十来只虫，那个场面，黛宁只看了一眼，就觉得自己浑身都不舒服了。

身后传来一声浅到极致的叹息，赵屿擦干净手，捂住了她的双眼。

黛宁什么都看不见，自然也看不见傻小子两兄妹捉虫子的样子。

赵屿把黛宁打横抱起来，带她走了出去，他一路把黛宁送回房间，放到床上，大小姐眼睛湿漉漉的，委屈地看着他。

赵屿说：“别乱跑，待在你自己房间里。安安和赵平也不是故意的，他们都不知道你怕虫子。”

她将脸颊埋进柔软的被子里，这回竟然不撒娇，也不抱怨，戏一下子变得这么少，想来真是恶心坏了。

赵屿想起她说的很快就要走的话，好半晌，他说：“晚上我给你做个秋千玩，过几天陪你上山。”

他说完，推门出去，继续去隔壁和赵平他们一起干活了。

赵屿已经走了好久，青团翻着白眼说：“他真的走了，别装了。”

被子里露出一张带笑的小脸。

青团觉得男主角是真的惨，竟然被这么个坏女人耍得团团转。

黛宁是怕虫子，可是小魔女多皮实，只要看不见，那虫子又没挨着她，她很快就可以活蹦乱跳。

黛宁摸出手机玩，她趴在床上，小腿晃悠感叹道：“赵平真恶心。”竟然用手捉虫子。

青团只觉自己无比沧桑。

赵屿把剥好的玉米收拾好，晚上没有再继续，他拿出家里很久不用的锯子和刨子，还有实木榫卯需要用到的凿子，开始做木工活。

他手很巧，木屑四处纷飞，很快，木头变得光滑平整，赵屿将木头周围不太平整的小刺细细打磨了好几遍，开始钻孔绑绳子。

赵平走出来，催他道：“哥，该睡觉了。”

“你先去，我很快就好。”

赵屿一个人点着灯忙到了很晚。

黛宁在房间，偶尔透过窗户看看院子里的男人身影，她忽然想明白了什么，神情有几分微妙。

初动心的人，看起来难免带着几分蠢，饶是性格向来沉着冷静的赵屿，他身上也有些东西在悄悄改变。

纪黛宁弯起眼睛，真有意思，她明明还什么都没有开始做呢！

黛宁也不管赵屿，到了时间点，她自己就去睡觉了。

第二天，黛宁起床后，发现院子里的老核桃树下垂了一架木秋千，精致漂亮，正随着晨风轻轻摆动。

黛宁很欢喜。

她翻找出软垫和丝绸，在赵屿一家开始新一天的忙碌前，脆声喊道：“赵屿！”

赵屿过来看她，她把软垫和紫色丝绸放到他手中：“垫子绑在秋千上，丝绸要缠住绳子，不然手会疼。”

他没多说什么，秋千做都做了，也不在乎多费这点功夫，照她说的将丝绸缠了上去。

大小姐惯于享受，木秋千转眼变得漂亮又柔软，她坐上去，裙摆似鲜花般层层叠叠盛开，美得让人目眩。

赵安安看着，眼中带上几分艳羡，但小丫头懂事惯了，也不闹着要。

赵屿低声对小妹说：“大小姐过不了多久就会走，到时候大哥让你玩秋千。”

赵平小大人似的叹息摇头，以前家里多宝贝那颗核桃树啊，没想到现在它只是大小姐的娱乐载体。

又过了两天，风中带着秋意，黛宁的脚伤也好得差不多了，赵屿应诺，带黛宁上山去玩。

黛宁怀着小心思，没带钱叔和张永丰他们。

赵屿看了一眼她的登山包，里面装了大小姐的零食和水，还有遮阳帽和发绳，防晒霜、小坐垫，林林总总一大堆。

赵屿眼花缭乱，说道：“我帮你背包，你得自己走路。”

她乐呵呵地点头：“好啊好啊。”

赵屿把登山包背起来，好家伙，这包足足有几十斤重，对此，他没有说什么，步子走得沉稳。

黛宁跟在他身后，赵屿声线清朗如玉，介绍道：“这个时节，山里还有野地瓜和八月瓜，在山泉里洗干净能吃，山捻子不要摘，留给鸟雀吃。”

他讲着讲着，一回头，发现身后人不见了。

赵屿一阵头疼，他沿路走回去，看见大小姐正炯炯有神地盯着一只灰色的小野兔。

她没见过野兔子，只见过宠物长毛兔，小兔子三瓣嘴一动一动，也不怎么怕人，竖起耳朵看着她。

“赵屿，我可不可以……”

“不可以。”赵屿斩钉截铁地拒绝，“野兔在野外才能存活，给我站起来。”

黛宁眼巴巴地，想去摸一摸兔子耳朵，赵屿握住她的衣领，直接把她拎了起来：“快走。”

她不高兴地嘟着嘴，赵屿不为所动，他让黛宁走前面，免得她一会儿看见什么，又走不动道。

黛宁拒绝：“我不要走你前面，万一有虫子有危险怎么办？”

赵屿皱眉。

她伸出小手，笑容甜蜜：“赵屿，你牵着我走吧。”

赵屿还没说话，掌心就钻进来一只小手，少女的手掌柔若无骨，他的掌心粗糙，乍一触碰，赵屿非常不适应。

黛宁欢快地说：“走啦走啦。”

赵屿微微垂眸，看着地上暖阳下交叠的影子，心中生出几丝荒诞的感觉，但大小姐是什么性子，赵屿无比清楚，他心思通透清明，没有多想。

看着她也好，免得她走丢，祸害小动物。

还没到山峰，大小姐又开始出尔反尔，她今天穿的板鞋，尽管适合走路，可她平时不运动，这时候体力不支，闹着不走了。

“你背我。”

赵屿说：“我背着你的包，没办法再背你，你东西还要不要了？”

她表情犹豫，显然舍不得把自己的一堆好东西扔掉：“那你背着我的东西，抱着我走。”

赵屿眼角一抽。

大小姐把他当骡子还是马？他没有纵着她：“走累了就坐下来歇歇，前面有野地瓜，我给你摘几个吃。”

黛宁勉为其难地同意了。

赵屿放下包，去给她摘野地瓜，山间有山泉，赵屿怕她闹肚子，用泉水洗干净才递给了她。

有好吃的，她转眼忘记了不愉快，还顺手塞了一个在赵屿嘴里，赵屿咀嚼着野果，看着她，黑瞳里难得带上了几分温和。

“这座山叫不眠山，我们祖上从明朝开始就有人定居在这里。战乱纷飞的年代，大山庇佑着先祖，养活了许多人，所以如今衣食充足，村里人人都尊敬不眠山，相信青山有灵。”

黛宁体会不到这份敬爱，只觉得怪傻的。

山上应该有不少好东西，挖点出去，大抵能卖许多钱，这点倒是无形之中把杜恬正在干的事情想到了，但黛宁不会当着赵屿的面说，只装乖点头。

赵屿眸中的笑意深了些：“再往山上走，能看见很多稀奇品种的鸟儿，你看看就好，不许过去吓它们，知道吗？”

黛宁捧着两颗小地瓜，突然伸手轻轻摸了摸男人脸颊，她的声音也轻，比山间小鸟儿还低，却透着亲昵甜蜜：“赵屿，我将来会想你的。”

林间静谧，她沐浴着阳光，棕色的发柔软，单纯漂亮得像个小精灵，她说将来会想他，十分真心的模样。

赵屿瞳孔微微一缩，抿紧了唇瓣，把她的手从自己脸上拿下去，他站起来，背过身去，声音冷静：“你休息好了的话就继续走。”

黛宁完全没想到，赵屿不但不感动，甚至可以说是不为所动。她睁大眼睛，满脸问号。

识海中，青团发出一阵爆笑：“原书设定，赵屿这个男主角从小过得苦楚，心性也非同常人。他对父母和弟弟妹妹极其具有责任感，但同时，因为要护住一家弱小，赵屿睿智沉稳，想法深远，性格也很克制。”

青团飘来飘去，十分得意：“你想借由与他独处，逼他表明心意，不太可能，一来，他距离爱上你还差得远；二来，既然知道你早晚会离开，他就能克制住不再动心，他把这次带你出来玩当作了离别礼物。黛宁，别耍小聪明。等哪天他为你不顾所有，甚至将气运奉上，牺牲一切，自愿化作黄土枯骨，才算真正爱你。”

黛宁把野果塞进嘴巴，心中十分郁闷，她才不信这世上有人肯为了另一个人这样牺牲。

偏偏青团还在笑她：“你刚刚那么深情款款地骗他，他聪明得很，肯定看穿了，我真是要笑死。”

男频文的男主角真是世上最讨人厌的东西，黛宁恼羞成怒，猛地跳到赵屿背上，搂紧他脖子。

赵屿皱眉：“你又要做什么？”

她“啊呜”一口咬在赵屿脖子上，这姑娘属小老虎，虎牙尖尖的，赵屿疼得倒吸一口凉气。

他反手推她脑袋，摸到一手柔软的小鬈毛：“纪黛宁，给我松嘴。”

她松嘴，特别凶地质问他：“你刚刚是不是在笑我！”

赵屿无奈地心想：是你演技太差。

瞧瞧大小姐现在的模样，说将来会想他，他才不信，说来年给他上坟还比较合理。

尽管赵屿也有一秒钟动容，可是理智很快把一切捋清楚，他也不知道这姑娘从哪点揣摩出他动了心，故意来勾他。可不论她有什么目的，是想要他还是想看他出丑，他都不会乖乖任由她牵着鼻子走。

赵屿把她从身上拽下去，摸摸自己的脖子，一个小牙印，带着点儿血，他警告小鬈毛：“再这样任性，把你就地埋了。”

这下好了，刻意营造出来的温馨氛围不见了，连离别的气氛都烟消云散。

大小姐捡起一根树枝，当成剑，要抽他：“这什么破山，不玩了，你这个破人！”

赵屿捏住她的手腕，从她登山包里摸出一条绑头发的缎带，干脆利落地把大小姐的双手绑了起来。

“既然不玩了，那就回去。”

上山时，赵屿还尽量十分温柔，下山的时候，由于大小姐太能作，他只能强行把人带回去。

才到家，黛宁还没来得及教训胆大包天的赵屿，就看见钱叔站在门外。

他弯了弯腰：“大小姐，东西都收好了。”

黛宁没太听懂。

钱叔道：“纪老先生知道你不喜欢走山路，这里条件苛刻，小汽车没办法开进来，谷场那边有一架我们的直升机，如果没有其他的事，咱们该回去了。”

黛宁闻言，看了一眼赵屿。

赵屿垂下眸子，给她解手腕上的缎带，他手指修长，骨节分明，明明是很漂亮的手，可因为常年干重活，粗糙得像磨刀石，他动作迟缓且轻，绳子解开，她手腕上几乎没有什么痕迹。

黛宁还想说什么，他抬手揉揉她头发："你回家吧。"

无悲无喜，无怨无怒，两人刚刚闹得再厉害，这种时刻，他也不再介意她刚刚使的坏。

钱叔上前一步，对赵屿道："这段时间，我们家大小姐给你家添麻烦了，大小姐在家被宠坏了，有什么不懂事的地方，还望你多多谅解。"

他从口袋里拿出一张银行卡："里面有十万块钱，是我们纪家的谢礼，也是大小姐的房租。"

赵屿看看黛宁，大小姐闷闷不乐地踢着石子儿，赵屿抬手，把卡接了过来。

黛宁见他真要了，好气！见钱眼开的坏男人，在他心中，她可能都不值十万块。

黛宁最不能容忍自己不值钱，她明明特别特别值钱！

这下她看见赵屿就讨厌，脾气上来，立刻让人去屋里收拾东西，只捡了几条平时最爱的裙子，就催促钱叔："钱叔走，我们这就走。"

识海中青团的警告黛宁也不听，赵屿要气死她了，反正等她心情好了还可以回来嘛！

钱叔很高兴大小姐终于想通，连忙带着她去坐飞机。

赵屿看着他们浩浩荡荡离开的背影，许久才摩挲了一下手中的银行卡，然后抬手扔进了鸡圈中。

杏花村的人从来没有见过飞机，此刻村里的谷场停了一架直升机，大家都端着午饭，前来围观。

等黛宁和钱叔过时来，发现他们的飞机已经里三层外三层的被围了起来，有大胆的小孩儿伸出手摸飞机，甚至还有钻到飞机下面去观察的。

钱叔对保镖说："让人散开些，免得飞机起飞伤到村民。"

黛宁倒是看得一乐："土包子们真可爱。"

"大小姐，别乱讲话。"

这群"土包子"中就有村长家的李壮和李二妞，二妞和大小姐吃过饭，相对而言不那么敬畏黛宁。

"大小姐，这是你家的飞机啊？俺还从来没有看过飞机，真好看。"

黛宁笑眯眯道："是呀。"

二妞问："你为什么回去，俺们村不好玩吗？还是赵屿哥对你不好？"

黛宁忧愁又愤怒地叹了口气，她凑到二妞耳边，小声说："赵屿对我耍流氓。"

二妞嘴巴成了一个"O"形，村里的娃知事都还挺早，二妞比赵安安大，经常听见大人们骂村中某些懒汉是流氓，自然知道这是什么意思。

黛宁说："你不要说出去哟。"

二妞拍拍胸脯："好！"

转眼，二妞跑到哥哥李壮身边，神秘兮兮地小声说："赵屿哥对大小姐这样那样，哥，你不要说出去。"

李壮大惊。

黛宁看着，乐不可支，估计要不了多久，全村都知道赵屿耍流氓了。

这时，飞机周围的场地也清理出来了，直升机不需助跑，需要的场地不大，只要村民们不围着就可以。

钱叔说："大小姐，走吧。"

"等一下，"黛宁左右看看，觉得哪里怪怪的，"我们是不是忘了什么？"

钱叔一时半会儿也想不起来，他摇摇头："没有吧。"

"那走吧走吧。"

青团崩溃地开口提醒："陈小莉。"

哦对，还少了这个人。自从和村长家的猪"和谐友好"地相处了一小时，陈小莉气得门都不出了，她不出门，钱叔又忙于奔波，差点忘了还有这个人。

直升机并非运输直升机，只能坐两个人。

陈小莉到底是跟着他们来的，钱叔当机立断："张永丰，把陈小莉喊过来。"

黛宁："我不要和她坐，让她坐汽车，钱叔，咱们俩坐飞机回去吧！"

钱叔叹息一声，这段时间处出了感情，难免教育她："大小姐，陈小莉再不好，也只是个十七岁的女孩子，她这段时间吃够了苦，让她早点回家吧。钱叔和大部队坐车回去，大小姐到家乖一点，听纪老先生的话。"

黛宁想了想，点头应了，她在飞机上无聊的话，也可以逗陈小莉嘛。

钱叔不知黛宁在想什么，只觉得心中欣慰，没想到张永丰跑了一趟，并没有看见陈小莉。

张永丰气喘吁吁地回来复命："钱叔，大小姐，陈小莉房里没人，我问村长，村长说她之前出来了。"

黛宁斜眼看向钱叔，意思很明显——看吧，不只我喜欢惹麻烦哟。

钱叔忽略大小姐的眼神，皱眉："陈小莉会去哪里？"

几个人还没商量出个结果，只听一名村民放声喊："有人落水了！"

这一嗓子像个吸磁器，大家连飞机都不围观了，赶紧跑去看落水的人是谁。

钱叔说："不会是陈小莉吧，赶紧去看看！"

陈小莉最好别出什么事。

巧得很，那条河离赵屿家不远。

黛宁跟着钱叔他们过去，一眼就看见了伫立在独木桥上的陈小莉。

陈小莉好端端地站着，那落水的人是谁？她定睛看去，水中扑腾着喊救命的正是杜恬。

另一端，赵屿已经跳下了水，朝杜恬游过去。

黛宁不可思议："我还没走半小时，杜恬又开始啦？"

青团不确定地道："好、好像是……"

黛宁冲陈小莉招招手，陈小莉心有余悸地跑过来。

黛宁问她："你把她推下去的？"

陈小莉连忙摇头，她看起来也十分茫然："我也不知道，我和她说了几句话，也没碰到她，她就掉下去了。"

黛宁眨眼，非常好奇："你又不认识她，你们说什么？"

陈小莉陷入了诡异的心虚沉默。

青团闷笑："黛宁，她们肯定在讲你坏话。"

事情很好推测：陈小莉心中不满被关猪圈的事，出门来找黛宁吵架，路上遇见从医院回来的杜恬，两个人一拍即合。

陈小莉疯狂唾骂黛宁，杜恬"莲言莲语"规劝。

没想到杜恬突然掉进河里，需要赵屿抱抱才能捞上来。

黛宁看热闹似的看过去，发现赵屿已经把人救了上来。哪怕最近逐渐转凉，人们依旧穿着夏装，杜恬穿了件白色衬衫，衬衫湿透了不说，扣子也挣开了好几颗，里面的衣服看得清清楚楚，围观的人里头不晓得谁吹了声口哨，杜恬脸蛋爆红，边咳嗽边往赵屿怀中躲。

赵屿皱紧眉头，村里好心人连忙给杜恬拿了件衣服过来披上。

赵屿也全身湿透，衣服贴在身上，勾勒出结实的肌理轮廓，他毕竟是个男人，夏天光着膀子劳作是常事，见杜恬有人照料，他平静地拧着自己衣角和裤脚上的水。

赵屿似有所感，一抬头，就看见本该离开的大小姐在岸边偏头看他。

黛宁听见身边村民讨论——

“赵家屿哥儿重情重义，恬妞这次可真得好好谢谢他。”

“俺听说屿哥儿对恬妞有点想法。”

“栓子这个月都结婚了，屿哥儿比栓子还大两个月，也该考虑这事了，刚刚他对恬妞又抱又摸的，娶回家也是个美事。”

……

热火朝天的谈论声中，黛宁总算明白杜恬到底在打什么主意了，杜恬竟然想嫁给赵屿！

要知道，过去直到黛宁死，杜恬也只是周旋在三个男主角之间，是他们的白月光、朱砂痣，谁也得不到，反而更深爱她。

如今杜恬的攻略计划被黛宁打断，她乱了阵脚，怕错失主角之一，竟然豁出去要嫁给赵屿。

杜恬料准，杏花村闭塞，感受新思想的进程缓慢，村里虽然普遍早婚，可是对婚前行为看得很重，不管男女，婚前都不可轻佻放浪，现在两个人湿漉漉地抱在一起，被全村看见，赵屿不娶她，两个人名声都不好，如果娶了她，就是见义勇为的美事一桩。

杜恬可真是个机灵鬼！

钱叔走过来：“大小姐，别看热闹了，既然已经找到了陈小莉，我们回家吧。”

陈小莉一听“回家”这两个字，激动到全身颤抖，她、她终于可以回家了吗？！

“我突然晕机，”黛宁扶住脑袋，“我那张床呢，快让我缓缓。”

她径直就往赵屿家去。

钱叔拉住她：“大小姐……”

“哦对了，”黛宁笑嘻嘻地看一眼陈小莉，“陈小莉也不想回家，你看她听见‘回家’两个字，气得都发抖了。那咱们暂时就不回了，理解一下陈小莉，她最近吃了这么多苦，钱叔你不要逼她。”

“不想回家”的陈小莉脸都扭曲了，她恨不得咆哮，她想！她想啊！

然而纪黛宁蹦蹦跳跳地已经跑远，陈小莉一口老血哽在喉咙，第一次这么后悔，自己就该好好待着！

黛宁比赵屿先到他家，赵安安迎了出来。

“大小姐，你回来是不是找这个的？没有丢，我给你收着呢。”她递给黛宁一张银行卡。

黛宁问她：“你哪里找到的呀？”

“鸡圈里，我喂鸡看见的。”小女娃老老实实，细声细气地说，“我们家没有这个卡片，肯定是你的。二哥说它可以存钱，你别再弄丢了。”

黛宁不可思议地睁大眼睛。

青团问：“怎么样，惊不惊喜，感不感动？赵屿有骨气，没有要你家的钱，你在他心里，不是无关紧要。”

黛宁烫手似的扔了卡，咬牙掐住赵安安小脸蛋：“赵安安你这个小棒槌，鸡圈里捡的东西那么脏，你竟然递给我！”

赵安安被她掐得口齿不清：“我、我下次注意。”

“还有下次？你完了，你哥也完了，有我在一天，他这辈子都娶不到老婆！”

黛宁身后，全身湿漉漉、永远“娶不到老婆”的男人听见这话，抬眸淡淡地看着她。

第六章

危险和机遇

赵安安冲赵屿扬起笑脸："大哥。"

"嗯。"

黛宁背后说人被听见也丝毫不觉得尴尬，赵屿神色自若地路过她，回家洗澡了。

洗完换了衣服出来，发现大小姐还在他家里，赵屿用帕子擦了一下黑发，问她："又不走了？"

黛宁笑嘻嘻地蹦到他面前："人家决定继续住你家，你高不高兴啊？"

赵屿抬起眼皮子看她一眼，在她身边的桌子旁坐下来，那意思很明显——你觉得呢？

黛宁试探道："村民说你救了杜恬，就要娶她，你会和杜恬结婚吗？"

赵屿自己倒了杯水喝，声线平淡沉稳："在村里，我本来也是该结婚的年龄，如果她确实有意，不嫌我家穷，未尝不可。"

黛宁按住他的杯子："不可以！"

赵屿问她："为什么？"

"我说不可以就不可以！"

"大小姐，"他缓缓地道，"你也不是我的谁，要说你那套瓷碗，钱先生已经认可我家还完了债，你没有权力干涉我的人生。"

闻言，她头一歪："我就是你的谁！"

赵屿看着她，示意她讲完。

黛宁下意识地道："我是你爸爸。"

赵屿眼里的光沉暗一瞬，他冷笑着把杯子拿回来，这下理也不理她，出门劈柴去了。

青团绝望地捂住自己的脑袋，纪黛宁，你有毒啊！

黛宁往自己的大床上一躺："还是床上舒服。"

青团讲："看得我急死了，黛宁，他的意思是，如果你当他女朋友或者老婆，他就听你的不娶杜恬。"

黛宁咸鱼躺着，非常惊讶："他想什么呢？他怎么可能配得上我！"

这次连青团都开始冷笑："如果过去你肯抱一下赵大佬的大腿，反过去喊他声'爸爸'，说不定你不用死。"

黛宁纳罕道："你怎么和赵屿一样阴阳怪气的？你们这些毒瘤团子懂得还挺多啊。"

青团气到自闭，也不理她了。

钱叔来劝她回家，好说歹说，黛宁就是不肯走，她懒洋洋地翻了个身，道："急什么？再等等。"

黛宁等待的事情，第二天就发生了。

杏花村拢共就这么点大，当初黛宁来村里，村民们茶前饭后议论了半个月，今天村里传得风风雨雨，说快要喝赵屿和杜恬的喜酒了。

听见风声的栓子悄悄跑来问赵屿："屿哥，村里都在说你要和杜恬办酒，真的假的啊？"

赵屿一斧头劈下去："假的。"

栓子道："老万叔说，昨天人家姑娘光溜溜地被你抱了，你真的不想负责啊？"

赵屿有了几分火气："别人乱传的，杜恬掉河里，我下去救她上来，衣服都穿得好好的，你少听风言风语。"

栓子有些讪讪。

赵屿卖力劈柴，那声脆响脆响的，栓子想到了什么，凑近赵屿，黝黑的脸皮带着几丝红："屿哥，不是我说，你要是觉得杜恬不错，上门去提亲呗，我看杜恬也是个好姑娘，不至于亏了你。你是不晓得，娶了媳妇的好处有多少。"栓子声音压小了点，"不说别的，单说夜里把灯一关干那事，真的……"

赵屿顺手捡起柴火，面无表情地敲在栓子胳膊上："你是不是皮痒？"

栓子抱头鼠窜地跑出了赵家院子。

黛宁出来玩秋千，看见栓子火烧屁股似的离开，她好奇地问："他怎么啦？”

赵屿没回答，只提醒她：“别踩到柴火。”

他不说黛宁也能猜到，多半是赵屿救人的事情在村里传开了。

果然，下午连村长也来了赵家。

村长李爱国先去探望了一下赵父赵母，这才出来和赵屿谈话，黛宁学聪明了，她也不走，就靠在门边听。

村长说：“狗娃，不，赵屿，你瞧俺这记性，都长大了，还喊什么土名。你给说说，你对隔壁的恬妞是什么想法？你父母行走不便，俺也算看着你长大的，当得起你一声‘叔’，你要是觉得中，李叔帮你问问恬妞去，免得村里人嘴碎，谈论久了对你们的名声都不好。”

赵屿摇头：“谢谢李叔好意，我把杜恬当妹妹看，换作村里任何一个人掉下去，我都会去救。”

李爱国还想说什么，赵屿平静地道：“如果村里每个救人者都要被传闲话，恐怕日后有人落水，也没人敢救了。”

村长一想，还真是，这种风气可要不得！村长连忙正色道：“我会去说说那群嘴碎的，不会坏了你和恬妞的名声。”

“这样最好不过。”赵屿站起来，“我送李叔。”

“不用不用。”村长晃悠着走远了。

黛宁见赵屿自己就把事情搞定了，前两天他说要和杜恬结婚，果然是骗自己的。也不知道杜恬要是晓得自己用心设计一场，现在得了这么个结果，会不会气死。

黛宁心情好，对赵屿的脸色就好。

晚上吃饭时，她甚至很大方地让钱叔准备了赵家的份，各色珍馐鱼贯而入，把赵家那张木桌摆得满满当当，赵安安和赵平几乎挪不开眼睛。

赵屿堆好柴火，过来看到这一场景，他问黛宁：“你又要干什么？”

“你今天表现好好，请你吃饭呀。”

“不需要，你的东西都拿走。”赵屿摸摸赵安安的头，“等一下，大哥去做饭。”

赵安安虽然失望不能吃大小姐送来的饭菜，但还是乖乖点头。

黛宁跟上赵屿，好奇地道：“你真的不吃啊？”

“不吃。”赵屿用打火机点燃玉米叶，开始生火。

黛宁还是第一次来他家的灶屋。

农村生活清苦，赵屿家做饭的地方小小的，光线也暗，缺油少盐，这种地方做出来的东西，一看就不好吃。

有大小姐在一旁盯着，赵屿也没有显得束手束脚，如青团所说，他是个很从容的人。

黛宁看着这样的男人，突然有些明白为什么别人不是男主角，偏偏赵屿是了。

既然他不吃，黛宁也不勉强，赵屿坐在小凳子上烧火焖饭，她干脆趴在人家腿上，火光葳蕤，把她一张瓷白的小脸也照成暖色。

黛宁笑着抬头问："赵屿，你为什么要拒绝村长的提议？"

赵屿垂眸，腿上的美丽少女，满脸满眼都写着一个"坏"字。

赵屿知道她想听什么，黛宁想听他说喜欢她。

但他清楚，大小姐没有心，即便他真说了，估计黛宁也觉得这是件好玩有趣的事，于是赵屿伸手把她拨开："别往这里凑，当心被火烧了头发。"

眼看着有成为秃头少女的危险，她立马乖觉，从他腿上起来，跑出去和赵安安他们讲话了。

明明灭灭的火光把赵屿的黑瞳照亮，他沉默许久，终是低低叹息了一声。

杜恬在家等着赵屿上门提亲。

做这件事之前她想过可行度，赵屿家徒四壁，亲人身患痼疾，哪怕他本人不差，村里也没几个姑娘愿意嫁给他，而纪黛宁这个书中提到过的人物，不过就是一个炮灰。

几年后，纪黛宁的爷爷会看上赵屿的才华，让他当上门女婿，照顾他的宝贝孙女，赵屿答应了，结果没多久，纪家破产，被赵氏收购。

赵屿和黛宁之间，万万不可能有感情。

杜恬大胆猜测，现在赵屿对黛宁不错，可能是因为赵屿想法深远，需要跳板，但自己和赵屿之间没有感情，将来他功成名就，自己可能就只是他记忆中的一个邻家农女而已。

杜恬想赌一把，赵屿年轻能干，嫁给他完全不会亏。

可是杜恬千等万等，都没能等来赵家的求娶，倒是村子里的闲言碎语渐渐消失了，杜恬实在忍不住，悄悄去打听消息。

村里另一个姑娘笑着告诉她："放心吧，大家都不会再乱传你和赵屿了，他帮助乡亲是好事，如果这样还要被说闲话，以后村子里没人愿意救人了怎么办？杜恬，你安心就是。"

杜恬心中恼怒，偏偏面上还得带着笑——真是白吃了这个苦！

转眼九月份到了，黛宁不愿意回去，倒是赵屿家的两个孩子需要去上学了。

赵平念初二，村里只有小学和初中，老师的水准还不怎么样。

今年是赵安安第一年上学，小女娃紧张又期待，鸡刚刚打鸣她就起床了。赵平牵着她，赵安安回头摆摆手："大哥再见，纪小姐再见。"

赵屿嘱咐赵平："好好照顾安安。"

"我知道的大哥，不会让人欺负她。"

学校有点远，建立在另一处山脚下，兄妹两个都背了饭盒，去学校热饭吃。

见兄妹俩离开，赵屿扛起锄头去挖花生，秋季本来就是个收获的季节，要养活一大家子，务农忙得人分身乏术。

赵屿中午回来，看见钱叔又在催黛宁回去。

大小姐手中拿了一封信，赵屿进来，她眼珠子一转："你让爷爷别担心，赵屿说他给我当家庭老师，教我读书。"

钱叔闻言，眼中带着疑虑看过来。

赵屿面不改色，静静地听着大小姐扯谎。

"赵屿讲课特别好，比我们家那几个家教都好，何况我去上学，也是在睡觉，老师都要被气哭。我喜欢听赵屿讲课，说不定让赵屿教我，我能考上大学呢。"

钱叔狐疑："大小姐说的是真的吗？"

黛宁把赵屿拉过来，点点自己的课本，掏出手机，开始录视频："赵屿，你讲给钱叔听嘛。"

赵屿看着黛宁，她冲他眨眨眼，赵屿没再多说什么，他翻开物理课本，冷静沉着地讲了起来。

讲课对赵屿来说并非难事，毕竟小弟小妹的功课都是他在辅导，赵屿勤奋聪颖，虽说算不上知识渊博，可是应付黛宁的课程绰绰有余。

钱叔神色舒展开，竟真的信了黛宁编的话。

黛宁把手机递给他，说："钱叔，你把这段视频给爷爷看，他老人家肯定特别感动，就不会催我回去了。"

钱叔笑着摇摇头，暂时放过了她，出门离开。

黛宁转头声音甜蜜地夸赵屿："赵屿，你真是太厉害啦！能干活，能做饭，会处理谣言，还会讲课！这个世界上有你不会的东西吗？"

赵屿听得好笑，他忍不住道："安安和赵平去上学，需要步行一个小时，你有那么好的学习资源，却暴殄天物，不懂珍惜。"

黛宁反驳道："古言里不是有句'你又不是鱼，怎么了解鱼'吗？"

赵屿："那叫'子非鱼，安知鱼之乐'。"

这么个文盲，怪不得把老师气成那样，古人都得气活。

黛宁理直气壮："对，就是这个。我不喜欢就不喜欢嘛，你们喜欢的东西，为什么要我喜欢？我哪怕混吃等死，也能衣食无忧地过一辈子，为什么非要勉强自己去学不喜欢的事情？那不是傻嘛。"

赵屿差点觉得她说得还挺有道理。

"我们不讨论这个，"黛宁想起什么，突然好奇地问，"赵屿，你真的什么谣言都能应对吗？"

赵屿不解。

黛宁："我相信你可以的。"

过了两天，知道她指的是什么后，赵屿简直想掐死纪黛宁！

村里最近换了一批谣言，这个谣言比上个谣言还劲爆，唯一不变的是男主角依旧是赵屿。

赵屿发现大家看他的眼神不对，起初他没在意，还以为是杜恬落水事件造成的影响没过去，直到今天空了些，接赵安安和赵平放学，三人从田埂边走过来，村里一个单身懒汉冲他吹口哨。

懒汉说："看不出来嘛赵屿，你竟然是这样的人，人家城里头的大小姐，你也敢偷着耍流氓，比我们这些人胆子大多了，怎么样，大小姐的滋味儿如何？"

赵屿脸色沉下去："你说什么？"

"哟，还生气了，你有胆子做，还不敢认啊。村里都传开了，纪小姐住在你家，你趁机揩油，现在人人都晓得你道貌岸然，就是个淫棍！"

赵屿揪住他衣服："你有种再说一遍！"

懒汉平时吊儿郎当，真要打架，绝对不是赵屿的对手，他被赵屿凶煞的模样吓到："不、不是我说的，大家都这样说。"

赵屿微微眯眼："还说了什么？"

"他们还、还说，你之所以不和杜恬结婚，就是因为贪恋纪小姐的美色，想她家的钱。"

赵屿忍无可忍，一拳打过去，懒汉倒在地上，痛苦地呻吟起来。

赵屿冷着眉眼："这种话要是再让我听见一回……"

"不说了，不说了。"

一旁的赵安安见大哥打人，吓坏了，赵平堵住小妹的耳朵，义愤填膺："是谁在乱传！"

赵屿脑海中闪过许多可能，突然想起前两天黛宁说"我相信你可以的"，顿时额上青筋一跳。

好个纪黛宁，作起来连她自己的谣都造，也不怕坏了名声。

如果八卦女主角换个人，村民们大抵还不信，毕竟他们看着赵屿长大，他的为人品行没说的，但对象换成黛宁，事情就完全不一样了。

纪黛宁那张祸水脸蛋儿，那副窈窕身段，声音娇滴滴的，跟能掐出水似的，是个男人都难以把持，赵屿虽然沉稳可靠，可他不也是男人吗！再说了，大家都见识过大小姐家里那令人眼红的财产，谁要是真有幸娶了她，一夜暴富不是梦。

谣言东传西传，赵屿就变成了个不仅馋大小姐身子还馋她钱的"淫棍"。

赵屿心头直冒火，他回到家时，黛宁正在房间里涂指甲油。

大小姐挑了个樱粉的颜色，她手指白嫩，外面再涂一层亮油，十分漂亮，她低头吹了吹手指，等它干。

赵屿推开门，脸色很难看："纪黛宁！"

黛宁反应很快，赵屿这么生气，证明那天她给二妞说的话已经传开了。

她笑容甜甜地转移换题："我指甲这个颜色好看吗？要不我也给你涂一个？"

赵屿胸膛起伏："你给我出来。"

"你别生气嘛，"黛宁说，"谁让你那天绑我，我只对二妞一个人说了，没想到大家都知道了，你去找二妞对质嘛。"

"你不对小孩乱讲她能到处说？纪黛宁，过来认错。"

黛宁把指甲油一放："赵屿你这个双标坏蛋，杜恬前两天传谣言你不生气，现在你生什么气？你不是很擅长遏制谣言吗？你再去说一次不就好了嘛，你再凶我，我要生气了！"

赵屿气得脑仁疼，他走进去，捉住大小姐的手腕，厉声道："事情性质是一样的吗？杜恬那件事是因为救人，要不了多久就会平息，你这件……"

越说越气！

黛宁无辜极了，她不解地问："都是谣言，有什么不一样？"

赵屿平复怒气，纪黛宁如此顽劣，今天非要教她做人不可。

他把大小姐带到院子里："赵平，把我们家的教育棍拿过来。"

赵平跑得飞快，没一会儿拿了一根一米长的黄荆木过来，那棍子有一指粗，十分光滑。

小时候赵平是个皮猴子，经常上蹿下跳爬树，没少被大哥用这根棍子揍，别说他，就是赵安安不听话的时候也挨过两回揍。

农村有句老话："黄荆条下出孝子。"如今受用人变成了大小姐，赵平怜悯地看她一眼。

赵屿说："纪黛宁，手伸出来。"

面前这人完全有恃无恐，鄙夷地道："我才不呢，你算什么，你敢打我，我让钱叔把你们村炸了。"

他冷着脸："你就是皮痒欠揍。"

赵屿握住大小姐的手，逼她摊开手掌，在她掌心打了一下。

黛宁愣了好半晌。

黄荆木打人是很痛的，赵屿知道她娇贵，控制了力道，可是黛宁长这么大，从来没有挨过打，莫说把她看得跟眼珠子似的爷爷，就算是她那个小浑球儿弟弟也没打过她。

她不可思议地看向赵屿，这男人沉着神色，又在她掌心打了一下。

啪！

“还敢不敢做坏事？”他声音低沉，“你可想过后果？你为达目的不择手段，连自己都敢坑，倘若在你那所城市，你今后还要不要做人？”

这下黛宁再也绷不住了，她眼眶泛出泪花，边抽噎边骂：“赵屿你完了，你全家都得完蛋，你死了我都会挖出来鞭尸，让野狗把你吃掉！”

说着这么恶毒的话，偏她哭得梨花带雨，显得打她的才是恶人。

赵屿又冷着脸打了一下，黛宁受不住这种疼，“哇”的一声大哭出来：“错了错了，你别打了，人家承认错了！”

“真知道错了？”

黛宁泪汪汪地点头。

赵屿收了小木棍，见她哭得可怜，顿了顿，用拇指拭去她眼角的泪。

黛宁死活不让他再碰，她拍开赵屿的手，跑回房间生起了闷气。她先前干了那么多坏事，赵屿顶多说她两句，这还是第一次教训她。

大小姐不知道，她在村民心中原本是畏惧而向往的存在，如今谣言说得难听，说赵屿把她怎么样的都有，而大小姐还留在赵屿家，可不就是个不敢吭声的软柿子吗！

村民大多淳朴，可也有不少像懒汉二流子那样的人，如果他们真起了什么歪心思，觉得大小姐谁都可以沾染，到时候黛宁哭都来不及。

保镖团不可能二十四小时跟着她，而人心肮脏起来，就会变成无孔不入的阴暗罡风。

傍晚钱叔来给黛宁送饭，她眼睛红肿，抽噎着告状：“赵屿这个浑蛋打我，钱叔，你要给我报仇。”

钱叔听了，问她：“赵屿为什么要向大小姐动手？”

依他看，赵屿不是那种火气上头的人，也不像是会打女人的人啊。

黛宁思考着说：“我涂指甲油不给他涂，他生气了，就对我动手。我不管，你要一百倍打回来，把赵屿和他弟弟妹妹还有爹娘的屁股都打烂！”

钱叔顿了顿：“大小姐，我会给你讨回一个公道的。”

黛宁威胁道：“快去，不然我绝食了。”

钱叔走到外面，赵屿正在往水缸中挑水，看见钱叔，他放下水桶，点点头："钱先生。"

钱叔正色道："大小姐说你欺负她，赵小兄弟，我们家大小姐可不是什么人都能教训的。"

赵屿问："她有没有说为什么挨打？"

钱叔嘴角一抽，实在不好意思说大小姐口中那个蹩脚的理由。

赵屿观他神色，就知道纪黛宁没有讲实话，那小魔女看着娇气，实际聪明得很，她未尝不知道后果，只是她那时候觉得自己马上就可以离开，才有恃无恐地污了赵屿一把。

赵屿也不揭穿她，低声道："大小姐荒废学业，不愿意学习，作为她的老师，我有必要监督。大小姐天资聪明，思维灵活，好好塑造，一定能考上大学。"

钱叔一瞬变得欣喜："真的吗？那太好了！刚刚是我误会了，赵老师你一定要好好监督大小姐，我们纪老先生毕生的心愿就是她听话一点，能乖乖学知识。"

说起来，纪家这对双生子一个比一个浑，纪老爷子崇敬文化人，为他们操碎了心，希望两个小家伙乖一点，好好学习，但这么多年，没人管得住大小姐，一来斗不过，二来没那个胆。

现在来一个有魄力还有胆子的赵屿，钱叔高兴都来不及。

他叮嘱赵屿："我们大小姐娇气，赵老师你别再动手，有什么好好说。"

赵屿点头："我知道。"

钱叔回去复命，对黛宁道："大小姐，你不要闹脾气，你不愿意回去，留在这里自然要听赵小兄弟的话，不然纪老先生会担心。"

黛宁没想到赵屿这么奸诈，利用她撒的谎来圆教训她的事，钱叔不愿意给她报仇，她生气得不行，用被子盖住自己："钱老头儿你走，我不喜欢你了。"

她自己想办法收拾赵屿，实在不行把赵安安打一顿！

钱叔叹口气，没再说什么，离开了。

过了一会儿，门又被推开，黛宁在被子里偷偷吃点心，她脸颊一鼓一鼓，含糊地道："钱老头儿，你后悔也没用，我已经开始绝食，我要饿死我自己，过几天，你把我的尸体带给爷爷吧。"

被子被掀开，正对上男人沉静的黑眸。

赵屿看着她满脸荷花酥的碎屑，眼睛圆圆的，连鬈发上也零零碎碎地沾上了一些，大小姐手中还有半块荷花酥，嗯，正在“绝食”。

见到赵屿，她心中的委屈和生气又涌了上来。

赵屿有点儿想笑，低声问她：“手痛不痛，我看看？”

黛宁完全不领情：“假好人。”

赵屿不说还好，一说她又觉得自己掌心火辣辣的痛，刚刚只一门心思要报仇，连掌心的疼都忘了。钱叔被她闹了一通，也忘记了问，现在被提醒，她觉得简直要疼死了。

黛宁摊开手掌，低头看了一眼，白白嫩嫩的掌心肿起一大片，不只是她自己，赵屿都忍不住皱起了眉，赵安安小朋友挨十下都不会这个样子，纪黛宁才被打了三下，看起来怎么这么严重。

黛宁伤心欲绝，伸腿踢他：“你这个凶手、暴徒，滚出去，我这辈子都不想看见你。”

赵屿见她像个小刺猬一样，没说什么，带上门出去了。

村里的夜晚，月明星稀。

赵屿打开大小姐的房门，闹了一天的黛宁已经睡熟，手机从她手中滑落，她拳头虚虚半握，放在脸颊边。

赵屿在床边坐下，握住她被打的左手，拿出药膏给她抹药，这种药膏纵然比不上钱叔用的贵重，可是农村有些土方子十分好用，里面加了薄荷，能让她好受许多。

她睡着了实在是乖，一头深棕色鬈发散开，月光透进来，她睫毛像两只黑色的蝶，在眼睑下投出剪影，也只有这种时候，半点儿也看不出少女平时到底是怎么样一个毒辣的小坏蛋。

赵屿动作很轻地给她上完了药，她睡得香，一直没有醒，他见她看起来这般可爱，弯了弯唇，赵屿低头，在她挨了打的小手上轻轻一吻。

赵屿给她掖了掖被子，关好门离开。

识海中沉浮的青团目睹了一切：人类好复杂啊！

赵家一大早就上演着精彩戏码，钱叔和张永丰等人纷纷哄着大小姐吃饭。

黛宁昨天受了训，今天神情恹恹的。

青团故意没说昨晚发生的事，大小姐太作，让她消停一段时间也好，跟着黛宁还没多久呢，它的眼睛都快被辣瞎了。

一群人好哄歹哄，黛宁终于吃了半笼小包子，大家都松了口气。

山间凉，大小姐的衣服换了一批，变成了秋装。她臭美，热爱穿裙子，用她的话说，投生成女孩子不穿裙子，不如和纪墨珏换个性别算了。

钱叔问她："大小姐，课本纪老先生都让我拿来了，你要过去听赵屿讲课吗？"

黛宁摇头："不去，谁让他打我的！"

"可如果你不学习，纪老先生不放心你继续待在这里。"

黛宁才要讲赵屿的坏话，就看见隔壁跑过来一个温婉的倩影，是杜恬。

今天杜恬穿了一件从城里买的针织外套，她喜好白色，一头又长又直的墨发披散下来，看起来温柔又清纯。

杜恬手中拎了一袋水果，还有个礼盒，站在篱笆外喊："赵屿哥。"

赵屿擦干净手，走出去："什么事？"

杜恬羞赧地道："谢谢赵屿哥上次救了我，我吓坏了，一直没来得及道谢，这些都是我的心意，希望你别嫌弃。有点水果，可以给赵叔他们补补维生素，还有些新文具，小平和安安应该能用上。"

赵屿说："不必，举手之劳。"

杜恬义正词严地道："这怎么行呢？不说我，我娘心中也很感谢你那天送她去医院。我们一家欠你太多，你要是连礼物都不收，我们过意不去，更何况，我今天找你，也是希望你帮我个忙，我娘可以出院了，但是她腿骨还没恢复好，你方便的话，能不能帮忙接她回来？"

赵屿道："我……"

"不好不好！"院子里跑出来一个穿着旗袍的少女，黛宁否决道，"赵屿今天要给我讲课！你找别人吧，那么多人有空，又不是非得他。"

比起杜恬这清清纯纯的一身来，黛宁穿得像个小妖女。

她这身秋季旗袍是今天刚拿来的新衣服，腰线掐得极其精致。她年龄尚轻，旗袍是桃粉色的，以又大又润的珍珠为纽扣，衣服上绣了三月烟雨中的桃花，细细看去，花朵似真正盛开一般。

别人或许压不住这身衣裳，但黛宁可以，她发育得好，把旗袍撑得满满当当，腰肢也细，衣服惊人的弧度一下被她穿了出来。

相对之下，年龄差不多、一身白衣服的杜恬，看着像个豆芽菜。

杜恬眼中的温柔笑意消散了几分，忍住心里的不舒服，道："纪小姐，我母亲行动不便，你也是知道的，你为什么非要现在……"

黛宁不等杜恬说完，抓住赵屿的衬衣往屋里拖："学习就是生命，我该上课啦，不然我考不上都怪你。"

赵屿把她的小手从自己衣服上拿开，他转头对杜恬道："大小姐说得也没错，杜恬，别的乡亲有空的话，大家肯定都愿意帮你。"

杜恬轻声道："好的，那我不打扰你了。"

她看起来坚强又懂事，换个别的男人，恐怕难免会觉得愧疚，心生怜惜，可赵屿的衣领再次被拽住，他没空看杜恬到底是个什么反应，只能专心应付黛宁。

杜恬的指甲险些陷入肉里，纪黛宁怎么还不走！

钱叔得知大小姐按时听课，十分欣慰，他交代了几句，怕耽误大小姐"学习"，连忙带着人离开。

钱叔和杜恬他们一离开，黛宁立刻瞪向赵屿，她表情有多不满，是个人都看得出来，大小姐特别记仇，如果不让她消气，估计这仇能一直带进棺材。

赵屿翻了翻她的课本，说："过来听课。"

只要她愿意听，赵屿自然愿意讲，黛宁整日不干正事，荒废学业也不好。

黛宁不过去，只四处看，想把昨天那根黄荆条找出来，在赵屿身上抽回去。

赵屿一看就知道她什么心思。

他说："安分点坐着，手不痛了吗，今天又开始折腾？你要是不听课，我接杜姨去了。"

黛宁磨磨蹭蹭地在椅子上坐好，她心想，等杜月香被人弄回来，她就把赵屿打一顿！

赵屿问她："你学到哪一章节了？"

赵屿拿的是英语书，黛宁语气轻蔑："你这种土包子会英文吗？要不要我教你认认字母呀？”

赵屿眼中带了点笑意：“Believe me，I was prepared for everything，except you。”

黛宁眼中茫然，头上升起一个大大的问号：“你什么？我什么？”

“好好听课，纪小姐。”他也不解释自己说了些什么，开始给她讲课文。

赵屿早做好了黛宁什么都不会的打算，从音标教起，十分耐心，可惜大小姐并不领情，她东看看西看看，像只坐不住的小鸟儿，在赵屿眼皮子底下，她还摸出了一个西瓜味的泡泡糖，边嚼边吐泡泡玩。

赵屿说：“认真点，学会了音标，让你打回来。”

听见这话，她立马来了精神：“真的？”

“嗯。”

黛宁讨价还价：“我要打二十下。”

赵屿道：“十下。”

“十五下。”

赵屿冷声：“十二下。”

她总算高兴：“好呀好呀，你讲。”

这会儿，赵屿再讲，她倒是有认真听，可惜常年没有好习惯，黛宁才乖乖坐了一会儿就浑身难受。

初秋，天气转凉，外面起风，不知道哪个小孩子高高兴兴地喊了一声：“牛娃，小吉，放风筝去了！”

黛宁眼睛一亮，抬腿就要出去。

赵屿按住她：“纪黛宁，做什么去？”

“你没听见吗？今天适合放风筝。我之前有个玉盘风筝，是一条龙的形状，有三米大呢，飞得特别高。”

“你还没学会音标，不想打回来了？”

黛宁永远只看眼前的利益，让她学会音标指不定是什么时候，放风筝现在就可以放，和学习比起来，当然是风筝香！

“今天不打了，我要去放风筝，你松手。”

赵屿简直拿她没办法，只得沉下脸道：“不许去，什么时候学会了，什么时候去玩。”

黛宁不高兴了，又剥了个泡泡糖。

“看我做什么，看我也不分给你。”

赵屿忍住脾气：“糖吐了，跟着我念。”

黛宁坐在他家的木板凳上，屁股都开始疼了，赵屿逼她学习，她也给他找不自在：“我难受，我要坐软垫。我不跟你念，我嗓子疼，要喝樱桃牛奶。”

赵屿脸色沉如水：“什么都没有。”面对这样的学生，赵屿一肚子火，“你到底要不要学，不学就回你的大城市去，找能教你的老师。”

见他生气，黛宁的心情终于转好。

赵屿却起身就走，不教了，谁爱教纪黛宁谁教！

黛宁一算时间，杜月香还没回来，她留在这么个破地方已经够委屈的了，打也不能白挨。

她立刻上前抱住赵屿的腰：“学，我一定认真，赵屿，你别那么小气嘛。”

赵屿真是被她气笑了，换个人，估计早被纪黛宁气得坟头草都三米高了，他还能心平气和地与她讲话，就差修炼成圣人了，还小气？

“人家不喝樱桃牛奶，今天也不放风筝啦。”

赵屿坐下来：“嗯。”

黛宁搂着他的脖子，往他腿上一坐：“好，你讲吧。”

赵屿陷入沉默：“你给我下去。”

“你又不给我找垫子。”她玩着他衣服的扣子，吐粉色的糖泡泡，“我这样比较舒服。”

赵屿咬牙：“我去给你找！”

黛宁说：“我不要，我就要坐这儿。”

说着，黛宁把脸一埋，小腿晃晃悠悠，谁让他不许她出去的，现在后悔也来不及了！

她道：“今天我学不会的话，就一直这样坐着。”

赵屿深吸一口气，强行把她的脸颊掰过来：“看着书，念。”

她隐隐约约有点儿印象，试着发音。

赵屿说：“第三个错了，读音不对，你再听我读一遍。”

黛宁盯着他滚动的喉结，觉得还挺有趣的，就伸出手摸了摸。

赵屿一下沉默了。

黛宁按住他的喉结，稀奇地道："你倒是读呀，你这个样子，是要教我哑语吗？"

他握住她使坏的手，念了一遍，黛宁学了一次，赵屿勉强满意。他尽力忽视身上的旗袍少女，也不低头看她，冷着神色又讲了些基础知识。

黛宁嗓音又甜又软，开口对他道："赵屿，你身上好像有什么东西……"

这下，赵屿直接一把将她从身上薅下来，他忍无可忍地伸手往外一指："滚出去玩！"

黛宁欢欢喜喜地往外跑："这可是你说的啊！"

赵屿黑着脸："赶紧滚！"

黛宁扒着门框，憋住笑："那最初说好的事，让我打回来，还算数吗？不算数我要继续学完。"

赵屿一字一顿，像要吃了她："算数！纪黛宁，给我马上滚！"

她一蹦一跳地跑远，让钱叔给自己找风筝去了。

青团突然被屏蔽，又突然被放出来，闹得一脸茫然："纪黛宁，你做了什么，刚刚我眼前一片马赛克？"

哪怕纪黛宁洗澡，它也只是暂时切断联系而已，不至于看马赛克，可刚才，青团被关在一个四四方方的小空间里，眼前只有一片片马赛克。

黛宁好奇地问："你们还有这个功能啊？"

青团茫然："不知道啊，以前没被触发过。"

"没事，以后你就习惯了。"

今天天气的确非常好，黛宁一路跑到村长家，兴冲冲地道："钱叔，你给找个风筝玩嘛！"

钱叔算算她才学了一个半小时："大小姐，你不是在读书吗？"

"赵屿说我很厉害，全部学会了，可以提前放学，不信你去问他。"

钱叔一听自家大小姐这么有出息，很高兴："好，钱叔立刻给你找。"

没过多久，他还真找来几个风筝："让陈小莉和张永丰他们一起去，人多热闹，还可以保护你。"

杏花村有片平坦的小山坡空地，挨着小树林，乡村没有横七竖八的电线，适合放风筝。

陈小莉嘴巴噘得老高，黛宁笑嘻嘻地搂着她：“好朋友，我什么都想着你，你感不感动呀？”

陈小莉呵呵干笑：“我可感动死了。”

谁像纪黛宁这么幼稚，都多大的人了，还喜欢放风筝，她宁愿窝在村长家找几张碟片看。

张永丰拿着三个人的风筝，黛宁的风筝是一只威武的老鹰，陈小莉的是一只彩蝶，而张永丰的是一只大公鸡。

别看大小姐穿衣服喜欢漂亮花哨的，风筝她倒喜欢最威武的图案。

陈小莉收到彩蝶风筝，脸色总算好了点，别怪她想得多，实在是被纪黛宁折磨习惯了，下意识地以为那只“公鸡”才是自己的。

他们三个上去时，小山坡上已经有不少小朋友和年轻男女，栓子和他新婚的媳妇也在。

小两口见了黛宁，热情地打招呼：“大小姐！”

“你们也来玩啊？”

栓子不好意思地挠挠头：“小燕想出来走走，就过来了。”

原来是讨好媳妇。

他们的风筝不如黛宁的精美，都是自己用纸糊的，山里人手巧，做这些小东西轻而易举。

小燕道：“大小姐，你的风筝真威风，真好看。”

黛宁见她眼光还不错，下巴微扬：“那当然。”

她读书不行，吃喝玩乐倒是样样精通。她放风筝很有技巧，都不用怎么助跑，那只老鹰就晃晃悠悠地飞了起来。

黛宁收线放线，很快，她的风筝就比其他人的飞得都高了。

小燕虽经历了新婚夜的不愉快，但她心中并不讨厌黛宁，大小姐是个活泼有趣的人，只是有几分孩子气而已，加上大小姐给份子钱实在大方，她也没办法对她生气。

小燕自己的风筝不能飞很高，干脆过来看黛宁放。

陈小莉嘴上说着幼稚，结果没一会儿，她就用自己的蝴蝶和黛宁暗暗较劲，觉得还挺有意思的。

他们出来得本就比较晚，这会儿快中午了，孩子们四散开，准备回家。

小燕也道："我和栓子准备回去了，纪小姐，你不回去吗？"

"我才出来，"黛宁说，"等一下再回。"

张永丰看了眼树林里，皱眉道："大小姐，那边好像有情况，我听见声音了。"

张永丰对危机的意识十分强烈，他拉住大小姐的胳膊："咱们快走。"

黛宁说："我风筝还在天上呢。"

"别管风筝了！"

"好吧。"黛宁扔下手中的玉盘，跟着张永丰走，不承想已经来不及了。

小树林猛然蹿出二十来个汉子，把还没来得及走的人围得结结实实。小燕和栓子、黛宁一行人，还有三四个孩子，全部被堵住了出路。

黛宁从张永丰身后探出头看，见为首的是个漂亮的桃花眼男人，他目光逡巡一圈，有人低声在他耳边说了什么。

桃花眼一笑："行，在这里待一段时间。"

他们身后还有个被绑着的狼狈的少年，那少年被堵着嘴，挣扎个不停，被人踹了一脚，倒是老实了。

桃花眼的手下陆续从树林中出来，黛宁一看，发现杜恬和她娘也被绑得结结实实的。

杜恬很慌张："你们做什么？"

桃花眼笑盈盈地道："走累了，借你们村子歇歇脚。"

杜恬忍住害怕："你们想借住可以好好说，绑了我和我娘，村民们只会把你们当坏人。"

桃花眼挑眉："是吗？"

手下们哈哈大笑起来。

"老大，这娘们儿话真多，直接给她点颜色看看。我们赶了那么久的路，好久没沾女人了，这妞儿还是个好货色，老大你先请。"

杜恬脸色一变，她娘杜月香也急了："别伤害我女儿。"

有人说："那里还有两个女的，老大，最近神经紧绷，把她们给兄弟们玩玩儿吧。"

刀疤男舔舔唇，指向小燕和陈小莉。

“娘的，赚了，这村子的女人还怪水灵的。”他们直接动手，把两个女孩子拉了过去，栓子要上前保护小燕，被一拳打倒在地。

“栓子！”小燕喊。

陈小莉已经吓傻，只知道尖叫，被人打了一巴掌，堵住了嘴。

张永丰心一沉，连忙把身后的大小姐藏严实。

黛宁在心中问青团：“我觉得这种场景，按理说，书中不可能没有记载。”

青团：“我也觉得眼熟。”

它飞快翻书：“找到了，原来这是男主角赵屿的崛起之路最初的剧情。”

“桃花眼男人叫作申屠涉，以前是寰县恶势力的公子哥，平时就欺男霸女，后来他老爹犯了事，他带着小弟绑了当地颇有名望的庄家的儿子，一路逃亡到这里，后来赵屿救了人质，被庄家赏识，踏上了平步青云之路。”

黛宁总结：“哦，申屠涉就是炮灰嘛。”

可她四处看看，也没有看见赵屿的人影，不会被她气疯了，今天不来救人吧？

这边杜恬已经被脱了衣服，她看见张永丰身后的桃花色裙摆一角，想到什么，急中生智大喊道：“纪黛宁！你家十几个保镖呢？你快让他们救人啊！”

此话一出，申屠涉眼中凌厉几分，转过身来。

张永丰心中一沉，刚要誓死保护大小姐，没想到身后的少女有恃无恐地跳了出来：“我出来玩，怎么可能带保镖！”

她一出现，对面二十几个男人，眼睛都看直了。

少女身着旗袍，露在外面的肌肤胜雪，她身段儿好，那腰细得让人眼馋。

刀疤男咽了咽口水：“娘的，这妞儿真嫩。”

连申屠涉眼中都闪过一丝兴味，他几步走过去，捏住黛宁的下巴，上下打量她：“这么娇，你不是这村子里的人吧？”

黛宁眨眨眼睛：“你眼光真好。”

申屠涉哈哈大笑：“你不怕？”

“怕什么？”黛宁说，“你知道我的身份非同一般，动了我的话，你要被打死的。”

申屠涉在她脸上亲一下：“真可爱，我喜欢你。”

黛宁嫌弃地擦擦脸蛋儿，她对青团说：“要是赵屿也这么简单实诚就好了。”

青团绝望地说：“纪黛宁，你怕一下啊，申屠涉一行人不是善茬，他是亡命之徒，哪在意你身份多金贵！”

黛宁才不管，杜恬想害她，实在太坏了，再说了，怕有什么用！这种情况是藏不住的。

比小气记仇，世上还没人比得过纪大小姐。

黛宁拉拉申屠涉的袖子，手一指杜恬，娇滴滴地说：“你既然喜欢我，就让人过去把那个坏女人打一顿！”

杜恬刚松了一口气，为自己逃过一劫而庆幸，听到这句话，险些气得吐血。

看两个男人朝自己走过来，杜恬惊慌无比，她也是知道剧情的，下意识地想：赵屿哥呢？！

赵屿解决完自己，脸色沉如水。

纪黛宁总是能找到最气人的方式。

她欢欢喜喜地跑去放风筝，赵屿本来不打算管她，可是想到前两天村子里的谣言，大小姐没人看着，很容易出事。

赵屿一路问人，才知道他们往山坡上去了。

那片山坡，天气好时，会有不少人上去玩耍，紧挨着的小树林可以通往山外，算是一条相对平坦但偏远许多的小路，赵屿小时候跑进树林玩，险些迷路。

他过去的路上，遇见了大小姐的十四人保镖团。

十来个大男人正在吹风晒太阳，看见赵屿，纷纷给他打招呼，大小姐玩的时候，不喜欢他们凑得太近。

赵屿点头，继续走了几步，他远远看见黛宁放风筝的背影，还没来得及细看，树林中的异动就吸引了他的目光，他耳朵动了动，表情一沉。

很多人……

杏花村贫瘠，鲜少有人进来，更何况这群人的脚步还不轻，显然都是男人，从小路偷偷过来的一群男人，很容易让人联想到不好的事情。赵屿心思敏锐，没过去，果然没一会儿，众人就被申屠涉等人围住。

赵屿脸色微沉，他估算了一遍，转身吩咐几个保镖什么，几个人神情凝重，连连点头飞快跑掉。

赵屿蹲在暗处，静待发展。

看见申屠涉亲黛宁，他手指陷入泥中，摁出很深一个印子。

片刻后，被揍的杜恬躺在地上，宛如一条死鱼，她忍不住怨毒地看着黛宁。

黛宁冲她做了个鬼脸。

黛宁的腰肢被人从身后揽住，申屠涉气息暧昧，问她：“高不高兴？”

黛宁说：“还行。”

黛宁这样的，申屠涉第一次见，哪怕损己，也要不利人。

申屠涉自诩这辈子见过的美人不知凡几，但哪怕家里如日中天时，他也没见过比黛宁更好看的女人，不说模样和身段，这股如珍如宝养出来的娇气，实在是世上少见。

他手用力揉了把黛宁腰肢，正要伸进她旗袍里，这姑娘愣了愣，哈哈哈地笑出了眼泪。

黛宁：“哈哈哈哈痒。”

申屠涉一时无语。

刀疤男忍不住提醒道：“老大，我们得找个地方安顿一下，这样太显眼了，万一村子里有了防备，我们再过去就难得多了。”

申屠涉也知道，被黛宁一搅和，他们已经错过了最佳时间，等把这个与世隔绝的村庄控制起来，到时候还不是想做什么做什么？

他当机立断：“人都绑起来，万一有意外，拿去威胁村民。现在是午饭时间，从村子边缘摸进去，绑得住的绑，绑不住的就杀！”

申屠涉亲自绑了黛宁。

黛宁知道要被绑，有些不高兴，她最近比较倒霉，被赵屿绑了又被申屠涉绑。

下一刻，树林中突然冲出数人。

申屠涉脸色一变，刚要拿武器，铺天盖地的渔网就落了下来，将所有人都困在了里面。

黛宁被一人扑倒，带着远离了申屠涉身边。

她看清来人，眨眨眼睛："赵屿？"

赵屿和她一同困在网中，问她："没事吧？"

"有事，"她一脱险，就开始气哼哼地告状，"那个桃花眼亲我，还想摸我！"

这回赵屿没说她，只是摸摸她的头发，低声道："我给你报仇。"

说话间，巨大的渔网，不分敌我，已经将申屠涉一群人全部控制在里面，包括小燕张永丰他们。

黛宁的十四人保镖团加上二十来个村民，死死地拉着渔网。

申屠涉本来想挣破渔网出去，结果发现渔网划破皮肤，全身就麻了，完全使不出力气。

赵屿挡在黛宁身前，忍受着细细密密的渔网带来的疼痛，没有吱声。

保镖们见申屠涉等人动不了了，拿出电击棍，一人来了几棍子。

申屠涉被电得翻白眼，边抖边骂："你们、这些、贱、种……"

很快，他就晕了过去。村民们这才解开渔网，把自己人扶起来。

渔网上加了麻药，大部分人手脚麻木，没有力气，赵屿勉强从地上站起来，保镖们七手八脚地扶起黛宁，她跳起来就给了保镖一个脑瓜崩："你们这一群笨蛋，再慢点，你们家大小姐都快被坏人掳走了！"

一群人中，就黛宁被赵屿护着，状态最好，此刻她要秋后算账，看起来也最活泼。

她噔噔噔地跑过去，一脚踹在申屠涉身上："活该！"

毫无知觉的申屠涉被她一脚踹倒，脑袋磕在石子上，当场一个红印。

赵屿看了，淡淡地移开目光。

村民问："这些人怎么处理？"

到底都是些朴实的人，如果不是申屠涉先带人侵害他们的家园，他们一定不敢把人都打晕绑起来。

众人看向赵屿。

赵屿活动活动麻痹的手脚，说："先绑着，明天交到警察局去，看看有没有我们的人受伤。"

小燕心有余悸，靠在栓子怀里，栓子连忙安慰妻子，陈小莉躲过一劫，也被人拉了起来。在场最惨的，竟然是被申屠涉的手下揍了一顿的杜恬。

杜恬鼻青脸肿的模样，看得陈小莉一抖，还好自己当时忘了把纪黛宁供出去！不然现在凄惨的就是自己了。

杜恬舌头都是木的，楚楚可怜地喊："赵屿哥……"

赵屿眸光微冷，这次连上前拉她的想法都没有，爱慕杜恬的李壮见她实在可怜，上前把她扶了起来。

杜恬看赵屿无动于衷，这次连拉她一把都不肯，她心中一沉，明白赵屿看见自己把纪黛宁叫了出去。杜恬颇有些心灰意冷，她在赵屿心中塑造的善良邻家妹妹人设应该崩塌了。

但她不是故意的，当时那个情况，只有纪黛宁的保镖团能救人，纪黛宁不吭声，难不成是想看她们遭毒手吗？她不仅是为自己，也是为了陈小莉和小燕她们啊！

申屠涉这群人没地方关，村民们不想把坏人带去祠堂，赵屿想了想："带去谷场。"

谷场宽阔，不容易跑掉，也不会占谁家的地方。

"几个人分开，脚也绑好，另一头系在竹竿或者树上。"

村民们一一照办。

赵屿交代完，转头看见黛宁在用草挠一个少年的脸颊，那少年嘴巴被堵住，脸颊青青肿肿的，看起来吃了不少苦。

赵屿走过去蹲下，问少年："你和这群人是一伙的？"

少年呜呜呜摇头，赶紧撇清关系，有求救之意。

赵屿没有立即把他嘴巴上的胶带撕开，而是把人拎起来，决定亲自看管，他想得周到，万一申屠涉等人来历非凡，也不至于弄得村民们人心惶惶。

黛宁跟在赵屿身边，看他拎着那个少年走。

这少年约莫十五岁，这段时间被申屠涉等人折磨惨了，看上去像只可怜巴巴的小奶狗。

黛宁偏头打量了少年几眼，问青团："他未来不会是男主角的小弟吧？"

青团惊悚："你怎么知道？！"

黛宁说："男频小说里都是这样写，男主角一路收小弟打江山。"

厉害了我的大小姐，这两天的小说没有白补。

黛宁不想管赵屿怎么发展，她一个幸运 E，就是想打断大气运子的发展都没有办法，还不如惦记自己的午饭。

院子里，赵屿给少年端了碗饭。

少年狼吞虎咽，哪怕就是农家的白米饭和两片腊肉，他也吃得非常香，申屠涉那个狗东西，已经一天半没给他吃过饭了。

赵屿道："吃饱了说说怎么回事。"

少年舒服地叹了口气，笑出一口大白牙："你好，谢谢你救了我，我叫庄宏修，我爸是庄晌，我们家是寰县的名门。你们今天抓住的那个男人是我们寰县的逃犯，他和他的家族在我们县无恶不作，这次他爸落网，他逃命前去我学校把我绑了。"

赵屿面上没什么情绪，心中却闪过许多想法。

少年是个话痨："你们今天那个网好厉害，是怎么弄的？申屠涉那群人有武器还能打，可是一下子全趴下了。"

"是渔网，上面加了麻药。"

村里不伤害山上的动物，于是早年有人在河中养鱼，家家户户都会捕鱼，这两年养鱼的少了，但是渔网还在。杏花村的渔网和外界的不同，他们的渔网坚韧且细，甚至会割破皮肤，申屠涉等人被网住，会下意识地挣扎，大剂量麻药入体，没有伤到一个村民，就把人拿下了。

庄宏修赞叹："你真厉害。"

赵屿没理他："我家没你住的地方，从这里往外走，去找村长，让他安置你。"

流浪一个月的庄宏修极其没有安全感，非要在赵屿家住。

"我睡院子都可以！"

赵屿冷漠说："随你。"

对待外人，他并不良善，庄宏修只好自己钻进了柴房。

赵屿心想，同样是含着金汤匙出生，家里的小坏蛋怎么就那么讲究？

黛宁吃饱喝足，想起一件事，她跑过来，敲赵屿的房门。

赵屿正在脱衣服，脱到一半认出她的脚步声，问："什么事？"

黛宁说："你上午答应我，我学会音标就让我打回来的！赵屿，你家棍子呢？"

赵屿换好衣裳，打开门，看见一双亮晶晶的眼睛，黑葡萄似的。

赵屿说："改天再打。"

"不，我就要今天。"她摊开微红的手掌，"不然我晚上疼得睡不着觉，你答应过的，不许耍赖！"

赵屿没再说什么，去屋里把那根黄荆木拿出来，递给黛宁。

黛宁挥舞了两下，觉得浑身都是劲："我有十二下呢！"

他失笑："打吧。"

黛宁一棍子打在他手臂上，大小姐用尽全力在找回面子，自然不会留手，见赵屿没反应，她转半圈，又一棍子敲在他背上。

赵屿眉头微蹙，依旧没有说话。

黛宁前前后后打了十二下，还想打第十三下，赵屿握住黄荆条："好了，别闹了。"

她眨眨眼："好吧，我原谅你啦！"

赵屿摸摸她软软的发，轻声说："乖一点，以后别乱跑。"

他转身，关上门，方才重新脱下衣服，黛宁刚才打在了被渔网割裂的伤口上，鲜血已然浸透了上衣。

夜半，申屠涉醒过来，发现自己和兄弟们被绑着，他头疼欲裂，脑袋应该是被什么东西砸到了。

小弟们惊慌道："老大，怎么办？"

申屠涉一肚子火，他在寰县作威作福惯了，哪承想会栽在一个山村野夫手中。

申屠涉道："所有人尽力凑在一起，相互解开绳子，等跑出去……"

还没说完，他就僵住了，因为他发现脖子上的绳子的另一头捆在了树上，而且每个人都捆在了不同的树上，根本不可能凑在一起解绳子。

申屠涉脸色黑了个彻底，桃花眼垂下，表情变得阴森森的。

小弟们也很快发现了这个现实，他们没想到，好不容易跑出寰县，以为可以继续过畅快日子，没想到翻了车，村里的人一个也没事，他们却全被缴械了。

申屠涉道："等天亮，有人过来交涉，我们许他好处，让他们把我们放了。穷乡僻壤的人，再怎么也不会有太多见识，倘若利诱不行就威逼，天无绝人之路。"

抱着这样的想法，天将明，太阳还没升起，远处果然过来一个拿着手电筒的男人。

小弟兴奋地道："老大老大！"

申屠涉睁开眼睛，桃花眼带着光，看向来人。

来人是个年轻男人，年龄介于少年和成熟男人之间，他长得十分好看，剑眉星目，黑瞳深邃沉稳。

男人在他们面前蹲下来，淡声道："申屠涉。"

申屠涉没想到他认识自己，他唇角上扬："放了我，那个乳臭未干的小子肯定骗你说他有个贵重身份，他也是我们的一员，只是一个叛徒而已。我有个叔叔在泰州，你可以去打听打听他的名声，等到了泰州，豪宅高薪，地位美女，我都能给你，我说出这些话，决不食言。"

赵屿笑了："你说的条件很不错，大部分人会心动。"赵屿抬起脚，踩在申屠涉手上，骨头发出清脆的响声，"可惜了，你遇到的是我。"

申屠涉疼得脸颊扭曲："住手！"

赵屿抬起脚，申屠涉那只手已经不成样子了。

申屠涉眼神狠戾："总有一天，你会为今天的行为付出代价。"

"每个垂死挣扎的人都喜欢说这种话。"

赵屿拿出胶带，把这群人的嘴一个个封上，到了申屠涉，赵屿用胶带勒住申屠涉的脖子，等他喘不过气时又松了手，如此反复几次，申屠涉被折磨地回过了味。

申屠涉喘着气："我和你有仇？"

赵屿慢条斯理的动作顿了顿，用胶带绑住了申屠涉的嘴。

他声音蕴含着几分清冷："没有。"

赵屿身后，朝阳已经完全出来了。

村子里发生这么大一件事，所有人都手足无措，众人清楚，当务之急是把申屠涉一群人送到警察局去。

庄宏修连忙说："保险起见，我们得亲自把申屠涉送到寰县去，申屠涉狡猾残忍，万一移交到其他县，没引起重视，万一他逃跑出来，一整个村子都会被报复。”

黛宁嚼着棒棒糖，偏头看这小子：“你是想骗几个人护送你回家吧？”

庄宏修的脸一下红透了。

村民们可不听他的，大家下意识地看过去，想听赵屿的想法。赵屿沉吟片刻道：“庄宏修说得有一定道理，安全起见，我们把人押送到寰县。有哪些人愿意和我走一趟？”

刚刚讨论的时候，大家都很踊跃，现在反倒没人吱声了，村民们面面相觑，离家这么远，就为了移送犯人，费力不讨好。

身边举起一只小手：“我呀我呀。”

大小姐拉拉赵屿的衣摆：“这些胆小鬼和自私鬼不陪你去，我陪你去嘛。”

赵屿神色柔和几分，嘴上训她道：“别乱讲话，大家有自己的考量，这几天农忙，确实走不开。”

这些话不是为了说教黛宁，是故意说给村民们听的，让他们找个台阶下，果然此话一出，人群中不少人流露出羞愧之色。

栓子站出来：“屿哥，这是保护村子的大好事，我陪你去。”

李壮挠挠头，也举起手：“算俺一个。”

这下，踊跃的人多起来，赵屿没有都要，他挑了八个年轻力壮的村民，押送申屠涉的同时，送庄宏修回家。

庄宏修很感动：“我会报答大家的。”

谁都没把这句话当回事，但被人感谢，总有点心理安慰。

赵屿继续道：“明天出发，今天不用给这些人吃饭，用饿死作威胁，他们才会老实跟我们走。”

经历过轻而易举擒住申屠涉的事，现在赵屿说什么大家都听。

散会以后，赵屿面前凑过来一张瓷白小脸：“我呢我呢？我可以去吗？”

赵屿忍住眼中的笑意，说：“别什么热闹都想凑，你留在村子里，有钱先生照顾，安全又舒服。寰县那么远，你坐车会难受。”

黛宁见真不带她，有点儿生气，明明是她第一个站出来说要去的。

赵屿还要说什么，嘴巴里猛然被塞进吃剩的半颗棒棒糖，她踢了他一脚，转身就走：“哼，不带就不带，谁稀罕。”

嘴巴里蓝莓味棒棒糖的甜味猝不及防地散开。

少女使了坏，已经看不见人影，赵屿低眸笑笑，没有指责她一生气就乱来的习惯，他从容地嚼碎嘴巴里的糖，把纸棍扔了。

晚点的时候，赵屿找钱叔借了五辆载人的面包车。

钱叔是个有大是大非观的人，得知是押送穷凶极恶的罪犯去投案，还是险些伤害大小姐的人，当即同意下来，不仅如此，钱叔还提供了物资支持，叮嘱赵屿一路小心。

赵屿颔首，回去交代赵平照顾好爹娘和赵安安。

第二天，天刚蒙蒙亮，赵屿一行人便押送着申屠涉走小路出山了。

申屠涉本来不配合，可是赵屿态度冷得像冰：要么饿死，要么去局子。

去局子好歹有一线生机，申屠涉没得选，知道赵屿看着脾气不错，实际是个狠辣角色。他忍住肚中饥饿，跟着大部队走。

走了十来分钟，赵屿步子顿住：“你们继续走，我一会儿跟上。”

沿着山林，赵屿往回走了几步，看见一个娇小身影，边走边抱怨，手还在赶蚊子。

赵屿走过去，替她拿去头发上的枯叶：“不是说好你留在村子里吗，怎么跟来了？”

黛宁说：“谁跟你说好了！你们这个深山老林这么无聊，我也要去寰县玩，我记得寰县有好多小吃，糯米糕、豌豆粉……”

赵屿：“你要什么，我回来给你带。”

“不要你带，我就要自己去吃。”

大小姐任性起来谁都没有办法，赵屿警告她：“从林子走出去，要走四个小时，你受得了吗？”

黛宁没当回事：“我可以！”

“你跑过来，有没有和钱先生说？”

“我在房间留了信，你到底带不带我去啊？不带我就自己去了！”

这回赵屿也不能再说什么，只得叮嘱道：“去可以，但不许乱跑，也不许去招惹申屠涉。”

黛宁满口答应，她欢欢喜喜地抱住他的胳膊：“快点，我们去追大家。”

大部队有意等赵屿，所以没一会儿，黛宁和赵屿就追上了庄宏修等人，他们看见纪家大小姐跟来了，十分诧异。

赵屿没解释什么，只道：“继续走。”

黛宁蹦蹦跳跳的，背着手穿行在人群中，看看这个，瞅瞅那个，她生得实在漂亮，把好几个男人看得面红耳赤。

黛宁在一个小个子男人面前停下了脚步，男人把头低得很低，像是害羞不敢看她。

赵屿的视线一直关注着黛宁，刚要叫她不许捣蛋，黛宁已一把揭开了那个“男人”的帽子。

盘着头发的杜恬出现在众人眼前。

黛宁歪头，笑嘻嘻地道：“小哥哥，你好眼熟啊。”

杜恬此刻真的特别特别想打死纪黛宁！

赵屿这时候走过来，他皱眉道：“杜恬，你为什么跟着来了？”

这群人浩浩荡荡，天没亮时，赵屿只清点了人少没少，多一个人还真不容易看出来，加上杜恬也聪明，她并不和村民们走一起，而是混迹在申屠涉一行人中，如果不是大小姐发现，他们可能上车才会发现杜恬也跟来了。

杜恬说：“我也想为村子做一份贡献，多一个人，看管也严一些。”

赵屿道：“这些人就够了，你一个女孩子，路上多有不便，回去吧。”

杜恬语气带着几分委屈，她看了一眼黛宁：“为什么纪黛宁可以去，我不可以？我明明是做好事。赵屿哥，我们才是从小一起长大的人，你这样太不公平了。”

赵屿见她说不听，也就懒得再和她讲话：“随你。”

赵屿走到人群前面去开路，李壮凑过来，憨笑着安慰杜恬：“你别生气，赵屿也是一片好心，这一路很辛苦的。杜恬，我们都知道你心肠好。”

杜恬一点都不想理这个一看就是炮灰的男人，敷衍地笑笑。

黛宁识海中，青团震惊地问：“你怎么知道杜恬也跟来了？”

它就说呢，大小姐怎么突然不怕吃苦，死活也要跟上，原来是知道杜恬也来了。

黛宁道："昨天开谈论会的时候，杜恬那个贼眉鼠眼的样子，一看就是要搞事，何况你都说了杜恬有女主角气运，女主角要是那么轻易地放弃男主角，她还当什么女主角？"

三个男主角的男频文，唯一有资格当女主角的杜恬，自然是百足之虫，死而不僵。

青团第一次觉得黛宁这个女配还挺靠谱。

一行人走了不到一个小时，到处摸摸看看的黛宁，神情恹恹地凑到了赵屿身边说："我脚疼。"

赵屿说："坚持一下。"

黛宁拉住他的衣摆："真的疼，特别特别疼。"

赵屿低头看她的鞋子，大小姐这个爱美的性子，为了搭今天的藕色系带裙，挑了一双藕色绑带单鞋，好看是好看，但一看就不耐走路。

申屠涉这群人加上村民，有三十来个，赵屿实在不方便看她到底怎么了。

以为大小姐故意在闹，他声音也严肃了些："既然要跟来，就不能在这时候出岔子。寰县路程远，我们要抓紧时间。"

黛宁哪管得了这些，她的脚是真的疼。

藕色绑带单鞋是钱叔昨天送过来的新款，她一看就喜欢得不行，今天早上兴冲冲地穿上，没想到这鞋子内部不够柔软，有点儿磨脚。

她泪汪汪的，说话都带上了几分哭腔："赵屿，这次真的没骗你，我感觉流血啦。"

见黛宁不像撒谎，赵屿脸色变了变。

他对众人道："大家继续走，我和大小姐一会儿跟上。"

顾不上其他人什么目光，赵屿扶住她走向一旁的林子。赵屿蹲下给她把鞋子脱了，大小姐嫩白的脚丫后面果然被磨破了皮，甚至出了血。

赵屿脸色沉了些，他给她揉揉脚掌，把两只鞋都脱掉，打横抱起黛宁。

"怎么没有早说？"

按黛宁的娇气，她早该撒娇了，不会等到现在。

她抱住赵屿的脖子，声音软软的："我知道你第一次带队，我闹脾气不好。"

赵屿步子顿了顿，她讨厌起来极惹人烦，乖的时候却让人心中发烫。

申屠涉的事让赵屿在众人心中有了威信，谁都清楚，如果没有赵屿，村庄与世隔绝，无法求救，不知道会被申屠涉这群暴徒屠戮成什么样。

赵屿心中明白，这是他的机会。

作为领头带队的人，抱着一个女人走不像话。赵屿垂眸，抛开心中的算计，低声道："没事，还有不舒服的地方，尽早告诉我。"

黛宁用脸颊蹭蹭他的胸膛，乖得让人心都软了。

青团默不吭声，早上黛宁明明可以选另一双同样漂亮但不磨脚的藕色鞋，但她选了这双。

它的宿主在试探赵屿，很明显，赵屿输了。

杜恬见赵屿和黛宁脱队，忍不住向后张望。

李壮说："别担心，赵屿能跟上我们的。"

杜恬温和地笑笑。

没一会儿，赵屿抱着黛宁回来了，杜恬的笑险些没维持住，这是押送犯人，又不是郊游，纪黛宁到底分不分得清是什么场合？

有村民关怀地问："纪小姐怎么了？"

赵屿说："她脚受了伤，我先带她走出林子，再去看医生。"

杜恬不赞同地看了一眼黛宁，义正词严地道："纪小姐，走出树林要四个小时，这才一个小时不到，赵屿哥不可能抱你三个小时吧？再说了，大家都在赶路，你耽误行程不太好，如果你能坚持，就坚强一点，自己走吧。"

杜恬这话乍一听，还挺有道理的。

但黛宁根本不是讲道理的人，对杜恬道："我又没让你抱，赵屿都没说什么。"

赵屿说："没事，继续走，不会耽误行程，我会照看好大小姐。"

他都这么说了，其他人自然没意见，毕竟大家坐的车都是纪黛宁提供的。用人家的，总不好嫌弃人家是个累赘吧？再说了，大小姐一个娇滴滴的美人，换作他们，也乐意帮忙背一段路。

赵屿不假人手，抱着黛宁走了三个小时。

才初秋，林子里太阳出来有点儿热，赵屿额上全是汗，黛宁从随身小包里拿了张纸巾给他擦汗。

赵屿神色温和几分，见有人看过来，他低声说："不用。"

黛宁便也没有勉强，好在很快就看到了钱叔提供的面包车，一行人坐进车里，总算舒了口气。

钱叔很贴心，怕村民们不会开车，还配了司机。

这些司机都是临时雇用的，不认识大小姐。申屠涉一行二十二个人，赵屿这边，加上黛宁、杜恬和庄宏修，共有十三人，总共三十五个人，已经超过面包车能搭载的人数，好在钱叔安排妥帖，多派了一辆车给他们，这才有多余的空位。

都知道申屠涉是最坏那个恶徒，村民们不愿和他一辆车。

赵屿说："我亲自看着他。"

他把黛宁抱进车里，让她和栓子一辆车。

"我去后面那辆放杂货的车里看着申屠涉，你在这里，栓子会照顾你，有什么事再喊我好不好？"

黛宁点头，念在赵屿抱她一路，她总算没再提别的要求。

赵屿去后面亲自看管申屠涉去了，到了饭点，赵屿撕开了申屠涉嘴巴上的胶带。

申屠涉微微眯起桃花眼："原来是这样，你喜欢那个水嫩的大小姐，所以昨天报复老子。"他憋了一整天，现在存心也要让赵屿不好受，"呵，因为我亲她摸她？你不会是还没亲过她吧？也是，她一看家里就有钱，你这种……"

赵屿撕开盒饭，面无表情地舀起饭往他嘴里怼。

"再喷一句粪就别吃了。"

申屠涉："……"

换个别的场景，他会很赏识赵屿这种人，但现在除了内心无比愤懑，毫无想法。

车子开了一整天，到了晚上，众人在一家宾馆停了下来。

钱叔订好了房间，但所有人过去才发现一个问题，房间本来是安排好的，可是现在多出了两个人，房间不够了。

赵屿想起白天申屠涉的嘴贱行为，冷冷地道："晚上把申屠涉他们分开绑在标间床角。"

这样原本能睡两个人的房间，一瞬能绑四个人。

房间反而空出来，现在足足有十二个，但是一算，有个房间得两个人住……

杜恬心里警钟敲响，连忙道：“我和纪小姐一个房间吧，她脚受了伤，都是女孩子，我还会治伤，可以顺便照顾她。”

李壮捧场道：“杜恬，你心地真好。”

黛宁扁嘴，很嫌弃：“我才不和你睡，赵屿，我要……”

赵屿捂住她的嘴，后半句她要是说出来，估计就是爆炸新闻，赵屿神色淡然：“就这样，把申屠涉他们绑严实，其他人每人一个房间。杜恬，你和大小姐一个房间，相互照应。”

杜恬笑着应了。

黛宁一路不高兴，直到赵屿把她放下来。

“我晚上去给你买鞋，穿多大的？”

黛宁道：“35码，我不和杜恬那个丑八怪一起住，我才不需要她照顾。”

赵屿摇头：“每个村民对面都住着凶徒，他们晚上隔段时间会过去看。你和杜恬这间房在里面，最安全，你脚伤了，杜恬会看病，也能照顾你。”

一听有危险，黛宁的危机感瞬间警醒。

她下巴搁在赵屿肩膀上，在他耳边小声说：“赵屿，不如我和你睡吧？”

第七章

蓝蓉蓉

赵屿不为所动，果断拒绝：“不行。”

平时可以纵着她，但这种事不能开玩笑，他是个正常男人，又不是柳下惠。

赵屿站起来，叮嘱她道：“明天还要赶路，我一会儿把杜恬喊进来，你安分点，别作弄她。”

黛宁晃着腿，仰起小脸看他：“那杜恬欺负我怎么办？”

赵屿没理她，大小姐不欺负别人就谢天谢地了。

他给黛宁倒了杯温水，出去找庄宏修问事情了。

没一会儿，杜恬走了进来，她手中拿着医药箱，笑容温柔：“纪小姐，等吃了晚饭，我给你看看伤。”

黛宁捧着水杯小口喝，甜甜地道：“好呀。”

青团忍不住提醒她：“女主角态度看起来这么好，有点反常，会不会报复你？”

黛宁不以为意地往水中加白砂糖：“让她来嘛。”

出门在外，晚饭吃得不太好，黛宁挑嘴，没怎么动自己那份饭，从兜兜里摸出糖果吃。

杜恬本着不浪费粮食的原则，吃得精光，丢自己的塑料盒的时候，杜恬看了玩手机的黛宁一眼，把黛宁没怎么动的饭菜也丢了。杜恬丢完垃圾回来，发现床上那人打游戏正嗨，什么都不知道，杜恬心中冷笑，让你挑嘴，饿死正好。

夜幕暗下来，等黛宁洗完澡，杜恬从箱子里拿出纱布，还有几个小瓶子。

“纪小姐，过来吧。”

黛宁蹭过去，似乎闻到了一股臭味，她目光落在那几个不知名的瓶子上，兴味盎然。看来她过去的确不了解杜恬，这个“好妹妹”不仅有技能，还挺精通的样子，怪不得自己会输得一败涂地。

杜恬抬起头，笑容温和友善，像两个人之间毫无龃龉，她轻声道：“纪小姐，我给你上药以后包扎一下，你明天就可以走路了。”

杜恬凑过来，要碰黛宁的伤口，黛宁缩回自己玉白的脚丫，没给她碰到，反而俯身拿起一个瓶子，问杜恬：“这是什么？”

杜恬看一眼，答道：“消炎的。”

黛宁打开瓶子，一股令人作呕的臭味飘散在空气中。

黛宁嫌弃地说：“真恶心，我不要用这个。”

杜恬笑容渐深：“这药效果很好的，为了大家的行程，你忍忍吧，你也不想让大家都抱怨你是不是？”

这药用了，保证纪黛宁臭好几天，怎么也洗不干净。

黛宁听见药效好，神情松动了几分：“可是这么臭，它不会有毒吧？”

杜恬忍住心中的快意，说：“怎么会？这可是好药，成分都无害。”

“真的吗？”

“不骗你。”

黛宁神情天真：“那我就放心啦。”

杜恬说：“我们开始……”

话还没说完，她嘴巴里猝不及防地被塞进一瓶药水，黛宁干脆利落地把瓶子里的药水倒进了她嘴巴里。

杜恬被呛到，黛宁好心地一抬她下巴，“咕咚”一声，空气中臭味蔓延开来。

杜恬脸色大变，顾不得骂纪黛宁，跑进卫生间呕吐，卫生间水声窸窸窣窣响好一会儿，杜恬把晚饭都吐了出来，但这药是她自己的秘方，效果奇好，臭得她胆汁都要呕出来，药依旧没有吐干净。

她表面功夫也不想维持了，怒气冲冲地跑出来：“纪黛宁！我要杀了你！”

可是房间空荡荡的，哪还有大小姐的影子。

除了天黑以后还折腾的两个女孩，其他人赶了一天路，早就睡了。

赵屿洗完澡，躺在床上，刚要睡着，就听见门外响起敲门声。

他怕申屠涉的事出了岔子，很快惊醒，拉好衣服打开门，没想到门外站着赤脚的黛宁。

她灵活得像一尾小鱼，从赵屿胳膊下钻过去，扑在他的床上，赵屿揉揉太阳穴，把她拎起来："不是说好了你今天和杜恬睡吗？"

大小姐被他半拎在空中，怀里还紧紧抱着赵屿的枕头。

"我不要回去，杜恬把房间弄得好臭。"她歪头想了想，形容那种味道，"像是炸了一个粪坑。"

赵屿皱眉，显然是觉得黛宁在胡扯。

"真的，不信你过去看看。"

大小姐太能胡闹，赵屿不信她，他把她放下来，去黛宁原本的房间，刚要敲门，赵屿就闻到门缝内传出一股奇怪的味道。

如黛宁所说，确实臭得不行。

赵屿知道大小姐没撒谎了，他放下手，去了一趟楼下，回到房间时，看见大小姐躺在他被窝里，正打算再来一局游戏。

赵屿握住她的手腕，把她拉了起来。

她急了："你都知道人家没说谎，还赶我走。赵屿你这个浑球儿，比申屠涉还坏！"

赵屿拿出一管消炎药和两个创可贴，平静地说："没赶你，你今晚住这里，我和栓子挤一晚上，伤口我帮你处理一下。"

她眨眨眼睛，知道误会了他，乖乖把脚伸了出去。

这么点伤口，放在别人身上，是可以忽略不计的小毛病，可赵屿知道她娇气，还是处理一下好。

这双脚生得实在漂亮，白嫩精致，足尖缀着浅浅的粉，比村里所有姑娘的脸蛋还娇嫩，他白天没多看，这会儿在暖黄的灯光下，他握住它，觉得掌心都在发烫。

赵屿动作顿了顿，面不改色地给她上了药，贴好创可贴。

黛宁见他一副冷漠沉稳的样子，特别看不惯，在赵屿面前，她时常怀疑他是个木头桩子。

赵屿起身要出去和栓子睡，黛宁抱住了他的脖子。

大小姐软绵绵地说："赵屿，你守着我吧。"

赵屿淡淡地说："放手，再不听话，我把你绑起来。"

黛宁说："对面是申屠涉，他跑出来怎么办？而且，杜恬那个药……"

她笑嘻嘻地说了几句话。

赵屿听得头疼："你把那个东西给杜恬喝了？"

黛宁完全不觉得自己有错："谁让她坏，要给我用那么臭的药。"

赵屿觉得，按黛宁这种拉仇恨的能力，哪天她被暗杀了都不奇怪，这么能闯祸，说不定她半夜觉得无聊，把申屠涉给放了，看他们玩猫捉耗子。

大小姐才是需要被看守的人。

他把她的手从自己身上拿下去，没再说什么，洗了手回来，在她外侧躺下，他恪守规矩，只沾了床一侧，看着像随时要掉下去。

黛宁很高兴，往他身边蹭，想看看他会不会吓得滚下床。

这回赵屿冷了脸："纪黛宁，你再胡闹试试？"

黛宁见他真要发火，瞬间乖乖躺下，还不忘给他立规矩："你半夜不许打鼾、不许凑过来、不许抢被子！"

赵屿闭上眼，懒得理她。

这姑娘折腾了一大通，没想到比他睡得还快，赵屿见身后半天没动静，转头去看，发现她已经香香甜甜地睡着了，她抱着大半被子，柔软的脸颊陷在枕头里。

赵屿没有多看她，转过去闭上眼，也睡着了。

凌晨三点钟，纪黛宁睁开眼睛。

她睡眠向来好，不会在这个点醒来，但是有个前提，她得吃饱，给她吃饱了，她睡觉很乖，绝对不会闹幺蛾子，可她晚上没吃两口饭，饭还被杜恬扔了，这会儿生生被饿醒了。

大小姐没有被饿醒的经验，睁着眼睛，一时半会儿有点茫然，等她缓过来，想起身边还有一个人可以使唤。

黛宁打开头顶的小夜灯，推推赵屿。

男人鼻息沉重，但被她一推，立马警醒，黛宁趴在他身上，眼里很委屈。

"赵屿，大事不好了！"

赵屿皱眉，就要坐起来："申屠涉跑了？"

"不是，我饿。"

赵屿忍住脾气，重新闭上眼睛，假装自己早已入土为安。

黛宁摇他："我要饿死了，你快想办法。"

赵屿没动。

黛宁捏捏他脸："赵屿赵屿，你给我找吃的嘛。"

赵屿说："忍着，早上会有饭吃。别吵，我不会再理你。"

黛宁生气地掐他，赵屿神情平静得很，今晚就算是火烧房间，烧到床上，把他烧死，他都不会回纪黛宁一句话了。

黛宁眨眨眼睛，问他："你给不给我找吃的？我只问一次！"

一片死寂中，男人眉目冷峻，他闭着眼，压根儿不打算睁眼看她，让她上房揭瓦去。

黛宁也不吵了，空气变得安安静静。

赵屿以为她已经放弃了，正要继续入睡，忽觉唇上一软。

女孩捧着他的脸，生涩地吻上他的唇，她轻轻咬他，在他唇边折磨，似乎是发现了什么好玩的事，她想了想，轻轻舔赵屿的唇缝。

赵屿骤然睁眼，眼中蕴含着铺天盖地的情绪，他一言不发，翻身上去，捏住她的脸，反客为主，狠狠亲她。

作死！作死！让你作死！

本来黛宁打算等他亲完，结果好一会儿后，黛宁觉得自己的嘴唇都快被他吮肿了。

她心里惦记着正事，娇声哼唧："赵屿，亲都让你亲啦，你就给我找点吃的嘛！"

他在她颈边喘着气，手指缠住她卷卷的发，没理她，只盯着她越发娇艳的唇看。

黛宁警惕地问："你是不是想白亲啊？"

赵屿从她身上起来，胸膛剧烈起伏，赵屿都不知道事情怎么突然就发展成这样了，他用被子盖住黛宁的脸，恨不得捂死纪黛宁。

"闭嘴，给你找！"

黛宁欢呼一声，按亮房间所有灯，开始细数："我要吃豌豆粉、菠萝炒肉、粗面鱼丸、香辣鸡翅，甜品要椰奶清补凉，还有……"

赵屿"砰"的一声关上了门。

这个县城不繁华，大半夜的，除了烧烤根本没有店铺在营业。

赵屿不敢给黛宁吃烧烤，外面的东西要是吃坏了肚子，她估计又要闹。赵屿和宾馆工作人员商量，借到了厨房，打算自己给她做点什么吃。

为了满足她这点要求，他身上本就不多的钱，全给宾馆了。

赵屿进去厨房，早上宾馆才会采购新鲜食材，现在只有米面和粉条，如果只给大小姐端一碗面去，估计今晚会没完没了。

赵屿挽起袖子，给她做了碗酸辣粉，还单独煎了个蛋。

赵屿动作利落，把东西端上去，黛宁高高兴兴地跑下床，看见是酸辣粉很失望。

“就这个？”总觉得白给赵屿亲了，亲她那么久原来只值一碗酸辣粉啊？

赵屿现在不想看见她，说：“就这样，爱吃不吃。”

黛宁坐在房间的桌子前，很勉强的态度：“好吧，我将就一下。”

说是这么说，饿着了她吃得比谁都香。赵屿做饭手艺没得说，贫苦人家的孩子，给他点食材，他能把汁都做得鲜美。

汤汁又酸又辣，黛宁吃得很过瘾。

赵屿坐在沙发上，闭眼小憩，打算等她吃完去收碗。实际上，他不知道怎么面对黛宁，赵屿成熟得早，这辈子已经经历过许多别人半生也没经历的事情。

家庭巨变，父母重病，蝗灾，饥饿……这些，他都平静地承担了下来。

刚刚发生的事，像恍然一瞬，又似乎特别漫长，这不像他能干出来的事，可他确实做了，还沉溺其中。

纪黛宁毫不在意地该吃就吃，可赵屿不是纪黛宁，不可能当作无事发生。

黛宁吃完，终于心满意足。

赵屿过去收碗洗干净，还给厨房，回来的时候，黛宁已经重新刷好牙，躺在被窝里了。

她爱美，也讲究个人卫生，刷了牙还吃特质清新口气木糖醇，程序讲究得不行，但就是没提起刚刚发生的那件事。

赵屿见她没心没肺的样子，心也冷了几分。躺在她身边，像具没有感情的尸体。

黛宁想起什么，突然道：“我有件事想说。”

说好“被烧死也不理她”的赵屿忍不住偏头看她：“讲。”

黛宁回味道：“赵屿，你下次做酸辣粉，记得多放点辣。”

赵屿就知道不该对她抱有期望，他手指收紧：“没有下次。”

这句“没有下次”，也不知道具体指什么。

没有就没有嘛，语气那么沉做什么？黛宁吃饱了，心情很愉悦，她玩了一会儿手机，又香甜地睡着了。

这回，她没有再醒来折腾人。

赵屿不再看她，侧过身去，他难以入睡，过了很久才勉强睡着。

天明之前，赵屿起了一趟，去对面房间挨个巡视。

到申屠涉房间时，所有人正歪头靠着床角休息，看着并无异样，赵屿微微眯眼，走过去蹲下。

现在大概是凌晨五点钟，也是大家睡得最沉的时刻，申屠涉被注视得头皮有点凉，但他忍住了，没有睁开眼睛。

赵屿眼神一厉，突然对他动手，申屠涉反应也快，下意识格挡还击，赵屿并不会格斗，但他年轻力壮，比两天没吃饱饭又被绑了两夜的申屠涉有优势多了，几下就制住了他。

申屠涉破口大骂：“赵屿，你大爷的！”

就差一点！他们就可以干掉赵屿这群人跑掉了。

申屠涉的小弟们见老大被擒住，也顾不上装睡了，纷纷睁开了眼睛。

赵屿看到脚边被割裂的绳子，从申屠涉身上搜出一块铁皮，不知道申屠涉从哪里顺来的，用这玩意儿割了大半夜的麻绳，前面巡夜的人都没发现。

申屠涉刚把绳子割断，心中一喜，还没来得及帮其他小弟解开绳子，赵屿就进门了，申屠涉简直气得想呕血。

赵屿重新动手把他绑严实。

申屠涉脸色铁青，桃花眼阴狠：“你怎么知道的？”

赵屿淡淡地道：“我不知道，但你们这种人，怎么可能全都睡着？连有人进来查看都没有反应。下次再装，记得让两个人被惊醒，很可惜，你们或许没有下次了。”

刀口舔血的人如果连这点警觉性都没有，早就不知道死了多少回。

赵屿把他踹回床角，这回也没心思睡觉了，把栓子他们喊醒，大家一起盯着申屠涉等人。

李壮听说了这事，吓出一身冷汗，如果赵屿没发现，让申屠涉一个个把绳子解开，后果简直不堪设想。

赵屿亲自守了一会儿，天亮时，他惦记房里还有个睡得正酣的黛宁，对栓子道：“你们先把人守好。”

栓子连忙点头。

赵屿回到房间，黛宁果然还在睡，虽然百般不乖，可她睡相规矩，双手交叠在腹部，长长的睫毛垂下，呼吸很有规律。

赵屿把她叫醒：“起来吃饭，我们要出发了。”

黛宁听见有吃的，迷迷糊糊地起床，头发上一根呆毛翘起，赵屿淡淡地移开目光，也不提醒她。

她慢吞吞地洗漱完，赵屿拿出一双鞋子：“过来穿。”

黛宁看清他手中的鞋子，一瞬间困意消失，她难以置信地盯着那双黑布鞋：“你给我穿这个？”

赵屿没觉得哪里不对：“这个舒服。”

黛宁头摇得像拨浪鼓：“我不要穿这个，我宁愿不穿鞋子。”

赵屿早就知道她不会穿，他点头：“可以，你留在宾馆，我帮你联系钱先生，让他接你回去。”

本来押送申屠涉就是很辛苦危险的事情，她不去也好。

黛宁用看渣男的眼神看他：“你竟然要把我丢掉！”

赵屿说：“随你怎么想，穿不穿？”

黛宁坚决地摇头，那么丑的布鞋，谁爱穿谁穿。

赵屿看她一眼：“不穿就待在房间，我让人给你送饭。”

他说完就出去了，没一会儿宾馆工作人员端了早饭过来，黛宁这回知道不吃会饿，将就着稀饭包子，吃了个半饱。

青团还在劝她穿布鞋：“你不穿，赵屿他们就走了，到时候杜恬和赵屿培养出感情怎么办？”

黛宁很生气：“那么丑，你想穿你穿。”

青团憋屈地吼她：“我要是有脚，我就穿了！”

黛宁把勺子一扔，吼得更大声：“没脚你说什么说，我就是不穿，我气死你！”

行，你就留在这里，看着他们离开吧。

大厅里，赵屿在清点人数。

发现就只少了杜恬和黛宁，他沉吟片刻，李壮赶紧道：“我去喊杜恬。”

“去吧。”

庄宏修问：“纪小姐呢？她不和我们一起了吗？”

赵屿神情微顿：“嗯，她留下，会有人来接她。”

庄宏修现在唯赵屿马首是瞻，“哦”一声便不再说话。

李壮带着杜恬走过来，他表情有些困惑，看看身后的杜恬，杜恬沉着脸，脸色难看得过分。

偏偏她一出现，庄宏修立马说：“什么味儿？”

所有人都不约而同地看向散发臭味的来源——杜恬。

杜恬抿紧了唇，哀怨地看着赵屿，希望他能明白自己的意思，她现在不敢张嘴说话，一张嘴那个味道更浓郁。

都怪纪黛宁那个蠢女人，她漱口漱到半夜，那股味儿还在。

赵屿自然看见了她的眼神，但他没说什么，也没有像其他人那样好奇，赵屿道：“既然人齐了，走吧。”

众人正要出发，旁边的电梯“叮”一声打开了。

电梯里的少女蹦蹦跳跳地跑出来：“没齐呢，你们把我忘啦！”

少女赤着足，踝上系了一个金铃铛，铃铛随着她的走动丁零零地响。

杜恬看见黛宁，新仇旧恨涌上来，眸光像是要杀人，但她还算沉得住气，知道这时候和黛宁说话对质，讨不着半点好。再老实木讷的男人，本性也是视觉动物，她现在口腔中有异味，不能再继续破坏自己的形象。

杜恬悄悄握紧拳，总有一天，她要让纪黛宁为昨晚的所作所为付出代价。

在场的除了杜恬，三十三个男人，全部盯着黛宁那双雪白赤裸的玉足看，目光渐渐发直，连申屠涉都没想过，女人的脚可以漂亮到这种地步。

赵屿的脸色黑得彻底，冷冷地盯着她，几乎是咬出字：“纪黛宁。”

黛宁听声辨人，从人群中找出赵屿，她脆生生地应：“到！这下人齐了，我们走吧。”

赵屿：“你鞋子哪儿去了！”

“那么丑，当然扔掉啦。”

赵屿深吸一口气，下命令：“走。”

没人动，还盯着黛宁那双玉足没回过神，哪怕是庄宏修都忍不住咽了口水。

赵屿沉声重复道：“抓紧时间，立即走！”

众人如梦初醒，连忙上了车子。

黛宁正欲上栓子他们那辆车，突然被赵屿拎住衣领，她回头，十分疑惑：“你拎着人家做什么？”

“你坐后面去。”

后面的车是那辆装杂物的车，赵屿把五花大绑的申屠涉扔到了后备厢，又把黛宁拎上车。

他沉着脸坐在她身边开始说教：“谁许你不穿鞋子就往外跑的，女孩可以这个样子吗？”

黛宁反驳道：“谁让你买那么丑的鞋子！你要是买好看一点的，我肯定会穿，这样子脚好凉。”

反正说来说去，都是赵屿的错，他沉默许久，妥协一步，压低声音：“把你脚上那个玩意儿摘下来。”

黛宁觉得他莫名其妙：“不要，我喜欢这个。”

赵屿和她商量：“等到了寰县，给你买漂亮鞋子。”

“真的吗？”

“真的。”

黛宁歪头一笑：“那我也不摘。”

赵屿懒得再和她废话，直接捉住那只玉足，去摘她踝上的铃铛。

黛宁拼命挣扎，眼看铃铛要被拿走，她急了，骂道：“赵屿你这个大坏胚，床上一套床下一套，下了床你就欺负人家，还抢人家的铃铛！”

前排开车的司机和后备厢里的申屠涉觉察到大八卦，忍不住竖起了耳朵。

赵屿咬牙：“纪黛宁，别乱讲话，我什么时候……”

话说到这里，他突然卡了壳。黛宁一脚蹬在他肩膀上，赵屿沉默着退开，这回也不抢她铃铛了。

他算是绝望了，也开始反省，他昨晚就不该把持不住。

黛宁整理好裙摆，见赵屿放弃，她低头看包里还有没有糖，只剩最后两颗糖了，她决定不分给赵屿，自己一个人吃。

她不闹腾，车上就一直安安静静。黛宁吃完了糖，又觉得无聊，忍不住看向赵屿，他沉默地看向窗外，心情不是很好的样子。

她凑近赵屿，望了他好半晌，悄悄把糖纸塞进了他的裤兜，好啦，这下丢垃圾的问题也解决了。

赵屿眼珠子都没动，呼吸均匀。

人气到极致，原来真的会心平气和。

一行人保持车速，午饭在车内解决，依旧是钱叔准备的盒饭。村民们拿到套餐，喜笑颜开，对他们来说，这趟出行实在是值，不仅住了漂亮豪华的宾馆，还餐餐有肉吃，盒饭里的午餐又香又丰盛。

可到了黛宁这里，她就不太乐意了，她锦衣玉食惯了，现在吃各种味儿混合的盒饭，实在难受。

赵屿看她在碗里扒拉几下，只挑着吃了几块咖喱牛肉，别的一口也不肯动，赵屿微微皱眉，一言不发，把自己饭里的牛肉全夹给了她。

纪黛宁不领情还嫌弃："你筷子上有口水！"

赵屿冷淡地道："亲都亲了，你这时候嫌弃有意思吗？"

黛宁一想也对，她高高兴兴地把牛肉吃光，又吃了两根胡萝卜丝，盒饭就不再动了。

如果是赵平或者赵安安，一定不会这样浪费，哪怕是小孩子，也会吃得干干净净。赵屿没有说黛宁，他知道有人觉得这样理所应当，每个人的生活条件和方式不一样罢了。

赵屿垂下眼睛，看着手中寰县的地图，有几分出神。

他一遍遍地告诉自己，他和纪黛宁，永远是两个世界的人。

纪黛宁出生就在云端，可以骄纵任性，他出生在尘埃，只能选择往上爬。

保持着这个车速，他们晚上就到了寰县，庄宏修最高兴，回到这里，就意味着他彻底结束了长达半个月的人质生活，安全回家。

他家住在一个高档小区里，庄先生为人清正，庄夫人娘家富裕，一家人生活得很不错。因为儿子被绑走，庄夫人和庄先生担忧了半个月，庄夫人几乎整日流泪，得到儿子平安回来的消息，庄家父母喜不自胜，早早就安排好了一切。

几辆警车提前等着，把申屠涉等人身上的麻绳换成手铐，全部带上了车子。

庄夫人抱住庄宏修，又忍不住哭起来。

庄宏修不好意思地道："妈，别哭，我已经没事了。"

"我这是高兴，高兴的。"

赵屿见事情完成，带着人就要离开，庄宏修连忙道："屿哥，等一下！爸，我给你介绍一下，这是赵屿，就是他救了我，还抓住了申屠涉他们。"

黛宁没鞋子，在车里围观大气运子是怎么白手起家的。

看看，这么多人护送，却只提到赵屿，这就是大气运子的人格魅力，不然庄宏修怎么不表扬铁憨憨李壮？

庄先生闻言，打量着这个年轻人。

赵屿剑眉星目，在女孩儿来看，他长相英俊，可庄先生这样的中年人来看，却觉得他眼神清明，相貌坚毅，赵屿灵魂里的气度，别说庄先生，就连商场沉浮大半辈子的纪老爷子也挑不出毛病。

庄先生一连说了几个"好"字，感激地与赵屿握手。

"谢谢小赵同志，大家都辛苦了。今天我请大家吃饭，感谢你们救了宏修，还抓住了申屠涉这些人，立下大功一件！"

此刻他只是个诚心道谢的父亲。

赵屿谢绝他的好意："村民们都急着回家去秋收，庄先生，我们就不吃饭了。"

庄先生道："这可不行，不仅是道谢的事，关于申屠涉，可能还得麻烦你们做一下笔录，明天警局会来人接洽，还有……"他顿了顿，思索一番，"申屠涉是悬赏的犯罪嫌疑人，你们为社会做出这么大贡献，有奖赏也应当。"

村民们面面相觑，怎么也不敢相信还有这种好事！

赵屿挺诧异的，他没再推辞，答应下来："那么叨扰了。"

晚上，庄先生在酒楼请客吃饭。

出发前，赵屿找到庄宏修："庄小弟，我有个事想麻烦你。"

庄宏修很崇敬他，连忙说："好好好！屿哥你讲。"

赵屿沉默半晌："能不能替我买一双漂亮柔软的女孩子的鞋子，我会付钱的。"

他记忆里，村子里的女人，要么穿布鞋，要么穿筒靴，像纪黛宁这样讲究的，他可能一辈子也只会遇见这么一个人。

庄宏修想起大小姐那双玉足，轻轻咳了一声。

"屿哥，别客气，你救我一命，我报答还来不及。放心吧，包在我身上，我去和我妈讲一声，让她给大小姐准备鞋子。"

赵屿颔首："麻烦你了。"好在他如今脸皮被黛宁磨出来了，听到需要劳烦庄夫人，也不觉得多尴尬。

庄夫人听了儿子的要求，用心准备了一双柔软又漂亮的鞋，她性格软和没有架子，亲自拿去给了车里的女孩。

本以为是山村出来的姑娘，看到黛宁第一眼，庄夫人就知道自己错了。

少女看上去年龄不大，眼睛水润透亮，身上的裙子是当季限量新款，正好奇地打量自己。同样是富贵家庭养出来的，眼前的女孩却比自己还矜贵。

庄夫人笑笑："我是宏修的妈妈，给你送一双鞋子。"

黛宁接过来，发现是一双简约风的奶白色单鞋，她第一眼就喜欢，于是甜甜地道："你眼光真好。"

她鲜少说"谢"字，但是嘴巴甜起来，让人更觉得欣喜。

庄夫人道："你喜欢就好，看看合不合适。"

黛宁换上鞋子，终于从车里解放，她欢快地问："我们要吃晚饭了吗？"

庄夫人见她天真活泼，想起了自己的侄女儿，心肠也十分软："是的，纪小姐有什么喜欢吃的菜吗？我提前订。"

黛宁闻言，毫不客气地点了好几个菜名。

庄夫人记下，她看了一眼远处气宇轩昂、与庄先生聊天的赵屿，不由好奇地问黛宁："你和这位小赵兄弟是什么关系？"

黛宁想了想："没有关系。"

庄夫人有几分惊讶，听儿子说赵屿关心纪小姐，本以为他们关系匪浅，没想到并非自己想的那样，庄夫人心中有了几分计较，挽住黛宁的手臂，先带她去了酒楼。

晚饭时，村民们坐在桌前十分不自在，他们生活在小地方，没见过什么大人物，何况是同桌吃饭？倒是赵屿显得十分从容。庄先生赏识他的能力，发现这个山村出来的年轻男人想法很独到，忍不住和他多聊了几句，没想到越聊越觉得投机。

庄宏修特别高兴："我就说屿哥很厉害。"

至少整个寰县，没有一个人敢打包票说，不费一兵一卒就可以把申屠涉等人捉住。

申屠家恶贯满盈，干的那些事被判死刑都绰绰有余。

和庄先生讲着话，赵屿分心去看黛宁，她倒是自在，和庄夫人坐在一起，指挥服务生给她倒果茶。

相比之下，杜恬就难受多了，经过一天，她嘴巴里的味道总算淡了些，但一张嘴还是闻得到，为了形象，杜恬只能忍住不吃饭，保持住温柔的笑容。杜恬眼见赵屿开始走上成功的道路，更是不想轻易放弃他。

庄先生给赵屿透了个底："申屠涉是我们寰县警方悬赏捉拿的罪犯，也是有史以来悬赏金最高的嫌疑人，公布出来的金额一直在增加，我记得现在应该有一百万了。"

赵屿听见这个数字，心中颇为吃惊，他面上没有表露，只点点头。

饭吃到一半，从外面走进来一个穿着小香风套装的女人，她长相颇为艳丽，见了她，庄宏修喊："表姐。"

庄宏修的表姐叫蓝蓉蓉。

蓝蓉蓉高兴地道："宏修，你真的平安回来了！"

庄宏修点点头，态度不咸不淡，无可指摘，但也并不亲密。

庄夫人倒是很高兴："蓉蓉，过来坐。"

听见"蓉蓉"这个名字，黛宁没什么反应，杜恬却脸色微变，死死地盯着蓝蓉蓉看。

青团赶紧给黛宁解释："原著中，蓝蓉蓉喜欢男主角赵屿，帮了他不少忙，用你们人类的话来说，叫作红颜知己。"

许是男频文就爱这种调调，男主角一旦开挂，上赶着助力他的人少不了，看来正式剧情从押送申屠涉起，就已经开始。

黛宁一看，果然蓝蓉蓉的眼睛已经黏在了赵屿身上，在场这么多人，最美的是黛宁，最有地位的是庄先生，可蓝蓉蓉从看到赵屿的那一刻起，就只看得到赵屿。黛宁终于有了自己身处一本男频书的真实感。

蓝蓉蓉："这位是……"

庄夫人连忙给蓝蓉蓉介绍一通，蓝蓉蓉有礼貌地笑笑："原来是救了宏修的人。"

她眼波流转，笑容得体，杜恬见状脸色难看，死死握住了拳头。

赵屿点头："蓝小姐你好。"

黛宁撑住下巴，饶有兴致地看戏，杜恬生气，她就特别高兴。

要真严格说起来，她并不在乎赵屿爱上谁，只要不是杜恬，是这个蓝蓉蓉也行。

赵屿觉察到黛宁的视线，隔着桌子远远地看了她一眼。

这顿饭快吃完时，蓝蓉蓉道："你们来得正是时候，今天晚上我们寰县过传统节日，祭灶神，庆祝秋收，除此之外，还有舞狮、窗花展览的活动，特别热闹，我正好有空，带大家去看看吧。"

赵屿刚要拒绝，黛宁眼睛亮亮地点头："好呀好呀！我想看，你带我去吧。"

蓝蓉蓉听她说话，总算移开固定在赵屿身上的目光，看向这个场上最漂亮的女孩。

蓝蓉蓉醉翁之意不在酒，本意不是带黛宁去，她对赵屿一见钟情，但黛宁既然提出来，她不答应也不好，于是笑着同意："可以啊。"

赵屿警告道："纪黛宁。"

黛宁才不听他的："我来寰县本来就是听说这里好玩。"小风俗特别多，小吃也美味。

庄先生看不出几人间的暗潮涌动，热情地说："寰县是挺热闹的，你们年轻人有兴趣，可以到处看看。"

问村民们去不去，几个汉子连忙摇头，他们已然十分局促，想回家了。

吃完饭，黛宁拉着蓝蓉蓉："走走，我们走。"

蓝蓉蓉试图再次劝说赵屿，赵屿皱眉，不知道拿黛宁怎么办，不看着她怕她丢了，可是跟上，又着实让人气恼。

她就不能安分一天吗？

不去看热闹的栓子他们在庄先生的安排下，跟着往宾馆走。

黛宁想起什么，又跑回来，扬起小脸冲赵屿伸出手："人家没带钱，你给点嘛。"

赵屿木着脸，淡淡说："我也没有，正好，你别乱跑。"

黛宁皱皱鼻子，很不满："穷光蛋。"

她没钱还是坚持要去，转头就跟上蓝蓉蓉，赵屿几经犹豫，还是不能不管她，只得跟上两个女孩。

杜恬看得心慌，但她现在嘴巴都不敢张，只能安慰自己：没事的，有纪黛宁这个事精在，哪怕是绝色美人也和赵屿擦不出火花，之前纪黛宁在，自己和赵屿好好说话都很难，以此类推，蓝蓉蓉也讨不着什么好。

但杜恬显然没料到，黛宁并没和他们走在一起，她留赵屿和蓝蓉蓉走一处，自己一个人边走边玩。

蓝蓉蓉心中暗喜，既然黛宁不打扰，她正好和赵屿搭话，问他是哪里人，今年多大，家里什么情况，赵屿随意答了，眼睛却紧紧地盯着前面的大小姐。

黛宁步子活泼，穿行在人群中，她生得美，一路回头率也高。大小姐平时逛街，看上什么就买什么，可今天没钱，钱叔和张永丰也不在，她看到一个很喜欢的复古烛台，拿起来摸了又摸，回头看向赵屿。

赵屿脸色绷紧，淡淡地回望她。

她笑着做了个鬼脸，也不管他和蓝蓉蓉在说什么，放下烛台，跑进人群，看前面舞狮去了。赵屿连忙跟上她，路过烛台摊子，步子顿了顿，还是把那个烛台买下了。

蓝蓉蓉想到了什么，不太高兴。

她从赵屿的回答中，听出他比自己小，家境也非常糟糕，可是蓝蓉蓉家有钱，她不在乎这些。

蓝蓉蓉不知道黛宁的身份，认定她是山村出来的女孩，哪怕身上的衣物价值不菲，那也绝对是姑姑好心给的。蓝蓉蓉仗着家境好，自视甚高，好不容易看上个男人，她不认为赵屿会放弃她这样好的对象，此刻见到赵屿的注意力都在黛宁身上，她心中不悦。

舞狮队伍穿行而过，放在现代，这确实是难得一见的传统活动。

蓝蓉蓉拦住赵屿，眉梢微微上扬："我们寰县还有种特别出名的酒，叫作蜜柚酿，赵屿，你有兴趣尝尝吗？"

"蓝小姐，谢谢好意，我不喝酒。"

蓝蓉蓉满脸可惜，还要说什么，赵屿脸色一变，他定睛看去，人来人往，黛宁却不见了。

他顾不上蓝蓉蓉，连忙挤进人群寻人。

寰县是个崇尚传统文化的地方，好些人过节日的时候戴着面具，窗花串成行垂落，随着夜风摆动，一眼望去，根本分不清人。

赵屿个子高，可是人群挤挤攘攘，根本没有黛宁的身影。他沉着脸，几乎后悔与蓝蓉蓉讲了那几句客套话，怎么一眨眼，大小姐人就不见了？

蓝蓉蓉见他焦急，拦住赵屿，不以为然地道："你放心吧，纪小姐又不是小孩子，她玩够了自己就回去了，我们……"

赵屿脸色不好看："黛宁第一次来寰县，身上还没钱，蓝小姐，你不愿意找人，别挡着我的路。"

不说别的，单说纪黛宁那副祸国殃民的长相，独自在外就很容易遇到危险。

蓝蓉蓉被甩开，不可置信地看着赵屿，心中生气。

她又不是没人追，赵屿算什么！蓝蓉蓉干脆不理他，转身就走了。

可是还没走出两步，一把剔骨刀横空穿过来，人群一阵混乱，蓝蓉蓉的尖叫声卡在喉咙中，赵屿眼疾手快，把她拉了回来，几个戴着面具的男人冲上来，要拽走蓝蓉蓉。

赵屿把蓝蓉蓉往舞狮队里一推，冷声道："聪明点！"

蓝蓉蓉会意，连忙往人群中钻，那几个人失了目标，不知道想到什么，拿着刀子就往赵屿身上刺，赵屿没办法，只能用手臂挡住，手上顿时血流如注。

他踢开往他腹部刺的刀，发现这些人竟是要杀了他！赵屿心中一沉，他顺手抓起身边的东西格挡。

不知道谁喊了一句："警察来了！"

街上的人四散开，那几人对视一眼，纷纷逃离。

不远处果然停着一辆警车，武警们是维持秩序的，没想到机缘巧合，让赵屿和蓝蓉蓉免遭一劫。

有个年轻的武警过来问："怎么回事？"

赵屿皱眉，蓝蓉蓉重新从人群中跑回来，担忧地问赵屿："你没事吧？"

"没事，"赵屿示意蓝蓉蓉给警察们讲发生了什么，他道，"我有个朋友不见了，我担心她出事，我先去找人。"

他捂住手臂上的伤，血把他外套浸透，赵屿循着黛宁看热闹的方向，边走边问。

他从寰县窗花展览处走到大街尽头的现代化喷泉，喷泉背后就是大桥与霓虹，依旧没有看见黛宁的影子。

蓝蓉蓉追上来："你先去医院看看吧。"

赵屿眉头无法舒展："先找到她。"

他心思转得很快，几乎一下明白过来，今晚遇到的事和申屠涉有关，那群人估计是想抓走蓝蓉蓉做人质换申屠涉，而自己抓了申屠涉，结下大仇，他们自然下死手，万一黛宁遇见那群人，后果不堪设想。他紧紧按住伤口，继续往前走，不知多少次后悔今晚让她出来玩耍。

桥上霓虹灯闪烁，少女取下脸上的獠牙面具，轻轻叹了口气。

"真可惜，一个都没死。"

鲜血从她嘴角流出来，她咳嗽几声，揉揉胸口，和青团抱怨："好疼啊。"

青团陷入沉默，许久才道："我很早就说了，不要试图害赵屿，也不要阻碍他的发展，你只是书中笔墨很浅的存在，但他是大气运子，赵屿还没出事，你就差点被天道抹杀掉，以后别做这种事，破坏他和女主角的关系就好。你忘记上辈子和身负气运的杜恬作对的下场了吗？"

"我哪知道？"黛宁擦干净唇上的血，声音娇脆带笑，"我本来以为，蓝蓉蓉出事，他就没有助力走出这个地方了，申屠家流落在外的小弟真是不够给力。"

明明她已经把消息泄露出去，可是申屠家底下那帮人来不及追上车队，没法救下申屠涉，现在挟持蓝蓉蓉失败，连杀了赵屿都做不到。

小人物果然被书中法则禁锢，难成大事。

青团憋了许久，闷声说：“我以为你对赵屿有感情的，毕竟他……对你不错。”可是黛宁决定要借人之手杀赵屿时，连青团都没反应过来。

青团想了想，支支吾吾地道：“路上出现在申屠涉身上的铁片，也是你给他的吗？”它当时没注意，后面回想，好像黛宁的确有机会做手脚，后来黛宁还拖住了赵屿一段时间，如果不是男主角警觉，申屠涉不争气，那这群人早该跑掉了，倘若男主角失去申屠涉这个机会，命运真的得改写。

黛宁眨眼一笑，似乎听不懂青团在说什么。

“我要去找他啦。”她扔掉面具，若无其事地跑下桥去。

灯光最亮处，赵屿拦着一个中年女人问：“请问有没有见过一个这么高，”他用手比了一下，“长得很漂亮的女孩？”

中年女人看着桥头，手一指：“是她吗？”

赵屿回头，绚烂夜色之间，黛宁轻盈地朝他跑过来，不高兴地抱怨道：“赵屿，你去哪里啦，这么大个人，竟然还能走丢！”

赵屿已经习惯她恶人先告状，见她完好无恙，他终于觉得有几分眩晕脱力。

黛宁拉住他的胳膊，揉揉眼睛说：“我困了，要回去睡觉。”

赵屿低声道：“嗯，走吧。”

他的血染透衣裳，唇色苍白，黛宁没发现，他便也没说。

两个人走回去，遇见了蓝蓉蓉。

蓝蓉蓉看见黛宁就生气：“我就说她没事！赵屿你伤得这么重，我们先去医院。”

黛宁听见这句话，困惑地看向赵屿，他垂眸，平淡地道：“没事。”

黛宁总算看到了他被血浸透的胳膊，她轻轻碰一下他垂落的手臂，有几分烦恼模样，纠结一小会儿，最后问他：“你疼不疼呀？我现在不睡觉了，去医院吧。”

他眼里多了两分笑意：“不疼了。”

第二天，寰县的康队长和庄先生找过来时，赵屿一行人正在餐厅吃早饭。

几个人相互认识后，康队长神情凝重："我听蓝小姐说，昨晚你们遇见了暴徒，他们还对你们动手了？"

赵屿思索片刻："他们应该不是普通暴徒，最开始的目的是绑走蓝小姐，后来才决定杀我。"

康队长和庄先生对视一眼："十有八九是申屠家跑掉的那些人，这段时间我会让人巡逻，尽快把他们抓到。"

这些漏网之鱼目无法律，窝点众多，实在危险。

康队长道："检察院已经准备起诉申屠涉等人，小赵同志，这次多亏你们，如果真让申屠涉跑到了泰州，那就真拿他没什么办法了。"

赵屿和他握了手。

康队长没提起悬赏奖金的事，赵屿也没提。

庄宏修看着赵屿手臂上的伤口嘟囔道："我就奇怪了，申屠家的人怎么这么快就知道我们把申屠涉抓了？明明还没公布消息。"

青团有些心虚，忍不住看黛宁。

这人吃红豆奶酪正吃得香甜，她挑食，只拿自己看得上的，见赵屿在谈话，她悄悄把人家的红枣味儿的也拿过来塞进自己嘴巴。

赵屿回头就看见盘子里空了一块，黛宁脸颊鼓鼓的，圆圆的眼睛看着他，赵屿没说什么，给她倒了杯豆浆，好帮助她咽下去。

庄先生说："申屠家那些人本来就不是省油的灯，消息灵通些也不奇怪。"

康队长赞同地点头："狡兔三窟，看来我们有必要排查下还有哪些人在寰县周围。"

为国家扫黑除恶，是刻不容缓的事。

康队长说："小赵同志，你过来一下。"

赵屿起身跟过去。

黛宁只管自己吃饱，根本不听他们在讨论什么，倒是杜恬，竖起耳朵想听几句，此时的她心潮澎湃，她几乎是一点点看着赵屿走出大山的，现在赵屿已经开始接触大人物了，未来只会更加了不得！

赵屿和康队长谈了好一会儿话，回来对众人道："康队长说奖金已经在申请了，过几天会发给我们，我想问问大家，关于分奖金的想法。"

李壮栓子他们面面相觑，村民们见识不多，现在还云里雾里。

杜恬柔声开口："赵屿哥，大家都相信你，你说怎么分就怎么分。"

李壮立即附和："对，俺们啥都不懂，赵屿，俺听你的。"

赵屿昨晚就想过这个事，见所有人都没主意，他道："那就按功劳分，抓获申屠涉等人的，家里贡献渔网和麻药的，还有押送申屠涉的，按出人和出力来分奖金。"

这样分配自然最为公允，村民们纷纷点头，赞同赵屿的说法，他们没把分奖金当一回事，一来不知道奖金有多少，二来即便可观，那么多人分下来，到手也没多少。

栓子终于记得问："屿哥，奖金有多少啊？"

在众人期待的目光下，赵屿开口："申屠涉一百万，他的小弟每个五万，总共二百零五万。"

原本不抱期望的村民们震惊了！李壮这辈子也没见过这么大的数字，怀疑自己在做梦，稀里糊涂地跟着赵屿捉了群人，就这么多钱！

赵屿："过几天我出个账册，列出来分配奖金的情况，到时候你们看看。"

杜恬十分不解，按理说，这群村民跟傻子似的，什么都不懂，如果赵屿一个人拿了这些钱，很快就可以搞投资，混得风生水起，这样坦诚地分下来，他自己还剩多少？

但她不笨，自然不会说出来。

青团立刻抓紧机会给黛宁科普："男主角心中自有计较，要成大事业，肯定不会目光这么短浅，看着吧，哪怕分到的钱不是很多，可真正的好处还在后面。"

黛宁没耐心听他们啰里巴嗦地开会，反正她也阻止不了赵屿发达，干脆出去玩，寰县好吃的她还一样没见到呢。

她想往外跑，被赵屿拉住："去哪里？"

"逛街呀。"

"你也听见庄先生说什么了，申屠家那些人还在外面，保险起见，先别出门，等他们被抓住，你再出去玩。"

"可我在这里不好玩。"

赵屿低声道："我待会儿陪你玩。"

"真的吗？"

“嗯。”

黛宁知道赵屿一般不说谎，勉为其难地答应下来，青团却自动把这话翻译成了“赵屿把自己给她玩”。

散会以后，大家各回宾馆的房间等待奖金发放。

黛宁充满期待地看着赵屿，他失笑：“你先回房间，我换个绷带，一会儿过来。”

她高高兴兴地走了。

赵屿回房间时，没想到杜恬正好等在门口，算起来，杜恬已经很久没和赵屿好好说过话了，明明起初他们的关系还不错，赵屿也处处关怀维护她，可是这才多久，赵屿对自己竟比陌生人还不如。

她忍住委屈，开口道：“赵屿哥，我可以进去和你说说话吗？”

赵屿：“有什么话，就在这里说。”

杜恬咬唇：“我不知道是什么误会，让你对我的态度变成现在这样，但我必须告诉你，你要当心纪小姐，前天我给她上药，她竟然……把涂外伤的药给我喝了。还有申屠涉被捉住那天，她指挥那些人打我，纪小姐看着天真不谙世事，可她心肠十分狠辣，申屠涉甚至愿意听她的话，我有个猜测，不会是她把申屠涉带来我们村子的吧？”

赵屿静静听她说完：“没别的事，你就回去吧。”

“你不相信我说的话？”

赵屿淡淡地道：“这些我都知道。”

杜恬不可思议地看着他，她想过许多种赵屿知道这些事的后果，但独独没想到他毫不在乎。

赵屿关上门，给自己换绷带去了。

之后，赵屿如约过来陪黛宁玩，他没有陪女孩玩的经历，当然，赵安安不算，赵安安可比黛宁懂事多了。

他拿来一副象棋，摆在桌子上，对黛宁招手：“过来吧。”

黛宁看他熟练地放好车、马、炮、象，满脸不可思议：“我们玩这个？象棋？”

赵屿微微皱眉看她，似乎在问，不然呢？

黛宁说：“打游戏啊，这年代老头儿才玩象棋呢，你来陪我打游戏，我玩 ADC，你给我打辅助。”

赵屿沉默一瞬，如实道："我不会。"

黛宁说："我教你！"

赵屿看她一眼："你不会下中国象棋？"

"怎么可能？"黛宁立刻说，"别说象棋，围棋、五子棋、飞行棋，我样样精通。"

"那来一局，你赢了，我和你打游戏。"

她开始不高兴了："是你陪我玩，还是我陪你玩？"

赵屿叹了口气："我陪你玩。"

黛宁这才满意，从包里摸出备用手机二号，递给赵屿，开始给他讲操作。

赵屿觉得很奇怪，女孩子的包包看上去不大，可好像多少东西都能装下。

赵屿确实是游戏新手，如他所说，特别菜，且他是山里出来的孩子，使用手机本就不熟练。

黛宁一个人玩得美滋滋，还时不时骂他笨，赵屿伤了的手一直疼，但他没吭声，也没抱怨，继续陪她玩，其实两个人都菜，已经被队友骂爆了，队友亲切地称他们为"菜鸡二人组"。

尽管黛宁菜，可是架不住她玩得上头，她这个人懒惯了，能坐着绝对不站着，能躺着绝不坐着，她没骨头似的，躺在赵屿腿上继续玩。

赵屿坐得端正，低眸看她一眼，沉默片刻，把她的脑袋往外拨了拨。

她的小脑袋被拨开，也不在意。

过一会儿，赵屿终于上手了，黛宁第一次体会到身为男主角到底有多聪明，他玩辅助，竟然真的可以开始保护她，只是纪黛宁带不动，还是死了。

她看了一眼活得正好的赵屿，嘟嘴道："你要和我一起死。"

赵屿说："好。"

说完，他真的干脆利落地陪她死了，一句废话都没有，也不问为什么。

说真的，这一刻黛宁觉得他挺好的。她躺在赵屿的腿上，大眼睛黑白分明，娇声娇气地问："赵屿，你是不是喜欢我呀？"

赵屿笑了一下，没回答。

她越发心痒难耐："你回答呀，你喜欢我吗？"

赵屿低眸，看着她说："不喜欢。"

她很生气，不可思议地拿起他的手，放在自己的脸颊上："我这么漂亮，你竟然不喜欢我！你快感受一下，你是不是瞎啊？！"

赵屿用手指轻轻摩挲一下她娇嫩嫩的脸颊："嗯，没看出哪里漂亮，脸皮倒是挺厚的。"

黛宁气得当场隔着裤子咬了他一口，说她是个智障都行，但是不能说她不美。

赵屿身体绷紧，叹息一声："松嘴。"

见黛宁不听，他掐着她的小脸，让她松嘴移开，她不肯放弃，凶巴巴的，含含糊糊地问："你快说，我美不美？"

赵屿把她脸颊旁的鬈发拨开："美。"

她一瞬笑开，连眼睛里都绽放出醉人的笑意，瞳中像盛开了倾城的花，一点一滴，映入他眼中去。

赵屿微微错开眼睛，问她："你还玩不玩？"

黛宁来了精神，坐起来："不玩这个了，我们换种方式玩吧。"

赵屿没意见，他对除了生存技能之外的追求都无所谓，玩什么对他来讲都一样，只要纪黛宁不乱跑。

黛宁说："这个游戏叫作我问你答，只能说实话。"

赵屿怀疑她没有说完，替她补充："一人一个轮次？"

黛宁稀奇道："你想什么呢？当然都是我问，都是你答。"

赵屿皮笑肉不笑："呵。"

黛宁说："那我开始啦，第一个问题，杜恬和蓝蓉蓉谁好看？"

赵屿用一种死亡眼神看着她，道："你觉得呢？"

黛宁："我不要我觉得，我要你觉得，你快点说嘛。"

赵屿故意气她，淡声道："杜恬。"

黛宁果然气着了，小粉拳要捶他，赵屿握住她的拳头："要玩就别动手。"

"好吧。"她鼓起脸颊，问第二个问题，"赵安安和我，谁可爱？"

赵屿忍无可忍，笑出了声。

黛宁实在无法理解，这么严肃的问题有什么好笑的，她催促赵屿讲答案。

赵屿看着她，轻描淡写地答："安安可爱。"

"不可能，赵安安怎么可能有我可爱？！"

这回她更生气，好在惦记这个游戏她始终占便宜，黛宁想了想："那栓子和李壮，谁丑？"

赵屿无语片刻："李壮。"

黛宁这下高兴了："我明天就要去给李壮讲，你说他丑。"

赵屿都不想和她计较："你问的都是些什么没有意义的问题？"

黛宁偏头看他："哪里没有意义了，多有趣啊，你说什么才叫有意义？那这样，换你问我，但是我可以撒谎。"

赵屿思维被她带偏，下意识竟然想问她自己和别人比谁更帅，纪黛宁简直有毒。

他沉默片刻，整理好思绪，问出了一直以来想问的问题。

赵屿："你家几口人？"

"好多好多呢！"

"不包括雇佣的，单说血亲。"

"哦，三个，我爷爷，我弟弟，还有我。"

赵屿很诧异："你还有弟弟？"

"是呀。"

"怎么没听你提过他？"

黛宁撇撇嘴："我不喜欢那个丑鬼。"

赵屿没有纠正她，反正大小姐看这个世界，除了自己谁都是丑鬼。

赵屿略过这个问题，看着她泛着桃花色的小脸，淡声问："在学校里早恋过吗？"

黛宁眼睛一亮，低下头开始边回忆边数："一个，两个，三个，四个……十二个……"

赵屿看都不想看她，打断道："行了，下一个问题。"

她疑惑道："我在数我拒绝了多少人，他们这些笨蛋丑鬼，怎么可能配得上我？这个世界上，没有谁配和我早恋。"

赵屿没反驳她："嗯，那你数。"

他发现，骄傲自恋有时候也不是坏品质。

黛宁数来数去，最后美滋滋地总结道："我原来这么招人喜欢啊！"

赵屿笑了下，又想问她些别的问题，譬如她住在哪里，家人都是什么性格，他突然顿了顿，发现这一幕似曾相识，特别像前两天在街上时，蓝蓉蓉打听自己的家庭情况。

他突然敛住笑意，不再说话。

黛宁拉拉他的衣服："怎么不继续问啦？"

赵屿站起来："没什么好问的了，快到晚饭时间了，你一会儿记得下来吃饭。"

说着，他推开门走出去。

黛宁目送他出去，随手把玩摆好没动的象棋。

她拿起棋子"兵"，一步一步走到对方的"将"面前，"啪"的一声，把"将"吞并。

她好笑地说："谁说我不会下棋，不是很简单吗？"

等到"将"甘愿不做反抗的时候，"兵"就能轻而易举地将他吞吃。

第八章

吃醋

悬赏金的事让一行人暂时只能待在寰县。

赵屿亲自盯着黛宁，她虽然不高兴，但好在没有跑出去，只有一点比较麻烦——大小姐的吃穿住行，样样都得是最好的。

赵屿正为这个事发愁，庄宏修倒是替他解决了："我妈给纪小姐准备了好几套新衣服，让她不要嫌弃，将就一下。"

"多谢。"

庄夫人的眼光还不错，黛宁没有在上面挑刺，但她吃不惯宾馆餐厅的食物。

每到吃饭的点，其他人吃得油光满面，只她一个人闷闷不乐。

赵屿觉得不能太纵着她，毕竟出门在外，大小姐不出力就算了，还净添乱。

黛宁用筷子敲敲赵屿的指节："赵屿，你给我做饭嘛，我不喜欢吃他们做的，我要吃辣子鸡丁、剁椒鱼头、柠香红豆沙。"

赵屿反手握住她的筷子："没有。"

其他人悄悄竖起耳朵听。

赵屿纠正她的坏习惯："以后不许用筷子敲人！纪黛宁，你自己要跟着我们出来，大家吃什么你就吃什么，不想吃就饿着。"

黛宁觉得自从昨天的问答，赵屿明白过来什么之后，就对她不那么好了。

她本就不是个会妥协的性子，当即筷子也不要了，转身上楼："不吃就不吃！"

她一走，栓子担忧地问："大小姐这样子，不会饿坏吧？"

赵屿低头扒饭，十分平静："活人哪能把自己饿死，别管她。"

杜恬闻言一笑："是呀，别担心，大小姐可能是不饿吧，她饿了自然会吃的。”

她一讲话，李壮瞬间觉得还是杜恬乖巧又懂事，大小姐美虽美，可有几个人受得了这么骄纵的性子？宾馆的饭菜明明已经很好了，每个人都有两荤一素，同为女孩子，杜恬不是也没闹脾气吗？

黛宁才不管他们在餐桌上说什么，她拿出自己的包，本来想找糖果，结果发现糖果早就被吃完了。

青团幸灾乐祸道："我看你还是将就一下吧，赵屿是个原则性很强的人，不会再迁就你的。”

黛宁不理它，没有吃的她也不慌，趴在床上继续玩。

她才不吃大锅饭，赵屿不给她准备吃的，总有人愿意嘛。

蓝蓉蓉从来没有喜欢过谁，直到她遇见赵屿。

她反反复复回想赵屿把她拉回来那一幕，刀光和他漆黑的眼甚至会在梦中交错。

蓝蓉蓉并非花痴，赵屿虽然长得好，可是她从赵屿身上看到的是更加深远的东西，仿佛给他一点助力，他就能自己走得很远很远。

蓝蓉蓉昨晚从姑姑口中得知赵屿把悬赏金分出去的事，内心更是觉得自己没有看走眼，他并不贪婪，也足够聪明，分出了赏金，却大大降低了申屠家寻仇的危险。

蓝蓉蓉有个秘密，她十分讨厌自己的亲哥哥。家中虽然并不过分重男轻女，可是蓝凌云像卡在蓝蓉蓉心头的一根刺，家里的产业默认由这个一事无成的蠢货哥哥继承，但蓝凌云会什么呢？从小混街惹事，考试次次倒数。

在蓝凌云还是个叛逆少年的时候，蓝蓉蓉已经能听懂爸爸谈的商务，蓝凌云什么都不懂，可他能拥有一切，她明明漂亮又能干，却得让给哥哥，尽管蓝凌云这个蠢货疼爱她，可只会让她越发厌烦，眼色都看不懂，未来蓝家不得败在蓝凌云手中吗？

哪怕都这样了，家里人依旧希望哥哥成材。

这次他们来寰县，有一项非常重要的任务——把申屠家的某些产业纳入自己旗下的公司。

申屠家一朝败落，留下的那些东西是块大肥肉，除了明面上的资产，暗地里的消息网和人际关系也十分让人心动，可是有个前提，拿申屠家这部分干净资产，得不怕得罪远在泰州的申屠峰才行。

尽管蓝父没指望蓝凌云把资产拿到手，可还是派了不少人辅佐他，拿不到也行，毕竟不用顾虑申屠峰，要是拿到了，证明蓝凌云成材懂事，家里也愿意和申屠峰对上。

蓝蓉蓉有个绝妙的主意，她找到亲哥，和他商量："哥，反正你不想去，不如你让人替你去？"

蓝凌云跷着腿坐在沙发上，嗑瓜子："谁乐意去啊？不怕死？"

蓝蓉蓉："你忘了我给你提到的救我的那个人吗？他够胆大，脑子也聪明，主要是他已经得罪过申屠涉，不怕再继续得罪申屠家的人，你让他去帮你呗。"

蓝凌云像条咸鱼，觉得竟然还挺不错的："行啊。"

蓝蓉蓉说："你把爸爸留下的人借给他用吧，他肯定能帮我们拿到东西，到时候我们给他好处就是。"

"蓉蓉你真聪明。"他一拍大腿，"我终于可以摆脱这些破事了，那就这样说定了，我这几天出去玩，等你们好消息！"

蓝蓉蓉就知道她哥是个傻子，这件事对她有百利而无一害，既可以卖赵屿一个好，还可以考验他是否有资格与自己站在一起，将来共同发展蓝家产业。

她要的男人，一定要有勇有谋。

所有人都以为大小姐第二天会妥协，然而即便她真饿着了，依旧不肯吃一口大锅饭。

赵屿皱眉看着她："真想把自己饿死？"

黛宁摇头："那你给人家做饭嘛！"

赵屿知道，这种事简直是原则性问题，有一就有二，有二就有三，他硬下心肠："不吃随你。"

他倒是要看看，这么娇气的姑娘，这都快三顿没吃了，到底能坚持多久。

走就走，黛宁低头，开始玩手机。

青团笑不出来了："不是吧，你真要把自己饿死？"

黛宁揉揉肚子："别急，请我吃饭的人马上就来。"

青团茫然四顾，谁，谁啊？

此刻楼下，蓝蓉蓉过来和赵屿商量事情，趁赵屿不注意，黛宁光明正大地从门口走出去。

今天她换了一条庄夫人买的蜜糖色连衣裙，扎了两个可爱到爆炸的丸子头。要是这装扮放在别人身上，可能有装嫩的嫌疑，但她脸蛋儿本就嫩，半点也不显得突兀，反而把美貌值生生往“萌点”上加了几个度。

黛宁拿出手机，导航往娱乐城方向去，走着走着，她看见街上的姜撞奶，走不动道了。

她身上没钱，但她半点也不心虚，她上前，直截了当地问做姜撞奶的老板：“我没钱，你可以请我吃一碗吗？”

行就行，不行又没损失。

那男人见她漂亮可爱，想了想：“可以，但是你能不能让我拍张照，用来做宣传？”

黛宁点头：“好啊好啊。”

她用一张照片，换了一碗姜撞奶。

青团已经不知道说什么好了，这也行？

“你是纪家大小姐！一碗姜撞奶你就给人家打广告？豪门包袱呢？你丝毫没有吗？”

黛宁半点也不觉得有问题：“我没钱买呀。”

有吃的就行，不然饿死后，顶着个纪家大小姐的名头是比较香还是怎么的？

她用勺子小口吃着，一面挑剔地点评道：“这个东西还不错，再加点糖会更好。”

到了娱乐城，大小姐驾轻就熟地走进去，她吃东西秀气，注重享受，至今姜撞奶还端在手上没有吃完。

娱乐城里男性居多，有人见了她，连忙用胳膊肘撞一下同伴：“看。”

进来的少女看上去年龄不大，脸颊白皙粉嫩，没有人用“美女”两个字形容她，这个词已经被用滥了。

不管神情多傲慢，她的美丽毋庸置疑。

大小姐瞧不上他们，她走到 VR 狙击区，终于看见了自己要找的人。

“蓝少威武！”

“蓝少真厉害，又中了两枪！”

“这一枪帅。”

……

蓝凌云意气风发，被夸得飘飘然，他一个人戴着 VR 眼镜，直到身边的夸赞声突然停下来，蓝凌云取下眼镜，不满地道：“你们……”

他语言骤然顿住，透过玻璃门，看见一个少女在看他狙击。

少女菱唇含住勺子，微微偏着头，显得好奇极了。

蓝凌云呆呆地看着她，觉得时间都仿佛静止了，她就像按着他的理想型长出来的一样，好看到让人说不出话。

所有人都在看黛宁，她却只是感兴趣地看着屏幕上那几台战舰，见蓝凌云不玩了，她换上无趣的表情，转身就走。

蓝凌云一扔眼镜，想也不想就追了出来：“等等，等等。”

青团缩浮在识海中，看着散发着“舔狗”气息的蓝凌云，终于明白谁会请大小姐吃饭了。

它的契约者现在越来越让它看不透了，蓝凌云的消息，黛宁是从哪里得来的？要是赵屿也像蓝凌云一样容易攻略就好了，可赵屿稳如泰山，他理智的那部分，太过强硬。

赵屿谈好事情，到了吃晚饭的时间，他道：“宾馆饭菜简陋，我就不留蓝小姐了。”

蓝蓉蓉笑容明丽：“没关系，我等我们一起开庆功宴那天。”

赵屿不置可否。

杜恬从楼上看着蓝蓉蓉的背影，深深吸了一口气，她只恨老天没让自己有个好身份，变成一个农女，对这些气运子半点助力都没有，如今只能干看着。

话说回来也奇怪，赵屿谈了一下午事情，纪黛宁怎么不搞破坏了？

蓝蓉蓉一离开，赵屿就问栓子：“大小姐下午吃饭没有？”

栓子一脸茫然：“没有啊，没有看见大小姐。”

赵屿皱眉，别真是饿坏了吧，这次竟然都没撒娇耍赖，也没哭。

赵屿上楼去敲门：“纪黛宁，出来吃晚饭。”

没人给他开门。

赵屿低声道："别任性，今天你不难受吗？"他顿了顿，略退一步道，"开门，我晚上出去给你买好吃的。"

里面依旧没人应，赵屿心一沉，怕她真出什么事，让酒店的人把房间打开，里面空荡荡的，一个人也没有。

赵屿的脸色变得很难看。

栓子也明白不好，连忙安慰道："屿哥你别急，申屠那群人应该不会刻意针对大小姐，可能是她下午出去了，没人知道。"

赵屿也知道这个道理，他请求酒店调监控，果然看见黛宁下午的时候从正门口出去了。

赵屿气得胸口疼，才多久没看着她，她又开始搞事情。

赵屿说："栓子，你看好大家，我出去找她。"

"屿、屿哥，好像不用了，大小姐回来了。"

顺着栓子手指的方向，赵屿看见了一辆红色的跑车，大小姐坐在跑车上，美滋滋地吃着冰激凌。

男人率先下车，给她开车门，做完这一切，他从车里拿出棉花糖、草莓沙冰，还有个内部掏空的凤梨百果什锦。

黛宁摇摇头，表示不要了，蓝凌云十分失望。

黛宁没有理蓝凌云，她在外面玩了半天，看见赵屿和栓子很高兴，刚要回酒店，蓝凌云抱着买给她的棉花糖："宁宁，明天你吃什么？你提前给我说，我可以……"

黛宁说："不吃不吃，你好聒噪哇。"

蓝凌云磕磕巴巴地说："我、我不说了。"

黛宁不管他什么心情，开开心心地跑到赵屿身边："我回来啦！"

赵屿看一眼她手中的冰激凌，又看看外面翘首以盼的蓝凌云，唇抿成一条线，理也没理她，转身就走。

这次连句"玩够了吗"都不讽刺了。

栓子看大小姐疑惑的样子，叹了口气："纪小姐，屿哥刚刚是真的很担心你。"

黛宁见赵屿不理自己，也生气了："他才不担心我，走开，我讨厌你们。"

栓子怕殃及自己，连忙让开大小姐的路。

黛宁回到房间，开始考虑是先消化一下再去找赵屿的碴呢，还是去找碴促进消化？没等她想好，赵屿已经出现在了门口。

他冷着神色道："我有必要告诉你一件事，今天康队长说有人在附近看见了申屠势力的人，不要命的话，你明天再出去试试。"

黛宁不太信："真的假的？"

"随你怎么想。"赵屿说完就要离开。

"等一下，"黛宁跑过去，严肃地道，"既然有危险，我决定不出去了，明天蓝少给我送吃的来，你下去帮我拿。"

她每说一个字，赵屿的神色便冷一分，你可真聪明啊，纪黛宁。

"不去。"

黛宁抓住他的衣领，仔细观察他的表情："你为什么生气？你在吃醋吗？"

赵屿把她推开："改改你自恋的毛病。"

他转身就走，少女跳上他的背，双臂抱住他的脖子，她的笑声脆如铃："赵屿，你就是在吃醋！"

他绷住脸，阴阳怪气地笑了一声："呵。"

黛宁并没有接收到他的嘲讽，她将自己柔软的小脸贴在赵屿的脖子上："赵屿，我这两天饿坏了，我不吃蓝少的东西，你给人家做饭好不好？"

他不说话。

"赵屿，"她可怜地说，"我出来几天，都饿瘦了，我们不说出去，你悄悄给我做饭嘛。"

赵屿："下去，不许挨着我。"

"那你同意了吗？"

她用牙齿轻轻咬他的脖子，娇声磨他："我饿，你同意吧，同意吧。"

赵屿捂住她的唇："闭嘴。"他把人从身上拉下来，沉声道，"如果你再乱跑出去的话……"

"那就罚我不回来啦！"黛宁见他脸色更沉，她连忙说，"不是，那就让我丑千分之一！"

对别人来讲荒诞的誓言，对纪黛宁这种爱美如命的人来说，简直太毒了。

赵屿的脸色缓和了几分："记住你说的话。"

她点头，知道赵屿已经同意，于是理直气壮地点餐："明天我要吃柠香红豆沙、四喜丸子，还有辣子鸡丁。"

他微微皱眉，最后还是道："嗯。"

"红豆沙要甜甜的，辣鸡要特别辣。"

"嗯。"

"如果明天蓝凌云给我送吃的来……"她依然有点舍不得蓝凌云下午承诺的一口蟹，试探地看着赵屿。

赵屿抬起黑黢黢的眸。

黛宁果断地道："我才不吃！"

栓子本以为第二天大小姐会和屿哥闹得不可开交，他战战兢兢地来餐厅吃饭，没想到大小姐靠在赵屿身上玩魔方，见了他还打招呼。

"早上好啊。"

"纪小姐早上好。"

一桌子人陆陆续续来齐，赵屿把黛宁的脑袋从自己身上推下去，招呼大家："吃饭。"

他们吃，黛宁全程不动筷子。

杜恬难免心生疑窦，纪黛宁饿了快两天了，怎么看上去跟没事人似的？

今天早上厨子颇为用心，每人餐碟里多了个Q弹的抹茶小麻薯，黛宁平时不吃饭，自然没她的份，她盯着赵屿碗里的小麻薯，魔方也不解了。

这么多人看着，赵屿不好喂给她，等大家吃完离开，他把没动的小麻薯递到她嘴边，黛宁叼住团子，冲他笑得眼睛弯弯。

赵屿低声说："康队长和庄先生一会儿要来，你别乱跑知道吗？等谈完事，我给你做午饭。"

她点点头，看上去总算乖巧可爱起来。

果然，没一会儿康队长他们就过来了，随行的人浩浩荡荡，除了庄宏修，蓝蓉蓉和蓝凌云都来了。

每个人都抱着不同的目的。

庄先生一家人单纯来探望赵屿。

康队长想得比较多："是这样，上面批的悬赏金下来了，我存进了卡里，在这里。还有件事，小赵同志你看看能不能帮个忙，申屠家在寰县的势力尚未清除干净，我想请你帮忙引蛇出洞。"

那群人好似知道赵屿是导致申屠涉落网的"罪魁祸首"，仇恨值还特别高。

康队长无奈地道："这帮人以前也是寰县的地头蛇，真要清理起来有难度，他们认准了小赵兄弟你抓了申屠涉，报复心特别强，他们在外面一天，你们也就不安全一天。如果你答应，我们一定会尽力保证你的安全，你不愿意也没关系，这种事不愿意也无可厚非。"

黛宁觉得这老家伙真奸诈，话虽然说得漂亮讨喜，可这话翻译一下，不就是"你不答应小心被报复"吗？

她看向赵屿，赵屿面不改色："可以。康队长，这种事我一个人去就够了，我的乡亲们，你看看能不能派些人送他们回去？"

栓子连忙道："屿哥！"

康队长喜出望外："没问题，今晚我就安排人秘密送他们回村。"

"多谢。"

蓝蓉蓉闻言，立即道："赵屿，我这边有些人，你看看用不用得上，必要时刻，你也安全些。"

昨天赵屿就和她谈好了，此刻倒也不推辞："嗯。"

既然敲定要抓人，众人开始商量怎么引蛇出洞，黛宁觉得这些人无趣，她离开桌子，窝在沙发上继续玩魔方。

一群人谈的都是正事，只有蓝凌云不是为这些事而来，他眼睛胶在大小姐身上，见状连忙追过去，小声问她："宁宁，你有什么想要的吗？"

黛宁抬眼。

蓝少紧张又期待地看着她，黛宁好奇地道："你妹妹把你家的人调走给赵屿，你不生气啊？"

蓝凌云蹲在她腿边，自自然然地答道："蓉蓉讲赵屿可以帮我们拿到申屠家产业，我就给他试试看。"

"哦。"黛宁也懒得骂他傻，申屠家最厉害的可是人脉，得亲自去才行。

她从兜里摸出一颗奶昔糖，这还是昨天蓝凌云给买的，她也不分给蓝凌云，自己慢吞吞地吃着，一面玩手中的魔方。

不能出去的日子太无聊，以前她是看不上魔方这种小玩意儿的，现在却得用来打发时间。

秋天渐渐转凉，她今天穿了一双橙黄相间的堆堆袜，堆堆袜笼住脚踝，白嫩嫩的小腿露在外面。蓝凌云见她不理自己，小心翼翼地问："宁宁，你袜子这样穿，冷不冷？"

他不说还不觉得，一说黛宁真觉得有点儿冷，湿漉漉的眼睛眨了眨，点点头。

蓝凌云连忙脱了西装外套，给她盖住腿："好了，你这样玩。"

说实话，一屋子人气氛凝重地商议怎么对付申屠余孽，就他们两个事不关己，凑在一块儿商量怎么玩，实在太瞩目，蓝凌云还找出来一盘纸皮核桃，夹碎外壳喂给黛宁吃。

她下意识就要张嘴，青团在她脑袋里爆发出一阵尖叫："啊啊啊啊啊啊！纪黛宁！你快住嘴！"

黛宁吓一跳："你疯掉啦？"

青团说："赵屿在看你！你忘记昨天晚上答应过他什么了吗？！"

黛宁向来不把承诺当回事，青团提醒她才想起来。她抬眼，果然，议事桌上的赵屿正冷淡地看着她，她立即别过眼睛，十分坚定地拒绝蓝凌云："我不吃。"

蓝凌云以为她不喜欢："我看见外面有糯米糍粑，我去给你买点？"

黛宁闻言有点儿动摇，要不她走到外面悄悄地吃？吃完不讲，赵屿不会发现的。

青团掐着嗓子："啊啊啊！"

它吵得黛宁头疼，黛宁只好踢一脚蓝凌云："不吃，什么都不吃，你走开。"

蓝凌云失落地走到旁边，坐在沙发上看她玩。

她玩魔方十分没有章法，原本正确的玩法是记公式，根据公式来扭转，很快就可以把六面归位，但黛宁只是随机拧，原本拧好的蓝色面又成了花的。

她开始较真，偏头研究手中这个小玩意儿。

蓝凌云连忙道："我来帮你试试？"

黛宁把魔方给他，看蓝凌云表演，蓝凌云遵循着记忆里扭魔方的方法，把第一层和第二层拼出来。

但是后面的口诀他怎么也记不起来了，他弄错几次，大小姐开始不耐烦："还给我。"

"宁宁你别急，我再试试。"

正好那边的事也讨论得差不多了，蓝蓉蓉虽然不喜欢自己的哥哥，可是她更看不惯哥哥做小伏低讨黛宁欢心的样子。

她拉起来蓝凌云，把魔方还给黛宁："哥，咱们该回去了。"

蓝凌云依依不舍，眼睛依旧落在黛宁身上："宁宁，你在这里过得好不好？要不我……"

蓝蓉蓉忍受不了他这副被迷得七荤八素的模样，强行拉着人离开。

两兄妹走到外面，蓝凌云终于回魂，他看着蓝蓉蓉，有点不满："你急什么？我还没问宁宁喜欢什么款式的裙子呢！"

蓝蓉蓉恨铁不成钢："你才认识她多久，她就是一个山村野丫头，穿的衣服都是咱们姑姑送的，你刚刚那样子，就差跪着给她穿鞋了！"

蓝凌云脸色沉下来："你说话注意点，谁是山村野丫头！她要是愿意让我给她穿鞋，我乐意。"

尽管蓝凌云并不了解黛宁，他遇见她的时候，宁宁似乎很饿，可他一眼就喜欢她，宁宁不论说什么、做什么，在他眼里都是美好的。蓝凌云才不在乎她穷不穷，连她发脾气落在他眼里都是可爱的，他只知道她一个名字，可是不妨碍他对她好。

蓝蓉蓉难以想象这种话他都能说出来，她指着蓝凌云："你简直鬼迷心窍！"

她哥不是没有交过女朋友，可是哪回像现在这样七魂都丢了六魂的？

想起赵屿的态度，蓝蓉蓉更是讨厌纪黛宁。

黛宁惦记着自己的午饭，见大家议事结束，她开开心心地跟上赵屿，黛宁起身，蓝凌云披在她腿上的外套自然而然就滑了下去。

赵屿盯着那衣服。

黛宁很无辜：“我可没有吃蓝凌云的东西。”

赵屿没说什么，去到小厨房，他提前和宾馆说过，那边也同意借他使用。

赵屿挽起袖口，开始给她做饭。如今悬赏金到账，她要吃几道菜倒是吃得起。

他尤其聪明，厨房里的设施看人使用一遍就全部会用。

黛宁站在门口，看他煮红豆。

因为是给她开小灶，赵屿动作利索，在等待煮红豆的期间，他开始处理柠檬，红豆煮好，赵屿放进料理机中搅拌。另一边锅已经烧热了，赵屿加上油，把搅好的豆沙倒进去翻炒，炒的时候特别讲究，最好用木铲子。

“红糖递给我。”

黛宁“哦”一声，找到贴上红糖标签的盒子递给他，赵屿倒进去红糖，转成小火继续炒。

黛宁拉拉他的衣服：“糖多一点嘛。”

赵屿说：“够了。”

“不不不，还要多三勺。”

赵屿不打算依着她，哪能真把糖当饭吃。

黛宁也不磨他，趁他转身处理别的，她悄悄把糖往里面倒。

赵屿在心里叹口气，装作没看见，回来放柠檬汁，开始搅拌。做精细的食物，工序本就复杂，赵屿家之前都是随便一碗干饭应付，为了这几道菜，他昨晚刻意在宾馆的电脑上学了。

赵屿把饭菜拿到她房间：“吃吧。”他是不吃这些的，放下饭菜，下去和大家一起吃饭。

黛宁握住他的手，夹了块红豆沙递到他唇边。

赵屿摇头，眼里柔和了几分：“你吃。”

他下楼去了。

青团说：“他好像越来越好了。”看见蓝凌云和黛宁凑在一起玩，赵屿也没见生气。

黛宁正在吃辣子鸡丁，她辣得直吸气，赞同道：“对对，做饭越来越好，没想到赵屿还是个厨艺小天才啊！”

青团不想和她讲话。

她吃完，赵屿也刚好吃完上来收碗筷，他道："有件事我要和你说。"

黛宁见他模样郑重："什么呀？"

赵屿沉吟片刻："今天你也听见了，我得帮忙把申屠涉留在寰县的人找出来，这件事很危险，你和杜恬他们，还有栓子，今晚跟着康队长回杏花村去。"

黛宁下意识地摇头："我才不要和他们回去，我讨厌杜恬。再说了，回去的路上没人给我做饭，我会饿死的。"

赵屿道："我给你多做点吃的，你带上。我给栓子说了，让他好好照顾你，跟着我会有危险，到时候我自顾不暇，也没法护着你。"

黛宁关心道："你会有危险？有多危险？"

她鲜少关心人，赵屿难免有几分动容："嗯，生命危险，所以……"

"好的好的，那我走啦！"

赵屿情绪敛去，憋住的半句话再也说不出来，他起身："晚上八点半，康队长送你们出城。"

赵屿起身，黛宁想起什么，说："等等！"

"还有什么事？"

黛宁说："你记得多给我做些甜点啊！"

赵屿懒得应她。

到了晚上，康队长来接人，一行人中，最不想离开的就是杜恬，她心中无比清楚赵屿再次回归会今非昔比，她怎么能在这种时候离开寰县？可她人微言轻，赵屿如今在众人心中十分有威信，不是她说留下就可以留下的。

杜恬自己不行，她心中一思量，决定劝说任性的黛宁："你不是想在寰县玩吗？都还没好好玩个够，真的决定回去了？"

黛宁吃着赵屿晚上新做的"松糕布丁"，含糊不清地回她："赵屿说有生命危险，我要回去，我怕。"

杜恬皱眉，打从心里鄙夷她，怪不得只是个炮灰女配！

她走过去对赵屿道："赵屿哥，我可以留下帮你吗？我不怕有危险，多个人，也可以多份照应。"

杜恬明白，世上没有什么感情能比生死之交更牢固，她在金钱地位上不如蓝蓉蓉，舍不得孩子套不住狼，以身犯险，才有谋求真心的机会。

赵屿神情复杂地看了她一眼："不用，你和大家一起回去。"

他这个人本就警惕心重，即便杜恬真对他有几分意思，可是这点感情，万万不足以让杜恬为他出生入死，他身上到底有什么值得贪图的呢？

杜恬不甘心："可是赵屿哥，你一个人，我不放心。"

她越想留下，赵屿反而越不会留她。

赵屿一锤定音："就这样。"

康队长手下的民警招呼大家快上车，为了隐蔽，他们挑的车子，是那种运货的小面包车。

来寰县的时候，浩浩荡荡三十来号人，回去就只有十个人。

赵屿目送他们上车，叮嘱栓子："照顾好大小姐，她脾气坏，尽量顺着哄，也别凶她，不然情况更糟糕。"

栓子点头："放心吧屿哥，我知道，你也多保重。"

"如果我出了什么事，你把悬赏金给我爹娘，让他们去看病。"

栓子眼眶都要红了，知道改变不了赵屿的决定，他咬牙点点头，赵屿还想给黛宁交代些事，没想到大小姐早就爬上车，人影都不见了。

他走过去，敲敲车窗："纪黛宁。"

窗户被人摇下去，露出一张莹白可爱的小脸："什么事呀？"

赵屿看着她。

他也不确定自己留下来是否正确，用命来博前程，生死皆交由命运的齿轮，这辈子可能永远也看不见她了，尽管她骄纵、任性、自私、调皮，可今晚这样的夜里，前路茫茫，她双眼清透天真，映出他的模样，赵屿竟生出几分不舍来。

他低声道："你乖一点，路上要听栓子的话，见到钱先生，你就回家吧，以后别到处跑，遇见坏人怎么办？"

她安安静静地听他说完，小声说："好。"

赵屿唇动了动："再见。"

她偏头，摸摸他的眼睛，似乎想看清里面到底是一种怎样的情绪，赵屿握住她的手，别过视线："别闹了。"

车子启动，寰县今晚没有月亮。

赵屿看着远处的灯影，想起自己房间里那盏没有送出去的烛台，心中些微怅然。

“赵屿！”

赵屿抬头，车后门突然被打开，车子启动的同时，一个少女从车上跳下来。

赵屿头脑空白，一瞬肌肉绷紧，行为比思想更快，想也不想地冲过去接住她，直到怀里多了个人，他心脏还是一阵狂乱的跳。

差一点，差一点他就没有接住她。

他这般沉稳的性格，这一刻腿都险些软了。

怀里的姑娘像半点也不觉得危险似的，抱住他的脖子，带着鼻音娇声娇气地道：“人家舍不得你。”

事情发生得太突然，车上栓子、杜恬等人都愣住了，栓子反应过来赶紧说：“停一下，停一下，大小姐跳车了。”

别说他们，前头的民警小哥都差点吓出心脏病来。

栓子回头，看见屿哥接住了大小姐，这才松了口气。

杜恬心里一阵堵，这个纪黛宁要么不声不响，看上去像个蠢货，要么一下就搞个大新闻。

杜恬压下想法，换上担忧的口吻道：“车子在走呢，纪小姐就跳车，这也是没出什么事，如果出事可怎么办？倘若她一路上都这样，我们也很难安全回到杏花村啊。”

众人面面相觑，难免对黛宁有几分不满。

杜恬这话说得在理，前面根正苗红的民警小哥点点头，当场就要返回去教育一下黛宁。

栓子连忙拦住民警：“不行不行，屿哥说大小姐不能骂，我去说，我去和大小姐说。”

栓子下车，原路跑回去。

黛宁窝在赵屿怀里，赵屿一阵后怕，想教育她，却被她那句“舍不得你”惊得一时半会儿不知道说什么。

栓子跑过来，他是个老实人，干巴巴地道：“大小姐，你怎么突然跳车了？你要是有什么忘记带，可以给大家说，刚刚多危险啊，民警同志都生气了。”

黛宁不理栓子，把小脸埋进了赵屿的颈窝。

赵屿拍拍她的背：“听见了吗？下次别这样，乖乖和栓子回去。”

少女嗓音闷闷的：“大家都不喜欢我，他们肯定会欺负我，我不要和他们一起回去。”

栓子连忙摆摆手：“没有，我喜……不是，我的意思是，大家没有不喜欢大小姐，也不会欺负你的。”

大小姐这样好看，她要是愿意乖一点，村民们怎么会不喜欢她？

黛宁不吭声，软软的胳膊收紧，抱住赵屿。

赵屿心里一阵乱，最后他叹口气：“栓子，你跟大家走吧，我会照顾大小姐的，也会好好说她的，你代我向大家道个歉，说大小姐知道刚刚的行为不对了。”

纪黛宁这样的性子，和大家一起走，确实也让人不放心，都不知道是该担心村民们，还是该担心她。

栓子挠挠头：“那屿哥，大小姐，你们多保重。”

赵屿颔首，栓子又只得跑回去。

杜恬在车门口张望，见栓子一个人回来，她有点儿急：“纪黛宁呢，不和我们一起回去吗？”

栓子道：“屿哥说没事，到时候大小姐和他走。”

他又转向众人：“屿哥代大小姐和大家道个歉，大小姐认识到错误了，希望你们不要放在心上。”

出来这一趟，人人都对赵屿刮目相看，他公允大度，还让每个人分到那么多钱，谁会对他有意见，众人连忙摆摆手：“纪小姐没事就好，我们这些大老粗怎么会计较这个。”

刚刚是他们狭隘了，纪小姐只是个骄纵的小姑娘，也没损害谁的利益。

杜恬心里憋得慌，她也要下车！她才不和这群乡巴佬回去，她怎么可以放任纪黛宁和赵屿单独待在一起！

李壮连忙拉住她：“杜恬，你干啥？车要走了。俺们都知道你心善，可是赵屿也说了，这是很危险的事，你一个女娃不要回去。”

杜恬：“你放开我！”

李壮拉得更紧，他暗恋杜恬，于情于理，都不能让杜恬出事。

杜恬脑仁疼，简直想破口大骂，但她一贯的形象就是温柔小意，这时候束手束脚，根本无法挣开李壮下车。

民警小哥也道："别担心，我们康队长会保护好赵屿同志的。"说着，他示意栓子把车门关好，开着车走了。

生平第一次，一向沉得住气的杜恬气得想哭。

早知道她也跳车了，金大腿都快没了，谁还在乎形象啊！

不说别人，青团也没想到黛宁会突然这样做。

"我们不是要回杏花村吗？跟着赵屿确实有危险。"

黛宁道："我就骗骗赵屿和杜恬，你还真信了啊？"

想到杜恬此刻应该会有的懊恼模样，黛宁心情很不错，也有耐心多解释一句："人类很复杂，如果我强行留下来，会显得无理取闹，但我开开心心地走，赵屿只会不舍，在他最舍不得的时候再留下来，他就不会说什么。赵屿这人很有责任心，他既然同意让我留下，就会尽量保证我不出事，而杜恬，她已经一而再再而三地错失攻略赵屿的契机，她没机会了。"

她还是第一次正经地给青团解释行为模式，青团除了不习惯，竟然有种诡异的感动。

但青团还是不肯承认自己傻："谁知道呢？留下来也有风险，万一遇到危险赵屿把你给扔了怎么办？他是天道偏爱的大气运子，你只是个倒霉小炮灰。"

黛宁没理它，虽然她自己性格狭隘，可相处这么久她不得不承认，赵屿这人作为男主角，心地还是挺善良的。

她不肯从赵屿身上下去，赵屿见她懒洋洋的，拉了两下拉不动，便也作罢。

他怀里抱着个人，重新回到宾馆。

把大小姐放在凳子上坐好，赵屿想起承诺过说教黛宁的事，他肃着脸："跳车是多危险的事，你……"

"可是你不希望我走呀。"

赵屿否认："我没有……"

黛宁的大眼睛黑白分明："你当时那样看着我，你就是有。"

赵屿知道不能和她争，于是放弃了说教的想法："蓝家那些人会伪装成村民的样子，和我一起去几个地方，那些地方不适合你去，我一会儿送你去庄先生家里，你在他家会安全很多。"

黛宁问："庄先生会愿意照顾我吗？"

赵屿道："他会的。"毕竟自己救过庄宏修，哪怕用这件事抵恩情，庄先生也会好好照顾这个淘气包。

这样贵重的人情，书中的赵屿是不舍得轻易使用的，毕竟今后倘若遇见什么难处，也能寻求庄先生帮助，可他眼前只想有个能照顾黛宁的地方。

黛宁点点头，眼巴巴地问："那你什么时候来接我呀？"

她一双眼睛又湿润又莹亮，看得人容易心软，赵屿知道她是个坏胚，却没法真的抗拒她，他叹口气："尽快。"

黛宁跳下椅子，往赵屿床上一趴："我明天再去庄先生家里。"

赵屿这次倒是没反对。现在天色晚了，不可能再去打扰庄先生一家人，但她不可以在他床上睡，赵屿去拉她："起来，回你自己房间，那个房间还没退。"

黛宁的手臂软乎乎的，像截嫩藕，赵屿不敢使劲。

她也不是真想和赵屿睡，这男人还挺有激情的，控制不住就麻烦了。黛宁被赵屿从床上拉起来，想起一个问题："我衣服还在车上呢。"

行李都收好了，结果人留下来，东西给忘了。

赵屿没觉得有什么大不了："明天将就穿这一套。"

黛宁连连摇头："不可以，你没有上过生理课吗？外面的可以将就一下，女孩子里面的要换。"

赵屿反应了好一会儿才明白什么叫"里面的"，亏的面前的少女面不改色，一本正经。

"你自己换下来洗，吹一晚上夜风就会干。"

黛宁面色古怪："你竟然认为我会洗衣服？"

赵屿知道同人不同命，或许纪黛宁这辈子还真没自己动手洗过什么，他忍住尴尬，问她："你前几天怎么过的？"

黛宁说："庄夫人给我准备了好多哒！我可以穿了就扔。"

赵屿无言以对，庄夫人过惯了奢侈的生活，竟然和黛宁是一个生活模式，她们都是穿一条丢一条。

他实在不想讨论这个话题："你既然不会洗，那就忍一天，一天没事。"

黛宁摇头，她讲究得要命，一定要干干净净。

赵屿心中后悔，早知道这么麻烦，当初就应该把纪黛宁塞回车里去。

他沉下脸色，看着面前的麻烦精。

黛宁洗完澡，忍住心中爆笑，穿着浴袍出来，抱着收纳篮敲开了赵屿的门。

赵屿拿过收纳篮。

黛宁叮嘱他："一定要洗干净！"

他半点儿也不想看见这张脸，赵屿说："立刻回去睡觉。"

她立刻笑着跑掉了。

赵屿低头看黛宁抱过来的衣物收纳篮，他犹豫着蹲下，把上面的梨花镂空连衣裙拿开，果然看见两块属于女孩子的布料，他重新用裙子盖住它们，反正看起来粉粉嫩嫩干干净净的，随便和裙子一起洗一下得了。

赵屿不是没有洗过女性的衣服。

他是穷困人家的长子，母亲得重病那年，赵屿才十三岁，小弟七岁，赵安安刚学会说话，那时候一家人的衣服都是他去河边洗的，别说他，后来赵平懂事点了，也洗过母亲和小妹的衣服。

但赵屿知道，她们是她们，纪黛宁不一样，哪里不一样，他心知肚明。

赵屿垂下眸，第一次正视这个问题，好半晌，他终于做下某个决定，把少女精巧可爱的布料挑出来，单独洗干净，挂到外面能吹风的地方去。

黛宁从飘窗前看见隔壁飘飘扬扬的衣服，忍不住扑哧一笑："他想通了啊。"

她带着趣味问："小蠢货，你知道这个世界上什么最让人刻骨铭心吗？"

青团憋闷地说："不知道。"

"莫过于喜爱、呵护、深爱，最后再以最惨烈的方式失去。"

黛宁指的是什么，青团不懂，它也不敢问，反正听起来就很可怕的样子，这些和对付杜恬有什么关系吗？

第二天，黛宁的衣服果然已经被吹干了。

昨晚的窘迫已经消失无踪，赵屿将衣服还给黛宁时，变得十分淡定："穿好，我们去庄先生家里。"

黛宁关上门，没穿赵屿洗过的，而是从自己包里拿了一条新的出来。

黛宁的袜子也被赵屿给洗过，依旧是昨天的撞色堆堆袜。现在已经是九月中旬，天气转凉，尤其是寰县的早晨，让人出去就是一个激灵。

黛宁跟着赵屿等车，她一贯忍不得热，也忍不得凉。

"赵屿，我腿好冷。"

赵屿看一眼她光裸的小腿和袜子，昨天蓝凌云脱衣服，就是为了包住黛宁这双小腿。

赵屿衣着单薄，也没有外套给她盖住腿，他皱眉，沉默了好半晌，蹲下去，给她把堆堆袜拉起来，当作长筒袜。

"行了。"

黛宁愣愣的，低头看自己大变样的袜子，青团实在忍不住，大笑出声。

原本一个搭配顶级的美少女，瞬间变为土味潮流，也还好黛宁颜值压得住，不然这么个花里胡哨的袜子，放谁腿上都有种搞笑效果。

黛宁如遭雷击，赵屿的审美真的没有问题吗？她抬抬小腿，示意赵屿看看："你觉得这样好看吗？正常吗？"

赵屿点头："可以。"

在他看来，差别不大。

青团已经笑疯了，黛宁开始严重怀疑一个问题，赵屿说她美，是真的觉得她美吗？该不会自己和杜恬在他眼里都一个样吧？

什么都可以忍，盛世美颜和清汤小菜混为一谈不能忍。

她生气到不行，别过头去不理他，把自己的袜子也重新推了下去。

赵屿自然看得出她的情绪变化，刚才还好好的，一下就闹别扭，他微微蹙眉："怎么了？"

黛宁话都不愿意和他说。

没审美的男人是世上最讨厌的一类人！怪不得这么久都不喜欢她

呢，正常人不应该是蓝凌云那种反应吗？

女孩的心思特别难懂，赵屿还没想明白她为什么生气，车子就开过来了，大小姐率先爬上车，一副要和他恩断义绝的模样。

赵屿没说什么，他挨着她坐下，尽管还是想不明白她生气的理由，但很多事情他可以直接做，他把黛宁的腿放在自己腿上，用自己的掌心给她暖小腿，年轻男人体温高，他的手也暖和。

司机从后视镜里见了，忍不住调侃：“姑娘，你男朋友对你很好啊。”

黛宁眨眨眼睛看向赵屿。

赵屿不是个轻佻的人，也从不在外人面前做这样亲密、惹人误会的举动，见黛宁看自己，他面色不改，别开目光，看向窗外九月份的寰县。

这所城市古老却富庶，怪不得申屠涉出事前一直留在这个地方享乐。

黛宁动动小腿，也不明白为什么，突然就不那么生气了。

她不生气的时候，比棉花糖还黏人还甜，往赵屿肩膀上一靠，拿手机出来拍照：“来，男朋友，我们来拍一张，看镜头。”

赵屿低眸看她，也没真的配合，黛宁倒是毫不介意，她自己对着镜头笑得漂亮甜蜜。

小妖精似的，反正一个人玩得怪开心的。

赵屿便也忍不住笑了下，低下头，薄唇在她可爱粉嫩的脸颊上轻轻一碰。

黛宁捂住脸颊，愣愣地看着他。

第九章

设局

直到下了车，黛宁还是不敢相信发生了什么。

车里温度高，加上赵屿的手掌也温暖，她的小腿早就不冷了。

“一会儿见到庄先生，有礼貌一点知不知道？”赵屿声调低沉，如大提琴音般醇厚，“我知道你的家境可以不向任何人低头，但是大小姐，在别人家，乖一点儿会过得更好，我会尽快来接你。”

黛宁没说好不好，她跳到赵屿身前，见赵屿丝毫不提刚刚发生的事，大小姐向来是个有话直说的人：“你刚刚有亲我吗？”她点点脸颊，“这里这里。”

那吻太快太轻，用手机拍照玩得正嗨的黛宁都不知道是不是自己感知出错，加上赵屿太过淡定，难道是她产生幻觉啦？

赵屿看她一眼，很平静地点头：“不是你说要拍照吗？”还喊他“男朋友”。

黛宁摸摸自己的脸颊，怀疑地说道：“你在配合我呀？”

赵屿：“嗯。”他没有和黛宁多说，上前去敲门。

黛宁稀罕地打量着他，赵屿一点都不心虚，也不知道是不动心，还是心理素质提高了。

开门的是庄宏修，这小子是赵屿的迷弟，见了赵屿很高兴：“屿哥，大小姐，你们来啦！”

在客厅看电视的庄夫人也很高兴：“小赵，你们来啦，快过来坐。”

赵屿谢过了他们的好意，把来意说了一遍。

庄夫人笑盈盈地：“当然没什么问题，黛宁这孩子这样漂亮，我一直想有个小公主一样的女儿，可惜生出来宏修这么个不争气的小子，黛宁住我们家，我高兴都来不及，一定会好好照顾她的。”

赵屿点头：“劳烦您了，改天一定好好感谢你们。”

“别客气，要不是你，宏修可能都回不来。”庄夫人并不知道自己的亲侄女儿蓝蓉蓉心中不喜黛宁，也不知道侄儿蓝凌云被黛宁迷得神魂颠倒，她的热情很真心，毕竟大小姐不说别的，光这颜值就太赏心悦目了。

庄夫人热情地给黛宁介绍：“你看看，这儿有很多客房，你想住哪间都可以。”

赵屿放下心来，他和庄先生聊了几句，庄宏修抢着送他出门，赵屿低声道：“庄小弟，你知道大小姐是什么性格，要是她有任性的地方，请多多包涵。”

庄宏修瞬间使命感上身，大哥交代的事，哪有不完成的？他拍拍瘦弱的胸膛：“放心，有我！我不会让人欺负大小姐的。”

“多谢。”

赵屿走之前回头看一眼，黛宁高高兴兴地和庄夫人讨论着什么，知道他离开黛宁也没想过送他，他并不觉得失望，有大小姐在，这所陌生的城市，仿佛有个人需要他平安归来。

其实两个人都知道，纪黛宁大可以联系钱叔来接她离开，安全又享受，但她不提，赵屿便也不问，她愿跟着他一天，哪怕只是觉得好玩，他便好好护着就是。

黛宁挑了庄家最里面的一间客房，安安分分地住了两天，钱叔的电话终于打过来了。

“大小姐，我什么时候过来接您？”

“不急。”

钱叔忍不住问道：“上次你要蓝凌云的情报做什么？大小姐，他可不是什么好对象。”

“我知道，你别操心，就在附近等着，要随叫随到。”

“是，您注意安全。”

黛宁挂断电话，手指在屏幕上点了点，出现了赵屿的联系方式，前两天为了执行任务方便，他买了部新手机，黛宁手指几次划着那个名字玩，看得青团快急死，强迫症都要犯了。

玩弄够了青团，最后她点了关闭。

黛宁乐得不行：“你真傻。”

青团不想理她。

“小傻子，快翻一下原书，赵屿崛起的剧情里有没有什么他比较倒霉的情节？”

青团憋着气，埋头进书里，它记忆力不太好，只能老老实实地重新翻找，好半晌，它说：“没有看到啊，男主角挺聪明的，运气好，蓝家那几个人也厉害，目前还没遇到什么危险。”

黛宁有点儿嫉妒大气运子，她摇摇头：“不可能，申屠余孽一定会反击，既然杜恬想留下来，证明赵屿一定有遇到危险的时候，你再往后面看。”

青团依言继续翻找：“咦，找到了，这个算不算？明晚赵屿他们去申屠家的一家会所，会被下药，申屠余孽在那里埋伏，后来蓝蓉蓉和警察及时赶到，才化险为夷。”

黛宁听得鄙夷，男人果然是男人，再经韬纬略，都容易在女人堆里出事。

她眼珠子一转，想到一个绝妙的主意：“我准备一些东西，咱们明晚该出发啦。”

青团莫名有点儿激动：“咱们是去救赵屿吗？”

黛宁没回答这傻子，她怎么可能救赵屿？青团一天到晚都想什么呢？赵屿的心太过坚固，她不喜欢攻略这样的人，难度太大，而且还是场持久战。如果要点阴谋能让事情早点结束，何乐而不为？

黛宁让钱叔准备了好些东西，第二天傍晚，在庄家吃过晚饭后，她就回房间打扮。

出门前，黛宁想了想，毕竟她是倒霉体质，一个人去会所不太安全，可钱叔他们跟着去，保不齐钱叔会好心帮赵屿一把，这就得不偿失了。

黛宁思索一番，反而想到一个更好的人选，她打电话给蓝凌云：“有空吗？陪我去玩。”

蓝凌云接到她的电话，激动得不行，一个鲤鱼打挺从床上跳起来，边穿衣服边道：“有空有空，宁宁你在哪里？我马上来接你！”

黛宁说了个地址，果然不出十五分钟，蓝大少就飙车过来接她了。

她今天穿得比较保守，一件卡其色紧身毛衣，下半身一条薄纱长裙。

黛宁坐上车，蓝凌云看着她，心里像有朵花儿盛开，讨好地问：“宁宁你想去哪里玩？”

“不夜城。”

蓝凌云一愣，作为吃喝玩乐样样精通的富家子，他自然知道不夜城是什么地方。

他的宁宁今天看上去像个单纯小仙女，怎么可以去那种地方？

蓝凌云委婉地道：“不夜城也没有那么好玩，宁宁，要不我带你去溜冰，或者去海底世界？”

黛宁不耐烦地皱皱小脸：“不听，你到底要不要陪我去？”

蓝凌云没有办法，连忙哄她：“好好好，我陪你去。”

两个人抵达不夜城，蓝凌云刚在地下车库停好车，转头发现黛宁在脱衣服，他眼珠子瞬间动不了了，呆呆地看着她，心脏狂跳。

她把修身毛衣脱掉，露出里面的宝石蓝色露脐裙装，地下车库阴暗，却掩盖不住少女白皙的肌肤，黛宁腰肢柔软又细，小巧可爱的肚脐露出来，被束缚住的身形迷人，蓝凌云只看了一眼，差点流鼻血。

黛宁迈腿走过来，她的裙子前短后长，是瑰丽漂亮的蓝色，一双玉腿又细又直，简直是漫画腿。黛宁散落头发，开开心心地道：“走吧。”

蓝凌云盯着她凹凸有致的身材，俨然已经回不过神，他想起初见黛宁那萌到炸裂的小萝莉形象，这、这么有料的啊？等迷迷瞪瞪地进了不夜城，蓝凌云还是处于被勾魂的状态，连他们今天来干什么都不记得问。

这个点，不夜城才开始营业，还不到最热闹的时候，闲下来的反而是舞女们。

她们年轻漂亮，平时相互较真攀比的时候不少，如果有尊贵的客人来，比如像蓝凌云这种，大家一定会争相去推销酒，但此刻却一个个傻了眼，没一个人上前，都看着蓝凌云身边的少女。

黛宁下巴微抬，懒懒地抱着双臂，又媚又娇的模样，她悠然自得，在舞厅逛起来。

经理皱起眉头，不是没有女人来过“不夜城”，但是这种姿色的，真是第一次见。

黛宁一进来，别说客人，舞女们都忍不住看她，难不成是对家派来砸场子的？

黛宁跟识海中的青团交流：“哪些是申屠家计划对付赵屿的人？”

青团道："经理、十二个舞女。"

黛宁问："经理叫什么名字？策划这次行动的老大叫什么？"

青团连忙道："经理叫刘天罡，他们的老大只有代号，叫豹子。"

刘经理走过来："这位小姐，有什么需要服务的吗？"

蓝凌云总算从这种冲击性美貌中回神，惦记要保护好黛宁，连忙道："不用，我们立刻走，宁宁……"

黛宁挥开碍事的蓝少，冲刘经理勾勾手指。

刘天罡虽有疑虑，依旧保持着笑容，附耳过来。

黛宁低声道："我是豹子派来帮你们的，今晚的行动不容有差池。刘天罡，我身边的二傻子叫蓝凌云，蓝家大少爷，庄先生的侄子，我把他给骗来了，你控制住他，万一出事，拿他当人质。"

刘天罡瞳孔紧缩，一看黛宁身边的"大礼"蓝凌云，已经信了几分。

黛宁又道："事情有变，把舞女们叫过来，关于下药，我有交代。"

见她这么清楚这边的计划，刘天罡终于对她深信不疑："您等等。"

黛宁这么美，难保不是豹子老大平时不让见的心尖肉。

黛宁回头，笑着对蓝凌云道："你去包间坐坐，等等我，我去趟洗手间。"

蓝凌云真是见不得她笑，她一笑他又没了理智，傻兮兮地道："好。"

黛宁跟着刘天罡，轻易就见到了十二个舞女，她们果然长得都还不错，或清纯或妖娆，见到黛宁，女人们面面相觑。

刘天罡道："这位是豹子老大派来的人，你们听她指挥。"

青团被吓得一愣一愣，天哪，纪黛宁要干什么？她咋跑来和反派站在一起了？

黛宁问："今晚下药的酒呢？"

一个舞女连忙把酒端过来，黛宁看了眼，摇摇头道："没用，他们不会喝，领头人很谨慎，哪怕是和我们谈生意，顶多骗你们，沾沾唇。"

刘天罡连忙问："那我们怎么办？"

黛宁摊开手掌，露出两个深棕色的小瓶子。

"这里只有一个人的量，给那个叫赵屿的人的酒杯上抹这个。哪怕他不喝，只要沾了唇，都会中药。"

刘天罡大喜，连忙吩咐舞女们去办。

青团简直要疯："纪黛宁！我们不能杀气运子，也不能害气运子，你忘了吗？"

黛宁道："没有杀他呀，也没有害他，我甚至还救了他，把毒药换了。"

青团不信："那你给的药是什么？"

"让男人兴奋的迷幻药，还加了点儿让人没力气的东西。"这种药据说很风靡，男人用了都说好，怎么能用"害"字来形容呢？不晓得多少雄风不振的男人，全靠它拯救。

青团总算反应过来，讷讷道："你知道赵屿注定会化险为夷，想让蓝蓉蓉救他后，他们俩发生关系……"

一旦男主角和蓝蓉蓉这个女配搅和在一起，赵屿想和杜恬在一起基本上不可能，蓝蓉蓉不是省油的灯，大小姐就可以放心去找二号了。

黛宁："赵屿说过，他们村子有习俗，一辈子就睡一个人。"她由此深受启发。

青团纠正："是爱一个人。"

黛宁："没差别。"

黛宁交代好一切，在刘天罡眼皮子底下光明正大地走出去。她的后裙摆迤逦铺在地面，银色刺绣熠熠生辉，要多美有多美。可惜，拥有这么美的皮囊，大小姐却天生是个反派。

青团好绝望，纪黛宁不能拿个正常剧本吗？

黛宁坐在刘天罡安排的二楼，观察进展如何，黛宁不喝酒，但她很不客气，点了最贵的饮料，还有一堆小吃。

黛宁："都记在'豹子'账上。"

刘天罡连忙赔笑道："不敢不敢，您随意，还有什么需要的，随时吩咐。"

"没事啦，你走吧，别来烦我。"

刘天罡问："那楼下的蓝少爷，需要控制住吗？"

黛宁这才想起她还有个小伙伴，她眨眨眼："扔在包间里，不让他出来就可以。"

刘天罡得令告退。

黛宁把玩着小金橘，等待赵屿出现。

夜色渐浓，赵屿和一群人来到不夜城。

黛宁好几天没有见到赵屿了，赵屿走进来的那一刻，她感受到了他的变化。

男人沉稳的气质凌厉了几分，都说危险的处境最能锻炼人，赵屿着一身剪裁得体的西装，把这种变化演绎得淋漓尽致。

黛宁这种文盲也难得想起了一句诗："蛟龙岂是池中物，风雨不夹狂不得。"

她来了兴致，撑着下巴看这出好戏。

楼下的赵屿敏锐地感觉到有人在看自己，然而他抬眸看向二楼，那里只有一层透明玻璃，什么也没有。

赵屿收回视线，"不夜城"是个销金窟，他的任务之一，就是替蓝家与"不夜城"商讨并入的事情。申屠家如今群龙无首，流窜的都是小头目，刘天罡等人表意投诚，才有了今晚的宴会。

笑面虎刘天罡热情地迎上去，赵屿和手底下的人一同坐下。

刘天罡笑着道："赵先生这还是第一次来我们不夜城吧？这里有好多'有趣'的项目，今晚一定要好好体会。"他笑容暧昧。

"刘经理不必客气。"赵屿也挂上笑容，"既然是谈生意，专注事情就可以。"

"哎，谈生意当然得喝酒，边喝边谈事情。小龙，去喊几个人过来倒酒。"

赵屿面上带着笑，点头同意。

没一会儿，十二个年轻俏丽的女人温柔小意地蹲在众人脚边，开始倒酒。

赵屿暗暗给大家使了个眼色，众人会意，心中都有了数。

事实上，赵屿知道今晚不是来"谈生意"的，刘天罡办了一场鸿门宴，而他的目的是瓮中捉鳖，申屠余孽迟迟不肯露面，他有种预感，今晚就能见到他们，蓝蓉蓉和武警早就在不远处等着，稍有异动，就能过来支援。

刘天罡招呼道："赵先生，尝尝我们这儿最出名的酒，叫作'醉春风'。"

赵屿靠坐在沙发上，一副放松的姿态，他拿起来抿了一口："确实不错。”

刘天罡打量着他，他知道赵屿是泥腿子出身，捉了申屠涉，现在还有胆量帮蓝家并购产业，委实不能小看。刚刚赵屿喝的那口酒，连刘天罡都看不出来他到底有没有喝进去。

好在有了楼上那位小姐的指点，他们今晚稳操胜券，赵屿的唇已经挨过杯子。

舞女们与赵屿带来的人调笑，刘天罡开始与赵屿谈并入的事情。

时间一分一秒过去，外面很小的脚步声响起，赵屿手指漫不经心地点点桌子，所有人的神经几乎一下子绷紧，大家都知道这里是虎穴，好在他们没有喝酒，一会儿有应变能力。

赵屿也这样想，然而门被推开的那一瞬，他刚要起身，下腹忽然有股奇怪的感觉蹿起，他皱眉，神色终于有几分难看，这种脏东西，到底是什么时候……

黛宁在二楼笑盈盈地看着他：“祝你们今晚愉快。”

黛宁算了算时间，她不能继续待在二楼，很快赵屿等人和申屠余孽会对上，豹子一来，她会有穿帮的危险。

她脚步轻盈地下了二楼，打算和钱叔会合。

青团提醒道：“等等，蓝凌云还被关着，你把他放出来啊！”

黛宁一想，蓝凌云这人还真挺好用的，喊他打狗，他绝不捉鸡，反正顺手，放出来就放出来吧，说不定什么时候还可以再利用一回呢。

一楼的赵屿那边状况白热化，这边反而没人管，黛宁如入无人之境，找到了蓝凌云所在的包间，外面有两个男人看守着他。

黛宁谎话张口就来：“豹子来了，把蓝凌云捆好，交给我。”

两个男人刚刚见过她，都知道她是“豹哥的女人”，得令开门，把蓝凌云绑起来堵住嘴交给黛宁。

黛宁牵住绳子，拉着蓝凌云七弯八绕，总算找到了出口。

蓝凌云一整晚都是懵的，今晚梦中情人邀请他一起出来玩，他激动到头脑发热，好不容易冷静一点，直接被人关在包间，叫天天不应。他心中产生了一万个猜测，急得不行，这群人不会看宁宁漂亮，把他关住，要对宁宁做坏事吧？他就差拼命撞门了，没想到宁宁突然出现，还用绳子牵着他，带他离开了不夜城。

两个人走到外面，黛宁帮他把绳子解开。

蓝凌云连忙握住黛宁的肩膀，紧张地仔细查看："宁宁你没事吧？！"

青团无力吐槽，这傻子，大小姐看起来像有事的样子吗？人家都把你当大礼送给坏人了。

黛宁很配合他，嘤嘤道："他们吓到我了，那个刘经理想欺负我，还好不夜城出事，他们打了起来。"

蓝凌云一下子心疼到不行，恨不得去跟那个丑八怪刘天罡拼命。

他张开双臂就要抱抱她安慰她，黛宁一脚踹在他膝盖上："哼，刚刚你不来救我，现在离我远一点。"

蓝凌云真是恨不得提头担保下次好好照顾她。

黛宁说："不用你，你回去吧，我家的人过来啦。"

蓝凌云顺着她的目光看过去，一位衣着得体的中年绅士带着十来个保镖走过来，蓝少被妹妹洗脑多了，还真以为自己的心上人很穷，现在才明白人家是位实打实的千金。

黛宁蹦蹦跳跳地跑到钱叔身边，甜丝丝地开口："钱叔！人家想死你啦！"

钱叔无奈地笑道："我的大小姐呀，您乖一点就好。"

黛宁给他发消息说在不夜城周围的时候，他心脏病都差点被吓出来，大小姐要是出了什么事，后果谁承担得起？

如今这小祖宗完好无恙，钱叔便也放心了些。

"您怎么穿成这样？"

黛宁神情无辜，甩锅道："蓝凌云说带我出来玩，他让我这样穿。"

钱叔气得胸口疼："大小姐啊，以后咱们不和这个人渣来往了！"

黛宁点头："嗯嗯，不和他来往！"

"咱们快走吧。"

"等等。"黛宁听见警车的声音，她回头看去，果然警察们冲进不夜城，随之而来的，还有恨不得化身女强人夺家产的蓝蓉蓉。

黛宁白皙的手指往不夜城一指："赵屿也在里面，咱们去看看吧！"

她得确认赵屿和蓝蓉蓉在一起，才能放心。

钱叔有几分犹豫，他心中很看好赵屿，念在他确实照顾黛宁不少，钱叔点点头。

黛宁小声在钱叔耳边道："他要干大事，咱们找个地方悄悄看。"

钱叔没有异议。

黛宁和钱叔一起坐进车里，九月的夜晚。已经有几分凉意，钱叔示意人拿来外套，给大小姐披上，黛宁趴在车窗前观察事情进展。

也不知道那么乱的情况下，赵屿受伤没有，他的药效此刻应该已经发作了。

天上"轰隆"一声，乌云聚集，竟是快要下雨了。

过了一会儿，警察们押送申屠余孽走出来，看来事情和书中没有多大偏离，赵屿、蓝家，还有寰县的警察，顺利把这群人抓了起来。

唯一的变化……黛宁眸光流转，看向不夜城的大门。

亏得赵屿是大气运子之一，这种情况竟然都没受伤，蓝蓉蓉扶住他，从不夜城里走出来。

他脸色潮红，薄唇也红得不正常，赵屿浑身都在哆嗦，那药多猛烈，只有黛宁知道。

蓝蓉蓉是个聪明女人，想必已经看出了不对劲。

这段时间，赵屿吞并申屠家产业的能力早就让蓝蓉蓉对他崇拜得不得了，现在有机会，蓝蓉蓉又不是保守女人，自然乐意帮一帮赵屿。

赵屿腿一软，险些倒下去，他扶住墙壁，深深喘息。

蓝蓉蓉关心地问道："你没事吧？"

她去扶他，眼睛扫过赵屿撑起来的裆部，若有所思，不夜城本就不是什么干净地方，中了药也十分正常。

女人的手带着一股凉意，蓝蓉蓉眼里含笑，蹲下去，想扶赵屿上车，赵屿的声音已经哑得不成样子："离我远点。"

黛宁在车里，偏头看他们，准确来说，她在看赵屿。

男人瞳孔涣散，牙关紧咬，咬肌鼓起来——他在辛苦地抵抗药性。

黛宁有几分不解，他抵抗什么呢？蓝蓉蓉不差啊，家世颜值都过关，对赵屿也算得上喜欢，他不愿意和蓝蓉蓉发生关系，到底是为什么呢？

黛宁困惑，钱叔也看出了不对劲，低咳两声，恨不得捂住自家大小姐纯洁干净的眼睛。

黛宁这次倒是有耐性，再等等，赵屿一定会妥协。

蓝蓉蓉低声在赵屿耳边道："你很难受是不是？我可以帮你。"

黛宁看见赵屿被蓝蓉蓉扶住的手臂已经颤抖得不像话了，疼痛、难堪、欲望、身边的女人，还有这场雷阵雨，每一样都在催促他，终于，赵屿伸手去碰蓝蓉蓉，似乎想要拥抱她。

黛宁弯起唇，没想到下一刻，赵屿推开蓝蓉蓉，冷声道："别过来。"

他跌跌撞撞地跑进一旁的小巷子里。

黛宁满脸茫然："就这样？"赵屿是个男人吗？

青团在她脑海里小声吐槽："都说了，不要害气运子，他不愿意做的事，死也不会做的。"它真的好怕啊！万一被天道觉察它和坏女配一起这么搞天道亲儿子，会不会把它劈成灰啊？

黛宁等了好一会儿，也没见赵屿出来。

青团怕得不行："赵屿不会死掉了吧？他要是死了，我们也活不成，可怕。我求你了黛宁，咱们去看看他吧。"

黛宁摸摸心口："不疼，没被惩罚，证明他没死呢。"

青团还在嚎："万一下一秒就死了呢？"

它说得黛宁也有点儿恐慌，顽强的男主角不会因为这种下三烂的药凉了吧？

闪电划破天空，雷阵雨终于落下。

终于，她开口："钱叔，给我一把伞。"

黛宁撑着伞，走进不夜城后面的小巷，前面有多繁华，这条小巷就有多冷清寂寥。

黛宁的鞋子被打湿了一些，小巷空无一人，她没有看见赵屿。

大小姐困惑地四处看看，赵屿在玩捉迷藏吗？

青团讲："你去那个拐角通道看看。"

黛宁走过去，果然看见赵屿无力地靠坐在墙角，他脸色成了病态的惨白，唇依旧褪不去红，嘴唇还很干。

听见脚步声，赵屿抬起眼。

两人四目相对。

那一瞬间，赵屿以为自己出现了幻觉，他怎么会在这个地方看见纪黛宁呢？

雨帘之下，她的身后是远处大楼的白色灯光，少女一身瑰丽的蓝色，腰上流线折射出清润的光，她的裙摆任性地铺在雨水中，白嫩的纤腰露了一截在外面。

她转动着伞柄，有几分不高兴裙子被泥水打湿。

赵屿手指握紧，别过头去，呼吸间喷洒的都是热气。

黛宁在他面前蹲下来，用伞戳他，道：“没死吧，你还行不行啊？”

见赵屿目光涣散清冷，黛宁试探地去拉他：“带你去看医……”

下一刻，青团眼前一片黑，清心弹幕将它包围，它茫然无措，发、发生了什么？

黛宁被男人扣在怀里，他捏住她的下巴，低头吻了下来，他全身滚烫，连唇舌也像炙热的岩浆，黛宁尝到清浅的血腥味，是从赵屿口腔里传过来的。他竟捱到了这种地步。

赵屿不再发抖，反而找到了更加兴奋的点，发了疯似的吻她。

黛宁气死了，拽住他头发往后扯：“神经病，蓝蓉蓉给你你不要，你咬我？”

他抱紧她，已经神志不清，低声呢喃着什么，她打他的同时分心去听，竟模模糊糊地听清楚了。

男人喘息着，低声唤：“黛黛，黛宁。”

这个助兴迷幻雄风药还没失效。

黛宁如遭雷击，生怕真被赵屿给睡了，她反手一巴掌打在他脸上，手忙脚乱地从赵屿怀里爬出来。

一身华贵美丽的裙子湿透，变得脏兮兮，小凤凰难得有这么狼狈的时刻，赵屿手指依旧想握住她，被黛宁一伞柄敲中，无力垂下。

黛宁踩在他肩膀上：“赵屿你疯啦！不许碰我！”

赵屿也不反抗，闷闷哼一声，没有光彩的眸依旧注视着她，他的瞳孔漆黑，黯淡，唯有她的身影十分清晰。

雨还在下，落在他脸上，带起不正常的红。

她第一次明白，原来做这种事，人们竟然也挑对象的。

黛宁看了他几眼，转身就走。

赵屿最后是被钱叔带回来的，他已经晕了过去。

大小姐沉着小脸，一副看谁都不高兴的样子，钱叔摇摇头，自己专心给赵屿看病。

赵屿吃了什么药，他作为医生，自然清楚，好在黛宁只问他要了钱，并没有让钱叔拿药，钱叔也不会把这么坏的药联系到大小姐身上去。

钱叔道："大小姐，我给他看看，你在这里不方便，先出去吧。你淋了雨，需要换衣服，不要感冒了。"

黛宁的裙子被打湿了，闻言直接去洗澡，才不管赵屿。

钱叔有什么办法？他也没办法，他喂了赵屿一些缓解的药，反正世上也没有不解就会死的助兴药，捱一捱就能过去。

他心地不错，还让保镖帮着赵屿泡了下水，换了身衣服，不管怎么样，终究会舒服些，哪怕去医院，也只能得到这样的处理。

钱叔看看赵屿依旧高高支着的帐篷，掩唇咳嗽一声，虽然大家都是男人，可这种情况，难免尴尬。

钱叔把门给赵屿带上，自己出去了。

黛宁洗澡的时候，热水浇在肩膀和胸口上一阵不舒服，她十分生气，洗完去照镜子，竟然有浅浅的牙印。黛宁穿好衣服，抱起自己的棒槌玩偶，来到赵屿房间。

黛宁跳上床，拿起玩偶对着他就是一顿捶："让你咬我！混账东西！"

她捶了个爽，问题也随之而来，她再次把赵屿捶醒了，男人的目光落在她身上那一瞬，黛宁看着他，果断跑了出去。

黛宁靠着门，越想越觉得自己今天亏惨了，设计这么大一出戏，赵屿依旧没能和蓝蓉蓉滚在一起。

吃什么大小姐都不乐意吃亏，她想了想，突然有了个更好的办法，既然赵屿心中所求是她，她不如成全他，赵屿这样正经严肃的人，一旦碰了她，这辈子定不会伤害她，他现在脱力，药还有迷幻作用，是任人摆布的好机会！

黛宁推开门，赵屿果然还是不清醒的状态，她把棒槌玩偶往他怀里一塞。

"来，你把它当成我，想怎么咬怎么咬，想怎么亲怎么亲，不用客气，你尽兴。"

做完这一切，她放心地跑出门去。

黛宁躺在床上，给自己设了一个凌晨五点的闹钟，五点闹钟一响，她揉揉眼睛爬起来，往赵屿房间去，玩偶掉在了地上，显然赵屿对它并不感兴趣。

她往他怀里一滚，想起什么，扒拉开赵屿的衣服，也不多看，再胡乱扯扯自己衣服。

青团看见这一系列“碰瓷”操作，简直叹为观止，它始终觉得黛宁忘了点什么，可又想不起是什么。

黛宁自己迷迷糊糊地睁开眼睛：“对，还需要点血。”

她四处看看，犹豫了很久，这才忍住痛弄破手指，取了点血，往床上一糊，准备继续睡觉。

青团小声问：“赵屿会信吗？”

黛宁想了想：“他没经验，昨天差点被药傻了，应该会的吧？”

碰瓷操作弄完，她用他的手臂环住自己，这才放心地睡过去。

青团忐忑又期待，明早赵屿醒过来，得知自己和大小姐睡了，到底会是个什么反应？

第二天是个阴天，昨夜一场雨过后，早晨空气清新，夹杂着泥土和草叶的清香。

赵屿睁开眼，头疼欲裂。

几乎是第一时间，他发现了不对劲，他怀里竟然有个人，掌下肌肤柔软细腻，曲线惊人。

赵屿脸色变了变，对昨晚“不夜城”的事情，他并非没有印象，蓝蓉蓉把他扶出来时，他已经中了药，难不成他真的和蓝蓉蓉发生了关系？

赵屿难以接受这个现实，下意识想推开怀里的女人。

但当他摸到柔软卷卷的头发时，彻底愣住了。

赵屿低头看，清晨的光照进来，大小姐拳头半握，软软地搭在他肩膀上，她脸颊透着粉，睡得香甜，呼吸喷洒在他胸膛上。

黛宁小嘴微张，睫毛又长又翘。

赵屿沉默好一会儿，拉开被子看了眼，他几乎一丝不挂，大小姐还好，穿着宽松的睡裙，只是衣服都滑落在了肩膀之下。少女肩膀白皙，露出来的一大片肌肤上残留着几个红痕和牙印，床单上几点血迹，无声昭示着他昨晚究竟干了什么好事。

赵屿的手还搭在她的腰上，女孩子的身体软得像棉花糖，他轻轻把她脸颊旁的头发拂开，黛宁漂亮精致的小脸完完整整地露了出来，娇憨得让人心软。

赵屿的喉结动了动，发现怀里的人是大小姐之后，他的第一想法竟然是担心她会不会醒过来又哭又闹。

黛宁也不习惯这样睡，觉察到异动，她醒了过来，对上男人沉静复杂的黑眸，一时半会儿没缓过神。赵屿胆子真肥，竟然在她床上！

好在她很快反应过来自己的计划，大眼睛一眨，眼眶里瞬间盈满泪水。

赵屿没法再维持淡定的神色，哑声问她："怎么了，哪里不舒服？"

黛宁带着鼻音，娇声抽泣道："全身都疼。"

她说哭就哭，呜呜咽咽，泪水大颗大颗地往下掉，赵屿叹了口气，给她擦泪水，他没经验，也不知道怎么应付现在这种情况。

"别哭，是我不好。"他对昨晚发生的事几乎没有印象，怕真的因为失控伤着了她，低声哄道，"我看看伤到哪里没有，好不好？"

黛宁摇头，她向来是不说实话的，泪汪汪地抽噎，但就是不给检查。

赵屿没办法，他忍住肩膀上的疼痛，让她趴在自己身上，他捧住女孩子的脸颊，在她额上轻轻一吻，温柔地道："不哭，我会负责。"

黛宁边抽噎边嫌弃："谁要你负责？你才配不上我。"

赵屿知道她得哄着："嗯，配不上，那我努力变成配得上你的人好不好？"

黛宁擦擦泪水，控诉他："你又说不喜欢我，又欺负我，坏蛋。"

赵屿说："没有不喜欢你，很喜欢你。"

她总算勉强收住泪水，表情还是像只委委屈屈、随时要奓毛的小猫。

赵屿摸摸她的头发，轻咳一声，在她耳边低声道："最喜欢你。"长这么大，这约莫是他说过的最出格的情话。

黛宁哪里是见好就收的人，她带着软绵绵的哭腔，闷声道："我们先说好，反正我不会喜欢你。"

赵屿用手指把她下巴上的泪珠擦去，应道："嗯。"

怀里的姑娘总算被哄得不再哭了。

见她不哭了，赵屿压住赧然，在她耳边低声问：“伤到哪里了吗？”

黛宁摇头，她抽抽鼻子：“腰有一点点疼，你给揉揉嘛。”

赵屿放心了些，按理说平时他绝对不会应这种羞耻的要求，可是既然更亲密的事情都做了，不如让她舒服些。

赵屿把她的小脑袋按在怀里，不让她看到自己的表情，给她揉腰。

青团心想：装得挺像那么回事的，还腰疼。

黛宁本来随口一说，没想到怪舒服的，她干脆惬意地享受，昨天没被白啃一口，赵屿温柔了好多呀。

赵屿给她揉了会儿，见她越发懒洋洋，他清了清嗓子：“起床吧。”

倒不是他嫌累，毕竟男人清晨容易有反应。

青团也连忙提醒黛宁：“别演了，再演容易露馅儿。”

黛宁依依不舍地从床上爬起来。

她得回房间换衣服，走到门口，她突然想起一件事：“你不能告诉钱叔，不然爷爷知道，会生气的。”

赵屿顿了顿，看着她的眼睛：“嗯。”

这事不用黛宁讲，他心中也沉重了几分，毕竟他无名无势，连对她负责都没有资格。

黛宁放心回去换衣服了，等她打扮好下来，赵屿和钱叔他们已经在吃早饭了，见黛宁下楼，钱叔道：“大小姐，我有件事和你讲。”

“什么？”

钱叔斟酌一番：“这次出来找你之前，我让人送陈小莉回家了，她还得回去念书，一直留在杏花村不好。”

黛宁不以为意：“好的呀。”

钱叔生怕她恣意发脾气，怪自己私自让陈小莉回家，见她没有不高兴，不由得松了口气。

这倒是钱叔想多了，黛宁虽然记仇小气，可是她只记没有报的仇，让陈小莉在杏花村过一段苦日子，也算抵了陈小莉干的坏事，她不至于一直和陈小莉过不去。

大家都是炮灰，炮灰何苦为难炮灰，男女主角多好玩，揪着陈小莉不放做什么？

钱叔："既然这样，大小姐，你看咱们什么时候也回家吧？"

眼看成功在即，这个时候黛宁无论如何也不愿意走，偏她也坏，懒得再自己应付钱叔，捧着脸颊问赵屿："赵老师，你觉得呢？"

赵屿抬眸看她一眼，淡声对钱叔道："钱先生，如果你信得过我的话，给我半年时间，我可以让大小姐每一门成绩上升二十分。"

如果是别人讲这话，钱叔打死也不信，可赵屿这个人的气质就让人觉得十分可靠，他说出来的话，真有可能实现，二十分是什么概念？给大小姐扫盲的概念啊！

钱叔端起茶杯，点点头同意下来，他答应得这样轻易，黛宁反而觉得有些不对劲。

"我这么久没回去，按理说，爷爷应该会让纪墨珏带我回去，可是纪墨珏没有来，他闯什么祸啦？"

纪老爷子也不可能放任黛宁在外面待这么久，除非家里有糟心事，老爷子觉得黛宁不回去反而也好。黛宁突然想起一件事，上辈子这个时候，她失去父母心情低落，人在国外，当时爷爷也让她多散散心，不要回去。

钱叔差点一口水呛着，大小姐平时万事不上心，这种时候反倒敏锐。

黛宁没想到自己会蒙对："快告诉我，他干什么好事了？"

钱叔见她猜到，只好不再瞒她，他语气凝重了些："家里确实出事了，大少爷和言明寇打架，结果言少爷摔下楼梯，成了植物人。纪老先生说，你不回去也好，这段时间言家一定会找碴。"

此言一出，黛宁唇角的笑意淡去。

她皱眉："纪墨珏怎么会这么糊涂？哪怕和言明寇有冲突，他也不至于没分寸，下这样重的手。"

"老先生也这样想，这件事存疑。大少爷说他确实没有下狠手，可是当天和言明寇发生冲突的只有他，事发地没有监控，谁也说不清楚这件事，言家上门来闹，老先生相信大少爷，这几天在收集证据。"

赵屿在一旁听他们讨论，他看着黛宁的神色，猜到这个"言明寇"的身份一定不简单，黛宁看起来家世这么好，让他们家都忌惮的家族，地位不会低。

事实上，他猜得没错，京市富庶，最有钱的当数两个对立的企业，一个是纪家，另一个则是言家。言明寇的家境不会比纪墨珏差，所以这件大事让老爷子也棘手得不行，甚至觉得孙女儿在外面比在家中安全。

黛宁没想到过去缺席的那段时间，竟然发生了这么大的事。

她想了想，觉得有几分不对劲，言明寇肯定不是纪墨珏弄成这样子的，不然她上辈子回国时，纪家不可能会若无其事。

她问青团："帮我查查，言明寇是被谁弄成植物人的？"

青团飞去翻书。

"不是你弟弟，是言明寇的舅舅干的，他舅舅和小妈搞在了一起，被言明寇看见了，结果你弟弟那天刚好背锅。"

言家这个豪门，关系复杂，老言总娶了个二十出头的年轻老婆，怪不得会发生这种事。

纪墨珏这个小浑蛋，这段时间刚好在和言明寇"抢女朋友"，这口黑锅真是背得糟点满满。

等一下，言家，言……后来商业巨擘之一的言家？

黛宁问："我弟弟不是男主角之一？"

青团理所当然道："当然不是，纪墨珏充其量算男配之一，你想什么呢，你们一家都没有主角命。"

唯一和女主角沾边的"纪恬"，还是被人占了身体的。

黛宁好气，她就说呢，言家未来会突然崛起，势力远远超过她家，纪老爷子几乎被他们压着打，所以才急着找个人把黛宁托付出去，最后造成了前有狼后有虎的局面。

第二个气运子一定出在言家！

她这糟心弟弟，连当男主角的资格都没有，还那么拥护纪恬，活该被虐，纪恬那时候竟然也勾搭上了言家的气运子！到底有多少事是她不知道的？

黛宁心中考量一番，做下决定。

既然这个关卡爷爷和纪墨珏能够过去，言家最后也能查出真相，她没必要回去添乱，闻道有先后，术业有专攻，让她搞调查和商战，她就是个小废物，她需要做更重要的事——与天道抗衡，最后保住爷爷的性命。

大气运子之间的事，他们自己对抗才有希望，她身边不是就有一张王牌赵屿吗？

黛宁放松身体，拿了一杯牛奶小口喝："那我暂时不回去了，钱叔，你让爷爷查查言家，说不定是他们自己争家产弄出来的事。"

钱叔点头："我会转告老先生的。"

这事在赵屿面前捅穿，钱叔有几分尴尬，厚着脸皮道："小赵兄弟，我们家大小姐可能还得麻烦你一段时间。"

怎么总有种把定时炸弹往人家怀里甩的感觉？

赵屿倒是很淡定："没事。"

黛宁知道，跟着大气运子十分安全，毕竟他们身上的标签就是"大难不死，逢凶化吉"。

她见不得赵屿这正经的模样，桌子下的手故意去挠赵屿的掌心，赵屿看她一眼，就在钱叔眼皮子底下，从容地握住了她的手。

闷骚倒是真的闷骚。

赵屿不紧张，黛宁就觉得不好玩了，她把手指抽回来，抬眸看见蓝蓉蓉和蓝凌云过来拜访。

这兄妹两个一进来，眼珠子就分别定格在了不同的人身上。

蓝蓉蓉心事重重地打量着赵屿，他昨晚中了药，却拒绝自己，今天没事了，是自己捱过去的，还是另外找了别人？

蓝凌云就直接多了，他回去内疚了一夜，现在眼睛下面还挂着两个黑眼圈，他直接扑过来："宁宁，我今天给你带了好多礼物，以后一定会保护好你的！"

黛宁还没说什么，钱叔格住他："蓝少爷，你的好意我们心领了，我们家大小姐我们会保护好的。"

蓝蓉蓉看见钱叔等人，心情复杂，她本来以为黛宁就是个长相招摇了点的小村姑，没想到人家的家境比自己还好。她心中升起一股危机感，赵屿是她看上的潜力股，决计不能让给纪黛宁。

她爽朗地笑道："赵屿，今天我来，是想和你商量一下关于坞东那边的地皮，你看看有没有空？"

坞东在另一个市，离寰县有段距离，前两年甚至被人戏称为"黄金土"，申屠家落网，谁都对那块地眼红，但是想分这杯羹并不容易，毕竟申屠家不是没人了，远在泰州风头无两的申屠峰就是个不小的隐患。

蓝蓉蓉特别想要这块地，如果拿到这个，哪怕未来蓝家还是蓝凌云的，她都有资本自立门户，但她知道，她哥绝对拿不到手，假如让赵屿顶着蓝家继承人的名字出面，倒是可以一搏。

赵屿皱起眉，他虽然知道来寰县会闯出一片天地，但是事情越牵扯越广，申屠家只剩下申屠峰，如果被逼急，绝对不好惹。蓝蓉蓉急功近利，野心太大了！

赵屿摇摇头："抱歉，我只能帮你们到这里，我爹娘还卧病在床，我得尽快回去了。"

蓝蓉蓉神色失望。

黛宁支着下巴，看看这个，又看看那个。

青团说："赵屿的决定没有错，再留下抢资源，会有危险。原文他就放弃了，蓝蓉蓉舍不得这块肥肉，结果险些导致蓝家倾颓。"

怪不得这个女配后来没有出现在男主角身边，道不同不相为谋。

黛宁在心里飞快地计较一番，做了个决定，赵屿怎么可以不抢呢？他不要命地去抢才够精彩。

她不可能骗赵屿一辈子，让他经历刻骨铭心失去自己的方式，她才可以放心地去和第二个气运子交手。

赵屿决定过几天就回杏花村去，如今他手上有了些钱，不说别的，起码为爹娘看病的钱拿得出来了。

下午他带上文件，打算去和蓝蓉蓉做最后的接洽工作，黛宁睡了午觉出来，赵屿刚准备出门，她睡眼惺忪，模样懵懵懂懂的，赵屿走过来，在她的小手里放了支药膏。

黛宁好奇地问："这是什么呀？"

赵屿难得有几分不好意思开口，尽管如此，他依旧摸摸她的头发，声音刻意放柔："涂伤到的地方，会舒服些。"

黛宁点头，也不知道这种东西赵屿是从哪里弄来的，他去买的时候，有被人当作禽兽吗？

"我出去办点事，过几天带你走，你困的话，再睡一会儿。"他顿了顿，问道，"有什么想要的吗？我晚上给你带回来。"

黛宁眼睛一亮，娇声道："我要泡泡小馄饨、草莓甜甜圈、章鱼小丸子，哦对了，寰县还有泥塑，我也想要。”

她这副模样实在可爱到爆炸，连报出的东西都萌到不行。

走廊四下无人，他看得心动至极，情不自禁地低头去吻她，赵屿这辈子第一次生出缱绻的情思来，在她唇上辗转，舍不得放开。

女孩子的唇又香又软，他还尝出了甜滋味，偏她还乖且勾人，软软地抱住他的脖子迎合，赵屿这才知道古代帝君亡国并不荒谬，至少此刻，他连门都不想出了。

他又在她的粉颊上亲了亲，这种陌生的感觉，并不坏。

黛宁惦记着吃喝玩乐，她避开他的唇，道：“都要买回来啊，一样不许少。”

他哪有不答应的，她说什么自己应什么。

黛宁觉得神奇，原来这就是男人。

“睡过”和“没睡过”的差别原来这么大，要是以前，赵屿估计就四个字——“无理取闹”。

连赵屿都没有发现，不知从哪一天开始，已经不再是黛宁主动往他身边蹭，而变成了他渴求着纪黛宁的一切。

早上没反应过来的温存，都留在这时候了。

赵屿到底不是直接抛下正事不管的人，他替黛宁把脸颊旁的头发别在耳后，少女的唇被他吻得嫣红，饶是他一贯冷静，这时候耳根也微微发红。

“我出去了。”

黛宁点头，可赶紧走吧，她真怕赵屿提出和她把“昨晚的事”再来一回。

等他走远，黛宁随手把药膏扔进垃圾桶，刚刚不是说话的好时机，看来还得再等等。

赵屿把文件给蓝蓉蓉的时候，蓝蓉蓉不死心，依旧试图说服他。

“那块地的价值，想必你也知道，这是申屠家留下的最值钱的东西，如果我们能拿到，以后人人见了你，都不敢小瞧。”

要知道，一个人从白手起家，到拥有社会地位，不知道得奋斗多少年，听了这样的话，少有人能抗拒。

赵屿平静地摇摇头：“不用了。”

他甚至懒得规劝蓝蓉蓉别去碰那块地，蓝蓉蓉看不起蓝凌云，她自己却也不是什么惊世商业奇才，很容易把自己赔进去，这位蓝小姐刚愎自用，莫名充满自信，赵屿从不劝这样的人。

蓝蓉蓉难免怨他心如磐石。

见赵屿拿了许诺的好处就走，她有几分不舍：“赵屿！”

赵屿顿住步子：“还有什么事吗？”

蓝蓉蓉索性把话说开：“你有这样的能力，不该待在那种小村子里，如果你愿意的话，可以与我站在一起，将来一同经营蓝家。”

她走过来，尽管爱慕欣赏眼前这个男人，目光却依旧带着几分有钱人独有的倨傲：“我需要一个强者，你现在拿到的这些报酬，我爸不会看得上的。”

这话如此明显，就差摆明讲，她需要一个愿意入赘的丈夫，这个丈夫得先积攒让她爸看得上眼的资本。

赵屿安静地听完，觉得好笑，便也真的笑了。

“你说得没错，我的确不是你口中的强者，蓝小姐还是另找他人吧。”他转身就走，蓝蓉蓉急得要拉他，赵屿避让开她的手，“抱歉，我还得去买不少东西，谈话就此终止。”

看着男人的背影消失在街道拐角，蓝蓉蓉气恼地跺了跺脚。

黛宁要的东西并不好找，尤其是泡泡小馄饨，根本不是寰县的东西。

赵屿走了三条街，最后还是一个老婆婆看不下去，单独给他做的，老婆婆年轻时卖这个，见赵屿问来问去，十分感叹。

她的手艺自然正宗，赵屿诚心道谢。

老婆婆笑得满脸褶子：“看你问了那么多人也不肯放弃，给爱人买的吧，她怀孕了闹着要吃这个吗？”

赵屿尴尬地道：“不是。”

老婆婆更乐：“原来是追姑娘啊，小伙子，祝你成功。”

赵屿这回没有多说什么，他刻意多付了不少钱，拿着小馄饨离开了，本来和蓝蓉蓉谈完事还是黄昏，这会儿天色都黑了。

他拎着一堆大小姐点名要吃的东西，来到她房间，听见她开着扩音，一边打游戏，一面听电话。

赵屿本想避开，没想到电话那头的老人的声音中气十足：“宁宁啊，爷爷的考虑你听听看，你过两天就十八了，慕容伯伯的儿子这两天留学回来，爷爷见过照片，小伙子又俊又精神，你小时候不是喜欢和他一起玩吗？你弟弟不懂事，慕容朗以后可以照顾你。”

黛宁把手机架在膝盖上，含含糊糊地答：“哦。”

老人知道她没有听进去：“咱们这样的人家，像你爸妈，婚姻少有感情基础，爷爷虽然不希望这样，可是你要明白，一个家族的兴旺有时候也是我们需要考虑的东西。未来照顾你的那个人，至少他得强大，有能力，爷爷才会放心，等墨珏的事情过去，你就回来看看吧。”

赵屿沉默片刻，转身离开。

青团小声给黛宁提醒：“赵屿走了。”

黛宁总算抬起头，把手机扔开，电话那头自然不是她的爷爷，虽然纪老爷子有危机意识感，怕弟弟护不住她，可这么早给她找对象是万万不可能的。

真是亏了，让一个配音员当了一把她“爷爷”。

赵屿是个聪明人，听到这几句话，他就该明白了，如果他不能在最短的时间内强大起来，他与黛宁之间永远不可能。

赵屿性格从容，并不会轻易自卑，可正因为他足够清醒，才会明白有些东西有多大差距。

纪老爷子看上他，在书中是五年后的事情，那时候赵屿已经靠自己的能力成为青年才俊了。

纪老爷子需要一个如虎般勇猛、如狐般狡猾，更要如狼般忠诚的孙女婿，赵屿样样符合，老爷子唯一看走眼的是，曾经的赵屿并不爱黛宁，所以他的勇敢才智和忠诚没有一样用在黛宁身上。

现在黛宁不会给赵屿那么久的时间成长，她要逼着他去厮杀。

赵屿去厨房把容易冷的食物热了一遍，心头的冷意却难以消散。

这种类似的话，他一天之中听了两次。

一次是蓝蓉蓉说的，他当个笑话听听，但当再次听到纪老先生的话时，他才明白天下诸事，大同小异，他并不能凭借爱情，拿走人家娇养十多年的明珠。

赵屿垂眸，把小馄饨用瓷碗盛起来，重新端给黛宁。

她已经没在打电话了。

大小姐双眼亮晶晶的："哇，真的有泡泡小馄饨呀！"她十分惊喜，舀起来尝了小半个，夸赞道，"真好吃。"

她只字不提刚刚的电话内容，反倒问他："你和蓝蓉蓉交接完工作了吗？我们什么时候可以离开？"

赵屿顿了顿："暂时不走了，坞东那块地，我打算试试看。"

黛宁一点也不意外："哦。"

她吃得很香，左手拿着舀小馄饨的勺子，右手还拿着甜甜圈，也不嫌这样又咸又甜吃起来怪异。

赵屿见她眉眼快乐，万事不愁，神情复杂地看了她好一会儿，他抬起她的下巴，让她看着自己："你真的愿意和我在一起吗？"

原来赵屿还知道要怀疑一下？

黛宁叼着半个甜甜圈，含糊不清地道："和你在一起有什么好处呀？有钱吗？有好吃的吗？"

赵屿松开她，果然是黛宁式回答，永远只考虑她自己够不够舒适快乐。

他低声道："我为什么会对你有期待？"

看透了，看不透，不都是一个结果吗？

黛宁见他眉头紧锁，她笑着往他怀里一倒，把吃剩下的甜甜圈递到赵屿嘴边。

他摸摸她的脸颊，也不抗拒，咬了一口，眸中却依旧是浓重的黑，映照出她笑靥如花的模样。

黛宁也不知道赵屿看出来自己的计划没有，他很聪明，远比这副沉稳的模样聪明，黛宁经常被人小看，但她从不小看别人。

赵屿握住她的手，放上自己的胸膛，男人的心脏在有力地跳动，他低声说："感受到了吗？别辜负我。"

为她清醒也为她糊涂一场，如果最后依旧被纪黛宁耍得团团转，谁也不会甘心。

黛宁觉得他这模样还挺稀罕的，辜负了会怎么样呀？生气、黑化？不至于吧。

赵屿说："回答我。"

黛宁体会比较了一下，认真说："感受到了，比我的心跳得快些。"

他无言片刻。

黛宁兴致勃勃："你要不要感受下我的？"

赵屿顺着她的目光看过去，少女高耸傲人，他面无表情地把她的衣领往上拉了拉。终于决定放弃和纪黛宁认真探讨感情问题，他刚刚一定是疯了。

"不用。"

赵屿是个敢想敢做的人，决定要争坞东的地皮后，第二天一早，黛宁还没起床，他就把想法告诉了蓝蓉蓉。

蓝蓉蓉十分高兴，她本来以为要自己一个人孤军奋战，没想到赵屿转变主意，同意帮她。

"坞东之所以那么值钱，共有三个原因：第一，它有天然形成的湖泊，那里甚至可以养殖粉珍珠；第二，湖泊包围的小岛有很多天然的药材，最重要的是……"蓝蓉蓉压低嗓音，"我听说坞东有矿产，水晶玛瑙原石，多不胜数。"

赵屿这段时间了解过，蓝蓉蓉说的的确是实话，不说别的，单说一小座水晶矿，就知道这个地方到底有多吸引人。

赵屿沉吟片刻："申屠家一直藏着这块地，是因为不愿把矿产上交给国家，想偷采矿，这种方法并不可取。后期如果拿到这块地，我们得按合法程序办探矿权、采矿权。"

蓝蓉蓉有几分摇摆，不上报的利润……

赵屿知道她野心过于旺盛，沉声道："当年申屠家多风光，如今的下场你也看见了，我们的目的是做生意，不是挑战刑法。"

蓝蓉蓉总算战胜了心中的贪念："好吧，可是我们要怎么拿到那块地呢？"

坞东不是摆在明面上竞标的东西，申屠家疑心重，为了隐藏坞东宝矿，甚至没有把名字挂在申屠家任何一个人身上，而是分成三份，散落在三个死忠的手下身上。

赵屿道："我想过这件事，也准备了一些东西，我们明天去坞东看看。"

他年龄虽不大，可是沉稳的气度让人很安心，有人生来适合在名利场沉浮，不分年龄，不分种族。蓝蓉蓉像找到了主心骨，笑着点点头。

她心中有几分喜悦，看来赵屿不是对她没想法，不然今天怎么会改变主意，突然同意合作了？

赵屿忽视她含情脉脉的目光，起身离开。

赵屿回去，黛宁在大厅串珠子玩，一颗颗紫水晶散落在她周围。她抬眸见他，脆生生地道：“你回来啦，有惊喜给你。”

赵屿蹲下，替她拢好散落的水晶：“什么惊喜？”

黛宁示意他往门口看，门边站着神情激动的杜恬和一个戴着帽子的男人。

赵屿现在看见杜恬就觉得古怪加一言难尽。

黛宁觉得有趣：“杜恬舍不得你，她又回来啦。”为了看这出好戏，她都没赶杜恬走，这女主角也太顽强了，怪不得后期自己毫无还手之力。

杜恬现在还不是纪家二小姐，依旧有勇气和蓝蓉蓉一搏，这种韧性，比老竹都厉害。

赵屿道：“别乱讲话。”

他起身问杜恬：“你怎么又回来了，不是和栓子他们一起离开了吗？”

杜恬整理好心情，她人设崩塌，干脆不再柔柔弱弱，正色道：“当时申屠涉来村子，最先遇见我和我娘，我听见他们要去泰州，好像那里有个很厉害的亲戚，这次回去的路上，我遇见崔尧，他从泰州过来，知道很多事，专门来提醒你们。”

黛宁看着杜恬身边叫作“崔尧”的男人，他长相不错，皮肤很白，一副奶油小生的模样。

在众人目光下，崔尧摘了帽子，大家惊讶地发现他竟然少一只耳朵，像是被人用利器割去的。

崔尧点点头：“你们好，听说寰县申屠家的人都被抓了，但你们得小心，这事没那么简单。”

赵屿不动声色：“怎么说？”

崔尧神色扭曲一瞬：“我以前为申屠涉的叔叔工作过，他叫申屠峰，这人是个老狐狸，心思狡诈，手段残忍，他侮辱了我妹妹，我保护不了她，还被割了一只耳朵。”

这些事情没有证据，成了悬案，崔尧忍气吞声多年，就为了报复申屠峰，听说这边在整治申屠家，他立马就过来了，哪怕蚍蜉撼树，总比什么都不做好。

黛宁看不透，问青团道："这个崔尧说的是真的吗？赵屿需要防着申屠峰，他马上就过来啦，会不会有诈？"

还是说男女主角"金手指"已经无敌强大，杜恬回乡下都可以捡到一个同仇敌忾的知情者，专门来帮赵屿规避危险。

青团也很茫然，翻了一轮书，摸不着头脑："好、好像是真的吧。"剧情在黛宁的搅和下发生了偏离，原书只能作的参考。

黛宁也不指望它，反正她和青团两个就是倒霉无知二人组。

她看向赵屿，赵屿神色平静，也看不出信不信，赵屿对崔尧说："正好，我有些事情想请教。"

他们过去说事，杜恬冷冷的目光落在黛宁身上，经历过臭药水那事后，她日日夜夜都恨不得让纪黛宁去死。

黛宁放下珠子，笑眯眯地对杜恬道："你最近肯定很辛苦。"

杜恬知道不能和纪黛宁讲话，容易被气到，但这样没头没脑的发言还是忍不住让她问黛宁："为什么？"

"你比之前黑了好多，眼尾都有细纹了。"

哪个女孩子忍得了被这样讲，杜恬怒火中烧，两个人算是彻底撕破了脸皮："你少胡说八道，我总比你这个拖累好，我带崔尧回来，可以帮赵屿哥，你呢，留下来能做什么？连蓝蓉蓉都不如。"

"你怎么知道我是拖累？我也可以帮他啊。"黛宁偏头道，"他还很喜欢我帮他。"

杜恬才不信这个娇纵的大小姐会有作用。

黛宁弯起唇，天真无邪地说："我和你们不一样，你和赵屿是哮天犬和二郎神的关系，我和赵屿是锄禾和当午的关系。"

杜恬反应了好一会儿，脸都气红了："纪黛宁，你还要脸吗？"

黛宁说："大家都不要，我也不要啦。你们是摆在心里，我只是说出来了而已，离我远一点，钱叔在楼上，惹到我会打人的。"

杜恬在纪黛宁这里吃了数次亏，知道她打嘴炮厉害，干脆不和她讲话。

杜恬才不信赵屿和纪黛宁发生了什么，书中写这个男主角正直清冷稳重，何况杏花村还有那个习俗，赵屿一定是个洁身自好的人，哪怕纪黛宁主动送上去，赵屿也不会要。之前不都是纪黛宁主动往赵屿身边凑吗?

在脑海中过了一遍剧情，杜恬心中冷笑一声，快了，很快就有纪黛宁哭的那天。

第十章

大雪

也不知道赵屿和崔尧商量了点什么，最后赵屿同意崔尧留下来。

崔尧以前帮申屠峰做事，能力自然没得说。关于坞东那块地，崔尧之前竟然还参与过项目探讨，得知赵屿要过去，他提出随行，或许能帮上忙，比起让申屠峰拿到这块地，他自然更希望蓝蓉蓉和赵屿得到。

坞东四面环水，走水路反倒是最快的，要过去得坐一天一夜的船渡江。

黛宁心中打着小算盘，决定也去，赵屿知道这次去只是考察，没什么危险，并不赶她回去。坞东的湖很漂亮，带她去看看也好。

因为黛宁加入，赵屿的行李多了好几倍。

早上众人会合去渡口，杜恬一眼就看见了黛宁。

十月份，天气早已分外凉爽，阳光并不强烈，纪黛宁依旧撑着一把漂亮精致的油纸伞用来隔绝太阳。

她上半身是奶白色的束胸，下摆裙子晕成浅浅的湖水蓝，裙子丝带交叉在背后，蜿蜒到颈上，变成一朵活灵活现的蓝色妖姬。

她的美向来不懂收敛，在场十个男人，有九个都在看她，唯一不看她的，是杜恬身边的崔尧。

杜恬心中不满，明明是去做正事，就纪黛宁花枝招展，像去郊游，杜恬之前是个厉害的白领，商业方面也是她擅长的。

船上坐不了那么多人，黛宁没有带钱叔去，只带了两个保镖。见人齐了，赵屿道：“走吧。”

走了一会儿，赵屿步子顿住，接过大小姐手中的伞，给她撑好。

黛宁想到杜恬在后面看，心情十分愉悦，赵屿越来越上道了。

黛宁坐过豪华游轮，这种小船倒是第一次坐，“小”并非真正意义的小，至少船上还有可供休息的房间和看风景的甲板。

几人到了才发现蓝家兄妹都在，蓝蓉蓉喜滋滋地迎出来，看见黛宁和杜恬，她笑容差点僵住，好在她并非蠢人，招呼大家上船，加上黛宁的保镖和蓝家带的人，这行人足足有二十个。

黛宁看见几个生面孔，问赵屿：“他们是谁？”

赵屿漫不经心地看了一眼：“我的人。”

黛宁眨眨眼：“你的人？”

“嗯。”

黛宁瞬间明白过来，露出一个坏笑：“你帮蓝蓉蓉做事，其实悄悄捞了不少好处吧！”

赵屿也不否认：“世上没白吃的午餐。”

男主角果然不可能是正儿八经的老实人，他又不是蓝蓉蓉的打工仔，说不定蓝蓉蓉明着拿的好处还没赵屿暗地里拿的多。

赵屿这水平简直绝了，蓝蓉蓉借给他几个人，他竟然短时间内发展出了自己的团队，如果不是这趟要去坞东，都没人知道。

黛宁转眼一想，书中的大气运平分成三份，全部赋予了男主角们，有什么逆天的成就都不奇怪。黛宁甚至猜，如果坞东地皮拿下来了，赵屿并不会给蓝蓉蓉，赵屿虽然算个好人，可他绝对不是圣父，为他人作嫁衣这事，怎么看怎么蠢。

除了手下们，其他三男三女形成了诡异的局面，黛宁和赵屿坐在一起，蓝家兄妹在一处，崔尧在和杜恬讲话。

黛宁小声问赵屿：“那个崔尧，真的没什么问题吗？”

赵屿没有直接回答：“吃橘子吗？”

黛宁点头。

赵屿一面给她剥橘子，一面道：“崔尧和申屠峰有仇大概率是真的，但这个人来路不明，我不相信。”

“不相信你还带上他？”

赵屿道：“他挺好用的。”

有人免费上门，卖命卖力，不要白不要，崔尧提供的消息十分有用，其他的防着就是。

蓝蓉蓉没见过崔尧，此时也坐过来打探崔尧的消息。

杜恬一见这情形，抢夺男主角的警铃拉响，瞬间也围了过来，几个人各怀鬼胎，围坐在一起，嘴上却依旧商讨着坞东的事。

黛宁不喜欢听这些，拿了赵屿手中剥好的橘子，自己往外面跑。

赵屿看着她的背影，少女甜甜的嗓音从外面传来：“船长伯伯，你给找个鱼竿嘛，我想钓鱼。”

知道她会自己找乐子，赵屿收回了视线。

崔尧拿出一张坞东矿产分布地图，所有人都很吃惊，杜恬有几分得意，还是她带来的人管用。

赵屿淡淡地看了崔尧一眼，心中闪过几番计较。

蓝凌云也不喜欢听这些讨论，对蓝大少来讲，有这块地固然赚钱，没有也不穷，干吗争得你死我活，他下意识就要去寻黛宁。

赵屿不动声色地开口：“蓝少，你怎么看？”

蓝凌云满脸茫然：“啊？我看什么？”

蓝蓉蓉有点儿尴尬，拧了她哥一把：“哥，你认真点。”

蓝少认真不起来，他这个角度好，一抬眼就看得到甲板，眼睛就再也移不开，胶在外面那一抹绝色上了。湖水粼粼，少女坐在底层甲板上，湖蓝色的裙子和纤细白皙的脖子上盛开着蓝色妖姬，本就好看得不像话，偏她还脱了鞋袜，将脚浸在水中，简直漂亮成了一幅画。

蓝凌云心不在焉，引得赵屿也回头看了眼，这一看，赵屿直接平静地抬手关了窗。

赵屿：“外面风有点大，蓝小姐，继续讲。”

蓝凌云的眼睛恨不得穿透窗户，看到外面去。

不管里面的氛围如何诡异，丝毫影响不了外面的黛宁，除了放风筝，她钓鱼也十分厉害，都不用盯着湖面，凭借手中鱼竿感知，就能清楚地知道鱼儿有没有上钩。

青团很激动：“纪黛宁，快拉，快拉。”

黛宁慢条斯理地拉起来，果然有鱼儿咬钩，跑不掉了，黛宁自己不想动手，嫌鱼腥味重，指挥人道：“喂，你过来一下。”

船上一个忙碌的年轻小伙子红着脸，不确定地问：“我吗？”

“对。”她笑容甜甜的，“帮我取下来，再挂上个新的鱼饵，可以吗？”

小伙子点点头。

就这样，赵屿他们开会，黛宁自己钓鱼玩，到了黄昏，她竟然钓了足足半桶。

暖黄的彩云倒映在江上，赵屿走出来，过来找她。

年轻的渔民在她身边献殷勤，给她换鱼饵，好在大小姐已经穿好了鞋子，能安安静静地坐这么久不容易。

赵屿对渔民道："谢谢你，我来吧。"

渔民看看黛宁，又看看他，明白了什么，沮丧地离开了。

江面很平静，傍晚时会有江风，赵屿顺势在她身边坐下，黛宁习惯性地懒懒地往他身上靠，这次赵屿没有推开她，反倒顺势揽住她，让她靠得舒服些。

"钓了这么多，晚上要不要我给你烤着吃？"

一听这话，黛宁来了精神："好呀！船上有烤架吗？"

"应该有，我去借。"

蓝凌云慢一步出来，就看见这扎心的场景，他又不是傻子，这两人没什么谁也不信。蓝少心都要碎了，难道是那天自己在"不夜城"没有保护好宁宁，宁宁现在喜欢别人了吗？

不仅他脸色不好看，蓝蓉蓉和杜恬的脸色都不好了。

只有崔尧，目光在所有人身上转了一圈，心中有了数，在场六个人，情感单箭头说不定可以画十多个。

赵屿说借烤架，还真让他给借来了，他本就十分全能，刮鱼鳞清洗干脆利落，旁边蹲着眼睛亮晶晶的黛宁，看他涂酱汁。

"再多一点辣。"

蓝凌云到底不甘心，凑过来道："宁宁，我给你带了巧克力和炸牛奶，你要尝尝吗？"

黛宁眼中只看得到自己的烤鱼，毫不犹豫地摇摇头。

蓝凌云舍不得走，他看看赵屿，还是决定问出一个答案，他咬牙道："宁宁，你和他什么关系，不会喜欢他吧？"

一问出这话，空气瞬间诡异起来。

蓝蓉蓉和杜恬竖起耳朵，连烤鱼的赵屿都抬眸看着黛宁。

黛宁想也没想，点点头："喜欢呀。"

蓝凌云接受不了这个回答，生闷气起身离开，蓝蓉蓉几乎要咬碎牙，狠狠地瞪了黛宁一眼。

只有杜恬表情还算稳得住，将讽刺藏在眼底。

对这个答案最意外的要数赵屿。

他顿了顿，看向纪黛宁，她催促赵屿道："快翻，鱼要煳了。"

赵屿把鱼翻了一面，他没有烤多的，也没有客套地问蓝蓉蓉等人吃不吃，等鱼烤好，他直接递给了纪黛宁。

黛宁只讲究生活品质，她吃得不多，两条小鱼就管饱。

天边月亮的轮廓已经露了出来。

青团没有食物，它的食物是灵魂，捕食能力却不足，青团都快忘记自己上一次饱餐一顿是什么时候了，它饥肠辘辘地蹲在角落，唉声叹气。

黛宁吃饱喝足，又洗干净手。

船上的房间分配绰绰有余，每个人都有一间房，不会出现去寰县那次的尴尬情况。

每个人都回了自己的房间，赵屿见黛宁吃饱也要走，握住她的手。

黛宁不解地回头："怎么啦？"

赵屿用拇指给她擦擦脸蛋上沾的黑灰，垂眸看着她："今晚要和我睡吗？"

黛宁差点一口气没回上来，不仅是她，连青团也吓得不敢讲话。

赵屿看她的反应，淡淡地道："开玩笑的。"

黛宁听这句话就知道不好，赵屿可能是想问她刚刚那句"喜欢"是真是假，但他显然聪明，已经不再问她情感上的问题，学会看她的反应来判断。

看赵屿和蓝蓉蓉搞合作暗地抽好处就知道，他心思深沉得要命，要是让他想明白那个睡觉事件是"碰瓷"，两个人没发生什么，就不利于发展了。

黛宁明白过来，一点儿也不心虚，她摇摇头，又点点头，在赵屿耳边说了句什么。

赵屿从容的神色僵硬两分，他咳一声，压低嗓音："我去哪里给你找？"

黛宁往船内一看，给他出坏主意："你去向蓝蓉蓉和杜恬要嘛。"

赵屿皱眉。

黛宁才不管他有多难堪，知道他一定会去，她兀自高高兴兴地跑掉，道："我回房间等你。"

蓝蓉蓉的房门被敲响，打开看见赵屿时，她眼里散发出明亮的光彩，笑着道："这么晚了，赵屿你有什么事吗？"

赵屿沉默片刻，已经不打算要脸皮这种东西："请问你有卫生巾吗？"

蓝蓉蓉："什么？"

她怀疑自己听错了，然而看赵屿冷肃正经的脸，她知道刚刚不是错觉，蓝蓉蓉长这么大，还是第一次被异性问这种问题，她尴尬地道："没有。"

赵屿点点头，没多说，去敲杜恬的门。

他问了同样的问题，杜恬下意识就道："有。"

她生理期快到了，身边自然备着，然而红着脸递给赵屿前，她发现了不对劲，杜恬脸色青青白白变化，赵屿是给纪黛宁找这种东西的吧？

想到这里，杜恬的心情瞬间不好了。

赵屿拿过来："谢谢。"

杜恬实在忍不住："你和纪黛宁……"

赵屿看了她一眼，示意她有话就说。

杜恬实在没有勇气说下去，她心中甚至有几分茫然，难道她熟悉的剧情出错了吗？不然赵屿为什么和纪黛宁这样亲密了？她最大的仰仗就是知道一切剧情，如果剧情都错了……杜恬内心发冷。

既然她不打算问，赵屿自然也不会主动讲什么，他拿着东西到黛宁的房间，她果然还没睡，趴在床上玩不知道从哪里找出来的九连环。

青团觉得她实在太坏了，让赵屿去问，另外两个女孩子都会猜测什么不得了的东西？不说别的，估计今晚得气得睡不着吧。

赵屿面无表情地拍拍她："起来换。"

黛宁把下巴搁在他肩膀上，娇声道："你给人家换嘛，我们都是那种关系了，你换卫生巾都不肯，是不是不爱我啦？"

赵屿头疼不已："我不会。"

黛宁："我教你呀。"

赵屿含糊地道："你自己来好不好？"

"不要不要。"她闷闷地道，"我不喜欢你了，我要找蓝凌云去。"

赵屿把她抱起来，斥道："不许乱讲话！"

"那你同不同意？"

青团被关进小黑屋那一刻，内心无比绝望，它在大片的马赛克下瑟瑟发抖。

又、又发生什么了？

这几分钟是赵屿人生中内心最复杂的几分钟，他把黛宁抱回来的时候，觉得自己的脸皮厚度在纪黛宁的锻炼下，俨然已经到达了人生巅峰。

黛宁却笑嘻嘻的，一点也不害羞，她没必要害羞，赵屿根本连看都没敢看。

经此一事，赵屿永远也不会怀疑那天晚上什么也没发生，卫生巾都帮她换了，她爱与不爱，这个男人都愿意护着她一辈子，谁让羁绊已经越来越深了呢？

她乖巧地蜷在被窝里，伸出手碰他的喉结。

赵屿看着她，满心无力，只剩一个想法：他没法让这个小坏蛋爱他，那么就只能活久点，至少不能死在纪黛宁后头，不然他一死，纪黛宁这混账第二天就会去找第二春。

赵屿一走，黛宁立刻把卫生巾扯出来扔掉，她并没有到生理期，但想到杜恬和蓝蓉蓉睡不好，她就可以睡个好觉了。

也许是这次太过分了，青团被弄进马赛克海洋里教育了好几个小时，两眼变成了蚊香眼，生无可恋。

天上的月亮升至半空才被放出来的青团感觉到不对，在识海中喊黛宁："我听见外面有声音，你要不要去看看？"

黛宁迷迷糊糊地应一声："不去。"

青团到底不是什么"系统"，没有定位能力，但它能以黛宁为中心，听见声音，看见画面，它说："别睡了，万一是那个什么崔尧使坏呢？"

涉及正事，大小姐总算清醒了些，她披上外套爬起来，悄声往外走，没想到真的竟然看见了崔尧，不仅是崔尧，船尾还有一个女人。

赫然是杜恬。

崔尧道："恬恬，这件事很危险，你不要再参与了，你也看见了，赵屿对那位纪小姐非同一般，你这样帮他，不值得。"

杜恬倔强地抿住唇："我就是喜欢赵屿哥！你不是答应过我，会帮我的吗？赵屿哥只是被纪黛宁骗了，如果他知道纪黛宁是什么人，一定会唾弃讨厌她的。”

崔尧握住她的肩膀：“我的确答应过，可是我看见了他的态度，你这样不会获得幸福的，你为什么不看看身边的人呢？你和我在一起，我一定会对你很好的。”

杜恬咬唇：“崔尧，我知道你的心意，可是我……”

崔尧叹口气：“我知道了。”

江风吹动黛宁的发，黛宁没想到出来一趟，还能看见这么一场大戏，原来这个崔尧喜欢杜恬，从他说的话，倒能看出他是一心一意为杜恬考虑的。

杜恬不愧是女主角，哪怕暂时没能笼络到气运子的心，崔尧这种配角却是手到擒来。

青团疑惑地说：“我一直不明白，为什么杜恬会这么坚持攻略赵屿，以她现代白领的水平，哪怕找个工作，她也能带着杜月香生活得很好。”

局面已经对杜恬不利，赵屿也没有对杜恬产生感情，可她依旧选择回到赵屿身边。

这一点黛宁倒不难理解：“第一，杜恬并不知道自己其实是‘纪家二小姐’，她对农女这个身份十分失望。第二，她知晓剧情，又和赵屿有几年邻居情谊，在她来看，这种属于‘金手指’，她不舍得轻易放弃。另外两个男主角，她没接触过，心中没底，自然会用尽所有办法，尝试赵屿这条线。”

是平淡安稳地度过一生，还是抓住气运子，成为人上人？显然杜恬选择了后者。

黛宁知道自己比较倒霉，怕被抓住，不再多看，悄悄回到了房间。

她越分析那几句话，越觉得崔尧这个人大有可为，他看起来很喜欢杜恬，不知道愿不愿意为了杜恬做一些违背本来愿望的事呢？

她突然有个特别好的想法，这次能不能顺利离开赵屿，去寻找二号气运子，就看崔尧和杜恬了。

“青团，我们再做个交易吧！”

冬天快到了，她在赵屿身上已经耗了太久，纪黛宁没有耐心了。

早上抵达坞东时，空气中漫着一层雾。

这的确是个非常漂亮的地方，坞东的含笑花正值花期，此地水土适宜，含笑可以陆陆续续开到明年二月份。

黛宁喜欢美丽的地方，她换了条大红色的裙子，欢喜地从船上跑下来，俏生生地站在粉白的含笑花间，比那些花朵还娇艳。

杜恬一宿没睡好，她至今仍想不明白，按理说剧情是不可能出错的，可现在赵屿对黛宁的态度让她捉摸不定，她真怕一切崩坏，自己丧失剧情优势。

难道纪黛宁也换了个壳子？

杜恬走过去，抱着双臂，冷声道："我一直有个疑惑，你这样的大小姐为什么会跟着我们一起折腾？这块地你应该看不上吧？还有赵屿哥，你明明不喜欢他，为什么要缠着他，还欺骗他？"

黛宁不解："我看得上这块地啊，听说坞东有水晶，我需要一条水晶项链。"

杜恬："但我们拿到坞东，这些东西也不属于你。"

"赵屿会给我。"

"你痴心妄想。"杜恬深吸一口气，发现话题被纪黛宁带得跑偏，重点哪里是什么坞东水晶？她道，"你不肯回答我的问题，是不是心虚，其实对赵屿哥另有所图？"

黛宁好笑地看着她："我图他什么？图他穷，图他性格死板，图他爱说我？"

杜恬看看黛宁身后出来的人，心中一喜："你就这样瞧不起他？"

青团很着急："黛宁，赵屿在你身后！"

黛宁理也不理它，理直气壮地道："我只看得起最出色的人，赵屿又不是，我凭什么瞧得起他。"

杜恬嘴角的笑容扩大，对黛宁身后面无表情的男人说："赵屿哥，你都听见了……"

赵屿没看杜恬，拉住黛宁的胳膊："天冷，你怎么不穿外套就出来了？"

黛宁一点也不心虚："这种裙子穿外套不好看。"

赵屿道："去穿上，太阳出来了再脱，不然会生病。"

她不开心地嘟着嘴。

赵屿摸摸她的头发，黛宁勉强点头："好吧。"

她回船上穿衣服，就只留下了赵屿和杜恬两个人，杜恬忍不住道："你明明听见了，她就是个势利自私的坏女人，为什么还对她这么好？"

赵屿冷声道："杜小姐，你管得太多了。我的确没什么值得贪图的，倒是你，从某天开始突然转变态度，到底是图什么呢？"

杜恬脸色一白，忍不住后退一步。

赵屿不再管她，交代自己的人做事去了。

杜恬心中大骇，原来自己的改变，赵屿都看在眼里，怪不得他怎样都不接受自己的示好。杜恬不再怀疑黛宁有问题，她的心跌到了谷底，赵屿一旦开始怀疑她，哪怕这次帮助赵屿拿下坞东，他这样心思深重的人，也不会再对自己抱有信任了。

如果他知道自己不是原本的杜恬——她打了个寒战。

她突然意识到，赵屿这条线，她不得不放弃了，自己从一开始就错了，从头攻略一个不了解自己的人，才不容易露出马脚。

杜恬压下心中的冷意，强迫自己冷静下来，她想了想这本书关于第二位男主角的剧情，做下一个决定！

亡羊补牢，为时不晚，她怎么没想到呢？二号气运子反而更利于攻略，也容易对自己死心塌地！

一行人在坞东待了五天，赵屿等人每天早出晚归，连带着杜恬也忙得不见人影，最闲的反而是黛宁和蓝大少。

坞东有民宿，黛宁坐在藤椅秋千上嗑瓜子看小说，她的院子被锁着，但她自己本来就没心没肺，所以压根儿没发现。

反正涉及商战的都不关她的事，她不懂，也不想问。

黛宁在看虐恋情深古代小说，乐不可支："我给你讲啊青团子，这个皇帝男主角在'白莲花'的唆使下，让人把女主角杖毙了，女主角死了男主角才晓得，原来女主角才是救他的人。"

青团和她一起看了五天小说，已经日夜颠倒、三观模糊，愣了好半晌，笑得眼泪都出来了："哈哈哈哈好搞笑啊，黛宁。"

"搞笑吧哈哈哈哈！"

可怜蓝大少好不容易认清了宁宁"移情别恋"的事实，望眼欲穿，相思成疾，却硬是进不了她的院子。

蓝凌云扯着嗓子在外面喊："宁宁！宁宁！"里面没人应，他泄气地踹一脚黛宁的门，拿起那铜锁看了一眼，"丧心病狂！"

这时候刚好到了傍晚，赵屿回来了。

蓝凌云忍不住冲上去，扯住赵屿的衣领："你搞什么？你把宁宁关起来了？"

赵屿扯开他的手，淡淡地道："没有，我是为了她的安全。"

蓝凌云还是很生气："她知道你上锁了吗？"

赵屿道："这些都和蓝少无关，黛宁我会照顾，你有空还是多关心关心自己的妹妹，她最近有些心急，想做些危险的事情。"

蓝凌云皱紧眉头。

赵屿已经带着人开门进去，把蓝凌云隔绝在门外，他绕到民宿后院，看见锦鲤池前，少女趴在巨大的秋千上晃着腿看书。

赵屿没立即过去，他去洗了个手，又亲自洗了盘葡萄，这才过去找她。

她看得起劲，赵屿低头瞥了眼，书名叫《千年梦：我的残暴帝王》，赵屿嘴角微不可察地一抽，也没说什么，拿了颗葡萄递到她唇边。

黛宁张开小嘴接受投喂，又翻了一页。

女孩子的唇温软，偶尔会碰到他的手指，其实自那天换卫生巾的尴尬事件后，赵屿并没有怎么亲近她，她年纪小，心思不定，让人热血上头，却也容易凉了心肠。

那天黛宁说瞧不起他的话，赵屿倒是觉得没什么，他是个务实的人，但这些天，赵屿确确实实尝到了权力和财富带来的好处。

任何一个男人对这些东西都无法抗拒。

想到蓝凌云说自己关着黛宁的话，赵屿问她："想出去玩吗？"

他确实没有关着她的想法，黛宁不是金丝雀，他比谁都清楚，他也不会这样对她，但把院子锁起来确实有好处，陌生人不容易伤害她，蓝凌云也进不来。

赵屿哪怕再淡然，也不得不承认，他讨厌蓝凌云。

黛宁摇摇头："不出去。"

赵屿对此不发表任何意见，依旧拿了葡萄喂她。

黛宁抽空仰起小脸问："赵屿，你什么时候才能拿到宝石矿？人家快过生日了，你弄一块玛瑙给我做个小老虎吧。”

“你生日是哪一天？”

“十二月八号。”

现在还不到十一月，赵屿算了一下，点点头：“嗯。”

饶是知道他厉害，答应得这么爽快，黛宁依旧有几分诧异，她突然想起了一个被她忽略很久的问题，哪怕曾经赵屿的发展慢了一点，他也不应该会答应入赘自己家啊。

现在的赵屿算个有骨气的好人，后来的他冷漠寡言，心肠比石头都硬，人的性格是由经历造就的，他到底经历了什么？

黛宁问青团，失了智的青团总算找回自我，重新去翻书，好一会儿它才道：“书里没有写，有一段跳过了。”

没写？到底哪里不对呢？

黛宁灵光一闪！曾经她只见过赵平、赵安安，但是没有见到赵屿的父母，该不会他们并没有治好病，反而成了赵屿崛起之路的牺牲品吧？

越想越有可能。

黛宁书也不看了，从秋千上爬起来：“赵屿，你打算什么时候去接你弟弟妹妹？”

这还是黛宁第一次关心他的家事，赵屿看她一眼，也不瞒她。

“过几天我就让人去接他们，我爹娘需要看病，赵平也得出来念高中。怎么突然问我这些？”

黛宁胡说八道：“我想听赵安安喊我一声‘嫂嫂’。”

也不知道这句话戳中了赵屿哪个点，他弯起唇角。

“小骗子。”赵屿道，“少去逗安安，离他们远点。”

黛宁不喜欢他这股看穿一切的聪明劲，她想起那个灵魂发问，质问他：“你说，我和赵安安谁在你心里更重要，我们同时掉水里，你救谁？”

赵屿见她这般孩子气，含笑摸摸她脸颊，道：“救安安。”

黛宁一听，差点被他气哭，搞了这么半天，她还是不如赵安安！她葡萄也不要吃了，推开他就要走，赵屿拦腰把人揽回来。

“怎么还发脾气了？”

她看也不看他。

赵屿认真解释说：“我救安安，因为她是妹妹，还没有好好看过这个世界。”

黛宁干脆捂住耳朵，坏蛋，负心汉，吃屁吧你！

“如果你真的出了事，我陪你一起死。”他顿了顿道，“因为你是我……”

黛宁松开手，好奇地道：“什么什么？”

赵屿看她一眼：“不讲第二遍。”

黛宁的好奇心没得到满足，更加生气，踹了他一脚，自己跑进屋里了。

赵屿收拾好她的书和小零食，有几分好笑，这世上也就纪黛宁如此霸道，明明是不喜欢他的，却要求自己把她放在第一位，倘若这个问题让赵屿来问，他都不确定自己是否比得上黛宁的一碗章鱼小丸子。

赵屿这次是真的没时间哄她，坞东这块肥肉谁都想上去啃一口，偏偏他没家世也没有足够的财力，只有申屠家留下的可用人脉。

赵屿一天比一天回来得晚，黛宁沉溺于小说世界，这种时候，她就是个心大的，差点把吵架事件忘记了。

黛宁不需要赵屿陪，给好吃好喝的就能自己快快乐乐地过一天，尽管现在的赵屿没钱，却从不在吃的方面亏待她，早餐有鲜榨豆浆，还有十来种餐点，她没有带厨师出来，显然这些都是赵屿准备的。

有一次她起得早了些，发现赵屿的早饭只有两碗简单的稀饭，连个蛋都没有，他吃完还记得给她洗好水果。

黛宁在旁边看他，赵屿没有发现，出门开始新的忙碌，黛宁拿起一颗紫色的葡萄看了会儿，也不知道怎么回事，突然就不生气了。

十一月初的某个晚上，赵屿回来时已经是晚上十二点，坞东下起了雨，民宿被他们这行人包下来，天地之间，只闻雨声。

黛宁喜欢在下雨天睡觉，她睡得正香，被赵屿叫醒。

黛宁揉揉眼睛：“怎么啦？”

赵屿的头发有点儿湿，他脸色沉重，见黛宁醒过来，他调整了下表情，尽量不让她害怕：“崔尧不对劲，有人监测到他的电话号码往泰州拨出去好几次。”

见她眼神懵懂，估计连崔尧是谁都不记得了，赵屿叹息一声：“崔尧是以前为申屠峰做事的那个人，他最近的行为很不对劲。”

黛宁反应过来，十分疑惑。

赵屿道：“我身边不安全，你现在能回家吗？你弟弟的事情解决没有？”

黛宁摇摇头：“爷爷没让我回去。”

赵屿皱起眉，片刻后，他做了决定：“你现在回杏花村，和赵平、安安待在一起，杏花村虽然闭塞落后，可是你身边带着保镖，他们能照顾好你。村里有条山道，除了我和赵平，没人知道，一旦发生什么情况，我想办法通知赵平，赵平会带你们躲去那里。”

黛宁抱住膝盖，问他：“事情很严重吗？”

赵屿顿了顿，点头。

哪怕他再厉害，这一年缺少资金，缺乏经验，要去和一群老狐狸斗，还是太难了，崔尧的行为让他升起一股十分浓重的危机感，他甚至觉得这次不能全身而退，这才半夜决定把黛宁送走。连蓝蓉蓉也有几分后悔，一面害怕得想离开，一面又舍不下坞东宝矿。

青团顶着两个黑眼圈，对黛宁道：“看见了吧，这就是赵屿之前不肯争夺坞东地皮的原因，你非得唆使他上，这次对上申屠峰，恐怕真的得翻车，申屠峰才没有他侄子申屠涉那么好对付，那老狐狸在泰州，估计正看戏一般观察着蓝家兄妹和男主角。”

黛宁不觉得害怕，她反而觉得亢奋，在坞东待了这么久，她等待的事情终于到来了。

一旦赵屿对上申屠峰，他必定得失去什么。

赵屿说：“你把衣服穿好，我去联系船，现在就走。”

他说着，走出去打电话，黛宁把冬裙穿好，又穿上厚厚的长袜，走出去看见大雨漫天，雨水拍打着屋檐。

风也在刮，这段时间过得真快，冬天竟然不知不觉地到来了，就是不知道第一场雪什么时候才会落下。

黛宁伸出手接屋檐下落的雨滴，赵屿握住她的手：“会着凉，不许这样。”

赵屿找出她的斗篷，把她裹得严严实实：“我们先去渡口。”

今晚的一切发生得匆忙，搞得青团十分紧张，现在的剧情早已不是原本剧情，它的契约者是个“作精”，已经把一切都搅乱，现在的剧情是黛宁设计好的剧情。

杜恬放弃攻略男主角，在不知道自己“纪家二小姐”身份的情况下，想在这本书混出头，和蓝蓉蓉一样，她也打起了坞东的念头。原女主角开始成长，她的心肠比蓝蓉蓉狠多了，杜恬策反了她的爱慕者崔尧，想让赵屿、蓝蓉蓉和申屠峰对上。

青团真是害怕，原来人类改变态度就这么简单，杜恬一开始多拥护男主角，现在为了利益，不惜和男主角成为仇人。

到达渡口，果然已经有船在等。

赵屿把她送上去，他顾着黛宁，自己身上已经被雨淋了个半湿，黛宁身上清爽，坞东的含笑花被风雨吹打得恹恹的，唯有黛宁，依旧是半点未曾受损的好颜色，狂风疾雨之中，她整洁漂亮得像镀了层莹润的光。

赵屿看了她半晌，准备下船。

黛宁拉住他的衣服，不解地问：“你不走吗？”

赵屿转身，沉默片刻道：“不走，你知道的，我走不了。”

从把申屠涉一网打尽、拿了人家的所有人脉，还企图争夺坞东宝矿的那一刻起，他就再也无法全身而退了。

黛宁对上他的眼睛，问：“你后悔了吗？”

雨点落在江面上，泛起一圈圈涟漪，赵屿在她身前蹲下，注视着她：“纪黛宁，我不知道你对我有没有感情，也不知道假若我真的死了，你会记我多少年。你天真骄纵，性格恶劣，谎话连篇，我遇见你之后，讨厌过、憎恶过、恼怒过，唯独，不后悔。”

黛宁眼睛睁大，不服气地道：“你乱说，我有这么坏吗？”

赵屿摸摸她的脸颊，兴许是雨声交错着，竟让她看出几分赵屿的难过模样，黛宁不懂这算什么情感，为了安慰他想开点，别那么悲观，她的唇落在了他唇上。

赵屿扣住她的后脑勺，加深了这个吻，他心中觉得可笑又悲哀，明明猜到几分不对劲的地方，但是赵屿依旧迷恋这种滋味，骤雨之下，他辗转地吻她，恨不得她能生出柔软的心肠。

黛宁的保镖不小心看到这一幕，呆了好半晌，吓得跑到船头。

天啦，他看到了什么！

他们家大小姐被那个穷小子那样亲……要不要告诉钱叔？要不要？！

赵屿放开黛宁，她眸中干净清澈，像个看着他沉沦的局外人，赵屿眸中的迷离散去几分，他替她擦干净唇，起身道："再见。"

他又变成了那个肃然的男人，只有眼中残存一丝浅浅的温柔。

黛宁看着他的背影消失在渡口，抬手摸摸自己的唇，目光困惑。

初冬，杏花村下了第一场雪。

村长家的二妞欢呼道："纪大小姐回来啦！"

听到这个消息，最高兴的莫过于赵家的孩子，赵安安一个小豆丁，从家门一路奔至村口，赵平无奈地道："安安，你跑慢点。"

赵安安跑过薄薄的积雪，小脸通红，冲着远处一行人挥手："大小姐！钱爷爷！"

小雪纷纷扬扬，伞下的黛宁一乐，冲她勾勾手指："过来。"

她唤小狗儿一样，小丫头跑过来，想抱住她，黛宁嫌弃地把她戳开。"怎么又瘦啦，赵平没给你吃的？你这身破袄子是小时候的吧，你哥不是让人带了钱回来吗？走开不许抱我，赵安安你像垃圾堆里捡回来的。"

赵安安被她说得有几分害羞，只知道傻笑："大小姐，我大哥呢，他怎么没回来？"

黛宁道："他说他不要你们啦。"

赵安安傻眼了，要哭不哭的，钱叔无奈地道："赵安安别哭，大小姐和你们开玩笑的，你哥在做大事给你们赚钱，很快就会回来看你们的。"

"真的吗？"

"钱爷爷不骗你。"

赵安安这才收住眼泪，她揉揉鼻子："大小姐，外面冷，你先和我回家吧。"

黛宁无趣地转动着伞，雪花从她伞上落下去，她走在小丫头前面，回了赵屿家，这么个小破屋，冬天都漏风，如果不是为了计划，黛宁绝不愿意再回来。

两个多月不见，赵平又长高了些，许是天冷没有出门，他没有夏天时黑，见到黛宁，他自然也是高兴的。

“大小姐，我哥他怎么没回来？”

赵安安害怕大小姐的回答，连忙认真地告诉二哥：“大哥在城里赚大钱。”

黛宁里里外外看了一遍，两个小家伙被赵屿教得很好，房子虽然破旧，但是到处都是干干净净的，只是他们自己，看上去太寒酸了。

赵平的脚踝露在外面，冻得通红，他和赵安安看上去臃肿，其实穿的都是以前的衣服，一点儿也不保暖。

黛宁推开里面那扇门。

赵平来不及阻止：“大小姐！”

房间里的中年女人无措地看过来：“纪小姐。”

这还是黛宁第一次见到赵屿的父母，房间里有股浓重的药味，好在没有臭味，东西也摆放得很整齐。贫穷清苦的生活让他们看上去面黄肌瘦，床上两床旧棉絮，看上去也就那样子，整个屋子冷飕飕的，没有一点儿温度。

这过得都是什么日子？

“婶婶，”黛宁疑惑地道，“赵屿不是让栓子给你们带钱回来了吗，你们怎么不买新衣服和新被子，难不成栓子把钱私吞了？”

这是赵母第一次见她。

外面在飘雪，大小姐一身红色斗篷，斗篷边柔软的绒毛飞舞，这种逼人的美丽，连赵母都看得失神片刻。

赵母局促地道：“没有没有，栓子把钱都给我们了，衣服和被子都有，我听说屿哥儿在外面拼搏，万一有需要用钱的地方，我们把钱花了，屿哥儿怎么办？”

黛宁摇摇头，都不知道说什么好，这群傻蛋。

“你们的药呢，买了的吧？”

赵母点头：“小平一直在买。”

这就好，至少有药喝不会死，黛宁也不擅长和这么自卑的女人讲话，她把门一关：“你们休息。”

赵平急得抓耳挠腮：“大小姐，我娘身体不好，有什么你可以问我。”

“你这么丑，我才不问你。”

赵平开始怀疑人生了。

大小姐一回来，赵家立马变得热闹起来，钱叔知道这小祖宗冷不得，连忙张罗热水袋和炭盆，忙碌许久，终于把原本的屋子弄得温暖舒适，地毯也重新换过。

黛宁舒舒服服地坐下来，突然开口道："钱叔，你给那两个小瘦猴和赵屿爸妈屋里也弄几个炭盆，衣服被子扔了，我看着碍眼。"

钱叔眼里漾出欣慰的笑意，应了一声，让人去换东西。

对赵家的少年和小丫头来说，今年是他们最温暖的一个冬季。

赵安安穿着崭新的红色小棉袄，难得这样开怀，她原本自卑内向，今年落了雪，她反而跑出去和村里的小孩一起玩了。

二妞吸着鼻涕，羡慕地道："赵安安，你的衣服真好看！"

赵安安红着脸点点头："当然，和大小姐的是一样的颜色呢。"

听到这句，小伙伴们纷纷"哇"了一声。

赵安安心中快乐极了，她生下来几乎没有过过好日子，人生六年的记忆里，只有贫瘠的大山，炎热的夏、寒冷的冬，还有漫长的黑夜。现在不一样了，她穿得暖和，连棉被都换成了新的太空被，太空被软乎乎的，还带着太阳的味道。

她喜欢大小姐，哪怕大小姐经常逗她，可是对黛宁的这种喜爱，几乎刻入了赵安安的童年记忆和生命。

冬天不用劳作，一群小孩玩耍完各自回家。

赵安安抱着一个塑料袋敲响黛宁的门。

黛宁打开门，赵安安道："大小姐，送给你。"

"什么呀？"黑乎乎的一团。

赵安安飞快抱了一下黛宁，害羞地跑掉。

黛宁揭开黑色塑料袋，露出一个呆萌可爱的雪人。她看着雪人，哼一声，把它拎进屋子找东西保存了。

大雪一连下了半个月，黛宁不出来，每天懒洋洋地待在小暖屋里面。她今年不爱动，钱叔也没多想，只当乡村条件不好。

想到大小姐快过生日了，钱叔费尽心思，终于联系上了纪老爷子。

老爷子问过宝贝疙瘩黛宁的情况，又道："家里没事了，前两天言家查清了情况，言明寇出事和墨珏无关。宁宁可以回家，到时候我们给她办个生日宴会。”

钱叔把这话转达给黛宁，黛宁一看日历，已经十二月四号，离她的生日还有四天。

青团紧张地道：“我有预感，如果要出事，就是这几天，黛宁，我们不能回去。”

黛宁语气轻松：“别担心，回不去。”

对着钱叔，黛宁示意他看看村子：“雪没停，积雪堆了这么厚，现在强行出山不安全，即便急着出去，也得等到雪停。”

钱叔忧虑地看一眼：“这倒是，可您的生日怎么办？”

黛宁道：“真到那时候，钱叔和厨师们做一个蛋糕出来就好。”

今年特殊情况，难得大小姐没有多提要求，钱叔觉得她长大了，点点头：“到时候一定给大小姐准备一个大蛋糕。”

说来也巧，大雪丝毫没有停下来的趋势。黛宁踩在雪地上，积雪快淹没掉靴子了。

黛宁生日前一天，赵屿依旧没有消息，也不知道这场争斗，到底什么情况。

“我可以用空间追溯看看那边的情况，但是你知道我能量不够，只能看一次。”青团问，“你要看看吗？”

唉，这鸡肋玩意儿！黛宁想了想：“不看赵屿和崔尧，看申屠峰。”

“好，你闭上眼。”

黛宁闭眼，一段画面在脑海中闪现。身着西装的中年男人边抽烟边听电话。

这人是申屠峰。电话那头不知道说了什么，申屠峰道：“你的建议是，用他的父母来让姓赵那小子交换宝矿？的确，这是最简单的办法……还有个女人，赵屿的心上人，我会考虑看看。”

黛宁睁开眼，青团喘气：“看、看见什么没有？”

黛宁道：“明天上午，申屠峰的人会过来挟持我们。”

“你没问题吧？”

“那当然啦。”

从申屠峰的话语中推测出来，赵屿应该是拿到宝矿了，申屠峰故意不干预，螳螂捕蝉，黄雀在后，有人给出建议，让他拿赵屿的软肋做要挟。

如果猜得不错，那人是杜恬。

杜恬想知道大气运子会不会陨落在申屠峰手中，即便不陨落，乘他们两败俱伤混乱之际，说不定还能除掉黛宁，女人之间的深重仇怨一旦结下，还真不是那么轻易解开的。

黛宁几乎破坏了杜恬的所有计划，杜恬不可能不恨，黛宁为了确认，特意去隔壁看了眼，果然，杜恬连自己的母亲杜月香都接走了，看来是早有计划。

黛宁支着下巴：“看吧，女主角整男主角就没事，世界法则太偏心了。”

青团默默地点头，谁说不是呢？

天刚亮，钱叔就起床张罗黛宁的生日蛋糕。

黛宁也起得早，只有赵家两个长身体的小家伙还在睡，黛宁打扮得漂漂亮亮，依旧披上了红色的斗篷。

最先发现不对劲的并非保镖们，反而是一个陌生的黑脸汉子和一个穿蓝羽绒服的年轻人。

黑脸汉子敲响门，把赵平和赵安安也叫起来，严肃地说：“山外有群来历不明的人，我猜是申屠峰的手下，大家赶紧走，屿哥说去山道。”

黛宁猜这就是赵屿留下通风报信的人，他的人的确好用。

太气了，她纪家那群吃干饭的，领着比别人高的工资，却不及大气运子的手下。

赵平脸色一变，小身体绷紧，他严肃地点点头。

黑脸汉子说：“我和阿拾去背赵伯父赵伯母。”

黛宁的保镖们面面相觑，一脸茫然，黛宁叹了口气，要这些个头脑简单四肢发达的憨憨何用！

“愣着做什么，一个人去通知钱叔躲好，别过来了，另外的人跟我走。”

事情有条不紊地进行着，山道上的积雪踩上去嘎吱响，赵平走过来，少年很有担当：“大小姐，你别摔着，可以扶住我的肩膀。”

黛宁弹一下他的额头，毫不领情：“丑家伙，一边儿凉快去。”

一个赵安安就够讨厌了，赵平还往她身边凑什么凑。

赵平被嫌弃，也没生气，他去问黑脸男人："陈哥，村民们会有危险吗？"

黑脸男人摇摇头："屿哥说不会，申屠峰和申屠涉不一样，他做事谨慎，怕被执法部门盯上，轻易不明目张胆地犯事，他的目标只是你们，你们躲好就行。"

见赵平小大人似的，十分紧张，蓝衣服男人活跃氛围："别担心，没有什么大事，屿哥也会赶过来的。"

到了山道可以躲雪的地方，众人松了口气。

黛宁眺望来时的路，赵屿计划周详，甚至还有人专门处理雪中的脚印，若真按赵屿的计划走，说不定申屠峰他们真的找不到他们。

她无聊地拨弄着白雪，但愿申屠峰的人聪明一点，能找到她留下的信号。

天地之间只有一片白色，又开始下雪了。

黑脸汉子脸色僵住，站起来："怎么会这样！"

众人顺着他的目光看过去，十多个全副武装的男人正往他们这里来。

黑脸咬牙道："走！赶紧走！"

他们背起行动不便的赵父赵母就往前跑，但他们的速度哪里比得上那群训练有素的人，转眼众人就被包围了。

所有人都脸色惨白。

这群人精准地辨认出赵家人，把人拉过去，黑脸和蓝衣服想救人，被一把枪抵住了头颅。

赵安安被一个男人拎起来，吓得瑟瑟发抖。

他们把目光放在黛宁身上，黛宁扬起下巴："别碰我，我可不是赵家人，你们老大敢伤我，他也得完蛋。"

这群人反倒真犹豫起来，看来并不是完全不知道黛宁的身份。

还没等他们做出决定，另一批人赶上山，黑脸一喜，是屿哥来了！

与之相反，先前来的人脸色紧绷，有人把赵安安拉到身前，枪口对准她的头："站住，别上来！"

黛宁定睛看去，果然是赵屿。

赵屿身后跟了二十多个年轻男人，他神情紧绷，眼神锐利："放开她，你们干的事情是违法的，申屠峰不怕步申屠涉的后尘吗？”

赵安安吓得大哭：“大哥，大哥……”

这群人是亡命之徒，自然无惧这些：“坞东宝矿交换。”

赵屿毫不犹豫：“好！”

黛宁看了她一眼，男人神色坚决，为了赵安安，他竟毫不犹豫地放弃了宝矿，她垂下眸光，问青团：“赵屿是伤害我爷爷的人吗？”

青团扭捏地道：“对不起，我当初不是为了吊你胃口，我是真的不知道。”

黛宁明白，对她来讲，爷爷是她最重要的人，但对于这本书而言，爷爷却是连配角都算不上的小人物，谁会着墨描写一个小人物呢？

连纪黛宁的死，也只是书中一句简单的总结，他们的一辈子，在书中不过寥寥几笔，微不足道。

赵屿说：“即便转让，你们也得给我时间，不要伤害我小妹和家人。”

那群人对了个眼神，他们显然没有想到会在这时候遇见赵屿等人。

有人松动道：“我们把人带走，不会伤害他们，你拿坞东的转让书来换。”

赵屿冷静地道：“可以。”

他来晚了一步，只能做出这样的让步，宝矿没了可以赚，赵平和安安他们不能出事。

人群中不知道谁喊了一句：“赵屿那边有警察！”

这句话像是点燃的导火线，让所有人神经一瞬紧绷，不知道谁先开的第一枪，打破了可怕的宁静。

再也无法做交换，申屠家的人决定鱼死网破。

太阳从雪山之上升起，赵屿猛地扑过来，护住了最近的赵平，但他显然再也无法顾及其他人。

黛宁看向歹徒身前的赵安安，她从来没有这么清楚地感知到小丫头会死，那么小的尸体，躺在雪地里，一定比雪人还要冰凉。

这次牺牲的，不是赵父赵母，变成了赵安安。

“大小姐！”保镖喊道。

赵屿心一紧，抬眸看去，黛宁抱住赵安安，在地上滚动一圈。

黑脸和蓝衣服反应也快，几乎第一时间把赵父赵母救了出来。

对方失去人质，警察们得了先机，终于毫不犹豫地动手，抓捕这群人。

“抱头蹲下！”

混乱开始得猝不及防，结束得也分外快。

死了几个带头绑架的，剩下的人蹲下被缴械。

赵屿松了口气，终于结束了。

太阳出来，明亮的光照在山道上。

一切的安静结束于一阵小小的啜泣。

所有人看过去，发现是赵安安在哭。

“呜呜呜大小姐，你怎么了……”

少女身下，血迹把白雪染红。

赵屿心中空了片刻，连脑子也迟钝起来，时间一瞬变得冗长，太阳照得他浑身发冷，他放开赵平，站起来时脑子有一瞬的眩晕，他来到黛宁身边，她红色的披风散开，在冬日里绽放。

赵屿手指颤抖着把她抱进怀里。

少女眼神空蒙，大眼睛失去灵气，看着眼前的男人：“赵屿……我有点儿难受。”

她的心口嵌入了一颗子弹，血液涌出来，和她红色的裙子混在一起，在雪地里片片盛放。

赵屿捂住她的伤口，她的血渗透他的指缝，有一瞬，赵屿几乎快要疯掉：“我带你去医院，现在就去、现在就去。”

黛宁手指无力地抓住他的衣领：“我好疼，我会死吗？”

赵屿把她抱起来：“你不会死，我不会让你死！”

他抱起黛宁，在赵安安的哭声中沿着积雪中的山道往下跑。

警察们对视一眼，有人摇摇头，赵平怔怔地坐在地上，过了好一会儿，泪流满面。

赵屿从来不知道世上会有这样漫长的一条路，湿滑，看不见尽头，没有光亮。

只有她温热的血让他浑身发冷，他从来没有这样害怕过一件事，他拼命往山下跑，不可以……不可以……纪黛宁这样的人，怎么可以死呢？

赵屿一个踉跄，带着黛宁摔下去，他单膝跪地，死死地把她护在怀里。

“赵屿，我、我好疼……”她哽咽出声，“你不要动，不然我更疼了。”

一种叫作绝望的感觉侵袭了他，赵屿心口的地方也疼得快要死掉了，他甚至疼得说不出话，他没有办法救她，完全没有办法。

她平时那样娇气，现在却疼得连哭声都微弱到没有力气。

黛宁抽泣道：“赵屿，我今天、今天生日呢。”

赵屿死死地搂住她，情绪一瞬崩溃，眼泪大颗从男人眼眶中涌出，落到她的脸颊上。

黛宁的眸光渐渐黯淡。

“赵、赵屿。”

“嗯。”

“我、我和安安谁可、可爱？”

赵屿喉咙渗出鲜血：“你，你可爱。”

“我和她，谁、谁更重要？”

他牙齿都在颤抖：“你最重要。”

每一个字，对他来说几乎都像是凌迟，这些问题，对他来说何其残忍。

她的身体好冷，赵屿抱得再紧，终究一点点在失去温度。

女孩轻声说：“骗子，赵安安活着，你一定非常庆幸吧。”

“没有骗你，我爱你，我爱你，早就爱你，一直都爱你。”

黛宁再也没有力气：“我、我想家了。”

“我送你回家。”

“不要你。”她气若游丝，瞳孔渐渐失去焦距，“钱、钱叔送我回家，你不许跟着我，也不许、不许和我一起死，我从来就、就不爱你。”

她的手从他身上滑落，漫天鹅毛大雪，落在女孩瓷白的脸颊上。

他失魂落魄，哑声道：“黛黛，黛宁。”

没人回答她。

山中风雪肆虐，赵屿抱紧她，这辈子第一次咀嚼到生不如死的滋味。

他低声道：“不爱我也没关系，真的没关系。”他爱她就够了，她那么美丽骄傲，本来就不需要为世界上任何东西驻足。

他拿出身上的玛瑙小老虎，放进女孩的掌心，她闭着眼睛，长睫上落了雪花，漂亮得一如初见。

赵屿抱起她，一步步往山下走，他不知道这段路走了多久，漫长得像是他的一辈子。

可要真是一辈子，那该多好。

后来，这段路是什么模样，赵屿已经记不清了，他只记得他刻骨铭心地爱过一个漂亮少女，又锥心刺骨般失去了她。她似乎爱过他，又似乎没爱过。

那一年，雪特别大，断断续续地下了一个月，封住了大山，他这辈子的爱情和快乐，皆死在那一年。

他不去打听她的家乡，只当她还好好活着，活在他看不见的地方。

赵屿偶尔会想她，太痛苦的话，也会刻意试着去遗忘她。后来，蓝蓉蓉给他送来了一盏烛台，是寰县举行传统节日活动的那晚，赵屿买下，却犹豫着迟迟没送出去的。

他蓦然想起了很多关于她的事，谷场满头星斗的夜晚，她饿醒的娇憨，耍赖撒娇闹脾气的模样。

黛宁，你还疼吗？你长大了吧。

暗巷

第二卷 DI ER JUAN

（上）

第十一章

哥哥

这几年京市的豪门是非，难以细数，多如过江之鲫，然而最让人津津乐道的，莫过于言家和纪家两个家族。

三年前，言家大少爷言明寇意外成了植物人，最近调查出来，竟然是言大少那个小后妈出轨引起的。

言总到了中年，面上无光，粉饰太平，没人敢光明正大地议论，但暗地里笑话是免不了的。

至于纪家，说起来就更玄乎了。

众所周知，全京市的名媛有个共同的敌人——纪家大小姐纪黛宁。

倘若让人说说纪黛宁有多不招人待见，名媛们可以洋洋洒洒地骂她一本书，纪黛宁娇纵、眼高于顶、我行我素、肆意张狂。

别的千金有矛盾，都是背地里说小话、使绊子，可纪黛宁从小画风就不一样，谁要是惹了她，或者编造她的谣言，大小姐直接当面吵，搞得人仰马翻，让人生气的是，大家顾忌形象，还没人骂得赢她！

最让人呕血的是，纪黛宁的颜值太能打，人人都怕被她抢男人，曾经有位小姐被纪黛宁气得要死，结果回头看见自己男朋友失态地看着纪黛宁，当场脸色青白交加。于是，所有名媛哪怕再不合，面对大小姐时也会一致对外，把她当成头号敌人。

没她有钱，没她美，更是学不来她爆炸凶的模样，这样一个祸水，千金们都恨不得她出点意外。

三年前，她们的期盼成了真，纪家大小姐中弹被带回来，从此失去了音信。

有人猜，纪黛宁早就死了，有人猜，她或许和言明寇一样，成了植物人，还有人猜，纪黛宁没有事，定居国外，猜测不一，可没人见过她，问她亲弟弟纪墨珏，纪墨珏只是沉默着转动酒杯，不说话，再问就会得到一顿打。渐渐地，大家把这抹举世无双的绝色忘记，鲜少有人再提起她。

千金们的心理阴影淡去，失去共同头号仇敌，她们又开始彼此暗暗较劲，谁当季的衣服好看，谁的男朋友出色，谁在宴会上出了糗。

直到三个月前，纪家发生了一件不得了的大事——纪家找回了流落在外的私生女纪二小姐！

众人的神经一下子被挑了起来，脑海中情不自禁地浮现出纪黛宁那张跋扈绝艳的脸蛋。

这下好了，大家架也顾不得吵了，纷纷打听起这位二小姐的消息，生怕纪家出现第二个纪黛宁。

纪二小姐叫作纪恬，是死去的纪总惹的一笔风流债。

老爷子找到这位千金的时候，她落魄潦倒，脸上还带了伤痕，这些事情真真假假，也只在圈子里流传，没人说得清。

听说二小姐性格怯懦，纪老爷子出于保护她的目的，没有公布她的消息，直到昨天晚上，纪家为她举办接风宴会，大家才看到这位二小姐的真容。

二小姐相貌清秀可人，一双眼睛楚楚可怜，见了谁都腼腆地笑，宴会期间有用人撞到她，二小姐不但没责怪，还温和地安抚，换作曾经的混世魔女纪黛宁，恐怕早就闹得鸡飞狗跳了。

唯一值得诟病的只有这位二小姐的身世，然而豪门圈子里，有些东西摆在明面上，有些东西放在暗地里，谁家没几件腌臜事？要骂这位二小姐，也不可能当面骂，于是不管暗地里怎么议论，明面上，二小姐的名声特别好！

脾气好、端方善良又温柔可人的纪家二小姐，一时之间，在京市名媛圈，炙手可热。

华灯初上，四月的夜晚，天上下起小雨。

女孩吃力地端起实木盆，用人连忙道：“二小姐，我们来吧。”

她笑着摇摇头：“没关系，我可以的。再说了，你们不懂按摩，我来比较好。”

女孩抬眸，赫然是当年的杜恬、如今的纪恬。

比起十八岁的她，今年二十一岁的她长开了不少，依旧是清丽的长相，但一双盈盈美目异常动人，平添了几分姿容。纪恬端着木盆，敲响纪老爷子的房门。

“进来。”

“爷爷，我们该治疗了。”

闻言，纪老爷子放下书：“辛苦小恬了。”

“不辛苦。”

纪恬蹲下，将纪老爷子的腿放进木盆，中药材泡过的药水浸到老人的膝盖，纪恬一寸寸细心按摩。

一旁的李管家笑道：“老先生现在有福气啦，二小姐能干又懂事，还这么孝顺，看得我老李都羡慕。”

纪恬抿唇笑笑，有几分不好意思。

纪老爷子道：“小恬确实懂事，我也不盼别的，要是墨珏那浑球儿有她一半乖巧，那我就省心了。”

“大少爷最近有进步，您也别太担心。”

纪恬安安静静地听着，为老人做着按摩，纪老爷子的腿脚有问题，每逢下雨天就疼痛难忍。

纪恬学过医，自动请缨来为老人的腿用药浴治疗，纪老爷子一开始不同意，后来见她坚持，想到这姑娘才被找回来，不忍拂了她的意，从而同意下来。

不管有没有用，纪恬这份心意，全家都感受到了。

“爷爷，好了，您早点休息，我也走了。”

“去吧。”

倒水这件事不用纪恬做，用人连忙过来倒掉。纪恬去洗手，她眼睛里的笑意褪去，皱了皱眉，反反复复地洗了十多遍手，这才忍住恶心的感觉回到房间。

看见豪华的房间，纪恬轻轻地吐了口气。

这三个月像做梦一般，她至今还有种不真实的感觉。

纪恬东躲西藏了三年，赵屿那个疯子也找了她三年。这三年，自己没有过上一天好日子，甚至杜月香也在前不久病死了，可是谁知道，这具农女的身体竟然是纪黛宁的妹妹——纪家二小姐的！

她过上了豪门千金的生活，衣食住行处处有人妥帖安排，她粗糙的容颜重新变得精致细腻。

纪恬低头看着自己的双手，手上某些伤痕早已结痂脱落，然而一双饱经风霜的手，养得再好，也看得出过去的生活有多糟糕。

纪恬握了握拳头，有种苦尽甘来的快意。

纪黛宁已经死了三年，如今她才是那个风头无两的纪家千金，赵屿再痛又能如何？他没有证据，也不能追来纪家把自己杀掉。外面那些传言纪恬自然也了解过，纪黛宁怎么可能没死，她早就死透了！

现在，纪黛宁的爷爷变成了自己的爷爷，她的弟弟变成了自己的哥哥！属于纪黛宁的宠爱、奢侈的生活，现在统统是自己的。

纪恬吃够了苦，也长够了教训，无论如何也不会再犯曾经的错误。

这段时间，她在纪家不是经营得很好吗？

纪墨珏玩到凌晨回家，他松松衣领，打了个响指："弄点东西来吃。"

厨房那边很快端上来一碗香喷喷的瓦罐汤。

纪墨珏用勺子搅了下："纪恬做的？"

用人连忙道："二小姐说您晚上回来可能会饿，她提前做好了，厨房一直温着。"

事实上，这几个月都是这样，纪墨珏回来得再晚，东西总能准备妥帖。

一开始，纪墨珏厌恶这个小三的女儿，可是纪恬从不往他身边凑，喊"哥哥"也小心翼翼地，他的身体状况和生活，纪恬却处处关心。

纪墨珏从前只有个双胞胎姐姐，纪黛宁骄傲跋扈，活脱脱的小公主，两个人谁也不让着谁，这个外头认回来的便宜妹妹，和黛宁的性格相差太大了。

纪墨珏揉揉眉心，人心都是肉长的，纪恬每天给老爷子泡足浴，他总不能天天打人家脸。

他吃了几口，往房间走去。

路过黛宁昔日的房间时，纪墨珏顿了顿。

真正的千金大小姐已经殒身三年了，她的任性，她的讨厌，乃至她的美丽和可爱，都渐渐被人们遗忘，家里来了另一个女孩，如果她在，是会发脾气，还是接受这个有血缘关系的妹妹？

他沉默半晌，这才扒拉两下头发，慵懒地往房间走。

第二天一大早，纪墨珏洗漱好下楼吃饭。

纪老爷子和纪恬都已经坐在餐桌旁，纪恬陪着老爷子说话，纪墨珏往椅子上一坐，跷着腿胡乱吃了几口。

老爷子提醒他："坐没坐相，好好坐！"

纪墨珏无趣地坐好，吃完饭，他自己开车去学校，纪恬追上来，鼓起勇气道："哥，我能和你一起去学校吗？"

纪墨珏看她忐忑的模样，这回没有拒绝："上车。"

纪恬心中一喜，她就知道这几个月的软化有作用。

纪家一窝学渣，老爷子花钱找关系成了习惯，也不在乎多塞一个纪恬进去。兄妹俩念同一所理工大学，大三的纪少又帅又有钱，全校皆知，今天从他的豪车上下来一个女生，一整个系都惊动了。

"纪少又换女朋友了吗？"

"不不不，你没听说吗？那个女生是他亲妹妹，纪小姐。"

"哇，豪门千金。"

"长得一般般啊，和纪少也不怎么像。"

"你就别酸了，你管人家长什么样子，人家一个月的零花钱够你用一辈子。"

……

纪恬坐在教室里，一下午听了三个男人的告白，当然，她礼貌地拒绝了他们。

黄昏的暖阳照在她身上，纪恬承认，她从来没有这样快活过，男生们爱慕欣赏的眼光，女生们的羡慕和谈论，都让她无比满足。性格不羁的哥哥也渐渐不排斥自己了，爷爷、管家、用人们，都对自己印象很好，她的一条裙子上万块，这是纪恬从前做梦都不敢想的事，纪小姐这个身份，得到的何止万千荣宠！

纪恬心情愉悦，但她到底不是个真正的傻白甜，她看过这本书，知晓剧情，纪家会破产。没成为纪家人之前，她觉着纪黛宁活该，可现在，她竟然成了书中的"纪恬"，富贵注定短暂，就必须为自己谋一条后路！

老爷子一把年纪，早晚会死，纪墨珏擅长吃喝玩乐，不擅长经营公司，他们也不可能把公司直接交到自己这个"私生女"手中，纪恬思来想去，想起了书中的二号气运子。

三年前她就想去寻他，没想到赵屿那冷冰冰的男人不肯放过自己，纪恬逃命都来不及，活得像只地沟里的老鼠，哪里有机会寻找这位大气运子。

现在不一样了，书中的二号大气运子至少一年后才会出现在众人视野中，她占尽先机，还有钱有精力，纪恬两个星期前就派人去找他了。

所有人的好感度，纪恬可以一并刷上去。

放学后，纪恬不会和纪墨珏一起走，纪墨珏要么和兄弟们一起浪，要么和女朋友约会，纪恬也识趣，既不劝他免得扫他的兴，也不打搅他。

纪家司机来接纪恬，她的手机刚好一声响，纪恬打开短信：

纪小姐，人我们找到了。

纪恬弯起唇角。风水轮流转，终于轮到了自己事事顺意，富贵的身份，最好的时运，甚至在最正确的时间，找到了对的人。

这次，什么都不能再阻止她。

海边的四月比内陆温暖不少，海浪拍打沙滩，热带的花儿盛开了。

春天的风吹动窗帘，女佣撩起帘子，让阳光照进室内。

蓝色的冰丝床上，躺着一个女佣这辈子见过的最好看的女孩，她睫毛长如蝶翼，安静地垂着，脸颊带着浅浅的红晕，唇瓣也红如玫瑰。

女佣今年二十七岁，叫作邱谷南，她是个农村人，父母重男轻女，日子一直过得很苦，直到被雇来照顾这女孩，她的生活才渐渐好起来。

邱谷南朴实善良，身材有点壮，她长得并不好看，但这一切不妨碍她心思细腻，手脚勤快。邱谷南开了窗，继续进行三年如一日的工作——去浴室接水，给女孩擦身子。

邱谷南解开她的衣裳，露出年轻女孩白皙的身体，邱谷南在这隔绝人烟的地方照顾了她三年，对女孩十分有感情，她把女孩当成妹妹，当成亲人，伺候的时候也事事尽心。

床上这位女孩的身材实在是好，一路曲线惊人，那凸起的白嫩，柔软的腰窝，让邱谷南一个女人都觉得脸红。

她这样美，邱谷南舍不得苛待她。

哪怕女孩什么都不知道，邱谷南依旧细细地把她的小手都擦了一遍，又给她抹上香喷喷的身体乳，这才轻手轻脚地给她把衣裳穿好。

荒芜空洞的识海中，一颗青团蹲在角落沧桑地叹气。

一千多天了，它一开始还会记录“正”字，盼着契约者睁开眼睛，到了后来，“正”字多得数不清，青团给自己织了个蜘蛛网，安静地躺在上面等死。

青团有扭转时空的力量，三年前，纪黛宁提前和青团做交易，付出三分之一灵魂力让青团吃掉，重新变得有能量，希望能在设计的意外中保护她一命，然而计划出了点漏洞，黛宁临时捞了把赵安安，谁也没想到，那一枪正中心脏，黛宁死得透透的。

三分之一的灵魂根本不足以让青团使她的命运扭转，青团绝望之际，却有磅礴的气运往它身体里流转。

那是青团游离大千世界以来第一次尝到爱的味道，而这是从赵屿身上来的。

爱，却是十分苦涩的滋味。

青团赶紧用尽全力，让黛宁的状况慢慢扭转，这个倒霉姑娘却因为灵魂残缺，醒不过来。

三年时间，别人家的小青团都两岁了，只有它困在识海，和契约者一起发霉。

黛宁的身体现象成为医学奇迹，纪爷爷为了保护宝贝孙女，封锁了消息，把黛宁送来了海边小别墅，连纪墨珏都不知道她还活着。

不知道这个四月是第一千几百天，青团如以往一样，准备沉沉睡去时，识海中，黑色的空间骤然泛出温柔的光，绮丽的色彩层层晕开，死气被鲜活驱逐，整个识海重新变得流光溢彩。

识海的风轻轻托起青团，然后恶劣地揉了它一把。

它愣怔许久，大哭出声：“哇呜呜……纪黛宁你终于醒来了！”

凤鸣市的五月，逐渐升温，有了夏天的味道。

大学校园的绿茵处，年轻女孩催促着：“你答应给我买衣服的钱呢？”

她身前站着一个穿白色衬衣的男人，衬衣质地很差，从发黄的袖口看得出这衣服已经穿了很多年。

男人沉默地从兜里拿出几张红票子给她。

女孩数了数，扁嘴道："才一千块。"

男人沉默片刻："不、不够的话，我下、下午……"

他的声音像被割裂一般艰涩难听。

女孩眼中的不耐之色一闪而过，打断他的话："够了，将就吧。你快点走，别让我的同学们看见。"

男人抬眸，看着她。

这名叫作陈怜星的女孩意识到自己说话太过分了，她调整表情："谢谢你，对了，你知道我要出演学校的舞台剧，排练吃紧，不能去医院看妈妈，麻烦你继续照顾她。"

男人如她所言，转身离开。

五月的校园美如画，花尽数盛开着，陈怜星看着他的背影消失在小道尽头，这才露出几分嫌恶。

男人叫作陈景，是她哥，准确来说，并不算她哥哥，只是她爸爸陈继睿收养的孤儿。

陈景身世可怜，据说陈继睿捡到他之前，他被丢弃在丛林中，失了狼崽的母狼将他养大，后来丛林食物不足，母狼老死，十岁的陈景走出丛林，流浪到了孤儿院。

他不会讲话，不会用筷子，甚至连生肉都能咽下去，孤儿院的孩子们排斥这个小怪物，险些活活将他溺死。

逃出孤儿院后，陈继睿收养了他。

陈继睿曾经是个混混头子，但心中有几分善良义气，他把小狼孩带回家，给他洗了澡，穿上新衣服，又亲自给他喂饭，教他讲话，还让自己七岁的女儿喊他哥哥。可惜，小男孩的喉咙被野兽抓出一条深痕，声带受损，后来即便学会了讲话，却是个声音难听的结巴。

陈家当年风光了好长一段时间，后来陈继睿失手砍死人被判了刑，墙倒众人推，陈家风光不再，人人喊打。

陈家被泼油漆，仇人上门砸东西，甚至还有想要侮辱陈继睿妻子的，陈怜星吓得瑟瑟发抖，陈母也一阵绝望。

十六岁的结巴男孩一言不发，拎起菜刀坐在家门口，目光冷戾。

从那天开始，再也没人上门找碴，陈景只对她们说了两个字：“我在。”

他辍了学，四处打零工，有时候是搬运，有时候去餐厅，或者到网吧当网管，只要给钱，他什么都肯干。他用尚且稚嫩的肩膀挑起一个破败的家庭，赚钱供妹妹陈怜星继续念书，照顾消沉的陈母。

一晃八年，陈怜星上了大学，陈母却被检查出了白血病。

陈景坚持要给陈母治病，陈怜星却并不感激他，她常常在想，这个男人不是自己的哥哥，他只是个没人要的丧门星，他来了以后，家里才发生了那么多糟糕的事，这么多年过去，她都快忘记好日子是什么光景了。

陈怜星念高中时，听见同学暗地里讨论她的结巴哥哥声音难听，她觉得丢脸极了，从那以后，陈怜星再也不和同学们提起他，甚至不在熟人面前与陈景讲话。

陈景不是个蠢人，明白了什么，从那以后，他越发沉默，只每个月给她打一回钱，不再干涉她的生活。

陈怜星拿着钱往宿舍走。

她上了大学就再也不回家住了，谁愿意住在暗巷那种地方？陈怜星经常找借口向陈景要钱，买化妆品或者请客吃饭，但这次的舞台剧，却并不是谎言。

学校文艺节快到了，系里精心排练了一出《雨季玫瑰》，半个月前，舞台剧的女主角突然换了人，换成了一名从京市大学过来的交换生。

那女孩举止优雅，谈吐有礼，最重要的，听说她是位豪门千金。

本来陈怜星还在吐槽换角的事，一听到女孩的身份，立马眼睛一亮，如果能和她做朋友，那么肯定能通过她认识不少京市的人，运气好的话，嫁入豪门也有可能！

怀着这样的心情，陈怜星向女孩示好，没想到那位纪小姐真的接纳了她，友善地与她讲话，陈怜星大喜，更加重视这出舞台剧。

她心情愉悦地回了宿舍楼，心中在思考，下午见到纪小姐，要与她谈论什么话题？

但陈怜星不知道，她那位被嫌弃的结巴哥哥，在走出校园前，遇见了她想讨好的千金小姐。

纪恬着一身典雅的长裙，笑意温柔："你好，真高兴在这里见到你，上周多谢你在网吧救了我，我能为你做什么吗？"

陈景对她有印象，上周他在网吧值夜班，这名漂亮的年轻女孩来得突兀，说是找人，结果差点被混混们欺负，他不愿网吧里生事，把混混们打走了。

陈景摇摇头，错开她往前走。

他并非做好事，一来他身手好，不愿意和陈怜星一样大的女孩被欺负，二来他工作的网吧混乱，老板雇佣他，相当于免费雇佣一个保镖，也有让陈景维持秩序的意思，既然是分内的事，就谈不上什么报答不报答。

纪恬看着他的身影，心中思忖。

她知道这位二号男主角特殊在哪里，他声带坏了，四处都有他养父的仇人，他拉扯着一个白眼狼妹妹，还有个病歪歪的养母，委实不容易。

未来只手遮天的财阀巨擘这年还不叫"言景"，在他回到言家之前，他只是个混迹于暗巷讨生活的男人，他叫"陈景"。

纪恬追上去："等等，忘了告诉你，我叫纪恬，你叫什么名字呢？上次我看你身手特别好，我才来凤鸣市，说不定未来还有需要你帮忙的地方，当然，我是指聘请你帮忙。"

听见"聘请"两个字，陈景顿住脚步，将自己的名片递给了她。

纪恬弯起唇，她微笑道："我记住啦，陈景。"

面前的女孩温柔俏丽，陈景倒不至于对她有什么恶感，再者有活接，对陈景来说才是最重要的，他现在做三份工作，也只是想多攒点钱，撑到养母有合适骨髓的那一天。

纪恬得到他的联系方式，继续道："我这个周末下午要去采购舞台剧需要的衣服，保镖生病了不能来，你能代替他的工作吗？大概需要三个小时，如果你同意的话，一千块钱可以吗？"

这个价格相当不错了，陈景工作一天，有时候都赚不到一千，他干脆地点头。

纪恬眼中的笑意深了些："那么，周末见。"她冲他挥挥手。

纪恬这长相，在凤鸣大学算得上出挑，加上她衣服妆容精致，整个人散发着美好青春的光彩，来来往往的大学生忍不住看她，这种美好容易感染人，陈景也多看了一眼。

眼前的姑娘过着他这种人一辈子也过不了的生活，陈景曾经也想念书，想上大学，当初他的高中同学，现在有人成了医生，有人做了园艺专家，还有人成了教师，只有陈景依然为生活疲于奔波。

黄昏时分，陈景开货车送了货，骑着摩托车往家走。

惦记着明天要去看养母，他在一家蛋糕店的橱窗前停了下来。

陈景修长的手指点点奶酪蛋糕，服务生笑着道："景哥，还是三块吗？"

陈景点头。

他是这家店的常客，来的时候大多数沉默着，服务生一直以为他是哑巴，也配合着用最简单的方式与他沟通。

包好蛋糕，陈景走出店铺，一眼就发现自己摩托车上的头盔不见了。

陈景委实不知道该说什么好，他这么穷，竟然还有小偷看得上他的头盔。

陈景直觉敏锐，他一转头，就看见墙角蹲着一个脏兮兮的女孩，她满脸都是黑灰，用一双黑白分明的大眼睛看着他。

丸子头扎得乱七八糟，卷卷的头发丝无辜地散落，女孩的裤腿破破烂烂，腿上也有黑色的灰，她怀里抱着陈景的头盔。

陈景走过去，冲她伸出手要头盔，她摇摇头，把头盔抱得更紧。

陈景还真没遇见过这么光明正大耍横的人，这样的流浪女孩，他如果愿意，一只手可以打八个！

他蹲下，想直接把头盔拿回来，女孩似乎知道抢不过他，眼睛看着他手中的蛋糕，睫毛一眨，水汪汪的眼更添了一层泪光，无声又可怜。

陈景拿回头盔的动作顿了顿，他这些年在刀口挣扎，按理说心肠冷硬惯了，可此时，眼前的小家伙蓦然让他想起了十岁的自己。

到处流浪，没有家，被人欺负被人打。

他抿唇，从袋子里拿了个小蛋糕递给她。

女孩伸手接住，轻轻咬了一小口，偏头看他，她脏兮兮的，眼睛却干净明亮，陈景起身，打算离开。

他的衬衣被一只小手握住，女孩软糯地喊他：“哥哥。”

陈景转头看她，小时候的陈怜星也会在陈继睿的教导下喊他“哥哥”，后来陈怜星读了高中，再也不这样叫他，哪怕陈景对她再好，自己缩衣减食，让她吃好喝好，也没能改变陈怜星的态度，久而久之，陈景看淡了，也就不再强求这些。

在这个冰冷的世界上，陈景只从母狼和陈继睿身上看见过亲情，然而面前这女孩竟然因为吃了他一块蛋糕，喊他“哥哥”。

他把女孩的手拨开，没理她，打算离开。

她叼住小蛋糕，从地上站起来，揉揉自己的眼睛，一副要哭不哭的可怜模样。

陈景走一步，她跟着走一步，陈景长腿一跨上车，她泪珠子“吧嗒”就落了下来，像路上的流浪小猫一样，盼着能被人领养，见来来往往的人都不要自己，难过极了。

陈景压下眸中的情绪，皱起眉，隔壁就是十八号暗巷，倘若不管她，嗓音听起来这么娇糯的女孩，明天恐怕就连渣渣都不剩了。

也不知道她是怎么跑来这种混乱区的。

陈景侧过身子，冷着脸把头盔解下来，往女孩头上一放。

她头发扎成的两个丸子影响戴头盔，陈景把她压住的丸子发塞进去，透明玻璃后，她长睫毛上还挂着泪。

陈景冲她颔首，她倒是聪明，几乎一下子领会他的意思，赶紧坐上了他的车。

陈景启动车子，难以形容自己是什么心情，他也不清楚自己捡了个什么，反正先看看情况，入夜后她不能待在这么乱的地方。

后座的“小可怜”脏丫头盯着他的后脑勺，露出了一个好玩的笑容。

青团捂住自己的眼睛，陈景太惨了，黛宁把身上抹上巧克力粉而已，他竟然主动给自己捡了个祖宗回去！

纪恬的目的是接济他帮助他，这小祖宗是要搞他吃垮他啊！

摩托车开过街道，驶入十八号暗巷。

这里的房子在凤鸣市最为破败，三教九流的人聚集，十八号暗巷的治安混乱不堪。

巷子里，不乏黄头发绿头发的“杀马特”小混混，听见陈景的摩托车声音，路上晃荡的人连忙让开路。

说来可笑，一整条巷子的人都不正经，成天惹是生非，聚众斗殴，唯一做着正常工作认真打工的陈景，却是整条巷子都不敢招惹的对象。

陈景身手又好又诡异，平时不言不语，真惹了他，可能会在医院躺一辈子，如果不是陈景表明不混，他们估计都得上赶着认老大。

陈景自己不介意这些，但是陈继睿进监狱前语重心长地交代过，养子不能走自己走过的路。

陈继睿说不能，陈景便不做。

小黄毛拍拍同伴：“陈景带了个人回来！”

“真的假的啊！平时他话都不讲，把谁带来了啊？”

“我听说他有个妹妹，该不会是他妹妹吧？”

“不可能，都知道他妹子在念大学，从来不回暗巷，人家的大学生妹子，看不上这种地方。”

不管别人是怎么议论的，他们穿行过水洼，到家了。

陈景掏出钥匙开门，一回头发现那女孩还在琢磨怎么开头盔，她完全不会解，显然是没戴过这东西。

陈景顺手把她下巴上的暗扣按住，将头盔给她取下来。陈景习惯了一个人生活，因为讲话结巴，声音难听，他很少说话。

他今年二十四岁，长得非常好看，轮廓硬朗，带着几分冷酷的韵味，最显眼的要数他喉咙上那道伤。

黛宁观察着他。

要说三个气运子中，黛宁最不熟悉的就是眼前这位。

他后来也不怎么讲话，但是话不多的人，往往手段特别狠，不是有句古话吗？会咬人的狗不叫，纪家一度被言家打压得喘不过气，陈景的能力可想而知。

黛宁听过许多关于他的事迹，但近距离与他相处，还是头一回。

她打量着眼前的房子，在心中嫌弃地和青团讲：“又是一个穷光蛋。”

青团：“本来言景才是言家的继承人，如果言家知道他还活着，言明寇就成二少爷了。”

要知道，言景的出身和纪黛宁是一样的，只是龙困浅滩而已。

青团本以为纪恬会把言家长子还活着的消息告诉言家，没想到她偷偷隐瞒下来，还弄了个交换生的名额，大老远地来到了凤鸣市。

黛宁倒是理解纪恬的小心思，言景现在的身份更利于她攻略，毕竟纪恬也算是富家千金了。

黛宁醒来的消息还没传开，整个京市谁也不知道这小浑蛋直接跑来了凤鸣市。

每次都拿一样的剧本不好玩，黛宁喜欢和纪恬反着来，既然纪恬喜欢做千金，那这次自己就来演贫民窟女孩。

陈景回来第一件事就是洗手，他冲黛宁招招手，黛宁也把手伸向洗手台。

巧克力粉被洗掉，露出她一双白皙美丽的手，指甲里面干干净净，指尖还缀着一抹樱粉。

陈景看了她一眼。

往常按理说该做饭了，但今天家里多了一位陌生少女，她看起来那么脏，得先洗干净，陈景拿出盆和帕子，示意她洗脸。

黛宁茫然地回望他，仿佛不懂他想表达什么。陈景眉头皱成一个川字，该不会捡了个小傻子回家吧？连自己洗脸都不会。

只有青团知道黛宁在使坏，巧克力粉那么厚，她懒得洗，就想忽悠陈景帮她。

果然，陈景真以为她是个傻子，让她坐在凳子上，他自己把干净帕子浸了一遍，过来给她擦脸。

黛宁倒是配合，她仰起小脸，方便陈景擦干净些。

巧克力粉一层层褪去，露出少女白嫩嫩的肌肤。

她眸光清透天真，也认认真真地看着他。

粉抹得太厚，陈景足足洗了两回帕子，才看清她的五官轮廓，哪怕脸上还沾着巧克力粉，却依稀能窥见她的美丽。

陈景顿了顿，把她脸上最后的黑色擦去，一张绝艳的小脸露了出来。

陈景本以为今天在陈怜星大学看到的那位千金已经算美丽，然而眼前的少女刷新了他生平的认知。

她好看极了，没有任何词语能形容出来这种感觉，像是油画里走出来的豆蔻少女，眉眼间天然带着几分稚气，但这种活泼动人的少女气，才最为惊艳。

与眼前的女孩子比起来，那位纪小姐甚至成了普通姿色。

如果他是个坏人，卖了她，估计一生吃喝玩乐的资金都够了。

陈景眉眼冷了几分。

倘若她真是个智力有问题的傻子，或者一个丑女孩，他还不会想太多，可她眼神灵动，这样逼人的美丽，怎么会没人愿意收留她？恐怕她的身份并不简单。

他回到房间，拿出一个本子和一支笔。

陈景在上面写字给她看："你是谁？"

黛宁摇摇头："我忘记啦，只记得有人催我快离开，我一路走，就遇见了哥哥。"

"我不是你哥哥。"

黛宁见他这样写，神情坚定，糯声道："可我记得你，你就是我哥哥！"

讲完还自我肯定地点点头。

她这般真情实感，如果不是陈景没有记忆，他还真以为自己是她哥。陈景本就不喜言辞，自然不会反复和她争论这件事，带回来一个记忆混乱的漂亮女孩，让他觉得很麻烦。

她虽漂亮，陈景对她却没有别的想法，他需要做的事情太多太多，治好陈母、供陈怜星念完大学，还有找陷害养父的人报仇，把养父救出来。

陈景并不打算长久养着她。

"明天你离开！"那几个字显得斩钉截铁，几乎力透纸背。

黛宁知道现在让他改变主意没有意义，也不反驳，只用一双湿漉漉的大眼睛看着他。

她沉睡三年，模样几乎没什么变化，加上容貌天生带着几分稚气，脸皮还厚，装嫩装可怜不在话下，可惜这男人眼里只有赚钱这回事，心肠冷硬得不行。

陈怜星已经两年没回来，东西也全部带走了，陈景从自己的衣柜里找了半旧的衬衫和裤子递给她，让她去洗洗。

黛宁没有伸手去接。

陈景惯会察言观色，一眼就知道她什么意思，显然是嫌弃这身衣服，寄人篱下还这么娇气，估计之前家境好得出奇。

陈景终于知道了好心不能滥用的道理，他往常是个冷漠的人，今天就不该开这个先河。

他写道："你没有选择，换了。"

黛宁的关注点偏了："哥哥，你为什么一直不讲话？"

陈景看她一眼，不带情绪地写：我是结巴。

她点点头，没有鄙夷，也没有同情，仿佛听他讲他是个男人那样自然。

你叫什么名字？

"我记得有人喊我黛黛，哥哥你叫什么？"

陈景。

她高兴地说："哦，那我叫陈黛黛。"

他默然片刻，写道：去洗澡，浴室里白色瓶子的是沐浴露，新毛巾我一会儿给你，东西别乱碰。这个地方非常不安全，你想死就试试自己出门，洗完出来吃饭。

她似乎终于明白自己的短期"冤大头"不怎么有钱，脾气还又臭又硬，乖巧地点头，抱起一旁的衣服。

陈景放下本子，扔给她一条新毛巾，做饭去了。

黛宁差点没接住，那男人已经冷漠地转了身。

黛宁关上浴室门，嫌弃地抖了抖手上的衣服："还不如我身上被剪破弄脏的布料呢。"

青团安抚她："好歹是干净的，你洗吧，我屏蔽了。"

陈景家浴室很小，如果是三年前，黛宁来这种地方估计得挑一堆刺，半天也待不下去，可她在杏花村住过几个月，凤鸣市环境再不好，也不可能比真正的山村差，至少热水器、抽水马桶俱全。

巧克力粉在腿上沾久了不舒服，黛宁脱下衣服，舒舒服服地洗了个澡。

她穿衣服时，发现陈景的衣服太过宽大，黛宁挽起袖子和裤腿，腰上的衣服直接打了个结。

黛宁蹦蹦跳跳地跑出去，陈景已经做好饭，看样子她再晚点出来，他就打算自己吃了。

他的客厅也很简陋，家具都有些年头了，唯一可取的是，陈景很爱干净，虽然平时做几份工作特别忙，可家里的卫生从不忘记。

陈景给她了一副碗筷，她高高兴兴的小脸在看见桌上的胡萝卜炒肉时，一下子拉了下来。

青团捂住嘴，生怕自己幸灾乐祸笑出声。

黛宁偏了偏头："哥哥，我们就吃这个吗？"

陈景点头，他腹中饥饿，看也不看她，只顾埋头吃饭。

黛宁没把嫌弃说出来，给自己盛了小半碗饭，夹了几块肉丝，无比艰难地吃起来。

有些时候，黛宁倒是很识时务的，这种东西她绝不吃第二次，但今天第一天来陈景家，气运子对自己没有感情，惹到他，恐怕都不用等到明天，他立即就会把自己这个捡来的陌生少女扔出家门。

比起她，陈景吃得很香，他打几份工，需要补充体力。

黛宁不怎么吃饭，陈景也注意到了，但他没打算管，对陈景来讲，黛宁必须得离开，他不是个又傻又盲目善良的人，对她自然不会像对陈怜星那样照顾。

好在陈景虽然对黛宁不怎么好，也不苛待她，见她没有继续吃饭的意思，他收好碗筷，去厨房洗碗。

陈景洗的过程中，黛宁跟过来，就站在厨房门边，用一双大眼睛追随着他的身影，见他回头，她弯起嘴巴，露出了一个很甜、带着几分乖巧的笑容。

陈景别开目光，没什么情绪，放好碗筷洗手。

这是第一次有人信任他、依赖他，说来好笑，八年时间里，他照顾着陈家母女，她们对他依旧不像对待亲人，有诉求，有猜疑，但是独独没有这份自来熟般的亲昵。

哪怕陈怜星看起来有十分之一的真心，他也一定是世上最好的哥哥。

可惜，黛宁笑得再好看也没用，他依旧不会收留她。

陈景拿起本子，写道——这个地方不适合你，你住一晚，最迟明天下午，吃了午饭自己离开，找个看起来靠谱的地方收留你。

黛宁眼里露出伤心之色。

陈景不为所动，收留她一晚上还行，可他们无亲无故，哪怕自己真的和她哥哥长得很像，陈景也不可能把她当妹妹养，他并非什么好人，照顾陈怜星母女都来不及，顾不上旁人。

窗外五月的黄昏，染上玫瑰红色。

黛宁揉揉眼睛，一副难过的模样，似乎明白了臭石头并不待见自己。

大小姐心想，她演得好辛苦，向来只有她自己想走，没有别人赶她走的份儿。

这笔仇她记下来，将来她要陈景跪着求她别走！

陈景指一指陈怜星的房间，示意黛宁今晚就住这里。

只相处了几个小时，陈景就已经大致猜到了少女的性格，从前生活很优渥，看什么都挑剔。

陈景自己的被褥已经用了很多年，黛宁本来以为依照陈景的无情，自己要睡陈怜星留下来的旧被子，没想到陈景从衣柜中拿了新被子出来。

新被子是漂亮的马卡龙粉色，看上去非常少女心，布料也特别好，不是夜市上那种地摊货。

青团这两天在翻书恶补“言景”的一切，见状给黛宁解释道：“陈景其实很会赚钱，他十七岁那年打三份工，每个月纯靠劳力都能赚上万块，只不过陈家是个无底洞，陈母动不动就生病，陈怜星找各种借口向他要钱，他再怎么能赚都抵不过这母女俩能花。”

黛宁明白过来，原来是自己没花，全给那对母女了。

新被子想来是陈怜星抱怨家里条件不好，陈景给买的，后来陈怜星再也不回家，一直没用上，被子一直搁置在木柜中，索性给黛宁用。

如果陈怜星接纳陈景，他的确会是个很好的哥哥，像赵屿对赵安安那样。可惜陈怜星是个势利眼白眼狼，也不知道以后陈景回归豪门，陈怜星会不会悔得肠子发青。

陈景把被子递给黛宁，下颚微抬，示意她自己铺床，眼神很明显——会吗？

黛宁毫不犹豫地点头：“我会的，哥哥。”

她捋起自己的袖子，抱着被子踩上床，陈景懒得纠正她喊自己哥哥，听她说会就没再管，他关上门，回了自己的房间。

青团震惊：“你还会装被套？”

黛宁："不知道。"

她拎起被套看了两眼，把被子团成一团，懒洋洋地往上面一躺，不管会不会，反正她不会动手去试。

五月份的夜晚不太冷，黛宁拿起另一床柔软的新被子将就盖住，如果是以前，她不可能睡得着，但谷场她都睡过，现在好歹有被子有床。

房间虽然不大，可是东西都还不错，看得出来，陈景对他自己抠门，对妹妹委实不错。

黛宁没想到，有朝一日自己睡个新被子，都得沾陈怜星的光。

睡至半夜，院子里的树枝被风吹得沙沙响，黛宁揉揉眼睛，下意识道："赵屿，我饿了。"

空气中安安静静，有那么一瞬，青团和她一同愣住。

黛宁闭上眼睛，若无其事地翻了个身，继续睡觉。

青团睡不着，黛宁自从醒过来，从来没有提过赵屿，但是在赵屿的生命中，三年已经过去，它团住自己，也有点想赵屿。

如果赵屿在，肯定能把黛宁照顾得很好，对于二号气运子来讲，大小姐只是捡回来的陌生女孩，连陈怜星一根小指头都比不上。

事隔经年，它竟然也生出几分人类才有的情绪，青团甩甩小脑袋，决定不去想这些，在黛宁的识海中沉沉睡去。

都会慢慢好起来的。

陈景起床很早，他每天都很忙碌，白天在网吧工作，黄昏时分去开货车送货，偶尔夜晚还要去一家会所调酒，这些年什么技能他都学过一些，选择的这几份工作，工资着实可观。

普通网管和调酒师工资不高，可换成一个超级能打的，那身价就不一样了，这些地方某些时候本就是灰色地带，想好好维持秩序，需要一个铁血手腕的男人镇压，对于它们和十八号暗巷来说，陈景就是这样一个角色。

陈景不在家吃早饭，一般去外面买几个包子一杯豆浆，今天不一样，因为多管闲事，家里添了张嘴，他早早出去，给少女买了份早饭回来。

黛宁还在睡，陈景敲响房门。

黛宁睡眼惺忪地打开门，陈景把装着早饭的袋子递给她。

黛宁接过来："哥哥你要出门啦？"

她脸颊睡得红扑扑的，陈景一眼看见了她凌乱的被褥。

少女意识到什么，低下头，有几分心虚。

这副可怜的模样，是真的害怕被人抛弃，明明不会装被套，昨天也脆声应下来，估计就是怕给他添麻烦。

陈景习惯了麻烦，他从少年时就给陈家每个人解决麻烦，哪怕陈怜星不待见他，也不得不承认，陈景几乎无所不能。

他拿出本子给她看："我要出去工作，上夜班会上到晚上十二点，午饭会有人给你送过来，那人叫李明。你吃了饭就离开，在我回来之前，你自己走。"

黛宁一双圆圆的眼睛认真地看他写字，压着眼泪应："嗯嗯。"

陈景转身就走，黛宁小跑着追上他，一路送他到门口，她挥挥手，糯声道："哥哥再见，你要注意安全。"

陈景没有回头，家里没值钱的东西，他走也走得放心。

等他离开，黛宁把门一关，手中的早餐袋子顺势扔进垃圾桶，继续睡觉。她懒洋洋地睡醒时，太阳已经高高挂在天空了。

夜晚的十八号暗巷风起云涌，白天倒是安安静静，黛宁按了按手链上的按钮，没一会儿，一个高大的女人和几个保镖悄无声息地来到陈家院子，黛宁给他们开了门。

黛宁扑进女人怀里："谷子，我快饿死啦！"

邱谷南虽然不懂大小姐到这里来要做什么，却也心疼得不行："我给大小姐带了好吃的。"

邱谷南说是好吃的，一点都不夸张，他们带了三个食盒，一个装饭菜，一个装水果，还有个装小点心。

比起钱叔，邱谷南照顾黛宁更加妥帖周到。

邱谷南虽然还没三十岁，但她非常疼黛宁，几乎可以用"纵容"两个字来形容。

黛宁终于吃了顿饱饭。

"你们来这里，没被发现吧？"

邱谷南摇摇头："没有。"他们是严格按照大小姐的吩咐，避开人过来的。

“那就好。”

“大小姐，你已经醒过来了，这事儿什么时候告诉纪老先生？”

黛宁只把邱谷南和守在海滩外围的保镖带了来，她道：“我有分寸，现在还不是时候，你们先回去吧，院子里的东西不要动，收到我的信号再过来。”

邱谷南心中有无数疑惑，但她相信大小姐做事有自己的道理，于是不再问，带着人安安静静地离开，黛宁顺带让她把垃圾桶里的早餐也处理掉。

李明和陈景认识六年，是陈景非常信得过的人，今天景哥让他送饭时，李明非常意外，据他所知，陈景孤家寡人好几年，会让他给谁送饭呢？

“我是李明，给你送饭的！”

门打开，露出少女一张粉雕玉琢的脸，李明差点没拿稳手中的饭盒，怀疑自己走错了地方。

黛宁大眼睛弯起来，十分乖巧：“谢谢李明哥哥，你给我就好。”

李明的脸腾的一下变红：“不谢不谢。”

他的眼睛微微发直，不怪他下流，说句实话，李明算定力还不错的，可是这么漂亮的姑娘，他在凤鸣还是第一次见。

看见黛宁身上的衣服，他挠挠头：“你是景哥的女朋友吗？”

黛宁摇摇头：“不是，我是他妹妹，叫作陈黛黛。”

李明惊讶极了：“景哥不是只有陈怜星一个妹妹吗？”

黛宁故作疑惑地道：“陈怜星是谁？”

李明也不蠢，想到这是陈景的家务事，连忙闭上嘴巴：“那妹子，你先吃饭，我还有事先走。”

黛宁：“再见，李明哥哥。”

她的嗓音听得李明身上一阵酥软，几乎落荒而逃。李明本来就是个小混混，他真怕自己待下去忍不住对人家做点什么！跑出老远，见到在黄葛树下抽烟的兄弟们，李明连忙把在景哥家见到了一个大美人的事说出来。

有人笑道：“李明，你傻了吧，景哥妹妹我们见过，陈怜星啊，哪里是什么大美人。”

“不是陈怜星，她说她叫黛黛，贼漂亮，比老子这辈子见过的女人都好看。”

“李明，你就吹吧，是个女人在你眼里都美。”

李明见大家都不信，还笑话他，他气急败坏地道：“都不信是吧，等以后你们见到她，眼珠子不要掉出来。”

院子里的黛宁照常把李明送来的饭菜处理掉，这些东西她才不会吃。

黛宁打了一下午游戏，这才伸伸懒腰：“蠢团，咱们该干活啦！”

青团疑惑地问：“做什么呢？”

黛宁：“陈景出门前，我不是告诉过他吗？让他注意安全，既然陈景想赶我走，我当然得报答他。”

陈景的眼中只有陈继睿一家人。

她这么好看，陈景却不为所动，脾气又臭又硬的人最讨厌啦！

天色暗下来，十八号暗巷反倒开始热闹起来，三教九流的人出来晃荡，黛宁按动联络仪，没让邱谷南跟自己，带着几个保镖走出去。

她戴了一顶帽子，又用口罩把脸遮住，几个保镖也乔装过，一行人看上去和暗巷的小混混们无异。

黛宁说：“让你们注意陈景的行踪，讲讲吧。”

“大小姐，”有人压低嗓音道，“早上陈景先去医院看了他的养母，后来去‘天堑’网吧工作，晚上七点，他去了一家叫作‘四海升平’的娱乐会所，表面是做调酒师，但是陈景不调酒，他的工作是摆平来会所惹麻烦的人。”

原来是靠拳头吃饭。

书中也讲过，这名气运子很能打，黛宁思考了下：“他有多能打？”

保镖不确定地道：“这……我们也没见过。”

黛宁眨眨眼睛。

既然陈景很厉害，她就不让人和他打，让陈景只能挨打就好。哪怕是男主角，可他一个不爱讲话的结巴，也会受伤也会痛。

青团弱弱地提醒道：“我们自己不能动手，会被反噬的。”它跟着黛宁这么久，知道抢救契约者的三观已经没有指望，黛宁有自己的行事准则，哪怕十分恶劣，可是对黛宁来讲，她献祭灵魂，何尝不是为了这几年的痛快？

黛宁现在已经少了三分之一的灵魂力，青团不知道她难不难受，会不会疼，黛宁看起来没什么反应，好像这些灵魂力根本无关紧要。

可青团知道，少了部分灵魂力，人会越来越虚弱的，它看着笑盈盈的黛宁，她肯定是很疼的。

黛宁在识海中摸摸它的小脑袋："我知道，蠢团你别怕，我们不动手。"

她招来一个保镖，低声吩咐几句，保镖的脸色有点儿怪异。

"是的，大小姐。"

黛宁在"四海升平"会所对面找了家小吃店坐下。凤鸣市的夜晚灯红酒绿，这所城市虽没有京市繁华，可是夜生活也相当精彩。

黛宁含着吸管喝果汁，万事俱备，只差陈景上当。

让陈景把陈怜星那个丑家伙当宝贝，把自己当成一日抛小杂草，黛宁笑盈盈地看向对面，好戏开场啦！

第十二章

收留

陈景坐在吧台后面，他穿着一身黑色工作服，在人来人往的会所里很不显眼，没人会去打搅他，也不会有人找他说话。

陈景点了支烟，他很少抽烟，只有觉得压力特别大的时候，偶尔会点一支排解烦闷的心情。

今天他去医院，陈母的病情又加重了，骨髓移植的费用十分高昂，陈母兴许是不再年轻骄傲，也兴许是放下了成见，她对陈景的态度变得很好，央他救救自己。

下午陈怜星打电话给他，说需要买新的画笔。

陈怜星学美术，每年林林总总的画纸钱都是一笔不小的数目。

陈继睿还在家时，陈怜星其实是个可爱温暖的小姑娘，和养父一起教自己讲话的一幕，陈景在心里记了很多年。

养父入狱前，甚至还表达过希望将来陈景和陈怜星结婚的意图。

陈怜星渐渐长大，心气也越来越高，这件事陈景便也不提，他知道自己的缺陷，也就任陈怜星去过自己的生活。

对于陈景来讲，由丛林辗转来到人类社会，他这辈子唯一得到的亲情在陈家人身上。

他想事情想得有几分出神，有个包间门口传来不小的骚乱声。

一个女孩在挣扎哭泣，却被人强行带进了包间。

往常这种事偶尔也会有，毕竟是会所，有些不规矩的客人会调戏服务生，会所会让陈景出手，但如果是他们自己带来的男孩女孩，会所便睁一只眼闭一只眼，有时候人家玩个情趣，上前阻止反倒会惹祸上身。

陈景看多了这种事，心中早已漠然，但当他看见女孩的背影时，脸色一变。

他摁灭烟头，大步走过去。

有人连忙拦住他："景哥，不行，那是刘三爷，而且那个女孩子是刘三爷带进来的，他们说不定认识。"

陈景脸色黑得可怕，他推开来人，往里走，那女孩是陈怜星！

陈景一脚踹开门，屋里的刘丁成大骂一声："哪个不长眼的狗东西……"

陈景把他从陈怜星身上拉起来，一拳就要揍过去。

女孩哭哭啼啼地抬起脸，陈景看清她面容那一瞬，眸光沉了沉，他顿住手上的动作，不是陈怜星，只不过是背影肖似。

陌生女孩擦干净眼泪，连忙抱住刘丁成的胳膊："三爷，您没事吧。"

刘丁成吐了口唾沫："老子在这里玩，你是哪个东西？！"

看清陈景身上的工作人员标识，刘丁成怒火中烧："把经理喊过来！"

经理也立马知道不好，整个凤鸣市都知道，刘老板最为小气，睚眦必报，陈景贸然进来，打断他的乐子不说，还险些打了人，光面子上，刘丁成就恨不得弄死他。

经理赔着笑："他是年轻人，今晚喝多了，不小心得罪了您，您大人还有大量，今晚酒水免单，能不能放他一马？"

刘丁成眼神阴戾，森然道："放他一马，教训教训，不为过吧？"

"那当然，您随意，您随意。"

陈景拳头握紧，又松开。

黛宁坐在对面二楼的阳台上，支着下巴，看小巷里的男人挨打。

他们打了多久，黛宁就看了多久。

她用天真的语调赞叹："真养眼，可惜他的怜星妹妹可不会心疼哥哥呢！"

青团捂住眼睛，又悄悄移开一条缝。

月亮出来了，残月挂在天空，那群人打累了，这才散去。远处霓虹灯闪烁，地上的陈景一动不动，黛宁看了好一会儿，他才从地上爬起来。

鲜血从他的嘴角和鼻子里蜿蜒流下，陈景靠坐在墙边，手搭在膝盖上，重重喘着气。

月光是惨白色，陈景的人生也如此，小时候在狼群中，除了把他养大的母狼，所有狼都排斥他。他没有厚厚的皮毛，冬天只能蜷缩在母狼的怀中取暖，每一种强大的野兽都能杀了他，脖子上的伤痕就是他作为人类“弱小”的证明，陈景几次都快要死掉了，偏他命大，活了下来。

后来到了人类社会，他本以为终于找到了自己的族群，可在他们眼中，从林里走出来的、赤身裸体、会吃生肉的他，依旧是个异类，还是个强大的异类。

人类小孩没有狼锋锐的爪子，但他们会用更加残忍的方式对待他。

陈家对他来说是救赎，却也是艰辛的起点，他放下从狼群里学来的骄傲，肩负起另一种责任。

他是个结巴，嗓音也喑哑，像粗糙的磨砂纸擦过刀锋，陈景一开口，人们的目光便会带着几分怪异，久而久之，他鲜少和人讲话。

陈景闭了闭眼，用拇指擦了擦嘴角，从裤兜里摸出支烟点燃。

他有时候也不知道为什么要辛苦地活下去，这样怪异、孤单、冷然地活着，快乐的意义在哪里？

烟雾袅袅中，一个娇小的身影向他跑过来，小人儿穿着宽大的衣服和裤子，不知道从哪里弄来一顶褐色的破帽子。

黛宁跑过来，看清陈景的模样，一下子变得泪汪汪。

她抽泣得很伤心：“呜呜呜，哥哥，你怎么了？”

见他一动不动，她捧起他的脸，去探他的鼻息。

陈景睁开眼睛，对上一双琉璃般剔透的眸子，小姑娘抽抽鼻子：“哥哥你没死啊？！”

陈景无言以对，他抽了口烟，将烟夹在指间，冷冷地看着她。

神奇的是，少女竟然明白了他的意思，她解释自己为什么还没走。

“我想和你告别，哥哥说工作到十二点，现在一点钟了，我怕你出事。我问了李明，他说你可能在这里。”黛宁从兜里掏出纸巾，小心地擦干净他脸上的血，边抽泣边道，“哥哥你别怕，我带你去医院。”

说着，她张开软乎乎的手臂，尽力去抱他。

陈景垂眸看她，小姑娘的睫毛又黑又翘，涨红了脸都没能把他挪动一点，她小嘴一扁，又要哭。

陈景见不得女孩子哭哭啼啼，撑着自己站起来。

她连忙扶住他：“哥哥，我们去医院。”

陈景摇头，摁灭烟，摇摇晃晃地往家的方向走。

黛宁连忙扶住他。

知道她是个没力气又娇气的姑娘，堪称小废物，陈景怕压坏了她，虚虚靠着，根本没敢真让她扶住，饶是这样，她的脸蛋儿依旧憋得粉嘟嘟的。

路灯温暖，照亮他们回暗巷的路。

“哥哥，你疼的话，要告诉我。”

陈景不答，额上渗出细汗。

“我们明天报警，让警察也把这群坏人打一顿。”

陈景懒得理会她天真的想法。

她想了想，小声请求道：“哥哥你受伤了，我不放心，我可以明天白天再离开吗？”

陈景看她一眼，小姑娘生怕他生气，连忙道：“哥哥，我开玩笑的，我把你送回家就走。”

陈景见她模样怯怯的，终于意识到，自己对这个捡来的小姑娘似乎太过冷漠了，倘若是陈怜星，他一定包容又有耐心，毕竟这么多年过去，他依旧把陈怜星照顾得很好。

而对黛宁，他只怕她成为自己新的负担。

陈景点头，再多收留一晚，应该也没事。

黛宁眼睛里一瞬间落满星星，泛起了笑意。

陈景发现，她爱哭是真的爱哭，说不定凶她一句，眼泪就能滚落出来，但她也爱笑，泪珠子还没干，就快乐得忘记了之前的不愉快。

“哥哥，路边是什么声音？”

蛐蛐，他心想。

“它们会跳出来吗？”

不会，这是什么傻问题？

“十八号暗巷为什么叫十八号，不叫十九号呀？”

鬼知道。

“李明是你的好朋友吗？”

……

陈景的世界这辈子都没这样热闹过。一路上，她喋喋不休，总是有很多奇怪的问题，他表达能力本就有问题，听她一个人讲得津津有味。

他不讲话，她也不会不耐烦，反而更起劲。

陈景都不知道原来会所离暗巷这么近。

尽管身上还是痛，可他已经不用她搀扶，能自己走路了。凌晨一点半，别处万籁俱寂，十八号暗巷的热闹才刚开始。

陈景把染血的袖口卷起来，脸色重新变得冰冷，他顺手把身边少女的帽子往下一压，遮住她精致的小脸，暗里无数双打量他的眼睛，触及他可怖凶悍的目光后，都收回视线，甚至不敢多看他身边穿得不伦不类的小姑娘一眼。

两个人一路安全到家。

黛宁心想，陈景的身体素质确实好得吓人，如果是自己挨了那样的打，不说半身不遂，起码得在医院里躺好几个月，陈景缓了一个小时，看起来就跟没事人一样了。你说这种天道的亲儿子，到底怎么死？他根本死不了啊他！还好没让自己的人上，不然那群傻货估计得在医院里躺一排。

关上门，陈景才忍不住咳嗽两声，黛宁连忙道："你家里有药吗？我去拿。"

陈景的手点了下茶几。

黛宁拿出医药箱，里面治疗外伤的工具十分齐全，陈景毕竟靠拳头吃饭，想来没少受伤。

她犹犹豫豫地拿起绷带和剪刀，看着他。

陈景猜到她不会，自己拿起药水处理，念及她在，陈景只把胳膊的伤口上药包扎好。

旁边小姑娘乌溜溜的眼睛看着他，时不时用手背蹭蹭脖子。

陈景看过去，她脖子上红了一大片，有些触目惊心。

他猜过她身份贵重，但是没能想到这么娇贵，穿了料子普通的衣裳，又扶了下他，肩膀和脖子处竟然磨红了一大片。

陈景看了她好一会儿，低头给李明发短信："让红姐买一套女孩子的衣服过来。"

黛宁眼巴巴地看着他，陈景别开目光，给李明补充："要柔软的。"

就当再送她一套衣裳，过两天她还是得走。

李明有个姐姐，大家都喊她红姐。

凌晨这个点李明还在外头晃悠，猜到景哥是给家里那个“妹妹”买新衣服，答应得也爽快：“我跟我姐说。”

李红听了弟弟的要求，还以为是陈怜星回来了，大家都知道，陈景自己舍不得花钱，给陈怜星准备东西倒是用心，黛宁现在睡的那床被子，也是李红给买的。

对待陈怜星方面，陈景给钱给得很大方。

李红鄙夷地嗤了一声，陈怜星估计又有所求，才会想起哥哥，都这么多年不回家了，现在又跑回来要这要那。

虽然不喜欢陈怜星，李红准备东西却很用心，陈景只讲了要柔软，她坏心眼地挑了条紫色的裙子，这种华丽的颜色，可不是每个少女都压得住的，价格也不便宜，八百多块钱。

陈怜星家道中落，却不愿意穿便宜货，甚至不顾她那个老妈还在医院躺着，可劲儿攀比。

也就是她命好，有陈景这么个哥哥愿意养着，不然不知道会堕落成什么样子。

李明在外头跟着大哥混，现在没空，衣服由李红送过去。

李红骑着电瓶车，一路来到赵屿家门口，她一敲门，黛宁道：“哥哥你坐着，我去！”

她跑到门口，李红本来的假笑凝固在脸上。

看着面前陌生的漂亮小姑娘，李红的第一想法也和李明一样，怀疑自己走错了。

“红姐，我叫陈黛黛，你要进来坐坐吗？”

李红想通什么似的，瞬间笑道：“你就是小景的‘妹妹’啊，长得真水灵。”她的笑容带着几分暧昧，以为黛宁是陈景的恋爱对象。

毕竟陈景今年二十四了，也该考虑找女朋友的事了，他的出身大家都知道，孤儿一个，除了陈怜星，哪来的妹妹？

黛宁看懂了她的笑容，只作不懂。

陈景走过来，数了一千块给李红，他接过衣服袋子，递给黛宁，李红没有多留，给他打了声招呼，拿钱离开。

黛宁终于不用穿身上的男人衣裳了，她高高兴兴地跑进屋里去换，趁她换衣服，陈景忍住痛处理身上的伤口。

那条紫色的裙子倘若给陈怜星，她绝对压不住，穿在黛宁身上却不一样，她这张脸，什么风格的衣服都能穿。

“料子竟然真的还可以。”

青团道：“当然了，普通老百姓也有性价比很高的衣服。”

青团都不知道陈景是造了什么孽，被设计挨顿打，还送了套不便宜的衣服出去。

这事应该不算完，陈景在“四海升平”得罪了刘老板，会所可能会解雇他，现在是陈景最需要用钱的阶段，黛宁这一举动，无异于断他臂膀。黛宁被他驱赶，肯定要陈景更难过才行。

果然，青团的推测没有错，陈景才上完药，就看见手机里新收到的短信——

会所保你一命仁至义尽，出于对你的安全的考量，陈景，你改天抽个时间把工资结了，以后不用再来“四海升平”了。

陈景裸着上身擦药，露出男人结实有力的躯体。

他没什么情绪，也不见难过，看了一眼直接关了机。

黛宁换好衣服，准备继续给陈景来场表演，没想到陈景早昏睡了过去。

她围着陈景观察了好一会儿，确认他是真睡着了，黛宁担忧的表情立马消失，狠狠地踹了他一脚。

青团知道，黛宁自然是相当不待见陈景的，毕竟他回归言家以后，打压纪家是事实。

这些属于商业纷争，黛宁没什么好怨的，可既然陈景也有可能害死爷爷，这点就足以让他粉身碎骨来偿还。

陈景全身滚烫，俨然已经开始发烧，他伤得很重，方才全靠毅力支撑，现在后遗症就上来了。

黛宁知道作为气运子，他不可能死，她无聊地看了他一会儿，半口水都不打算喂给他，自己回房间睡觉去了。

黛宁倒是醒得很早，快天亮时，她去厨房接了水，拿毛巾浸湿，往陈景额头上一扔，趴在他枕头边继续睡。

青团一脸沧桑，看淡一切。

陈景伤口发炎，难受了一整晚，天将明时，他终于感受到额上传来的清凉，他呼吸依旧粗重，第一缕天光照进房间时，陈景睁开了眼。

以往每一个醒来的清晨，他眼前都只有空荡荡的屋子，然后照常去赚钱，晚上一个人踏着月光回来，可这次不同，浅浅的呼吸声响在耳边，陈景偏头，看见睡得正香的黛宁。

她坐在凳子上，趴在他床头睡着了。

陈景摸到额上的毛巾，皱了皱眉，他伤得很重，内脏都隐隐作痛，但他小时候在狼群里生活，受过比这更重的伤，陈景试图坐起来，没想到反而把黛宁吵醒了。

她还没睁开眼睛，下意识地喃喃道："哥哥……"

两人四目相对，她率先笑开："哥哥你醒啦，感觉好点了吗？"

亏得她好意思问，青团心想，把气运子扔在这里一整晚，没烧成个傻子，都算他福大命大。

陈景点头，刚要提让她离开的事，黛宁站起来："我去给哥哥做饭。"

陈景来不及阻止，看她兴冲冲地跑进厨房，没过一会儿，里面响起乒乒乓乓的声音，陈景撑起身子，拿起纸笔走出去，用指节敲击门。

厨房里惊慌的少女回头："哥哥，什么事？"

锅碗瓢盆落了一地。

"立刻离开厨房。"

再让黛宁待下去，他的厨房就没了。

黛宁点点头，把手背在身后，她从身边跑过去时，陈景看见她白皙的小手红了一片，隐隐还有血痕。

黛宁知道陈景估计又想提让自己离开的事，她装作不懂，赌他不会轻易讲话："哥哥放心，我会好好照顾你的。"

陈景毫不指望她会照顾人，企图用冷漠的眼神逼退她。

黛宁会意道："我明白，哥哥你想休息了！"她把门一关，为了"不打扰他"，跑得飞快。

陈景看着紧闭的门，按住胸膛咳嗽了好一会儿，先等他缓缓再撵她。

十八号暗巷不安全，却有个好处，这里地皮便宜，很少有正经人敢居住。

陈景家因为有些年头了，所以有个很大的院子，要知道，在城市里能有个这样的地方落脚，从宽敞程度来说，简直无敌。

黛宁在院子里转悠了一圈，看见一丛漂亮的三色堇，花儿们开得娇艳，迎风摇摆。

不用青团提醒，黛宁也想得到，这花肯定也是陈怜星留下的，陈景一看就不是什么喜欢花花草草的人，他能如此耐心地照顾着这些花，只可能是陈怜星喜欢。

黛宁看它们不顺眼极了。

陈怜星又丑又坏，偏偏是陈景的宝贝，这种区别对待，让大小姐很生气，她倒不在意陈景喜爱谁，只是觉得自己的美貌被忽视了。

黛宁是个挑颜值的，见三色堇开得好看，也不糟蹋它们，她眸光一转，看见院子里一颗酸藤子树，这树看起来有些年头了，上面还用胶带绑了个“星”字上去。

依旧是陈怜星种的。

酸藤子结了果，颗颗漂亮得和樱桃一样，它的果子黛宁以前看赵安安吃过，黛宁上前去，干脆利落地把它给摘秃了。

留了几颗最大的，她用水洗洗，叼在唇间尝着玩，有点儿酸，还挺开胃，现在邱谷南没法给她送饭，黛宁打算将就吃一下。

陈景好不容易缓了会儿，结果一打开门，就看见院子里最漂亮的那棵树秃了。

少女坐在凳子上，用一双猫眼看着他。

陈景面无表情地回望她，他妹妹陈怜星有个坏毛病——哪怕自己不要的东西，也不许别人动。

黛宁似乎一点儿也没意识到他情绪不对，她向他伸出手，露出掌心里最红的那两颗酸藤子。

她讨好乖巧地说：“哥哥，它可以散瘀止痛的，我摘光一棵树，只有这几个能吃，你吃了就没那么难受啦。”

如果不是胸口闷痛，陈景简直想把她拎起来，真是谢谢你啊！

陈景冷着脸，他现在这个状态没法做饭，干脆点了份外卖，他也没点黛宁的，想着黛宁饿了总得离开。

陈景习惯了一个人，眼前的少女看起来乖乖巧巧的，可是话多得不行，她在身边时，陈景总觉得有个乐队在表演，每一丝空气都充斥着鲜活吵闹，这种鲜嫩的色彩，在丛林里意味着春天，可陈景险些被杀死的季节，也是在春天。

他不喜欢她亲昵崇拜的目光，那天黄昏，就不该把她捡回家。

暗巷别的不行，外卖服务十分到位，小混混们白天都不出门，吃喝全靠外卖解决，开饭店的老板艺高人胆大，生意做得红红火火。

陈景点了个水煮肉片，拆开饭盒，掰开一次性筷子准备吃饭。

黛宁闻到香味，犹犹豫豫地靠过去。

她也不讲话，只用一双水汪汪的眼睛看着他。

撇开她娇气话多的缺点，黛宁委实是个漂亮的女孩子，陈景虽心肠冷硬，可他不是没品的男人，当着人家姑娘的面吃饭，他也咽不下去。

陈景摸出随身的本子——

我再请你吃顿饭，你就……

他还没写完，黛宁看了前半句，开开心心地跑进厨房，捧着个小碗递给他："谢谢哥哥，要吃肉，不要豆芽，要五块土豆。"

"你就赶紧离开"几个字还没写完，陈景险些生生摁断笔尖。

他冷着脸，给她夹了五块土豆，一小堆肉片。从前他也不觉得自己不说话有多麻烦，现在委实体会到了胸口的憋闷感。

肉片里放了许多辣椒，黛宁喜欢吃辣，加上这回正饿着，总算吃得下他的东西，香喷喷地吃了一小碗米饭。

她吃得香，陈景也被带动得有几分胃口，他忍住伤口疼痛，勉强吃了些饭，吃完他唇边被递来一颗酸藤子。

"哥哥，我也请你吃。"

她自己咬着一颗，神情无邪，另一颗喂给陈景。

陈景接过来。

他照顾酸藤树多年，却是第一次尝它的果实，酸涩从味蕾上蔓延开，一如过往的人生滋味。

陈景把果子咽下去，突然没力气再赶她走了。

算了，多留几天的事，等他恢复再赶走她也不迟。

下午的阳光十分灿烂，入夏后，空气渐渐炙热。

陈景昏昏沉沉地躺在床上，房子封闭着，周围是冷沉的黑色，他难受到有几分糊涂，分不清现在是在人类社会，还是小时候和母狼住过的山洞。

他鲜少生病，但每次生病，都是这样半梦半醒地捱过去的。

黛宁跑进来，这个男人平躺着，眉头微微皱起，看起来有几分颓废的帅气。

陈景的床靠着窗户，黛宁脱了鞋，跳上他的床，拉开窗帘，那一瞬，阳光倾泻了一整个屋子。

陈景睁开眼，夏天的风吹进来，女孩坐在窗沿上，两只玉足晃动，雀跃地问他："哥哥，晒晒太阳是不是要舒服点？"

他灰褐色的瞳看向窗外。

夏天生机勃勃，驱散了屋里的阴冷，偶尔有几只雀鸟从城市的天空飞过去。

黛宁拿出一串贝壳风铃，挂在窗棂上，暖风吹进来，贝壳发出清脆的响声。

好吵。

这串风铃是他十二岁时送给陈怜星的生日礼物，后来被陈怜星随手丢弃，也不知道黛宁是从哪里找出来的。

昏沉的感觉消散了不少，陈景心想，她也不是净办坏事。

才这样想完，女孩就跳下窗户，刚好落在他的腿间。

也就是那一瞬间的事，男人的本能让陈景脸色剧变，这下什么昏沉糊涂都没了，直接被惊得坐起来。

幸好黛宁离他还有段距离，她浑然不觉，跳下床铺，欢喜地道："哥哥，我去给你倒水喝。"

风铃叮当响，像陈景狂乱的心跳。

如果真如黛宁所说，她曾经有个亲哥哥，该不是被她折腾死的吧？！

他低头吸了口气，继续懒散地躺着。

明天，一定赶她走！

陈景晒了一下午太阳，汗水湿了衬衣。

晚间阴凉起来，乌云在房子上聚集，陈景把衣服换下来，拿去洗衣机洗。天色一暗，往常暗巷里该热闹了，可今天看上去会下雨，在外面活动的人并不多。

陈景想起家里捡回来的那个捣蛋丫头，他走到房间前，敲响房门。

黛宁才睡醒，嗓音糯糯的："干吗呀？"

陈景给她看手中的字条——去把院子里的三色堇搬进来。

黛宁盯着上面那几个字，青团爆笑："哈哈哈男主角在指使你，他觉得你不能吃白饭。"

那些三色堇长得好，有一大片，分不清多少盆。

黛宁嘟着嘴："哥哥，我特别饿，没有力气。"她说着，恹恹地靠在门边，一副小可怜苦力的模样。

陈景看她一眼，不知道的人，还以为她被自己虐待了。

他就不该指望这个娇贵的女孩做事，陈景放弃了让黛宁去，他忍住伤口的痛，把院子里的花搬到屋檐下面。

黛宁坐在小凳子上看他来回搬运。

这么多年，陈景不管刮风下雨，还是身体不适，都会照顾好自己责任范围内的一切。

黛宁突然问："他不是喜欢陈怜星吧？"几盆花都照顾得这么好，对陈怜星有求必应。

青团连忙否认："不可能！"

黛宁也知道不可能，她就随口说说，这男人眼底弥散着一股厌世的味道，受伤他也不是很在乎，说不定面对屠刀都面不改色。

活着或是死了，对陈景来说并没有什么区别，世上没有值得他用力活下去的东西，陈怜星母女勉强算是。

三色堇刚刚搬完，陈景接到医院的电话——陈母发烧了。

白血病病人发烧是一件很危险的事，陈景什么也顾不上，直接往医院去。

他现在的身体状态没法骑车，黛宁见他急匆匆地打车离开，感慨道："不管怎么样，陈怜星母女一定得活着啊！"

青团："为什么？"

"她们俩简直是制造麻烦添堵小能手，陈景如果被她们磨死就好啦！"

两边都像吸血鬼，要陈景无上限地输出照顾。

可惜黛宁的愿望注定落空，气运子如果那么容易死，他们还当什么气运子？

黛宁看了会儿雨，又懒洋洋地躺回床上。

青团飘在空中，看着她慵懒的模样，轻轻叹了口气。

赵屿的气运弥补不了她残缺的灵魂力，尽管黛宁看起来依旧活泼可爱，可是她会感觉到疲惫，也会越来越喜欢睡眠。

它懊恼地思考，要不什么时候，偷点陈景的气运吧？

这种东西……其实是可以偷的，只不过它没有干过，是个生手，也不知道能不能成功。

窗外下起了小雨，雨声淅淅沥沥。

黛宁半梦半醒间，青团提醒她："陈景应该快回来了。"

黛宁来了精神，往外跑，看客回来，她打算继续"乖巧懂事"，让陈哥哥感受到她对他的敬仰。

她在青团的指导下，从洗衣机里拎起男人洗干净的衣服。

"黛宁，衣架在你右边。"

一人一团都没看见撑衣杆，黛宁也不需要这个东西，她从家里搬了个凳子到屋檐下，将陈景的衬衣胡乱套上衣架，脱鞋踩上凳子。

可惜即便踮起脚尖，离晾衣绳也有一小段距离。

陈景打开门，就看见少女光着脚努力想把他的衣裳挂上去，风吹动她紫色的裙摆，一路到了大腿，一双腿真的很美，又细又白，还笔直。

陈景木着脸，第一次见人不用撑衣杆晾衣服，他无言以对。

黛宁看见他很高兴："哥哥你回来啦，给我扶一下椅子嘛，它老是晃！"

陈景走过去，想把她弄下来。

黛宁微微一跳，这回完美，衣架总算挂了上去，可椅子被她踩偏，当场侧翻，陈景本来要把她拎下来，这下条件反射地接住了她。

他身上带着外面的雨和夜晚的凉气，冰冷的瞳孔露出几分痛苦之色，少女的手压到了他肩上的伤口，他带着她退了两步，靠着墙才停下来。

黛宁抱住他的脖子，偏头无辜地看他："哥哥你没事吧？"

他闷哼一声，把她放下来，说不清是生气还是憋屈，因为喉咙的伤和结巴，他一直不爱讲话，现在生平第一次有种教训人的冲动。

他转身就想回去，衣服却被一只小手拉住。

黛宁低下头，失落地道：“对不起，我知道我比较笨，什么都不会，我第一次给人晾衣服，哥哥你不需要的话，我就不给你添麻烦了。”

她这样讲，陈景才想起黛宁是第一次给人晾衣服，他何尝不是第一次被人照顾？尽管她奇思妙想，又事事搞砸，可是这样的举动，其他人从未替他做过。

他抿住唇，有几分烦躁，把她的小手拿开，转身进屋。

黛宁弯了弯眼睛。

第二天，陈景打电话让李明过来，李明打着呵欠给他们两个带了份开胃的早饭，见陈景脸色惨白，意识到陈景受伤不轻，连忙道：“景哥，你伤这么重，去医院看看吧！”

陈景摇头，揉揉太阳穴，他让李明倒了杯开水，自己把消炎药吃了。

李明愤愤地道：“景哥，你不要老是想着把钱留给陈怜星母女，这些年你在她们身上花了那么多钱，也不见她们对你多好，要我说，还不如自己拿着钱风流快……”

陈景冷冷地扫他一眼，李明闭上了嘴。

黛宁看看李明，又看看陈景，懵懵懂懂。

陈景昨晚思考了一夜，终于做了个决定，在纸上写——李明，拜托你一件事。

“什么事？咱们什么交情，你尽管说，别这么客气。”李明拍拍胸口，立马应诺下来。

“你帮黛黛找一个能收留她的人。”

李明看着纸上的字十分惊讶，他本以为景哥和黛宁有什么关系，没想到景哥会突然提出把黛宁送走。

李明还没说话，黛宁看见纸上的字，眼里泛出泪花，她一声不吭，转身跑出院子。

陈景握住笔，不再写字。

李明小声道：“人家小姑娘伤心了，景哥，黛黛不会喜欢你吧？”

陈景低头写——乱说什么！你过去看看她。

李明自然知道陈景是什么意思，十八号暗巷很乱，以黛宁的姿色，要是遇见一个图谋不轨的，恐怕十分危险，李明连忙追出去。

黛宁果然走在暗巷里，她踢飞一颗石子，眼眶里包着泪水。

李明生出几分心疼，他暗叹景哥不解风情，这么漂亮的姑娘，有想法的话哄来做媳妇啊！

李明走过去安慰道："黛黛你别难过，景哥不是讨厌你，他家里的情况你可能不太清楚，景哥每天拼死拼活，就是为了给他的养母治病。"

黛宁带着鼻音问："他的养母怎么啦？"

"白血病，需要很多钱治病，他还有妹妹，在上大学。景哥忙得分身乏术，平时很少在家，没有照顾你的条件，他的工作也危险，就像今天这样，会经常受伤。你看上去还小，需要念书上学，找个能照顾你的人家，你才能好好生活，景哥也是为你好，我们回去吧？"

黛宁眼睛黯淡，摇摇头。

"我什么都不会，留下来是他的负担，既然这样，李明哥，你好好照顾哥哥，我走了。"

李明很着急，但小姑娘看上去软绵绵的，性子却倔强，自己拐过暗巷，往另一处街道去了。

她前两天穿着男装都惊艳，何况今天还穿了裙子，李明拗不过她，又怕有人伤害她，于是只能跟着黛宁，送她走出这段不安全的路。

黛宁渐行渐远，娇小的身影消失在街道上。

李明走回去，陈景见他一个人，出声道："人呢？"

他的声音低沉喑哑，让人有种毛骨悚然的感觉，哪怕是李明，也不能昧着良心说好听。

好在李明和他认识多年，知道陈景嗓子什么样："她说她走了，让我好好照顾你。我把她送出了巷子。"有一瞬，李明都想养黛黛！少女看起来可怜又可爱，可惜他也没有条件，黛黛那样的姿色，他这种混饭吃的人绝对保不住。

李明本来以为陈景会让自己去追，没想到景哥只是平静地道："也好。"

陈景太清楚自己需要做什么了，黛黛娇贵，净搞破坏，还来历不明，趁着自己还没动摇，走了便走了。

李明沉默一会儿，可惜那样好看又可爱的少女，在他们的生活里，只是昙花一现。

黛宁跑出来，直到离暗巷老远了，这才笑嘻嘻地道："还好我走得快，不然就得吃那个难吃的早餐了。"

沉浸在被抛弃情绪里的青团："……"

它真是信了黛宁的邪。

邱谷南接到黛宁，带她去了五星级酒店的总统套房，整个凤鸣市也就这一家酒店最舒服。

黛宁吃了饭，舒舒服服地在浴缸里泡了个澡，她把身上的裙子换下来，穿上一件银色吊带裙。

"谷子，裙子别扔，我还有用。"

邱谷南应一声："好，我给您洗了放好。"

黛宁喊来保镖，把最近纪恬和陈怜星的情况了解了一遍。

说来好笑，纪恬乍一变成富家千金，似乎特别喜欢如今的身份，这种优越感远远不是过去当农女时比得上的。她在学校为自己捏了一个美丽温柔的人设，现在是凤鸣大学人人追捧的女神。

或许是为了接近陈景，纪恬和陈怜星竟然成了好朋友。

在学校舞台剧《雨季玫瑰》中，纪恬饰演女主角，陈怜星饰演配角，据说两个人无话不谈。

纪恬知晓剧情，那她一定知道陈怜星是怎样的人，陈怜星虚荣无知、愚蠢好强，说不定纪恬一面在心里骂这个势利眼蠢丫头，看陈怜星的笑话，一面又想利用陈怜星与陈景多几分联系。

陈怜星也好不到哪里去，她把纪恬当成人脉跳板、成功路上的垫脚石。

塑料姐妹花还挺有趣的，可惜黛宁现在还不想让人知道自己活着，不能亲自去看热闹。

现在还不是时候，黛宁知道自己得沉住气，有时候在暗地里办事，方便很多。

言明寇半死不活，陈景作为言家继承人，又是大气运子，黛宁没法弄死他，就只能争取他的好感值，顺便破坏纪恬和他的关系。

从赵屿身上，她发现了一件奇妙的事情，爱才是世上最锋锐可怖的武器，它让人软弱、恐惧，心甘情愿地献上一切。

陈景对她产生了感情，就不可能对纪家下手，即便他有那个想法，黛宁也能第一时间与他同归于尽。

无论自己是否被拆穿，把气运子玩弄于股掌之中，那种痛苦足够他们难受一辈子。就像如今的赵屿，三年都没能忘记她，倘若知道她还活着，估计恨不得掐死她。

黛宁在这边轻松惬意，那头的陈景只能养几天伤，他吃了药，身体恢复需要一定时间。

白天，房子空空荡荡的，安静得甚至能听见树叶飘落的声音。

陈景闭上眼，咳嗽了一声，他又成了一个人，这样也没什么不好。

手机铃声响起，陈景看见上面闪烁的“陈怜星”三个字，接起来。

“陈景，你上次给我的钱只够买舞台剧的衣服。”她抱怨道，“可是我那个角色还需要一双鞋子，你再给我打点钱过来！”

陈景没说话，眸中浓郁的黑交错。

陈怜星没有听见他的回答，终于意识到这个男人并非那么好惹，他十来岁提着刀坐在家门口的魄力，让她至今想起来都胆寒。

陈怜星只好放低姿态，说道：“你知道的，我为了这出舞台剧准备了很久。小时候爸爸在家，还送我去舞蹈班和合唱团学习，他肯定也很希望看见我完成这出舞台剧。”

陈景压住咳嗽：“你妈妈，病情恶化了。”他只要不说长句子，便不会结巴，只不过声音依旧沙哑。

陈怜星有点儿意外，她咬牙道：“我改天会抽空去看她的，可是……现在大家都等着我呢，拜托你，我总不能让所有人失望吧。”

陈景冷冷地问她：“要多少？”

陈怜星心中一喜：“不多，鞋子只要六百块，你不用像上次那样来我学校，打在我卡里就行。”她一心要钱，也没听出陈景的声音压抑，有不对劲的地方。

陈怜星本就只顾着自己，躺在医院的亲妈，陈怜星没觉得陈景能救活。陈景每个月赚那么多，大部分砸在陈母身上，但就是找不到合适的骨髓，以至于陈怜星每个月从陈景那里得到的生活费也不多。

陈怜星得到了满意的回答，挂掉了电话。

陈景坐起来，穿衣服出门，今天周末，他答应了那位纪小姐的雇佣，他唇色尚且带着几分苍白，可这种疼痛，陈景能忍住。

他出门前路过晾衣绳，上面的衣服还没收下来，却已经干了，在阳光下投出剪影。

衣服被那娇气包晾得乱七八糟，陈景却看了好一会儿。

他承认，在今天之前，他渴望陈怜星的亲情，像曾经那样，让他感受到自己并非异类，感受到活着的温度，可是此刻，他才突然发现，自己一点感觉都没了。

一种厌倦心烦的情绪涌上来，陈怜星认不认他，有什么关系？

纪恬想到今天可以见到陈景，还能和他一起逛街，从早上就开始打扮。

纪恬也算个相当有衣品的人，她的五官不算特别出挑，但胜在气质清雅，一头长发半束起来，在脑后别一个星星发卡，她再用心化一个淡妆，整个人看起来瞬间漂亮了好几个级别。

她之前当然想过把陈景是“言家大少爷”的事说出去，但一来没法解释自己是怎么知道的，二来，她在赵屿身上吃过亏。

三年前自己和赵屿身份对等，结果赵屿爱上了纪家大小姐纪黛宁，尽管纪黛宁的结局和书中一样，还是死了，但纪恬想起自己逃命的苦日子，至今仍恨得牙痒痒。

别人进入书里都是成为皇后、贵妃，或者千金小姐、豪门团宠，只有她像只地沟里的老鼠般活了三年！那三年的时光，偶尔还会在噩梦里重现。

纪恬好不容易有了个好身份，这次一定要拿下陈景，纪家不可靠，破产了她就什么都不是，掂量之下，纪恬顾不得刷纪老爷子和纪墨珏的好感，千里迢迢地跑来了凤鸣。

现在攻略陈景有个好处，他接触的圈子不算高端，她这样有身份又漂亮的千金，只要温柔体贴些，很容易让陈景倾心。

温柔漂亮的千金和流落在外的大少爷，不管是听起来，还是相处起来，都极其般配。

纪恬想的一切都没错，只漏了一点，更早之前，陈景见过的最好看最有气质的女人确实是她，但现在，论起漂亮，谁也比不上那个黄昏，陈景在蛋糕店外捡到的少女。

见陈景准时抵达，纪恬笑道："我们出发吧。"

陈景没有异议。

两人一同上车，纪恬暗暗打量着这位书中的二号气运子。

他今天穿了一件黑色衬衫，结实的肌理让他把衣服穿出了一种高级感。三年前纪恬认识赵屿时，赵屿还带着几分少年气，但陈景不同，他剑眉薄唇，目光有种烟灰般的冷淡。

纪恬的心理年龄偏成熟，当然更喜欢这样成熟冷酷的男人。

陈景的坐姿极其端正，纪恬没法学纪黛宁那般没脸没皮软骨头，只好也一起坐得端端正正。

"陈景，我可以这样叫你吗？"

陈景点头。

纪恬笑道："我也是昨天才知道你是陈怜星的哥哥，那场舞台剧我也参加，今天就是去挑衣服的。"

陈景没讲话，目光落在自己修长有力的手指上。

纪恬看不出他什么心思，只好试探地开口道："怜星似乎不太理解你，她最近和我关系还不错，需要我帮你劝劝怜星吗？"

陈景摇头，他的名片上写过，他言语不便，请见谅，所以即便不讲话，也很正常。

陈景知道，陈怜星的思想哪里是几句话就能纠正过来的？他只要还是个结巴，陈怜星就会嫌他丢人，以前陈景总对她抱有期待，可是黛宁被他赶走后，再想起陈怜星，那股期盼慢慢冷却，只让人恍惚。

两人来到购物街，纪恬进去试衣服，陈景在外面等她。

这边是女装区，陈景身形修长，不言不语的冷酷模样，让许多女孩子忍不住看过来。

《雨季玫瑰》是现代舞台剧，纪恬试了条暖黄色曳地长裙，她有自己的小心思，拎起裙摆走到陈景面前："陈景，你觉得这条裙子好看吗？"

纪恬笑盈盈地望着他，陈景皱眉，神情冷凝，他是来保护纪恬的安全的，并非陪她逛街。

纪恬也意识到这样不太好，没坚持让他回答。

纪家有钱，纪恬便也大方："那我就买了。"她刷卡结账，陈景恪尽职守，帮纪恬拎起购物袋。

纪恬一路买过去，专门穿显示自己细腰的衣裙，她看出陈景并不是会和女人调情的男人，不再问他的想法，顶多去他面前晃一圈。

陈景的伤没有休息好，浑身都痛，纪恬哪怕再美，陈景也没有心思欣赏。

纪恬发现陈景偶尔会皱眉，她以为男人都不耐烦陪着女人逛街，于是体贴地道:“街对面有家咖啡厅，我们过去坐坐。”

两人休息了一会儿，纪恬说:“我去趟洗手间。”

她在洗手间里补完妆，给自己的人发短信:“按原计划进行。”

纪恬当然不甘心和陈景干逛三个小时的街，女人和男人有牵扯，用金钱来交易是最低等的方式。

她知道陈景习惯担当保护者的角色，却很少有人保护他，陈怜星就是一只愚蠢的吸血虫，只知道向陈景索取，如果自己能保护陈景一次，对他来说，肯定很有意义。

纪恬往外看，陈景坐在窗边，她掐算着时间，一个摇摇晃晃的醉汉拿着啤酒瓶走进来，纪恬眼睛一亮，整理好裙摆往陈景身边走。

醉汉路过他们时，猛然拿出藏起来的电击棒朝陈景砸过来，陈景背对着醉汉，纪恬惊呼道:“小心。”

她扑到陈景身上，想替他挡住醉汉的伤害，陈景眉目凌厉，把纪恬往旁边一拉，他动作迅疾，毫不犹豫地反手向后格挡。

椅子发出“吱呀”一声响，醉汉手腕一痛，片刻恍神，陈景已经到了他身边，手腕一转成爪，冷厉带风，扣住了他的脖子。

醉汉反应过来，袭击的工具已经不见，他甚至不知道是什么时候被对方拿走的!

陈景颠了颠手中夺过来的电击棒，冷冷地看着他，醉汉一抖，有种被猛兽凝视的错觉。

醉汉的脸涨得通红:“对不起，我认错了人。”

没挡伤成功，完好地坐在旁边凳子上的纪恬无奈至极。

她知道气运子的武力值高，这才选择让人偷袭，但没想到不出半分钟，这人就被陈景制服了，别说伤害陈景，现在吓得腿都在抖。

黛宁没见识到陈景的身手，纪恬却见识到了。

纪恬心里暗骂没用的东西，走过去担忧地问陈景：“你没事吧？”

醉汉还在结结巴巴地辩解，纪恬本以为陈景会追究，没想到他只是松了手，一副倦怠不耐的模样。

醉汉忙不迭地跑远了。

陈景没心情计较，这样的人他见了太多，特别是陈继睿入狱之后，总有人想伤害陈家。

他在狼群中长大，很小就会跟着母狼捕猎，后来陈继睿看他敏捷，特地送他去学格斗。某些东西，早就印在了骨血中。

陈景听声音就知道身后不对劲，如果不是纪恬突然扑过来，他很轻松就可以解决掉身后那人。

陈景当然不会指责纪恬，他看了她一眼，第一次见奋不顾身救人的女孩，对方还是个千金小姐，哪怕纪恬刚刚的举动只能给他添乱。

陈景不需要别人怀疑他的能力，他接下的任务，哪怕受着伤，依旧能完成得很好。

他抬手把电击棒扔进垃圾桶，纪恬笑得腼腆：“不好意思，我也是下意识的动作，没有反应过来，差点给你添麻烦了。”

陈景摇头，纪恬毕竟是好心。

纪恬原本的计划是自己受伤，让陈景在医院陪着自己，好好培养感情，现在计划落空，也已经过了约定雇佣的三个小时，纵然遗憾，纪恬还是结了工资，与陈景告别。

她不必急，已经和陈怜星成了朋友，以后有的是机会接触陈景。

纪恬坐车走远了，陈景往墙上一靠，有几分犯困，干脆摸了支烟出来抽，他身体状态透支得厉害，歇了会儿才打车回暗巷。

暗巷臭名昭著，司机不敢开车进去，在街道口把陈景放下，陈景自己走进去，天色黑下来，暗巷里十分活跃。

陈景走过的地方，混混们赶紧避让开，哪怕他是个少言寡语的结巴，整条暗巷也没人敢惹他。

别处都亮着灯，只有陈景的家一片昏暗。

他到家门口，胸口一阵难受，陈景缓了缓，摸钥匙准备开门。

陈景敏锐地觉察到了什么，眯眼往最暗的光影里看过去。

一丛富贵竹后团着一个小身影，默默地看着他，灯影在远处交错，无数繁杂笑闹声让暗巷喧嚣无比，而安静的黑暗中只有他们。

没想到一下子被他发现，少女轻声喊："哥哥。"

陈景看见她在这里，眉头皱得死紧，像看一个天大的麻烦那样看着她。

黛宁眼睛里闪烁着明亮的光，从自己兜里拿出一个小钱包，献宝一般说："哥哥你身上痛，别去赚钱啦，我知道你要给你妈妈治病，我也可以帮你赚钱。"

小钱包还绣着精致的梨花，少女从地上站起来，跑到他身边，把钱包塞到他手里。

里面鼓鼓的，借着远处的光，陈景看见里面有好多张百元大钞，他心里莫名的特别不舒服，也不知道是因为瘀青在痛，还是别的原因。

她仰起小脸，自豪地道："我会唱民谣，隔壁那条街新开了一家茶餐厅，我去唱了三天歌，老板发了很多工资呢。"

怪不得她的嗓音有点儿哑。

陈景垂眸看她，黛宁鬈发细软，像小动物般可爱。

她怕他误会，后退一步，认真地说："我不是来求你收留的，我能养活自己！"

黛宁明白陈景不喜欢她留在这里，没心没肺地乐呵呵地道："哥哥我走啦，明天再来看你。"她被伤害过，却并没有怨他，哪怕调皮捣蛋，可是一有好东西，就会想与他分享。

黛宁转身，准备自觉地回茶餐厅。

陈景抬手，握住她的肩膀，黛宁疑惑地偏头，问他怎么了。

今夜没有月光，那些笑闹声一瞬变得很近很近。

黛宁第一次听见陈景出声讲话。

"不用走。"

黛宁心想，长这么好的一张脸，但声音真的好难听。

黛宁又回到了陈怜星的房间，只不过这次，她不用再睡乱糟糟的床。

陈景拿出被褥，给她铺好床，黛宁知道他承认了自己，高兴得不行。

"以后这就是我的房间啦？"

陈景点头。

黛宁像只小猫一样凑过来："那你就是我哥哥对吗？"她十分爱笑，

整个人灵气满满。

陈景沉默片刻，再次点头。

算了，既然赶不走，就是多个人吃饭的事，假如她实在不听话，他一只手就可以拎起来扔掉。

陈景给她收拾好房间离开，黛宁懒洋洋地往床上一躺，清清嗓子："糖吃多了，嗓子好疼。"这两天在邱谷南的照顾下，黛宁十分快活，简直乐不思蜀，一点都不想回来。

青团没法吐槽，还唱民谣，纪黛宁怎么不说去扭秧歌卖艺呢？

黛宁目的达成，睡得香甜。隔壁的陈景却睡不着，他拿出那个绣花钱包，里面有两千三百元，是黛宁这几天赚来的所有钱。

陈景单手枕着，把玩了钱包好一会儿，起身拿出一个珍藏了很久的木箱子，将它打开。

里面有几张认字的卡片，还有孩子才会用的小算盘，这些东西是他才来陈家时，陈继睿教他说话，六岁的陈怜星送的。

他留了很多年，尽管陈怜星或许早就不记得了，也或许在当年的陈怜星心中，他这个狼哥哥只是个新奇的玩具，毕竟这么多年，他到的每个地方皆不容他，甚至现在，他也是暗巷里所有人眼中不合群的存在。

陈景把陈怜星的东西拿出来，将黛宁的钱包放进去，合拢上锁。

他以为自己多了个负担，会睡不着，可是出乎意料，陈景睡得很好，一觉到天明。

第十三章

搬家

陈景既然决定照顾黛宁，自然不会让她回茶餐厅。

他清点了一遍积蓄，让红姐多买几套女孩衣物送过来，红姐会意，这次还给黛宁准备了不少贴身物品。

陈景卡里有六十万，这些钱他一直没敢动，全是攒起来留给陈母的，倘若有合适的骨髓，这笔钱便能尽快给她动手术。

念及黛宁皮肤娇嫩，他倒也没抠门，红姐采买的衣裙料子都很好。

黛宁换上薄荷色新裙子，嫌弃地拉了拉裙摆："陈景这样，可不配养我。"

料子勉强合格，可是款式太丑，还不独一无二。

青团无力吐槽："他自己两年都不会买一件新衬衫。"这次给黛宁买东西称得上大出血，腰包一下子瘪了下去。

黛宁摇摇头："这样可不够。"她才不乐意跟着陈景过苦日子，看他去接济陈怜星母女。

她穿好衣服出去吃早饭，只拿了两个红姐顺手带过来的蛋挞。黛宁吃蛋挞也讲究，外面烤得不好的脆皮她动也不动，只把里面的吃掉。

黛宁不喝街面上买回来的豆浆，趴在桌子上看陈景吃饭。

陈景眉头皱紧，黛宁不爱吃饭，搁在之前他眼皮子都不会抬，可是现在小姑娘归他养，这样下去没几天就把人饿死了。

他把手机递给黛宁："吃什么，给她说。"

虽然还是喑哑难听的嗓音，可是说出来的内容在黛宁听来十分悦耳，她接过陈景的手机，开开心心地给红姐点单。

没一会儿，红姐亲自送来了八九样早点，还有特质牛奶。

陈景一看账单，好家伙，一顿早餐吃了三百多，光那瓶花里胡哨的牛奶就六十多块钱。

红姐也瞠目结舌，悄悄地拉过陈景："阿景啊，不是姐说她，你这小女友，咋花钱这么厉害？"

本来以为一个陈怜星就够呛，没想到家里这位娇滴滴的少女比陈怜星还能花，偏偏人家看起来就是真正的娇贵命，合该过好日子。那么漂亮的脸，即便不跟陈景，随便傍个大款，大款也恨不得把她当小祖宗供起来，谁也不舍得亏了她。

陈景严肃地解释道："她是，我妹妹。没事。"

红姐怪异地看他一眼。

行吧，陈景都说是他妹妹，娇滴滴地养着，她一个外人能说什么！

这样相处了两天，陈景算是摸清楚了，黛宁食量不大，可她特别挑嘴，东西要吃最好的，味道差了半分都不行。

陈景是个简单纯粹的人，如果不养就赶出去，如果决定养个妹妹，他就会尽力对她好。

黛宁挑食陈景也依着她，他自己每天吃她剩下的，不得不说，娇气包挺会吃，买的都是好东西，味道非常好。

只有一点，这样生活花销实在太大，陈景得去工作。

他的伤好得快，六月份还没来，陈景便决定重新去网吧上班，"四海升平"回不去，网吧却很欢迎他。

陈景要走，黛宁也绑好头发跟上他："哥哥，你带上我嘛！"

陈景拒绝她："我去工作，你留在家。"

黛宁拉住他的衣摆："不要不要，我一个人在家会害怕，万一有小偷进来怎么办？"

陈景倒是没想过这问题，暗巷乱归乱，可鲜少有不要命的敢惹到他头上来，平时他没注意过小偷的问题，毕竟家里没值钱的东西，可现在的"妹妹"一看就特别值钱，把她放在家安全系数确实不高。

陈景打算明天买个监控安在院子里。

但今天黛宁怎么办？他看了她一眼，黛宁抱住他的胳膊，娇声道："哥哥带我嘛，我可以帮忙的！"

出门的时候，陈景到底还是带上了她。

网吧环境混乱，陈景带着黛宁从后门进去，让她坐在自己的休息室："坐好，别乱跑。"

安顿好黛宁，他自己去前面维持秩序了。

黛宁左右看看，说实话，她从来不知道“网管”还有单独办公室，没见识的青团也跟着她四处看。

这个休息室很简单，一台电脑，上面有监控录像，一把老板椅，还有个拿来休息的沙发。一楼是网吧，二楼是餐厅，三楼甚至还有酒店，一看就不是什么正经地方。

黛宁看着监控里的陈景走出去，消失在另一片黑暗中，看来这里的监控只看得见一部分区域。

青团小声说：“我觉得陈景是出去打架的。”

好巧，黛宁也这么想。

在这种地方，陈景是“老大”，网吧过于奢华，只有独立的包间消费，顾客基本是成熟男人，这网吧估计是某些人“解决恩怨”的专场。

黛宁想了想，拉开门走出去。

青团在她脑海里叫：“黛宁别出去，陈景说待在这里安全！”

“我又不是真跟着他来上班的，当然要出去搞事情啦。”

青团很茫然：“你是来做什么的？”

“让他知道，当网管没有前途。”

陈景今天回来，有一大堆事情要处理，他养伤这几天，网吧乱得不行，餐厅前两天被砸坏，那些人不想赔偿，陈景让他们哭着赔了。

拿到赔偿金，惦记黛宁还在休息室，他去洗手间洗了个手，将指尖的血迹冲掉，从网咖的餐厅给她带了包爆米花回去。

陈景路过前厅，看见那里围了好几圈人，把前厅包得密不透风。

他往旁边一靠，懒懒地看过去。

身边的人立马懂他什么意思，问前厅过来的工作人员：“什么情况，有人闹事？”

工作人员摇摇头，表情很微妙：“他们……在办会员卡。”

这家网吧的消费很高，会员卡特别贵，往常不是没有办卡的人，但是把前台堵得密不透风办卡，还是头一回。

“景哥，办会员卡，没什么事吧？”

陈景听见会员卡几个字，心中觉得不太妙，怎么会有这么多人想办会员卡？他推开自己的休息室，里面空无一人。

陈景沉着脸出来，拨开人群，果然一眼看见了她。

少女坐在原来网管的旋转高凳上，操作着一台电脑。

她今天穿一条夕雾粉紫色的裙子，鬈发束起来，看上去青春又活泼。

黛宁叼着一根棒棒糖，小腿自然垂下，流转的微弱灯光中，她那截嫩生生的小腿简直白得晃眼，她边转动着椅子玩，边给顾客们登记办理会员卡。

“叫什么名字呀？”

轮到的那人一脸激动，目光在她漂亮的脸蛋儿和小腿上来回逡巡：“杨威。”

“好吧杨威，你要办几个月啊？”

杨威心里赞叹，这妞儿太水嫩了，简直是人间极品，他舔舔唇：“小妹妹，你说我该办多久？”

黛宁眨眨眼：“都可以吗？”

“可以可以。”

黛宁键盘一点，直接给他办了五十年的。

有人挤挤搡搡地往她身边来，快摸到她的裙摆了，黛宁顿时生气，奶凶奶凶地把糖扔出去：“你们排好队，不然我发火啦！”

这群人有几个是真心来办卡的？只是为了看极品美人，她说生气，众人自然当个玩笑，如果不是网吧那个煞神的威名，他们早就一窝蜂地上去揩油了。

抱着这样想法的人不少，场面一度快要失控，在下一刻，人群却猛然安静下来。

有人喊了句：“陈景。”

男人长腿迈进来，他冷着眼，一把捞起椅子上的少女，夹在胳膊下，带她离开。

黛宁不太舒服地扭来扭去。

众人面面相觑，陈景气场很强，这里的人都认识他，知道他从十来岁开始就是个不要命的煞神，也没人敢拦他。

原本的前台小哥连忙跑过来：“大家还办会员卡吗？我这里可以办。”

美人都不见了，还办个锤子！众人纷纷散去，杨威一看自己办了五十年会员，差点吐血！

休息室里，陈景把黛宁放下："为什么去那里？"他的嗓音像蛇爬过一样，泛起一阵阴森感。

这种可怖的嗓音甚至吓哭过小孩子，黛宁却丝毫不怕他，她认真解释道："有人在喊网管嘛，我看哥哥不在，怕你被扣工资，就过去啦，然后他们围了好多人过来，让我给他们办卡。"

她眨眨眼睛："哥哥，我给他们办了好多张会员卡呢，你有业绩提成吗？"

陈景沉默着。

黛宁非常不解，她拉住他的衣领，来回晃晃："你为什么不表扬人家？你快表扬我。"

陈景揉揉太阳穴，干脆往沙发上一躺。糟心。

他这副慵懒颓丧的模样还挺帅，黛宁喜欢这种消极姿态，她把下巴搁在他的胸膛上，看上去天真无邪，却也和他一样消极。

"哥哥，我又做错什么了吗？"

陈景心脏的地方像被人碰了一下似的，他捏住她的下巴，把她从身上移开，瞎表扬："做得好，黛黛。"

你哥哥又可以失业了。

这次都不用等到老板问东问西，陈景自己辞了职，黛宁这模样太过招摇，那种地方本来就乱，陈景怕有人打她主意，干脆辞职。

因为多了个黛宁，陈景第一次意识到，目前的生活状态很难养"妹妹"。

娇气、花费大都不算问题，主要是她这副模样容易惹祸，陈景的生活环境并不好，工作地点在灰色地带，工作的性质也很危险。

住在暗巷，这边的人几乎都是混混，不说别的，他根本不敢让黛宁出门，可是总不能让她一直待在院子里。换成别人，陈景能保证没人敢动他的人，可是黛宁不同，有些人恐怕觉得沾染一回她，死了也值。

她看上去还不如陈怜星大，应该是上学的年龄，陈怜星都有书念，没道理黛宁只能在他身边荒废日子。

陈景头一次考虑暗巷不适合居住的问题，他要让妹妹有个好的生活环境。

陈景考虑搬家和换工作，他没瞒着黛宁，和她讲了，听到可以离开暗巷，黛宁最高兴，她惯于享受，早就不满意陈怜星的房间了。

黛宁怕他找的房子又小又破，提前发出警告："虽然我要和哥哥在一起，但我不要住烂房子！"

陈景："嗯。"

他是个效率很高的男人，说要换工作、找房子，这两天都在往外面跑。

第三天下午，他告诉黛宁找好了房子，房子在另一条街地段最安全的地方，上面有个空着的小洋楼，装修得很精致，黛宁过去一看也觉得不错，虽然不大，可是舒适度很高，房子崭新。

黛宁眨巴着眼睛，心中怀疑："哥哥，我们有钱吗？"那房子至少得三百多万吧？

陈景说："别担心。"

见他这般笃定，黛宁也不再管，她只要有新家住就好，不然待在条件差的地方，演戏都没劲。

陈景还把她"赚"的钱还给她。

黛宁开心地道："那我可去买裙子了。"

"嗯。"

黛宁数了数，发现两千三变五千，别的不说，陈景这种妹控，对妹妹是真的好。

陈景没对黛宁说他的新工作是什么，也没急着去工作，反倒把搬家的事提上行程，他和黛宁要带的东西都不多，直接过去住就可以。

搬家是件大事，他在暗巷住了好几年，至少得跟李明他们讲一声，当天晚上，陈景请客吃饭。

这些年陈景没混过，可一些受过他恩惠的人都和他关系不错，偶尔还会帮他跑腿。听说陈景乔迁之喜，纷纷过来祝贺，这群人接地气，陈景干脆也不请他们去酒楼，直接去大排档撸串；其中就有李明李红两姐弟，包括李明的混混兄弟。

他们虽然一事无成，可是每个人都不是恶人，也很重义气，李明内心期待不已，不为别的，就想看这群人出个糗，让他们不信自己那天的话，一会儿他们看见景哥家的黛黛，估计眼珠子都得掉下来。

为了看上去喜庆，黛宁今天穿了条红色吊带裙。

她坐好，其他人还没来，陈景怕她无聊，把自己的手机给她玩。

黛宁点开屏幕，和青团打赌："你说陈景手机里有没有片儿？"

青团迟疑："有、有的吧？"据它所知，大部分男性人类，手机里多少有几部这玩意儿。

"我猜没有，不信你看着。"黛宁把陈景的手机翻了一遍，果然没有一部让青团关小黑屋的东西。

黛宁觉得挺有意思："谁敢信呢，陈景是个性冷淡？"

这男人对爱情基本上没什么幻想，也没追求，至少现在，陈景对亲情的渴望比爱情更深。

狼群、人类，甚至这个世界，都不会让陈景产生归属感，所以陈景需要一个"妹妹"，她就给他一个"妹妹"。

黛宁拿起手机下载游戏，她玩得高兴，忘了身边的人是谁，习惯性懒洋洋地往人身上一靠。

她下意识地想和身边的人讲话："赵……"

青团吓得差点死机，好险黛宁意识到什么，及时收回说出口的话。

陈景低眸看过来，皱起眉头，他不确定自己是不是听到了一个"赵"字。

以前陈怜星从不亲近他，黛宁靠着自己，陈景有几分不自在，但看黛宁玩得开心，他也没阻止她，毕竟才当人家哥哥，管这管那也不好。

等人快过来时，他才把黛宁的小身子掰正。

黛宁把手机还给陈景，定睛看去，门口浩浩荡荡来了一群人，各种发型的都有，那场面壮观得让青团都睁大了眼。

黛宁小声问："哥哥，你是请了个'葬爱家族'吗？"

陈景无言。

他一看，觉得还真挺像，那群人谈笑着过来，在看见黛宁时，所有人都走不动道了，偏偏黛宁还坏，故意冲他们笑。

李明心中得意，拍拍身边的人："回魂回魂。"

等到坐下，在场十来双眼睛还是忍不住悄悄地盯着黛宁看，这样活色生香的美人，别说现实中，在电视里也没见过啊！

陈景把菜单递过去，大家这才想起是来做什么的，也没客气，直接点了菜。有人看看黛宁，大着胆子问："景哥，你突然就搬家了，不是要准备结婚吧？这位是小嫂子吗？”

黛宁偏头看陈景，想听他怎么讲。

陈景抬眸，冷眼扫过他们，李明连忙纠正道：“瞎说什么？这是景哥的妹妹，陈黛黛！”

别看在座的都是混子，但是陈景如果动手，这些人根本不够他打的。既然是妹妹，所有人便不敢拿这个开玩笑，纷纷道：“既然是景哥的妹子，以后也就是我们大家的妹子，来黛黛，哥哥们敬你一杯，以后有什么事，尽管找我们！”

他们别的没有，为她撑场面倒是可以的。

倒是有人想问问陈景缺不缺妹夫，可惜有贼心没贼胆，调戏陈景的妹妹，不是找死吗？

黛宁拿起杯子，陈景不让她喝酒，给她倒了杯饮料，黛宁没有异议，她觉得饮料比酒好喝，开开心心地与大家碰杯。

陈景没阻止，他带黛宁来认人，就是希望大家都罩着她的意思，当初他也想过带陈怜星认识，可惜陈怜星十分瞧不上这群混混。

青团捂住眼睛，觉得好辣眼，纪黛宁竟然加入了“葬爱家族”，转眼多了一个家族的“哥哥”！

介绍了人，终于开始吃饭。

黛宁还是第一次吃大排档，满是新奇，她嗜甜和辣，点了很多特别辣的东西，吃得超级过瘾。

“原来便宜地方还可以这么快乐。”

青团提醒她：“这些地方有时候不干净，你少吃些。”不然她这么个养尊处优的身子，吃出问题就不好了。

虾很快上来，黛宁想吃，但是自己懒得动手，她拉拉陈景，娇声娇气地道：“哥哥，你给我剥吧。”

陈景养了陈怜星二十年，但因为陈怜星不喜他是个结巴，声音也刺耳，所以从来不撒娇。

他顿了顿，给黛宁剥了虾。

陈景打架在行，剥虾动作却不熟练，也就慢了些，他低头看黛宁，本以为她会不耐烦，没想到看见一双亮晶晶的期待的眼睛。

他第一次意识到“妹妹”这个词是又小又娇的，还十分可爱。

剥虾过程中，黛宁的甜点也上来了，她叼着奶黄包，撑着下巴，继续眼巴巴地盯着陈景剥虾，一桌子男人被她萌得心肝颤，心里嗷嗷叫。

李红觉得好笑极了，他们这种圈子的人，接触的女孩大多都被瞧不起，要么故作清高，要么浪到极点，黛宁这种简直是杀器，比收割机还有效果。

李红看看动作不熟练剥虾的陈景，总觉得有一天，陈景会后悔把黛宁的身份定义为“妹妹”。

有人不懂情滋味，但一旦真正懂了，那一刻的感受，会让他永生难忘，甜蜜又苦涩，百感交集，但愿那时候，陈景还来得及。

吃完饭，陈景带黛宁去买新手机。

陈景这样的人，一旦接受某个人走进他的世界，会特别大方，永远不会亏了她。

手机店浩浩荡荡地进来一堆头发五颜六色的人，手机店员工险些以为要被打劫。

“杀马特们”道：“黛黛妹子，快，咱们拉个微信群，以后有事你随叫随到！”

黛宁回到新房子，看见那个“葬爱家族”微信群每个人的头像，笑得捶床。

她建议道：“蠢团，你看绿毛哥这个颜色怎么样，要不你去染一个？你现在这个太没特色啦。”

青团羞愤地道：“你才染绿的！”

它还是个处团呢，才不要绿，等它吃饱回家，一定能找到漂亮的团子媳妇。

黛宁想起什么，往陈景的房间跑：“哥哥，哥哥！”

陈景打开房门，低头睨她，想看她又要搞什么幺蛾子。

“你的手机呢？”

陈景把手机递给她，没片儿的男人就是坦荡。

黛宁点开好友备注，果然自己在他手机里是三个冷肃的大字——“陈黛黛”。

她嘟起嘴，在他眼皮子底下改成“无敌漂亮心肝宝贝黛黛”。

陈景看她一眼，也没说出什么来。

黛宁心满意足，蹦蹦跳跳地跑掉。

“无敌漂亮”就算了，毕竟她当得起，陈景手指在那个“心肝宝贝”上拂过，脸微微抽搐。

新房子住起来就是舒服，黛宁觉得陈景这个哥哥当得还不错，至少终于明白过来养她得用好房子了！

反正现在陈景不会再抛弃她，黛宁一觉睡到上午十一点，陈景出门一趟回来，她还没醒。

等她揉着眼睛走出来，陈景道：“过来。”

她在陈景面前坐下，陈景拿出纸笔写——还记得自己是哪里人，今年多大了吗？

黛宁摇摇头。

陈景沉吟片刻，黛宁没有身份证，没有户口本，就是一个小黑户，他首先要做的就是给她落个户。

黛宁不关心这些，她捧起自己的脸颊：“哥哥你猜我多大啦？”

少女桃腮缀着浅浅的粉，大眼睛水汪汪的。

陈景：“十七。”

“对对，我十七。”

青团绝倒，纪黛宁还要脸吗？仗着沉睡三年容颜未改为所欲为！哪怕没出事之前，那天黛宁也该满十八了，可她的脸蛋儿又白又嫩，一副天真模样挺能唬人的。

“过两天我托人把你的身份证办了，你这个年龄，可以念高二，我去找找学校。”

青团一阵爆笑，哈哈哈哈，自作孽不可活。

黛宁道：“哥哥，我不去念书，我都可以赚钱啦。”

陈景没答应她，笔不停：“学校的环境好，你在那里多学点知识，我出去工作也放心些。”

陈景压根儿没往黛宁不喜欢读书这方面想。

黛宁想起什么，勉强道：“行吧。”

她去读书，还可以搞事情玩，如果要避开陈景做点什么，也有光明正大的理由。

陈景问她：“想要什么样的学校？”

黛宁毫不犹豫地说："要校服最好看的！女孩子可以穿裙子的那种。"

陈景无语片刻："嗯，我找找。"真是奇葩要求，陈景知道她机灵古怪，但最初捡到的小可怜儿，真是眼前这只吗？

陈景去给黛宁办身份证找学校，青团提议道："黛宁，陈景和你交流总是用纸笔，但许多结巴的人，可以通过训练，恢复正常。陈景很少和人交流，一方面是因为声带受过伤，另一方面是因为大家都没有那个耐心，你可以帮助他训练，说不定他能恢复正常。"

阳光照进来，黛宁翻了个身："我才不费那个劲，哪怕他结巴一辈子，和我有什么关系。"

青团叹了口气，它心想，赵屿磅礴的气运给了她那么多，也没能改变她丝毫，还是如此冷心冷肺啊！倘若某天再见到赵屿，又是怎样一番光景呢？

按理说办身份证和找学校都得走关系，黛宁以为要好长一段时间，没想到才三天，陈景就把一切办好了。

青团猜测："陈景换房子，给你找学校都很顺利，肯定认识了某个大人物。"

黛宁不关心这些，气运子要发达，不是她拦得住的，她愁的是，明天又得去上学。

果然第二天一大早，陈景就过来敲门，黛宁捂住被子，动也不想动，陈景敲了好一会儿，声音严肃了些："起来。"

她没办法，只好慢吞吞地穿衣服。

黛宁还没发到校服，但她前两天自己买了套少女水手服。

她睡眼惺忪地走出来，陈景一看就觉得不对劲，他虽然把上学的机会让给了陈怜星，但他之前上学那会儿，班上也没有女同学会穿这种衣服。

好看是好看，可就是太好看才不对劲，她是去念书的，不是比美。

陈景："换一套。"

"不要，"她摇头，"我就要穿这套，不然不去上学。"

陈景也不习惯和女孩子在衣着方面争执，只好让她拿到校服以后换下来，黛宁点点头："好的呀。"

她捧着牛奶小口喝，陈景起得早，可是黛宁磨磨蹭蹭好一会儿，现在已经七点半了。

陈景往她书包里塞了个蛋糕："先去学校。"

第一天就迟到总归不好。

黛宁跟着他下楼，发现李明等在楼下，李明笑眯眯地道："黛黛，今天李明哥送你去学校报到好不好？"

黛宁忍不住看向陈景："哥哥呢？为什么哥哥不送我？"

她这句话，问得李明一愣。

李明还记得三年前那件事，陈景想送陈怜星去上大学，结果被她拒绝了，陈怜星是怎么想的，大家都知道，她怕陈景开口讲话，这样全校就都知道她有个结巴哥哥了。

陈景沉默不语，李明连忙道："我送你一样的，景哥很忙。"

黛宁摇摇头："我就要哥哥送。"

她任性起来谁也拦不住，先自己戴好头盔，又踮脚去给陈景戴，拉起他的袖子往摩托旁边走："哥哥，我快迟到了。"

头盔后，男人灰褐色的瞳看着她，好一会儿，他才跨腿坐上车。

李明神色复杂地看着他们走远，他心里有几分高兴，这么多年陈景没有一个家人，他珍视陈怜星，陈怜星却眼高于顶，嫌弃他。黛宁这样很好，景哥的命一直不好，她不嫌弃景哥，景哥心里总能渐渐温暖起来。

清晨的风冷飕飕的，很快就要六月份了，朝阳透过云层照出来。

黛宁鲜少坐摩托车，她喜欢的东西很纯粹，就是普通女孩子喜欢的一切，化妆品、小裙子、看小说、电视剧，她弟弟纪墨珏倒是喜欢山地摩托和赛车。

风从手臂上划过，黛宁心里的闷痛消散，竟然舒服了不少，她脆声催促道："哥哥，你再开快一点嘛。"

陈景没理她，要是他一个人，自然不在乎速度，可她在车上，显然安全更重要。

黛宁有点儿生气，她在他腰上一拧，来了脾气："陈景！"

陈景险些带着她翻车，他黑着脸："别乱来！"

如果他不是个结巴，简直想说她一通。

黛宁从后面抱住他的脖子："你加速，不然我就不松手。"

陈景咬牙，只好加速。他气得不轻，这辈子从十来岁开始，就没几个人敢惹他，现在他却拿一个娇滴滴的丫头毫无办法。

黛宁松开陈景，感受着风，好奇地看一眼自己纤细苍白的手指。

青团叹了口气，黛宁最近越来越懒，偶尔还没精神，残缺的灵魂力影响了她，急速的风或者冰冷的水，都可以让她觉得舒服很多。

就这样，陈景被她逼着飙车来到了学校。

他脸色很难看，不仅是突然意识到黛宁十分难养，还有她这种撒娇时喊哥哥，发脾气时喊陈景，还勒住他脖子的套路，是个乖女孩干得出来的事吗？

陈景容颜本就冷峻，加上不爱讲话，他生气和不生气都是一张脸，让人很难辨认。

黛宁跑了好几步，想起什么，又蹦蹦跳跳地跑回他身边，问他："哥哥，我在哪个班呀？"

原来他昨天写了那么多，都是白写。

他憋着一股子火，想着她快迟到了："高二（8）班。"

"（8）班在哪里？"

陈景拎住她的后领子，带着不靠谱的小浑球儿找教室，现在是高二最后一学期，马上要放暑假，下学期就高三。

黛宁和他一起找到老师办公室，黛宁的班主任姓毛，毛老师知道今天班上会来一位新同学，她是个不错的老师，推了推眼镜，语气和善地与"家长"陈景讲话。

"放心吧，我们班学习氛围很好，陈黛黛同学转来我们班上，大家都会帮助她融入班集体的。不知道陈黛黛同学在之前的学校成绩如何？"

两个人都看向黛宁。

黛宁无辜地开口："老师您问我哥哥，他最清楚我的事。"

她故意使坏，知道陈景不在陌生的人面前开口讲话，可她就要听陈景和老师讲话。

陈景猜到她的心思，偏偏这种场景下气无可气。

黛宁本来就是关系户，怕老师对黛宁的印象不好，他拳头收紧，结结巴巴地道："她以前，在、在班上，很听话，成绩，也还、还可以。"

黛宁站在一旁，饶有兴致地看他。

陈景嘴唇紧抿。

老师觉察他说话方式不太对劲，善解人意地没再问，黛宁看得出来，老师素质很好，陈景给自己找班级下了一番功夫。

“家长回去吧，同学留下就行。”

陈景离开老远，楼上传来敲击声，陈景回头，少女趴在走廊窗边看过来，冲他挥挥手，笑得很甜。

“谢谢哥哥，你最好啦！你是我的骄傲！想让全世界都认识你！”

她双手合起，给他比了一个超可爱的心。

校园里燕子飞过，铃声响起，夏初的乔木高大嫩绿，她的笑脸融入身边的欢声笑语那一刻，生命似乎逐渐被上了色。

她说：哥哥，你是骄傲。

陈景垂下眼睛，手插在兜里，加快脚步离开校园。

搞什么，喊那么大声，小混账，以为这样就不算你整人的事了吗？晚上回来再收拾你。

黛宁没想到，她还是躲不过读书这件事。

“唉。”

依她说，这些个气运子有病，他们喜欢读书为什么不自己读，非要把希望放在她身上？她本就不是读书的料，缺失了灵魂力后，黛宁从骨子里就不想动弹，给她一个机会，她能懒洋洋地躺到地老天荒。

给同学们做完自我介绍，黛宁也不看他们什么反应，兀自坐到最后一桌去。

她拿出纸笔和胶带，唰唰写上字，往自己脑门一贴。

黛宁：“团子，下课了喊我。”

青团好不容易有点作用，连忙点头，黛宁放心地趴着睡觉。

这堂课是历史课，老师没想到，快高三了，班上还有睡觉的同学！他生气地走到她面前，想教育一顿，结果一眼看见黛宁额头上贴的字条：

我有很严重的嗜睡症，控制不住自己，老师，如果你怀疑，请拨打我家长的电话。

一个转学的陌生女孩，目测还是个得了病的女孩，老师叹了口气，这可怜孩子，他转头走了，给其他同学上课。

同学们好奇地看过来，这个新同学颜值爆表，一来就睡觉，如此嚣张，老师竟然也原谅了她，她到底怎么做到的！

字条盖住她大半张脸，学生们却忘不掉她走进教室时的惊艳感。

有人看清了纸上的字，一个传一个，小声讨论。

“她有嗜睡症，真的假的啊？”

“真的吧，不然谁胆子这么大，不怕被拆穿吗？而且都快高三了，每个人都抓紧时间学习，她要是没生病，不会这样吧。”

“新同学真可怜。”

……

青团听到铃声，喊她：“黛宁，下课了。”

黛宁指尖动了动，眼皮子都没抬，把额头上的字条翻了个面。

同学们对她很好奇，纷纷借着上厕所的名义从后门走过去，就为了看她一眼。

结果看到她额头上的信息换了——

姓名：陈黛黛。

喜欢：睡觉，美食，被夸。

擅长：吵架。

讨厌：谁讨厌我，我讨厌谁。

备注：我有个超级厉害的哥哥，一个打倒一群的那种！超凶！

同学们捂住嘴巴，憋着笑。

“她好有意思啊。”

“你们猜，等会儿上课，陈黛黛会不会把字条翻过来？”

陈景找的这所学校，学习环境相当不错，学生们一心准备高考，哪里见过这样有趣的人？新同学像一只小树懒，除了自我介绍，一整天都没睁开过眼睛。

当然也有少数同学不满，觉得黛宁把班上的氛围带坏了，来学校是为了学习，她这样算什么？

大家都怕她睡到天黑，结果中午放学，黛宁准时睁开眼睛，推开后门走出去，动作一气呵成，都没有回头看一眼。

原来嗜睡症还是有选择性的？只在上课期间发作！

陈景要工作，中午没空接黛宁，给了她钱，让她去外面吃，黛宁当然不会去小餐馆，她出来上学，邱谷南就可以继续照顾她。

得知大小姐在教室睡觉脖子疼、手臂麻，邱谷南贴心地准备了一个软枕，软枕是一只粉色的独角兽，按下去软乎乎的。

邱谷南就像一个没有原则地“溺爱”孩子的家长，怕大小姐睡醒口渴，还给她冲了柠檬水，用保温杯装好，加了很多糖那种。

下午两点钟，大小姐抱着一只独角兽抱枕来上课。

（8）班几十双眼睛震惊地看着她，她软绵绵地往枕头上一趴，贴好字条，重新进入休眠模式。

可以，很好很强大，她回家不会挨揍吗？！

黛宁第一天去上学，最不放心的人就是陈景。

他怕她那个娇气的模样被欺负，坏坏的脾气同学们不喜欢，假如交不到朋友，她回来肯定很难过。

但他新的工作不容他想这些。

暗场的欢呼声、呐喊声，让整个世界嘈杂不堪。

陈景脱了上衣，带上拳套，活动了几下手腕。

负责人笑眯眯地说：“我们万董很看好你，‘零’残了，你就是我们赛场上新的‘零’。”

他们早就听说过十八号暗巷有个惹不起的存在，那人格斗技巧顶尖，十分能打，陈景此前不接受他们的招揽，但前两天，不知道为什么，他突然改变了主意。

地下拳赛的“零”受了重伤，半身不遂，拳赛需要新的王牌。

陈景就是这张王牌。

负责人用一种兴奋的语调说：“你是新人，赔率已经到了 1 ： 8.7！这场比赛一定要赢！”

一旦陈景赢了，庄家可以赚得盆满钵满。

陈景自然知道这意味着什么，一旦选了这条路，不是对手残或者死，就是他被打死打残，陈景并不怕，他对死亡没有畏惧，反而隐隐有种兴奋的诡秘感觉。

在这里打拳有两个特点：奖金极其高；没有任何规则。人们握拳疯狂的欢呼呐喊声表明，他们喜欢这种残忍的格斗方式。

负责人说："去吧。"

陈景动了动脖子，早些打完这一场，回家给妹妹买蛋糕吃。

黛宁下晚自习，李明过来接她。

"我哥哥呢？"

李明挠挠头，想起景哥叮嘱不能告诉她，他说："景哥加班，我先送你回家，有什么想吃的，一会儿我给你买过来。"

"哦。"黛宁指了指路边的冰激凌，指使他，"李明哥哥，给我买一个草莓味儿的。"

"哎！马上。"

青团是个好奇宝宝："黛宁，你说陈景到底在做什么工作？"

怎么一下就有钱搬家找学校了？

黛宁不感兴趣，不管陈景做什么，只要能让她过好日子就行。

李明被她指使得团团转，黛宁一路买了不少零食，李明把她送回家："黛黛，你写作业，晚点景哥就回来了。"

黛宁点点头："再见。"

李明一走，她懒懒地窝在沙发上，一边用勺子挖着冰激凌吃，一边看狗血电视剧。

青团最近也迷上了看剧，和黛宁讨论得津津有味："这个才出场的，是女主角吧？"

"你怎么知道？"

青团分析道："她和男主角亲亲抱抱，肯定是女主角！"

黛宁："不是哦，她是男主角的妹妹，后面验DNA，她是男主角失散多年的亲妹妹。"

青团脑袋上缓缓浮出一个问号，这部外国剧是什么神奇剧情？

"你听过一句话吗？愿天下有情人终成兄妹。"

青团不敢相信："你别骗我，你都没看，你怎么知道？"

黛宁："我前两天上网查了剧透。"

青团怀疑人生了，这种剧情，黛宁说起来居然兴味盎然，她的三观呢？青团越想，越觉得她在影射陈景。

黛宁：“你想多啦，难道不刺激吗？”

青团：这也太刺激了。

一人一团继续看电视。

快十一点，门终于被人打开，陈景推门进来，黛宁动动鼻子，闻到空气中一丝没散的血腥气，她不动声色，从沙发上跑过来，开心地道：“哥哥你回家啦！”

陈景摸摸她的头发，把路上买的蛋糕递给她。

黛宁拆开，自己尝了一勺，又舀了一勺喂陈景。

陈景摇头。

黛宁也不勉强，自己一个人吃。不等陈景讲话，她端起蛋糕，一路黏着他，糯声道：“哥哥，我今天好想你呀！上课想，下课也想，我不喜欢李明哥来接我，什么时候哥哥来接我嘛。”

陈景低咳了声，装作没听见，他去卫生间洗完手，拿出本子，写在纸上问她：“今天在学校怎么样？”

黛宁点点头。

“和同学们相处还好吗？”

“很好。”

“交到新朋友了吗？”

“嗯嗯！”

她笑眼弯弯，说话带着蛋糕的奶香，看上去可爱极了，陈景松了一口气，同学们没有排斥她就好。

“哥哥来看电视，我找到一个很好看的电视剧。”

黛宁拉住他的衣摆，让他坐好，她懒懒地趴在一旁，继续吃蛋糕。

这种生活模式陈景以前就期待过，可是那么多年，他只有自己，面对空荡荡的屋子，如今灯光温暖，身边的少女看起来也暖洋洋的，他终于不再绷着身体，放松了几分，和她一起看电视。

青团捂脸，天哪，那个辣眼睛的设定，纪黛宁竟然邀请陈景一起看，有毒吧！它捂住自己的眼睛，觉得好羞耻。

陈景看着看着皱起了眉，这剧情……

故事已经发展到了去验DNA，女生哭着说：“就算你是我哥哥，我也爱你。”

男主角一脸痛苦，暗自内心独白，他当然也是爱她的。

电视里大雨倾盆，女生绝望地跑掉，男主角追上去，打算来一场雨中激吻。

陈景转头看看身边的少女，她唇角沾着奶油，无辜地看他。

陈景拿起遥控器，打算关掉电视，什么乱七八糟的玩意儿！哥哥就是哥哥，怎么会对妹妹有这种想法？

陈景：“换一部。”

说实话，他低沉可怖的嗓音在夜晚比恐怖片还可怕，黛宁摇头：“不要，我喜欢这部，这部好看。”

陈景：“别闹！”

黛宁看得正兴起，扑过去抢遥控器：“不许关！”

她像只小野猫，踩上男人的腿，去抢他手中的遥控器。

陈景身体比头脑反应快，反剪住她的手，膝盖一错开，黛宁立即软绵绵地被扣押在沙发上。

她愣了好一瞬，青团也愣了。

黛宁维持着板鸭趴的姿势，电视里已经开始激吻，陈景果断地抬手关了电视。

陈景一回头，就发现不好，沙发上的小姑娘捂住脸，哭得一抽一抽的，她整个小脸埋在散开的鬈发里，肩膀颤动：“呜呜呜，哥哥家暴人家。”

陈景僵住了身体，他刚刚只是条件反射动作，毕竟靠这一行吃饭，成了从小训练出来的本能，再说他刚刚根本没用力。

黛宁越哭越伤心，她抽泣着说：“我不喜欢哥哥了，你打我。”

陈景头疼极了，他把黛宁翻了个面，看见一双泪汪汪的眼睛，好嘛，眼尾都哭红了。陈景擦去她的泪水，尴尬地解释道：“我、我不是，故、故意的。”

他只是不希望黛宁抢走遥控器，谁承想她是个“战五渣”，一碰就倒，还摔成板鸭趴，又弱又笨，也是没谁了。

黛宁的泪珠子吧嗒掉，哭得更大声。

陈景把电视打开，他摸摸小姑娘的头发：“看，我们看。”

大小姐什么时候受过这样的委屈，这回哄也哄不好，她拍开他的手，跑回了房间。

电视里还在撕心裂肺地上演着狗血辣眼剧，陈景在她房间门口站了好一会儿，敲门黛宁也不开，这下是真闹脾气了。

陈景知道黛宁一会儿一个情绪，第二天早上，他希望黛宁能忘记昨晚看电视的事情，没想到她眼角嫣红着出来，不看他，早餐也不吃，自己闷闷地往外走。

陈景不放心，一路跟着她去学校。

黛宁觉察他在身后，她回头，特别凶地从书包里扒拉出一根棒棒糖扔他。

陈景动也没动，那根糖从他肩膀上飞了过去。

场面一度很尴尬，黛宁恼羞成怒，更加不待见陈景，她不要这个哥哥了！浑蛋东西，她打不中他不知道自己接住吗！

家本来就离学校很近，黛宁生着气，走到学校只用了十三分钟，平时她有这个速度的话，陈景也不用担心她会迟到。

黛宁把头发绑了起来，蓝色丝带垂在她肩膀上，她穿着学校统一的校服，但在少男少女中，却能让人一眼认出她来，把衣服穿得独树一帜，只有她能做到。

陈景见她平安到了学校，这才放心地回去。

他每天只打一场比赛，是在夜晚，白天陈景没事，不用去赛场。因为电视剧事件，陈景昨晚没睡好，按理说他应该补觉，可是一闭上眼，眼前就是黛宁泪汪汪的眼。

她第一次生他的气，不黏他，不讲好听话，甚至连送都不要他送了。

他心中升起一股难以排解的郁气，曾经陈怜星再过分，他也不曾有这样的情绪，这种感觉非常陌生，让他难以入睡。

黛宁睡得很香。

教室真是太适合睡觉了，老师的嗓音就是世界上最动听的催眠曲。

她枕着独角兽抱枕，睡得小脸粉嘟嘟的，虽然和陈景闹脾气，可她不会和自己过不去。

今天有班主任毛老师的课，脾气温和的毛老师从她身边路过几回，看着字条。

新同学来之前，也没听说有这病啊，毛老师打算抽个时间，好好和她家长谈谈，学生得了嗜睡症，肯定会耽误学习。

下课，青团照旧叫醒她。

“黛宁，外面有人在看你。”

黛宁睁开眼睛，她困倦地望出去，对上一双不羁的黑眸。

她脸上的字条还在飞舞，少女的鬓发自然垂落，显得有几分呆萌好笑，窗外那男生确实也笑了。

黛宁趴着没动，黑葡萄似的眼睛有气无力地眨了眨。

身边的同学们小声议论。

“（14）班的厉扈来了！”

“他来看我们班那个奇葩的吧？”

“厉扈笑了，我从来没看过他笑！”

……

后门的窗户本就没关，厉扈拉开窗户，饶有兴致地伸出手，扯下少女脸上的字条，她一双圆圆的猫眼不满地看着他。

厉扈的目光在她脸上定格两秒，若无其事地把字条给她贴回去，黛宁眨巴两下眼睛，懒得和叛逆少年计较，她闭上眼，重新进入睡眠。

厉扈盯着她看了好一会儿。和传言一样，真的像只小树懒。上课铃声响起，厉扈把手插进兜里，这才离开。

（8）班学生们目睹这一切，简直要炸裂！

说起来，厉扈是学校响当当的人物，他的家境相当不错，相貌落拓不羁，往往这名字，这背景，这长相，放在言情小说里是妥妥的校霸。可是厉扈不同，他成绩相当不错，平时也没见他对什么感兴趣，这是第一次，他从二楼上到三楼，扯下他们班树懒同学的字条。

班上几乎炸开了锅，青团听得头昏脑涨，打算一会儿整理消息汇报给黛宁，它是个废团，唉，想帮契约者都只能用鸡肋心酸的方式。

下晚自习时，黛宁准时醒来，她把保温杯里的蓝莓牛奶喝完，慢吞吞地往校门口走。

（8）班都知道她的画风，不主动往她身边凑，但她在的地方，时时刻刻都会成为焦点。

校园两旁的灯亮着，厉扈靠在校门口等她。

黛宁装作没看见，从他身边走过去，厉扈伸出手，拉住她的书包。

黛宁回头，她要被校园暴力啦？她偏头看厉扈，没有体会过校园暴力，有点好奇，她一会儿是不是该叫人？

厉扈拉开她的书包，往里面放了一盒草莓巧克力、几小桶果脯，还有一包小鱼干。

黛宁看着书包被装满，问他："你在做什么？"

面前的少年扬唇，笑得乖戾："如你所见，讨好你。"声音出乎意料的好听。

黛宁扒拉了一下他送的零食："我不吃小鱼干。"

厉扈从容地把小鱼干拿出来："现在没了。"

她偏头："你想做什么，和我恋爱吗？"

"可以吗？"

黛宁想了想，认真地道："不要，我哥哥会生气。"

厉扈觉得她可爱极了："你哥哥不生气，你就愿意吗？"

黛宁点头："嗯嗯。"

青团简直不忍直视，节操呢？讨论这种东西，你们两个都不脸红的吗？

厉扈哈哈大笑。

他相貌并不怎么阳光，反而透着几分邪气，怨不得女孩们说他是校霸标配，一看就不是好家伙。

第十四章

欺负

李明还在外面翘首以盼，黛宁对厉扈道："有人在等我，我走啦。"

"他就是你哥哥吗？"厉扈早就看见了校门外的人。

黛宁看一眼李明的黄毛："他是二哥。"

"你有几个哥哥？"

黛宁想了想"杀马特"家族，掰着手指一算："十五个！"

厉扈笑容一僵："你走吧。"

李明顺利接到黛宁，黛宁拆开一袋果脯，还大方地给了李明一袋，李明受宠若惊，乐呵呵地问："黛黛，这个学校还好吗？"

她咬着果脯："还好呀，哥哥花了不少工夫找的吧？"

"那当然！景哥他……"李明意识到什么，连忙闭上嘴巴，景哥不希望黛宁知道他在做什么，"今天放学有想要的东西吗？"

黛宁无趣地咽下果脯，陈景干的肯定不是什么正经工作。

李明习惯性地问她买不买东西，也怪不得陈怜星得寸进尺，陈景宠爱妹妹毫无下限，哪怕他钱不多，依旧什么都给买。

李明把她送回家，黛宁才想起，不对呀，她在和陈景冷战，这么规律地回来，陈景不会知道自己做错了什么。

念及此，黛宁回房间换了一件衣裳，装上小零食出了门。

"蠢团，咱们离家出走。"

她走到家附近的公园，这会儿天色暗下来，黛宁按动联络仪，让保镖们在暗中跟着，她自己盘腿，和一只流浪猫一起坐在长椅上，她吃草莓巧克力，顺手从零食包里摸出肉干喂它。

黛宁叹口气："小可怜儿，你妈妈不要你，我哥哥不要我啦。"

猫："喵呜——"

青团：戏精，演得还挺上头的。

但不管怎么讲，从远处看，单薄的少女，瘦巴巴的小猫，一起窝在暖黄的光影下，看起来要多可怜有多可怜，视觉效果一流。

就等陈景回家找她。

陈景嘴角受了伤，最后一场比赛，他心思恍惚，躲慢了一些，嘴角有几分青紫。

城市的夜晚灯红酒绿，他骑车路过店铺，看见橱窗里摆了一双很漂亮的鞋，澄澈的天蓝色，上面点缀着水钻。

陈景没有哄人的经验，陈怜星经常生气，但是只要给钱，她的情绪就会好起来。

他知道黛宁不同，非常不同。

她像一碰就凋零的花骨朵儿，需要你用世上最精致的东西养着，给她最好的养料，带她去阳光下，还要给了爱和关怀，少女的索求永无止境，但很奇怪，陈景除了想办法满足她，并没有觉得不耐烦。

她那么可爱惹人疼，谁忍心责怪她呢？

才上新的奢侈品鞋子卖得很贵，都快赶得上陈景打一场的价格了，他买下来，骑车往家走。

陈景想过很多可能，比如她收到礼物依旧生气，或者开开心心地原谅他，可是没想到推开门，家里空荡荡的，连个人影也没有。

墙上的时钟滴滴答答地响着，已经十一点了，黛宁会去哪里？他放下鞋盒，黛宁的房间只有一身换下来的少女校服，陈景打她手机，发现关机了。

陈景立刻问李明情况。

李明很茫然："她放学我接她时还是好好的，黛黛和你闹脾气了吗？是不是离家出走了？"

陈景也意识到小浑球儿恐怕是真的被伤了心，昨晚那情况黛宁根本不听他解释，只嘤嘤哭泣，没想到今天委屈劲还在。

之前陈景赶她走，黛宁伤心完又自己巴巴黏上来，这回却主动离开，真以为他是暴力狂了？

"景哥，怎么办啊，要报警吗？"

这能怎么办，还能生她的气不成？当然是找啊。

陈景给他发短信："喊上豆子他们，一起找，黛黛走不快，就在附近看看。”

他自己也找，骑车把黛宁上学那条路找了个遍，可惜都没看见黛宁的身影。

陈景沿着凤鸣的河堤，边走边注意路边，明明还没入夏，可他已出了一身汗，这是一种很难和人吐露的感觉，黛宁与他本就是萍水相逢，如果他找不到她，她是不是就此离开他的生命了？

陈景从来没觉得这个世界有什么属于他，直到遇见黛宁，她的每一句话，每一个亲昵信赖的眼神，都在无声地说，她就是属于他的，他捡到她，从此她就属于他。

这是他这辈子第一次拥有什么，以至于此刻，夜晚的风吹过他的发鬓，那种焦躁感挥之不去。

陈景骑车路过公园，他把车停在外面，不抱期望地进去找她。

公园离家这样近，她离家出走，总不至于就走了几步路。

夏花开在黑夜里，草丛中偶尔有几声虫鸣。

陈景走了一路，听见一声细弱的猫叫，他觉察到什么，一转头便看见路灯下的少女，她抱住膝盖，已经睡熟。

流浪猫依偎着她，用一双湿漉漉的眼睛看着陈景，陈景走过去，在她面前蹲下。

光影下，她的长睫投下轻盈的影子，说不清为什么，那一刻，陈景悬着的心突然落了回去。

他拨开她卷卷的发，少女迷迷糊糊地睁开眼睛，一见他就笑，糯声喊：“哥哥。”

笑完她才想起什么，小脸一沉，懊恼地埋进膝盖。

她这般作，净惹麻烦，他的心却像是被撞了一下似的，小混账没有离家多远，她不会离开他，不像母狼那样，也不是随意离开他生活的陈怜星，哪怕她伤心、苦恼，可是总在他走几步就能看见的地方，等他归来。

两个人谁也没讲话，好半晌，还是话多的沉不住气。

黛宁露出一双水汪汪的眼睛，生气地说：“我离开家那么久，你现在才过来，是不是又想把我丢掉？”

陈景看着她，低声道：“没有。”

黛宁哼一声：“那你知道错了吗？”

陈景叹口气：“嗯。”

听到陈景认错，黛宁还是觉得委屈，她把一双皓腕递到陈景眼前：“哥哥昨天弄疼我了。”

陈景托住她的手腕，低眸看了眼，没有痕迹，她的手腕细细的，骨肉匀称，十分柔软。

落在他宽大的掌心，像是寻求庇护的姿态。

黛宁不承认自己是在碰瓷，强词夺理：“昨天是红的！不对，都青啦。”

陈景有几分想笑，他用阴森森的嗓音和她道歉：“对不起。”

她下巴微抬，这回勉强满意，眼睛里也泛出几丝笑意。

陈景说：“回家吧？”

黛宁点点头，就要起身，这时候陈景的手机突然响起，黛宁眼尖，一眼就看见了上面“陈怜星”三个字。

陈景揉揉她的发，走两步接通电话。

黛宁说：“蠢团，听听陈怜星找陈景做什么？”

青团立刻凝神去感知，它虽然废，两米内的声音还是能听见的。

陈景电话那头，纪恬用担忧的语气道：“陈景吗？怜星今天不小心受伤了，还挺严重的，你要不要过来看看？”

陈景还没说话，陈怜星已有几分不耐，让纪恬开了扩音，接话道：“陈景，今天排练舞台剧，我摔伤了，现在我在学校医务室，你赶快过来！”

她用这般颐指气使的口气，也没觉得有什么不对，这么多年，陈景照顾她们母女，总是把她们的安危放在第一位，她认为得知她受伤，陈景就该立刻赶过来才对。

陈景皱眉，这么多年的习惯，让他听见这话的第一反应就是过去看看，陈怜星毕竟是养父唯一的孩子，真出了事，养父出狱以后，陈景没法交代。

挂了电话，陈景回眸看长椅上的黛宁。

他还没想好措辞，黛宁冲他伸出手：“哥哥，我腿麻，你抱人家回去嘛。”

黛宁脾气有多大，陈景才见识过，好不容易哄好，想到公园离家近，先送她回家再去凤鸣大学也来得及。

他走过去轻轻松松地抱起她，真把她抱在怀里，陈景才觉得不是那么回事，少女身上哪里都软，让他脚步一顿。

黛宁心想，哪怕陈景是个冷淡性子，可是自古以来的公主抱不会一点魅力都没有。

陈景要过去骑车，她抱住他的脖子，娇声娇气地道：“不许，我就要你抱我回去，这是对你的惩罚。”

陈景没办法，抱着她继续走，小浑球儿还挑毛病：“哥哥，你身上的肉硬邦邦的，不太舒服。”

陈景无言以对。

“走灯下，影子好看。”

陈景任劳任怨，抱着她在灯下走。

夜晚安谧，怀里的少女舒展开眉眼，总算染上了几分活泼的笑意。

陈景的脸突然被人捧住，少女的手指抚上他的唇角：“哥哥你受伤啦？”她的语气心疼极了。

陈景低头，看见灯光下一双盈盈的眼，他竟然开始认同她先前的话，灯下的确好看。

陈景：“没事。”

她朗声道：“哥哥总是受伤，不如你别去工作啦，大不了我不吃好吃的，就吃白米饭，等毕业我养哥哥。”

说什么傻话。

陈景把她往上抱了抱，这样小一团，却给他带来了这辈子也没体味过的情绪。

从她冠上他的姓氏开始，羁绊就会越来越深，这是他承认的妹妹，不是出于责任，只是单纯的喜爱，他愿意养她一辈子。

青团被黛宁的肉麻搞出一身鸡皮疙瘩，所谓演技需要磨砺，果然有道理，当年黛宁骗赵屿，满嘴情话的时候，赵屿一眼看穿，差点笑得头掉，现在演得真好，估计让陈景卖血养她，陈景都愿意考虑。

两人回到家，陈景拿出本子，没瞒她，给她讲陈怜星的事。

“我还有个妹妹，叫作陈怜星……”

黛宁看他写，陈景倒是诚实，个中原因都讲清楚了，但她是个不说实话的。

见陈景要起身，她哼唧着抱住他，挂在陈景身上。

“哥哥不要去看她，她有我好看吗？有我可爱吗？哥哥，咱们不要她了吧！”

陈景身上挂着个人，还没法和她生气，他试图和黛宁说实话，可是写的东西她不愿意再看。

“我不，哥哥是我一个人的哥哥，我不让给她。”她说着，把小脸埋进他的颈窝，只认自己认定的道理，拒绝与陈景交流。

陈景又热又躁，和黛宁还讲不通道理，她何其霸道，他还没法扔掉，努力了半天，她依旧懒洋洋地赖在他怀里。

陈景额上青筋跳动，最后没办法，拿出手机，往陈怜星卡里打了一笔钱，说他不过去了。

这么多年，陈景第一次拒绝陈怜星，他带着黛宁一同坐在沙发上。

“下去。”

黛宁咯咯直笑，从他怀里下去，可能陈景自己都不知道，心中的天平早已倾斜。

人总是自私的，陈景也不例外，责任和欲望，他听从了欲望，她喜欢这个结果。

“哥哥，你这么好，今天不看你不喜欢的电视剧，你给我讲个鬼故事嘛。”

她跑去拿了本《毛骨悚然》，摇着他的胳膊：“哥哥快讲。”陈景这个嗓音太有感觉啦！简直恐怖片本片！

陈景说话都结巴，自然没有给她讲鬼故事。

黛宁皮一下的结果是，陈景决定亲自监督她写作业，他现在才意识到，他没有见过黛宁看书写作业。

青团：哈哈哈哈哈。

黛宁磨磨蹭蹭地拿出笔，从书包里一翻，翻出一本装样子用的历史练习册。

“这么晚啦，不如我明天再写吧。”

陈景按住她的肩膀。

黛宁嘟着嘴，翻开练习册，陈景目光扫过那一片空白，额角青筋一跳，猜到了什么。

黛宁转移话题："哥哥，我会转笔哟。"

小黄鸭水性笔在她指尖旋转，陈景看她一眼，黛宁干脆摊牌："我不会，不想写，大不了让我退学。"

她要耍赖，谁也拿她没办法，陈景不可能真让她退学。

两个人僵持了好一会儿，她眨巴着眼，懒洋洋地往他肩上一靠，整个人跟没骨头似的。

他把她的小脑袋推开，拿起笔正色写道："男女有别，你要知道界限，以后不能随便往男性身上靠。"

青团心想，赵屿不教的，总算有个三观正的人教了，它好感动，陈景真是国民好哥哥！

黛宁颇觉有趣地看他一眼，她凑近他，弯起唇角："哥哥，那我以后的男朋友可以吗？"

陈景皱眉，最后点头。

"我明白啦。"黛宁直起身，坐得和他一样端正，再也不软绵绵地东倒西歪了，这次倒是很听话。

她对青团道："我还没见过嫌弃我的人呢，以后他求我，我也不往他身上靠。"

既然陈景真要当她的好哥哥，她就成全他嘛。

青团抱住脑袋，怜悯地看了陈景一眼。

黛宁把笔一扔，回房间睡觉，她想起什么，噔噔噔地跑回来，仰起小脸看陈景，严肃地道："你不许趁我睡觉去看陈怜星，不然我要生气的。"她把小气明明白白地写在脸上。

"嗯。"陈景给她把历史练习册装进书包。

黛宁背着手，放心地离开。

医务室这边，纪恬陪着陈怜星等陈景。

"放心吧，我哥肯定会来，从小他就最听我的话。"

纪恬笑道："我当然相信你，我真羡慕，你有这样一个哥哥，要是我哥哥对我这样就好了。"

陈怜星不免有几分得意。

她素来看不惯陈景，可是这段时间，纪恬总在旁敲侧击夸她哥的好，陈怜星不明白这位千金是怎么想的，她哥那个沉默阴森的结巴，怎么就和纪小姐认识了，还让纪小姐好感这么高？但如果陈景能帮她和纪小姐关系更好，陈怜星当然很乐意。

今天陈怜星摔下台子，纪小姐主动过来照顾自己，让她受宠若惊，纪小姐说想当面感谢她哥那天的保护，陈怜星满口答应，她笃定陈景听见她受伤，会像忠犬一样立马奔赴过来，毕竟十多年来，都是这样的。

然而两个人等了好一会儿，依旧没有看见陈景的影子。

陈怜星看一眼纪恬，纪恬的脸色没有之前和煦，她有点儿慌张，这段友谊里，一直是陈怜星在讨好纪恬，如果纪小姐生气她夸海口，会不会不再和她做朋友？

陈怜星的手机响了一声，她连忙拿起来，这辈子第一次如此迫切地想收到陈景的电话，结果是银行卡金额变动消息，陈景给她转了三千块钱。

你有同学照顾，我今天不过来了，好好休息。

陈怜星瞪大眼睛，不敢置信地看着那条短信。

这么多年来，所有认识陈景的人都知道，陈怜星的事情，陈景无比上心，哪一次不是她随叫随到？陈怜星也习惯对陈景呼来喝去，除非她并不想见到陈景。这是第一次，他拒绝来探望她，只汇了款过来。

搁在以往，陈怜星讨厌他过来看自己，只想方设法地从他那里弄钱用，现在他真的不过来，陈怜星第一反应却不是高兴，反而有几分茫然，她甚至顾不上纪恬的反应，心里空落落的直发慌。

纪恬只听见短信响，没看见内容，见陈怜星脸色不好，她问道："发生了什么事？"

陈怜星咬牙，回过神，勉强用轻松的语气说："我哥说他有急事，没办法现在过来，他给我打了钱，让我好好休息。"

纪恬心中失望，也有几分不耐烦，她一点也不喜欢又蠢又势利的陈怜星，可是在书中，早期的二号气运子非常珍视这个妹妹，她本来想利用今晚这个机会，再与陈景相处，没想到陈怜星没能把人叫过来。纪恬却不能立即和陈怜星翻脸，她耐着性子陪陈怜星说了会儿话，两个人都有点儿心不在焉。

“天色这么晚，我先走了，你好好休息。”

纪恬拎起包，离开医务室。白白浪费她一天时间！陈怜星说陈景有事，可是陈景有什么事呢？纪恬暗自思忖，赵屿的事给了她足够的教训，她现在警惕性很强，非常害怕事情脱离掌控，不行，她一定要好好查一查陈景这段时间都在做什么。

陈景恪守诺言，没有在当天去看陈怜星，第二天一大早，黛宁得去上学，两个人和好如初，陈景亲自送她去学校。

坐上车子，他感受到身后的少女犹豫了一下，原本抱住他腰的动作变成了拉住他腰间的衣服，显然是他的“教育”起到作用，她开始注意男女界限了。

陈景垂眸，启动车子，说不清心里是什么滋味，他压下莫名的一丝怅然，送黛宁去学校。

陈景把书包递给她，黛宁背好，回过头问他：“哥哥，你要去看陈怜星吗？”

她倒是聪明，陈景点头。陈怜星受伤，他怎么也得去看看，昨晚将就了家里的小妖精一回，今天白天没事，得过去一趟。

黛宁往他的长腿上踢一脚，转头跑了。

她不高兴，可是今天也没有阻止他的意思，陈景看着她活泼的背影消失在校门口，骑车往凤鸣大学去。

凤鸣大学离黛宁所在的高中不远，陈景没一会儿便到了。

陈怜星看见他，先是委屈万分，随即惯性的不满涌上来：“我昨晚给你打电话，你怎么不过来？”

陈景见她没什么大事，脚上的伤口被处理得很好，他把给她买的苹果放下，拿出本子写字。

他写得随意，因为以往陈怜星都不耐烦看，可是这次陈怜星凑过来看得认真。

“你不是让我少来你学校吗？何况你有同学照顾。”

陈怜星有点儿生气：“我爸让你好好照顾我，你就是这样照顾我的吗！我这次是运气好，没出什么事，要是我出事了，我看你怎么向我爸交代！”

陈景抬眸，他的瞳孔是非常冷淡的颜色，喉咙上一道可怖的疤痕，更让他添了几分阴戾感，他不讲话时，哪怕没有恶意，看上去都带着几分凶狠。

陈景虽然对她好，可他不是任人拿捏的软柿子，他有自己的脾气。

陈怜星见过他打架的模样，一下就㞞了，抿着唇不说话了。

她不讲话，陈景的情绪就好很多，他抬笔写：“钱够用吗？”

“现在勉强够。”陈怜星不把话说得太死，总算想起来问几句自己妈妈，“我妈怎么样了？”

“前两天发烧了，现在好了，有空你去看看她。”

“我知道了。”

两个人多年下来感情都不怎么样，陈景起身要走，陈怜星总觉得有什么地方不一样，以前都是她对陈景没耐心，陈景会忍受，但现在，他冷冰冰的眸中充斥着一种无所谓的态度，哪怕她蠢了些，可是女孩子的直觉告诉她，哥哥没那么疼她了。

陈怜星开口：“你不留下来照顾我吗？”

“不方便。”

说完这句话，他的电话响起，陈景一看，是毛老师打来的。

说来巧得很，昨晚他和黛宁在一起的时候，陈怜星给他打电话，现在他探望陈怜星，黛宁的老师打来电话。

陈怜星眼睁睁地看着他接电话离开。

毛老师道：“是这样的，这几天我观察了陈黛黛同学的情况，她非常喜欢睡觉，她自己在头上贴了张字条，写着她有嗜睡症。请问陈黛黛以前出现过这种情况吗？”

他怎么不知道那个要上天的妹妹有什么嗜睡症，看起来是懒洋洋了点，但是该闹的时候精神百倍，小混账竟然在学校光明正大地睡觉！

陈景不可能在老师面前拆黛宁的台，他坐上车，帮她圆谎：“是有、有点症状。”

毛老师道：“你作为家长，什么时候带她去医院检查一下，这种病不治好，很耽误学习。”

她说得已经比较委婉了，陈黛黛同学哪里是来上课的，她趴在独角兽上，眼睛在上课时间基本没睁开过！

陈景咬牙："我会，带她去、去医院。"

欠揍吧小浑蛋，在学校睡觉，还有什么事情她干不出来？

早恋这个问题，以前黛宁是干不出来的。

在大小姐眼中，世界上就没有配得上她美貌的男生，以前赵屿也问过她在学校是否早恋的问题，黛宁相当鄙夷。

可是莫名其妙地重新念高二，黛宁发现了一个很有趣的人——厉扈。

说起来，厉扈长得很帅，他比同龄十七八岁的男生多了几分阳刚之气，是不少女生心中的男神。黛宁也算见过不少人，包括申屠涉那种桃花眼色胚，但在她眼里，厉扈比申屠涉变态多了。

申屠涉是看起来变态，但厉扈是内在比较变态。

这段时间的体育课，黛宁所在的班级和厉扈的班级一起上，黛宁不上课，继续趴着，厉扈便也逃了课，来（8）班投喂她。

他往桌子上一坐，居高临下地给她喂吃的。

黛宁闭着眼，心想不吃白不吃，厉扈的零食真好吃，比陈景准备的好吃多啦。

青团看着笑盈盈的厉扈，心里一阵绝望。

"纪黛宁你住嘴啊，厉扈一看就不是好人！"

黛宁说："他的零食好吃嘛！"

"万一他别有所图呢？"

"零食好吃。"

青团佛了，它想死，抓狂地看厉扈喂黛宁喝牛奶。说实话，黛宁那么有钱，都没喝过这个牌子的牛奶，她咬着吸管，总算睁眼懒洋洋地看他。

她眼睛黑亮，因为长久的睡眠，看上去水汪汪的，睫毛轻盈又翘，配上一头小鬈毛，可爱极了。

厉扈吹了个口哨，笑出声："黛黛，好喝吗？"

她点头："还有吗？"

厉扈摊手："没了。"这牛奶没上市，他家公司研制的，特别贵，做得也很好，就这么几瓶合格样品，被他拿了一瓶出来喂她喝着玩。

黛宁一听没有，就不理他了。

厉扈见她又要睡，捏住她的下巴，轻轻晃了晃，她实在是漂亮，小嘴儿嫣红，眸光天真又勾人。

厉扈弯唇，低声问她："要跟我接吻吗？"少年嗓音带了几分暗哑。

黛宁困倦地揉揉眼："不要，滚开。"除了以前骗赵屿，她并不懂这种事的乐趣在哪里。

厉扈啧一声，他还是第一次邀请女孩，可惜被人家拒绝，天气越来越热，学校吝啬，没有开空调。

厉扈见她趴回去，怕她热，去教室前门把风扇打开，回来拿出一个带着香风的小风扇，给她吹风。

黛宁惬意无比，学校的日子可真是美啊。

有学生提前回来，从窗外看见厉扈在，他们窃窃私语。

厉扈跳下桌子，把小风扇摆好，又把吹到黛宁脸颊上的发丝轻轻撩开，这才离开黛宁的教室。

黛宁拉住他，厉扈回头。

她毫不客气："把垃圾扔了。"

厉扈手里被塞进一堆零食包装袋，他愣了好半晌，忍不住笑了。

青团看着厉扈离开，像个操心的老父亲，它要是能讲话，简直想喊出来："陈景，有人想诱拐你妹妹啊！"

每一所学校总有那么几个"扛把子"，哪怕黛宁所在的高中学习氛围良好，可是这样的存在也不例外。

说来神奇，凤鸣九中的一霸，不是一看就适合当校霸的厉扈，反而是个倾慕厉扈的女孩，叫作章右英。

黛宁不认识章右英，青团警惕地听了几天八卦，倒是对这个女孩非常了解。

章右英家境不错，成绩和黛宁有得一拼，烂到没眼看，据说她从初中开始就青睐厉扈，可惜都快追到高三了，厉扈也没能看上她。

厉扈对她态度不怎么好，还有点烦她，章右英却对厉扈一往情深，听不得半句诋毁厉扈的话，谁要是敢在她面前说厉扈不好，这位小姐姐握紧拳头就是干。

能以一个女孩子的身份坐稳"校霸"之位，除了章右英本身彪悍之外，她的拥趸团也非常犀利。

以上种种，都是黛宁放学被拦住时，青团飞快报出来的信息。

别看青团干啥啥不行，它八卦可是第一名啊！

黛宁的视线扫过面前的几个女孩，大家都穿着校服，只是面部表情不那么友善。

站在最前面的章右英也在打量黛宁。

黛宁抬头看她。

章右英长相普通，五官平平，脸上只有狭长的丹凤眼一个亮点，她的眼睛凌厉，有种不属于女孩的魄力。但是人群中肯定能一眼注意到她，不说别的，章右英这女生，身高是有一米八啊！黛宁一米六六的身高，完全不能比，大小姐第一次仰视一个女孩子，感觉挺新奇的。

“你就是陈黛黛？”章右英开口问。

她的声音有点儿低，听上去带着几分中性，不难听，但是这么强硬的一个小姐姐，一般男人都架不住，这气势，也不怪五六年都没能追到厉扈。

黛宁点头：“我是，你叫什么呀？”

章右英还没开口，她身边的“手下”道：“这是我们英姐，识相的自己离扈哥远一点，扈哥是我们英姐的！看你一脸狐狸精的样子，勾搭扈哥真不要脸！”

黛宁无辜地眨眨眼，笑嘻嘻地对青团道：“你看她们好有趣啊，明明一个个都嫉妒得不得了，偏偏要一副正义凛然的模样。她还夸我漂亮。”

青团慌死了，这是在夸你漂亮吗？黛宁到底在乐什么？

章右英看了说话的女生一眼，女生立即闭上了嘴巴。

“我叫章右英，过来我们谈谈。”

章右英本来也是生气的，她和厉扈算得上青梅竹马，喜欢厉扈那么多年，对他也算了解，这是这么久以来，厉扈第一次主动讨好一个女孩。

章右英本来不信，毕竟以厉扈高傲的臭脾气，怎么可能像谣言中说的那样，天天去找一个女生，直到今天的体育课，她看见厉扈喂黛宁吃东西的那一幕。

两个人找了个林荫小道，章右英看着眼前的女孩，眸光一黯，少女确实很漂亮，准确来说，是章右英长这么大见过的最好看的人，她用一双湿漉漉的眼睛看人时，天真又可爱，怪不得厉扈会为她倾心。

章右英的发言非常简短："我喜欢厉扈，你离他远一点，否则我会生气。"

黛宁偏头看她："你生气会怎么样？打我吗？"

章右英觉得眼前这张粉嫩嫩的脸实在不怎么招人讨厌，哪怕自己是个女孩子，都觉得黛宁看上去美丽到不忍心破坏。

为了威慑，章右英依旧道："嗯。"

黛宁"扑哧"一声就笑了，她伸手揪住一片树叶玩："你喜欢他，你就去追嘛，来警告我算什么，追得上是你的本事，追不上是你没本事。他要往我面前凑，我又不可能喊他滚，你说对吗？"

章右英皱眉，觉得有被冒犯到，她难道没追过吗？就是追了很多年追不到，才只能赶走厉扈身边的女孩。

黛宁笑嘻嘻的，一点也不怕被眼前的"校霸"打，她给章右英出主意："你看上去这么酷，厉扈不喜欢你，你就打他嘛，一顿不行，就打两顿，他说不定就喜欢你了呢。"

"你是在讽刺我？"

"不是。"黛宁很纳闷，"我很少夸人的，听上去像讽刺吗？"

像，这可太像了！恐怕只有青团相信黛宁是在真心夸人。

纪黛宁也想长一米八，看上去多酷啊，她要是有那么高，真想试试一拳干翻一个气运子，可惜她在这些快一米九的男人中间，就是个娇滴滴的小弱鸡。

章右英动了动拳头，一拳砸在黛宁身后的树上，眼神充满威压和警告。

黛宁眼睛明亮，她用欢快的语调说："我这是第一次被女生壁咚呢！"

章右英有点儿在气，可是对着眼前这张娇艳的小脸实在下不了手。

再说了，她虽然有个校霸的名声，却鲜少干这种事。

"不管他怎么样，你离他远点。"说完这句话，章右英转身就走。

等她走远，青团才松了口气，黛宁太欠揍了，不过没被打就好。

黛宁摇摇头道："还没完呢。"

果然，快出校门前，章右英那群"手下"杀了个回马枪，把她堵在了小花坛。

几个女孩再次围住黛宁。

“英姐让我们好好教训你！”

黛宁打量她们：“是你们自己想动手吧，怎么，都喜欢厉扈啊，然后借着章右英的名义，欺负和他走得近的女孩？”

被说中心事，几个女生的脸色变了变。

有人道：“跟她说那么多废话做什么，拍她的照片，看她以后还敢不敢勾引扈哥。”

她们对视一眼，有人拿出手机，另外的人要过来扯黛宁的衣服。

黛宁眼神冷了冷，她也喜欢欺负人，但这个世界上，她最看不惯的一种方式就是用羞辱的方式对待女孩子。

她动了动包里的手机，问青团：“蠢团，陈景来了没？”

青团吓得毛都快奓起来，它还能不知道纪黛宁？小嘴叭叭厉害，战斗力为负！它连忙感知了一下周围。

“在！他听见你的电话内容，就立马进学校了，大概还有三十秒到达！”

黛宁这才把视线放在几个女孩身上，她们捉住她的手臂，黛宁怕她们弄疼自己，压根儿不挣扎，有人熟练地扒她的衣裳，少女校服之下，是浅粉色的内衣。

她的衣服被褪到肩膀以下，看见她傲人的身材，几个女孩又是一阵眼红。

呸，迷惑扈哥的小妖精！

黛宁站着不动，就让她们扒，来呀，她纪黛宁长这么大，还没怕过谁！

感觉差不多，她们要动她里面的衣服了，黛宁这才意思地挣扎了两下。

这群女孩本觉得她不反抗很奇怪，以往发生这种事，哪个女孩不拼命挣扎？现在黛宁动了，她们露出笑容，这下知道怕了吧！一会儿还要打她呢。

谁知下一刻，几个人还没反应过来，一股力量直接把她们踹翻，毫不夸张地说，她们飞出了半个花坛那么远。

这一切发生得很快，女生们甚至没反应过来，背部和肚子就一阵剧痛，她们蜷缩着身子，痛得眼泪直往外淌。

唯一站着的黛宁泪汪汪地看着来人。

“呜呜呜，哥哥！”

陈景脸色黑得可怕，走过去，把黛宁的衣服拉上去，遮住她裸露的肌肤。

少女吓坏了，要哭不哭的，想扑进他怀里，却还惦记着陈景说男女有别的道理，怯生生地站在原地。

陈景垂眸，用修长的手指给她系衣领处的丝带结，系好之后，他伸手抱住她，黛宁这才搂住他的脖子，嘤嘤哭泣。

陈景这辈子从没打过女人，这是第一回。

他揉揉妹妹的小脑袋，放开她，想起电话里听到的话，他眸光冰冷，走到那群女生面前，陈景抬起手，干脆利落地一人赏了一个巴掌。

那可怕的响声，让黛宁听得牙疼，她悄悄松开捂住泪眼的手，陈景这种煞神打人，看上去就好疼啊！

几个女生坏事做尽，这是第一次被打得毫无还手之力，以往都是她们合起伙来欺负更加弱小的女孩，这次挨一巴掌，口腔直接喷血，有人受不住，当场大哭起来。

黛宁非常讨厌她们，她跑过去，挨个补刀，一人来了一脚。

陈景也不阻止，任她尽兴发泄，他气得浑身发颤，如果自己来晚了一点，黛宁的遭遇难以想象。

这几个女生骨子里坏透了，他不打算放过她们。

黛宁把她们的手机搜罗起来，挨个找照片和视频，果然里面有不少受害女生，个个都长得不错，她把这些东西全部删除，气哼哼地又一人踹了一下。

混账东西，她都没这么坏的！至少她从来不欺负好女孩。

她们爬不起来，哭泣都没力气，太痛了，原来被打是这种滋味。

“等着下周被退学吧！”黛宁做完这一切，道，“哥哥，我们走吧。”

陈景目光似刀，冷冷地扫过地上的人，她们头也不敢抬，这几个人早先观察过黛宁，她不像什么有钱人，也看过黛宁那张字条，原来字条上说的都是真的！她哥超级能打。

陈景见黛宁出够了气，看上去不再那么委屈，带她离开了。

两人回了家，这是陈景情绪最压抑的一个夜晚。

今天被毛老师告状，他连拳赛都没去，来学校接黛宁，毕竟“问题妹妹”要么欠教育，要么欠治疗，可是没想到在路上，就接到了黛宁的电话。

那头传来七嘴八舌的女生的声音，陈景当场冷了脸，他庆幸妹妹聪明，知道打电话给他，没被那群人欺负了去，但这件事想起来，还是让人愤怒到心中发颤。

他忘不了刚刚那一幕，黛宁泪眼蒙眬，衣服被半褪，望着他委屈可怜的模样。

陈景从十六岁开始，就没让家里的女人受过半分委屈，这是第一次，有人在他的庇护下伤害黛宁，他何止想打她们，他简直想杀了那几个畜生不如的东西。

黛宁见他肌肉紧绷，一副要吃人的冷戾模样，煞气真够重的，如果不是了解陈景，估计她都会产生几分惧意，可惜到了这个程度，让她害怕陈景，简直像个笑话。

她可怜巴巴地抱住自己，在沙发上团成小小一团，一副心灵遭到摧残的模样。

陈景关心她的状态，他收敛情绪，摸摸她柔软的发：“吓到了吗？”

黛宁点点头，小小抽泣一声：“哥哥，还好你来啦。”

“别怕，我在。”

当年十六岁的陈景，提着刀，是陈家母女的拯救者，如今他说这句话，亦是黛宁的守护神。

黛宁难得从他阴森的嗓音中听出几分温柔安抚的意味，她睫毛上还挂着泪，握住陈景食指：“我永远相信哥哥。”

她掌心的食指，微微一颤。

发生这样的意外，毛老师口中黛宁在学校睡觉的事一下变得微不足道，连电话里听到的黛宁被找碴的起因，陈景都没有选在这个时候问。

黛宁虽然说着不怕，可是一双眼睛怯生生的，眼尾通红，像小兔子一样。她自己去洗澡，洗着洗着就会喊一句：“哥哥，你在吗？”

“嗯。”陈景没什么办法，见黛宁真的吓坏了，只能站在门口等她。

哗哗水声传出来，陈景打开窗户，抽了支烟冷静情绪。

这么多年，他活得像具行尸走肉，每天琢磨如何赚钱养陈家母女，今晚这般浓烈的愤怒和怜惜，已经很久不曾出现过了。

陈景鲜少抽烟，烟雾袅袅中，他摁灭烟头，让风吹散这股味道。

浴室里不安的声音又喊：“哥哥。”

陈景指节扣了几下门，告诉她他一直在，里面的黛宁放心下来，开始抹泡泡。

陈景站了好一会儿，黛宁终于洗完换上睡衣出来，她拿着电吹风，放到陈景手里，带着鼻音道：“哥哥给我吹头发嘛。”

陈景冲她招招手，她眼睛弯了弯，在沙发上坐下。

他握住黛宁湿漉漉的发，细细给她吹开，她虽然是天然卷，可是发质实在是好，头发又细又软，发量也合格，像只可爱的小动物，瓷白的侧脸看上去乖乖巧巧的，让人心头止不住柔软。

吹风力度足够，黛宁的头发没一会儿就干了。

她今天有理由光明正大地不写作业就去睡觉，黛宁一副可怜巴巴的模样：“哥哥，你陪我一会儿，看我睡着了再走好不好？”

陈景知道校园暴力是多么可怕的一件事，有些人甚至会因此毁了一辈子，他怕黛宁留下心理阴影，点头同意。

她眼睛里立刻露出欢喜的光，爬上床，用被子盖好自己，黛宁一指屋里的椅子：“哥哥坐这里。”

陈景坐下陪着她。

黛宁闭上眼，过一会儿又悄悄睁开一条缝，想看他还在不在，陈景垂眸注视着她，觉得这个小动作也十分招人疼。

见他稳稳坐着，黛宁这才放心睡过去。

她卷卷的发在枕头上散开，一开始睡得不安稳，可是很快呼吸声便均匀起来。

黛宁平时闹腾，可她睡着后非常乖，樱唇粉嫩，手掌半握，挨在脸颊旁，今天哭过，她眼尾微微发红，让人更加怜惜几分。

陈景知道，她醒着是个魔女，但她睡着后，比小天使还让人心软。

陈怜星小时候远没有这般可爱，陈景低头一动不动地看了她许久，把她脸颊上的发丝轻轻拨开。

按理说，她睡着了，他早该离开，可是见她这副娇憨模样，陈景忍不住看了许久。

黛宁漂亮的锁骨露在外面，弧度优美，陈景非常不适宜地想起今晚看见的那一幕，他到底去晚了半分钟，黛宁外面的衣服被那几个女生脱掉，不该看的，他不经意看见了。

这件事让他有几分难言的罪恶感，刚刚黛宁醒着，陈景没表露，也不会想起，这会儿夜深人静，他脑海里反复浮现着那个场景。

黛宁含着泪，双手抱胸，怯生生的害怕的眼神……

不知道为什么，那天黛宁和他一起看的电视剧又被想起，陈景有几分喘不过气来，这种感觉此前从未出现，他再也待不下去，给黛宁关上窗帘，离开了她的卧室。

这没什么，他告诉自己，今天情绪过激而已，他的不对劲，只是在自责没有照顾好黛宁。

这件事陈景并不打算作罢，既然那些人敢动他妹妹，他要她们付出代价。

第二天恰好周末，黛宁一觉醒来，又是元气满满的模样。

餐桌上的早餐特别丰盛，黛宁数了数，足足有十五种早点，以往陈景对她也好，可是不会这么奢侈浪费，显然是怕她还沉浸在昨天的事情里，特地安抚她，黛宁也不客气，有好吃的就吃嘛。

“吃完我带你去医院检查一下。”他递过来本子，给黛宁看上面的话。

黛宁叼着水晶包，摇摇头：“不用啦，我没有受伤，也不害怕了。”

陈景默了一会儿，提笔写。

“毛老师说你有嗜睡症，我带你去检查。”

青团：噗。

黛宁一点儿也不心虚：“可是我不喜欢去医院。”

“必须去。”陈景道。

“那回来我要看电影、买裙子。”

“好。”

两个人去医院做了一通身体检查，不疼的项目黛宁很配合，但疼的项目，她怎么都不愿意。

陈景往她嘴里塞了颗糖，低声哄："听话，不是说好的吗？"

黛宁摇头，糖她倒是照样吃，人就要走。

陈景头疼得很，捉住她，抓住她的小手放到护士面前，让抽血。

黛宁打不过他，被他禁锢住，跑也跑不掉，等血一抽完，大小姐情绪立马不好，开始生他的气。

一旁的护士忍不住笑，对黛宁说："你男朋友也是为你好，比起其他男人，他有耐心多了。"

陈景还没说话，黛宁立刻认真地否认："他不是我男朋友。"

"那是哥哥吗？"

黛宁臭着小脸点头。

听她否认得如此认真，陈景心里有点不舒服，他也不明白为什么，好在那种感觉很快过去了，他要去给黛宁拿上一个检查的报告单。

折腾了一整天，各种报告单出来，陈景拿着单子分析，以往陈母经常生病，他看的单子多，自然懂了不少医学知识。他本来以为妹妹是顽劣，可是没想到，她体内的酶不正常。

他浓眉皱起。

有几项数值明显比常人低好几倍，黛宁的身体状况是真的有问题，酶偏低，导致黛宁的精神状态不太好，偶尔会想睡觉，其他项目黛宁没有问题，都很正常，偏偏这些东西医院还没法开药，只说让她好好调养。

黛宁半点儿也不关心结果怎么样，她冲陈景招招手："哥，看电影去啦。"

上午还生气检查的事，这会儿她不记仇，陈景眼中的担忧褪去，忍不住染上几分笑意。他把单子收好，打算回去再慢慢看，只要不是绝症，他好好养着妹妹，应该会好起来的。

答应了黛宁的事情陈景自然会做到，黛宁选好电影票，离电影开场还有两小时，他们刚好可以去买东西。

黛宁拐进换衣室，一个服务生低着头进来，黛宁露出笑意，甜滋滋地喊："谷子！"

乔装的邱谷南替她拉好拉链，轻声在她耳边道："大小姐，纪恬在调查陈景。"

"她查到我了吗？"

“这倒没有，你早有吩咐，让我们留意她，她调查的时候，我们把你的信息处理了。”

“做得很好，我也会注意的。谷子，给我拿那双樱草色的鞋。”

邱谷南给她把鞋子拿过来换，还顺手给大小姐编了两条辫子。

陈景在外面等她，他第一次陪妹妹买东西，黛宁在里面磨蹭了半天，陈景也没有半点不耐烦。黛宁最后选了条橘红色的裙子，配上樱草色的单鞋，这裙子很亮眼，只不过颜色少有人能驾驭。

她走出来，一张脸蛋儿白嫩嫩的，反倒把这样鲜亮的颜色压住了。

陈景凝视着她，黛宁才不在乎陈景觉得好不好看：“哥哥，我要这身。”

她是真的能花钱，看上的都要，陈景也纵容她，黛宁要的都买。

大小姐看上的肯定不便宜，见陈景眼也不眨地结账，黛宁第一次对陈景的工作感兴趣，以前还是个小气鬼，怎么一下子这么敢花啦？

路过卖冰激凌鸡蛋仔的铺子，陈景主动给她买了一份，拿在手上，让黛宁当零食吃。

青团心想，如果是纪恬知道，估计得气死，纪恬花钱雇佣陈景，陈景赚钱给黛宁花，想想就好笑。

黛宁逛高兴了，和陈景一起去看电影。

检票的时候，黛宁发现陈景应该是第一次来看电影，他对程序不清楚，非常生疏。

真有趣，陈景活了二十多年，都没时间交个女朋友，可惜了，是他自己要求她做妹妹的。

两个人顺利进去，黛宁挑的是一部女孩子喜欢看的爱情片，当然，以她和青团的口味，这片子特别狗血，还非常虐。越虐黛宁越能看出笑点，青团在黛宁的熏陶下渐渐麻木，也能从悲情里品出搞笑的东西，两个小家伙看得津津有味。

让陈景看枪战片功夫片还行，这种女孩子喜欢的情情爱爱，他实在看不出兴趣，好在他本就是为了陪黛宁，第一次来电影院也图个新奇，帮她拿着零食。

黛宁边看边发笑，小手往陈景怀里摸零食吃。

好几次，她乐不可支，根本没注意手直接伸岔，陈景面色一紧，抿着唇把她的小手拿起来，正确放进爆米花桶里。

陈景看个电影全程紧绷，比去打拳赛还要集中精神。

青团蹲在角落，怜悯地看着哥哥。

这才刚开始呢，电影院嘛，黑漆漆的，情侣又多，坐在他们后面的一对小情侣，电影放映过半，已经忘情地亲了起来。

陈景五感敏锐，不自在地抿住唇，看了一眼黛宁。

这小浑球儿完全没注意，电影里男主角捅伤了女主角，正在悲痛地忏悔，黛宁看得快乐，这是她最喜欢的剧情。

见妹妹没注意到身后的异样，陈景的尴尬少了几分。他的听力好得惊人，电影里的声音远去，反而后面的唇舌交缠声入耳，让人颇为烦躁。

大千世界，似乎从黛宁闯进他的世界里，陈景才一点点开始认识，它们渐渐有了鲜明的色彩。

陈景绷起脸，他面无表情地想，接个吻，为什么可以接这么久？说实话，电影里女主角的伤都要养好了，身后的人还没亲完!

黛宁终于觉察不对劲，听见声音，想回头看看，陈景眼疾手快，固定住她的小脑袋。

“哥哥？”

他低咳一声：“别分心。”

“哦。”黛宁忍住笑，倒也配合他，继续看电影。

好不容易终于把电影看完，陈景去上厕所，黛宁在外面等他，她坏笑着给他计时：“你说哥哥什么时候会出来？”

青团叹了口气，它不知道，也不敢问，当暧昧的氛围到达顶端，它后半段在小黑屋里待了二十分钟!

不负她的期待，陈景出来得有点晚。

黛宁道：“哥哥，回家啦。”

陈景有点不自在，终于结束了，他不知道，原来看一场电影，会看得他想爆粗口!

回到家，陈景想起电影院的氛围，教育黛宁道：“以后少去看电影。”

“为什么呀？”

“你是学生，以学习为主，娱乐活动会耽误学习。”

黛宁乖巧地道：“哦，好的。”

她剥了一颗棒棒糖含在唇间，撑着下巴，笑盈盈地凑近陈景："今天很开心，我相信如果未来哥哥谈恋爱，一定是个超级好的男朋友。"

陈景握住袋子的手猛然收紧。

"所以……"黛宁顿了顿，继续笑着说，"哥你也老大不小啦，什么时候给我找个嫂子嘛，我想让她和我一起去逛街。"

空气一瞬间凝固，陈景抬眸，用灰褐色的眼眸看着她，他望进黛宁的眼睛，企图从她眼里看出一丝开玩笑的意味，可是黛宁很认真，眼里满是期待。

"哥哥，你说好不好？"

陈景垂眸，心情突然变得非常糟糕，不知道为什么，一句话都不想和她说了。

他理也不理她，独自往前走。

黛宁第二周去学校，陈景往她书包里放了张报告单。

她好奇地问："这是什么？"

"给老师。"

黛宁随便翻了翻，大概是解释她嗜睡症的由来。

她体内的酶缺少，却不至于每节课都睡觉，陈景知道这一点，但他没有责骂她，许是看出她非常不喜欢学习，没有勉强她，反而帮着打掩护，他是个非常溺爱妹妹的哥哥，换一家人，估计早把这小浑蛋揍一顿了。

黛宁高兴得不行，恨不得抱着他蹭蹭，可她如今特别注意分寸，只有眼神透露出欢喜和亲昵。陈景失笑，拍拍她的头："快走。"

她去上学，陈景在学校外坐了一会儿，好半晌，他拿出手机："李明，做事。"

那头的李明早就收到了消息，连声应："好嘞！"

不出十分钟，校门口聚集了一堆人。

陈景眸光冰冷，冲他们颌首，"杀马特"们道："景哥放心，我们知道分寸，这几天会一直注意。"

陈景转动着杯盖，看他们浩浩荡荡地走远，在学校周围晃悠。

过了几天，宋晓洁等几个女孩终于养好伤来上学。她们这两年跟着章右英，狐假虎威，背着章右英欺负了不少女孩，还有两个被她们这群人逼得退了学，这是她们第一次被陌生男人打进医院，今天才能来上学，宋晓洁等人哪里能甘心？

黛宁兄妹不仅删了她们手机里的照片和视频，还让她们受了重伤，几个人暗自通气，打算去学校把这件事闹大，让学校开除纪黛宁。

她们想过，一来手机里没有证据证明她们曾经伤害了那些女孩，那些女孩也不敢站出来说自己经历过那么屈辱的事，二来陈家看上去只是普通家庭，哪怕那个男人非常能打，可他不怕社会舆论吗？如果让媒体知道他一个成年男人殴打未成年少女，网络暴力都够他和陈黛黛喝一壶的。

颠倒黑白，利用人心和舆论走向，她们玩得很熟练，今天一定要让陈家兄妹在凤鸣市待不下去！

可是宋晓洁她们还没能进学校，就被人捂住嘴拖进了一旁的巷子。

她们呜呜挣扎，看着眼前十来个混混模样、人高马大的男人，吓得近乎腿软。

绿头发的男人哈哈一笑："就这点胆子，还敢搞我们妹妹？"

"你……你们妹妹是谁？"

绿毛笑得痞气："你更应该问问，我们要对你们做什么。"

有两个女孩被他们的笑容吓得哭起来。

绿毛敲击几下墙壁："别怕，兄弟们只是给你们拍几张照片，也传到网上让人乐呵乐呵。"

这下宋晓洁是真的吓坏了，不管不顾就要逃，被黛宁的紫毛哥哥堵了回来："还敢跑？！"

宋晓洁大哭道："对不起，我错了，我以后再也不敢了，我不是故意对她们做那些事的。"

"很聪明嘛小妹妹，一下子就知道我们是来做什么的。"

这些都是宋晓洁等人曾经用来威胁那些可怜女孩的话，此刻她们才真切地体会了一把受害人的感受。

有个少女害怕被侵犯，当场吓得尿了裤子。

绿毛摇摇头："真有趣，你们害人的时候兴奋无比，变成待宰羔羊却只有这点胆子。自己退学，和被你们逼走的那些小姑娘一样，你们有多远滚多远，这辈子都记住今天，每天都要记得恐惧和忏悔，不然，早晚有一天，你们会在回家的某个夜晚看见我们。”

宋晓洁等人浑浑噩噩地被放走，吓得拔足狂奔，这下学校也不敢去了，哪里还敢报复黛宁，那句“会在回家的夜晚看见我们”，让她们恨不得这辈子都躲在家里。

人就是这样，越坏的人，反而越欺软怕硬，她们当初抱团欺负别的女孩，觉得对这个世界无所畏惧，或许有一天她们中某些人长大，想起年少这些事，会有一点愧疚，可也只是愧疚一下，用一句年少轻狂就带过去了。

她们永远也弥补不了那些被她们伤害过的人的人生，那些受害女孩难道不无辜吗？

陈景要她们这辈子都活在恐惧中，不敢再踏错一步。

绿毛嫌弃地道：“老子找对象，也不找这么毒的。”

小小年纪，却迫害更加弱小的同学，绿毛他们虽然是一群混混，却远比宋晓洁这些人讲原则有义气。

没两天，凤鸣九中传得沸沸扬扬，几个女生同时退学，很多人都在揣测这到底是怎么回事，包括黛宁所在的（8）班也流传出好几个版本。

青团高兴道：“黛宁，肯定是陈景做的。”

“你这么开心做什么呀？”

青团蒙了一瞬，对啊，它高兴什么？青团糊涂了，黛宁打量识海空间的小团子，它这样笨，还有几分呆呆的“圣父”心肠，怪不得辗转大千世界，从来吃不饱。

学校少了几个毒瘤，总的来说是好事，只是不知道章右英少了一大半“小弟”，还能不能当校霸大姐头？

老师看过了报告单，这两天没再管黛宁，她过得舒服又惬意。

放学前，厉扈背了个单肩包来（8）班，冲她勾勾手指：“小树懒，过来。”

大小姐嫌弃地从他身边路过，厉扈忍不住笑，一把勾住她的脖子。

少女被他圈在怀里，瞪圆了眼睛，鼓起脸一脚踩在厉扈脚上，他疼得脸色发僵，撸了一把她的头发。

“白喂你了，这么心狠手辣。”

黛宁皱皱鼻子，娇声道："疼。"

厉扈只好松开她，看有没有真的弄疼她脖子："我看看。"

少女白净修长的脖子上有个浅浅的红印，厉扈皱眉，这也太脆弱了，换成章右英，勾八百下都没事。

"我给你道歉好不好？"

黛宁摇摇头，不打算原谅他。

厉扈叹了口气，知道她吃软不吃硬，脾气大还娇气，要百般讨好才行。他认命地蹲下来给她把松松散散的鞋带系上，又把单肩包拉开："吃不吃？"

青团一瞅，好家伙，厉扈准备了一包零食。

黛宁捡了瓶糖豆："我还是生气的。"

厉扈无奈一笑："嗯。"

他跟着她走到校门口，提起一件事："下个月中旬，凤鸣市有一场文艺活动，三中、六中、九中和各所大学都有节目出演，我们学校改编童话《睡美人》，女主角演生了病，想去玩玩吗？"

黛宁来了兴趣，她在纪恬的情报里看见过，下个月的活动纪恬和陈怜星也要参加。

仔细算算，她是时候去吓吓纪恬了。

"我可以去玩？"

"嗯，玩。"厉扈毫不在意，态度非常随便。在他看来，别人挤破脑袋想去的节目，也不过就是一个可以给黛宁玩的游戏。他是活动负责人，可以光明正大地以权谋私。

"那我演什么呀？"

"睡美人，要不要？"

黛宁摇摇头，弯起大眼睛："厉扈，我要演坏蛋，有没有鞭打睡美人的那种呀？"

那谁还敢演睡美人？

厉扈想了想，轻笑着说："以后每天放学，来舞蹈室排练一小时，你要演什么我给你想办法。"

黛宁对青团道："看吧，这个世界除了气运子，男人们都超级上道的。"

青团无言以对，突然想起很早以前那个“舔狗”蓝凌云，也不知道黛宁“死后”，那傻小子哭了多久。

六月份到来了，凤鸣越来越热。

陈怜星养了一个星期的伤，她的舞台剧戏份被耽误，险些被换，纪恬为她说情，陈怜星才能继续留下来。

这几天，陈怜星心情复杂，还有几分莫名的委屈，陈景从来没有这么久不管她，这种被忽视的感觉让陈怜星心里很不舒服。

难得她伤好后想起去看一眼陈母，陈怜星来到医院，戴上口罩探望母亲。

陈母看见她，苍白瘦弱的脸上露出欣喜：“怜星快过来，最近学习不忙了吗？”

陈怜星点点头：“妈，你怎么样？前段时间我听陈景说你发烧了，现在好了没？”

“我没事，陈景把我照顾得很好。”

提起陈景，陈怜星就来气：“前段时间我排练，不小心摔伤了，结果陈景根本不来看我。妈，你说是不是爸被关了这么多年，陈景渐渐心淡了，不想再照顾我们了？”

这句话一下戳到陈母最怕的地方，她现在的情况，稍不注意就有生命危险，唯一能救她的人只有养子。

“你怎么会这样说，陈景不是一直对你很好吗？”

“我总觉得他没有以前那样在意我了。”

“他不给你生活费了？”

“那倒不是，只是他没有以前关心我。”陈怜星很烦躁，“他现在越来越有见识，不会有一天不管我们了吧？”

虽然过去几年陈怜星一直嫌弃陈景的缺陷，觉得他丢人，可如果陈景不管她，陈怜星根本不知道日子该怎么过。

这番话也激起了陈母心中的不安，陈母年轻时是个疑心病重的女人，陈怜星今天不说这番话还好，一说陈母就联想到了自己骨髓的事。

这么久还没找到匹配的骨髓，难不成是陈景压根儿没上心，打算让她死？这种恐慌感让陈母握紧床单：“陈景今年二十五了，普通男人都该考虑找对象结婚的事了，他要是有了新家庭，说不定真的不再管我们了。”

母女俩都靠陈景活到现在，她们打心底瞧不起他，但是这么多年，对他的依赖又深入骨髓。

“怜星，这种事一定不能发生，你要去和陈景搞好关系。”陈母焦急地说，“你以前对他的态度太差了，从今天开始，你要把他当哥哥看！”

陈怜星一脸烦躁，勉强点点头。

陈母越想越不安，她不想死！陈景不管女儿，女儿健健康康的，还有活路，可如果陈景不管自己，她就得死在病床上。

“怜星，我想了想，还是不可行，哪怕把他当哥哥，以后他有了老婆，难保有二心。你爸还在的时候，就有个想法……”她把陈继睿希望陈怜星嫁给陈景的事说了。

陈怜星满眼惊骇，愤怒地说：“荒谬！爸爸竟然想让我和一个结巴结婚，我才不干！”

陈景那么可怕、冰冷又无趣，声音也难听得要命，还有缺陷，她怎么可以接受这样的人？

陈母好说歹说，陈怜星都不同意。

“我现在认识了一个千金小姐，有她介绍，我说不定能嫁入豪门，我不会和那个结巴在一起，我肯定可以嫁给很有钱的人。妈，你别说了，我尽量和陈景搞好关系，但是让我和他结婚，不可能！”

母女俩意见发生分歧，陈母还能不知道自己女儿是什么姿色？陈怜星压根儿就没有嫁入豪门的脸！但陈怜星心比天高，觉得陈母让自己讨好陈景已经非常屈辱，更何况嫁给他！

依陈怜星所说，虽然陈景没有以前对她那么热络，可是照样给她钱花，她只要态度好点，陈景立马能对她好上十倍，她才没必要赔上自己。

抱着这样的想法，陈怜星决定回一趟十八号暗巷。

她许久没有回来这里，走在暗巷的路上，陈怜星心中嫌弃又厌烦，到底在这里住了一段时间，不少人认识她，纳罕地小声议论。陈景的名声还在，没人敢来招惹她。

陈怜星到家，拿出钥匙开门，这个点陈景可能不在家，但晚上见她回来，应该特别高兴。没想到推开门，院子空空荡荡的就不说了，陈怜星进屋，发现桌子上竟然积了一层灰！她也不笨，显然是没人住才会这样。

她终于意识到，事情脱离了想象，连忙打电话问李明。

李明不太喜欢她，但知道她是景哥养父的孩子，也不好不回答，他带着几分幸灾乐祸说：“你原来不知道啊，景哥早就搬家了。”

陈怜星如遭雷劈！

搬家？陈景竟然离开了暗巷，而她和母亲都不知道，这是什么时候的事情？难道真如她猜测的那样，陈景想抛弃她们？

陈怜星哪里能忍，当即去找陈景，她按照李明说的地址寻过去。

黛宁在卧室里睡觉，今天学校放假，她洗完澡抽空敷上面膜，美滋滋地睡了一小会儿。

青团说：“黛宁醒醒，外面有人敲门。”

陈景的工作时间大部分在夜间，白天很少回来，黛宁有几分好奇，这个时间点，谁会来访？

“杀马特”家族？不应该啊，黛宁揉揉眼睛，走了出去。

青团率先感应到门外：“是陈怜星！”

青团咬住手，好刺激，两个妹妹抢哥哥，陈景金屋藏娇暴露了，修罗场啊！

第十五章
改变

陈怜星心里想了很多话，模拟了无数场景，吵架的、闹腾的、委屈的，还有想办法和陈景和好的。

她走进小洋楼的那一刻，整个人都不好了，这地方繁华得很，离学校和医院都近，一看就是黄金地段，小洋楼干净整洁，楼层低矮，环境很不错，这种房子，在凤鸣市相当值钱。

陈景竟然住在这样的好地方，如果早知道，她怎样也会和陈景一起住这里，才不会两年不回家。

门打开，陈怜星刚要张嘴喊陈景，在看清对方后，声音一下卡在了嗓子里。

她震惊地看着面前的少女。

少女才午睡起来，肌肤粉粉嫩嫩，白里透红，她穿着浅蓝色的睡裙，头发像海藻一般垂落在身后。裙子宽大，却遮不住黛宁姣好的身材，她整个人懒洋洋的，半边肩膀露在外面，一双水汪汪的眼睛看着陈怜星。

饶是陈怜星一个女人，也被这样的容色震惊了。

陈怜星瞳孔微缩，陈景竟然有女人了，还是这么个小妖精！这副娇滴滴勾引人的模样，怪不得陈景对她们母女都淡了。

陈怜星一眼就讨厌上了黛宁，她认定黛宁分走了陈景的注意力，她抬起下巴，倨傲不满地道："你是谁，为什么在我哥家里？"

黛宁打了个呵欠，头歪在门边。

"这是我家，我还没问你是谁。你站远一点啊，长得丑，看起来像个坏人，我要报警啦。"

"你！"陈怜星差点被她一句话点燃，"这是我哥的房子，你一个靠他养的女人，敢这么和我说话！"

黛宁险些笑了。

陈怜星这智商，这个说话的方式，纪恬竟然能和陈怜星相处那么久，还成了好朋友，这要是换成她，一天就想打爆陈怜星的狗头。

如果说蓝蓉蓉的段位是八级，这个陈怜星只配半级，陈继睿不捡陈景回来养，陈怜星屎都吃不上热乎的。

“他的妹妹是吧，你等等。”黛宁抬手关上了门。

陈怜星眼睁睁地看着门被关上，想骂人，她立刻打电话给陈景。

陈景正在训练格斗技能，他干的这一行，时刻充斥着生命危险，得一直保持自身实力。

白天他不用去地下赛场，但依旧会出去训练，他在正常上班时间离开家，黛宁也不会怀疑他的工作。

接到陈怜星的电话，他摘下拳套：“什么事？”

“陈景……”陈怜星还没来得及告状，眼前的门再次被打开。

身穿浅蓝色睡裙的少女扛着一把半米长的玩具水枪，天真无邪地看着她，下一刻，黛宁弯起唇角，将水枪对准陈怜星，滋了她一脸。

“啊——”陈怜星尖叫出声！混账啊！

青团捂住眼睛，那把巨型水枪还是上周末看完电影陈景给买的，原来还可以这么玩。

陈怜星被滋得上蹿下跳，边叫边骂。

电话那头的陈景也觉察到不对劲，陈怜星叫得实在是愤怒又凄惨，他皱眉，想问陈怜星在哪里，一个又娇又横的声音响起：“丑八怪，跟我抢哥哥！”

陈景扶额，陈黛黛！

不用问也知道陈怜星去了哪里，这下训练也顾不得了，他穿上 T 恤，不顾一身汗水，火速往家里赶。

陈景速度再快，赶回去的时候，陈怜星也成了落汤鸡，正在门口叫骂拍门，黛宁聪明得紧，打完人就跑，把门关上，陈怜星被关在外面。

看见陈景，陈怜星的委屈一下子全部涌了上来，她都快忘记多少年没有喊过这个称呼，此刻脱口而出。

“哥哥！那个坏女人竟然这样对我！”

曾经陈景喜欢听到这个称呼，然而事隔经年再次听见，他却半点感觉也没有了。

陈怜星的模样实在是狼狈，之前他护着陈家母女，谁也不敢欺负陈怜星，她还是第一次像个疯婆子一样，毫无形象可言。

陈景想过很多次介绍“两个妹妹”认识的场景，但没想到事情发生得猝不及防，场面还鸡飞狗跳。

陈景敲敲门：“黛黛。”

黛宁听见了，却不打算给他们开门，她趴在沙发上，抱着玻璃碗吃陈景洗好的草莓。

青团知道，大小姐虽然刚刚玩了个爽，但她很不高兴陈景心中还有另一个“妹妹”的地位，倘若陈怜星像赵安安那样识趣可爱，大小姐也不至于计较，可是陈怜星算什么小饼干啊！

陈景自己拿出钥匙开了门。

陈怜星跟在他身后，注意到房子的装潢，眼里的欣喜和不满一闪而过，欣喜的是，这房子新，装修得也好，家具家电看上去样样都很贵，不满的是，这样的好房子，哥哥竟然和一个小贱人住，没有给她住。

陈怜星看着前面高大的男人，想起陈母的话，有片刻动摇，如果真的和陈景在一起，他现在看起来不缺钱的样子……转眼陈怜星在心里摇摇头，不行，他是个结巴！声带也坏了，她怎么可以嫁给陈景？

陈景打开门，看见在沙发上吃草莓的黛宁，黛宁抱着草莓碗，看也不看他，明明她打了人没吃亏，现在还闹脾气。

陈怜星看见这个少女就窝火：“哥哥，就是她，我都说了是你妹妹，她还用水枪喷我。”

随着陈怜星的走动，水滴落了一地，陈景没吭声，他去客房拿了毛巾和吹风机出来，让陈怜星擦干，这才看向黛宁。

陈怜星心中得意，陈景她还不了解吗？她念初中时，被隔壁班的男生欺负，告诉陈景以后，陈景二话不说，把那个男生揍得不敢来上学了。这个少女一看就是依附她哥哥的菟丝花，而自己在陈景心中的地位不可替代，哪怕陈景现在不和这个女朋友分手，过不了多久她也有办法劝陈景抛弃这个少女，刚刚她被那样对待，哥哥肯定会为自己出气。

陈景走到黛宁身边，还没说话，沙发上的黛宁推开他：“你好臭，离我远一点。”

陈怜星诧异地看向陈景，心中笃定，陈景肯定要发火，结果她等了好一会儿，陈景离远几步，拿起了茶几上的本子。

“那我去洗澡，你别和陈怜星动手好不好？”陈景写道。他知道黛宁什么性格，自己爱干净，也讨厌别人身上的汗味，他平时训练完都会洗了澡才回来。

黛宁皱皱小脸：“她欺负我怎么办？”

“我保证，不会的。”

陈怜星不可思议地看向陈景，陈景走过来，指了指沙发另一头，示意陈怜星坐过去：“把身上弄干，别去招她。”

陈怜星捏紧手中的帕子，不可思议地看着陈景的背影，偏偏黛宁这时候故意给她做一个鬼脸，气得她一佛出世，二佛升天。

陈景怕外面两个姑娘吵起来，飞速洗了个澡，穿好衣服出来。陈怜星坐得远远的，把头发吹干了，仇视地看着黛宁。

黛宁在吃草莓，她很挑剔，只吃最红的部分，咬一小口，其余全部丢掉，这个季节凤鸣的草莓很贵，陈怜星心疼到眼都红了，她竟然这样浪费哥哥的钱！

陈景敲击几下桌面，给她们做介绍。

“怜星，她叫黛黛，也是我妹妹。”

“黛黛，她叫陈怜星，我之前和你说过的。”

陈怜星噌地一下站起来：“哥哥！你哪来的什么妹妹？”这个世界疯了吗？爸爸把陈景捡回来时，明明陈景没有亲人。

陈景没打算和她解释，陈怜星又气又急：“你忘记答应过我爸爸什么，不打算照顾我和我妈了吗？”

“你妈的医药费我会一直付，你的学费和生活费，我依旧会给。”

黛宁一副事不关己的模样，她还故意把咬了一口的草莓递到陈景唇边，陈景握住她的手腕，示意她别闹。

陈怜星咬唇，心里凉了半截，她以往的任性是建立在陈景包容的基础上的，现在有了“替代品”，内心最大的恐慌被激出来，她不再一味地闹，想起了和陈景搞好关系的事。

“好吧，那哥哥，我可以回来住吗？”

陈景下意识地看向黛宁。

黛宁眨眨眼，突然有个好玩的想法，她没吭声。

陈怜星到底还是陈景的妹妹，陈景见黛宁不反对，他点头。

陈怜星下意识地松了口气，这么好的房子，她也要住，而且她一定会找出黛宁的把柄，把她赶走。

青团看看黛宁，总觉得她又要搞事情。

小洋楼有四间卧室，陈怜星留下来，还有两个房间可以挑，陈怜星一下注意到，家里最好的房间给了黛宁！

那间房采光好，最宽敞，还有小公主一样的换衣间，另外三间，包括陈景的房间，都只是普通卧室设计。

陈怜星以前在家，什么好东西都紧着她，她眼馋黛宁的房间，理直气壮地说道："哥哥，我要住这间。"

陈景一看黛宁，果然少女脸颊气鼓鼓的，爬起来就要打人。

他按住黛宁，否定了陈怜星的想法："不行，重新挑。"

陈怜星这两天收到的拒绝比前半辈子加起来经历得还多，她心中懊恼无比，非常后悔，早知道就一直在家住，这样和哥哥的感情也不会这样生疏，让别人钻了空子。

陈怜星不情不愿地挑了间客房住进去，心里把黛宁骂了八百遍。

青团问黛宁："你为什么同意让陈怜星住进来？"

"日子无聊嘛，我想让陈景明白一个道理。"

"什么道理？"

"一个人的心中，只能有一个宝贝。"

没有矛盾的激化，生活安稳，陈景永远也意识不到她与陈怜星的区别，那就让他好好分清楚。

第二天是周一，黛宁和陈怜星都要去上学。

陈怜星一晚上没睡好，反复做被陈景抛弃的噩梦，这会儿没精打采，眼下带着浅浅的黑眼圈，反观黛宁，她没心没肺惯了，桃腮水嫩。

陈怜星看着丰盛的早餐，越发后悔没有早些回来生活。

"哥哥，我吃好了，送我去上学。"黛宁拉拉陈景的袖子，他点头站起来，给黛宁拿书包。

黛宁唇角沾着牛奶，陈景下意识地想抬手给她擦拭，然而看到一旁的陈怜星抬起头，陈景也不知道为什么，不自在地放下手，示意黛宁出门。

黛宁看也不看陈怜星，跟着陈景跑出门去。

陈怜星握住豆浆杯子，张了张嘴，她骤然想起，自己不喜欢陈景去学校，以至于这么多年，陈景都识趣地没来打扰过她。

她后悔又懊恼，有些东西，被人抢着才会觉得珍贵，人亦是如此。没有黛宁之前，陈景在陈怜星眼中命贱如蝼蚁，知道黛宁的存在后，陈怜星脑海里绷着一根弦，终于意识到了陈景是怎样的一种存在。

黛宁跑出去，外面终于没有了陈怜星。

陈景给她戴上头盔前，这才用拇指轻轻给她擦去唇角的牛奶，一如往常。

黛宁偏头看他，陈景恐怕还不明白，为什么这样的动作当着陈怜星不能做。

黛宁不以为意，在车上跟陈景说："哥哥，我们学校有个文艺活动排练，以后我每天晚上会晚一个小时回来。"

她学校下晚自习的时间是十点，推迟一小时，便是十一点。

陈景皱起眉，觉得过于晚，他下意识地希望黛宁不要去，陈景想起陈怜星也在为艺术节排练，可他没有管过陈怜星，那他为什么会想管束黛黛？

他抿唇，这次应了："嗯。"

"李明哥不用来接我，学校离家很近，我可以自己回家。"

"不行。"这一点陈景不能依她，安全问题他不会妥协。

"好吧。"

陈景本以为她会说更多关于排练的事，比如和谁一起，都是些什么内容，没想到黛宁全程轻轻哼着歌，不再提节目的事。

她跳下车子："哥哥再见。"

陈景看着她的背影，她显得那样青春又快乐，毫无留恋，和他的身边的氛围格格不入。

他突然想点支烟，烟拿了出来，又被他放了回去。

陈景骑车去地下赛场，见到他的人纷纷打招呼："景哥。"

现在谁都认识他，——从无败绩的"零"，这一行不是没有出过连胜战绩的人，可是连受伤都很少的，陈景还是第一人。

他年轻俊美，身手却阴戾狠辣，和他打过的对手，大多还在医院里躺着。

前段时间有个富二代想拜师，被陈景毫不犹豫地拒绝了，那人来了好几天，这段时间终于不再来了。

今天的比赛，陈景出手格外重，不知道是没收住，还是别的原因，等对手被抬走，陈景摘下拳套，负责人调侃地拍拍他的肩膀："年轻人，火气重就要发泄出来，有空去找找乐子。"

他的笑容暧昧，陈景别开眼，权当没看见。

黛宁放学后去舞蹈教室排练。

教室里除了厉扈，还有六个女生，六个男生，加上黛宁，刚好凑足十四人，巧的是，章右英也在。

黛宁一进来，所有人的目光都看向她，厉扈打了个响指："看她做什么？都去训练。"

其他人散开，章右英开口："你打算让她演女主角？"

这句话的酸味儿几乎快溢出来了。

黛宁饶有趣地打量她，这小姐姐在别人面前一副很厉害的模样，在厉扈面前，恨不得将一米八的身子变作小鸟依人，连嗓子都刻意掐柔了。

"不打算，女主角重新找人。"

听见这句话，章右英的脸色才好了些，她跟上人群，排练自己的戏份，黛宁看过去，章右英拿着一块板子，任劳任怨地蹲在角落，她的身份竟然是一块背景板！为了厉扈，章右英可真拼。

厉扈把剧本递给黛宁，红色的部分被他圈出来："你演前期虐待公主的精灵。"

那段戏份一看就是被他加上去的，还真符合黛宁的要求，台词简单、全程慵懒，还可以欺负主角。

"你演什么呀？"

厉扈弯唇："国王。"

哦，公主她爸爸，也是这个剧情的爸爸，反正是魔改童话，这个国王在剧情里可厉害了，征战异国，刚愎自用。

今天黛宁的任务主要是熟悉台词，大小姐懒洋洋地坐在高台之上，看学生们累得满身大汗。

一个小时后结束了，众人背起书包回家。

厉扈站在门口，顺手背起黛宁的书包，参演的学生们看过去，厉扈向来独来独往，就像剧情里的国王，他肆意妄为，甚至独裁，这是第一次见他给一个少女背粉白色的包。

厉扈面不改色，章右英垂下头，眸光晦暗苦涩。

有人给大小姐背书包，她自然乐意，跟上厉扈的步子，两个人沿着路灯一直走。

黛宁的步伐慵懒又慢，厉扈人高腿长，哪怕放慢步子，偶尔还是会停下步子等她。

“困了吗？”

黛宁捂住唇，小小地打了个呵欠。

“要不要我抱？”

黛宁觉得这人的胆子真够大的，平时是个好学生，可是一旦想出格，学校的规定在他眼中便形同虚设，她觉得挺好玩，厉扈真的敢呀？她伸出手，少年揽住她的腰肢和腿弯，把她抱起来。

黛宁揽住他的脖子，厉扈低头看她。

少女的眼睛黑白分明，困倦地眨眨眼，她不见半点害羞，仿佛他真是她困了倦了倚靠的一把椅子。

厉扈眼里染上几分笑意。

“喂，陈黛黛，知道脸红吗？”

黛黛揪住他的耳朵：“你废话好多，要不要走啊？”不走她就自己去找“杀马特”哥哥。

“男人的耳朵能随便揪吗？”

厉扈帮黛宁背着包，怀里还抱着个人，到校门口就看见了李明。

李明仰起脖子在喝水，这段时间他天天来接黛宁，见到这场面，李明一口水喷出来。

厉扈把黛宁放下，揉一把她的头发：“明天见。”

李明瞠目结舌，他看见了什么！景哥的妹妹，在早恋？他们家的小白菜，被一个看起来就坏坏的小子给拱了？

“李明哥，走呀。”黛宁催促他。

李明擦干净嘴巴，心中陷入前所未有的纠结，这么大的事，到底要不要给景哥说？说了黛宁会不会讨厌他？可是不说，这不太好吧！

黛宁看着他脸色变幻，精彩无比，她如看戏一般，乐不可支。

青团说：“黛宁，你倒是给李明解释一下，不然李明给陈景说了，他误会你怎么办？”

“解释什么？他误会才好呢，再说了，我本来就不是什么乖巧妹妹，他不和我谈恋爱，还不许我找别人啦？”

青团一想，好像有点道理……不对，呸，有个屁的道理。

直到走回家，李明还是半个屁都没憋出来，他甚至不敢问小可爱妹妹是不是早恋了，李明说服了自己，刚刚肯定是黛宁脚疼，那个男同学只是顺手扶了一把！对，就是这样。

黛黛看上去那么乖巧可爱，早恋是不存在的，不可能的！

黛宁看他自欺欺人地跑远，非常失望：“他们这些混混怎么一点都不冲动呢？”和小说里一点都不一样，质问她，和哥哥一起盘她呀！

黛宁上楼，这个时间点陈景还没回来，家里只有陈怜星在。

她拿出钥匙开门，进门见陈怜星在吃陈景给黛宁买的荔枝和进口零食，旁边一堆垃圾，黛宁看了陈怜星好一会儿。

“怎么，我哥买的，我不能吃吗？”陈怜星抬起下巴。

黛宁这回出乎意料的大方：“你随意。”她回房间去。

青团看不懂黛宁的用意，它决定静观其变，免得一问就暴露了自己蠢。

晚一些，陈景也回家了，以往他回家，黛宁会窝在沙发上等他，等他一进门，她眼睛弯弯地喊哥哥，用甜蜜的嗓音叽叽喳喳地说话，两个人偶尔会一起看电视，或者他陪黛宁磨蹭着写作业。

今天他回来，下意识往沙发上看过去，然而黛宁并不在那个地方，只有陈怜星，他眸光黯淡几分，没说话。陈怜星许久没和陈景相处，有点不习惯。

她别扭地开口：“哥哥你回来了？”

陈景垂眸：“嗯，黛黛呢？”

陈怜星很不高兴地回答：“房间里。”

陈景脚步一转，想去看看黛宁，可家里现在不止他和黛宁两个人，多个陈怜星，现在已经十一点了，他一个成年男人去敲黛宁的门不太好。

陈景终于意识到，陈怜星的到来让他多了一层无形的枷锁，这一整天，除了早饭后送黛宁去上学，他话都没怎么和她说几句。他去浴室洗漱，心里多了几分燥意，也没和陈怜星讲话，就回房间睡觉了。

青团暗中观察，然后恍然大悟。

气运子的心情不太好，就像……像新婚的二人世界被人破坏了一样，它震惊自己竟然给出这样一个比喻，闷闷地抱住了自己的丸子头。

完了，它不干净了，以后还能娶到好看的团子媳妇吗？

黛宁有个习惯，她每天得吃不同的甜点，新鲜的水果。

陈景纵着她，这些东西每天都会提前买好，然而这两天，他发现黛宁碰也不碰家里的零食，零食和水果每天都少一大半，但不是黛宁吃掉的，是陈怜星吃掉的。

陈怜星碰过的东西，黛宁便不会再碰，不管是早餐还是水果和零食。

小“作精”特别挑剔，平时陈景都不会动她的口粮。

多了一个陈怜星，彻底打乱了他与黛宁的生活节奏，黛宁不仅不再接受他买的零食，每天连话都很少与他说。

从她的沙发小窝被陈怜星霸占开始，黛宁就再也没等过陈景回家，她一回家就回房间，既不与陈怜星说话，也不与陈景说话。

有时候他会忍不住看向那扇门，直到陈怜星困惑地喊他，他才会回过神，陈景的心里像被人放了块石头，说不出的压抑。

那块石头越滚越大，终于在周五的清晨，黛宁去学校之前，陈景拦住了她，他往她书包里放了一块奶酪蛋糕，还有单独的水果拼盘。

陈景拿出纸笔，问她：“最近怜星过来住，你生气了吗？”

黛宁剥了颗棒棒糖，偏头看他：“哥哥为什么会这样想？我不生气呀。”

她说这话时，眼里充斥着笑意，陈景对上她的眼睛，明白黛宁并没有撒谎，她是真的一点儿也不生气，甚至……很快适应。

原来家里多了陈怜星，不适应的只有他一个人。

陈景的目光凝在她手中的糖上。

黛宁的吃穿，每一样他都非常了解，从她穿的衣服品牌，到她吃的每一颗巧克力，但此刻她手中的糖是陈景从没见过的牌子，他皱起眉，黛黛不吃家里的零食了，那么她最近吃的东西是谁给的？

“哥哥，你没事的话，我就走啦。”

陈景几乎是下意识地拉住了她的手。

黛宁低头，眼里嘲讽一闪而过，她抬起头时，又挂上了无邪的笑容，她抽出手，背在身后，学着陈景教育自己的模样，告诉他：“哥，我长大了，你不能随便拉我。”

陈景抿唇，说不出心里那一刻的感受：“抱歉。”

“没关系，我才不会怪哥哥。”黛宁笑着冲他挥挥手，跑进校园。

陈景拳头紧了紧，周围欢声笑语，他心里却莫名空了一块，就像原本触手可及的东西，在他反应过来时，一下距离很远了。有一刻，他竟后悔让陈怜星住进来。

可照顾怜星不是应该的吗？这件事他已经做了十多年，为什么会在这种时候，他宁愿给陈怜星单独买一栋房子，也不愿她打破只有黛宁的生活？

陈景心头窒闷，去地下赛场，他做了一个决定。

“让我，提前走。”

负责人很诧异：“可是比赛时间不允许。”

“两场。”陈景抬头，用低沉的嗓音道，“我打两场。”

他原本每天只打一场，光那一场，就能让地下赛场赚得盆满钵满，现在他为了提早打完拳赛，竟然愿意主动加一场，本就是用命来搏的事，这样的交易筹码，对方哪有不愿意的？

经理很兴奋：“好！”

今天晚上从舞蹈教室走出校门，黛宁本以为依旧是李明来接她，没想到抬眼就看见了路灯下挺拔的身影。

别说她，青团都吓了一跳：“陈景！”

反应过来，青团心虚地松了口气，还好今天厉扈家有事，没送黛宁出来，真可怕，太可怕了，差点被捉住现行。

黛宁却一点儿也不心虚，她笑着跑到陈景面前：“哥哥！”

陈景灰褐色的眸注视着她，染上一分笑意。

黛宁踩上他的影子，她弯起唇，好哥哥，记住今天，你学会的第一件事，它叫作占有欲。

陈景今晚没有骑车来，学校离家不是很远，他接过黛宁的书包，和她一起走路回去。

“哥哥，你怎么来了？李明哥呢？”

之前黛宁和李明他们同桌吃饭，让李明接送黛宁，陈景都没觉得有什么问题，但此刻他心中带上了几分浅浅的不悦。

“以后，我接你。”

是他疏忽了，李明也是个成年男人，哪怕再信任，也不能让他接送妹妹。

“你现在可以提前下班了呀？”

“嗯。”

“好呀。”黛宁弯起唇，显得很开心。

他们路过冷饮店，黛宁手一指：“哥哥，我要一个可爱多。”

现在已经晚上十一点，冷饮店的人并不多，这点要求陈景自然会满足她，他走过去，给她买了一个冰激凌。

服务生好奇的目光扫过陈景的脖子，落在声带那道伤疤上，陈景神色如常，拿了冰激凌就离开。

黛宁撕开包装，夏夜燥热，凤鸣市路边隐隐能听见蝉鸣，黛宁咬着可爱多，踩上陈景的影子。

她不主动讲话，陈景又是个声音难听的闷葫芦，一时间安静下来。

换作以前，陈景嫌她闹腾，这样安静正好，此刻他心里却说不出来的烦躁，甚至盼着她主动说些话，说什么都好，哪怕讲讲在学校发生的趣事，或者排练舞台剧的日常。

她像个在外面玩野了的孩子，再也不与他分享生活中的琐事。

黛宁吃了一半可爱多，她早就感受到身边男人阴沉沉的情绪，偏偏这时候她才开口：“下周艺体节，我们学校的节目要在音乐馆公演，哥哥，你会来看吗？”

陈景松了口气似的，他说：“来。”

黛宁笑笑，又不讲话了，慢吞吞地吃剩下的一半冰激凌。她坏起来简直没有道理，陈景被热情对待过，现在又被冷落，这样若即若离，他的情绪像她手中的提线木偶，迟早被她逼疯。

陈景终于有几分受不了，他主动开口：“排练，高兴吗？”

“高兴呀，有个酷酷的小姐姐，她长得特别高，整天臭着脸演背景板，还有个特别帅的男生，他……”

黛宁顿住，装作没有说过第二句似的，错开话题：“我第一次演舞台剧呢，哥哥你不知道，我那个角色特别好玩，能穿比女主角还好看的衣服。”

陈景也不知道为什么，黛宁没说完的话让他心里一沉，特别帅的男生？

“哥哥，你在想什么，有听我说话吗？”

陈景抿唇，“嗯”了一声。

黛宁跳到他面前，陈景顿住脚步。

“艺体节陈怜星也会参加，你去的话，是给她加油还是给我加油呀？”

少女仰起小脸，陈景知道她什么脾气，他的心思总算回来几分，没有纠结黛宁未说完的话，他说：“你。”

黛宁便笑了，她笑起来十分灿烂可爱，半点儿也不知道含蓄。

“哥哥说到做到，一瓶水都不许给她买。”

她这样霸道，却让陈景压抑了一整晚的心情转好，他眼里终于染上了星星点点的笑意：“嗯。”

陈景答应过的事，黛宁相信他能做到，她就等着下周看好戏。

他们两个走得慢，黛宁犯困地眨眨眼。

陈景看着她，以往她娇气，会让人抱，可是他等了好一会儿，少女眼睛半眯，强打起精神继续走，没有半点让他抱的想法。

身边的车呼啸而过，陈景恍然，距离上一次她亲昵地靠在他身上仿佛已经过了很久，他教的事情，黛宁都做到了，他却没法由衷的高兴。

他说不可以随便靠着别的男人，可他忘了，哥哥也是那个不能与她过分亲近的男人。

陈景低眸看她，她对他的情绪一无所觉。

纪恬用手机和陈怜星聊天。

“下周艺体节，你会邀请你哥哥来看吗？”

她有自己的心思，那一场舞台剧中，她扮演的女主角特别美，清新如雨后茉莉，纯洁动人，把青春的感觉演绎得淋漓尽致，陈景看见那样的自己，一定有所触动。

纪恬的自信不是没有道理，给她作配的，都是陈怜星这样的姿色，纪恬在其中算是佼佼者，她准备了许久，确实有让人眼前一亮的实力。

“他肯定会来，你也知道，我哥最疼我，我上台表演，他一定会来看。”陈怜星连忙说。

她其实不太确定，这段时间住在小洋楼，陈景早出晚归，她并没有和他恢复好兄妹感情，表演的那天正好是工作日，陈怜星不确定陈景会不会为了自己翘班。

纪恬对陈景的好感陈怜星一直明白，她心里有点儿不舒服，怎么一个两个的都喜欢她看不上的男人？但陈怜星想嫁入豪门的心没死，舍不得纪恬这条线。

陈怜星不敢给纪恬说家里来了个小妖精，把她哥的魂都勾没了，陈景不说，可真的当她不懂吗？陈景看黛宁的眼神分明和看自己的不一样，还说是妹妹，有那样看着自己妹妹的吗？

得到陈怜星的肯定回答，纪恬松了口气。

她太久没见陈景，不是没想过别的办法，可是现在她的雇佣，陈景压根儿不接，他换了工作，那工作场所纪恬的人都进不去，纪恬非常好奇，可就是探究不到，她唯一的指望在陈怜星身上。

这次她一定要和陈景有进展！

塑料姐妹花各怀心思，聊了些别的话题，门锁声响起，陈怜星抬起头。

陈景拿着书包进来，他先给黛宁找好粉色的拖鞋，黛宁换了鞋，和往常一样，跑回自己的房间，连个眼神都没给陈怜星。

陈怜星道：“哥，你去接她了？”

陈景看她一眼，没说话。

“她又不是小孩子，你每天工作那么辛苦，还让你去接她，她自己又不是回不来，太不体恤你了吧？”

哪里是黛宁让他去接的？陈景懒得和陈怜星说这些，他自己都不明白的事情，怎么会和她讲。

他去洗手，陈怜星跟上来，靠在门边。

“有件事我想和你说，下周我们要有艺体节，就是之前我们排练了很久的《雨季玫瑰》，你记得来看。”

陈景扯了扯嘴角，以前陈怜星对他退避三舍，如今这种事竟然还会邀请他。

“不去。”陈景声音嘶哑，他关上水龙头走出去。

陈怜星没想到他拒绝的这样干脆利落，她觉得十分难堪，伴随这种情绪而来的，还有几分难言的恐慌，陈景再也不是曾经那个累死累活给她赚钱花的哥哥，他眼里有了另一个人，感情不知道分走了多少。

搁在以前，陈怜星早就冲他发脾气了，可是今晚，她再也没有了那种底气。

有的改变，不用说，大家都能感受到，有人为他麻木简单的生活注入了欲望，于是他有了选择和偏爱。

选择和偏爱的，却不是陈怜星。

凤鸣市一年一度的艺体节开在音乐馆，每年这一天，音乐馆最热闹，除了体育比赛，最引人瞩目的是文艺节目，节目分为小学组、初中组、高中组和大学组，整个凤鸣市的学校都会参加。

纪恬换上缀着山茶花瓣的裙子，从窗外看出去：“怜星，你哥哥呢？”

陈怜星脸色一白，支支吾吾道：“可能还没到吧。”她不敢和纪恬说真相，怕纪小姐觉得自己没有价值。

纪恬不疑有他，让化妆师进来给自己化妆。

因为纪家二小姐的财大气粗，他们节目有专业的化妆师，纪恬的妆容极为精致，整间休息室，最亮眼的也是她。

与之相对的，其他休息室里，学生们便显得手忙脚乱。

黛宁在高中组，等着厉扈给她带衣服，所有学生的衣服都是提前准备好的，黛宁临时加入，衣服需要定制。

她坐在高脚凳上，趴在桌子上嚼彩虹糖。

男生们都在悄悄看她，她生得实在美丽，哪怕从不主动和他们说话，眼神倨傲，也根本没法让人讨厌。

女孩子们的心情就比较复杂，有羡慕的，也有讨厌她的。

章右英冷着脸走过来，把黛宁从椅子上拎下去：“厉扈喊你去更衣室换衣服。”

见她一副没睡醒的模样，章右英实在是看不惯，干脆握住她的手腕，把人拖着走，少女的手腕纤细，带着几分温软，章右英握在掌中，忍不住松了松。

“我警告你，这次的事是厉扈在负责，你要是搞砸了连累他，我要你好看。”

“你为什么会那么喜欢他？”黛宁好奇极了，一个人无条件地为另一个人付出，哪怕对方视若无睹，世上的爱情都这样没有尊严吗？她扫过章右英身上丑丑的背景板服装，非常不解。

“说了你也不懂。”麻烦精。

两个人来到更衣室，厉扈果然在等她们。

“陈黛黛，换裙子。”

章右英忍不住看一眼，那裙子是白色的纱质，轻盈一团，那点布料，如果给自己，估计穿都穿不下。

黛宁接过来，一点儿都不担心不合身或者不好看，换裙子去了。

大学组这边率先准备好，纪恬往外看去，眼睛一亮。

“你哥来了。”

陈怜星不可思议地睁大眼，她望出去，果然，在观众席前面，她看见了陈景，他穿着黑色衬衣，坐在偏角落的地方。

怎么会，陈景不是说过了不来吗，难道他改变主意了？

陈怜星摸不着头脑，但这种情况下，陈景来了固然好，她连谎言都不用圆。

观众们陆陆续续地过来，把观众席坐满，这次的艺体节十分热闹。

表演顺序从年龄最小的组开始，小学组的孩子们上台，节目憨态可掬，初中组的节目成熟一些，有几个改编小品。时间一分一秒地推移，很快到了高中组，休息室能看见舞台的拍摄，纪恬把这些不成熟的节目当成笑话看，就是因为有了这些人的衬托，一会儿她的出场，定能惊艳全场。

高中组的学生也有成年的男生女生，但在纪恬看来，还是太过于稚嫩。

直到主持人喊出：“下一个节目，由凤鸣九中带来的改编童话《睡美人》。”

往几年也有改编节目，但魔改童话故事，显然非常抓人眼球。

舞台灯光亮起，故事的开头非常普通，讲述国王征战四方的过往，纪恬看着屏幕，觉得演国王那小子的颜值倒是不错，长相邪气，却把冷峻的气质演出来了。

可惜，真正的冷峻之感，陈景不用演就已经具备了。

场景一转，历史变迁，到了一个雨夜，女主角独自走进森林，背景光一下子暗下来，阴森的森林，让人为公主捏了一把冷汗。

场景塑造不错，下面观看的学生们都忍不住抬起了头。

一声轻笑从台上传出来，腐朽的树干渐渐出现一圈盈润的光。

光影沿着一双绑着丝带的玉足缓缓往上，纤细白嫩的小腿赤裸，轻纱垂下，随风摆动。

渐渐地，光影落在她的脸颊上。

陈景抬起眸，灰褐色的瞳孔映照出她的模样，台上的少女带着坏笑，手里拿着轻剑，指向舞台中央的公主，她褐色的长鬈发垂落，额间一点紫色的宝石，妖且艳。

那个捡到她的黄昏，陈景从来没想过她会这样好看。

不说血气方刚的学生们，成年人都纷纷看傻了眼，现在高中生的颜值都这样逆天了？说她是来客串的明星来也有人信。

休息室的陈怜星咬唇，原来是这样！陈景根本不是来看自己的。

没想到，身边却有人比她反应更大。

纪恬死死盯着屏幕，握住水杯的手发颤，她失态到从椅子上站了起来。

那竟然是……纪黛宁！她不是已经死在三年前、死在杏花村了吗？！

黛宁是这场舞台剧的配角，她出场只有半分钟，完成吓唬公主的剧情，她就退出舞台了，然而这半分钟也足以引起观众席的学生之间的骚动。

“那个女生是九中的吗？她那么漂亮，以前怎么没听人说起她？”

“我听说是九中新来的学生。”

“她的戏份怎么这么少，我还想看。”

“我也想！”

不少人翘首以盼，想再看黛宁出场，没想到她真的只是露个面就走。

黛宁学校的表演排在较后面，往后便是大学组的表演。

纪恬还没从冲击中回过神，就被告知要上台表演，她脸色几变，险些忍不住冲出去看刚刚那人到底是不是纪黛宁！

假如是纪黛宁，可是三年过去，为什么她的容颜不见半分改变，申屠峰的手下亲口说纪家大小姐死了，但若不是，全天下还有谁会长那样一张脸？简直和纪黛宁一模一样。

“纪恬，你还好吧？”

陈怜星狐疑地看过去，怎么纪恬比自己的脸色还难看？

纪恬深吸一口气：“没事。”

该她们表演了，女生们陆续出场，一群妙龄女子出来，穿着精致，背影唯美。

“大学组就是不一样啊，看气质都成熟不少。”

“还不错，但我只想知道上个节目的女生到底是谁。”

“哈哈哈你小子别想了，人家小学妹还没成年，那么漂亮，不知道以后会便宜了谁。”

台上的纪恬神思不属，纪黛宁出现得太突然，让她整个人慌了神，差点踩错音乐节拍。

纪恬深吸一口气，知道现在慌也没用，很快平复了心态，跟上了音乐的节拍。

她舞姿婀娜，强迫自己不去想纪黛宁的事，这样做确实有效果，场上一部分年轻男孩的目光被她吸引。

纪恬下意识地看向陈景，却见陈景的视线落在另一处，一眼也没看自己，纪恬心一紧，随着他的视线看过去，一个少女七弯八绕，在全场的灯影变幻下，朝着陈景走过去。

陈景让她在身边坐下，拧开瓶盖，喂她喝水，从始至终，他垂着眸，眼睛里只有身边的少女。

黛宁眸光流转，对上纪恬的目光，冲她一笑。

纪恬面色难看，她忍住百般情绪，面上带着僵硬的笑容，把舞跳完。

黛宁都不得不佩服她，从面上看，纪恬依旧笑意盈盈，连舞步都没出错，之前纪恬活得那样好，是有道理的。

这三年纪恬经历了什么？竟然越来越沉得住气。

“哥哥，我好困，咱们离开吧。”黛宁拉拉陈景的袖子。

陈景本就只是来看她的，他点头，带着黛宁从暗影中出去，他们走得悄无声息，很少有人发现，只有少数人认出黛宁是台上惊艳的精灵扮演者，目光忍不住追随她。

陈景顿了顿，落后她一步，隔绝了他们的视线。

走到外面，黄昏的风一吹，让人舒服得想吸气，里面的光黯淡，到了外面，陈景才看清黛宁穿的究竟是什么衣服，她裙子是无袖轻纱，却在白嫩的小臂上绑了两条缎带，长裙之下，她细白的小腿和大腿若隐若现，随着她的走动，阳光也猛然变得耀眼起来。

陈景皱眉，太招人了，她才多大，胳膊腿儿能这样露吗？

现在是夏天，陈景也没法脱衣服给她，只能尽快带她回家，还没走到音乐馆门口，有人喊：“陈黛黛。”

黛宁回头，发现是厉扈。

厉扈拎着一个纸袋，目光在陈景身上扫了一圈，微微挑眉：“过来，有话和你说。”

“哥哥，我有事，你在那边等我一下。”

她说完就转身走向厉扈，也不管陈景是什么脸色。陈景抬起眼睛，看她向帅气的少年跑过去。

彩云把天空染成了橙黄色，夕阳下，少年嘴角带着笑意，把纸袋递给黛宁，黛宁也弯起眼睛冲少年一笑。

他们看起来，刺眼极了。

陈景猛然攥紧了拳头，眼睛落在厉扈身上。

平心而论，厉扈虽然长相带着几分邪气，但他非常好看，他弯一弯唇，可以引起许多小女生尖叫，年轻的女孩特别喜欢这样又帅又坏的男孩。

他们说了多久，陈景就在原地站了多久，他的视线越来越冷，黛宁依旧没有过来，厉扈不知道说了什么，她眼睛亮得不行。

厉扈从兜里拿了颗糖，剥开喂给黛宁。

“明天见。”

黛宁含着香草味太妃糖，这才拎着袋子走向陈景。

陈景转身，眼尾垂了下去，闷声往前走。

“哥哥，你帮我拎下袋子嘛。”

陈景忍住心头那股气，接过她手中的纸袋。

“他是谁？”

“你说厉扆吗？隔壁班的同学。”黛宁慢吞吞地说，“我的衣服换下来忘记拿走，他给我送衣服过来。”

厉扆还陪她换衣服？他突然又联想到前段时间黛宁早晨吃的零食。

陈景的脸色黑得可怕，见黛宁笑盈盈的懒散模样，他突然伸手捏住她的双颊：“吐了。”

黛宁黑白分明的眼睛不解地看着他：“什么？”

“糖，吐出来。”

她粉嫩嫩的脸蛋儿在他掌中，许是见他脸色实在可怕，陈景摊开手，黛宁湿漉漉的眼睛一眨，乖乖地把糖吐在他的掌心。

陈景扔进一旁的垃圾桶，黛宁委屈地看着他。

说起来，那么久以来，陈景从来没凶过她，这样脸色难看地勒令她把糖吐掉，还是头一回。

大小姐哪里是能被凶的人？陈景的心情还没转好，黛宁倒是生气了，她转身就走，根本不打算跟上他。

“黛黛！”

黛宁没回头，她踢飞路边一颗石子，小嘴紧抿，脸上满是不高兴，身后许久没动静。

好一会儿，陈景追上来。

黛宁仰头看他，气鼓鼓的：“走开，我不要你这个哥哥了。”

这一句话，让陈景的脸色瞬间惨白。

他定定地看着她，以前觉得她和陈怜星完全不一样，今天才知道，何止是不一样，陈怜星最自私的时候，也不及她闹脾气时随口一句话伤他深。

陈景的喉结动了动，他眸中情绪翻涌。

两个人对视良久，久到青团觉得他要发火时，陈景闭了闭眼。

“抱歉。”他这样说。

“你有了陈怜星这个妹妹，对我就一点都不好了。”黛宁委屈巴巴地看着他，“你还凶我！”

“我没有。”陈景有口难辩，也没法给她写东西，见她泪眼盈盈，他说，“我不是、故、故意的，哥哥给、给你道歉。”

黛宁哪里是个讲道理的？她伸手推陈景，想把他推开，没想到触碰到男人结实的胸肌，陈景分毫未动，低眸看她。

黛宁踢他一脚，委屈到不行，干脆就地蹲下来，抱住自己。

陈景摸摸她的头发，被她一巴掌拍开，她整个人凶得像只奓毛的小猫。

陈景抿唇，去对面街道的小店，没一会儿，他买了一小碗冰激凌回来。

他单膝微屈：“黛黛，赔你。”

黛宁斜眼看他，泪盈盈的：“那能一样吗？”

陈景的心有一瞬止不住地往下沉，在她眼中，他的东西和那个少年送的不能比。

他捏紧冰激凌盒子，有些难以喘息。

两个人谁也不说话，黛宁是个中看不中用的，她蹲了这么久，腿都麻了。

现在已经是夏天，哪怕是夕阳，也让人热得够呛，黛宁不会让自己受委屈，她觉得难受，就要站起来，谁知道晃了晃，一头栽了下去。

陈景愣了一瞬，接住了她。

青团差点笑出声！

黛宁难得有几分恼，她不会从自己身上找问题，气哼哼地一口咬住陈景的脖子。

她的小尖牙锐利，陈景肌肉一紧，他紧紧抿住唇，依旧抱着她。黛宁咬得特别狠，陈景看着地面，放松身体，一动不动地让她咬，好一会儿，她觉得丢脸似的，闷闷地抱住了陈景的脖子。

陈景把她打横抱起来，他沿着树荫处走，不远处的音乐馆依旧载歌载舞，陈景知道她消气了，打车带她回家。

上了车，黛宁发现陈景买的冰激凌还没扔，她打开盖子尝了一勺，发现味道不错。

音乐馆离家有一段距离，下车的时候，黛宁已经靠在车子上睡着了。

陈景把她抱下去，她还穿着那身表演舞台剧的衣裳，抱在怀里，雪白纤细一团，却特别软，陈怜星还没回家，家里只有他们两个人，陈景找钥匙不得不放下她，黛宁这才醒过来。

“哥哥，我们到家啦？”

她眼神朦胧，嗓音特别软。

“嗯。”

两个人谁也没提起刚刚发生的事，黛宁像是完全不介意了，可是陈景心中沉甸甸的，他生平第一次尝到这样的滋味儿，连他自己都不知道这股难受劲到底是哪里来的。

音乐馆里，纪恬抓住陈怜星的手臂：“你哥身边的那个女生是谁？”

陈怜星没想到纪恬看见了。

“她啊，一个孤女，不知道哪里跑出来的，说自己失忆了，她讹上了我哥，吃我们家的，用我们家的，我看见她就烦。”她语气愤愤，希望从纪恬处得到共鸣。

“她叫什么名字？”

“陈黛黛。”

纪恬咬牙，简直想冷笑，纪黛宁，陈黛黛，她竟然真的没死！

纪恬可不信黛宁会失忆，失忆的人，名字会这样巧合吗？纪恬不是个蠢蛋，如果说三年前纪黛宁出现在赵屿身边是个意外，现在出现在“言景”身边绝对不是！

纪恬心中发冷，难道纪黛宁也有什么她不知道的“金手指”？或者和自己一样，也是穿书的？

她和纪黛宁早就不死不休，看不清黛宁的底牌，纪恬心中恐慌和嫉恨交织。

刚刚那场景，陈景显然和黛宁熟得不能再熟，纪恬的计划一而再，再而三地被打乱，她气恼得简直想杀人，现在她还能去攻略陈景吗？

有一瞬，纪恬突然想，干脆把纪黛宁还活着的消息告诉赵屿那个疯子！他为纪黛宁疯了三年，如果知道纪黛宁活着，还去勾搭别的男人，纪黛宁会是什么下场？

这个念头在脑海里过了一瞬，纪恬冷冷弯唇，对啊，把这个消息告诉赵屿。过往那些事情都是崔尧做的，和自己无关，赵屿今非昔比，哪怕再不相信，可是纪黛宁活着，他总没法把纪黛宁的死赖在自己身上。

但这件事不急，纪恬思忖，纪黛宁是一个爱撒谎的骗子，万一到时候不承认，就得不偿失了，她要拍几张纪黛宁和陈景亲近的照片，到时候再发给赵屿。

纪恬已经不指望赵屿还能回心转意喜欢自己了，她只希望纪黛宁翻车以后，陈景和自己之间还有机会。

再者，纪恬还想再试试。

告诉赵屿到底是一个冒险的做法，属于下策，既然纪黛宁没有公开还活着的消息，那如果纪黛宁悄无声息地死在凤鸣，也不会有人怀疑什么。

那才是上策。

天气越来越热，已经进入盛夏。

李明接到陈景的电话时非常诧异，陈景请他喝啤酒："坐。"

冷饮店开着空调，对上陈景灰褐色的瞳，李明莫名有点心虚，好在陈景虽然看上去心情不佳，神色却很冷静。

他拿出一张纸，写完推给李明看。

"你之前接黛黛，有没有发现什么异常？"

李明才喝了一口啤酒，想起那天自己看见厉扈抱黛宁的场景，差点一口喷出来。

他的反应分明就是知道什么，陈景眉眼一沉。

"异常？什么叫作异常啊，我觉得黛黛挺正常的。"李明干笑。

"说实话。"这三个字的力度几乎要洞穿纸张。

李明终于受不住，他到底怕陈景，一气把事情交代了。他挠挠头："景哥，可能是我误会了，黛黛那么乖，也不会做什么出格的事情，再说，她都有那么大了，真谈个恋爱应该也没什么。"

陈景垂眸。

"她还是高中生。"

"我高中的时候，还不是啥都干过了。"意识到陈景目光冰冷，李明赶紧补救，"当然，黛黛和我不一样，她一个小女生，多半就是腿摔了，同学扶了一下。"

李明接黛宁放学有一段时间了，对她很是有感情，他以为陈景为妹妹早恋的苗头生气，接着为黛宁说话："她这个年龄，你得好好说，千万别凶，我隔壁有一家孩子就特别叛逆，骂他他就反着来，我以前也是这样的。而且咱们大男人，和小女生谈论这种话题不太好，你要是不方便，我让我姐和她谈谈去，让她好好学习。"

"不用。"这句话陈景没有写出来，他嗓音哑沉，听得坐在空调风口的李明鸡皮疙瘩都起来了。

陈景起身，走出冷饮店。

这件事他不打算再和黛宁提起，他问李明，也只是希望自己那天撞见的是个意外，李明的回答已经告诉他，那不是个意外，他们很早就十分亲密了。

黛宁和厉扈，确实有什么。

陈景走得很快，李明根本追不上。

看着男人消失的背影，李明双手合十："黛黛小可爱，可千万别怪你李明哥哥啊，我也怕你哥。"

陈景走出很远，在路边抽了两支烟。

他这几天冷静过了，那天的情绪确实不对劲，陈景想起一件很久之前发生的事，陈怜星初三的时候也早恋过，被陈景发现后，陈怜星恼怒地不让陈景告诉她妈妈。

陈景皱了皱眉，遵循她的意愿，没有管她。

可同样是妹妹，他面对黛宁时，反应太过剧烈，那种嫉妒恼恨到极致的情绪，现在想起来心依旧会揪着难受。陈景闭上眼，吐了口烟圈，他突然自嘲地笑笑，一个合格的哥哥，在面对这种事情的时候，或许会恨铁不成钢，或许会生气，但绝对不会有嫉妒这种情绪。

他从什么时候开始对黛宁有了这种想法？

所有想不通的事情，这两天陈景全都想通了，他心里蹿起一阵冷意，还有些许无力感。

他从来没想过自己会产生这种情感，陈景抬手摸摸自己的喉咙，许久，他低眸。

他没有资格管黛宁，从他掺杂个人情绪去干预她人生的那一刻开始，就已经很不应该了，陈怜星都看不上他，凭什么要求黛宁喜欢他呢？

陈景摁灭烟头，烟灰落了一地。

陈怜星敏锐地发现家里的氛围很不对劲。

表演那天以后，陈景和黛宁之间的氛围就怪怪的，不知道是不是她的错觉，黛宁依旧是那副懒散困倦的模样，陈景却突然对黛宁淡了许多。

行为上看不出来，毕竟昨天陈景买车厘子，还特地分装成两份，一份给陈怜星，一份给黛宁，不仅如此，还一人给买了条裙子。

蜜桃色的裙子，质地特别好，袖口的花骨朵儿清新美丽，看上去和真的一样。

陈怜星一看价格牌，吓了一跳，整整五位数！陈怜星这辈子都没穿过这样贵的裙子，反倒是黛宁，当成普通裙子一样，随手收下。

陈怜星看了一眼陈景，心里觉得怪怪的，像是陈景一心要把水端平，营造出两个妹妹毫无区别的效果。

陈怜星觉得陈景最近在刻意疏远黛宁，这两天黛宁都是李明接回来的，陈景回来也不会问黛宁的去向，他出门很早，甚至黛宁去学校，都是李明送的。

陈景和黛宁见面的次数还不如自己和他见得多。

当然，陈怜星看破不说破，陈景疏远黛宁，对她来说就是好消息，她巴不得陈景厌恶黛宁，把黛宁赶出家门。

青团也感受到了这种变化，它忧心忡忡地捧着自己的团子脸。

怎么回事？陈景一下子把界限划得这样分明，别说黛宁和陈怜星，它都好不习惯。

黛宁拿了一颗车厘子，半点儿都不急，都这样了，陈景还想划清界限，做回哥哥？真好玩，既然不想看见她，她就帮帮他嘛，免得他整天躲得这样辛苦。

周五晚上，黛宁跑去敲陈景的门。

好一会儿，门才被男人打开。

陈景冷淡平静的眸看着她：“什么事？”

黛宁笑盈盈地，仿佛全然不知道他这几天的刻意远离：“哥哥，我给你说个事，下周学校有个七天夏令营，我想去参加。嗯……夏令营在凤鸣那个避暑山庄，我就不回家啦。”

陈景看了她一会儿：“好。”

“哥哥给钱，五千六。”

陈景拿出钱夹，给她一张银行卡，告诉她密码，让她自己去取钱。

黛宁大眼睛一弯，甜甜地说："谢谢哥哥，你最好啦。"

陈景关上门，他又抽了支烟，一般睡前，陈景是不抽烟的，最近有些频繁，这样对身体不太好，他吸了一支，做了两百个俯卧撑，身上出了一层薄汗，心情总算重新平复下来。陈景出去洗了个澡，回来上床睡觉。

周一时，因为要去夏令营，黛宁起得很早，天蒙蒙亮，陈景打开房门就看见了她。

她穿着一条杏粉的短裙，娇声喊："哥哥早。"像是完全没有察觉陈景的异样。

陈景点点头，去洗漱。

黛宁换上一双漂亮的凉鞋，小洋楼外，有人按了一下喇叭。

"哥哥我走啦。"她挥挥手，欢快地跑了出去。

浴室内，在刮胡子的陈景动作顿了顿，大楼里安静下来，他走到阳台上往下看。

清晨还弥散着一层雾，雾气氤氲中，厉扈从驾驶座上下来，给黛宁披了件外套，厉扈揉揉黛宁的头发，脸上带着几分柔和，给她打开车门，黛宁坐上去。

很快，那辆车子消失在楼下。

陈景瞳孔冰冷，面无表情地看着，许久，陈怜星看着阳台上的人，惊疑不定地喊："哥？"

陈景这才走回来，他身上被晨风吹得冰凉，洗漱好出门。

他一离开，陈怜星立马不情不愿地摸出手机给纪恬发短信。

我哥出门了。
多谢。

陈怜星撇了撇嘴，这两天都是她给纪恬通风报信，虽然不情愿，可是纪恬答应下次带她去参加一个联谊会，陈怜星立马同意。

她放弃陈景，就是想要一个金龟婿，纪恬把机会摆在眼前，她怎么可以不要？

陈景又在去格斗馆的路上遇见了纪恬。

这两天他总是会遇见她，纪恬穿了一条优雅的米白色长裙，笑盈盈地过来："陈景，早上好，我刚刚买的早餐，需要吃一点吗？"

纪恬拿着两个煎饼果子。

陈景摇头。

纪恬颇有些失望，她小小咬一口，矜持地擦擦嘴角，舌尖微舔红唇，陈景看见了，别过头去，这样微妙的勾引，纪恬最近常常做。

虽然纪恬不知道纪黛宁抽什么风，但既然陈景疏远了纪黛宁，那不就是自己的机会吗？

在陈景进入格斗馆之前，纪恬伸手拦住他。

"陈景，你应该知道我对你是什么心意。"纪恬说，"我第一次看见你，就对你很有好感，如果你没有女朋友的话，要不要考虑一下我呢？"

眼前的女孩眼睛水汪汪的，显得十分恳切。

陈景沉默着，指了指自己的喉咙。

他嘶哑可怖的嗓音没有让纪恬退却，她笑着摇摇头："我不介意！在我眼里，你什么样都是最好的。"

陈景看着她，他实在不能理解纪恬到底喜欢他什么，难道救她一次，就足够让她倾心吗？她一个千金小姐，怎么会看上一无所有、带着缺陷的自己？

"不介意？"世上真的会有人不介意吗？那个人是不是也可能不介意……

"不介意！"纪恬见有希望，肯定地说，她这次是真的顾不上含蓄了，纪恬简直对纪黛宁的不要脸感到绝望，每次自己矜持一下，男人就没了。

"抱歉。"陈景错开她，往里面走。

纪恬确实长得不错，性格也很好，可他心乱如麻，都是因为另一个没心没肺的女孩。她让他烦恼到，即便离开他的生活，他的心也片刻不得安宁，忍不住去想她在和那个小男生做什么。

避暑山庄真好玩。

黛宁舒服得叹了口气，山庄里面特别凉快，乔木高大，处处绿茵，她躺在一只小船里面，任它在湖心漂流。

船上架着一支鱼竿，早就被吃得没了饵料，黛宁懒洋洋的，青团也跟着犯困。

山庄里面老师在教书，二十来个高中生都在为今年的数学锦标赛做准备，听说每次锦标赛的全国前十名，可以在高考中加分。

夏令营项目是厉扈家开的，他邀请黛宁时就说了，她可以去那里睡觉、钓鱼、玩小兔子，还有火锅可以吃，本来陈景就想避着她两天，黛宁干脆跟着一群学生玩来了。

自从认识陈景以来，她还从来没有离开过他超过一周，也不知道陈哥哥是什么样的心情?

到了避暑山庄，厉扈果然没骗她，黛宁在晃晃悠悠的船上睡了小半天，觉得幸福死了，比在家里看着陈景那张冰块脸好多啦!

吃晚饭的时候，厉扈才下课过来看她。

他和船夫一同坐另一条船去接她，天边的光暖黄，她裙子上停了一只嫩蜻蜓，女孩长睫闭上，漂亮得不像话。

厉扈看得心都软了又软，他上了黛宁那条船，在她脸蛋儿上轻轻一吻。

黛宁在青团的尖叫声中醒过来，她睁起眼睛，毫不犹豫地给了他一巴掌。

厉扈头偏了偏，若无其事地把她拉起来:“走，吃饭。”

黛宁打量他，厉扈对她一笑。黛宁觉得，他不是第一个对她有所垂涎的，但一定是其中脸皮最厚的。

陈景哥哥什么时候才会有这样厚的脸皮，突破心理防线呢?

厉扈带着黛宁姗姗来迟，桌子前的学生都准备好开饭了，避暑山庄的小圆桌，一桌可以坐六个人，学生们比较礼貌，都在等黛宁和厉扈。

厉扈没骗黛宁，桌上竟然真的有火锅。

章右英也在饭桌上，见厉扈和黛宁一起进来，她沉着脸，没抬头，倒是章右英旁边的女生愤愤不平的模样。

黛宁从来不管旁人怎么想，这些少女心事统统与她无关，黛宁拿起筷子，吃得很高兴。

厉扈给她开了一瓶冰饮，偶尔给她擦擦唇角。

他既然愿意伺候，黛宁乐得享受。

一屋子的人都对黛宁很好奇，这少女跟他们一起过来，却实打实的是在享受，没有上课，都知道厉扈家很有钱，平时的性格也不怎么好，竟然对她格外温柔。

厉扈开了瓶酒逗黛宁："要不要？"

黛宁摇摇头，她喜欢甜的辣的，不喜欢喝酒。

另一桌的老师低咳一声，学生们悄悄瞥厉扈，在夏令营可没人敢喝酒，厉扈的胆子真大。

到了第三天，老师宣布今天回去野外露营，少男少女们脸上都露出了笑容。

"我早就听说过，这个夏令营野营最好玩！"

"对，去年还有人拍到了流星。"

"今年我们可以看见吗？"

"不确定，但是我们可以在上面待三天，运气好的话可以吧。"

黛宁在玩厉扈的拼图，听见好玩的，她很感兴趣，问身边的厉扈："好玩吗？"

"不错。"厉扈见她天真无邪，小脸熏红，不由得轻笑道，"夜景很好，适合晚上干点什么。"

黛宁没理他，大家都那么高兴，她也不由得有点期待。

只不过大小姐的女生人缘实在不太好，也没人过来和她讲新奇事，反倒是男生们得了空就喜欢偷看她。

出发前，厉扈提醒她："半路上有个天然温泉，把泳衣带上，去玩玩。"

享受的事大小姐自然不会落下。

学生们上了观光车，到了半路师傅把车停下，众人高兴地奔向温泉。

他们不用买票，夏令营什么都包，大家排队进去，厉扈拉住她。

"我去男生那边，你和她们那群女的一起，没问题吧？"

"当然没问题啦。"

她蹦蹦跳跳地跑远，一眼也不看厉扈。

女孩们换好衣服出来，大部分穿的泳衣，这个年纪的女孩穿得比较保守，柔软青涩的躯体露在外面，彼此见了，追逐笑闹。

章右英也换了衣服出来，她四肢修长，皮肤是健康的小麦色，穿的专业运动员泳衣。

章右英的好朋友文籽籽推一推她："你看她。"

章右英转头，看见了阳光下的少女。

大小姐鬈发盘起，长腿纤腰，皮肤特别白，她懒懒散散地走过来，女孩们纷纷看过去，有人从她身上瞥过，脸一下就红了。

章右英的眼睛一扫大小姐，再低头看看自己，嘴角抽了抽。

"一看就不是什么好学生。"有人嘀咕道。

"嘘，别让她听见。"

说是这样说，女孩子们心中可羡慕死了，腰肢那么细，一双玉腿又匀称又长，女孩见了都脸红。

黛宁悠闲地泡在池子里，其他女孩离她八丈远，嘴巴里说着揣测她的话，却又忍不住偷看她。被排斥了，大小姐也不介意，她们不过来，她正好独享这一片区域。

"右英，你别在意，厉扈没有那么肤浅。"

章右英瞥文籽籽一眼，淡淡地道："男人都肤浅。"

文籽籽一噎。

外面响铃，大家换上衣服，重新回到观光车上。

车子开了半个小时，终于抵达最高的营地。

"同学们，大家下来吧！"

营地地势开阔，地面竟然还铺上了地毯，往年就有在这里扎营的惯例，所以上面的东西都很齐全，包括帐篷，都搭得结实又漂亮。

"按惯例，两位同学一个帐篷，相互照应，也安全些，大家可以自由组队，有需要帮助的，随时找老师。"

此话一出，学生们纷纷抱团。

单下来的女孩犹豫地看看黛宁，没敢过来，大小姐看起来骄矜得很，而且一副祸水模样，女孩都怕她不好相处。

青团惆怅又愤懑地瞪着她们！像自己的孩子被排挤了一样，气死团了。

太漂亮的结果是，容易被同性排外，又容易被异性肖想。

黛宁浑不在意，反正她习惯了，而且自己的确不好相处嘛，她盘腿坐在白色坐垫上，拿出手机玩。

章右英背着背包走过去，把娇小的少女拎起来。

“你和我一起。”

黛宁好奇地看着她，章右英面不改色。

“右英，你干吗管她？”文籽籽跺脚。

黛宁倒也乖巧，跟在章右英后面，和她一起走进帐篷。

这里的帐篷可不是杏花村赵屿住的那种，里面特别宽敞，还垫上了乳胶垫，怪不得那么多学生期待，条件确实不错。

章右英整理衣服，一回头就看见少女趴在柔软的垫子上，一双琉璃似的大眼睛一眨不眨地看着她。

“起来，我铺床。”

黛宁挪开，章右英熟练地从背包里拿出崭新的床单，一声不吭地铺床。

“你不讨厌我吗？”黛宁问。

“讨厌。”章右英毫不犹豫地回答。

一人一团看她来回忙碌，章右英勤快又能干，考虑问题还相当周到，没一会儿把什么都办妥了，黛宁沾她的光，什么都不用做，等着吃晚饭就好。

工作人员架起烤架，走出帐篷就是一阵欢声笑语。

厉扈拿来一壶冰镇酸梅汤，单独给黛宁开小灶，递给她。

黛宁歪头看他片刻，最后摇摇头，她跑到章右英身边，拉拉她，娇声娇气地道：“你给我烧水喝嘛。”

“你自己去。”

“我不会。”

章右英当作没听见，黛宁多缠了她几回，章右英竟真的不耐烦地去给她烧水了。

黛宁捧着纸杯小口喝，青团看看章右英，又看看远处皱眉的厉扈，它好像明白了什么。

吃了饭，学生们围坐成一个圈，玩才艺表演。

有人唱歌，还有人会新疆舞，黛宁比较懒，早早回帐篷躺着玩手机，没一会儿章右英也走了进来，她不会什么才艺，这种活动一般不参加。

章右英把帐篷顶上的拉链拉开，顿时漫天星光落进眼中。

黛宁占了左边，章右英去右边待着。

黛宁点开手机，看见一条短信：

报个平安。

发件人：哥哥。时间是好几个小时之前。黛宁手指漫不经心地划过去，完全不搭理。

陈怜星快要受不了家里的氛围了。

第一天，那小贱人离开，她欢欣鼓舞，甚至还拉着陈景去外面吃饭，陈景虽然没去，但面色如常。

第二天，陈景明显压抑了许多，有时候会低头看一眼手机。

第三天，他什么话也不说，一看手机就很久，陈怜星敏锐地感受到，家里的氛围更加压抑。下午陈景甚至没出去，直接回了房间，一直到晚上，陈景才出来，一言不发地去公园跑步。

天色擦黑，这样神经病的行为，让陈怜星话都不敢和他说，陈怜星在某些方面蠢，但对于情情爱爱，她比谁都上心，陈景这副格外沉默的模样，她有什么不懂的？

“小贱人。”陈怜星愤愤地踢了一脚黛宁的门。

凤鸣城市的上空，没有星星。

陈景围绕公园跑了五圈，最后来到路灯下的长椅，黛宁曾经离家出走睡着的地方。

他汗如雨下，点开手机，依旧没看见回信，陈景不得不承认，他的心情分外糟糕。他的确有远离黛宁的想法，他对她产生那种情感，本来就不对，本来以为疏远点，就能回到以前。

可是她离开了三天，他忍不住去想她吃得好不好，睡得好不好，她那样娇气，会不会被人欺负？最让人难以忍受的是，青春期的男孩女孩情窦初开，感情炽烈，她和那个男生进展到哪一步了？

牵手、拥抱、亲吻？还是让人想都不敢想的那一步？

手机反射的白光让男人的眉目变得十分清冷，陈景划开手机，在那个超长的称呼上停下——“无敌漂亮心肝宝贝黛黛”。

他的唇严厉地抿住，他是她的哥哥，确保她的人身安全，并不过分。

陈景拨了个语音过去，他从来没想过和人讲话会不安紧张到这种地步，一会儿怎么说？他讲话结巴，声音也嘶哑难听，她会不会不耐烦地挂断？

那边响了好一会儿才接。

陈景还没来得及说话，就听见一串娇哼低吟声，其中间杂着几丝笑，女孩子细碎的喘息透过手机屏幕传过来，有那么一瞬，陈景的脸色冷得像凝成了冰，心脏疼到瑟缩。

他咬牙，是，他承认他嫉妒，他嫉妒得快疯了！凭什么？是他先遇见的黛黛，是他把她带回了家，也是他说要照顾她一辈子。他可以把什么都给她，那个人可以吗？

陈景点开视频转换，那边黛宁手一蹭，点到了接通。

陈景对上一双水汽氤氲的大眼睛，她红唇微张，喘着气，脸颊染成粉色，就那样闯进了他的眼睛。

黛宁看见一双死气沉沉的黑眸，像一潭死水，冷到人的骨髓里，半晌，她若无其事地弯唇："嗨，哥哥。"

陈景嘴唇死死抿住，不明白为什么这种时候……这种时候她依旧……陈景忍无可忍地将目光从她脸蛋上移开，看向屏幕的另一处。

一个身影从她身上起来，恼怒地吼："陈黛黛，还给我。"

视频里的黛宁眼睛笑出了水光，乐不可支："你别害羞嘛，挺漂亮的。"

画面一晃，有人按住她纤细的手腕，把东西抢走了。

陈景觉察出不对劲，他燃烧的愤怒冷却了些许，皱紧眉头，没有选择立刻开口。

等画面终于稳定，黛宁总算有空理陈景："哥哥，你找我什么事？"

"你刚才，做什么？"

黛宁笑得恶劣："发现了一个超帅小姐姐的少女心，真好玩。"

陈景面无表情地消化着她给的信息，与陈怜星相反，只要不涉及情爱，他都很聪明，刚刚和她胡闹的声音虽然偏中性，可是仔细听能听出来是女生，再者如果黛宁真在做什么，她不至于坦然到这时候和他开视频。

"哥哥，你怎么啦？"

陈景低眸，敛去神情，哑声道："没事，好玩吗？"

“还可以吧，这里有星空，有温泉，还可以吃火锅。”

陈景想问厉扈的事，张了张嘴，又逃避似的，没有开口。

“钱够吗？”

黛宁水汪汪的眸看着视频那头的男人，许久她弯唇一笑：“够啦，我就是想哥哥了。”

画面上的男人猛然抬起头，他眸中的波动却很快平复下去，快得黛宁难以捕捉他的情绪。

咦？黛宁很疑惑，她出来这么久，都快玩野了，陈哥哥还不生气呀？

良久，陈景率先别开了目光。

黛宁捂住唇，打了个呵欠：“哥哥，我困，我睡觉去了。”

“嗯。”

视频被挂断。

陈景摩挲手机许久，他终于意识到，她离他再远，离开再久，也毫无用处。

第二天早上，陈景出门时，陈怜星本来下意识地要给纪恬发短信，结果看见陈景的穿着。

“哥，你不去格斗馆吗？”

陈景应了一声，没有多说。

他穿着一身干练的黑色运动服，明显和往常不一样。

等他离开，陈怜星有个大胆的猜测，不是吧！陈景找那个小妖精去了？那她还要不要告诉纪恬？

宁愿

藤萝为枝 著

下册

江苏凤凰文艺出版社
JIANGSU PHOENIX LITERATURE AND ART PUBLISHING

目录
CONTENTS

第二卷 暗巷（下）

第三卷 恶之岛

番外

暗巷

第二卷

DI ER JUAN

（下）

第十六章

暴露身份

思来想去，陈怜星没有说，她怕纪恬知道自己的哥哥被一个小贱人迷得神魂颠倒，从而放弃陈景。

纪恬没有得到陈景的情报，放在往常，她一定会非常在意，但今天不会。

她得到了一个更有用的信息。

纪黛宁去的夏令营，此刻在野营，纪恬弯起唇，这么好的机会，她就先收拾了纪黛宁！

她本来早就想找黛宁质问了，可冷静下来以后才发现不明智，如果正面和纪黛宁起了冲突，以后她出什么事，很容易追查到自己头上。

只有当作没看见纪黛宁，才能暗暗地对付她。

安排好一切，纪恬的心情兴奋又忐忑，如果能成功，那以后就再也不用担心有人破坏她的计划了！

手机铃声一响，纪恬吓了一跳，看见来电显示，她唇角弯起一丝笑意。

“哥哥。”纪恬用清甜的嗓音喊。

“下个月老爷子生日，回来。”纪墨珏边开车边道。

“好，我知道的。哥，最近胃还疼吗？不要再熬夜了，我没在家，没办法给你做养胃的汤，你还年轻，一定要好好爱惜身体。”

“知道，婆婆妈妈。”

那边状似不耐烦地挂了电话，纪恬却深谙纪墨珏的性格，他吃这一套，只有不好意思了，才会迫不及待地挂断电话。

在纪家的那几个月，她无微不至地关心老爷子和纪少，做交换生走的时候，都记得往纪墨珏房里放一盆安神的花儿。

待她一离开，纪墨珏自然会不习惯，也会慢慢从心里接纳她这个妹妹。

这段时间，纪大少偶尔会和她通电话，虽然说话阴阳怪气，可是纪恬向他要什么，他都答应得爽快。纪恬摇摇头，可惜了，这具身体是纪墨珏亲妹妹，不然这个男人作为攻略对象，也不会亏呢。

纪恬眸中晦暗，纪墨珏知道纪黛宁还活着吗？

六月的阳光正好，同学们坐在绿茵软垫下探讨题目，课间休息，章右英回帐篷拿水喝，见黛宁睡得香甜，她揉揉额角，看了她一眼。

黛宁迷迷糊糊转醒，见了她甜甜一笑，章右英冷笑一声，疾步出了帐篷。

黛宁特别无辜地问青团：“至于吗？昨晚的事，今天还在生气。”

青团闷笑：“章右英估计觉得特别丢脸。”

昨晚陈景打电话来之前，黛宁不小心看见了章右英手机上的照片，她凑过去一颗小脑袋，章右英脸色都变了。

偏黛宁也坏，趁她发愣抢走手机，清楚地打量着那几张照片。

照片一看就是 P 过的，画面上的女生竟然是穿着公主裙的章右英，她烫了头发，穿着白丝袜，不自然地笑着。

脸 P 小了，眼睛 P 大了，皮肤都白了好几个度，这不算什么，最厉害的是，她把自己弄矮了，小鸟依人地往厉扈怀里怼。

就不能指望大小姐有什么良心，她看见这张违和的照片，当即毫不客气地笑出了声。章右英简直想掐死她，一下子扑过去，两个人闹腾时，没想到陈景来了电话。

这种女孩子的小心思被发现，也难怪平日里像个大姐头的章右英会羞恼。

章右英虽然喜欢厉扈，但看上去一直是非常有尊严的，哪怕厉扈不怎么搭理她，她依旧很酷，没想到午夜梦回那点情思和自卑，竟被“情敌”看了去！

青团觉得章右英没有打大小姐一顿，就已经相当有“绅士风度”了。

最尴尬的是，昨晚章右英扑过来抢手机，不小心压倒大小姐，偏大小姐还坏兮兮地呻吟了一声，章右英脸色黑了又红，最后冲出了帐篷。

这两件事，让章右英整整一晚上都没和黛宁说一句话。

文籽籽看出章右英心情不好。

“我就说你不该管她，没人理她，就让她尴尬呗，你和她住一个帐篷，就是给自己心里添堵。”

章右英神色沉闷，咬牙切齿地摇摇头：“别说了。”

“厉扈多半又骑车去给她拿吃的了，就她那么娇气，跟着来什么都不做，还要厉扈伺候。”

“厉扈自愿的，这种事怪不得她。”章右英平静地道。

有些道理章右英明白，长得美丽没有错，厉扈甘愿做的一切，和黛宁无关，这里那么多女孩，一多半不喜欢黛宁，她们在背后谈论她，可是她们也都想成为她。

抢不到厉扈，是自己技不如人，放不开罢了。章右英明白，如果自己是男人，恐怕也会喜欢黛宁那样的女孩，别的不说，那张小脸是真的美，想想昨晚不小心感受到的手感，再悄悄摸摸自己，她脸色又是一臭。

果然，下午的时候，厉扈洗干净水蜜桃，还剥了皮，端去给黛宁。

章右英收回了目光，眼不见为净。

黛宁盘腿在打游戏，她看了一眼盘子里的水蜜桃。

厉扈说：“张嘴。”

黛宁摇摇头：“不想吃，你出去。”

厉扈挑眉，突然逼近她的眼睛。

“为什么不吃我的东西了？”他弯起唇，打量她的神色，“想和章右英做朋友吗？”

黛宁圆溜溜的眼睛看着他，毫不犹豫地摇头。

“呵，”厉扈轻笑一声，捏住她下巴，“真可爱，但是很可惜，你这样子，怕是没有女生想和你做朋友。”

黛宁拍掉他的手，毫不客气地把他踢出了帐篷：“我才不需要朋友。”

厉扈弯腰，毫不在乎她的暴力，在她头发上一亲。

“是啊，要个狗屁朋友，有老子疼你。”

大小姐一个水杯砸在他脑袋上，厉扈“嘶”的一声，额上青筋暴跳。

青团悄悄看了黛宁一眼，大小姐不会真的从小到大都没好朋友吧？太惨了，它小时候都有团子好朋友呢。

不管怎么说，厉扈给的东西，黛宁都不再要，她渴了就缠着章右英去烧水，嘴馋了就巴巴地看着章右英的包，章右英受不了大小姐的眼神，摸出最后一袋饼干给她，她尝了一块，嫌弃地扔回来，把章右英给气得够呛！

看着吧，她迟早！迟早会把陈黛黛打一顿！

第二天晚间，黛宁又换了条裙子，她穿一件青色无袖连衣裙，裙子堪堪遮住大腿，露出漂亮纤细的锁骨和白嫩嫩的小腿，少女纤细可爱的小腿交叠，连脚趾头都是粉嫩嫩的。

章右英走进来，目不斜视："让开，我拿东西。"

章右英走出好远，又回来掀开帐篷，没好气地问："有人提出要去旁边的林子看萤火虫，你去不去？"

这么个讨厌的小家伙，怪不得没人邀请她，大家悄悄离开，都不打算带她。

黛宁摇头："不去。"

林子里有肉虫子和毛毛虫，她哪怕好奇，也不会主动往里面钻。

"水我烧好了，放在外面的桌子上，没有石榴，只有香蕉，也在外面，你爱吃不吃。"章右英冷冰冰地说。

"再见。"黛宁冲她挥挥手，她懒，又有点儿想看，"你给我捉几只萤火虫回来好不好啊？"

"捉个屁！"章右英头也不回地走了。

同学们陆陆续续地离开，得知黛宁不去，厉扈说："我陪她。"

他当真守在不远处，点了支烟抽。

说他是好学生，可他确实在干好学生不会干的事，说他是坏学生，他成绩又相当拔尖，留下来的辅导老师是他家雇的，也不敢管他。

星子闪闪亮亮，夜风微凉，这样寂静的夜，却传来细碎的脚步声。

五六个老师没发现，厉扈却突然眉头一皱。

黛宁玩得渴了，出来喝水。

也不知道是哪个老师发出第一声惊呼，厉扈立马喊道："回去！"

黛宁没能理会他的意思，黑暗的林子中，突然冲出几个疯疯癫癫的男人。

青团连忙道："黛宁快走！"

她要转身，却来不及，厉扈想要过去，结果被人拦住，一闷棍打在肚子上。

对面人多，几个老师不敢动弹。

黛宁的肩膀被人抓住，她大喊：“放开我，臭混账！”

一瓶硫酸猛然朝她泼过来。

青团吓得连声惊叫：“黛宁！”

黛宁捂住脸，下一刻，一个怀抱将她紧紧护住。

空气中传来血肉被腐蚀的味道，抱住她的人身体紧绷，微微抽搐，黛宁愣了愣，移开手。

她对上一双冰冷的眼睛，男人咬肌鼓起，用手轻轻地摸了摸她的头发。

“哥哥？”这样的气味她并不陌生，毕竟经历过一次，那样刻骨铭心，又那样可怖。

陈景把她塞到一旁的帐篷中，反手缴了一个男人的械，他回头那一刻，黛宁看见刀子刺进了陈景的身体里。

青团颤抖得快爹毛：“黛宁，你没事吧？”

黛宁透过缝隙看出去，摇摇头，她饶有兴致地弯起唇：“青团，你说，他会死吗？”

青团猛然愣住，少女眼中的恐惧之色褪去，一双凉薄的眼，看笑话似的看出去。

无边黑夜中，浓郁难闻的硫酸味混杂着男人的血腥气，还时不时伴随着老师的尖叫声，营地暖黄的光线昏暗，少女天真轻快的语调，埋没在这样的夜里。

“如果陈景死了，就算在纪恬的头上，可不是我害的，对吗？”

“对。”说出这个字的时候，青团的心情不知道多复杂。

黛宁摸摸自己的心口：“不疼，你看，我也学聪明了不是？”

混乱结束得很快，天上的月亮隐在云层后。有人慌张地报了警，黛宁走出去，发现那群人已经被制住了。

她小步走到一个身影前，在他面前蹲下。

男人脸色苍白，痛出了满头的汗水，他的手死死捂住腰间的伤口，厉扈和一个女老师沉着脸色在帮他止血。

“你会死吗，哥哥？”

陈景睁开眼睛，这样痛，他视线模糊，看不清她的模样，不知道她哭没哭，他怕她哭，努力保持清醒："不会，别怕。"

他说好会保护她的。

黛宁的手温柔地抚上他的脸，那真是可惜，她明明已经把所有人都调走，让纪恬的人顺利地上来了，这些没用的东西，却依旧解决不了没有武器的气运子，渺小的蝼蚁，蠢货。

警察和救护车都来得很快，黛宁作为陈景的家属，一同上了救护车。

护士小姐担心少女害怕，连忙安慰道："你别怕，你哥哥的血已经止住了，伤口不是很深，到了医院他会好起来的。"

"我不怕。"

黛宁想了想，把自己柔软的手放进陈景掌心里。

她知道被硫酸腐蚀是怎样一种滋味，陈景的上衣被脱了下来，刚刚她淡淡地看了一眼，他整个脊背几乎都溃烂了，肯定很疼，黛宁明白的。

陈景意识清醒，身体抽搐着，想狠狠握住递过来的手，可是觉察到这是谁，他指尖颤抖，很轻地包裹住她。

青团也不知道为什么，眼眶一下子泛红。时间过去太久，久到它差点忘了，黛宁看上去天真又可爱，可是一抹早成了黑色的灵魂，哪里会去爱谁呢？

一路上护士和医生紧急处理伤口，黛宁不咸不淡地看着，颇有些无聊。

气运子只要还有口气，是绝对不会死的，她明白这一点，失望极了。

抵达医院，陈景马上被推进了手术室，他身上被硫酸腐蚀，腰间的伤口也需要缝合。

黛宁坐在一旁的椅子上，百无聊赖地打游戏。

青团悄悄开了视野，看进手术室中，陈景的伤势让它吓了一跳，赶紧收回视野，看黛宁玩。

今晚实在混乱，等医生告诉她陈景没事，已经转移到了普通病房，黛宁这才不情不愿地去病房看他。

陈景睡着了，因为疼痛，他唇色惨白，在睡梦中眉头都是皱起来的。

黛宁左右看看，发现病房里只有冷硬的凳子，她当即爬上陈景那张床，把他胳膊推了推，躺上去睡觉。

“你都预料到了吗？”青团憋了一晚上，忍不住问。

“没有。”黛宁说，“我只知道纪恬不会放过这么好的机会，叮嘱保镖们如果陈景也来了，不要轻举妄动，可是我没想到他们会用硫酸。”

黛宁眸中泛起浅浅的冷意，以前被毁容的痛苦已经过去了很久，她这个人心大，不会沉浸在过往的痛苦中。

今晚发生的一切只证明了一件事，那时的硫酸事件果然是纪恬的手笔，当时她特别疼，整夜整夜睡不着，醒来就哼唧，泪水一直在眼眶里打转。

黛宁本来以为陈景今夜会很麻烦，可是出乎意料，这结巴很安静。

他半夜疼醒了一回，没有说话，看了身边的少女一会儿，没吵醒她，默默地又睡了过去。

天亮以后，估计着护士要过来了，青团才叫醒黛宁：“陈景醒了。”

黛宁睁开眼睛，果然对上一双清冷的瞳。

陈景面上不见痛苦之色，抬起手，轻轻摩挲了一下她的脸颊，这个动作让他的脸色更加苍白了。在他缩手回去的时候，黛宁按住他的手，对他一笑，娇声问：“哥哥，你感觉好些了吗？”

“嗯。”

掌下的脸蛋细嫩，陈景把手抽回来。

“你要不要喝水？”

“喝。”

黛宁下床，去外面用纸杯接了一杯温水回来喂他，陈景就着她的手喝掉。

没一会儿查房的医生和护士过来，见陈景平静的模样，有几分诧异。

麻药的效果过去了，正常人这时候估计很难忍受这样的痛苦，但是陈景没什么反应，如果不是确认那伤口在他身上，他们还以为那是别人的伤。

从医这些年，坚强的人也见过不少，可是像他这样坚强到淡漠的，几乎没有。

他们帮陈景换了药就出去了。

黛宁偏头看他：“哥，你还疼不疼？”

“不疼。”他眼中有几分柔和。

“早饭想吃什么？我去买。”

“随便。”

“那你等等。”

没一会儿，黛宁回来了，她这次倒没有什么坏心思，给陈景带了易入口易消化的豆浆和稀饭。

黛宁没有喂他的意思，陈景自己坐起来，默不吭声地吃了。

黛宁香喷喷地吃自己的早饭，和他说起昨晚的事：“警察把坏蛋带走了，过两天可能会有消息，哥哥，你怎么会出现在那里？”

陈景拿起勺子的手顿了顿：“来、来看看你。”

他的话本就不多，黛宁陪了陈景一会儿，就觉得无聊了。

发生这样的事，今年的竞赛夏令营被取消，厉扈赶来医院，带来一大袋水果和一束鲜花。

“抱歉，发生这样的事，是我们安全工作没做好。陈先生，谢谢你救了老师和学生们。”

看见他，陈景的态度就冷淡多了，他淡淡地应了一声。

厉扈看向黛宁：“你没事吧，昨晚吓到了吗？”

黛宁摇摇头，陈景把她保护得很好，半滴硫酸都没溅到她身上。

“这是章右英给你的。”厉扈拿出一个瓶子，黛宁接过来，看见里面有两只有气无力的萤火虫，她愣了愣。

厉扈看看陈景，又看看黛宁：“那你好好陪你哥哥，我先走了，有任何事可以和我打电话。”

厉扈不动声色地看一眼陈景，昨晚，病床上的男人几乎毫不犹豫地护住了黛宁，后来还带伤把那些人制服了，可是很奇怪，厉扈并没有感受到哥哥对妹妹的疼爱，反而有另一种情愫昭然若揭。

厉扈离开，黛宁盯着瓶子里的两只萤火虫看。

今天刚好是周四，医院太无聊了，黛宁凑近他：“哥哥，你需要我陪着你吗？”

这个问题很坏，陈景看着她的眼睛。

许久，他别过头，言不由衷地说：“不需要。”

黛宁笑开，她樱唇微启：“那我走了啊，今天学校还要上课呢，你如果需要，可以打电话让陈伶星来医院陪你，或者请护工，我放学会来看你的。”

陈景的手指攥紧床单，看她没心没肺地离开，眼里的柔和渐渐冷却。

黛宁早就知道会得到怎样的回答，太过坚强的人，不管是男人还是女人，都很少引起别人的怜爱。

“黛宁，陈景的伤都是为了救你，现在他躺在医院，咱们就走了，这不太好吧？”青团讷讷地道。

“有什么不好的？他的情感难以宣之于口，那就让他憋着嘛，难不成还要我跟他表白？”

黛宁没有去学校，她找保镖们了解昨晚的事。

“大小姐，审出来的结果是，那几个人患有精神病。”

精神病，还是间歇性精神病，连主使都找不着。

黛宁点了杯奶茶，早有预料，她半点儿都不失望，如果纪恬那么好对付，她过去也不会那样惨。

三年来，她明白了一个道理，这些男女主角被世界的法则保护，要对付纪恬，还得气运子出手，正如黛宁想杀气运子，也学会了借助纪恬的手。

黛宁不着急，这些人在她眼中，只是一些有趣的棋子，该着急的人是纪恬，陈景为了救自己，连命都可以不要，纪恬还没反应过来，就失去了两个气运子的心，背地里估计鼻子都气歪了。

黛宁伸了个懒腰，见时间还早，决定去逛逛街，要是看见什么好东西，给家里的老头子买点回去，很快就要到爷爷的生日了，她过不了多久，也得回到京市。

医院里的哥哥现在特别落寞吧，毕竟她丝毫没有表现出关心他，他明明觉察到了什么，却连问都不敢问。

陈景没有打电话给陈怜星。

晚上小护士再来看他的时候，见他孤零零一个人，叹息一声，有点儿同情他。别人受这么重的伤，亲属肯定陪着，可这位先生身边谁也没有，也不知道昨晚那个美丽的少女去了哪里，竟然不管他。

陈景沉默了一整天，他并不蠢，从昨晚开始，他就发觉了很多不对劲，那些人明显是针对黛宁来的，她的身份到底是什么？再者，曾经自己生病发烧，黛宁都能守着他，可是现在他重伤，她因为医院不好玩，转身就走。

之前……难道是假的吗？

她喜欢很多东西，爱玩爱闹，性子也骄横霸道，仿佛生来就不会为任何人付出。

一个骄奢的少女，一个很坏的少女。

他不知道从哪天开始，已经知道了她是什么样的人，她离开，自己除了失落，竟然不觉得诧异。

陈景觉得有几分可笑，便也真的扯起唇笑了笑，身上的伤口火辣辣的疼，陈景做什么都不方便，他平静地为自己喊了一个护工。

护工扶他去解手，回来陈景又在床上躺了一会儿。

外面有人敲门，陈景猛然看过去。

护工把门打开，门外的纪恬腼腆地笑笑："不好意思，昨晚的事上了新闻，我听说你受伤了，过来看看你，没事吧？"

陈景垂眸，眸中的波澜平静下来："没事，谢谢。"

纪恬皱眉看看陈景赤裸的上半身，男人身上满是包扎的纱布，她心中恼恨，面上却心疼地道："怜星怎么也不来照顾你，你有什么想要的东西吗？喝不喝水？"

陈景沉默着。

"你这样一定很疼，我会好好照顾你的。"纪恬伸出手，想要握住陈景的手，陈景避开了她。

场面有几分尴尬，纪恬红着眼圈，神情一僵。

陈景依旧是那副冷淡到油盐不进的模样，好在纪恬也习惯了，她咬咬牙，若无其事地给陈景烧水去了。

陈景皱眉看着她，他明确表示了让纪恬离开，可是这位千金充耳不闻，把倒追进行到底。

就在这时，一个穿着超短裙的少女叼着棒棒糖走了进来。

纪恬的水还没烧好，黛宁笑盈盈地道："哥哥，我放学啦！"

纪恬回头，看见黛宁这副安然无恙、眉飞色舞的模样，心思一转，装作疑惑地道："陈景，你这个妹妹真眼熟，和我们纪家失踪已久的大小姐长得一模一样。"

这句话，让陈景猛然抬眸。

“是吗？”黛宁没想到纪恬在这里，但她半点儿也不心虚，“那为什么我和你长得一点都不像，会不会是你抱错啦？”

纪恬微笑：“据说我那个素未谋面的姐姐也像陈小姐这样伶牙俐齿呢。”

“放心吧，我一定不是你姐姐，你长得比我老多啦。”

纪恬的笑容险些挂不住。

黛宁说：“虽然我不认识你，但现在我回来了，不需要你照顾我哥哥了，你现在就走。”

黛宁没有礼貌，纪恬下意识去看陈景，希望陈景斥责她几句，可是陈景的黑瞳安静地落在黛宁身上，一言不发，不知道在想些什么。

“走不走？不走我赶人了啊！”

纪恬知道纪黛宁是什么样的人，她起身，明白多纠缠没好处：“陈景，那我改天再来看你。”

黛宁冲她的背影做了个鬼脸，让护工也出去，然后她把门关上，回眸就对上了陈景的目光。

他眼睛里冷冰冰的，也不在乎护工和纪恬的事，开口问她：“你骗我？”

好嘛，陈景根本没信她刚才的胡扯，都不问她是谁了，直接点明她是个骗子。

黛宁笑吟吟地坐在他床边，装作听不懂：“哪有啊，人家骗你什么啦？”

陈景眼里能射出刀子似的，他咬牙，一字一顿：“流浪、失忆、陈黛黛！”

这些东西，有哪一句是真话？！到了现在她还不坦白。陈景甚至不敢想，她为什么装作失忆无家可归，难道逗弄他，看他犯蠢给她当哥哥很好玩吗？她心里是不是已经笑话了他无数次？

黛宁知道骗不过了：“好吧，我承认就是嘛，哥哥你在生气吗？”

“别叫我。”

“你不要这么小气，就骗了你那么一下下，这段时间，难道你不开心吗？”

陈景的脸色沉得不像话，比起被骗，最耻辱的是，他竟然还对她有那样的感情……

“你看，你也觉得开心，我也觉得开心，明明是一件好事，你不要这个脸色嘛！”

陈景冷冷地看着她。

“我之前生病沉睡了好久，醒过来就遇见了你，那时候我确实不能回家。”黛宁半真半假地道，“你对我那么好，我怕你赶我走。”

陈景握紧拳头：“强词夺理。”他都不知道黛宁原来可以这么气人。

黛宁握住他的手，掰开他的拳头。

明明陈景可以避开，不知道为什么没动。

她小手钻进他掌心，半点儿也不怕他可怖的眼神。

“那，你还要我这个妹妹吗？”黛宁巴巴地看着他。

陈景胸膛剧烈起伏，觉得荒唐极了：“不要！”

黛宁哼一声，把手从他掌心抽出来：“不要就不要，我堂堂纪家大小姐，多的是人想和我沾亲带故。”

见他无动于衷，黛宁也没了耐心，转身就走。

陈景垂眸，听见脚步声渐远，他嘲讽地想，自己果然就是她的一个玩具，然而在下一刻，少女一个转身回到病床边，捧起他的脸，唇落在他的唇上。

盛夏蝉鸣阵阵，空气燥热喧嚣。

陈景如遭雷击，不敢相信她做了什么。

女孩的唇又小又软，透着一股糖果香。

他本来可以轻而易举地推开她，可是发现自己浑身僵硬，什么也做不了。看着她颤抖的长睫，他告诉自己，她一定是又想到了什么好玩的花样，说不定还是在耍他，开始新一轮的欺骗。

推开她！冲她发火！让她赶紧滚！他现在这个模样还不够可笑吗？

可是当女孩子轻轻一勾他的唇，陈景头脑里立刻嗡嗡作响，抬手扣住她的后脑勺，回吻她。

他吻技生涩，十分笨拙，只凭着男人的本能，在她口中掠夺香甜。

黛宁柔柔撑住他的肩膀，明明不太舒服，可身上的疲惫感竟慢慢消失，连麻木的指尖也渐渐有了知觉。

她心念一动，与他十指相扣，张唇迎合他。

陈景只顿了一瞬，闭上眼扣紧她的手指。

识海中的青团一凛，铆足了劲偷陈景的气运，哈哈哈哈哈，发达了！真的可以偷气运！识海变成温暖的金色，青团小小的身子都大了一圈。

直到喘不过气，黛宁这才推开他，有气无力地趴在陈景身上喘气。

“黛宁，我们有气运了！”青团感动得泪汪汪的，像个守财奴一样，紧紧抱着金色气体。

黛宁没空搭理它，今晚纪恬到访得太突然，她还没个准备，就突然暴露了身份。陈景那么生气，早在她的意料之中，如果自己被人这么耍，估计杀人的心都有，他在意亲情，她却骗他的亲情。

她不打算和陈景闹掰，没什么好处的事，才不要去做。

空气诡异得可怕，陈景耳边只听到她轻轻的喘气声。

她的小手还与他的相扣，陈景全身僵硬，脸色几变，想起刚刚那个吻，不知道是想掐死她，还是想掐死自己。

他当了她好几个月“哥哥”，明白心意后内心煎熬，可是刚才……

陈景咬牙，后知后觉的有几分耻辱。

被人当成个傻子骗，他还能那样忘情吗？真是活该！

黛宁懒洋洋地趴在他身上，压到了他背上的伤口，陈景平复了好一会儿，才冷淡地道：“起来。”

她眼睛亮晶晶地爬起来，感觉许久都没有这么精神过了，缓过来才明白，气运原来可以偷，黛宁简直毫无节操，恨不得给陈景偷光。

她捧起他的脸，定定地看着他的唇，偏头犹豫要不要再来一下。

陈景咬牙，觉察到她的意图，耳朵根都红了。

“陈黛黛，下去！”

好吧，亲了就不认人，刚刚也不知道谁比她还激动。

黛宁从善如流，去凳子上坐好，她捧着小脸，娇声娇气地道：“人家都给你亲啦，你就不要生气了嘛。”

陈景别开眼，虽然知道她脸皮厚，可这是一个女孩子能干出来的事、说出来的话吗？

这样就算了，她还若有所思地感叹道：“哥哥，原来你真的喜欢我啊。”

陈景的身体如果没有受伤，现在可能会毫不犹豫地把她扔出去。

他脸色苍白，唇上却嫣红。

黛宁认识陈景这么久，还是第一次看他如此恼怒的神情，都不知道在他心里，更恨他自己多一些，还是更恼黛宁多一些。

“我的唇膏是草莓味的，全被你吃啦，味道好吗？”黛宁看得有趣，故意问他。

陈景脸色更沉，这个混账东西！原来这才是她的本性！偏他嘴巴里确实还全是她的香甜滋味，陈景死死地控制住自己。

见他无论如何都不肯说话，当作刚刚的事情没有发生似的，黛宁看了一会儿便觉得无聊了。

她整理了一下自己被陈景的粗鲁弄乱的裙子。

“你不讲话，我就当你不生气了，哥哥，太晚了，我要回去，给我打车回去的钱。”

黛宁伸出手，陈景额上青筋一跳，他从裤兜里摸出一大堆东西，看也不看，全部塞给她。

黛宁拿了车钱，把其余东西全部还给他。

“陈景，再见。”

走到门口，她想起什么似的：“哎，你不想知道我到底叫什么名字吗？”

床上的男人黑瞳幽幽地看过来。

她“扑哧”一笑：“我叫纪黛宁。”

既然马甲都掉了，黛宁便不打算再回小洋楼了，五星级酒店住着可舒服多了。

黛宁本来就不爱学习，学校也不想回去，反正她不去上学，老师打的是“家长”陈景的电话，他自然会找个理由帮她圆。

邱谷南再次回到黛宁身边照顾她。

本来想说说伤感的话，比如“大小姐在外面折腾这么些日子，都瘦了”，可是看着黛宁被养得白里透红的小脸，邱谷南实在说不出口。听说陈景救了黛宁，还在医院躺着，邱谷南看了看躺椅上打游戏的黛宁。

“大小姐，要去看看他吗？”

“不去不去，我不喜欢去医院，他自己可以请护工，干吗非要我去看他？”

于情于理，人家替自己挨了一刀，还挡掉了硫酸，都应该去慰问，可他们家没心没肺的小祖宗一点出门的打算也没有。

青团小心翼翼地给她输送气运，黛宁神采奕奕，觉得自己还可以熬两天两夜打游戏。

他们上次新手操作偷气运，偷得不算多，眼看才用了三天，就捉襟见肘了。

青团毕竟有节操，没敢提下回，黛宁就不同了。

“团团，下次记得多偷点。”气运真是个好东西，有了它，吃嘛嘛香，连灵魂都很久没有这么舒服安稳过了，她的心口完全没有过去的疼痛。

青团捂脸，纪黛宁竟然还在计划下次！

黛宁没去上学，第一个找上来的倒是厉扈，厉扈不知道她住在哪里，只好给她打电话。

“怎么不来上学，被上次的事情吓到了？”

“没有，不想来。”

厉扈知道她的任性，猜到发生了些什么，也没有劝她，只问她：“下个月我要去京市参加竞赛，想一起去玩吗？我发誓，这次一定会保护好你。”

“不去。”黛宁毫无兴致。

她下个月也要回京市，不过是为了给纪老爷子庆生。她回家，可能就是爷爷最好的生日礼物。

被她拒绝，厉扈也没勉强她，他语气带笑：“我很想你，能来找你吗？”

“厉扈，你这样演，难道不累吗？”

电话那边，厉扈挑了挑眉：“黛黛，你这样说，是什么意思？”

“我不讲，可不代表我什么都不知道。小变态，我知道你的追求，但是现在，不陪你玩了。”

“不知道你在说什么，你听我解……”

黛宁直接挂了电话。

青团跟着哼了一声，如果没看资料，它也以为厉扈非常喜欢契约者呢，大小姐骂得好，这个小变态。

黛宁这几天回来，终于有空把手下的人调查的资料看了一遍。

陈景去打黑拳，让她颇为诧异，毕竟在青团提供的原文中，陈景并没有走这条路。他年少非常孤单艰辛，但是远远没有这样高的风险，陈家母女一次次伤他的心，向他索取金钱，即便这样，陈景也没考虑过那样累的一条路。

把她捡回家之后，他才开始干这样高风险高回报的工作。

站在那个台子上，像只野兽一样，供人下注。

厉扈出现得蹊跷，他眸中又深又暗，和蓝凌云那种会一见钟情的傻白甜大少爷完全不同，黛宁一直就不信他第一眼就喜欢自己，人们的动作和眼神骗不了人，厉扈情话说得撩，可是做的却很少。

不像陈景，什么都做了，却从来不说，如果前几天黛宁不突然吻他，他那份感情估计这辈子都会深埋心里，让人又气又无奈。

地下拳赛是厉扈舅舅开的，厉扈小时候身体羸弱，经常被人欺负，他一直渴望力量，可是到了初中，发现自己连隔壁家少女章右英都打不过。

到了初三，他开始拔高，家里的生意也越做越好。

这货打小内心就有点阴暗，他憎恶弱者，有时候掏出蚂蚁窝，会一把火烧光，听它们碎裂开的声音。年岁渐长，他褪去了小时候的羸弱，经常去舅舅的地下赛场，双眼熠熠地看人打拳。

嘶吼、欢呼、血腥，每一样都能让他亢奋，据说他还亲身上场过，被打得只剩一口气，眼睛里却满是亢奋的笑意。

他和曾经的“零”学格斗，可惜“零”死了，直到陈景出现，战无不胜的陈景让他看到了诡谲强大的力量。

陈景是他想成为的人，可他去拜师，对方连一个眼神也没给他，甚至没记住他的模样。

厉扈讨厌陈景，又崇拜陈景，他调查陈景，知道他打拳是为了“妹妹”。这人很聪明，早就什么都知道，但什么也没说，他无法在格斗术上超过陈景，那如果抢走陈景最爱的东西，看陈景失落难过，何尝不是碾压？

青团摇摇头，厉扈一开始就目的不纯，也不知道现在有没有半点后悔。

黛宁这样眼里容不得沙子的人，喜欢看人为自己牺牲，厉扈无疑相当让人生气。

阳光洒满阳台的午后，黛宁小腿摆动。

“还是哥哥好，他那样好骗又自卑，骗他去死，说不定他都去。”

陈景在医院养了一星期的伤，其中陈怜星来看过他几回，不情不愿地说可以照顾他，陈景冷着脸拒绝了。他身体素质好，恢复得特别快，只不过后背不可避免地留下了狰狞的伤痕。

陈景在穿衣镜前看了眼，难免又想起那个再也没出现、破罐子破摔的小骗子，倒是纪恬每天都来照顾他，两人相对无言。

伤口还在痛，他以为自己会憎恨那个小骗子，但他竟然只有庆幸，这种疼痛，还好不是她承受。她那么娇气爱美，如果脸蛋真的被毁了，估计特别难过。

他是个男人，反倒对这些伤痕不怎么在意，只不过是身上不堪的地方又多了一些罢了。

这段时间黛宁不来，他却时常想起那个香甜的吻，有时候早上起来，身体会产生一些难堪的反应。

从前陈景也偶尔会有这样的反应，但是这是第一回，梦中的对象有了脸，喊出她的名字时，他脸色黑透了，他的心情难免变得很糟糕，都不知道是想见到她，还是希望她别出现。

陈景虽然不明白纪家的情况，但看纪恬就看得出来，黛宁家不简单，一个富家千金，这样骄纵的性子，定是被娇惯出来的。黛宁即便是孤女，他也配不上她，更何况她把一切当成游戏，此刻不知道在哪里笑话他。

他们之间没什么可能。

陈景从小就不会去奢求得不到的东西，放手也干脆，这是生活教会他的法则。

他反复告诫自己，可是依旧提前出院了，陈景也不知道自己在期待什么。

打开小洋楼的门，里面空空如也！陈景眸光黯了黯，不但没松一口气，甚至不知道失望和难受，哪种情绪更猛烈。

陈景几天没回家，陈怜星骤然见他回来，有几分心虚。

她没去医院看陈景，因为最近纪恬给她搭上线，介绍了一个富二代，陈怜星每天挖空心思地讨好富二代，和富二代一起吃饭，甚至昨晚，她和富二代去开了房。

陈景面色冷凝，淡淡地看了她一眼。

“哥，我本来打算去看你的，你怎么就出院了，身体好了吗？”

陈景格开她要过来扶他的手，他用钥匙打开黛宁的门，发现里面的东西一动不动，甚至落了层灰。

陈怜星观察着他的脸色，想起纪恬的交代。

“哥，她一直没回来，我就说这是个骗子，她看上去就娇生惯养，怎么可能是什么孤女？这些东西看着就碍眼，咱们让搬家公司扔了吧。”

陈怜星觊觎黛宁的漂亮衣服，心想扔了之前，她把喜欢的挑出来，还可以约会穿呢，这间房间以后也是自己的了！看陈景脸色不好，指不定多恨那个骗子，肯定会答应的。

陈景神情变幻莫测，在陈怜星期待的目光中，他关上门，重新用钥匙把门锁了。

陈景表情森然，陈怜星自然不敢去惹他。

第二天毛老师打电话过来：“陈黛黛同学还是没有来上学，马上就要放暑假了，如果她的情况不适合学习，家长你看……”

毛老师讲得很委婉，陈景却懂了：“我会给、给她办、办理、休学。”

“好的。”毛老师叹了口气，快高考了，她得为班上的升学率考虑。

下午陈景去学校，把黛宁的休学给办了，资料薄薄的，却让他觉得烫手。

陈景还没走出校门，一个男生在朋友的鼓励下跑过来。

“请问你是陈黛黛的哥哥吗？是、是这样，我想问问她发生什么事了，为什么一直没来上学。”男生的脸通红，神情躲闪。

陈景冷冷地看他一眼，他连忙摆摆手：“我、我只是出于同学的关……”

被陈景的眼神吓到，男生讷讷地不说话了。

陈景面无表情地走开，心想那个小骗子倒是好能耐。

本来想回一趟地下赛场，没想到路上遇见纪恬，纪恬眼睛一亮，朝他走过来。

“陈景，你在这里啊，我去医院看你，护士说你出院了。”

纪恬到底探望了他几天，哪怕对她无意，陈景也不可能冷着脸，他淡淡颔首，就听纪恬惆怅地道：“我是交换生，暑假前就要回京市。下个月我爷爷过生日，我会提前回京市，姐姐也会回去吧。”

陈景抬眸看过来。

“姐姐性格顽劣，被家里宠坏了，她可能也不是故意骗你的。”纪恬犹豫地道，“毕竟她以前的男朋友也被……”

见陈景的脸色越来越冷，纪恬仿佛意识到自己说错了话，连忙住嘴。

陈景听不下去，冲她点头，表明先走一步。

看着男人的背影，纪恬无声地笑了笑。

被骗这么久，是个有血性的人都会生气吧，她在离开之前，说不定能利用陈景的愤怒，和他在一起。

她的第一个计划没成功，黛宁没有毁容，看来只能实行第二个计划了。

纪恬打开手机。

“安排下去，把那些照片发给赵屿。”

黛宁也知道陈景出院了，她和青团从陈景身上汲取到的气运耗尽，这两天简直不想动弹。

由俭入奢易，由奢入俭难，好不容易神采奕奕地玩了几天，没想到又回到了软嗒嗒没精神的模样，她的身体和心灵更懒，连任务都不想完成，只想躺在床上混吃等死。

青团抓耳挠腮：“黛宁，上次你还没给陈景解释呢，你好歹挽救一下。”

“解释什么？本来就骗他了嘛，现在他在气头上，我才不去。”

大小姐不喜欢看人冷脸，也受不了别人发脾气，从来都是陈景哄她，哪有她去哄陈景的道理。

“万一这两天纪恬乘虚而入呢？”

黛宁哼笑一声：“真有这么容易，那气运子的感情也不值钱了，我要他做什么？”

其实说来说去，还是一个字——懒。

手下给她说纪恬往外发消息的事，黛宁才勉力走出来。

“她想告诉赵屿？”黛宁眼珠子一转，“不行，你们想办法阻止。”

青团抖了抖，万一赵屿真知道黛宁还活着……

黛宁天不怕地不怕，难得顾及什么。

“我才不是怕赵屿，他来了很麻烦。”

青团连忙点头，假装自己信了她的话，它内心暗暗吐槽，还说不怕呢，它都怕翻车。

提及赵屿，黛宁总算有了两分做任务的紧迫感，她很记仇的，硫酸之仇还没报，她在想，要不以其人之道还治其人之身，让陈哥哥把纪恬毁了容？

黛宁打扮好，总算去了小洋楼，她还有小洋楼的钥匙，不必按门铃，打开门的瞬间，门内两个人也正好要出来。

猝不及防四目相对，男人冷淡地看她一眼。

“哥哥。”黛宁甜甜地笑。

陈景嗓音沙哑地说：“让开。”

“你要去哪里呀？”

“与你、无关。”说完，他和陈怜星一起走了出去。

黛宁身后跟了好几个保镖，邱谷南还为她撑着白色蕾丝小伞，黛宁有点儿好奇，干脆跟在他们身后。

六月末的阳光炽烈，陈怜星回头看了眼，黛宁看起来清爽漂亮，不解和嫉妒之色在她眼里一闪而过，黛宁看上去那样娇贵，这群人把她当公主一般簇拥着。

陈怜星至今还不知道黛宁是纪家大小姐，对黛宁的架势有几分疑惑，怎么这个孤女的阵仗比纪恬小姐看上去还大？

倒是陈景，不知道心里在想什么，没有回头，和陈怜星打车离开，一眼也不回头看黛宁。

邱谷南疑虑地问道：“大小姐，我们需要跟上去吗？”

“跟，让人开车。”

几个人一前一后到达医院，黛宁心思一转，猜到几分陈景他们来处理什么事。

原来是终于找到了与陈母合适的骨髓，医院通知家属过来商量手术的事。

见陈景要进病房，黛宁笑吟吟地道："哥哥，我在外面等你。"

陈景脚步顿了顿，从窗户的倒影上看见大小姐惬意的模样，他拳头紧了紧，走进病房。

这几天陈景辗转反侧，希望她能出现解释一下，或者……那天那个吻，她到底是怎么想的，可是她始终没有出现，他的伤都快养好了，她才终于出现。

病房内，陈母神采奕奕，显然也知道了这个好消息。

"陈景，你会救妈的，对吗？"

手术费高昂，陈母担心陈景甩脸子不干，连忙给陈怜星使眼色。

陈怜星赶紧道："哥。"

陈景沉默地点头。

母女俩终于笑开，陈景走出去，和医生商量手术相关事宜。

陈母赶紧拉住陈怜星："妈上次给你说的事，你考虑过没有？你不是说陈景现在买了房子吗，妈后续医药费不少，万一陈景不管咱们母女……"

"妈！你别想这些，我不会嫁给陈景的，他一个结巴，我现在有男朋友了。"

"你有男朋友！谁？"陈母连忙问。

陈怜星眉眼得意："一个富二代，比陈景不知道有钱多少倍。"

陈母也有几分高兴，没想到女儿真能傍上大款。

"那就好，妈手术完之前，千万别让陈景知道你有男朋友。"

陈母这么多年没出院，心里还以为陈景喜欢她女儿，不然一个男人这么多年，怎么会对她们孤儿寡母这样好，前后花了上百万给她治病、给陈怜星念书。

只因为恩情？陈母才不信。

陈怜星翻了个白眼，心想，陈景才不在乎呢，他的心估计早就飘到外面那个小妖精身上了。

医院对面有家冷饮店，陈景和陈怜星走出去，一眼就看见店内的少女在吃冰激凌。

黛宁冲陈景招招手。

陈怜星立马道："哥，咱们走，别理那个骗子。"

陈景沉默半晌："你先、先回去。"

陈怜星眼睁睁地看陈景走进去，忍不住跺了跺脚。虽然她拒绝和陈景在一起，但是看见陈景对黛宁如此迷恋，心里依旧酸溜溜的。

陈景在黛宁对面坐下，黛宁问："你要喝点什么吗？"

他摇头，用一双灰褐色的眸看着她。

她小脸儿粉嫩，没有半点愧疚和心虚，明明窗户纸被捅破，她却看上去和以前无异。

想起纪恬欲言又止的黛宁曾经那个"男朋友"，他眸色暗沉，这个骗子到底有多少事瞒了他？

邱谷南弯腰："谢谢陈先生保护了大小姐。"说罢，她很有眼色地带着保镖们出去等候了。

他们一走，黛宁这才道："你还生气吗？你生气我就不聊了，我怕人生气。"

黛宁撑住下巴，咯咯直笑。

"别生气了嘛，你亲了我，就一笔勾销好不好，那还是人家的初吻呢！"

他想起那天的感觉，嘴唇紧抿。尽管她谎话连篇，可是听见"初吻"两个字，陈景的心还是颤了颤。

这个骗子，还有个见鬼的初吻。

陈景真想转身就走，他一个普通小市民，离她这种祸害越远越好，可是理智这样想，他人依旧坐在椅子上。

"解释。"陈景晦涩地道。

解释为什么骗他，跟他回家，还和他一起生活。

"不是解释过了吗？我无聊，觉得好玩，再说，是你自己要把我带回家的。"

陈景咬牙："不、不许、撒谎！"

他又不蠢，大小姐怎么会无缘无故地来他身边？陈景走出她编织的甜蜜圈，一下就看出几分端倪，不管是纪恬，还是黛宁，她们这样的身份根本不可能看上他，各种猜测让他心里沉甸甸的，可这个混账嘴里没半句真话。

他不信什么缘分。

黛宁眼睛一眨，瞬间泪汪汪的："呜呜，你凶我，我不是你妹妹你就开始凶我了，坏蛋……"

陈景脸色僵住。

"不、不是，你讲、讲实话。"

黛宁抽泣道："人家都这么可怜了，爷爷和弟弟都被纪恬抢走，爸爸妈妈也去世了，就出来散散心嘛，结果被人泼硫酸暗杀，还被你凶。"

她呜呜咽咽，说出来的信息量却很大，陈景皱紧眉头，小骗子父母双亡，被外面认回来的妹妹抢走宠爱，才离家出走遇见了他？

背上的伤还在隐隐作痛，那天的情况很危险，如果不是他赶到，她的境况会很糟糕。有人害她，会是谁？

黛宁还在哭，水汪汪的眼睛巴巴地看着他，好像他真是什么十恶不赦的坏人。

陈景僵硬着脸，当她哥哥久了，几乎是下意识地，抽出一张纸巾给她擦，他动作粗鲁，黛宁脸蛋娇嫩，一擦一个红印子。

陈景本来还气她骗自己，任谁被当猴耍了三个月，也会愤怒，可是看着她委屈巴巴的眼睛，他只剩下满心无力。

他擦干净她的泪水，想缩回手，谁知道黛宁直接抱住了他的脖子，带着鼻音道："哥哥，你给人家报仇嘛。"

陈景不自然地抿了抿唇，把她的手从自己身上拿下来。

"那些人，在、在派出所，会、会有、惩罚。"

黛宁摇摇头："他们和我无冤无仇，还患有精神疾病，背后肯定有主使，如果我找出主使，哥哥你就替我报仇好不好？你说过会保护我的。"

陈景垂眸起身："纪大、大小姐，我、我们、只是、陌、陌生人。"

他哪有什么资格和义务帮一个小骗子报仇，既然他们的相遇只是黛宁流浪在外的一时兴起，陈景明白多说无益。

黛宁于他，就像十岁那年，饥肠辘辘地从孤儿院跑出来时，在橱窗里看见的精美的食物，可望而不可即。他这段时间的生活被黛宁打乱，竟然真的想过要好好照顾她一辈子，现在既然知道是个笑话，陈景自然要回归正常的生活。

他都快忘了，什么样的日子才是他应该过的。

好在现在也来得及，等陈母的手术做完，他想尽一切办法证明养父的清白，那才是自己应该走的、一直在走的路。

他不但没有答应，还起身要走。

青团闷笑，纪黛宁给气运子当妹妹的时候，要风得风要雨得雨，现在想借他之手去收拾女主角，结果被人家拒绝了。

陈景走到门外，才看见外面下雨了，路上的行人都在匆匆地寻找避雨的地方。

六月空气燥热，他面无表情，打算跨进雨中，腰突然被人从后面抱住。

少女语气带着不满："喂，陈景，给你脸不要脸。陌生人？有接吻接二十分钟的陌生人吗？亲了就跑，想得美！给我报仇，不然不给走！"

陈景咬牙，明明是她先动的嘴，虽然他后来的确……

"放开！"

"哼。"背后的少女娇滴滴地道，"装什么，以你的身手，真不想要我抱，会让我抱上？"

连自己都解释不清的心思被人戳穿，陈景有一瞬的羞恼。

他低头要掰开这双小手，稍微一用力，她嘤嘤就要哭。

陈景和她僵持着，他气她骗自己，却更恨自己的毫无底线，这么大的事，他不但没打她，连脾气都没发，最可恨的，还被她威胁。

"快点说，同不同意！不同意不给走！"

陈景只当她觉得好玩，毕竟堂堂纪家大小姐，想找帮她做事的人，轻而易举，哪里用得着他？

他脸色很黑："陈——纪、纪黛宁！"

"哎。"黛宁甜甜地应一声，脸颊轻轻在他背上蹭蹭，"陈景，好哥哥，你帮帮人家嘛。"

她坏得很，故意挨陈景的伤口，男人倒吸一口凉气，额上青筋跳了跳，还好哥哥！不演戏后，她怎么那么不要脸！

"就、就这一、一件！"

黛宁喜笑颜开："好啊好啊，你一定要记得。"

她这才松开他，呼唤道："谷子，给哥哥一把伞。"

邱谷南不知道从哪里钻出来，低眉顺眼地给陈景递了把伞，陈景没接，兀自走进雨中，回头看黛宁一眼都不曾。

雨中的男人背影挺拔，黛宁弯唇只是笑。

他回个头，估计就彻底没自尊了吧，所以说这辈子第一次喜欢人，一定不能喜欢一个坏女人。

黛宁伸出手去接雨，雨滴落在掌心，带来丝丝冰凉，她觉得很舒服，十分惬意。

纪恬的事，不妨试着找找证据，或者干脆伪造证据，在陈景没有成为“言景”之前，假如他真的出手，不但可以毁了纪恬，说不定他也可以去牢房蹲着，就是不知道在什么情况下，哥哥才会甘愿去坐牢呢？

“好困啊，早知道亲他一口再放他走。”

青团气绝。

黛宁一旦有想法，就积极地准备，她不得不承认，纪恬也是个厉害角色，她当真找不到什么证据证明就是她，干脆伪造了一份音频，打算到时候给陈景听。

她不能直接对付纪恬，以前就是因为直接对付女主角，结果送纪恬平步青云，反而成了楚楚可怜的受害者，身边每个人都同情她。所以她现在只能走委婉路线，好在也有个好消息，纪恬想发出去给赵屿的信息被拦了下来，大小姐依旧可以放肆浪。

她说过不要赵屿来京市，没特殊情况他应该不会来的。

音频才伪造好，厉扈就找上了门来。

少年眸中阴郁，复杂地打量她：“纪家大小姐？”

黛宁偏头：“你好啊。”

厉扈唇动了动，半晌笑道：“你相信我是真的喜欢你吗？”

黛宁弯唇，踮脚凑近他，她清晰地看见厉扈的喉结动了动，呼吸停滞了一秒。

黛宁无趣地离开他。

“现在信了。”她语气懒洋洋的，毫不留情地指出来，“但是很可惜，我不好你这一口，你这样的人，谁和你在一起谁倒霉，一定会经历被囚禁、被虐打，最后你再跪下来求原谅的剧情。”

厉扈轻笑一声，舔舔唇：“不会。”

黛宁理直气壮地道：“虐文都这样写，你这种小变态都会这样干。”青团连忙附和地点头，对，它和黛宁看了好多小说，都这样写呢。

“傻大个儿们，把这个家伙丢出去！”黛宁挥挥手，片刻后，厉扈真被她的人丢了出去。

他慢条斯理地整理好衣服，果然也不演深情款款霸道型了，对着房间说：“下个月我也会去京市参加比赛，那时候再见。”

黛宁眼皮子都没抬，她骤然想起那个傻不拉几的章右英，摇摇头叹息：“喜欢谁不好啊，笨蛋。”

六月，千里之外的坞东，红色的凤仙花尽数盛放。

一个身形单薄的少年坐船过来，他约莫十五六岁，眉宇之间很是俊朗，他一上岸，黑脸汉子喜盈盈地迎上来。

“二少爷，放假回来啦！”

少年爽朗地笑道：“老八，妹妹呢？”

被唤作“老八”的黑脸汉子道：“小姐前两天发烧，没有上学，阿拾和张曼曼在照顾，知道你回来，小姐想过来接，赵爷没让。”

听到“赵爷”两个字，少年犹豫地问：“我哥……他最近情绪还好吧？”

“老样子，冷冷淡淡的模样，你回来，多说点好听话，让他高兴高兴。”

少年正是十五岁的赵平，三年前他还是个又黑又营养不良的少年，如今却长得高高瘦瘦，看上去很是清隽。

赵平苦了脸，他这次回来哪里是要说什么好听话，不刺激他哥就谢天谢地了。

赵平顺利晋级国家数学竞赛的决赛，但决赛得去京市参加，这么多年，整个坞东都知道那个地方是他大哥的心病。

坞东宝石驰名世界，带来的利益上百个亿，明明京市才是最繁华的地方，适合宝矿和其他生意的发展，可是大哥从来没想过踏足那个地方。

那个人死去三年了，没人敢在他面前提半句过往。毕竟三年前，赵屿险些发了疯，他整整一个月不说话，目光空洞，如果不是爹病危，大哥恐怕会一直沉浸在那个大雪纷飞的冬天。

坞东的气候非常好，四季如春，也不会下雪，赵屿始终在这里住着，岛上被开发得很好，建立起了学校，水运交通发达，一派欣欣向荣。

小妹赵安安就在岛上念书。

赵平边走边嘀咕，心里发苦，大哥阴晴不定，他都不敢开口讲要去京市的事。

搁在以往，赵平也不会想去，可是……

情窦初开的赵平喜欢班上的一个少女，少女举家搬迁到京市，他答应过会去看她，如果高考加分都不能让大哥同意他去京市，这辈子他就别想去找她了。

赵平也算得上一个男人了，怎么能食言呢？

他面上镇定，心里却发慌。

走进岛上的小别墅，一个面团般的小姑娘高兴地冲出来抱住他："二哥！"

"哎！"赵平眉开眼笑，抱起妹妹，"好久不见，安安有没有想二哥啊？"

九岁的赵安安皮肤白皙，被养得很好，半点也看不出小时候瘦巴巴的模样，她依旧十分害羞，脸颊发红，却肯定地点头："很想二哥。"

"大哥呢？"

"在楼上。"

赵平低咳一声："安安，二哥求你个事，如果一会儿吃饭的时候，二哥和大哥讲话，惹他生气了，你帮忙求求情。"

赵安安很好奇："你要说什么，为什么会惹大哥生气？"

依她看，大哥这两年情绪很少波动，他没笑过，也基本上看不出生气。赵安安印象里，大哥最近发脾气那次还是两年前，一个女助理提到了大哥的"亡妻"，还试图勾引他。

那一次，大哥的脸色把赵安安都吓到了，后来他们再也没有见过那个女助理。

赵平心里夙得很，但是他已经一个月没见过心上人了，赵平抱着侥幸心态，数学竞赛，高考还可以加分，再正当不过的理由了。

赵平先去一楼的房间看了看自己的娘，赵父在两年前去世，赵母身体倒是在渐渐转好，只不过依旧下不得床，腿脚没了知觉，各种专家都看过，但健康或疾病是金钱权力也无法左右的东西。

赵屿在楼上办公，赵平自然不会去打扰他，吃晚饭时，赵屿才下楼。

赵平抬起眼睛，悄悄打量了一眼自己的哥哥。

这三年，哥哥的变化才是最大的。

男人穿一身休闲装，面容冷峻，一双眼睛十分深沉，他瞳孔极黑，哪怕不讲话，在他下楼的那一刻，用人们也纷纷低下头去。

赵平用了很长时间才找出形容大哥的话，那就是没有半点人气，他看上去不像个活人，森冷淡漠，像是失去了所有正面的情绪。

想起今天要在老虎嘴上拔毛，他心里惴惴不安，看看娘，又看看小妹，赵平的心依旧怦怦跳。

饭吃到一半，想起少女临走前期待的目光，赵平咬咬牙，视死如归地道："哥，我想去参加数学竞赛的决赛！"

他以为说得很大声，可实际出口，比蚊子哼哼大不了多少。

喝红酒的男人抬眸，看过来。

赵平一抖，闭着眼睛道："决赛在、在京市。"

空气安静了一瞬，连赵母拿着筷子的手都顿了顿，赵安安错愕地看看二哥，又担忧地看向大哥，心里紧张不安。

赵屿冷冷地看着赵平："再说一遍。"

赵平涨红了脸，几乎是哀求道："哥，你让我去吧，这件事对我来说，意义重大。"

赵屿放下酒杯，"咚"一声响。

"阿拾。"他语气平和，透着一丝嘲讽，"赵平读书读傻了，送他回房间，冷静冷静。"

赵平骤然反应过来，这是禁他的足，连学都不让他再上的意思。

他难以置信地看着哥哥，赵母直哆嗦："屿哥儿……"

赵安安握紧叉子，也小声求情："大哥，二哥不是故意的。"

"阿拾，还不动？"

阿拾连忙从外面走进来，心道，二少真是胆子肥，那个地方还敢提！

偏偏赵平处在青春期，见哥哥这样对自己，他顾不得害怕，愤怒地起身："他们说得没错，哥，你就是疯了。明明已经成事实的东西，三年了你还是不能接受，我们当年都看见了，她……"赵平咬牙，到底也说不下去，"你一直自欺欺人有什么意义？越想越不能好好生……"

话没说话，赵平脸上猛地挨了一巴掌，清脆的一声响，所有人都怔住了。

赵平的脸颊几乎立刻肿起来，他红着眼，不肯服输，对上赵屿漆黑暴怒的瞳，他咬牙，不需要阿拾拉，自己跑上了楼。

赵安安把脸颊埋进胳膊，咬唇让自己别哭。

她、她也很难过，她讨厌二哥，大小姐不仅是大哥的伤口，也是她的伤口。

所有人噤若寒蝉，往常赵平赵安安回家，是氛围最轻松的时候，没想到这次竟然出了事。

赵屿坐下来，许久，他淡淡地道："吃饭。"

赵平没想到，这一关，他就被关了足足十天，生生到了六月末。

这期间，大哥竟然真的没放他出来，前两天他连饭都不能吃，还是赵母托了人，给他塞了点吃的进去。

赵平心里很冷，他知道大哥走不出过去，可是像个神经病一样，疯得这么彻底，让他心中很压抑，他是赵屿的亲弟弟，可提到大小姐去世的事实，大哥依旧没有放过他！

赵平不能去上学，他喜欢的少女担忧地给他发消息，他只能说："没事。"

过几天，赵平又有点儿后悔了，大哥当年那么绝望，他作为弟弟，实在不该触他的逆鳞。

赵安安溜进来看他，赵平像只垂头丧气的小狗，抱住妹妹，低声道歉。

"安安，对不起，我不该那样说，我知道你和大哥……对不起，是二哥自私，二哥错了。"

赵安安眼眶发红，小大人似的，拍拍赵平的肩膀，安慰道："等大哥不生气，就会放你出去了，娘很伤心，二哥，你以后不要这样了。"

"嗯，二哥不去京市了。"

这件事以后，谁都看得出赵屿心情特别差。

阿拾把一摞资料往张曼曼怀里塞："我肚子疼，你帮我递给赵爷啊。"

张曼曼不知道发生了什么事，也有几分忐忑，咬着牙把资料送进去。

没一会儿她就脸色难看地出了门。

老八摇摇头："阿拾这浑小子，竟然让大美女进去挨骂。"

“老八，怎么了？”

老八摸摸鼻子，含糊不清地道：“赵爷心情不好，没事，过段时间就好了，我们多做事，少说话。”

张曼曼作为名牌大学毕业、业务能力很强的女人，自然也懂得看眼色，点点头。

晚上赵屿回家，一眼看见了门口孱弱的中年女人。

赵母坐在轮椅上，扶着门框，眼里带着泪水，担忧地看着她。

赵屿脚步顿了顿，走过去：“娘，怎么在外面？”

“屿哥儿，你原谅你弟弟吧，别再关着他了，娘知道你心里难受，看你们这样，娘心里也难受。”赵母实在忍不住，哪怕家境变好，她骨子里依旧是杏花村那个胆小敏感又脆弱的女人。

她还不到五十，头发却白了一半。

赵屿漆黑的眸看了母亲许久，看得赵母泪水涟涟。

“我求你，我这个老人家求求你，不要再这样了，你看清现实，好好过，啊？屿哥儿，娘求求你。”

赵屿手指颤了颤，这场梦做了太久，他确实该醒醒了。

许久，他推起赵母的轮椅。

“娘，我送你回去。”夜风吹散他的声音，许久，赵母才听清他的话，“我答应你。”

赵母猛地捂住唇。

赵平在被关的第十一天，终于被放了出来。

“大哥，对不起。”他嗫嚅道，“我不去了。”

“去吧。”赵屿平静地说，“我也去。”

第十七章

归来

赵平不可置信地抬起眼。

他都做好放弃竞赛的准备了，打算晚上和少女讲，让她别等自己了，没想到大哥突然同意去京市。

赵平结结巴巴道："哥，真、真的吗？"

赵屿淡淡地看他一眼："不想去？"

"想！想！"如果不是还惴惴不安，赵平险些跳起来。

赵安安很快也知道了这个消息，大哥二哥都要去京市，她眼巴巴地看着，以前怕大哥伤心，她没敢提，可是她也好想去看一眼大小姐的故乡呀。

赵安安记得那年冬天，眉目张扬的骄傲少女，笑容狡黠，大小姐那么漂亮，她小时候一直觉得大小姐是仙女。

长大了她明白世界上没有仙女这回事，但她依旧觉得记忆里的大小姐好看得不像话。

大哥这个模样，赵安安是理解的，任凭谁和仙女爱了一场，也不会再喜欢其他人。大小姐成了她这辈子永不褪色的梦，也是自己的恩人。

赵安安性子内敛，羡慕地看着二哥，却不敢提出跟着去京市。

赵屿冲她伸出手，小姑娘眼睛一亮，握住男人骨节分明的手，小心翼翼地问："大哥，我也可以去吗？"

"嗯，去准备。"

小丫头欢呼一声，赵屿黑色的瞳看着弟弟妹妹，第一次意识到，三年来，他到底变成了怎样的一个存在，连自己带大的孩子和他讲话时都噤若寒蝉。

赵母出行不便，留在坞东岛上。

赵屿恰好有桩生意去京市谈，先前他拒绝了，这次过去也是顺便。

七月初，赵屿带着弟弟妹妹和手下到达了京市。

赵安安握住赵平的手，眼里带着羞怯与好奇。

这就是大小姐的家乡啊，大城市车水马龙，没有河流和巨大的湖泊，也没有凤仙花和桃花，一排排行道树整整齐齐，人们的步子也迈得飞快。

赵平挺直腰板，放在几年前，他来这样的地方估计会不安，可是这两年，大哥铁血手腕，把坞东发展得很好，说是整个南部地头蛇也不为过，作为有钱有势的男人的亲弟弟，赵平适应良好。

赵屿虽没有在京市定居的打算，但现在什么都缺，就是不缺钱，于是带着浩浩荡荡的一群人，住进了新买的一所别墅。

别墅区离纪家大宅很远，他没有和纪家人碰面的想法。

当年黛宁那件事，纪家查过情况，是申屠涉害死了黛宁，可纪家对赵屿难免有怨怼，因此这么久以来，纪氏和赵屿一个合作都没有。

赵屿发展的第一年很不顺利，后来赵父去世，他专心投入工作，才渐渐好起来。

“二哥，你什么时候考试啊？”

“七月十二号。”赵平说，“安安，我听说京市的游乐场和咱们那里不一样，要不要二哥得空带你去看看？”

赵安安下意识地看向赵屿。

赵屿道：“让老八跟着。”

赵平点头：“放心吧哥，我会照顾好安安的。”

阿拾笑着摇摇头，二少爷和小姐还是孩子心性，可赵爷年少便沉稳，这几年气度更是不凡，一个永远都在被迫成长和不断失去的人，连阿拾都看得惋惜。

阿拾看一眼旁边的张曼曼，她眸中的爱慕之色很浅，偶尔会落在赵屿身上，阿拾在心中叹了口气，如果赵爷能走出过去，接受别的姑娘，该有多好，现在什么都有了，他何必把自己磋磨成那样。

赵平和赵安安回了自己的房间。

“张秘书，王秘书，回去准备一下明天要和蕤梦谈的合作案。”

张曼曼习惯于赵屿的冷淡和工作狂模式，也不敢逾矩劝他休息，立刻道：“明白，赵爷，早已经拟好了。”

一旁的王助理也微笑着点头。

阿拾送两个秘书出去，看见张曼曼脸上的失落之色，他悄悄安慰道：“赵爷就是这样，你是不知道他这几年有多不容易。”

年纪轻轻，最初一无所有，看不起赵屿的人有很多。

他每天装扮得老成，看上去又稳重，不知道谁先开的口，起初有人喊他矿主，后来才都习惯喊他赵爷。

年龄大些总比毛小子能唬人。

张曼曼咬唇，忍不住问：“恕我冒昧，赵爷的妻子真的已经……”

哪里是什么妻子？不过是一厢情愿自欺欺人罢了。

阿拾不敢多说，支支吾吾地道：“妹子，哥知道你的心意，但是这个话题，咱们少提啊。”

“抱歉，我才来一年，很多事不了解，让拾哥为难了。”纵然知道不好，可张曼曼依旧有几分好奇，“你见过她吗？”

阿拾愣了愣，一下子想起那年冬天，自己和黑脸老八带着大小姐进山的场面，她雪肤花貌，樱桃红唇，眉眼顾盼间，就那一眼，阿拾竟也记了这么久。

他叹了口气，点点头。

张曼曼难免好奇，到底是怎样一个女人，会让赵爷这样的人为她疯魔那么多年啊？

床上的少女毫无形象地趴着。

七月份一来，凤鸣的天气又干燥又热，青团愁死了，陈景回了地下赛场打黑拳，纪恬这两天围着他献殷勤，看着毫无斗志的黛宁，青团心里急，却又喊不动她。

被团子催得烦了，黛宁摸出一面小镜子，看着镜中的自己。

“我怎么觉得我和以前完全没有变化？”

如果是因为保养得好，还是十七岁那张嫩脸就不说了，可分明连罩杯都没长一点，怎么感觉自从和青团结了契约，她就停止生长了呢？还好她发育得早，不然得哭。

青团有点儿心虚，瞅瞅黛宁，开始装死。

黛宁似笑非笑，这个蠢货，还以为能瞒，她也装作不知道，没有青团打扰，舒舒服服地休息了好一会儿。

下午手下告诉她："大小姐，厉扈去京市了，给你送来了这个。"

黛宁看看那一箱独家研制的牛奶，毫无节操地收下，东西她要，人可不要。

入夜，黛宁总算愿意出门了。

"谷子，走，带你去看热闹！"

邱谷南跟着她到了地方，才知道大小姐口中的热闹是什么意思。

她嘴角抽了抽，拦住大小姐："这样的地方很危险，咱们换个地方玩好不好？酒吧、KTV？"

黛宁靠在她身上，笑盈盈地道："你别怕嘛，陈景哥哥在里面就是老大，有他在，不会有事的。"

邱谷南拿她没办法，只好拿出卡，递给工作人员。

工作人员看清紫金卡，眸光一闪，变得很恭敬："请跟我来。"

他带着她们走暗道，地下赛场特殊，一年的会费金额高昂，这样隐秘的地方，连黛宁都花了一番功夫才办到这张紫金卡。

邱谷南虽然一直跟着大小姐，可是摸不准她对那个陈景是什么想法，如果说大小姐看上了人家，可是在陈景受伤之后，她没心没肺，转身就自己浪去了，如果说对他只是逗弄，现在也差不多该走了，偏她还另有打算的模样。

才走进去，里面就传来沸腾的嘶吼声。

"弄死他！'零'，上。"

"踹他的头，把他眼珠子挖出来！"

"打，给老子打！"

邱谷南脸皮一抖，她是从村里走出来的女人，这段时间被大小姐勒令去上课，学会了不少东西，但是这样血腥可怖的场面，邱谷南一时半会儿还承受不了。

倒是她身边的小祖宗，嘴唇勾起，一副兴致勃勃的模样。

"哇哦！"

邱谷南鼓起勇气随着大小姐的目光看过去，一眼就看见了台上的两个男人。

一个黝黑皮肤，身材如小山一般高壮，肌肉虬结，脑袋上破了一条口子，汗如雨下。

另一个男人，邱谷南认识，是陈景。

比起大块头，陈景身形修长，小麦色的皮肤也没那么夸张。他瘦削不少，身材却好得恰到好处。

陈景上半身露出来，腹肌之下被裤子包裹住，邱谷南目光在他背上的伤疤处停下来，莫名有点儿为他揪心。

这才多久，他被硫酸腐蚀的伤口勉强好了些，刀伤也没痊愈，竟然就来了这种地方。

黛宁拉邱谷南找了个地方坐下，连她也不得不承认，陈景的身体素质真是强悍。

这就是气运子，开挂一般的存在，让人眼红，正是这样，他才能在狼群里活下来，这个书中世界，竟然也没人怀疑不科学。

搁在别人身上，大半年都不会好。

椅子带有智能屏，可以随时下注，耳边嘶吼声狂热，黛宁眼睛一眨，下注一百万陈景赢。

黛宁看一眼场上的男人，陈景的伤没完全好，大块头也发觉了，专门往他的伤口上打。

这一举动让很多人站起来呐喊："把'零'踢下去！"

"老子买了毒牙赢，'零'受伤了，毒牙，给他点颜色瞧瞧！"

邱谷南担惊受怕，怕陈景真如这群人口中喊的，被那个叫"毒牙"的阴损大块头踢下去。

可是很快，邱谷南就发现台上的陈景身手特别好，他动作非常快，出手狠辣，比起毒牙的阴损，他竟然也不遑多让。

陈景的受伤更是把这场打斗推向了高潮。

最后大块头被陈景一拳打在胸腹，邱谷南心惊肉跳，没敢再看。

陈景赢了！

黛宁看一眼赔率，短短时间，她投入的一百万就变成了三百二十二万，这个赔率挺可观，怪不得地下赛场这么多疯子。

陈景眼里带着打斗余韵的猩红。

场下人头攒动，他不知道黛宁也来了，接过旁边的人递过来的毛巾，走下拳击台。

一个女孩迎上来，担忧地看着他的脊背。

“陈景，你的伤口裂开了。”

青团连忙道：“黛宁，是纪恬！”

来人果然是纪恬，纪恬一个才回到纪家的私生女，为了进这个地下赛场，很是费了一番功夫。

黛宁慢悠悠地走过去，邱谷南跟在她身后。

离得近，她听见了他们的对话。

纪恬殷切地说：“你如果需要帮助，可以找我，我们已经是朋友了对吗？你的伤口反复裂开，这样很不好。”

陈景说：“不用。”

他垂着眸，擦去身上的汗水，已经穿好了衣服。

纪恬知道他需要钱，陈景的养母要做手术，他之前的积蓄都拿来买了房子，纪黛宁就是个无底洞，花钱毫不手软，陈景纵着她，存款不多。

纪恬屡次被眼前的男人拒绝，心里有几分冒火。

好在心理素质过硬，她咬咬唇，道：“我、我和我姐姐不一样，我对你是真心的，陈景，我就要离开了，难道你还是不能给我一个机会吗？”

陈景还没回答，有人“扑哧”一笑。

听见笑声，纪恬脸色都变了，她恨恨地看向走过来的女孩，竟然是纪黛宁！

黛宁脸上一片天真：“好感动啊，哥哥，她那么真心，你就考虑考虑答应嘛。”

陈景原本没什么反应，闻言冷冷地看了黛宁一眼。

邱谷南觉得他的眼神特别冰冷，头疼大小姐胡来，但她心里对这个纪家二小姐，一点也看不上，背后挑拨离间，还把自己标榜得那样清高。

陈景看也不看她们，拿起自己的东西，径自往外走。

纪恬瞪一眼黛宁，她们之间早就撕破了脸，再无和平共处可言，黛宁幸灾乐祸地靠在柱子上，仿佛在嘲笑她。

见黛宁没有追上去的打算，纪恬兀自追上陈景。

陈景是骑车来的，夏天的风干燥，纪恬眼眶红红的，趁陈景上车前拦住他：“你都看见了，她一点儿也不在乎你。我到底哪里比她差？我对你一片真心，也绝不会欺骗你，陈景，我甚至可以为了你留下来！”

路人看热闹，一个楚楚可怜的清丽女孩，眼中含着泪，尽是勇敢和深情。

陈景手插在兜里，安静地看着她。

他不确定换个人在这里会不会被纪恬打动，但是他面对这样的言语，很奇怪，并没有半点动心，他想的甚至是黛宁在冷饮店说的话，她委屈地说，这位二小姐夺走了家人的关爱。

陈景有片刻气恼黛宁刚刚看笑话似的，让他考虑考虑，他脑子里甚至有一瞬想，答应纪恬算了。

倘若……倘若黛宁有半点儿真心，是不是就不会再无所谓地笑？

但这个报复性想法才在脑子里出现，就被他剔除了，他不是十五六岁的中二病少年，而是个成熟男人，那想法简直荒唐。

他摇摇头，表示拒绝，长腿一跨，发动车子走了。

纪恬没想到这样都不行，她擦干净眼尾的泪水，恨恨地看着陈景驶离的方向。她实在想不通，纪黛宁到底有什么好！她抛下矜持，学着纪黛宁的不要脸，干脆豁出去，陈景还是不买账。

里面的青团很急："黛宁，咱们快追出去啊，你刚刚气陈景做什么？"

黛宁慢悠悠地走出来，路过纪恬，一眼也没看她。

"蠢团。"

入了眼，走进心，才会被气到，爱她入骨的人，就算让他滚，也会滚回她的身边。

邱谷南："大小姐，咱们去哪里？"

"再去看看哥哥吧，和他道个别。"黛宁笑吟吟地道，"毕竟我也该回家啦。"

陈景才打开门，就发现不对。

沙发上一双男女看过来，陈怜星眼里满是惊恐，边穿衣服边慌乱地道："哥。"

另一个不羁的男人胸膛袒露，毫不在意地看着陈景，拍拍陈怜星的脸："你哥啊？"

陈怜星后悔极了，她不该答应这个富二代带他回家找刺激。她忘记了时间，没想到陈景都回来了，她真怕陈景像她小时候那样，直接对"男朋友"动手。

可陈景只是皱了皱眉，关上门出去了。

陈怜星说不上来为什么，心里突然有几分酸楚，富二代拉着她，再次邪笑着倾身上来时，她兴致也不高了，笑得有点勉强。

陈景下楼，一眼就看见路灯下的少女，他脸色沉下来，转身就要往另一个方向走。

“陈景，站住！”

陈景脚步顿住，没回头，但也没继续走，黛宁满意地走上去：“喂，你没答应那个‘小白莲’吧？”

还说别人是小白莲，他低眸望进她的眼中，一个字也不想说。

“外面好热，还有蚊子，我们上楼说。”

陈景伸手拉住她的胳膊：“就这里。”

黛宁奇怪地看他一眼，陈景抿唇：“你、你要说、说什么？”

“我后天就要回京市了，哥哥，我好舍不得你呀。”

陈景面无表情，眼里清清楚楚地映出“骗子”两个字。

黛宁见他不信，她撇撇嘴，也懒得讲情话：“你还记得答应了人家什么吗？”

黛宁把装了音频的手机往他手里一塞。

“纪恬害我，她觊觎我家财产。你这样厉害，不如也还她一瓶硫酸吧？”她说起还纪恬一瓶硫酸时，就像以前撒娇说“哥哥今天要吃车厘子一样”。

陈景心里泛着凉，明明是害人，可是眼前的少女还在笑，冲他撒娇。

“你答应过的呀。”黛宁握住他的手，引诱道，“哥哥，你帮帮我嘛，我也会保护你的，不会让你出事。你帮我报仇，我嫁给你，好不好？”

见陈景久久不语，黛宁本就是小人之心，她狐疑道：“你该不会是看上了纪恬，舍不得吧？”

陈景脸色一黑，他要是真看上纪恬就好了，就不会听这个黑心肝的少女在这里教唆他去犯罪。

看陈景也不像是这个意思，黛宁哼道：“你就说干不干，不干算啦，我自己想办法。”

陈景被她气得胸口痛，但又怕她真去干坏事，这种坏事没有人会原谅她，他深谙律法不能触碰，养父陈继睿至今还在牢里。

“不、不能、泼硫酸，我、我帮你、想、想其他、办法。”

少女把手收回来，说翻脸就翻脸："还说喜欢我，坏男人，任由别人欺负我！"

他什么时候说过喜欢她？全是她一个人在小嘴叭叭的，而且他也没任由别人欺负她，不是说了帮她想别的办法吗？退一万步说，那瓶硫酸是他承受了，她还好好的。

如果真是纪恬，他会帮她的，哪怕大小姐又坏又任性，并不如初见那般乖巧，可他还是……没法看这个小混账受伤，看她死亡。

陈景收起音频："给、给我、时间。"

他现在什么都不能做，过两天陈母就要上手术台，陈继睿还没出来。

黛宁也知道，陈景虽然有血性，可他不是个蠢蛋，让他去犯罪就去犯罪。她心思一转，也不再勉强，早晚陈景会愿意的。

她闷闷不乐地踢他一脚，讲回另一个话题："我后天真的走啦。"

陈景垂眸："嗯。"

"你要是舍不得我的话，你就说出来嘛，说不定人家就不走啦？"

她大眼睛里满是笑意，陈景错开眼，知道她在故意逗他，没有开口，这次一别，可能一辈子都不会见面了。

她只是他人生中的一个过客，他作为小城市里一个平庸的男人，没法再和她有交集，他有自己的使命，总不可能犯贱送上门任她耍。

陈景清楚她不喜欢自己，如果真喜欢，也不会让他去干没有退路的事情。可是清楚是一回事，这么久的时间，她心里半点感情都没有，让他心里像是堵着什么似的，她不再是他捡回来的妹妹，不是他的亲人，也不可能变成他的爱人。

"既然不愿意为我做事，这辈子应该再也不见了。"黛宁笑嘻嘻的，"念在你保护我这么久，陈景，我离开之前，要抱抱我吗？"

她心里知道，陈景很快会变成"言景"，永不再见是不存在的，但陈景不知道。

听见这句话，男人睫毛颤了颤。

他深深地看着她，就在黛宁觉得困倦，以为他不要拥抱的时候，男人倾身，将她抱在怀里。

他收紧手臂，就这样拥着她，依旧沉默着，哪怕陈景并没有告别，没有说一句喜欢她的话，可是他的一切动作都让心意无处遁形。

她笑了笑，靠在他胸口，听着陈景紊乱有力的心跳声。

黛宁垂在身侧的双手轻轻抱住男人劲瘦的腰，她本来想，不抱就算了，他要抱就给他抱一下，未来还得算计他，让人心甘情愿地赴汤蹈火，总得给点甜头。

什么哥哥，她嘲讽地想，简直是个笑话。

黛宁推开陈景，这时楼上走下来一个男人，男人头发带着几分凌乱，边走边扣衬衫扣子。

是陈怜星那个男朋友。

黛宁没想到陈景家还有人，好奇地看他一眼，富二代也恰好看过来。

对于富二代来说，那个叫陈怜星的女人简直蠢毙了，让干什么就干什么，还想当他女朋友？他就是玩玩而已。没想到提出去她家搞，她为了迎合自己也同意了。

纪二小姐说得没错，这就是个可以玩玩就扔、没脑子的蠢货。

看见那蠢货的哥哥，富二代多瞅了一眼，没想到被他身边的少女吸引，眼睛一下子就挪不开了，他看着黛宁，眼里闪过惊艳之色。

这么漂亮的妞？是那个陈怜星哥哥的女朋友？

富二代舔舔唇，几乎控制不住脚步就要过来，一道冷冷的视线看着他，富二代一凛，对上陈景的眼神。他虽然浪，可是不蠢。陈怜星那个哥哥，刚刚看见自己和他妹妹在家搞都不管，没想到多看两眼他女朋友，他就这副要杀人的模样。

富二代心中暗道可惜，只能来日找机会，冲黛宁笑笑，开车走了。

黛宁眨眨眼，想通是怎么回事了，她心里惊叹道，可以啊陈怜星，会玩啊。假如原著的陈景真对陈怜星有点意思，头上都一片青青草原了。

越想越逗，她拧一把陈景的腰："你妹妹这么出息，你什么感想啊？"

陈景握住她作乱的手，没什么感想，这么多年，对陈怜星的一切行为，他都有了免疫力，陈怜星不会气死他，但眼前这个人可以，所以她离开也好。

他不想探究纪恬口中那些黛宁的"辉煌"过往，不知道，就不会气闷。

"后天，凤鸣机场，来送我吗？"黛宁问。

陈景看着她的眼睛，她在笑，没有半点舍不得，就要潇洒地走出他的生活。他面无表情，转身回去。

李明和李红拎了老家带来的鲫鱼，来探望陈景。

陈怜星开的门，见了姐弟俩，她瞧不起地撇撇嘴，李红也不喜欢她，暗自翻了个白眼。

陈景道："坐。"

"景哥，嘿嘿，瞧瞧这鱼，拿来熬汤，特别鲜，你可以做给黛黛吃，她还在上学，补补身体。"李明左顾右盼，"黛黛呢？"

他问出这话之后，空气僵了一瞬。

陈景沉默着，陈怜星幸灾乐祸地开口："李明你还不知道吧，那位才不是什么孤女，是名副其实的千金大小姐呢！她在我家蹭吃蹭喝这么久，现在说走就走了。"

李红没想到会发生这样的事，看一眼陈景，在心中叹息一声。

看陈景心情不好的模样，显然是相当在乎，没想到当初一语成谶。

李明那个傻子看不出来，她却看得分明，真把黛黛当作妹妹的话，人家找到家人，陈景高兴还来不及，可这副心情低沉、眼神冷郁的模样，像被女朋友甩了一样。

李明还要再讲话，李红拉拉这二傻子的袖子，示意他别问了，李明讪讪闭嘴。

陈景写道："我去做饭，留下来，一起吃个饭。"

李明也没和他客气，拉着李红坐下，陈怜星抱着双臂，对这混混姐弟俩很是看不上，干脆回房间去了。

看着厨房里男人高大的背影，李红叹了口气，她走进去。

"阿景，你心里怎么想的？黛黛和你生活了这么久，多少也有感情吧。"她鼓励道，"红姐认识你这么久，知道你不容易。我听陈怜星讲黛黛身份不一般，你真让她走了，说不定以后会遗憾，要不你试试看，能不能把她带回来？"

陈景剖鱼的动作顿了顿，好半晌，他若无其事地道："不用，我、我没、那方面、想、想法。"

李红叹息一声，摇摇头。

她自然知道陈景的顾虑，其实李红说这话，自己都没把握，陈景条件摆在那里，虽然英俊又有担当，可是他到底是个声带受损的结巴，别人不说，陈景自己心里都会多想。

下午，凤鸣机场。

邱谷南端来一杯椰汁："大小姐，凉的，散散热。"

"谷子你真好。"黛宁接过来，惬意地用遮阳帽盖住自己的小脸，只露出嫣红的唇，咬着吸管喝水。

飞机还有两个小时起飞，黛宁这次悄悄回去，没有惊动老爷子，便不能让私人飞机来接。

邱谷南连忙过去把空调调高一度，怕大小姐贪凉生病。

青团在识海中翘首以盼，寻找陈景的身影。

送走李明姐弟，陈怜星喊住要出门的男人："哥！你要去哪里？我妈快做手术了。"

陈景皱起眉头："不、不是、今天。"

"可是，你留在这里，我们才放心。"陈怜星说道，"咱们等了那么久才等到匹配的骨髓，这时候一定不能出岔子。"

陈景把她的手拨开，看看时间，依旧往外走。黛宁今天的飞机。

陈怜星咬唇，心中知道他要去见那个小妖精，她生出几分自己都说不清楚的嫉妒，她再次拉住他。

"哥，你难道还在为那天的事生气吗？我不是故意的，是他提出来的，我没办法拒绝。"

"放开。"陈景的脸色明显冷了不少。

他并不介意那天看到的场景，除了有几分嫌脏，沙发套子扔了就是，但现在，他想去机场。

李红提出的建议他不是没想过，在无数个辗转难眠的夜里，他也真想干脆试试留下她，爷们儿一点，直接说就得了，可转眼想到自己连句话都讲不清楚，他又满心自嘲。

纪黛宁本来就是个小混账，他能指望她有真心吗？她连同情心都没有，说不定他结结巴巴地乞求，还会被她当成乐子看，既然知道留不住，陈景也就不费这个劲。

他推开门走出去，陈怜星跺脚，给纪恬发消息。

我帮过你了，但是没拦住我哥。

电话那头的纪恬也不意外，她意味不明地挑眉笑了笑，世界上就没有留不住的人，她教教陈怜星这个道理。

陈景走到半路，电话突然响起来，看见上面陈怜星的名字，他皱起眉头，到底还是按下了接通。惊恐的声音从电话里传出来："你们放开我、放开我，哥，陈景，救命……唔……"

陈景脸色一变，知道不对劲，骑车掉头回去。

陈景踹开门，几个压着陈怜星的男人正在低头解皮带。

陈怜星满脸泪水，被人扒光了，嘴巴被堵住，求救地看向陈景，陈景二话不说，一脚踹翻了一个。

那群人骂骂咧咧："你敢打老子……上，给这小子点颜色瞧瞧。"

他们勉力爬起来，还没上前，就被人按在地上揍，毫无还手之力，陈景两拳下去，一个男人就晕了过去。

陈景又在一个人脸旁落下一拳，那人险些吓尿，赫然是陈怜星那个富二代男朋友。

"误会，误会，你妹妹自愿的……"

陈怜星瞪大眼，恨恨地摇头。

陈景眼睛一冷，一拳打在富二代肚子上，其他人见势不好，纷纷想跑。

陈景没打算放过他们，他来之前就报过警，没过两分钟，这群人被他捆得整整齐齐，在地上跪成一排。

陈怜星穿好衣服，大哭着往陈景怀里扑，她爱财如命，可没想到会发生这种事，"男朋友"竟然带着其他人，说要和她一起"玩"。

"哥！"

陈景皱起眉，轻轻把她推开。

警车很快来了，陈怜星还在哭，她心里实在后悔，看看身边如山般巍峨可靠的男人，陈怜星盼着他能像小时候那样，笨拙地安慰安慰自己，可她看见陈景只是低下眸看了一眼手机上的时间。

他抿紧唇，再没讲过一句话。

黛宁登上飞机，有些意外，陈景竟然真的没来，到底哪里出了错，难不成陈景真没那么在乎她？让他去泼硫酸他就怕了？

她难得预估失误，却也没有半点儿不高兴，无所谓，陈景不来送她，就让他自己来找她嘛，哥哥那么好骗，把他骗来京市轻而易举。

“黛宁，我们真的走啊？纪恬都还没走。”

黛宁懒洋洋地道：“她舍不得走，就是觉得有希望，那我给她个机会，把陈景送给她呗。”

她弯起唇，笑得很坏。

“送给她，她也留不住啊。”

动心的人，就算踩着荆棘，也会选择追随。

陈景会来追她的，男人追女人的那种追。

纪家别墅灯火通明。

李管家笑吟吟地接过年轻男人的衣服：“纪少，这回知道不容易了吧？”

纪墨珏冷嗤一声：“急什么？离老头儿的生日不是还有一个星期吗？老李你看好，小爷非要把那块地搞回来。”

“我也不懂生意上的事，就关心你们年轻人的身体。你两天没回来了，看看，这是纪恬小姐给你带的礼物。”

李管家把一个盒子递过去，纪墨珏翘起唇：“算她有良心。”

“二小姐说，谢谢您帮忙在凤鸣办的卡。”

纪墨珏拆开盒子，里面是一个精致的烟灰缸，女孩用可爱的字体写着——“哥哥，我自己做的，希望你不要嫌弃。少抽一点烟，爱惜身体”。

末了，还画了一个求饶的可爱表情。

李管家笑道：“二小姐是真的关心纪少。”

这半年，衣食住行总是事无巨细地关心，纪墨珏是商业联姻生下来的孩子，爸妈都不着调，后来早逝。这个家庭的亲情本就少，纪老爷子对他寄予希望，时常对他非常严苛，纪墨珏性格叛逆，像纪恬这样温柔关心他的人，纪墨珏还是第一次遇见。

这半年时间，他也渐渐接纳了纪恬。

“她什么时候回来？”纪墨珏提起纪恬，竟然还有点儿想念这丫头，他非常不理解，去那个小城市做什么见鬼的交换生，他带她出去买车买包不好吗？

李管家道：“好像就是这两天。”

“我去看看老头子。”

见纪少风风火火的模样，李管家笑着摇摇头，他替纪墨珏收好桌子上的文件和纪恬的礼物，这才跟上楼。

房间里传来爷孙俩的谈话声：“你年轻，不懂的多问顾经理，跟着人家学。”

“老头儿你瞧不起谁，看好吧。”

最近一年，纪墨珏开始试着接手家里的生意，纪家资产庞大，他却依旧没能收心，玩心很重，纪老爷子很是担忧：“笑嘻嘻的，没个正形。”

纪墨珏无所谓地往桌子上一坐，没给爷爷说东城那块地的事，他打算在老爷子生日之前把那块地买下来，让他好好看看自己的本事。

李管家答应为纪墨珏保密。

老爷子活到这个岁数，最大的愿望就是纪墨珏争气能撑起这个家，如果真成了，老爷子恐怕会很欣慰。

老爷子本来想开口问问纪墨珏这段时间的表现，别墅外几辆车子驶进来，纪墨珏一挑眉：“纪恬回来了？我去接她。”

他跳下桌子，大步往外走。

“像是二小姐。”李管家往外看了一眼，有几分感慨，“本来以为纪少不会待见二小姐，没想到他们兄妹相处得这么好。”

纪老爷子摇摇头，叹息一声，面上看不出高不高兴。

他想起在海岛边的小宝贝，也不知道她最近好不好，死而复生是件多么惊悚的事情，为了保护她，纪老爷子甚至把家里用了很久的钱叔都遣送离开了。

黛宁身边的保镖换了一批，前两年，纪老爷子还偶尔隐秘地去看她，但最近家里的担子越来越重，纪老爷子担心有一天自己这把老骨头不行了，没人继续这样保护她，她娇气又可爱，是他看着长大的宝贝孩子。

纪老爷子恨不得纪墨珏赶紧成材，一面又忍不住物色能撑起公司的人才，已经许久没去看黛宁了，好在留下照顾她的人说她一切都好。

黛宁抬头，别墅的灯光映入眼睛。

“蠢团，我回家了。”她笑得眼儿弯弯。

青团看她一眼，大小姐眼角眉梢竟然透着几分孩子才有的单纯喜悦，它感慨地想，是啊，作为书中的倒霉蝼蚁，为了挽救一切，与气运子和女主角抗争，原来已经四年了。

它的契约者带着残缺的灵魂力，不再变化的样貌，终于又回到了家里。

核实身份后司机才能开进别墅，几辆车停在外面。

一个穿着骚包的男人心情很好地过来。

“纪恬，终于舍得回来了啊你。”

黛宁意外地一挑眉，她在车里，车外的纪墨珏看不清，不知道是她。

她可真够意外的，这辈子自己把纪恬留在凤鸣，阻碍了她和家人相处，这个愚蠢的弟弟竟然还是亲近上了纪恬，要知道，黛宁以前回家，纪墨珏没有一次来迎过她。

青团真怕黛宁会失落生气，毕竟纪墨珏和气运子不同，他是她的亲人，它担忧地看着黛宁，轻轻摸摸她的识海，生怕她难过。

黛宁没有难过，她以前已经看惯了纪墨珏和纪恬“兄妹情深”。

她怀着一种看笑话的恶意，扬唇把车窗按下去。

别墅的灯光打在少女白皙的脸颊上。

纪墨珏玩世不恭的笑意在看清她脸那一刻突然僵住，再没了吊儿郎当的样子。他瞳孔猛然收缩，见鬼似的，一眨不眨地看着她。

“你……”

“怎么，不认得我了？”

纪墨珏看见她带着两分讥讽的天真笑脸，猛然睁大眼。

黛宁撇撇嘴，没意思，老样子啊，原来不是纪恬，他就失望了，她挥挥手，刚要指挥司机把车开进去，最好撞死这个骚包二世祖，下一刻，脸颊被人捧住。

男人的手远比她宽大，微微颤抖，不敢置信似的掐了一把黛宁的脸蛋，黛宁水汪汪的眼睛瞪着他，当场就要发火。

好啊，纪墨珏竟然敢对她动手了！她久没回来，他都忘了这个家谁才是老大了对吧！

纪墨珏嘴唇翕动。

“纪……黛宁……你没死。”

好气，黛宁刚要骂，就看见了他眼睛里的光，非常亮，里面映照着她的模样，竟然有几分手足无措的茫然，仿佛不懂为什么一个明明已经死去的人，又出现在了眼前。

她微微皱眉，他这样子……半点也没了平时落拓不羁不正经的模样，好像也不是很讨厌自己这个姐姐啊。

黛宁一巴掌拍开他的手。

“司机，开车。”

纪墨珏被她推开，车子张狂地从他身边开过去，他才像突然惊醒似的，往别墅里跑。

他、他没看错吧，她真的还活着！

李管家打开门，看见门口笑吟吟的少女时，也震惊了。

黛宁眨眨眼：“老李，好久不见。”

“大、大小姐！”李管家嘴唇颤抖，“您、您回来了！”

“哎呀，老李你怎么也成结巴啦？”

“我是高兴的，高兴的。”

京市那么多关于大小姐的传言，三年来没人见过她，都以为大小姐死了，没想到她回来了！依旧是那张娇艳明丽的脸蛋，连眉眼都是记忆中的眉眼。

黛宁换了鞋，片刻不停地往楼上跑。

她推开门，一把抱住戴着老花镜还在看资料的老人。

“爷爷，我回家了！”

老爷子怔然片刻，不敢置信地看着小孙女，浑浊的眼里一下子涌出泪水。

“宁宁，是我的宁宁回来了。”

黛宁眼睛里也带着泪水，这几年受的委屈决堤似的往外涌。

“哇呜，爷爷，我好想你。”

她哭得泪眼汪汪，像个小孩子似的。青团一本正经地摇摇头，这么真诚的泪水，它还是第一次见，在气运子面前，她要么就是嘤嘤假哭，要么就是犯娇气。

“回来就好，回来就好！让爷爷看看，宁宁长大没有。”

门口的纪墨珏追上来，一副被雷劈的表情，看着黛宁，他觉得像是在做一个荒谬的梦。

三年了，自己褪去稚嫩的轮廓，有了成熟男人的模样，这个只比他早出生几分钟的女孩却依旧顶着一张少女的脸。

他记得三年前，她离开家的时候，才和自己吵过架，后来很多人说她死了，纪墨珏不肯信，祸害遗万年，她比自己都骄横，怎么可能死呢？

眼前的少女完全没变，和记忆里一模一样。

纪墨珏掐了自己一把，感受到疼痛，他才从浑浑噩噩的状态里醒过来。

是真的！都是真的，她没有死！

他捂住自己的眼睛，靠在门上，嘴唇控制不住地扬起，竟然也有几分想哭。

千里之外的凤鸣，七月，连风吹过脸上都是炙热的。

手术室外，陈怜星欲言又止地看向冷着脸一动不动的男人。

陈景身上透着一股冰冷的味道，让陈怜星连哭诉都不敢，昨天的事情发生得太突然，他救了自己以后就一直这副模样。

陈怜星理直气壮地想，自己明明是受害者，她交男朋友又没什么错，陈景答应了保护自己，既然她交到不好的男朋友，陈景肯定得为她出头啊！不就是没有见到那个小贱人吗，至于这副表情？

她别的没有，占有欲倒是打小就很强，想到陈景为那小贱人颓废的样子，她就来气。

虽然依旧看不上陈景是个结巴，但陈景长得帅，还永远不可能辜负她，让陈怜星的心思又活络了几分。

发生这样的事，她真是怕了。

陈怜星悄悄摸摸自己的小腹，脑子总算回来了，前几次她和富二代厮混，那人都不做措施，她不以为意，还期待能够奉子成婚，现在知道人家把自己当玩物，自然害怕真怀上。

“富二代”给她带来了不小的阴影，陈怜星突然觉得跟着陈景其实也挺不错的。

有血性，能打，有脾气，还会赚钱。

她走近他，露出了一个自以为好看的笑。

“哥，我知道你这些年为我和我妈做的一切，等我妈手术成功，我们就结婚吧。”

陈景抬眸看她，目光毫无波澜，带着陈怜星看不懂的几分幽冷。

陈怜星非常自信：“你别想着那个陈……哦不，纪黛宁了，还有纪恬，她们对你肯定不是真心的，我们才是门当户对，她们那些有钱人，指不定怎么在心里嫌弃你的缺陷呢！”

陈景觉得可笑，敢情是害怕到找接盘侠了，他以前怎么会把这样的人当成妹妹疼爱了好几年？

陈景冷冷地吐字：“滚！”

陈怜星睁大眼：“什么？”

“我、说、滚。”

陈怜星涨红了脸，她从来没被陈景这样对待过，但是对上他一双冰冷可怖的眼睛，她骂人的话挂在嘴边，硬是吐不出来。

陈景的心情相当糟糕，他心中甚至盘旋着一股暴戾，等陈母手术结束，他就想法子查明真相救养父出狱，再也不管这对母女了。

陈怜星悻悻地离开。

陈景仰起头，心里混乱无比，生活明明和以前一样，最初也是这样过来的，他赚钱，养陈怜星母女，每天一个人上班下班，听着世界或安静或嘈杂的声音，可昨天下午救下陈怜星的那一刻，他竟然觉得自己什么都没有了。

陈景按住心脏，后知后觉，觉得空落落的，还带着几分浅浅的痛，他厌弃这样的自己，厌弃目前的生活，甚至讨厌自己嘶哑的声带和说话结巴的缺陷。

他如此糟糕，怪不得陈怜星那样的女人会自信满满地说出和他结婚这样一番话，也难怪他曾经当成全世界的纪黛宁轻飘飘地就离开了他的生活。

他为她挡硫酸，为她做饭，送她上学，甚至与她抵死亲吻，种种在她眼里，可能只是个笑话。

他反反复复地想这些画面，控制不住地想最初就不该把她带回家，陈景觉得狼狈又难堪，他灭了烟，深深吸了口气。

他拿出黛宁留下的手机，里面有“音频证据”，他眸中晦涩，有一瞬竟然有个特别可怕的念头——如果他真的去做了，帮她报仇，她会不会守承诺，与他结婚？

陈景额头抵上冰冷的墙壁，总算清醒过来，不会的，这世上哪个骗子会重诺，如果他真的去干了，百分百会去坐牢，出来这混账都不知道在谁怀里。

他没那么蠢。

陈母的手术非常成功，后续情况还需要住院观察，医生出来宣布了这个好消息，陈景点点头，转身就要走。

“陈景！”陈怜星失声出口，“你不留下来照顾妈吗？”

陈景冷淡地看她一眼，话都不想和她说，离开了医院。这些年他尽了所有陈怜星该尽的义务，不管刮风下雨，都来医院照顾陈母。

陈母最开始不喜欢他，因为生病经常掐他发泄，失声痛哭，这两年怕死才收敛了性子。陈母住院那么久，陈怜星来看母亲的次数屈指可数。

从前陈景活得像个傀儡，或者说更像陈怜星家不知疲倦的骡子，他没有欲望，没有需求，给碗饭就能活，还有力气做很多事。

可是他万万不该遇见黛宁，他触摸到了人生百态，第一次生出了几分憎恨和不甘。

这些负面情绪让他处于爆发的临界点。

陈景并非什么都不懂，相反，很多事情，他比大多数人看得通透，只不过曾经不在意。

曾经不会不甘心，现在却有种情绪死死地压抑在他的心底。

陈景走出医院，纪恬满脸担忧地在等她。

纪恬穿一身精致的小白裙：“陈景，你妈妈怎么样，没事了吧？”

陈景摩挲着兜里的手机，意味不明地看着纪恬。

纪恬有点儿毛骨悚然，她勉强笑道：“怎么了？”

“没事。”

“这就好。”纪恬苦笑，眼睛里蕴藏着一丝脆弱，“我想问你最后一次，你愿意和我在一起吗？如果你愿意，我为你付出什么都可以。”

女孩言辞恳切：“我可以留下来，如果你想去京市，也可以和我一起走。这些年你茕茕孑立，我很心疼，我姐姐那个人没有真心，但我真的好喜欢你，你接受我，我们试一试，好不好？”

纪恬笃定，听到这样真诚的话语，哪怕再铁石心肠的男人也会有几分动容，何况纪黛宁自己走了，陈景肯定对纪黛宁很失望！

她万万想不到，片刻之前，陈景对她有过怎样可怕的念头。

这样的氛围下，陈景觉得有几分可笑，莫名其妙，有人想和他在一起，可他喜欢的那个人却干脆利落地走了。

他对纪恬说："你走吧。"

陈景面无表情地从她身边走过去，这些破事，他是疯了才会再参与，什么喜欢不喜欢，本就不是他这样的人该想的，他不会为了黛宁那个小骗子犯罪，也不会为纪恬的话动容。

陈景知道，每个人接近他都有目的，尽管不清楚那到底是什么，陈景小半辈子都在成全，但他此刻偏不想让她们如愿。

晚上陈景准时去地下赛场工作。

负责人对他使了个眼色："我们老板找你。"

陈景进屋一趟，面无异色地出来，负责人不知道他们的谈话，有点好奇："你同意了吗？"

"我考虑考虑。"

"好。"

陈景打完比赛回家，陈怜星还没回来，他站在阳台上，又点了根烟，他最近吸烟很频繁，但好歹能让心情平复些。

陈景点开手机，手指停顿在黛宁的微信名字上，他看了许久，打算删除，下一秒，提示音却突然响起。

他心脏一窒，回过神发现自己已经点了进去。

"好哥哥，人家好想你呀，你想我吗？"

这个熟悉又不要脸的调调，陈景在心里咒骂一声，简直没完没了是吧！他不会去的，泼个鬼的硫酸，删了她，忘记这段时间的荒谬，找个普通又善良的女孩，好好过日子，才是他正确的生活。

一张少女的照片发过来，她穿着青色的小裙子，笑得一脸乖巧可爱。

陈景连手指都僵硬了，到底舍不得删，却也不想回。

有这样的人吗？她想来就来，想走就走，索求一切，不择手段。

黛宁："你不在，那我也睡觉去了。"

陈景抿唇，手指在屏幕上一点："在。"

"在的话，你还没说想不想人家呢。"

"不想。"

“真的不想我吗？”

那头没有回。

黛宁鼓起脸颊，手指流畅，打字速度很快：“我生气了，我要把你拉黑。”

果然，没过一会儿，那边过来一个带着冷气的字：“想。”

黛宁忍不住捶床爆笑：“哈哈哈哈哈。”

“青团，陈哥哥好优秀，他的文字竟然都有画面感的。”

青团不忍看，它只觉得陈景可怜，要是黛宁在他身边，他被这浑球儿玩弄也就算了，偏偏靠着一部手机，都让陈景毫无办法。

陈景半晌没能等到黛宁回消息，他抿抿唇，以为就这样结束的时候，一个电话突然打进来。

“哥哥，让你听听我的声音，高兴吗？”少女嗓音甜腻腻的，睁眼说瞎话，“我回来京市就后悔啦，吃饭想你，睡觉也想你。”

“都怪我以前不懂事，伤了哥哥的心。我其实早就后悔了，哥哥你伤口还痛吗？是我不好，连累了你，我之前没有陪着你，其实是因为心里特别愧疚，我怕再在你身边会连累你。

“让你去泼硫酸也不是真的，我当时只是生气而已。”黛宁说得情真意切，“我怎么舍得哥哥为我坐牢呢？”

陈景抿唇，这些话让他皱起眉，她真的……是因为愧疚？想起初见时少女可怜又依赖的目光，陈景有片刻动摇，但很快，他咬咬牙，告诉自己这是个骗子、惯犯！他再信黛宁的话就是蠢不可言！

黛宁躺在床上，大致猜得到他不会轻易相信，她丢出一个重磅炸弹，嗓音又软又甜：“这次是真的没骗你，哥哥是我遇见过的最好的人，我给你当女朋友好不好？”

陈景骤然抬起眼，什么？

他冷静片刻，找回自己的声音，冷冷地斥责她：“别再开、开玩笑！”

“没有开玩笑呀。”黛宁抱着自己的粉兔子抱枕，慢条斯理地开口，嗓音却带着几分引诱力，“陈景，人家不想当你妹妹，想一辈子和你在一起。”

那头沉默着。

“上次的事你不答应，我当时很委屈，我都被人这样欺负了，最疼我的哥哥也不帮我出头，难不成都是假的？你对陈怜星都比对我好！”

说着说着，黛宁的声音变得委屈巴巴。

陈景总算干巴巴地出声道：“没有。”

“那我是你的小宝贝吗？”

陈景没有反应。

黛宁眼珠子一转：“你不说话，就是默认你想要我做你女朋友啦？”

陈景动了动嘴唇，却没发出声音。

夜风拂过他的手指，痒痒的，像是吹进肺里，什么心事都掩藏不住。

那头的少女轻笑一声。

他抿紧唇瓣，盯着自己修长有力的手指不说话。

“哥哥，在纪恬回京市之前，你想办法把她打一顿嘛，怎么样？”

不怎么样，荒唐，扯淡。

“男朋友大人，给我出出气嘛——”她尾音上扬，跟撒娇一样。

陈景的心跳没法掩饰般骤然加快。

仿佛知道他没立刻回答就是有戏似的，少女笑意盈盈地道：“我家哥哥最厉害，我知道你有办法，你身手那么好，在她没知觉的情况下，打一顿很简单的。真的，人家不哄你，我可喜欢你了，也心疼你背上的伤，都怪纪恬。”

一提到拿他当枪使的事，陈景的心率总算正常了，他很难相信自己竟然听这混账讲胡话听到现在：“挂了。”

他难道还当真不成？

“别啊，”黛宁知道自己有前科，这次很诚恳，“我爷爷下周生日，你到时候过来，我带你见家长，你总该信我不是在开玩笑了吧，作为男朋友，维护你家宝贝难道不应该吗？”

陈景低咳一声，“宝贝”这种字眼，他不知道她怎么能说得那样轻易，都不害臊吗？

两个人相对无言，陈景这次没再出言反驳，黛宁明白了什么，她揪一揪怀里兔子的长耳朵，露出一个坏笑。

“记得往她脸上打。”

想想就好笑，纪恬深情款款地留在凤鸣，结果被人套麻袋闷揍一顿，揍她的还是自己心上人，简直精彩。

这回，黛宁主动挂断了电话。

青团叹了口气，从它跟着黛宁以来，小说看了不少，发现人都是一点点退让的，陈景今天能答应教训纪恬，改天就能答应泼硫酸的事。

坚守底线，只是自欺欺人。

“黛宁，你真的当他女朋友啊？”

黛宁笑嘻嘻地道：“当啊。”

一个移动的气运储藏库，为什么不要？

纪恬没能说动陈景，只好按照原计划回京市，她怕再不回家，纪黛宁那个小贱人在爷爷和纪墨珏面前挑拨离间。

她在心里反复咒骂纪黛宁，曾经纪黛宁跳车陪赵屿，赵屿爱上了她，可为什么这次自己留下来陪陈景，陈景却一点也不感动？

纪恬自然知道自己晚了一步，可她想不通，做出了补救竟然也会全盘皆输。

她咬牙切齿地上了车。

“二小姐，车坏了。”司机也没想到，车胎竟然坏了。

一行人还要去坐飞机，纪恬心情更差，但也只好让人招手打个车。

他们都不是本地人，车子越开越偏，竟然许久才有人发现，纪恬的保镖刚要发难，结果车子停下，一群带着头套的人冲过来，把保镖们制住，捆得严严实实。

纪恬被人拖下车。

她总算慌了：“你们要做什么，要钱、要钱是不是，我给，你们放我走。”

这群人没有理她，拉着她的那人，胳膊隐隐露出来的刺青凶恶，看得纪恬险些晕过去。

“放过我，求求你们。”她吓得脸色惨白，“你们知道我是谁吗？”

有人不屑地冷笑了一声，一拳揍在她脸上。

纪恬疼得飙泪，下一刻，这群“绑架犯”跟疯了似的，往她身上招呼。

纪恬以为自己会被侵犯，然后这些人向纪家勒索，没想到她挨了一顿结实的打，直接被揍晕过去。这群男人把她往三尺高的草丛里一扔，拍拍手走人。

头套下，一个男人非常感慨：“啧，再好看的女人，揍成猪头也不好看了啊！”

为首的男人打了个手势，其他人立刻闭嘴。

“杀马特”团体十分不解，虽然他们不是第一次干这种事，但景哥参与进来，还是头一回，绿毛看看男人的背影，这种阴损的事，没想到景哥比他们还熟练。

等纪恬的保镖们想办法挣开绳索，才连忙把纪恬扶起来。

“二小姐！”

纪家吃晚饭的时候，氛围很不好。

用人们小心翼翼地看一眼大小姐，又悄悄看看纪少。

大家都知道，以前这两位关系就不好，可是这次大小姐失踪许久才回家，纪少明显开始退让，大小姐却仿佛更加不待见他，昨天甚至说，纪墨珏在，她饭都吃不下去，还是自己在房间里吃的。

纪少当时脸色就变了，想发火，可是生生咽了下去。

“小爷不和你计较。”

纪老爷子也看出些端倪，过去黛宁虽然和纪墨珏吵吵闹闹，但这么伤人心的话，黛宁绝不会说。

他看看黑着脸的孙子，不明白黛宁为什么会有这样的变化，但在老爷子心中，小孙女虽然刁蛮，却不会干没有缘由的事，他把小姑娘带大，自然相信她。

老爷子叹了口气，黛宁不知道，她“死”的那年，她的浑球儿弟弟悄悄躲起来哭过，一母同胞，哪能真厌恶她？现在失而复得，估计孙子应该知道珍惜了。作为他们两个的爷爷，纪老爷子只能从中调和，好哄歹哄，今天小孙女终于愿意下来吃饭了。

纪墨珏飞快地看了黛宁一眼，又收回目光。

老爷子咳了声，按照爷俩先前说好的，纪墨珏得给黛宁夹菜。

纪墨珏半点儿都不习惯，梗着脖子，不情不愿似的，夹了个鸡翅扔进黛宁碗里。

“吃。”

黛宁可没打算给他面子，连碗带鸡翅扔进了旁边的垃圾桶。

用人见了，不敢看纪少脸色，连忙给大小姐换了一组新的碗碟。

纪墨珏拍案而起，十分恼怒：“纪黛宁，你什么意思？！”

黛宁满脸纯真，眼里看不到他似的，给旁边的老人讲话。

“爷爷，我这次给你买了很多好东西回来，一会儿吃完饭，我拿给你看。”

纪老爷子无奈地道：“好好好。”

老头子偏心女孩偏得这样明显，纪墨珏想甩手就走，可是他想到，三年前，自己就是甩手就走，那次以后，他再听到黛宁的消息就是她的死讯，再也没有见过她。

他身体一僵，狠狠看一眼这张与自己不太像的脸，踹了一脚椅子，重新坐了下来。

椅子发出“嘎吱”一声响，用人们纷纷垂下头。

饭吃到一半，纪墨珏的手机突然响起，看见那个名字，他脸色缓和不少，接起来。

那头可怜委屈的女声哭得凄切：“哥哥，我今天回不来了，我在回来的路上遇见坏人，受了伤，现在在医院。哥哥，我好怕。”

纪墨珏脸色大变。

“纪恬，你没事吧？”他咬牙，怒不可遏，又心疼坏了，“哪个龟孙子敢动你，小爷这就来弄死他们！”

纪墨珏噌地站起来，就要出门去。

屋子里所有人都看着他，纪墨珏这才想起自己还在吃饭，他下意识地看过去，对上黛宁好奇的眼。

少女的嗓音像玉铃铛，她问：“纪恬，那是谁？”

完了完了，用人心想，后院着火了！

大小姐才回来，知道她的脾气，怕惹她不愉快，家里没人敢提起这个二小姐的事。

纪老爷子也觉得纪恬的身份会让宝贝孙女生气，加上黛宁回来他高兴，差点忘了家里还接回来了个二小姐，本打算今晚说这个事，没想到纪恬先出了事。

纪墨珏看着黛宁水灵灵的眼，这是黛宁回来后，他第一次听她好声好气地讲话，不知道为什么，他竟然有几分心虚。

转眼纪墨珏又想到，有什么心虚的，纪恬是自己的妹妹，也是黛宁的妹妹，他们的妹妹被人欺负，为她出头不是应该的吗？

他含糊地把纪恬的身世讲了一遍，又道："我起初也对她有意见，可你相处久了就知道，纪恬人特别好，对我和老头儿都好。她比较胆小，即便你不喜欢，也不要针对她。"

这场景真是熟悉，黛宁心想。

上辈子纪恬来纪家一段时间后，纪墨珏也让自己不要欺负纪恬，黛宁的回应是当场给了纪恬一耳光。

纪恬捂着脸蛋，盈盈落泪，好不可怜。

纪墨珏脸色都变了，像要吃了纪黛宁一样，直接拉着纪恬离开了家，不知道去哪里哄了。

之前在赵屿和陈景身边，黛宁没有再来一次的真实感，直到看见纪墨珏，那些不愉快的回忆又涌现了出来。

她倒也没有不开心，既然纪墨珏喜欢亲近纪恬，她就成全他嘛。

左右两个人的身体有血缘关系，也搞不到床上去。

纪墨珏带着几分难言的紧张看着她，似乎觉得她要发脾气，可黛宁懒洋洋地撑着下巴，只是无趣地低下头，没有再问，仿佛一点都不感兴趣。

不只对纪恬，也对他，好像不管他在意谁，她都没感觉似的。

纪墨珏心里突然很不舒服，他也说不上来这是什么情况，就好像……突然被放弃了一样，他绷着脸，拿起衣服出门，接纪恬去了。

"老头儿，我走了。"

纪老爷子点点头。

纪墨珏拿出车钥匙，心想，纪恬不敢惹事，又那么乖巧，才来纪家的时候，他怎么欺负她，也没见她哭，这次哭得这么惨，肯定是出大事了。

可是……纪黛宁，她这次回来好像特别讨厌自己，不是以前那种"讨厌"，而是真的漠视……

纪墨珏烦躁地发动车子去机场，让私人飞机准备。

他离开，纪老爷子轻轻摸摸黛宁的头发，老人眼里满是愧疚。

"爷爷对不住你，前几年有人找到你爸的遗物，里面提到了这么个女娃。那混账一直不成器，还干出这么丢人的事，爷爷本来不打算管她们母女，可是纪恬她妈死了，她一直在外面流浪，爷爷看见她躲在天桥下和乞丐住在一起。”

到底流着纪家的血，混得这么惨，像什么话。老爷子看过“纪恬”小时候的照片，竟然和黛宁小时候有三分像，虽然现在不像了。

黛宁也有些意外，水汪汪的眼睛眨了眨，原来纪恬还有这么惨的时候啊！怎么都没人告诉她，让她高兴高兴。以前纪恬可没有这么落魄过，一直有人为她保驾护航。

纪恬被接回来，黛宁倒也理解，毕竟她那个没用的爸曾经也是老爷子的心肝肉。

如果是真正的纪恬就算了，但所有人都不知道纪恬的身体已经换了个芯子，上辈子自己也不晓得那是个穿书女主角，还以为真是个异母“白莲”妹妹。

黛宁嘟起嘴，娇声道：“我不管她是谁，也不管纪墨珏喜不喜欢她，爷爷只能疼我！”

老爷子笑眯了眼：“只疼我们宁宁。”

黛宁哼一声，眼睛亮亮的，像只傲娇的小孔雀，她拿起筷子，继续无忧无虑地吃饭。

陈景嘴上不愿意，可是行动挺快的嘛，想想纪恬现在的狼狈气恼样，黛宁觉得她可以多吃半碗饭。

被气运子打，纪恬估计还是头一遭体验，但是没关系，很快就有更残酷的东西等着她，只愿纪恬心性能一直坚韧，百折不死。

第二天，纪墨珏把纪恬带回了京市。

不知道出于什么心态，他没有直接把人往家里带，而是送去了医院。

纪家也有家庭医生，纪恬肿着一张看不出本来模样的脸，疑惑地看向纪墨珏，纪墨珏手插在兜里，没有解释。

纪恬咬牙，她全身散架似的痛，特别是脸，她好怕毁容。昨晚纪恬想来想去，越想越气，觉得大概率是纪黛宁做的！

她一定是为了报仇！

纪墨珏怒气冲冲地去接她，找了很久线索，也没找到是谁干的。纪恬打落牙齿和血吞，总不能讲出泼硫酸的事，她温柔善良的形象也不容许她“指证”刚回家的姐姐。

她攥紧被单，看看窗边出神的纪墨珏，心里生出一个主意。

这个纪大少对自己这么好，作为纪黛宁在世界上最亲近的人，他到时候一心对自己好，才是往纪黛宁心上戳刀子呢！

纪墨珏陪了她一会儿，说道："我要去趟公司。"

纪恬眸光黯淡，很懂事地点头："哥哥去忙吧。"

"我让助理来陪你，好好睡一觉，下班我来看你。"

纪恬很乖地笑，笑容扯疼了脸上的伤口，她却没有吭声，只是冲纪墨珏挥挥手。

纪恬现在这个模样，实在没有半分"赏心悦目"，甚至有点辣眼睛，好歹是她哥哥，纪墨珏也没嫌弃，叹了口气，揉揉她的头发，起身离开。

他一走，纪恬的脸色慢慢沉了下去。

那两个姓纪的都没回来，黛宁兀自玩得高兴。

园丁在花园浇水，黛宁坐在玫瑰花丛的秋千里看书，斑驳的阳光落在她身边，这一幕让女佣驻足。

女佣很少见大小姐这么安静"爱学习"，她悄悄一看，看见了大小姐的书目——《我把弟弟吊打折磨那几年》。

女佣："……"

还有三天就是纪老爷子的生日，因为要在纪家别墅举办宴会，用人们前前后后非常忙碌。

大小姐归来的消息还没对外宣布，老爷子想的就是，等一个正式场合，解释自家孙女从国外念书回来了。之前黛宁去向的扑朔迷离，在此刻就有了好处，但凡安个合理解释，别人也没得议论。

纪老爷子拄着拐杖，冲黛宁挥挥手："宁宁，过来。"

黛宁放下书跑过去。

"让医生给你看看。"老爷子说，"死而复生"是多么玄幻的事，老爷子心有忧虑，生怕孙女的身体出问题。

医生含笑喊："大小姐。"

黛宁看看爷爷，非常配合。

检查结果很快出来了，依旧是那样，除了身体的酶不正常，其余指标都非常健康。

医生走后，老爷子拿着报告单，皱起眉头："宁宁，你……"

青团一个激灵，生怕黛宁把自己的事情说出去，它连忙道："不可以说，我们本就是逆天而行，觉察的人越多，天道就会越严苛。”

说不定什么时候让黛宁得个绝症都有可能。

黛宁鄙夷地看它一眼：“我知道。”

她压根儿就没打算告诉老爷子，爷爷倘若知道，肯定会参与进来，这是一场不一定能胜利的局，老爷子也是“书中炮灰”，他一旦出手对付气运子们和纪恬，也会有可怕的下场。

黛宁笑嘻嘻地对爷爷道：“我也不知道是怎么回事。”

老爷子叹息一声，他倒没想什么神鬼之事，只觉得当时黛宁大概率是休克了，医学解释不清楚，也不代表不存在，幸亏老天爷怜悯，把他们家娃娃还了回来。

“黛宁，你忘记自己答应过什么了吗？给爷爷说啊。”青团提醒道。黛宁恍然，哦，还答应了陈哥哥一件事呢。

“爷爷，你生日的时候，我介绍一个人给你认识。”

“谁？”

黛宁眨眨眼：“你到时候就知道啦。”

“蠢团。”黛宁嫌弃地道，“这是我爷爷，你喊什么爷爷！下次注意。”

京市五星级餐厅内，酒杯碰撞。

“来，赵爷，我敬你一杯。”

赵屿端起杯子，轻抿了口杯中酒，对方仰头全干，赵屿却不用，他如今的身份地位，只用等着别人来巴结他，连一起吃饭的张曼曼和王助理也都受到了礼遇。

生意场上多恭维。

“赵爷年轻有为，我像你这么大的时候，还是个什么都不懂的浑小子。”

“那可不是，提起宝矿，谁不知道赵爷的名头。”

“豪杰出少年，我们这群老家伙如今不中用了。”

……

赵屿只听着，偶尔会钩钩唇，张曼曼悄悄看他，这笑容不像讽刺，却也不像赞成。

那群人只以为他喜欢听，差点把他吹捧到天上去，说来说去，不知道谁提起了另一个话茬。

“纪家那小子最近也开始管理公司了，啧，初生牛犊不怕虎，一来就和言家那个老家伙对上了。”

“谁，关再常？”

“可不是？听说他们两家为了东城那块地，交锋好几次了。”

赵屿摇晃酒杯的手顿住，看过来。

有人连忙讨好地解释道：“赵爷不常来京市，怕是不知道，咱们京市有两个最大的企业，一是纪家，一是言家。但风光都是过去几年的事了，这两年纪家老爷子上了年纪，那位继承人纪大少吃喝玩乐厉害，却不懂做生意，脾气很暴躁，刚开始接手公司，就得罪了不少人。

“言家的情况更糟糕，老的老，小的还瘫了，连个继承人都没有，股权还有一半落在关再常手里。关再常是个老狐狸，听说，”那人顿了顿，在场的人暧昧一笑，“他年轻时和言夫人有一腿，言明寇还正常的时候，他尽心帮助情人的儿子，现在那个小的瘫了，他有了独揽大权的架势。”

赵屿声线微扬，手指漫不经心地点了点桌面：“东城那块地？”

“对，最近炙手可热，听说纪少不惜一切代价想拍下来，毕竟他家老爷子快过生日了，纪老爷子年轻的时候也是个人物，转眼都七十多了。”

他们议论得起劲，尽管都知道瘦死的骆驼比马大，现在的言家和纪家不可撼动，但没有合格继承人的家族，倾颓是早晚的事。上一代优秀，这一代草包，老的一死，你不凉谁凉？也因此，在座的人跃跃欲试，想和赵屿多谈几笔“生意”，顺带等着两大家垮台。

这些话并非讲八卦，而是希望……这位爷趁着这个关口，主动对付纪家或者言家，毕竟那么大一块蛋糕，怎么会让人不心动。

可是等了半天，赵屿依旧是那副泰然自若的模样，从他脸上什么打算都看不出来，几个中年人讪讪地闭了嘴。

饭局散场，有人道：“赵爷，一起去乐呵乐呵？”

赵屿笑笑：“今天我有点事，失陪，你们玩得开心，记我账上。”

其他人也不敢拦他，纷纷道：“那就多谢赵爷了。”

赵屿坐进车里，揉了揉太阳穴。

张曼曼和王助理去了后一辆车，阿拾充当赵屿的司机，关怀地问：

“赵爷，你还好吧？”

“没事。”他的眼睛看着窗外的霓虹灯，有几分失神。

纪大少——她的弟弟，赵屿沉思良久，东城那块地可不是什么好地方，赵屿先前也看上了，后来得知内幕立刻放手，纪墨珏这货多半被人整了。

倘若花十多个亿买下那块地，纪家有一半概率得出事。

“阿拾，回去以我的名义发一封邮件。”

“好。”

回去以后，阿拾问：“发给谁？”

赵屿顿了顿，最后道：“我来吧。”

阿拾摸不着头脑，听命出去。

赵屿发完邮件，仰躺在椅子上，闭了闭眼，他眼眶疲惫泛红，却无法入眠，这几年，他常做一个噩梦。

梦到那年大雪封山，他踽踽独行在漫天飞雪之中。

她从不入梦来，不管他怎么找，那条路都没有尽头，连让噩梦完整，竟然也成了一种奢求。

赵屿不想变成一个歇斯底里的疯子，但他不知道还可以坚持多久。

他拿出抽屉里的安眠药，倒了几片进嘴巴。

梦里依旧是那场没有尽头的雪。

第十八章

欲擒故纵

黛宁睡得正香，青团在识海里窜来窜去将她叫醒。

“黛宁，快醒醒！醒醒！陈景来啦！”

黛宁含含糊糊地道：“来就来了嘛。”

青团要是长了手，恨不得去推推她：“别睡了，他就等在外面。他对纪恬动了手，你却一直没理他，万一他再觉得你是骗子就糟糕了。”

黛宁把被子捂住，充耳不闻，作为一个失去部分灵魂力的人，她只觉得青团吵，想打爆它的小脑袋。

半夜下起了雨，黛宁口渴起来喝水，青团像个操心的老父亲，还没睡觉，催促道：“你看看短信。”

黛宁端起杯子，抽空看了一眼。

果然，晚上七点陈景给她发了条短信，说在对面街道的咖啡厅等她，现在都凌晨三点了。

也不知道陈景怎么就主动来了，她还以为他那个口是心非的性格，得等到爷爷生日前一天才会过来。

“外面下大雨，他可能还在等，你去看看他吧。”

“你都说了下大雨，我才不委屈自己出门。”再说了，陈景又不蠢，等不到人，不知道自己走吗？黛宁把手机一关，继续睡觉，天大地大，等明天睡醒再说。

青团绝望地抱紧自己，它看看手机灯光，已经熄灭了。

街道另一边，咖啡厅已经关了门，外面的雨下得很大，凌晨一点时李明打电话来问过一回：“景哥，你不回酒店啊？”

“有事。”他说。

李明累得不行，见劝不回来，倒头就睡。

陈景看着外面淅淅沥沥的雨，他们这些人今天风尘仆仆地赶来京市，虽然嘴上没说，可他知道心中的忐忑和期盼各有几分。他到了连水都没喝一口，就匆匆来了纪家周围。

他远远看了眼别墅区，皱眉没过去，在附近等。

他本来想问问黛宁，纪老先生生日那天，他应该准备什么？从来没来过这样的宴会，他应该注意些什么？

他的时间本就不多，他的条件……也配不上黛宁，他怕到时候落了黛宁的面子。

黛宁久久不来，他的心也冷了几分。

陈景先前是真的信了她的话，或许他自己也知道，这是唯一的机会，把她的话当真，他才有个理由与她继续，然而陈景心中恐怕也知道，如今的冷遇，并不让人意外。

她本来……就是个骗子。

咖啡店关门以后，陈景去了一家二十四小时营业的书店，服务生是个年轻女孩，见他高大帅气，暗自红了脸，引他到书店沙发上："需要一杯热茶吗？"

陈景点头，尽管心里泛着冷，可他还想再等等。

他从一开始就做了最坏的打算，接了地下赛场老板的工作，带着李明几人来京市，哪怕黛宁之前的话都是耍他玩，他也可以把来这一趟只当作是为了普通的工作，至少有最后的尊严。

陈景眸中有几分黯淡，不，其实已经没有尊严了。

书店工作的女孩离得很远，雨声充斥着黑夜。

他双手抵着唇，嘴唇动了动，发出低沉清晰的声音。

"我叫陈景，凤鸣市人，今年……二、二十五岁，祝您寿比南山，身体健康。"中间顿那一下，他狠狠地咬了口舌根，疼痛让他警醒起来。

下次再说到二十五时，一定不会再结巴。

雨声让书店变得静谧，谁也没有听见他练习的发音。

陈景的口腔中充斥着血腥气，他心里突然特别难受，高中的时候，他听同学说过，如果结巴不是天生的，结巴时狠狠咬一口舌头，就会记住那种疼痛，让大脑不再犯错，当场有人起哄，让陈景咬舌头来试试。

"试试啊结巴，怎么着，怕不小心咬舌自尽了啊？"

"他舌头那么没用，不如咬断。"

“快啊，试试。”

陈景握紧拳头，把他们狠狠地揍了一顿，可事隔经年，在黛宁说她要带他见家人的时候，他不知道为什么想起了这件事，想起了那个接近自残的办法。

会不会真的有用？他来之前的几个夜晚，抿唇开始尝试。

“我、我叫……”

血腥味在他口腔里散开，陈景无力地盖住了眼。他也不想当个结巴，不想生来低贱，不想在狼群里长大，不想……喜欢纪黛宁。

可是没有办法，他完全没有办法啊。

直到来到京市，那个歹毒到近乎残忍的办法，竟然真的让他说这句话时不再结巴了。

他惊喜地来找她，但她没来。

大雨打在玻璃窗上，他用纸巾擦擦嘴里的血迹，突然有几分自嘲：他还是陈景吗？

黛宁吃饱喝足，懒洋洋地起床，已经是第二天的下午了。

青团顶着两个黑得发红的眼圈，在识海中颓废地望天，黛宁看得有趣，故意控制识海中的风戳着它玩。

青团被戳得发飙，委屈极了：“你这个坏女人！”

黛宁咯咯直笑：“你不是早就知道了吗？”

青团生闷气。

她依旧是那副懒散的模样，也不打算哄识海里的蠢货，让邱谷南带着化妆师给她打扮。

大小姐怡然自若地指挥：“淡一点，看起来清纯婊气些的妆。”

几个化妆师嘴角抽了抽，邱谷南失笑，哪有人这样说自己的？

给她化唇的时候，黛宁抬手阻止了：“这个不用。”

她自己挑挑拣拣，拿了支水蜜桃味的唇膏，涂在唇上抿了抿，觉得味道还不错。

黛宁不喜欢动，等化妆师都走了，她说：“谷子，把我衣柜里那条白色小雏菊裙子拿出来，对就是那个，你帮我穿一下。”

邱谷南宠爱她，过去帮她穿裙子。

黛宁只需要偶尔懒洋洋地抬个手。

一切弄好，见黛宁要出门，邱谷南问：“大小姐要去哪里？”

黛宁回头，笑得活泼可爱，她冲邱谷南眨眨眼：“约会。”

邱谷南捂住唇，瞪大眼睛。

大小姐什么时候有了对象，她怎么不知道？

黛宁坐上车，让司机开去咖啡馆，很可惜，里面已经没人了。她也不慌，打了个电话过去：“哥哥，你在哪里啊？我昨天没看见，现在过来啦！”

那头带着些许噪音，拿着手机的李明被她嗲里嗲气的声音搞得一阵酥，原来私底下黛宁和景哥说话这么带感的？如果不是不敢想，他都要听出事了，李明干巴巴地笑道：“黛黛，哦不纪大小姐，是我，景哥现在有点事，手机在我这里。”

“你也来啦李明哥？”

“对……哎景哥！”李明看见远处的身影，就差跳起来挥手了，“有你的电话，是大小姐！”

陈景抬起头。

他穿着黑色的风衣，手上都是血，接过电话，没有吭声。

那头女孩笑嘻嘻地道：“人家昨天没看见，你不会生气了吧。”

陈景依旧沉默。

“你在哪里，我来找你好不好？”

就这样一个“没看见”的理由，陈景压抑了一夜的心情好转不少，原来她不是故意的，既然愿意找他，先前的话也不是骗他。

李明看见，阴郁了一整天的景哥，眉宇舒展开了。

他低低应了声“嗯”，抬手挂了电话，在手机上给黛宁输入了一个地址。

陈景脱下外套给李明，李明连忙抱住。

陈景去水龙头旁洗手，他洗得非常细致，把指甲里的血迹都清洗得干干净净。

李明抱着他的衣服，觉得自己像个没有感情的工具人。

唉，出门的时候，景哥那么煞，现在一通电话，他又像个正常人了，黛宁早半小时打来电话，他们的任务目标也不会那么惨。

黛宁到达地点时，陈景已经先到了，他给的地址是一家卖甜品的店，知道黛宁的口味，在她还没来的时候，陈景就点好了单。

黛宁一进来，小饼干也烤好了。

陈景略冷淡的目光看着她，她蹦蹦跳跳地在他面前坐下，拿起小饼干啃了一口，想起什么似的，极其自然地把有个缺口的小饼干递到他唇边，一双大眼睛又水又亮。

陈景别过头，低咳一声。

黛宁见他不要，自己吃得很开心。

“哥哥，你昨晚等了多久呀？”

陈景拿出本子，在纸上写：“不久。”

黛宁歪头看他：“你怎么又用笔了？”

明明有一段时间，他愿意结结巴巴地讲话了，现在却又用起了纸笔。

陈景垂眸：“习惯了。”

“好吧，”她小脸凑过来，“哥哥什么样我都喜欢。”

店铺对面在放歌：“爱着一个没有灵魂的人，世界都是黑色……爱我的话你都说，爱我的事你不做。我却把甜言蜜语当作你爱我的躯壳……”

青团“噗”的一声，黛宁当作没听见。

陈景看着黛宁，也没觉得有什么不对。

听她讲情话，他眼睛里的光轻轻散开，陈景抬手，给她擦唇边的饼干碎屑。

黛宁嘟起嘴巴，眼里带着笑意。

“水蜜桃味，尝尝吗？阿景。”

她这声阿景喊得又软又糯，不再喊他“哥哥”，陈景第一次听这个称呼，心里像被人戳了一下似的，抿紧了唇角。

身份的转换陈景并不习惯，但……这样真的很好，不用自持哥哥的身份，也不用压抑纠结，昨晚的气恼和痛苦几乎一下就没了。

他绷紧身体，目不斜视地把她嘴角的饼干屑擦干净。

见陈景没有青天白日给她渡一发气运的打算，黛宁无趣地坐了回去。

陈景写道：“后头你爷爷生日，老人家喜欢什么？”

黛宁想了想，理直气壮地指了指自己：“我。”

陈景：“别调皮。”

黛宁也知道他的意思，笑盈盈地给他出主意：“买茶吧，爷爷喝茶。”

陈景点头："我需要注意什么吗？"

黛宁仰起小脸，扬扬得意地道："我的男朋友，他们讨好都来不及，你随意横！"

陈景忍不住微微弯唇，他鲜少笑，大部分时候像座冰山，此刻一笑就特别帅。

青团看得惆怅，没法不同情他，当一个人的喜怒全被别人掌控时，本身就很可怜了。

它抱住自己，干脆捂住眼睛，不看黛宁这个小骗子哄人感情，这还是陈哥哥的初恋呢，也怪惨的。

等黛宁吃完东西，陈景要出去挑茶叶，他不懂行，请黛宁和他一起去。

黛宁也不拒绝，这混账心想，气运还没到手呢，水蜜桃唇膏白涂了，刚刚被自己吃掉了。

走出店外，阳光灿烂。

黛宁看看身边冷峻寡言的男人，心思一动，握住他的手，与他十指相扣。

陈景愣了一瞬，他在她靠过来时就已经注意到了，陈景下意识地身体紧绷，却没动，想看看她要做什么。

他没有转头看她，默默收紧了手指，眼睛里变得很温柔。

这是他孑然一身，唯一爱上的人，她要做什么，他都认了。

被泡软，他这辈子都没想过，原来谈恋爱的滋味可以这样甜，甜到让人忘记近在咫尺的痛苦。

两人看茶叶的时候，黛宁也没整他，挑了一种爷爷常喝的新茶。

她娇养惯了，不太顾及别人的想法，也没考虑过这价格陈景能不能承担。

陈景没说什么，刷卡付了账，这趟过来的报酬一瞬清零。街对面有个儒雅的中年男士远远看着他们，准确来说，是看着陈景。

他目光灼灼，难以置信。

青团放弃掩耳盗铃生黛宁的气，提醒黛宁："对面关再常正看着陈景。"

黛宁来了点儿兴趣："什么肠？"

青团无语道："关再常，原文中那个辅佐'言景'，让气运子变得很厉害的大佬。"

它这样一讲，黛宁终于有了点印象，她在经商一事上没有天赋，也嫌累得慌，但她爸妈健在的时候，不止一次骂过这个关再常。

这人挺厉害的，如果言家属于他，估计早就比纪家厉害无数个档次了，关再常经商的手段，比起赵屿恐怕都不差，毕竟他是第二个气运子言景的"金手指"。他把言景训练成了很厉害的人，原文的"言景"不像其他言家人那般排斥他，反而十分信任他，与他联合，后来纪家才会逐渐式微。

关再常是个很神奇的人，心中没有商业抱负，只有情情爱爱。

他爱上的女人是别人的妻子，也就是言景和言明寇的亲妈，他爱屋及乌到疯魔，连言家两个孩子都倾尽父爱去对待，无脑转让股份给气运子什么的，很好，很强大，言家果然厉害，关系混乱而开放。

听青团的描述，关再常应该是怀疑陈景的身份了，看一眼陈景就能联想到早死的情人，由此可见确实是真爱。

关再常估计把自己当成陈景的爹了。

黛宁眼珠子一转，要是陈景讨厌这个关再常，那就有趣啦，没了关再常的帮助，说不定第二个气运子不会那样厉害。

她心中有个坏主意，能让陈景恨不得杀了关再常。

黛宁不动声色，搂着陈景的脖子，娇滴滴地哼哼："阿景，人家脚疼。"

陈景微微别开头，不自在地错开她呼出来的热气，干脆抱起她走。他对男朋友这个身份一时半会儿适应不过来，但心里是甜而满足的，也愿意为她做很多事情。

脚疼是假的，陈景还是带她买了双新鞋子，毕竟当哥哥时就疼爱惯了，此刻也不觉得别扭。

黛宁和陈景一起玩了半下午，没有提搞纪恬的事情，毕竟她现在"情真意切"嘛，掺杂其他杂质就不好了。到了晚上，两人一起吃了饭，陈景送她回家。

黛宁没让司机跟，她想得美滋滋，还不忘叮嘱青团。

“小蠢团，待会儿我们亲亲时，你记得多捞点气运！一定要多捞啊！咱们不能亏。”

黛宁憋着坏水，故意去挠陈景的掌心。

陈景一开始还能忍住，后来有点儿受不了，握紧了她的手：“别闹。”

这句话还有点儿他之前当她哥哥时的严厉，可惜就是没什么效果。

她笑嘻嘻地撞进陈景怀里，双手抱住男人劲瘦的腰。

“你就这么来了京市，不管陈怜星母女啦？”

陈景道：“我过、过几天、会回去。”

黛宁不高兴地瞪他：“你说，你是我的还是陈怜星的？”

“快讲！”

陈景抿唇，黛宁在他腰上拧一把，陈景眼角一跳，不疼但是痒，他低头去看她，低声道：“你。”

怀里的少女身体馨香，她像个小霸王：“那就不准回去，我讨厌陈怜星，又丑又坏。”

换成曾经十七岁的陈景，听她这样讲陈怜星，估计恨不得打死她，可现在的陈景，连点儿火气都没有，他也知道，自己早就偏心偏得厉害了。

他这辈子从没有像今天这么快乐过。

既然黛宁说想把他介绍给家人认识没有骗他，那么说想和他过一辈子也可能是真的。

陈景没有说话，也没指责她。

他慢慢给她解释，养父还在凤鸣，需要他帮忙打点。陈继睿那个事是有转圜余地的，毕竟陈继睿确实帮人背了锅，陈景调查了这么多年，终于有了眉目，等他把陈家母女安置好，就可以来陪她了。

黛宁勉强赞同他的话，小脸鼓鼓的：“你怎么都没说过喜欢我啊？你快说，我想听。”

陈景的手指轻轻摸摸她的脸。

她痒得没有憋住笑，大眼睛里带着水光。

“陈景，你喜欢我吗？”黛宁故意这样问，她的耳朵靠近陈景的心脏，她听见男人比平时紊乱太多的心跳声，就知道了他的答案。

他不仅喜欢她，还爱她，迷恋她。

“你早就不是我哥哥啦，什么都可以说的。”

陈景低头，见她娇憨可爱的模样，动心之至，在她唇上一吻。

风很轻，他的唇微凉，在如擂鼓的心跳声中，他一触即分，依旧尝到了少女唇温软的滋味。

她愣愣地看着他，樱桃小嘴粉粉的，一副不知道发生了什么的模样。

陈景的耳朵微微发红，他把少女从怀中拉出来，示意她：“回家吧，后天见。”

黛宁呆着小脸，不可置信。

青团听见黛宁在心里疯狂开骂：陈景你个龟孙！人家还没准备吸气运呢！

下一刻，就见黛宁拉住陈景的衣领，迫他低头。

陈景皱眉看她，一时半会儿没能理解她的意思，没被她拉动。

黛宁心里疯狂骂他，嘤嘤道：“没亲够，要亲很久。”

陈景喉结动了动，幸好有灯光，不然他脸色早就暴露了。初识情滋味，爱欲比火还炙热，他也想，可是不行，他……嘴里全是练习说话时咬伤的伤口和血腥气。

少女的大眼睛湿漉漉的，活脱脱的勾引模样，偏她今天打扮得纯，完全没有半点儿违和气质，反而看上去单纯可爱。

陈景用尽这辈子的毅力，轻轻揉了揉她小脑袋。

“改天。”他用嘶哑的嗓音说，然后头也不回地走了。

青团：“哈哈哈哈，对不起，哈哈哈哈……”

黛宁擦一擦自己的嘴巴，冲他喊：“浑蛋！你听见了吗陈景，浑蛋！”

陈景没听见，已经走远了。司机远远跟着，很有眼色地开上来：“大小姐，回家吗？”

黛宁臭着小脸，坐上了车。笑出泪水的青团被她一把扔进识海中埋着，拔都拔不出来。

黛宁这辈子最恨别人无视她的魅力，她可以对别人无动于衷，但是别人不能这样对她。

青团笑够了，含着热泪，发现自己出不来了，只好指出疑点来哄这个骄傲的小“作精”。

“你没发现吗？陈景说话很不对劲？”

“没有。”

“他说话特别慢，咬字也不太准。”

黛宁不以为意地哼一声，还在生陈景的气：“他是个结巴，平时不都那样讲话嘛。”

“他平时说话虽然慢，可是咬字很准的。”青团说，“黛宁，我猜他嘴巴里有伤。”

黛宁狐疑地打量它，半晌哼道：“还想骗我，我才不把你放出来。”

够了！真是够了！纪黛宁和陈景相处了一下午，竟然半点没发现陈景的异样，它一个团都发现了！这混账东西还小人之心怀疑它骗人！它感知着少女黑色的灵魂，无奈地叹了口气。

得，它还是被埋着吧。

黛宁回到纪家别墅，正好遇上要出门的纪墨珏。

纪墨珏手中拎了个袋子，里面装着纪恬要的东西，纪恬住在医院，纪墨珏每天下班后会去看她，应她的要求，纪墨珏回别墅给她拿东西。

和黛宁撞见，纪墨珏下意识把袋子往身边藏了藏，刚要开口讲话，黛宁像没看见他似的，从他身边走了过去。

心里那种不舒服的感觉又作祟了，哪怕以前黛宁和他打闹，两人吵得不可开交，也从来没有这样对过他。

“喂，纪黛宁！”纪墨珏忍不住道，“你什么毛病？”

黛宁脚步顿住：“你说我什么毛病？”

纪墨珏其实一开口就后悔了，他恨不得抽自己一嘴巴。自从他和黛宁长大后，两人相处模式总是这样冲，她这次回来……纪墨珏本来想过往一笔勾销，就当让女孩子，可是一开口，仿佛他在挑衅似的。

纪墨珏心中恼，面上强撑着若无其事。

“就算你不喜欢纪恬，也不用对我这个态度吧，你和纪恬相处过就知道，她真的是个好女孩。”

黛宁从兜里摸了颗陈景给的糖，慢吞吞地道：“对呀对呀，她是个好女孩，我可太感动你们之间的感情了。”

她都懒得反驳，说这些话的时候，甚至没什么情绪，仿佛把纪墨珏当成了一个无关紧要的工具人，每一个字都是敷衍。

青团小脑袋缩了缩，突然懂得了一个道理：期盼越深，憎恨越浓。

纪墨珏让黛宁狠狠失望过，她明明对所有人都有办法，可是连一点力气都不想往纪墨珏身上使，她的心中肯定有过怨恨。

纪墨珏无语凝噎，她要是反驳，他还有的说，偏偏他讲什么，她都敷衍地赞成。纪墨珏除了心里不是滋味，根本拿她没办法，就一会儿出神的工夫，发现黛宁已经错开他上楼了。

纪墨珏遥遥看着她的背影，眸中有片刻茫然，纪黛宁在他面前一直是很有活力的，可如今，她似乎连话都懒得和他说了。

他心里像堵了团东西，闷得慌。

纪少咬紧牙关，算了，既然纪黛宁不待见他，他去待见他的人那里。

走在路上，纪墨珏突然想起今天收到的邮件，心思收拢，存有疑虑。

一个没有署名的邮件告诉他东城那块地，有人上报说存在地下妃子墓，如果是真的，那就太可怕了。

地下有文物，这块地自然属于国家，半点也动不得，相当于买了块废土，但是这封邮件，既没有署名，也没有提供证据，甚至，妃子墓的事，此前纪墨珏也从未听说过，他只知道利益重大，连言家企业的关再常都来和他争抢。

那可是个眼光锐利的老狐狸！

这邮件该不会是关再常的人发的，骗他收手吧？

纪墨珏心中摇摆，让人去查，结果没查到是谁发的。

他越发觉得这人心中有鬼，有做好事不留名的人吗？肯定是关再常的人骗他！

明天是最后的竞标，成败在此一举，后天就是老爷子的生日，他可不能上当，把东城的地让人，但十多亿不是小数目，纪墨珏到达医院，心中又开始犹豫，万一那人说的是真的呢？

他心里想事情，面对纪恬时心不在焉。

纪恬问道：“哥，你想什么呢？”

“没什么，你身体好些了吗？”纪墨珏到底不是完全没心眼，他没给纪恬讲公司的事。

“嗯，”纪恬带着几分酸楚，说道，“我也想去给爷爷过生日，可是我的脸……”

她看上去十分可怜，纪墨珏的暴脾气都情不自禁地收敛住，安慰道：

“没事的，老头儿会明白你的心意的。”

纪恬咬牙，她哪里是想表达心意，纪黛宁回来了，那样的场合，要是自己不去，不知道会出什么幺蛾子，偏偏她的脸现在肿成这样，想去也去不了。

纪墨珏抓了抓头发，突然说：“纪黛宁回来了。”

纪恬没想到纪墨珏会说起这个事，她连忙露出惊讶而欣喜的表情：“真的吗？姐姐还活着？”

“嗯，她脾气不好，等你伤好了，”纪墨珏顿了顿，“你多让着她。”

纪恬的脸肿着，纪墨珏根本看不出她的脸色，自顾自地直男发言道：“她从小娇惯坏了，虽然讨人嫌，但是你夸她就对了，她本性不坏的。我给她买条手链，到时候你送给她，当作见面礼，缓和关系。”

纪恬咬牙，本想勉强笑笑，脸上却疼得要死。

她真是恨死了纪黛宁，凭什么要自己伏小做低讨好她！纪墨珏不是很不待见纪黛宁吗？还让她夸纪黛宁，她简直想掐死那个“作精”！

“我知道自己什么身份的，哥哥。”

见她眸光黯然，纪墨珏总算觉得不对，安慰她道：“我不是那个意思，毕竟你脾气好些，也不会和人计较，委屈你了。”

“不委屈，姐姐开心就好了。”

纪墨珏难免有点儿心疼她：“下次给你买更好看的。”

纪恬笑笑。

结果第二天，纪墨珏真让人把手链送到了，纪恬看着全球限量定制的紫水晶奢侈品手链，眼睛都气红了！

这条手链她很早就看上了，但是一看价格，饶是过惯了富贵日子，也忍不住吸了口气，没敢从纪家支钱买，没想到纪墨珏买了，却让她拿去讨好纪黛宁。

纪恬险些一口血喷出来，背过气去。

女孩们想什么，纪墨珏不知道，他烦躁地扯一下领带，正在去拍卖的路上。

不管了，怎么会有人消息那么灵通，什么妃子墓，真那么厉害，怎么不说有皇陵呢？他一个土生土长的京市人都没听说这里有那玩意儿，要真有，早就被勘测出来了。

想通是“阴谋”以后，纪墨珏带着人雄赳赳气昂昂的。

“走，弄死关再常那龟孙！”

但纪墨珏没想到，他才下车，还没走进大楼，就突然冲出一群人，把他拖上一辆车。

“放开小爷，知道小爷是谁吗？”纪墨珏头皮都要炸开了，谁这么大胆子，光天化日就敢绑架！他像头暴躁的小狮子，扭来扭去，却被人按在座椅上，动弹不得。

“纪少，安静些。”

一个十分淡漠的声音传来。

纪墨珏抬眸，就看见了一个穿休闲服的男人，男人身材比例很好，一双烟灰色的眼瞳正在打量他，仿佛要从他脸上看出什么似的。

片刻后，男人移开目光，似有几分失望。

纪墨珏怒了：“知道老子是谁，谁给你的狗胆绑架老子！”

他骂得这么难听，赵屿眉毛都没皱一下，始终很平静，只有最初打量他时，眼里有别样的情绪。

“你太吵了，我在帮你。”

纪墨珏冷嗤一声。

赵屿淡淡地道：“那封邮件是我发的，知道你不信，所以不打算再和你说实话。”

“信什么，信你是关再常的狗？”

赵屿摩挲着无名指，纪墨珏这才看到男人手指上的婚戒。

原来还是个结了婚的。

赵屿气定神闲，老八却听不下去了，他按着这个细皮嫩肉的大少爷，粗声粗气地道：“你见过开着劳斯莱斯的绑架犯？”

纪墨珏一噎，他刚刚被拖上车，还真没注意这是什么车。

“所以，”赵屿道，“安静些。”

关再常万万没想到，到了竞拍时间，纪家那个冲动易怒的小崽子竟然没来。他神情莫测，虽然不甘心布局被打乱，但还算是沉静，也起身离开了。

算那小子运气好，关再常本打算今天疯狂抬价，让那小子加价，没想到人失踪了。

别人不知道，他却有内线，东城那块地，有人发现了妃子墓的痕迹，只不过上头处理慢，还没落实下来。谁买了这块地，都会血本无归。

关再常一走，赵屿说：“松开他。”

纪墨珏脸色很难看，哪怕他没有生意头脑，此刻也明白自己差点被整了，差一点点，就用十多二十亿打了水漂，可能水花都没有的那种。

如果纪墨珏自信一点，“可能”二字也可以去掉。

纪墨珏咳一声，有点尴尬：“多谢你。”

赵屿笑笑：“下车吧。”

“哎等等，你是谁，为什么帮小爷？”

赵屿摩挲了下戒指，没有回答他。

纪墨珏虽然暴脾气，可是忘性也大，他拍拍男人的肩，道：“你这次帮了我一个大忙，以后就是我纪墨珏的朋友，明天我家老爷子过生日，能不能赏个脸，过来吃顿饭？”

老八悄悄瞅一眼自家赵爷的脸色，发现赵屿依旧稳如泰山。

“不用。”

“用的，必须用！你是不是看不起我？”纪墨珏之前是个纨绔，也最讲究好兄弟这一套，这男人看上去就很厉害，还帮他捞回那么多钱，他对于看得上的人，从来很阔气热情。

赵屿淡淡地道：“最近有事。”

听赵屿这样讲，纪墨珏也没了办法，他跳下车，冲赵屿挥挥手，带着自己的助理走了。

赵屿说：“阿拾，开车。”

“好嘞。”

老八看一眼赵屿戴了三年的戒指，心中不无可惜，如果大小姐还活着，今天纪大少都成赵爷的小舅子了吧？

纪老爷子生日宴会当天，刚入夜，无数豪车驶入别墅。

陈景比其他人来得早，他拿着黛宁给的请柬，他没来过这样的场合，进来以后就一个人坐在角落。

他是生面孔，不少商业人士打量他，却没有上前去搭讪，倒有好几个名媛的目光从他英挺的眉目划过，眼波流转间，对他很有兴味。

好在这到底不是什么年轻人的宴会，而是纪老七十六岁大寿，她们有兴趣，却也不会主动攀谈。

眼见大厅越来越热闹，纪墨珏下楼招呼客人。

众人都很给面子，纷纷打招呼道："纪少！"不管他们心里怎么想，纪家在没有倾颓前，是京市首屈一指的企业。

纪墨珏对于这种场合得心应手，他长了张好脸，比起陈景来，十分精致，却不女气，帅得三百六十度无死角。

纪墨珏揽住一个年轻男人的肩膀："万鹏池，听说你小子最近又换了新女友，什么时候带来给哥们儿瞧瞧。"

万鹏池调侃道："纪少要继承家业，哪有时间和我们厮混。"

"滚犊子。"纪墨珏笑骂。

陈景抿唇，在这样的场合，他一个人都不认识，贵圈势利，也不会有人与他讲话。

他像个被排斥的孤单个体，待在阴暗的角落中。

他心里涌起无限的不确定，自己这样的人，和纪黛宁真的有未来吗？他的世界孤僻简单，而黛宁的天地金碧辉煌，越靠近，他才越发现差距，倘若有一天，她嫌腻味了，让他离开，他连说不的权利都没有。

陈景心里沉了沉，昨晚的甜蜜在此刻变成了枷锁，让人心中沉重。

人声鼎沸中，有人道："纪老爷子下来了！"

果然，地毯铺就的楼梯上，穿一身喜庆衣裳的老爷子被一个年轻少女扶着走下来，众人下意识地以为这是半年前认回来二小姐，没想到看见她的脸的那一刻，纷纷呆滞。

少女也是一身红，她穿着玫瑰色长裙，裙摆上缀着的玫瑰活灵活现，剪裁得体的礼服缀着小巧可爱的瓔珞，柔柔勾勒出她的身体曲线。

"纪……纪黛宁？！"有名千金不可思议地低呼出声。

好几年不见，猝不及防再看见这个"全京市千金的噩梦"，差点没反应过来。少女小脸白皙，眉目顾盼生辉，在座有几个年轻男人第一次见她，失态得把酒洒在了西装上。

千金们集体打了个哆嗦，咬牙看她，这祸害还没死呢！

"谢谢各位捧场。"纪老爷子拍拍小孙女的手，笑呵呵地道，"人老啦，难得看见这么热闹，这次我家宁宁也刚好从国外回来，为我这个老头儿贺寿，老头子不知道还能活几年哟。”

“纪老先生身体康健，活上一百二十岁都不成问题。”

众人纷纷附和，把好听话说了一箩筐。

纪老爷子把黛宁的事轻描淡写地带过，谦虚而客气地带着黛宁去和叔叔伯伯们打招呼。

角落里，陈景抿住唇，淡淡地看着黛宁。

来之前，他想过无数种场景，他这个情况，会不会给黛宁丢脸，到时候给老人贺寿，纪老先生会不会不喜欢他？

可他从来没想过会是这样的。

他挑选的礼物，被管家客气地接过，人群中的黛宁是全场的焦点，她看上去任性骄纵，可现在，小公主笑容恰到好处，与来来往往的人攀谈，更可笑的是，那句反反复复，咬到舌头鲜血淋漓练习的话，陈景连说出口的机会都没有。

费尽力气和勇气走到她身边，他却恍然觉得自己低贱得像条狗。

他等着黛宁过来，或者用目光寻找他，可是等了许久，她连找他的举动都不曾有过，倒是好些人，用奇怪的目光打量这个格格不入的人。

陈景突然觉得怪没意思的，他本来就不属于这里，早知道过来会自取其辱，他便不会来，想起李明早上含笑送他出门，挤眉弄眼地让他讨好未来爷爷，他心中便涌起几分嘲讽。

他是赛场永无败绩的“零”，从来不曾倒下过，他那么看重尊严，为什么把自己弄得这样自卑狼狈。

陈景看一眼玫瑰红裙的少女，起身离开。

青团在识海中嘤嘤哭泣道：“都怪你，陈景走了，他走了，你听见了吗？”

“我听见啦，人家好不容易回来豪门圈子，让我快乐个够嘛。”黛宁和一个叔叔打招呼，心里悠然应着青团，“我都不急，你急什么呀？”

“你明明知道他不适应，什么都不懂，还故意晾着他。”

换作原书中，运筹帷幄，被关再常训练得很厉害的贵公子“言景”，在这样的场景中恐怕如鱼得水，但现在的陈景，只是一个来自凤鸣、靠格斗生活的男人。

黛宁对他忽冷忽热，态度时而热情，时而冷落，昨晚还可以与他十指相扣，今天就像不曾认识他一样，任谁都受不了。

陈景虽爱她，却不是个傻瓜，一个人看不看重另一个人，从细节就能知道，哪怕黛宁今晚朝他看一眼，再不适应，他都会留下，可她分明半点注意力都没分给他，他明白了什么，才会离开。

“你怎么知道我是故意的？变聪明了啊团笨笨。”

青团一口血堵住喉咙：“等他变成‘言景’，你就后悔去吧！”

要是真伤透了人家的心，什么都不懂的闷葫芦再变成“巨佬爸爸”，它和黛宁哭都没地儿哭。

觥筹交错中，青团听见她脆铃般的声音，黛宁说：“你看过驯狗吗？看他失落，怀疑自我，再安慰安慰，周而复始，他就会变得忠诚，患得患失，给一点好处，就心满意足。”

“可是……”青团小声说，“你承认了他是你男朋友。”

“男朋友？”她语调轻轻上扬，像个无知的孩童似的，带着几分嘲讽念出来。

青团张了张嘴巴，又难过地低下头。

黛宁轻轻弹一下它的小脑瓜。

“什么爱情，只是色欲熏心而已。”黛宁走出人群，用天真不解的语调问，“能爱上纪恬，又说喜欢我，这个世界哪来的爱情？我与纪恬的卑劣毫无区别，他们既然喜欢这份卑劣，发生什么，不是都应该承受吗？我讨厌他们，喜欢看他们难过，难道有错啦？”

青团眼中茫然，是、是这样吗？

她蹦蹦跳跳地融入六月的夜色。

青团问：“做什么去？”

黛宁笑嘻嘻的：“哎呀，结巴男朋友不是生气失望了吗？让他亲死我泄恨啊。”

寿宴上，一个泉州珠宝商的儿子怎么也挤不到黛宁身边去，终于，在她出去时，他连忙拍了一张照片。

抓拍的是一张模糊的少女侧颜，他啧了一声，眼睛明亮地看着照片上的少女，觉得心动不已。这嫩脸，这身段儿，极品美人啊。

这位邓少有个癖好，什么都喜欢发朋友圈，他点开手机，编辑道：

见过最美的妞儿！

下面配了一张少女的图片，发出去好一会儿，他才想起，平时自己万般不忌，狐朋狗友圈，大家都这样玩，可是昨天，他父亲带他参加商业宴会，商量一个合作案的事，席间加了好几个合作人的联系方式。

邓少低咒一声，看着列表里的“拾先生”三字，忘记屏蔽他们了。

但也没事，贵圈都挺会玩儿的，他过过嘴瘾而已，那个赵爷身边的“阿拾”看上去无比沉稳，总不至于关心他的私生活。

手机另一头，阿拾抽空看儿子学走路的动态，他结婚晚，但跟着赵爷几年，现在娶了个长相不错的老婆，前不久才有了孩子，他满腔慈父心。

但在看见第一条动态的时候，他彻底愣住了。阿拾连忙点开照片，她……他不会记错的！是她，当年的大小姐！

阿拾想也不想，径直往别墅里奔去。

赵屿在看文件，楼下的赵安安在写作业，赵安安出生时缺氧，在学习一事上，事倍功半。她很认真，捏着漂亮的铅笔，看阿拾哥哥旋风一样跑上楼。

“赵爷，我看见了……”临出口，阿拾又犹豫了，会不会看错了？毕竟，他亲眼看见大小姐中弹，如果是假的，无异于在赵爷心上捅刀。

赵屿冷冷地道：“讲。”

阿拾咬牙，做了个决定，把手机递给赵屿：“您自己看。”

赵屿看他一眼，拿起手机，淡淡垂眸。

窗户开着，起风了，吹得文件沙沙响，赵屿瞳孔一缩，死死地盯着屏幕上的少女。

手机从他手中滑落，“啪”的一声落地。

阿拾看着眼前的男人嘴唇颤抖一下，几乎是狼狈地，连忙去捡地上的手机。

赵屿呼吸急促，全身都在颤抖，指关节泛着白，有一瞬，阿拾竟恍然以为，赵屿看着屏幕的眼睛里会流出血泪来。

赵屿平静得一言未发，推门走出去。

阿拾追出去，才发现车子已经驶离别墅，以一种让人心惊肉跳的速度，消失在山道上。

黛宁走出别墅不远，抬眸就看见了对面街道的陈景。

他单膝曲起，一条长腿伸着，街道四下无人，他坐在地上抽烟，随性得可以，男人身边一地烟灰，却没有走到她找不到的地方。

这个男人始终在改变，初见时他像个没有感情的机器，身上带着厌世和颓然，后来他努力做一个好哥哥，直到今天，恐怕连他自己都不知道为什么会变成这样。

他在被人不断改变，但可笑的是，在今天之前，他一直没有意识到，曾经的冷漠孤独的人，在渐渐变得低落、自卑。

黛宁弯起唇，踩着小高跟鞋，噔噔噔走到他身边，在他身边蹲下来。

她娇滴滴地道："哥哥怎么突然走了？我还没有介绍你给爷爷认识呢。"

陈景抬眸，眸中无波无澜，看着黛宁。

他并不是蠢，只是简单，爱也简单，恨也纯粹，喜欢的努力保护，全力信任，讨厌的毫不犹豫地摧毁。

陈景看着黛宁身后的墨蓝色夜空，第一次觉得自己是个怪物。

他自丛林走向人类社会时，没有觉得；被同学们欺辱嘲笑时，也没有觉得。但他明明知道纪黛宁不怀好意，他却没有走远，而是在街道坐下来时，他终于觉得自己是个怪物了。

他在宴会上无人攀谈，备受冷落，陈景突然明白过来，纪黛宁在耍他。

这段时间的种种，片刻天堂，片刻炼狱。

她像个恶劣的孩子，看他一会儿失望，一会儿欣喜，这样的手段，她玩得驾轻就熟，乐此不疲。

他终于知道她坏，比他想象的，还要坏。

"为什么？"陈景问。

黛宁有点儿意外，她还以为陈景会非常愤怒，没想到他不但没走远，还能这样平静地问她为什么。

黛宁捧着小脸，笑眯眯地道："你在说什么呀，人家听不懂。"

"你、恨我？"

黛宁睁大眼睛："哥哥为什么会这样想？我喜欢你还来不及呢，怎么会恨你？”

她眼睛水汪汪的，看不出是真诚还是撒谎。

陈景伸手摸了下她的睫毛，黛宁立即像只小猫似的，轻轻蹭蹭他的手掌。

“你、为什么、这、这样、对我？”既然不恨，为什么要玩弄他的感情？

如果没有遇见她，他依旧是暗巷里那个独来独往、不会难过的影子。

她歪了歪小脑袋，软软的两腮鼓了鼓。

“人家怎么对你啦，这样吗？”她想在他唇上亲一下。

陈景扣住她的手臂，在他的力道下，黛宁像只被捉住翅膀的鸟儿，没扑腾到他面前，就无法动弹分毫。

男人的薄唇近在咫尺，黛宁总算有点儿生气了。

她惦记让人浑身舒服的气运，却又喜欢用陈景的情感伤害他的感觉，既然她已经得到了这份纯粹的喜欢，可以肆意伤害他，她又为什么要对他好？

他不肯伤害纪恬，证明这份感情并没有到达极致，她心里隐藏的不满和不开心也来源于此，刻意要他难受，要他失魂落魄，谁让他不依着自己？

黛宁不喜欢和人说实话，有什么好掰扯的？亲个嘴儿不就解决了，可一次也不让亲，二次也不让人亲，她本就没有耐性，如今心里只剩生气。

她不再笑，冷着小脸。

“我生气了。”她一字一顿地说，“我要和你分手。”

手臂上男人的力道紧了紧，陈景灰褐色的瞳冷冷地看着她。

两个人都有几分火气，只是他眸中有更多的东西，陈景绷紧下颚，突然有几分恨她。

对纪黛宁来说，他像个玩笑似的。

陪她玩角色扮演当她的哥哥，为她打黑拳，生死不顾，在她说交往的时候，他整宿没睡，眼睛在黑暗里流露出笑意，甚至像个蠢物，咬着舌头练习发音。

而她呢？高兴时说要一辈子和他在一起，转眼生气就可以说分手。

即便知道她那么坏，他都没有说出口的两个字，被她轻飘飘地就说出来了。

陈景一扣她的肩膀，黛宁软倒在他怀里。

他对她总是包容宠爱的，这是第一次，发了狠似的，低头去吻她。

她的唇被人吻住，黛宁眨眨眼，兴奋道：“团笨笨，还不快偷。”

黛宁身体放松，嫩生生的胳膊顺势软软环住陈景的脖子，她闭上双眸，蝶翼般的黑睫关上，在他怀里轻轻喘息娇哼。

他握住她肩膀的那只手用力到恨不得捏碎她骨头似的，听她哼哼，另一只手干脆扣住她的后脑勺亲她。

黛宁睁开眼，眸光迷蒙，被亲得有点儿窒息。

她扯住他的头发，也不管他痛不痛，表达自己的抗拒，不要了，喘不过气。

陈景顿了顿，却没有起身，而是顺着她的脖子吻了下去。

她穿着抹胸礼服，露在外面的肌肤白皙细腻，他的手掐住她柔软的腰肢，像要捏碎她，可到底没舍得，只是扣得更紧，屈膝把她拉向自己。

黛宁无力地搭着他肩膀，她放任他亲，好奇地看他发疯，水葡萄似的黑眸却平静得像一汪湖泊。

直到她看见街对面那个影子。

六月的夜晚，飞蛾从她眼前飞向对面的路灯，她顺着颀长暗沉的黑影，一眼就看见了站在灯下的男人。

他漆黑的眸，嘴唇带着冰冷的白，一眨不眨地看着他们。

陈景还在她胸前辗转，黛宁反应了两秒，眼睛里终于带上了浅浅的情绪。

大雪飞过那个冬天，她曾在对面那个人的怀里，疼得哭泣。

青团瑟瑟发抖，比穿山甲打洞都快，自己在识海挖了个坑，飞速躲了进去。

陈景也觉察到了另一道目光，松开黛宁。

大小姐吭哧吭哧地自己站起来，玫瑰色的裙子沾到了星星点点的烟灰，抹胸礼服被陈景弄得微微下滑，她手臂交错，把裙子提了提。

黛宁咬了咬唇，冲着对面的男人轻轻笑：“嗨，赵屿。”

赵屿走过来，在她面前站定，冲她伸出手。

他眼里沉得像没有分毫色彩的死海，与三年前初见相比，像具没有感情的尸体。

黛宁不知道他刚才有没有看完全程，到底看去了多少，但她莫名读懂了赵屿伸手的意思，短短一尺距离，她如果将手放上去，赵屿可以什么都不追问，不管是她死而复生，还是阔别三年后，她在街头，在别的男人怀里，吻得缠绵。

黛宁还没动，手突然被另一只冰冷的手握住。

她抬眼看看身边的陈景，眨了眨水汪汪的眸，露出一个孩子气的笑，她将脸颊贴在陈景的手臂上："给你介绍一下，我男朋友，陈景。"

面前那只抬起的手，缓缓地放了下去。

看着面前毫无情绪的赵屿，黛宁抿着笑唇，期盼他们打起来，如果死了谁，那就赚啦。

这种情况，她当然毫不犹豫地选择陈景。

毕竟赵屿是个失去了大半气运的男主角，而陈景依旧得天道眷顾，说不定还能帮她搞死纪恬呢。

赵屿对她来说，已经没有利用价值了，失去气运的男主角，能好过到哪里去？

赵屿终于看向陈景，然后淡淡地看了黛宁一眼。

很轻很淡的目光，他的瞳孔却漆黑，黛宁被他看出了一身鸡皮疙瘩。

搞什么，不会是想弄死她吧？

陈景冷着脸，几乎是本能地把黛宁往身后拨，她顺势藏在陈景身后，这家伙还有点儿得意，从陈景背后看着赵屿，做了个鬼脸。

大小姐算是突然想通了，她怕什么？一来她和赵屿又没关系，甚至连谈恋爱都没说过，二来她还救了赵安安一条小命呢，赵屿难不成还能弄死她？

来呀，反正他打不过陈景。

赵屿和陈景对视片刻，突然勾起唇，可他的眼睛是冷的，比夜色还要幽冷几分。

他什么也没说，更没有动手，转身离开了。

没一会儿，一辆黑色的轿车冲过来时，黛宁甚至有种赵屿想撞死他们的错觉，可是什么都没有发生，轿车错开他们，消失在黑夜里，连她的裙摆都没有被风吹起。

手指一痛，黛宁转头看陈景。

她露了一个可怜巴巴的表情，娇声娇气地道：“现在不分手啦，刚刚那个人是个神经病，人家有点儿怕，哥哥你要保护好我呀。”

陈景抿唇看她，他突然想起纪恬说过的话，黛宁和她的前男友……会是这个人吗？她嘴里，没有一句真话。

“我的心里只有你。”黛宁软绵绵地往他怀里扑，陈景张开手臂抱住了她。

他压住眼底的涩意和嘲意，他该庆幸，两个人之间，黛宁选择了他吗？

黛宁咬住他西装的第二颗扣子，含含糊糊地道：“哥哥送人家回家嘛。”

陈景深吸一口气，送她回纪家别墅。

他冷静又清楚地知道，现在不能和她吵，那个男人给自己的感觉很危险，陈景的直觉向来敏锐。黛宁嘴里没真话，他想知道什么，不如自己找答案。

黛宁也有点危机意识了，她就说赵屿的存在是个麻烦，她“死”的时候就应该撑住，多说几句遗言，让赵屿这辈子都不许踏足京市，现在懊恼都来不及了。

黛宁用最坏的心去揣度赵屿，忍不住想求一张保命符。

“哥哥，”她可怜巴巴地道，“你以前说要保护我一辈子，算数吗？”

陈景恨不得掐死纪黛宁，然而事实上，他依旧握住了她的手。

“你怕？”

黛宁摇摇头，左边脸颊写着乖巧，右边脸颊写着认真：“有你在，我才不怕呢。”

他低头，在她眼睛上轻轻吻了一下，什么都没说，转身离开。

黛宁知道，这算是答应了。

回到房间，黛宁像条咸鱼一样瘫着，一根手指也不想动。

青团小心翼翼地探出一个脑袋：“结束啦？”

黛宁鼓起脸，哼了一声，没用的蠢东西。

青团也知道自己临阵就㞞不对，把从陈景那里偷来的气运精打细算地渡给黛宁，丝丝缕缕，让黛宁舒服地眯起眼睛。

“嗷嗷嗷——”她生龙活虎地跳起来，肯定地说，“今晚这一票没有白干！”

青团目瞪口呆地看着黛宁一秒复活，本来以为黛宁刚刚生无可恋的表情是因为直面了那种尴尬的局面，没想到她屁事没有，只是单纯因为累。

黛宁哼着歌儿去浴室泡澡，等她洗完出来，青团担忧到快要变成丑倭瓜了，皱巴巴一团。

“黛宁，情况不太好，赵屿那个状态，不会对付你们家吧？”被赵屿逮到“红杏出墙”，可太刺激了。

要知道，黛宁起初的打算，是不让气运子们爱上纪恬，保护纪老爷子。

可是因为纪恬比小强还坚韧，黛宁任务完成超标，这一个个的，不仅爱她，还让她把仇恨值拉得不少。

看陈景对她又爱又恨就知道，放不下，舍不得，但是又恨不得咬她一口，让她也疼，看看能不能长出心肝来。

黛宁把得到的爱化作一把刀子，非要扎在气运子心口，才心满意足。

青团慢半拍想通，黛宁其实可记仇了，她本来就是个很小气的人。

尽管并不知道是谁害了纪老爷子，但以前她因为男主角们受过的冷淡、痛苦、委屈，全部印刻在黛宁脑海里，把气撒完了她心里才会舒坦。

“赵屿的气运不是耗费一大半了吗？为什么他看上去过得挺不错的？”那么有钱，比前世还快几步，对比起来，另外两个气运子反而慢了，这可怎么抗衡？

这件事青团也茫然着呢，明明赵屿的气运已经很浅了。

它硬着头皮瞎说：“可能有的人表面光鲜，实际上内里已经糜烂腐朽。”

黛宁握紧小拳头，刚准备打它一顿，就收到了陈景的短信。

“最近别出门，很危险。”

陈景平静地发完短信，捂住手臂上的伤口。

他已经报了警，地上横七竖八倒了好几个人。

才送完黛宁回来，就有人对他出手，让他突然想起了路灯下那个黑眸死沉、对他弯唇的男人。

陈景猜也知道，这些人问不出什么。

他眯了眯眼睛，生出几分不甘，因为他是个孤儿，陈怜星母女便肆无忌惮地利用他；因为他是个结巴，同龄的学生暗地里嘲笑他，学他磕磕巴巴地讲话；因为他门第低，黛宁像逗狗一样逗他；因为他没钱没势，别人想杀他，甚至不需要亲自出手。

陈景倒宁愿时间倒流回从前，黛宁真是他捡回来的妹妹，他可以不亲吻她，不碰她，看着她一辈子，可他也知道不可能，他喜欢她从前装出来的乖巧，也爱她现在回吻他时娇哼低喘的勾引。

世上最让人发冷的事，是明知喜欢一个爱演戏的坏种，却连她的坏也开始学着一并包容。

陈景的提醒没有吓到黛宁，青团倒是被吓得不轻。

它很是佩服黛宁的坦然，寻常人遇见这种情况，估计尴尬死了，可黛宁像是什么都没发生似的，只苦恼了一阵赵屿的存在。

青团毕竟不是什么标准的系统，它没法抹去人们的记忆，发生过的事，他和黛宁都得认。

对于青团的期期艾艾，黛宁很不解。

“你怕什么呢？我没和赵屿谈恋爱，他自己一厢情愿的事，能怪我吗？再说啦，即便谈过恋爱，他也是已经分手的前男友，有谁规定不能换男朋友呀？”

她捂住心脏。

“我不喜欢赵屿，他让我好疼。”所以她选陈景。

哪怕已经过去了，可心口被子弹射穿的痛她是真实挨过的，沉睡的三年，醒来后每时每刻灵魂力的疲惫，都被她算在了赵屿头上。

青团有点儿难受，心疼坏了，突然想抱抱她。

谁知道下一刻，黛宁笑嘻嘻的：“和陈景亲亲有气运可以偷，赵屿没有，傻子才选赵屿。”

青团一下就不难受了，纪黛宁精打细算，有奶就是娘。

陈景没提具体发生了什么事，黛宁和青团都不知道他经历了什么。

第二天，纪恬顶着一脸伤回到纪家，彼时黛宁在吃早饭，看见她狼狈的模样，差点笑出声。

纪恬的脸盘肿的看不出原本的模样，眼睛挤在一起，完全看不出往昔的清秀可人，她走路一瘸一拐，被用人扶着，看见黛宁，眼睛里飞快闪过一抹怨恨，随即低下头。

纪墨珏看见她，下意识地去看餐桌对面的黛宁，见黛宁没有拍桌而起，只是支着下巴，一副无所谓的模样，纪墨珏松了口气。

他从用人手中接过纪恬，扶住她："不是说在医院养几天吗？怎么回来了？"

纪恬只是低落地看着纪老爷子，轻声道："爷爷生日，我什么也没能为您做。"

一直没讲话的纪老爷子不由得叹了口气，他知道这孩子挺可怜的，但是人心都有偏爱，纪恬可怜，他更不舍得黛宁受半点儿委屈，所以没吭声。

但没想到，这孩子伤成这样，竟然还惦记着他的寿辰，而他们除了纪墨珏，谁也没去医院看过她。

纪老爷子慈祥地问："恬恬好些了吗？"

纪恬连忙点点头。

"坐下一起吃饭，刘嫂，给二小姐拿副碗筷来。"

纪恬坐下，这才看见黛宁似的，脸上带着几分忐忑，小心翼翼地递过去一个首饰盒。

"你就是姐姐吗？我、我叫纪恬，这是我送你的礼物，希望你喜欢。"

难为她顶着这样一张脸，还能在眼睛里演绎到位这么多戏，黛宁看得有趣，偏头打量她。

纪恬心想，纪黛宁那讨人厌的性子，肯定会摔了首饰盒，还顺道羞辱她，纪恬等的就是这一刻，让爷爷和哥哥看看，纪黛宁多么小气跋扈。

黛宁拿起首饰盒。

其实，以前这种戏码特别多，纪恬总喜欢往她身边凑，黛宁毫不客气地羞辱她，她会立刻装出一副无措可怜的模样，这种场面次次都被纪墨珏看见，黛宁没少和纪墨珏吵架，没想到现在还是这些套路。

可知道是一回事，大小姐才不在意别人的情绪，她才不和纪恬对演，把首饰盒扔回纪恬怀里。

“我不是你姐姐。”黛宁毫不掩饰自己的讨厌，“纪恬，你也不用装得这么辛苦，毕竟咱们是熟人。你在凤鸣时和我抢男朋友那么用力，才几天，你就忘记啦？”

此话一出，在场几个人脸色都变了。

纪恬万万没想到黛宁会直接把这件事说出来，她以为她们两个都对气运子有想法，但这些事情不会放在明面上说。

纪爷爷诧异地看向黛宁。

纪墨珏第一反应就是，纪黛宁说什么，她有男朋友了？而且，纪恬还和她抢男朋友？

纪恬笑得勉强：“姐姐，你是不是有什么误会？”

黛宁握紧小拳头，冲她挥了挥。

“看见这是什么了吗？再恶心我，我就揍你！你看纪墨珏做什么，以为他会帮你吗？他帮你，我就一起揍。”她转过头，问纪老爷子，“爷爷，我才是姐姐，对不对？”

纪老爷子无奈地道：“是是是。”

纪墨珏瞪着黛宁，他倒是习惯了爷爷偏心，心里纠结的依旧是黛宁有男朋友的事，为什么他不知道？

从小到大，纪墨珏万花丛中过，但黛宁不一样，她爱玩爱闹，唯独不爱谈恋爱。

纪恬就不同了，她不可思议地看向纪爷爷，根本没想到老爷子这么偏心！

她为这个糟老头子调理了那么久的腿，还忍着恶心为他洗脚，可是现在，纪黛宁说什么是什么，自己之前做的一切就像个笑话。

黛宁对着纪恬，吃不下饭，她站起来：“以后她要在家吃饭，就不要喊我啦。我尊重爷爷，不赶她走，但我不喜欢她，非常、非常不喜欢！”

纪墨珏忍不住道：“喂，过分了啊你。”

黛宁乌溜溜的眼睛安安静静地看着他：“我也不喜欢纪墨珏，他想做纪恬的哥哥，就不再是我的弟弟。”

明明像是小孩子懊恼吃醋时才会说的话，可是纪墨珏对上她眼睛的那一刻，竟然莫名觉得她是认真的，倘若他执意要做纪恬的哥哥，就会彻底失去纪黛宁，她会像这几天做的那样，永远把他无视。

黛宁不再看他，给爷爷打一声招呼，上楼去了。

用人们面面相觑，眼神里传递着消息，没想到大小姐和二小姐见面会这样劲爆，大小姐直言不喜欢二小姐，而且二小姐还和大小姐抢男朋友？

众人再看柔柔弱弱的二小姐时，眼神里就有了几分探究意味，这一瞬气氛的变化，纪恬敏锐地觉察到了。纪老爷子叹了口气，管家连忙过来扶他上楼。

“哥哥……”纪恬看向纪墨珏，眼里沁出泪水，“你难道也不要我了吗？姐……大小姐说的不是真的，我在凤鸣时，很早就遇见了陈景，他救了我，一直对我很好。后来我也不知道为什么，姐姐就和他在一起了。”

此话一出，用人们的眼神更加微妙。

难道大小姐在撒谎，其实是她抢了二小姐的男朋友？

纪墨珏烦躁地踩住椅子，他下意识地说：“她不会抢人男朋友。”

纪恬脸色一白，什么意思？纪黛宁不会抢人男朋友，难道自己就会了吗？

纪墨珏也反应过来自己这话的另一层意思，但他真的下意识就这样想，纪黛宁那么骄傲跋扈的人，才不屑去抢别人已经拥有的东西。如果纪恬早就和那个叫“陈景”的在一起了，送给黛宁，她也不会要，两人之间，他倾向于纪恬撒谎。

想到这里，他看着眼含热泪的纪恬，突然有几分自己都觉察不到的不耐。

纪黛宁回来以后，就和他特别生疏，一大半原因来自纪恬，他甚至连她交了男朋友都不知道。

纪恬惨然一笑，她低声道：“我明白了。”随即跌跌撞撞地上了楼。

纪墨珏张了张嘴，到底相处了那么久，还是有几分心疼，最后他烦躁地踹一脚桌子，这都是什么事！

黛宁乖乖巧巧地把陈景的事给纪爷爷讲了一遍。

老人沉吟片刻：“什么时候带回来，给我看看。”

黛宁歪头：“不用的呀，我们很快就会分手啦。”

纪爷爷：“……”

“等以后，我带个最好的男朋友回家，给爷爷看。”

纪爷爷能说什么？听宝贝孙女儿这口气，跟挑白菜似的，他唯一可以安慰自己的是，孙女不容易被别人伤了心。

但黛宁知道，尘埃落定之后，她不一定有机会回家了，爷爷也等不到孙女婿。

她是出卖了灵魂的人，不是来谈恋爱的。

想是这样想，下午她还是决定出去谈个恋爱，毕竟陈哥哥虽然爱她，却没有要为她打破底线的想法，这可不够。

言家那个老东西关再常还没解决，她不放心。

她要出门诬蔑关再常啦。

李管家递来一封请柬："大小姐，据说这是给您的。"

黛宁拆开看，发现是生日宴会邀请函。

黑色邀请函，烫金绲边，男人的字体刚劲有力，邀请她参加赵安安十岁生日宴会。

黛宁还给李管家："李叔，以后这个人的东西咱们家不收，你帮我处理掉。"

"好的，大小姐。"

黛宁点点头，踩着小高跟出门。

到达和陈景的约会地点前，她在自己手臂上咬了几个红印子，然后在脖子上捏出几个红印子。

青团看她一阵骚操作，就知道要搞事情。

果不其然，才见到陈景，她就嘤嘤抹着泪，扑进了他怀里。

陈景心里在想事情，见她小鬈发乱七八糟，身上遍布红印子，眼睛沉了沉，他环住少女的腰，沉声问她："怎么了？"

黛宁哭得上气不接下气："我被、被一个老流氓欺负了，他差点把我拖上车子。"

陈景轻轻抬起她的下巴，看见那几个红印，紧紧抿住唇。

"谁？"他问。

男人声线冷沉，配合着嘶哑的声带，让人毛骨悚然。

黛宁委屈巴巴地告状："那个人叫关再常，他以前就骚扰过我，我告诉爷爷，爷爷很生气，帮我教训了他。可是……"

她把小脑袋埋进陈景怀里，哭得呜呜咽咽，睁眼说瞎话。

“哥哥我怕，我们家现在没有言家厉害，关再常想欺负我，会不会有一天，爷爷也没有办法？”

陈景拳头收紧，他在心里默默记住了这个名字。

关再常。

黛宁虽坏，可只要还是他的人一天，他拼了命，都不会让人这样折辱她。

怀里的人好像确实吓坏了，一直在发抖，陈景见过她许多模样，独独没见她可怜成这样过。

他心中虽有几分疑窦，但只要是男人，就不会容忍别人这样欺负自己的女人。

陈景手臂的伤没好，早上出门时，他险些被车撞。

透过车窗，他看见驾驶人狠戾的目光，就明白过来，这并不是一场意外，那人见他躲开了，一踩油门，逃离了现场。

陈景目光微暗，默默收紧抱住黛宁的胳膊。

为什么全世界都要和他抢？他只有她，可他们都在逼他。

黛宁在他怀里，笑得狡黠。啊，不知道关再常找来时，会不会被陈景捅死呢？

“不知道你有没有听说过狼来了的故事。”青团幽幽地说道。

黛宁也没想过，上一刻还在骗陈景，关再常想掳走自己，她回去的路上，就被人掳走了。

当时大小姐口鼻被捂住，下一刻，眼前一黑。再睁眼，她在一张柔软的床上。

月光倾斜进来，窗前的纱轻轻飞舞，落地窗外，一轮月亮高高挂在天空。

黛宁捂住昏昏沉沉的脑袋，从床上坐起来。

“我在哪里？”

她的衣服被换了，早上出门，她穿了一件黄色小吊带，而现在，身上穿的是柔软的白色睡裙。

室内没有开灯，只有月光让她勉强看清房间的摆设，似乎还挺不错的。

青团刚想说什么，门口传来钥匙开门的声音。

青团顿时生无可恋地道：“你自己看吧。”

门被推开，男人自然地走了进来。

黛宁眨眨眼。

他没开灯，两个人在黑暗里对望着。

黛宁慢吞吞冲他伸出手，一个要抱抱的动作。

赵屿走过来，抱住她，让她坐在自己腿上，握住她的腰的手收紧。

黛宁看不清他的脸色，只有男人灼热的呼吸喷洒在她颈窝。

他的手越收越紧，黛宁觉得自己的腰都要被他掐断了。

她谦虚地请教青团：“我现在假装喜欢他，对他念念不忘，喊他赵屿哥哥，他会放我走吗？”

青团回她：呵呵。

第十九章

强求

“赵屿，人家很疼。”她软绵绵地撒娇说。

赵屿不为所动。

这真的很没有道理。

黛宁愤愤地想，赵屿要亲就亲，要揉就揉，要强就强。可他什么都不干，用一种十二万分压抑的姿态死死地掐住她的腰，将她摁在腿上，让她听他阴沉沉的呼吸声。

她像个布娃娃一样，很快就要变成破布娃娃了。

大小姐怕死才有鬼。

她见调解气氛无望，直接一巴掌打在赵屿脸上，奶凶奶凶地冲他吼：“我疼！你聋了吗？”

清脆的一声响，在黑暗里听着十分清晰。月光下，男人终于低眸看她，他的眼睛像一处空荡荡的幽谷，挨了这么一巴掌，也没见他有生气的情绪。

赵屿抬起手，黛宁以为他要打她，没想到下一刻灯被打开了，房间一瞬变得很明亮。

她眼睛被刺了一下，不适应这样强烈的光线，连忙闭上眼睛。

赵屿依旧看着她。

好一会儿，黛宁悄悄睁开一只眼，再睁开一只眼。

她正色道：“首先，我先讲，我没有对不起你，要说对不起，也是你对不起我。我帮你救了赵安安，你说对吗？”

赵屿的手抚上她柔软的发。

他很平静地说：“对。”

“那我们本来也没什么嘛，所以我重新找男朋友，也没问题，对不对？”

赵屿淡淡地说："睡过。"

黛宁："就算睡过也不一定要负责啊！"

赵屿捏住她的下巴，表情一直很淡定，脸皮都没动一下，他的神情似乎在讲：说，你继续说。

黛宁哼了哼。

"既然没有关系，你还欠我的，凭什么报复我？还把我抓过来。"

她那一双漂亮的眼瞳，理直气壮地瞪着他，一如几年前，活泼有生气，又娇又跋扈的模样。全世界就她有理。

可她什么都不懂。

赵屿的声线平稳得像毫无波痕的湖面："所以，你可以当我是个神经病。"

黛宁莫名从这句话中听出了几丝很浅的讽刺。

赵屿拿出一个手机，递给黛宁。

"和他分手，你在这里，会过得开心些。安安很想你，赵平也是。"

黛宁盯着他："你认真的？"

"嗯。"

黛宁接过自己那个手机，解了锁，找到陈景的微信，点开语音。

她突然喊："哥哥救我，我被赵屿抓走了！"

赵屿冷冷地看着她，从头到尾也没阻止，甚至看着她发出去后，也没撤回消息的打算。

赵屿把手机拿回来，直接关了机。

他把黛宁往床上一扔，扼住她的脖子。

他的视线落在黛宁的脖子上，那里有几个暧昧的红印子，却不是自己弄出来的，显然，她确实玩得很开心。

"我只问你一个问题。"赵屿看着她的眼睛，"喜欢过我吗？"

黛宁突然露出一个笑容，天真又可爱。

"不喜欢，从头到尾都在骗你。"她毫不在意脖子上那只手，赵屿并没有使力，黛宁一点儿都不觉得疼。

她的手指点点他的心口。

"难受吗？伤心吗？这儿疼不疼呀，疼你就说出来，让人家高兴高兴嘛。"她水汪汪的眼睛里带着毫不遮掩的恶意。

黛宁盼着眼前这个男人发狂、愤怒，但是很可惜，赵屿自始至终都没什么表情，只是静静地打量着她，像是有一辈子没见过她似的。

“你三年前说这些，我会气得恨不得掐死你。”赵屿俯下身吻她的眼睛。

黛宁不得不闭上眼。

“但是现在，你说这些没用。”

男人声线冷漠，但是动作与他的声音相反，他很温柔地亲她，从她粉嫩的脸蛋，到她柔软的唇。

他一边慢条斯理地亲，一边冷声道:“我知道你是个什么东西。”

这句话把黛宁气坏了，什么什么东西！你才是东西！

她闭紧了嘴巴，开始挣扎踢他，滚滚滚，不许碰我！

赵屿的手突然伸进了她裙子里。

黛宁动作一僵，她眨眨眼，吼他:“你要是敢对我做什么，我不会放过你的，我会把你爸妈弄死，再把你弟弟妹妹弄死，然后砍掉你的双腿双手，让你去天桥下讨饭……唔……呜呜呜……”

还是和以前一样恶毒。

赵屿突然笑了，手退出她的裙子，给她把泪珠儿擦干净。

黛宁瞪大眼睛，鼓起脸颊看他:“你不许用这只手碰我！”

她要杀了赵屿！

赵屿拍拍她的脸:“安静，不然伸进你嘴里。”

黛宁呆若木鸡。

换作三年前，赵屿无论如何也不会讲出这样的话，但现在的他，可以一脸冷漠，一脸禁欲地干着最下流的事，说着最放荡的话。

黛宁憋出来的眼泪都没有心情继续流了。

“他是疯了吗？”黛宁问青团。

青团什么都不知道，它正在一堆马赛克里，怀疑团生。

为什么坏事都是人家干的，锅却要它来背？有本事让干坏事的人看这些啊！

黛宁看见一个亮闪闪的东西。

她一把捉住赵屿的手，得意地道:“好呀，你都结婚啦，还这样欺负我，我要告诉你老婆，让她打死你。”

赵屿突然就笑了。

他笑得莫名其妙，黛宁踢他："你搞婚外情，你不得好死，生的儿子没……"

赵屿捂住她的嘴，用被子把她裹住。

他睡在她身边，淡淡地问她："你想睡觉，还是做些别的？"

黛宁愤愤地闭上眼睛，用尽毕生力气在他腰上狠狠掐了一把。

大小姐又凶又横，张牙舞爪，赵屿没忍她，把她翻了个向，背对着自己，这才从后面箍住她，抱进自己怀里。他闭上眼睛，知道她心里一定骂开了，多难听的话估计都有。

她是个非常识时务的人，选睡觉，没有选择后者。

也就是在这种时候，赵屿才终于有了别的情绪。

梦里的雪停了。

纪黛宁曾经在他怀里停止呼吸，本是他这辈子都走不出去的噩梦，他曾祈求诸天神灵，愿此身化作腐臭枯骨，他可以不得好死，可以被挫骨扬灰。

换再次见到她，在有生之年。

与她一起，大被同眠，做场好梦。

黛宁很有骨气地熬到半夜，结果后半夜比赵屿睡得还香。

许是同床异梦，赵屿没有好梦，梦里是她在街头与另一个男人拥吻那一幕。他醒来时天还没亮，低头看着怀里的人，她一只手放在枕头上面，另一只手蜷在他的掌心。

她喜欢那个人？

他拨开她的头发，眼前像是浮现出那双天真却带有恶意的眼睛。

难受吗？心脏疼不疼？

不会疼，已经死去了，于风雪中，葬在三年前的纪黛宁身边。

与之割舍的，还有他的正直与善良。

她喜欢谁都没用，纪黛宁是个没有心的小怪物，时间久了，她就会忘记任何一份喜欢。

赵屿松开她的小手，起床穿衣服，他打好领带，外套搭在臂弯，在床前看了她好一会儿，推门出去了。

老八来汇报工作的时候，看见赵屿在厨房做饭，险些没惊掉了下巴。

这……这个做了二十多样早点的神经病，是他的赵爷吗？

赵屿说："什么事？"

"宝矿那边发现了一块质地特别好的蓝宝石。"说起这个，老八就很兴奋，"价值连城！咱们要不要考虑拍卖？"

"拿去加工，"赵屿摆盘，"做成老虎。"

老八这下是真怀疑他病得不轻。

赵屿："还有事？"

"没了。"

"那就走吧。"

老八只好讪讪地离开。

天亮以后，赵安安已经看了好一会儿书，她闻到糕点香，问打扫卫生的易婶："我可以吃吗？"

易婶知道小姐非常懂礼貌，也很羞怯，有别于其他有钱人家的小姐，但这次可不行。

"这是赵爷做的，小姐不能动，想吃的话，要去问问你哥哥。"

赵安安愣了愣，她知道大哥已经很久没有下过厨房了，她不明白发生了什么事，只好离开厨房，自己去书房看书。

等到了午饭的饭点，赵安安和赵平也没有看见赵屿。

"大哥呢？"赵平问。

阿拾往楼上看了一眼，若无其事地扯谎道："赵爷这几天有事，不和你们一起吃饭了，二少爷要是有空的话，吃完饭可以带小姐出去玩。"

他们来京市也有一段时间了，赵平还没践行带赵安安出去玩的承诺。

赵安安眼睛一亮："二哥，可以吗？"

赵平笑着点点头："吃完饭二哥就带你出去。"

两个小的吃了饭，司机送他们出门。

快下午的时候，赵屿下来拿了一次甜点，他捻起一块，尝了尝："不够甜。"

厨师立马道："赵爷稍等，我重做。"

阿拾在门口，冷汗都要冒出来了，不是他心理素质不好，而是他们赵爷竟然真的弄了纪家那个宝贝疙瘩回来，而且胆子肥得不行，直接关到他自己的房间了。

偏偏整个赵家，就阿拾知道楼上关了个祖宗，老八都不知道这件事，他心虚得把赵平和赵安安都支出去了，就怕这事闹大。

爷可赶紧想通，把人送回去吧。

阿拾道："赵爷，天武集团那边，今天下午还需要开个会。"

"推了。"赵屿淡淡地说，"最近的事，都推了。"

赵屿看见阿拾还没动："杵在那里做什么，你的事做完了？"

阿拾悻悻的："没有。"

他张了张嘴，想劝，可是对上赵屿漆黑的眼睛，就一下子什么也说不出来了。

赵屿没有管他，拿了厨师重新做的甜点，上楼去了。

厨师喃喃道："赵爷啥时候喜欢吃甜的了？"

阿拾有苦说不出，这种只有他一个人知道真相的感觉，实在太难受了。

赵屿回到房间，窗帘拉着，房间的光很暗，但少女一双喷火的美目，依旧显得十分明亮。

他端着盘子，问她："吃哪个？"

黛宁一口咬住他的手指，咬得死狠，透过血肉，她甚至觉得自己咬到了他的骨头。

鲜血从她嘴角流出来，赵屿看着她，突然开始笑，像个神经病。

黛宁一阵恶心，赶紧松了嘴。

赵屿用那根差点被她咬断的手指，一点一点摁住她，鲜血沾上了她的唇。

"你疯啦。"她扭来扭去，生气极了。

黛宁鲜少被人逼得这么暴躁，却跑不掉。

她一大早睁开眼睛立刻就要离开这里，赵屿什么都没说，扯下领带，把她双手反剪，捆绑了起来，她双脚也没能幸免，被丝缎捆得严严实实，黛宁试过喊人，可是这个房间隔音。

没想到咬他一口，还有更恶心的待遇。

赵屿第二次问她："吃哪个？"

黛宁这次不得不说："香草味的，你给我把血擦干净，我要吃东西！"

赵屿没有为难她，用湿毛巾给她把唇擦干净。

她一双乌溜溜的大眼睛看着他，不忘放狠话："我家人总会发现我不见的，查到你身上你就完了。"

"嗯。"赵屿拿起香草味的甜点喂她。

"我要自己吃。"

"你可以选择不吃。"他完全不吃这一套。

黛宁午饭时只顾着和他闹，压根儿没吃饱，看着面色冷淡的赵屿，她一度怀疑人生，他这么冷漠，也不哄她吃东西，还说喜欢她？

她咬了一口甜点，打算吃饱再想办法。

赵屿很难搞，他有个特别复杂的脑子，黛宁从来没懂过。

等吃饱了，见赵屿还没有走的打算，黛宁一改奶凶的画风，乖巧地眨巴眼道："赵安安不是过生日吗？她在哪里，我去给她庆生呀。"

赵屿没理她，问："饱了？"

黛宁点头。

赵屿放开盘子，开始脱衣服。

他压上来的时候，黛宁顾不得装乖了，疯狂骂他："神经病，浑蛋赵屿，我要和你同归于尽！"

上一刻不是还在好好讲话吗？

赵屿说："叫得不错，多叫两声。"

见他要来真的，黛宁说："你这样对我，我永远也不会喜欢你的。"

赵屿淡淡道："没让你喜欢。不过是物尽其用。我先奸后杀。"

说着，他附身去吻她。

黛宁对识海大叫："青团，快救我，这王八蛋说他要先奸后杀。"

青团一筹莫展："我、我不行啊。"

它只是个废团。

赵屿见她瞪大眼睛，恶狠狠地看着自己，他撩起了她的裙子。

黛宁心想，要是被他得手，下个步骤就是杀她了，她"哇呜"一声开始服软："赵屿，人家错了嘛赵屿，我分，我现在就和陈景分。"

赵屿动作顿住，黛宁心中恨死了他，面上却只能委屈巴巴地商量说："可不可以先不杀啊？"

赵屿看她良久，突然压住她。

黛宁的小脸被男人宽阔的胸膛抵得生疼，不是吧，他选择先杀了？

黛宁可不想死，赵屿看起来像个阴晴不定的神经病，她的事情还没做完，要是出卖灵魂，换来的下场是被赵屿的胸膛闷死，她怎么都不甘心。

还没等她心慌生气，身上的男人胸腔开始颤动。

她茫然不解。

赵屿开始笑，等笑够了，他敛起神情，撑起双臂看她，身下的少女一脸生无可恋，她大口呼吸着，脸颊粉嘟嘟的。

赵屿冷着一张死人脸，穿上衣服。黛宁见他没打算继续，她顿时又活跃起来，张口就要骂他。

赵屿看她一眼，说："忘了，你没洗澡，先洗了再做。"

黛宁跳到地上，她像只蹿过去蹿过来的袋鼠，用尽毕生的词汇量骂赵屿，她总算慢半拍明白过来，赵屿是刻意想让她尝尝这种反复煎熬的滋味儿。

他没有得到过她的感情，无法以此伤害她，只能用一种近乎冷漠的态度，让她感受被人愚弄的滋味。然而明白也没有用，赵屿捏住了她身后的领带，把她打横抱起来，带去了浴室。

赵屿没有再提起让黛宁和陈景分手的事。

他给她洗了个澡，水从她发顶淋下来，赵屿与她一同被打湿。

黛宁骂着骂着，被灌了一嘴水，她闭上眼，自暴自弃地用脑袋去撞他的胸膛，一下又一下。

水汽氤氲，他的黑瞳安安静静地看着她，生出几分温柔。

大小姐到底是哭了。

"呜呜呜，水不要那么烫……"

赵屿把水温调低了几度。

她还在抽抽噎噎地哭："我后悔了，早知道就不要遇见你了。人家明明是做了件好事，为什么要遇见你这种神经病？"

赵屿摸摸她柔软的鬈发。

"陈景比你好多了，他从来不会这样对我。"

水顺着他的下巴流下去，落在少女的发顶。赵屿闭上眼睛，无动于衷。

黛宁纳闷极了，她完全不知道赵屿到底要做什么，正如赵屿不知道三年前的纪黛宁到底为什么来他身边。

晚上依旧一起睡，这么久了，还是没人找到她。

黛宁开始暴躁，她本就不是什么好脾气的人，被关了一天两夜，所有的负面情绪都恨不得喷发出来。

她的手腕已经被解开，见赵屿闭着眼，黛宁掐住他的脖子，狠狠地使力。

赵屿睁开眼，平静地看着她。

他欺负黛宁时，黛宁没有反抗的余地，而今，他一动不动，任她作为。

“你这点力气掐不死我，需要刀吗？”

黛宁看着他被自己咬过的手指已经肿胀发白，她突然明白赵屿说这句话是认真的。她松开手，没意思。

赵屿把她拉进怀里，以一种禁锢的姿态拥住她。

“你恨我？”黛宁问他。

赵屿没有回答。

他的心早已经死了两次，一次死在三年前的大雪中，一次死在那一晚黛宁和陈景拥吻的灯光下。

越是平静，越是疯得厉害。

赵屿不知道自己想要什么，也什么都不想要，他觉得现在这样就挺好的，不用再和她玩任何诛心的游戏，他没有耐性和那个叫陈景的男人争纪黛宁。他不想看到她愉悦又讽刺的神情。

一个坏女孩，不配得到好女孩的恋爱方式，所以这样也不错。

黛宁很窝火，她还有很多事情要做，而且她不喜欢这种被别人掌控的感觉。

她眼睛一冷，对青团道：“把气运撤了，不要再输送。”

青团虽然不明白为什么，但还是听话地应了。

疲惫感传来，没一会儿，黛宁就困倦地闭上了眼睛。

赵屿依旧做了早饭，但黛宁一直没有醒。

等到中午，赵安安出来，看见易婶和其他几个用人在处理那些食物。

“这是大哥早上做的饭吗？”

易婶解释道：“是的，已经凉了，赵爷让我们扔掉。”

赵安安完全摸不着头脑。

赵屿也没想到黛宁一觉睡到下午，现在还没醒过来，他走进去看她，她酣睡着，十分香甜。

赵屿的手指触在她心脏的地方。

她的身体出什么问题了吗？一个人中弹以后，哪怕只是休克假死，也不可能完全不留下疤痕，可她的身体光洁柔嫩，没有任何伤痕。

她闭着眼，终于像个乖巧的睡美人，不懂得使坏，也不会像个墙头草似的摇摆。

她的感情并不忠贞坚韧。

赵屿看了她许久，让医生来给她检查身体，检查结果依旧是除了一项酶，其余都正常。

他十指交握，抵在唇边，非常有耐性地等她醒过来。可到了傍晚，黛宁依旧没有醒，她已经一天没吃东西了。

他眼睛里的光变得沉冷：“给她输液，吊着命。”

医生拿着针头过来，碰到黛宁的手。

赵屿突然覆上她的手，针头扎在了赵屿手上，医生错愕地看他一眼，赵屿闭了闭眼：“别碰她。”

医生走了。

都说赵爷阴晴不定，他也算深有体会。

赵屿握住那只细嫩的手。

月亮出来了，一地月光。

赵屿看了她一整夜。

夏夜窗外的风很轻，清朗的夜晚，偶尔能听见清脆的蝉鸣。后来，天快亮了，黛宁依旧闭着眼。

赵屿满眼血丝，打横抱起她，放进了车里，他为她系上安全带，往京市的大河开。

“醒过来，”他声音平稳，“你醒过来，我送你回家，你再睡下去，我就开进江里。”

第一缕阳光照进来的时候，黛宁虚弱地睁开了眼睛。

她揉揉眼：“我饿了。”

车上有吃的，全是她喜欢的东西，她挑挑拣拣，尝了几口，转头去看赵屿。

“让我回家，是真的吗？”

赵屿开下拱桥，往纪家开，一路都很安静。阳光照在她柔软的脸颊上，她心里有几分得意，还不是放她回去啦，等她回去，就想个办法弄死赵屿。

青团慢慢开始给她输送气运，困倦感消失。

黛宁眼珠子一转，落在他修长的手指上，又开始作。

“喂赵屿，你老婆好看吗？”

赵屿在等红绿灯：“还行。”

“她好看还是我好看呀？”

“她。”

黛宁眼睛鼓得圆圆的，不服气道：“我不信，你有照片吗？让我看看。”

“没有。”

赵屿不合作的态度让黛宁非常不满，她往座椅上一靠：“开快点，我家阿景哥哥肯定特别担心我，我要回去安慰他、抱抱他，还要……啊！”

赵屿一脚油门踩到底。

“你疯啦！”

黛宁紧紧拉住安全带：“我开玩笑的，开玩笑行不行！”

车速渐渐慢下来。

黛宁哼一声，这回学乖了，总算知道，在没有脱险之前，最好别去惹他。

到了纪家，黛宁下车。

她越想越不甘心，这辈子何曾吃过这么大的亏，她走了几步，又回头，刚要奚落嘲讽他几句，对上他满是血丝的眼睛，又看到他搭在方向盘上、红肿可怖的手指，她眨眨眼，下意识一脸嫌弃地道：“你这样好丑。”

赵屿闭眼：“滚。”

她欢欢喜喜地滚了。等死吧，王八犊子！敢放她回去，就要做好被她弄死的准备。

黛宁本以为自己失踪两天，爷爷会非常担心，但是没想到李管家笑盈盈地迎上来问："大小姐回来啦，朋友家好玩吗？"

黛宁疑惑地问："朋友家？"

"对，您之前不是打电话回来，说去郑优优小姐家住几天吗？老李我真高兴，大小姐终于交到好朋友了。"

黛宁便明白了，赵屿拿走过她的手机，找个会口技的人，对他来说非常简单。

怪不得家里人没有找到她，原来是根本就没有找。

恐怕唯一知道她有危险的，只有陈景，但陈景现在都没有消息，黛宁怀疑他也遇到了麻烦。

李管家犹豫着开口："昨晚发生了一件大事。"

"什么呀？"

见李叔神情挺凝重，黛宁便知道恐怕真是一件"大事"。

"二小姐昨天晚上割腕自杀了。"

黛宁愣了两秒，欣喜若狂："真的啊？死了吗？"

李管家嘴角抽了抽："没有，纪少及时送她去了医院，因为这件事，纪老先生很晚才睡下。大小姐，您不要表现得这么高兴，被人看见会说您闲话的。"

黛宁无趣地说："没死啊，没死就是苦肉计啦。"

李管家摇摇头，不管是不是苦肉计，这一招很有用。

纪家人丁单薄，老爷子的偏心和纪少的选择，都让纪恬处在一种非常尴尬的境地，偏偏纪恬也是个果决的，直接自杀了。

她的自杀引导着舆论走向，用人们昨晚就纷纷在一轮，二小姐都以死明志了，会不会大小姐才是撒谎那个人，抢了二小姐的男朋友，还逼得人家去死。

这件事老爷子不许人传出去，也没有人敢乱说。

李管家心中有分寸，倒也没给黛宁说用人之间的传言。

这两天黛宁和纪恬，还真是各有各的刺激。

"你说她怎么那么能折腾，脸都成那样了，还放血自杀。"黛宁十分困惑，问青团道，"她不嫌那样很丑吗？"

青团这几天看多了马赛克，现在是蚊香眼，它昏昏沉沉地勉力输送着气运，回答说："纪墨珏重新开始怜惜她了，就是有用的办法。"

一个被找回来的千金，被家人的漠视逼得自杀，其他人怎么也会对她有所愧疚。

黛宁沉默着。

青团想想这小可怜儿这两天也不容易，连忙安慰道：“你别怕，在你的家人心里，你才是最重要的！”

“我在想，”黛宁笑嘻嘻的，“我也假装自杀，然后告诉亲爱的陈哥哥，因为纪恬，我活不下去了，他会不会帮我杀了纪恬啊？”

青团无言以对。纪黛宁竟然还在惦记“借刀杀人”这件事，而且活学活用，怎么不上天呢？

但是黛宁怕疼，就没有哪一种死法是不疼的，要是玩脱了，死了多不值得，她假死一回，赵屿三年都不到，就重新找了个老婆，男人没有好东西。黛宁不会搭上自己，这些话，也就只是过过嘴瘾，逗蠢得可怜的青团而已。

“我不用假装，我就是被伤害了。”黛宁摸摸纤细的手腕，眼睛里毫不掩饰浓重的恶意，“所以，我要赵屿死。”

陈景是气运子，在气运比赵屿强大的情况下，不可能被弄死。

她去找陈景。

黛宁第一次觉得，这个天道法则不失为好东西，既然这样，就让陈景做回书中强大的“言景”，让他成为她手中最锐利的一把刀，成为替她疯咬的狗。

等到控制不住了，她再去找三号气运子，用来制衡，破局。

纪老爷子在睡觉，黛宁便不去打扰他。

“李叔，等爷爷醒过来，你告诉他，我回来过，现在我出门一趟。”黛宁上楼换了套衣服，往门外走。

没承想才出门，刚好遇见从车里下来的纪墨珏和纪恬。

纪墨珏打横抱起纪恬，纪恬搂住他的脖子，看上去单薄可怜。

看见黛宁，纪恬抱住纪墨珏的动作紧了紧，轻声说：“大小姐，你相信我，我是真的很早就认识陈景了，再说，也不敢和你抢男朋友。”

此话一出，修剪花枝的园丁们都悄悄竖起了耳朵。

大小姐霸道骄横人尽皆知，二小姐被抢了男朋友，现在还被逼得自杀，在纪家没有立足之地，二小姐实在是太可怜了。

黛宁眨眨眼，她鼓励道："你别这样说，你抢呀，你倒是试试看，虽然你长得比较丑，但你比较会扮柔弱啊，说不定就成功啦。"

用人们看看大小姐如花似玉的脸蛋，又看看二小姐鼻青脸肿的憔悴样，突然觉得谈什么抢不抢的，有眼睛的都知道选谁。

纪恬的脸色红了又白："大小姐，我对你一再退让，请你别再这样羞辱我了。"

黛宁："我这是羞辱吗？什么时候讲实话也是羞辱了，你这个心态不行，怪不得动不动就自杀。"

纪恬泫然泪下。

纪墨珏忍不住道："够了，纪黛宁你别说了，恬恬才从医院回来，她又没抢走你什么，你说话注意些。"纪墨珏也是一个头两个大，纪恬到底和他处出了感情，也是妹子，总不可能真把她逼死。

黛宁幽幽地看着他，看得纪墨珏心跳加速，纪黛宁这小浑球儿又要干什么？

黛宁对园丁伸出手，园丁不明所以地把水管递给她。

黛宁拧开水龙头，对准他们两个，自来水喷溅出来，淋了纪墨珏和纪恬一身。

纪墨珏低咒一声："纪黛宁你疯了？"

他护着纪恬，狼狈地闪躲。

黛宁的水管追着他们的方向，一个也不放过。纪墨珏本来也不是个好脾气的主儿，被她的任性跋扈弄得快发火了。

没想到一抬头，看见一双泪汪汪的眼睛，纪墨珏僵住，连躲都忘了躲，水从他头顶浇下，把怀里的纪恬淋了个通透。

黛宁扔下水管，用手背擦了擦眼睛，看也不看他们，朝外跑了。

"你……"纪墨珏看着她跑掉，火也发不出来。

明明是纪黛宁动的手，可纪墨珏从未见过她这委屈巴巴的小模样，她比他出生早几分钟，这辈子就像压在他头顶似的，他在外面当爷爷，在她面前就只能当个孙子。

然而她刚刚差点哭了。

她哭什么？难不成就因为他帮纪恬说了几句话？纪墨珏心里也不太

舒服，他虽然不爽老是被她压着，可是从小到大，作为男孩子，连奶瓶都是他跌跌撞撞地送去纪黛宁怀里的。

这是第一次，他因为别人给她脸色看。

纪恬委屈地道："哥哥。"

看着纪墨珏晦暗不明的神色，她突然很害怕自己在纪家唯一的王牌也会弄丢。

纪墨珏低头看她，半晌道："刚刚的事，别告诉爷爷。"

纪恬的指甲几乎要陷进掌心里，她心中迸发出一股浓烈的恨意，这是什么意思？即便纪黛宁坏、动手，纪墨珏依旧包庇到底吗？

他面对纪黛宁一副臭脾气模样，可是转眼又为她清扫道路。

"我知道的，不会告诉爷爷。"她眼中暗下来，到底不是亲哥哥，也不是能攻略的男人啊，她难道只有最后一个选择，去那个男人身边吗？

万不得已，纪恬并不愿意选这条路，毕竟第三个气运子身边，可是地狱。但她现在还有选择吗？

纪恬咬牙，即便要走，她也不会让纪黛宁好过的。

既然纪墨珏暗地里对这个姐姐如此有感情，那就让他亲手推纪黛宁一把，让纪黛宁万劫不复。

青团安慰道："黛宁，你别伤心，纪墨珏只是被纪恬蒙蔽了，在他的视角里，纪恬确实是他妹妹。"

黛宁抬起脸，眼眶里打转的泪水早就不见了。

她语调轻快："你想什么呢？从我重来一次开始，我就对纪墨珏不再抱有任何期待了，但我需要让他为自己的愚蠢付出代价。"让他每想到对纪恬的维护，和自己没有掉出来的眼泪，都感到痛苦。

黛宁抬起手，让阳光落在柔软白嫩的掌心。

"我可太了解纪恬了，她很快就会出手的。"

青团听不懂，它也不敢问，但这几年走来，它对黛宁抱有绝对的信任，她心肠硬如磐石，看着天真，实际心生七窍。

在原书中，她是唯一没有爱上三个男主角中任何一个的女配，如果不是自己是个幸运 E，她一定不会过得那样惨，纪黛宁是败给了天道注定好的命运，而不是败给了纪恬。

黛宁去陈景住的地方，陈景却不见了，不仅是陈景，连李明也不在。

黛宁打电话，那头一片忙音，找不到人，她脚尖轻轻点着地面，大概率是陈景出事了。

她思索片刻，打给李明，好在李明接了，但出乎意料，往昔这个总是对黛宁笑嘻嘻的混混，此时嗓音很愤怒。

“大小姐有何贵干，还想找我们景哥？你骗他害他还不够吗？把他当成傻子耍，为了你命都不要，我活到这个岁数，就没见过你这么毒的人！你就当放过景哥，找你的相好去，放过景哥行不行？”李明眼睛都红了。

听到“相好”两个字，黛宁愣了愣，她什么时候有相好啦？

青团友好地提醒她：“赵屿。”

“李明哥，陈景在哪里？他出事了吗？”

“没有！与你无关，你还是过你的快活日子吧！”

果然是混混，说话不是一般的冲，还很有脾气，说话就挂了电话。

黛宁撇撇嘴，没办法，李明不肯配合，她只能自己找人。

黛宁让人去查医院信息，看看这两天有没有一个叫陈景的病人住进去，晚上果然在京市第一人民医院查到了陈景的住院消息。

她过去的时候，看见了一个意料之外的人。

门口的陈怜星抬起头，也看见了黛宁，她眼中闪过一丝嫉妒，拦住黛宁：“你怎么来了？我哥在休息，不见你。”

一向帮腔黛宁的李明也道：“对，你回去吧，离景哥远点，你就是欺负他老实好骗！你走，赶紧走！”

李明看黛宁，就像在看院外的红杏儿，也像在看一个勾魂的祸害，简直又气又怒，眼睛都快喷火了。

黛宁觉得莫名其妙，好生气，她被绑了两天，回来找陈景，虽然没安好心，可她的委屈还没哭诉呢，怎么陈景的兄弟就态度大转变啦？

“不让我进去，是陈景的意思，还是你们的意思？”

李明嘴巴张了张，陈怜星连忙道：“当然是我哥的意思！”

李明沉默着。

黛宁冲病房里脆生生地道：“喂，陈景，还活着你就说句话，你要是让我走，那我真走啦！”

陈怜星恨不得去捂住黛宁的嘴，生怕陈景听见了，可是里面传来男人喑哑的嗓音：“让她、进来。”

李明抱着双臂，恨铁不成钢般，给黛宁让开，还顺手扯开了陈怜星，他有什么办法，景哥要见她，总不可能还把人赶走吧。

黛宁冲他们做一个鬼脸，气不气？气死你们。

陈怜星差点炸裂！

黛宁走进去，她知道陈景可能出事了，但她没想过陈景伤得这么严重。

他嘴唇苍白干裂，眸光冰冷地看着她。

像是突然回到很久以前，那个初遇的小巷，他身上镀了一层坚冰，显得冷冽难以接近。

黛宁才不管他的情况如何，她娇娇弱弱地靠在他的肩头，嘤嘤埋怨：“陈景，人家被抓走好几天，还给你发了求救信号，你怎么不来救我？”

陈景抬起眼睛，眸中终于有了几分变化。

他推开她，点开手机，里面传来一段对话。

男人说：“陈景和你什么关系？”

少女的嗓音娇滴滴的：“没有关系，我就是骗他好玩嘛，他看起来那么蠢，我说喜欢他，他还真信啦。”

“可我很生气，你说怎么办？”

少女道：“你这么厉害，把他处理掉就好啦！”

男人笑起来：“不心疼？”

“下手狠一点也没关系，我讨厌他纠缠我。”

这段音频很短，只有二十秒，黛宁和青团都听傻了。

什么情况？向来都是黛宁这个恶毒女配造假陷害别人，这还是第一次被人陷害。

她几乎立刻反应过来，赵屿这王八蛋！真是气死她啦！难怪李明看她，都是恨不得生啖她血肉的眼神，怪不得那天赵屿并不阻止她发出求救信号。估计陈景接到信号以后，立即过来救她，却刚好被埋伏，险些把命都丢了，他活下来以后，赵屿给他发了这段音频，简直是火上浇油，雪上加霜，听到音频的那一刻，没死估计比死了还难受。

这还不算完，陈景示意她接着看照片，陈景手机上，少女坐在一个男人怀里，笑吟吟地抱着男人撒娇。

画面上，正是赵屿和黛宁，这、这张是真的。

青团：“这下是有嘴都说不清了。”

黛宁：“不，有嘴就能说清，谁还不会小嘴叭叭呢？”

猝不及防，她低头在陈景唇上吻了一下，大小姐鼓起腮帮，委委屈屈地撒娇说：“你竟然相信这些合成的东西，不相信我！人家被坏人抓走，害怕死了，好不容易逃出来，还被你怀疑。他不给我东西吃，虐待我，我才回来就来找你了，哥哥还不信人家。”

陈景没说信，也没说不信，纪黛宁太会骗人，到了如今，什么是真的，什么是假的，早已分不清。

“因为我，你受了伤，你就不要我了吗？”她的大眼睛泛着泪光，似乎他说句不要她，她就会号啕大哭。

陈景安静地看着她，许久，他终于抬起手，想擦掉她的泪珠。

门被人敲响，一个笑眯眯的中年男人礼貌地询问：“言少，医生要给您换药了，您方便吗？”

陈景抬起的手放下，点了点头：“可以。”

黛宁转头，就看见了脸上带着一块青紫的关再常。

关再常皮笑肉不笑：“纪家大小姐，听我们家言少说，关某觊觎您的美色，虽然您确实很美，但这种玩笑还是不要再开了，关某心有所属，进了棺材都不会变。也多亏您这次‘出事’，才让关某有了个自证清白的机会。”

如果不是关再常及时赶到，他们家“言少爷”就被坞东那个狠辣的男人弄死了。

在此之前，关再常还被“陈景”揍过一顿，关再常真是冤得想哭！偏偏这是韵如的亲生儿子，他爱韵如，更是把“言景”当亲儿子看。

黛宁看看关再常，又看看陈景，生无可恋地把小脸往陈景怀里一埋。

陈景，或者说是“言景”，说：“起来。”

黛宁闷声说：“我不，你是不是为了这个坏老头儿，不爱我啦？”她知道翻车了，干脆耍赖。

关再常阴森森地看着纪家那个宝贝疙瘩，又连忙看向言景。

现在言少知道了自己的身份，以后要多少善良漂亮的女孩都会有，总不至于色令智昏，还喜欢纪家这个小毒瘤吧！

言景和关再常对望一眼，他灰褐色的眼睛中明净如洗，却在下一刻伸出手，默默抱紧了黛宁。

他的态度不言而喻。

关再常眼前一黑，有气撒不出，这都叫什么事！

不是他关再常的种，却比他还喜欢得疯。

关再常能拿言景怎么办？他这辈子深爱林韵如，为她赴汤蹈火，在所不惜，哪怕林韵如嫁了人，他也像条忠犬，忠诚地守在她身边，不肯离开半步。

林韵如的第一个孩子出生，当时他看见这个眉眼肖似她的孩子，眼泪都快出来了。

林韵如爱小言景，他便也像条恶犬一样守护着小主人，没想到言景小少爷被对家抱走，一失踪就是二十多年。言家所有人都以为言景死了，林韵如以泪洗面，哪怕是言明寇的出生，都没能让她走出阴影。

现在好不容易找回言景，关再常简直恨不得把他当眼珠子看。

他视线扫过纪家那个小魔女，眼不见为净，走出去喊医生了。

路过李明和陈怜星，李明一副愤愤的模样，不满景哥竟然就这样原谅了黛宁，而陈怜星则讨好地看着关再常。

关再常心中好笑，陈怜星一家人，他早就调查了个明明白白，这个陈怜星蠢钝如猪，偏偏还有颗攀龙附凤的心。

曾经嫌弃他们家言少结巴，连学校都不让言少去，只会每个月向他伸手要钱，现在得知言少的身份，眼珠子都恨不得黏在言景身上，这几天各种献殷勤，如果不是言景身上还有刀伤，估计她就爬床了。

关再常倒不是瞧不起这种势利的女人，只不过她手段太拙劣，但凡她对上纪黛宁能有半点胜算，关再常说不定还支持她，可是比脸蛋，比心思，她哪点比得上纪黛宁那个小妖精？

等关再常一走，陈怜星进病房恨恨地看一眼黛宁，对言景道："哥，你都知道她是什么人，还抱着她做什么，她这么恶毒，死一万次都不够偿还你，也就是她脸皮厚，还敢回来找你，你别被她骗了。"

黛宁什么都不说，在言景下巴上亲亲，她嘴唇粉嘟嘟的，还很软。

言景对陈怜星道："出去。"

“哥……”

“滚！”

陈怜星一跺脚，愤愤离开。她真是悔得肠子都青了！如果早知道言景的身份，她怎么可能因为他是个结巴嫌弃他，早就同意陈母的提议嫁给言景了。

陈怜星交往过的富二代的身家比起言家，那就是天壤之别，现在人家是豪门大少爷，她连和他呛声都不敢。

青团本来也以为这次要凉，没想到车是翻了，人却好像没事？

它也没明白，原来还可以这样。

男人的喜欢和偏爱，才是世界上完全不说实话的东西。

像赵屿，明明知道纪黛宁有问题，她死而复生，满怀恶意，他却费尽心机，想把她禁锢在身边，还疯了一样对付言景。

言景也是，他明明没有相信黛宁的话，可他依旧愿意抱紧她，三番两次因为她命都快没了，他还是不愿意分手。

青团惆怅地想，如果这就是爱情，那它还是不要团子媳妇啦！被媳妇坑死，都还得为它付出，这也太可怕了。

言景低头看怀里的少女，抬起她的下巴，不让她继续耍赖。

虽然做了选择，可是他无法否认，听见那些音频的时候，他心中有多恨多痛，他恨不得杀了那个男人，也恨不得从来没有遇见过纪黛宁。

“和他、断了。”

黛宁举起小手：“早就断啦，你是不知道，他真的是个神经病呀，人家一点都不喜欢他的，他还那么坏，刻意制造我们之间的误会。哥哥，人家只喜欢你！”

言景抿唇，“嗯”了一声。

她笑起来，捧起他的脸：“那你别生气了嘛，笑笑好不好？”

言景拿开她的手，神色依旧冷冰冰的。

黛宁叹口气，泄气地将脸颊枕在他的腹肌上，多行不义必自毙，她本来是来让“陈景”替她卖命的，没想到气运子认祖归宗了，这可怎么办才好，她前科累累，现在说什么，言景都只把她当骗子看。

他要她，却不信她。

黛宁心想，她可受不得这种委屈呀，也不喜欢这么理智的“哥哥”。

她还是喜欢陈景为她犯蠢、所向披靡的模样，黛宁眸中光华流淌，暗自沉默。

平静许久的京市贵族圈子，近来八卦盛行。

听说最近纪家不太平，两位小姐之间龃龉不断，那位可怜的纪家二小姐又是被打、又是被逼自杀，日子过得相当艰难。

与之相比，风头无两的，还有那位从坞东来的赵爷。

据说他年纪轻轻，手段了得，不说别的生意，单就是他手上那座宝矿，每年赚的也足以让人眼红，谁都想从他手中分一杯羹，可愣是找不到讨好他的方式。

有人说，这位赵爷几年前有位爱得刻骨铭心的前妻，人不在身边，戒指却常年戴着。

还有个惊天大八卦，言家长子言景，竟然在前几天找回来了！

大家都知道言明寇成了植物人，还以为言家后继无人，迟早落在关再常手中，没想到这位大少爷不仅被找了回来，关再常还一心辅佐他，此时的，言家内部空前团结。

两大家族，言家和纪家，比起趋于稳定的言家，纪家渐渐式微。

没有一个有商业天赋的后代，两位小姐还挺能闹腾，纪老爷子年龄也大了。

如今京市，前有高深莫测的赵爷，后有归来的言家大少。

在这样的局势下，纪家就成了一块最香的蛋糕，大家兴奋地揣测，纪家肯定要完了！

别说他们，纪老爷子也意识到了事情的严重性。

他上了年纪，这两天总睡不着。

老爷子倒不怕死，毕竟人都有这么一天，可是如果他死了，纪家谁来守护？哪怕他活着，这两年对于纪家的生意，也是渐渐力不从心，人年纪一大，忘性也大，头脑不如以前灵活，甚至投资的胆子都没有年轻的时候大。

纪家一旦倾颓，谁来守护他的宝贝宁宁？

黛宁被养得如此娇贵，纪墨珏一旦护不住这朵娇花，他的宁宁可怎么办？还有纪墨珏，这个少爷脾气，到了一无所有的地步，他受得了吗？

纪恬那孩子也不是个省心的。

老爷子心里颓唐，意识到前有狼后有虎，一瞬像是老了好几岁。

就在这时候，那位从未碰面的“赵爷”发来了拜帖，言明他希望在周末，登门拜访纪老先生。

老爷子皱起眉，这是要开始对他们纪家下手了吗？

周末这天，老爷子严阵以待。

输人不输阵，他虽老了，可老骥伏枥，还不想让这位近来“猖狂”的赵爷更加无礼。

纪家往上数几代，也算得上贵族，而据说这位赵爷，一个泥腿子出身的人，竟然率先过来“挑衅”了。

阿拾开车，小心翼翼地把珠宝盒子递给赵屿，盒子里就是前几天宝矿里开出来的稀世宝石，对，就是被赵爷发神经，雕成小老虎的那一块。

赵屿拿起盒子，走进纪家。

他穿过花园，女佣们纷纷红着脸看他，谁都听过他的传闻，却还是第一次看见他，毕竟这三年，赵屿从未和纪家有过生意上的往来。

都知道他年轻，却不想还这样好看，气质沉稳儒雅，沉淀着难以言说的魅力。可惜了——他如今是纪家不小的劲敌，此番上门，恐怕来者不善。

李管家引他进去，纪老爷子坐在沙发上，不动声色地打量这个年轻人。

“赵爷？”老爷子总觉得这个人有几分眼熟。

赵屿敛眉：“不敢当，您叫我赵屿就好。小小礼物，送给纪老先生，不成敬意。”

纪老爷子几年前看过赵屿的资料，但是此刻完全不会把这位新贵和三年前那个村庄的小子联系起来。

老爷子对杏花村的记忆早就模糊了，他心中谨慎：“不知道赵爷今天来纪家有什么事情，如果我没记错，纪氏企业暂时和你没有合作。”

“之前的确没有合作，我今天来，是想和老先生谈别的事。”

用人上前，小心地为他们斟茶。

赵屿态度谦和，甚至可以说姿态放得很低：“我知道纪家情况不太好，这几年许多项目没有盈利，都在亏损，您一手创办的老牌子，渐渐失去市场，房地产这一块，几年砸了不少钱进去，至今没有回本。纪少的天赋并不在此，老先生应该没少忧虑。”

纪老爷子不动声色地道：“纪家的情况不劳赵爷费心，不知道你今天来，想谈什么？”

赵屿顿了顿，看着老爷子的眼睛。

“坞东宝矿，想必老爷子这两天有所耳闻，赵某以宝矿为聘，希望老先生能考虑，让我照顾您的掌上明珠纪大小姐。”

饶是纪老爷子心思多，也万万没想到赵屿会讲出这样一番话，说好了商战率先搞我们家的呢？结果你来求婚？还是对他们家那个小顽皮蛋有想法。

坞东宝矿有多赚钱，老爷子自然知道，闻言心里狠狠一悸，但他不可能用宝贝孙女换宝矿，不过老爷子也没生气，毕竟舍得拿身家来联姻的人，几乎没有，赵屿如果不是在搞阴谋，就是真的喜欢他们家宁宁。

“你喜欢宁宁？”

“是。”

纪老爷子沉吟，纪家局势不好，这种情况最好的解决办法就是联姻，但是联姻大多不幸福，比如早逝的纪先生和纪太太，婚后都是各玩各的，如果可以，老爷子怎么也不愿意让黛宁联姻。

纪家只要有个厉害的、能照顾宁宁的女婿，就能打翻身仗，眼前这人，不仅厉害，甚至还有联姻双重作用。

但想到传闻，纪老爷子看着赵屿手上的戒指，脸色一沉：“听说赵爷有爱妻，我们家宁宁和你没有缘分。”

赵屿低头摩挲了一下戒指。

“我可以解释。”

纪家用人非常好奇，这位赵爷究竟是来做什么的？竟然和老先生聊了那么久。

他离开时，李叔还笑吟吟地亲自送他，难道不是来挑衅的？

赵屿走了没多久，黛宁就回来了。

纪老爷子说：“宁宁过来，爷爷有事问你。”

黛宁在他身边坐下，笑盈盈地给他捏肩道：“什么呀？”

老爷子叹了口气："你和赵屿是怎么回事？他今天过来，说想和你结婚。而且你是怎么成了他的……"最后两个字，老爷子简直没脸说出口，"亡妻。"

赵屿不是想和她搞婚外情吗？亡妻又是什么东西？

见孙女儿也茫然，老爷子说："你是怎么想的？"

黛宁缓了缓："我才不要他，我有男朋友啦。"

老爷子心中不忍，却还是点醒她："宁宁啊，不是爷爷想逼你，言家的事情，你最近应该也听说过，关再常不好对付，言家失踪的继承人也回来了，你弟弟实在不是做生意这块料。你的男朋友恐怕没办法保护好你，我看那赵屿不是善碴，你和你的小男友在一起，他今后能护住你吗？"

黛宁咳了咳。

"实不相瞒，爷爷。"她严肃着小脸，说道，"我的男朋友，就是你口中那个言家继承人，言景。"

爷孙俩大眼瞪小眼，如果表情可以表达思想，青团觉得，老爷子现在的心情就是——

什么？说好的前有狼后有虎，结果一个是你前男友，一个是你现男友，宝贝你这么能，你咋不上天呢？

艰难搞商战的局，纪老爷子半点胜算都没有，原以为他们都想搞纪家，结果现在变成都想要你？！这个样子，让外面那些期待纪家倒下的，等着看笑话的人怎么想啊？

纪老爷子："那你想选谁？"

"我要给赵屿一个惊喜。"黛宁保持微笑，咬牙一字一顿清晰地道，"爷爷，我选言景。"

果然没多久，那位刚刚回归言家的继承人就前来拜访了。

得了黛宁提前透露的口信，这回纪老爷子表现得很淡定。

用人们探头探脑地看，他们不知道两位风云人物分别拜访是什么意思，还以为要大难临头了。

言景在纪家留的时间长很多，晚上老爷子甚至留了他吃饭。

饭桌上，纪墨珏一直沉着脸，用阴恻恻的目光盯着言景看。

言景看他一眼，也没有讨好“小舅子”的意思，低眸给黛宁盛绿豆汤，纪黛宁喝绿豆汤很讲究，在炎热的七月份，绿豆汤得是冰冻过的，要非常甜，盛的时候不能有半点儿熬碎的绿豆沙。

纪老爷子看不出对言景满不满意，但是纪墨珏非常不满意！

爷爷竟然答应让言家这小子和黛宁订婚！订婚典礼还就定在七月末！

纪墨珏咬住后槽牙，龇牙冲言景笑：“这位言大少，听说你小妈跟你舅舅关系不清不楚。我前段时间在一个慈善晚会遇见你爸，你猜怎么着，他搂了个嫩模，多嫩你知道不？顶多不过二十岁，我说你家这么有趣，难道是蛇鼠一窝吗？”

言景动作顿住。

纪墨珏眼中的恶意昭然若揭，他知道言景是个结巴，偏偏这几件还都是打脸的事实，言景根本没法反驳。

言景还没说话，老爷子拍了拍桌子，呵斥道：“纪墨珏，吃你的饭，你个混账东西怎么说话的？”

说罢，老爷子又对言景道：“小言，你别介意，我家这浑球儿没有规矩，我会好好教训他。”

纪墨珏撇撇嘴，一脸不屑，他专往陈景痛处戳，一会儿对他的结巴表示惊讶，一会儿说他喉咙上的疤，还说言景的成长环境。

纪老爷子气得直跺拐杖，恨不得打纪墨珏一顿。

言景嘴角微抿，手指紧了紧。

桌子下，黛宁柔软的手钻进言景掌中。

他偏头看她，黛宁埋着小脸吃饭，很是认真的模样，言景眼里露出一丝笑意，低声道：“没事。”

他悄悄握住黛宁的手，这顿饭不管纪墨珏怎么挑衅，言景的表情都不再变化。

谁都能看出言景的喜意，毕竟他也没想过纪老爷子会同意他和黛宁的事。

来之前，言景就了解过，纪家和言家积怨已久，他不被赶出来就不错了，他也做好了心理准备，可是事情的发展出乎意料地顺利。

言景眸中染上的愉悦之色，在纪墨珏看来刺眼极了，他扔下筷子，愤愤地看无动于衷的黛宁一眼："小爷吃饱了。"

说着，他离开了餐桌，见黛宁什么都不说，他像个跳梁小丑似的闹了一晚上，纪墨珏的脸色更黑。

纪爷爷不管他抽什么疯，对黛宁说："宁宁，你送送小言。"

黛宁理直气壮地道："他自己走嘛，外面热，我不要出去。"

"宁宁！"

言景立刻道："我自己、走，黛宁，不用、送。"

他摸摸她的头发，拿起外套起身，又恭敬地对纪老爷子鞠了一躬，这才离开纪家别墅。

出门前，言景回头。

餐桌前的黛宁捧着一个粉色陶瓷小碗，冲他笑得甜甜的，言景便也忍不住笑了。

这段时间再糟糕的心情，都在今天这个好消息中化为乌有，他或许应该试着再相信她一次，她或许是真的开始听话，决定不再和赵屿有牵扯，不然也不会同意和他订婚。

言景这辈子颠沛流离，无人可依，无处可去，这是第一次距离幸福这么近，触手可及，他甚至没法继续冷着脸，眼底都是暖洋洋的笑意。

这个男人要的，从来都很少。

黛宁咬着汤勺，视线上移，眸光流转。

楼上，纪恬静静看着这一切，手指握紧栏杆，见黛宁看自己，她一惊，松开手，恢复成弱不禁风的柔弱模样，回房间去了。

纪家和言家联姻的事，很快就在京市传得沸沸扬扬。

阿拾得知以后，心惊胆战，生怕赵爷会发疯，毕竟他那天上门求娶，连安身立命的坞东宝矿都愿意送出去，没想到这才几天，纪黛宁就要嫁给那个姓言的小子。

别人不知道，阿拾能不知道吗？

那个言家小子险些殒在赵爷手中，结果人没死，还成了情敌，抢了女人。

跟了赵屿那么多年，阿拾知道他的改变。

曾经的赵屿正直善良，眼底铺就的是坦荡的上进心，如今他眼瞳一片荒芜，只是听见纪黛宁这个名字时会出现生气的神情。他变得手段狠辣，变得心肠冷硬，变得疑神疑鬼神经质，连他的弟弟妹妹都怕他。

他像个冷静的疯子，更像个可怜虫。

知道黛宁即将订婚的那天晚上，赵屿没有下来吃饭，阿拾担心他，悄悄上去看。

七月的夜风吹进来，赵屿站在落地窗前，一言不发，看着万家灯火。

那一刻，阿拾突然从他身上看到了一种无力感。

这个男人回不到过去，却也看不见未来，他患得患失，靠安眠药入睡，想抓紧，不惜变得卑鄙可憎，他丢了自己，却发现怎样都不能得到纪黛宁的喜欢，人都会成长，可他长成了一个支离破碎的人。

刻入骨髓的无力感，只一眼，便让阿拾都跟着心里空落落的。

他心想，为什么非得这样呢？

如果大小姐愿意和赵爷在一起，他一定会慢慢好起来的，他会重新变得细心温和，正义包容。他那么喜欢她，大小姐要什么，赵爷都会送给她，她就是哄得他去死，赵爷想必也不会皱一下眉头，可她不要他，那样决绝又冷漠，甚至不屑与他虚与委蛇，断得干干脆脆。

阿拾真怕赵屿出事，可是出乎意料，第二天赵屿面色平静地打开了房门。

他牵起赵安安："大哥带你出门。"

这个曾经最信赖他的小女孩，闻言竟有几分犹疑。

"大哥不用工作吗？"

"今天不用。"

赵安安轻轻"哦"了一声，求救似的看向赵平。

赵屿蹲下身去，直视她的眼睛："怎么，大哥如今很可怕吗？带安安出去玩，安安都不愿意？"

赵安安涨红小脸，连忙摆摆手："不是的，我是怕打扰了大哥，我知道大哥很忙，我不怕大哥，我怎么会怕大哥呢？我、我……"

她越是紧张，越是语无伦次，还是赵平挺起胸膛站出来："哥，安安嘴笨，她不是那个意思，你带安安出去，可以也带我出去吗？"

"不可以。"赵屿淡淡地看他一眼，"你留在家。"

赵安安上车时，忍不住拉紧安全带，悄悄打量大哥，她算是赵屿带大的，可是这两年赵屿的精神状态很不好，要么就是拼命工作，赵安安与他生疏了不少，她自然更亲近这两年一直陪伴她的赵平。

“大哥，我们去哪里？”赵安安细声细气地问。

“到了你就知道了。”

车子在顺德府路停下，赵安安和赵屿在绿荫下坐了许久，赵屿盯着手机好一会儿，终于，他解开赵安安的安全带。

“下去。”赵屿说，“往前走，别回头。”

赵安安懵懵懂懂，按照大哥的指示下了车。

夏花开满整个花坛，路的尽头有一个少女咬着布丁，抱着男人撒娇。

男人笑得温和，他眸中只有她，却像是落满了星星，他低头，想吻她，少女软软的胳膊抱住他的脖子，仰起小脸。

赵屿手搭在方向盘上，静静地看着他们，他指节泛着白，面容依旧很冷静。

赵安安慢慢睁圆了眼，泪珠在眼睛里打转，她像颗小炮弹一样，冲过去抱住少女。

“呜呜呜，是你吗大小姐？我好想你，你还活着，大小姐……”

黛宁一僵，她低头，看见抱住她大腿的小姑娘，三年不见，泪汪汪的小姑娘看上去终于不再是一只又小又瘦的猴子，她的脸蛋变得圆润，终于有了几分精致的可爱模样。

黛宁咽下布丁，用手指抵住她的脑袋：“走开，你哭得好恶心，鼻涕都出来啦。”

赵安安吸吸鼻子，却笑得傻傻的，她的小手紧紧牵住大小姐，一下也舍不得松开。

她就知道，仙女是不会轻易死去的，大小姐一定在她看不见的地方活得好好的。

亲吻被赵安安打断，黛宁很不满意，她觊觎言景的气运，这次用亲自筹备订婚典礼的理由把言景约出来，本意就是偷个够。

但现在被一双水汪汪、带着感动和兴奋的眼睛看着，她怎么弄气运啊？黛宁试着拉开赵安安，可赵安安像害怕她消失一样，紧紧地抱着她。

黛宁鼓了鼓脸颊，对言景说：“不管她，继续亲嘛。”

虽然他也很喜欢亲她，可是这种不要脸的事，他暂时还干不出来。

“她是谁？”言景问。

不等黛宁回答，赵安安开口：“我叫赵安安，你是谁？”

她是有点儿敏感的。

这几年的大哥是什么样子，赵安安看在心里，早在三年前，赵安安就认定黛宁是她嫂嫂了，可是眼前这个帅气的叔叔给了她一种危机感。

大小姐不可以和别的男人这样抱的，哥哥会难过，她想保护大小姐，也想保护哥哥。

大小姐做什么，赵安安都觉得好，她只能懵懂地把敌意对准言景。

言景从小豆丁身上看出了几分那个人的影子，他瞳孔冷淡了几分，抬手拎起来赵安安。

他看看挣扎的赵安安，又看黛宁，几乎是冰冷着嗓音问：“不要、告诉我，这东西、是你、和他、的……”

纵然他没有说完，可是谁都懂了未尽之意——你和他的孩子。

赵安安说：“你放开我，放开我，大小姐，救救我……”

行吧，这下约会彻底没气氛了。

黛宁气哼哼地转头，果然看见老榕树下停着一辆黑色的豪车，车主人抬起眼睛，隔着一个夏天的距离，安静地与她对望。

黛宁转头，故作矜持地建议：“是啊，这小家伙是赵屿的女儿，咱们悄悄把她弄死吧！”

赵安安作为她的脑残粉小迷妹，茫然地眨眨眼。

赵屿撑住额头，眼尾发红。

——“我与赵安安，谁可爱？”

——“安安。”

——“我与赵安安，你救谁？”

——“她。”

曾经在他心中无比重要的赵安安，如今被他随手赶到纪黛宁身边，企图让她的心软一点，甚至得知黛宁还活着时，他并没有告诉同样伤心了好几年的赵安安，他想独自占有她，害怕失去她，已经到了连赵安安都容不下的地步。

他放下手掌，遥遥地看着她。

赵屿甚至怀疑，三年前，她只对赵安安有几分真心。

他连自己的妹妹都嫉妒，怪不得一向敏感懂事的安安，都会有几分害怕他。

第二十章

订婚典礼

黛宁这样胡说八道，反倒比辩解更有效果。

言景转头，看见赵屿的车，他眸光深了深，他把手中的小丫头放下来，冷声说：“走开。”

他嗓音嘶哑可怖，赵安安本就胆子小，吓得一抖。

黛宁微不可察地皱了皱眉。

赵安安看看大小姐，又看看言景，再看看远处车里的哥哥，一时不知道怎么办才好。

“大小姐……”

行了，黛宁见不得她哭。

“不许哭。”

“哦。”赵安安憋住眼泪，乖巧地看着她，眼中依旧带着傻傻的欢喜。

“看见你就讨厌。”黛宁鼓起脸颊，她嫌弃似的，握住小姑娘的胳膊，带她往赵屿那里走，“你哥是没给你饭吃吗？瘦成这样。”

赵安安腼腆地道：“我回去一定好好吃饭。”

黛宁敲车门：“开门。”

车锁打开，黛宁看着赵屿，笑得坏坏的：“赵爷，听说你这个月就要回坞东，那可惜啦，也许刚好错过我的订婚典礼呢。”

赵屿抬眸，冲她颔首，目光冷静而克制。

如果不是足够了解这个男人，黛宁甚至会以为他一点儿都不在意。

“喏，你妹妹，看好了喔。”她说，“赵安安，上车。”

赵安安吸吸鼻子，她像个小粘人精，不需要赵屿讲，又转身抱住黛宁，不舍到极致。小丫头眼中全是倾慕和信赖，漂亮干净得像无垢的天空。

黛宁心中懊恼，她哼了一声，扶住赵安安的肩膀，推开她。

大小姐依旧是凉薄无情的刻毒模样，连神情都是高傲的，仿佛赵安安是什么脏东西，只有青团感知到，黛宁悄悄地抱了赵安安一下。

非常短暂的一个动作，短暂到可能赵安安自己都不知道，青团意识到这个事实，有几分哭笑不得。

从绑定黛宁那天开始，它就知道她是个黑色灵魂的女配，如果没有颜值加持，说是炮灰都不为过，她并不是什么好人，没有正确的三观，性子娇气，会撒谎，爱干坏事。

可她又喜欢而向往美好的东西。

所以她会悄悄拥抱赵安安，会笨拙地试着成全章右英，不再故意勾厉扈惹她伤心，她对男人很恶劣，却对着柔软的女孩子手足无措。

大小姐吃软不吃硬，恨不得在赵屿心头扎刀子，因为赵屿先前试图禁锢她。

赵安安爬上了车，黛宁转身就走，赵屿道：“我过两天来找你。”

他们的车开走，黛宁被人从身后抱住。

她在言景怀里，显得特别娇小，言景的力道有点紧，意识到什么，他才松了手，抿紧唇瓣，眉头依旧皱得能夹死苍蝇。

黛宁弯起唇，笑得乖巧可爱，仰倒在他怀里。

“走吧，起风啦。”

她什么都不解释，似乎笃定，无论发生什么，言景都会忠诚得像条狗。

“哥哥背人家回去嘛。”

他沉默着，最后蹲下，让黛宁爬上他的背。

她喜欢这份温顺，软软的胳膊搂紧他的脖子，笑着和他讲话，语气难得的甜蜜温柔，言景走累了，她偶尔还给他擦擦汗水。

真是渣得明明白白。

她不怕被人抛弃，也不怕被人质疑，她把自己的坏摆在了明面上，舍不得的人反而变成了气运子。

青团突然想起一句话——终是庄周梦了蝶，你是恩赐也是劫。

它最近文艺得可怕，看一眼言景，惆怅地想，你的梦又能持续多久呢？

订婚的日子渐近，纪恬的脸也慢慢恢复了。

还真是女主角运气，黛宁心想，如果是自己，鼻青脸肿又闹自杀，肯定得毁容，而纪恬皮实得很，养好以后又跟个没事人一样。

这也是黛宁特别矫情的原因，她倒霉而脆弱，舍不得自己出事。

黛宁不信纪恬不搞事情，这几天一直提防着她，没想到纪恬安分得不得了，连纪墨珏也不再刻意讨好，在纪家像个透明人似的，倒是最近悄悄出过两次门。

黛宁低声道："跟着她。"

傍晚黛宁的人回来，在黛宁耳边低声说着什么，黛宁有点儿诧异，转眼一想，就差夸纪恬干得漂亮！

纪恬再不动手，想想她都得嫁给言景了，这就不好玩了啊。

女主角以为自己每次都能全身而退吗？这次她要给纪恬一个终生难忘的教训。

言景对订婚非常上心，事事亲力亲为，黛宁也乐在其中，不为别的，就为了看关再常那老狐狸黑得发青的脸色。

言家和纪家的对立关系保持了多年，关再常不是没有野心，只是这一切比起林韵如，微小得可以不计。

现在因为大少，他得对纪家那个小魔女恭恭敬敬的，想想都憋屈，而且更过分的是，比起学习商务，言少更关心纪大小姐每天吃什么，会不会吃坏肚子，会不会感冒。

关再常心里有句话，不知当讲不当讲，诡异的，关再常竟然明白了几分古代清君侧的臣子内心那种无力之感。

又过了两天，黛宁竟然收到了章右英的邀请，她觉得好奇，出门赴约了。

章右英的打扮依旧偏中性化，见了她，面上露出几分别扭的鄙夷，但是眼睛深处的羡慕却难以掩盖。

人就是这么奇怪，人人都在羡慕自己没有的东西。

章右英羡慕黛宁的美貌和女儿家的娇气，而大小姐，纵然嘴巴不说，心里也不承认，可她大概率羡慕章右英的简单和勇敢纯粹。

"找我什么事呀？"

"关于厉扈，我想和你谈谈。"章右英握紧杯子，"他状态不太好，我不知道你们是怎么回事，如果可以的话，你能去看看他吗？"

黛宁古怪地看着她。

章右英抿紧唇，看得出来，她也是下了很大的决心才愿意来干这么丢人的事情，毕竟黛宁是她情敌，请情敌去看喜欢的人，真是没谁了。

“他很难过，我认识厉扈那么久，他的心情从来没有这么低落过，厉扈也很可怜的，小时候他妈妈经常打他。”

“他难过的话，你可以安慰他呀，找我做什么？”

“我、我不会。”章右英别开脸，“而且，他喜欢你，我看得出来。”

青团同情地看着章右英，心想，这个死板的像块石头的女孩，但凡有半点纪黛宁的手段，也不会单身单得那么凄惨。

黛宁咬着吸管，慢吞吞地道：“你真的想要我去安慰你的心上人吗？”

章右英涨红了脸。

黛宁笑嘻嘻地道：“你看看你，又希望我答应去看他，又不希望我去，这个小变态也就你稀罕，我才不喜欢，他大概率是中二病，真那么喜欢我，怎么不发疯，不求我，甚至不自己来找我？”

章右英听得不明所以。

大小姐拿出一颗糖，带着小气又不舍的表情，放进章右英掌心。

“你守了他那么多年，别再总想着成全啦，好歹试试彻底和他说明白，最糟糕的也不过回到原点，可是万一成功了呢？”

章右英握紧掌心的糖，内心不无触动，她看起来高挑，实际也不过是个才成年的女孩。

两个人走出铺子，黛宁一眼看见等在门口的赵屿，他前几天说过会来找她，没想到会是现在。

章右英别扭地对黛宁道：“我明白了，谢谢你，我走了。”她走几步，又回头补充，“如果你以后来凤鸣，可以找我，我罩着你。”

黛宁的大眼睛亮亮的，她点点头。

其实黛宁那个“男人不听话”的理论纯属乱讲，毕竟她自己的日子也是摸索着瞎过的。

可是她也想不到，若干年后故地重游，章右英这姑娘竟然上演了一出“娇妻带球跑”的戏码，也是厉害得不行。

此刻，章右英离开，赵屿打开车门，示意黛宁上车：“我有话想和你说。”

“一分钟一百万。”

赵屿道：“可以。”

“实时转账可以吗？”

“可以。”

“那不要在车里，我要去这栋楼的空中花园。”

赵屿顿了顿，点头。

可以，都可以，黛宁好奇地看着“赵可以”交涉去了。

这栋楼的空中花园并不对外开放，据说是老板为故去的爱妻建造的。

黛宁没觉得赵屿能谈成功，她开那些条件不是为了答应他，而是为了耍他，想必赵屿也明白，毕竟她睚眦必报。可是没一会儿，她真的进入空中花园时，还觉得不真实。

“你和老板说了什么？”黛宁好奇地道。

炎热的七月份，空中花园竟然是片气候温和的净土，泥土松软，彩蝶蹁跹。

玫瑰热烈如火，高耸的老树垂下万千枝条，绑了一架精巧的秋千。

其实赵屿并没有说什么，老板看了他好一会儿，摇头说了两个字——“可怜”。

他得到了二十分钟的使用权。

“不是有话说吗？这样看着我做什么？”黛宁十分不解，她轻轻踢他，“五百万了，你是不是想让我别和言景订婚啊，不可能，当然，你也可以试着阻止嘛，你之前想杀他，多试几次，万一成功了呢？”

她细嫩的手指抚上秋千，一张绝艳的小脸笑意盈盈。

“他死了，我就嫁给你呀，你说好不好？”

赵屿低低笑出声，他的笑声越来越大，不知道在笑谁。许久，他敛住笑，淡淡地看着她，手抚上她的脸颊。

“纪黛宁，我放弃你了。”

黛宁愣住。

什、什么？

“这游戏，我不陪你玩，我退出，你这辈子，尽情玩得开心些。”他的手指很温柔，拂过她的眉眼，说着放弃她的话语，眼神却带着很浅的柔光，“你可真是……”

这句话没有说完。

黛宁眨巴着眼睛看他。

重逢后的赵屿似疯似狂，再也不见了当年运筹帷幄的冷静温和模样。

但此刻，眼前的男人却渐渐与三年前的赵屿重合起来，他脊背挺得笔直，整个人也像棵宁折不弯的柏杨树，哪怕根渐渐腐朽死去，也要风骨依旧留存不变。

黛宁看不懂赵屿眼睛里是怎样一种情感，半晌拉拉他的衣角，无辜地冲他笑笑。

“我有点儿后悔啦，要不我悔婚，和言景分手，和你在一起，好不好呀？”

他低眸笑笑，摸摸她那头软软的小鬈毛，没说好，也没说不好，可这就已经是明晃晃的拒绝了。

黛宁有几分窝火，她向来最不喜欢无法掌控的东西，哪怕前段时间赵屿发疯要囚禁她，她都能想出最刺他的心的对策，还能全身而退，他怕她闭上眼睛不再醒来，她偏偏要让他再次感受，逼他放自己走。

可是现在，她无法预料赵屿要做什么，只好故意试探他，可赵屿并不上当。

蝴蝶落在她的肩头，这场谈话不欢而散。

黛宁离开之前，赵屿说：“等等。”

她眼睛亮了亮，轻轻哼一声，后悔了吧！

赵屿蹲下来，给她把散开的鞋带系好，他垂着眉眼，仿佛拂去一粒灰尘那样自然，不见卑微，也不见讨好，平静得过分。

起身后，赵屿从西装口袋里拿出一张支票，他签好名，放在黛宁掌心。

“数字自己填，你觉得高兴就好，答应你的事，总不至于哄你。”

她拿着支票，抿起小嘴看他，不解、疑惑，这时候，反倒真像个懵懂的孩子了。

赵屿说：“回家吧。”

到了家里，黛宁依旧一脸茫然。

“赵屿想做什么？”

青团也不晓得啊，它太难了：“被、被你玩坏掉了？”

“他不喜欢我啦？”

不，青团想，他是拿你彻底没办法了。

他想做回曾经的赵屿，剩下最后的尊严，不要狼狈得满盘皆输。

过了几天，黛宁听说赵家人离开了京市。

彼时黛宁支着下巴在挑选订婚的婚纱，闻言翻过一页，漫不经心地“哦”了一声。

赵屿就是不爱她了，看看吧，男人的爱就是那样可笑。

对比之下，言景哥哥反倒可爱起来，兴许他也有直觉，订婚典礼越近，言景越不安，隔三岔五就来看她，每次来了也不说话，沉默着，任她在怀里撒欢。

她想要气运时，便主动勾他去吻她，这套路鲜少落空。

有时候看着言景的双眸，黛宁知道，这男人其实不是个傻子，只是他明白，傻子配骗子，才可能赌赢一次。

哥哥偶尔也有强势的时候。

订婚典礼前一天，他捏住她的下巴：“说爱我。”

黛宁粉嫩嫩的腮帮微嘟，非常嫌弃：“你都多大的人啦，还喜欢听谎话。”

这话很过分，言景脸色当场就黑了，她靠在他肩头，像个无忧无虑的小妖精：“我不骗你，哥哥，撒谎很累的，但是我可以试着明天比今天多喜欢你一点。”

这话罕见地带有几分真诚。

言景的脸色莫名缓和下来，他弯起唇角：“嗯。”

他真的很好哄，也容易满足，黛宁觉得好玩，又开始浪，在他耳边小声说了句什么。

言景咬牙，反手把她按在床上，她双手被扣住，一副弱小可怜的无辜模样，两人对视半天，他气恼地走了。

黛宁笑得不行。

青团也是满脸黑线，纪黛宁不作，安分一天不行吗？刚刚那句野得它差点被关小黑屋。

纪黛宁心野了啊，什么骚话都敢说。

她就是仗着言景的自卑和自制力，不敢动她，换作赵屿，她真的会哭。

不，赵屿也被玩坏了，疯了又清醒，现在都不要这小妖精了。

青团真怕黛宁彻底翻车，可它再去看时，黛宁已经累得睡着了，它抱着偷来的气运，识海一片温柔宁静。

想起黛宁前几天悄悄和自己定下的约定，青团啊呜一口吞掉气运，感觉自己又棒又沧桑。它穿行大千世界，是什么时候开始为虎作伥的?

黛宁停止了气运供养，而青团越长越胖。

青团：夭寿了。

天气明媚，今天是纪家大小姐和言大少订婚的日子。

纪墨珏一大早砸了不少东西，甚至家里的一件古董也被他弄坏了。

他像只暴怒的小狮子，憋屈又生气，换作以前，他还能和黛宁说上几句话，可是现在黛宁完全把他当透明人。

用人都不敢触他霉头。

“二小姐。”

“哥哥还在发火？”

“是，您有空劝劝他吧。”

纪恬笑笑：“我知道。”

她换上了一身香槟色的礼服，捡起被纪墨珏摔坏的东西，纪墨珏烦躁地扯扯领口：“你怎么在这里？”

“我来看看你，哥哥，你为什么生气？”纪恬柔声问。

纪墨珏皱着眉：“纪黛宁不可能喜欢言家那小子，和言景订婚，肯定是爷爷的主意。小爷不是废物，用不着她嫁过去保住纪家。”

“有可能大小姐是真的喜欢言少呢，哥哥这几天在公司，可能没看见，大小姐经常和言少出去玩。”纪恬抿唇笑，“再说了，你不用急，这只是订婚，不是结婚，哥哥以后有时间劝她。别生气啦，我们该过去了，也是给姐姐面子。”

另一边，黛宁已经在游轮上。

订婚典礼在海上豪华游轮上举行，她伸出手，感受着海风吹过手指，身后有人催她换衣服。

黛宁穿上红色旗袍，问青团：“今天我美吗？”

青团假装魔镜，用夸张的语调说：“哦，我的小姐，你是世界上最美丽的女孩子！”

黛宁美滋滋地扬起小脸。

化妆师要来给她上妆，她推开他们，兀自跑向另一个房间。

言景在扣西装扣子，一个软乎乎的身子撞进他怀里。

“怎么了？”言景含笑问。

黛宁用脸颊蹭蹭他的胸膛：“没怎么，就是觉得好幸福。哥哥，以后你会对我很好吗？”

“会。”

“等我以后变老，变丑，你会不会不喜欢我啦？”

言景心里软成一片，他在她粉嫩嫩的脸颊上亲亲：“这辈子、只、喜欢你。”

“你老实说，初见那天，捡到我，你动心吗？”

让男人承认为肤浅的美色心动是件不太容易的事，他看着她，好半晌，缓缓点头。

黛宁大眼睛里漾出笑意，朝后退了一步。

“哥哥，典礼见。”

言景怀里一空，也不知道为什么，他心中怅然若失，下意识想伸手去握她的手。

见她消失在转角，言景被催着去准备其他事，他这才收回目光。

黛宁踩着小巧的高跟鞋，红色旗袍上的凤凰栩栩如生。

太阳出来了，天空碧蓝如洗，海面波光粼粼。

很可惜，黛宁知道，不会有典礼，让他见见他的准新娘，就是黛宁最后的仁慈。

黛宁低头看一眼手机上的短信，走吧，去面对她逃避了许久的事。

纪墨珏在一艘摇晃的小船上醒来。

他四肢被绑住，嘴巴也被堵住了，船只被汹涌的海面拍打得摇摇晃晃。

他头痛欲裂，听见一个男人问：“她会来吗？”

女人含笑的嗓音十分笃定："来不来都无所谓。"

纪墨珏听见这熟悉的嗓音，整个人如遭雷击，他动作剧烈，撞倒了木扎，女人回头，正是他柔柔弱弱的妹妹——纪恬！

"啊，我的哥哥醒啦。"

纪恬袅袅婷婷地走过去，拿下他嘴上的胶带，体贴地问："哥哥，头疼吗？需不需要我帮你揉揉。"

纪墨珏的表情跟见了鬼似的。

"你……为什么……"

"不为什么啊，哥哥。你们纪家都只看得见纪黛宁，我算什么呢？我为老头子洗脚，为你做饭准备礼物，与其说你需要一个妹妹，不如说你把我当成了一个用人，我对你好，你就施舍我一点东西，对你不好，我就是你口中贱人的孩子。"

纪墨珏皱眉："不是的，恬恬，你不要做傻事，放开我，我们回去，这件事我不会说出去，如果你心里委屈，哥哥以后会注意。"

纪恬突然笑出声，一巴掌打在他脸上。

"够了，谁要你假惺惺，一个没本事还脾气大的二世祖，真当我稀罕你，我看见你们纪家的人就恶心，我恨不得你、那个偏心的老头子，还有纪黛宁，统统死了才好！"

她心中快意难挡。

从来到这个世界成为杜恬开始，她就处处受制于人，讨好赵屿，讨好言景，气运子就算了，还要讨好这些炮灰。他们都不知道，她逃命的那三年，过得都是什么日子，为了活命，她甚至陪一个脑满肠肥的男人睡过一觉！

这件事她谁也没说，但是这一笔笔账，她全部记在了纪黛宁和赵屿头上。

如今言景也不爱她，那她何必再委曲求全！

既然这些贱人不容她，早晚有她涅槃的那天，她会让他们好看。

纪恬伸出手："崔尧，给我刀子。"

船头的男人回过头，他少了一只耳朵，脸上有大片烧伤，显得狰狞可怖，正是侥幸活下来的崔尧。

崔尧皱眉："恬恬。"

“给我刀子！”

崔尧叹息一声，把刀子递给她，纪恬一刀扎进纪墨珏腿里，纪墨珏痛得身体抽搐。

“你……我是……你亲哥哥。”

纪墨珏的震惊、难受和不解，全部都是真的，他完全不明白，为什么乖巧可人的妹妹会突然变成这样，他裤兜里甚至还揣着一个小小的首饰盒，是准备给纪恬的礼物。

他知道纪恬前段时间不开心，打算哄哄她，首饰的价格不会比送给黛宁的便宜。

纪恬冷笑一声：“哥哥？”

现在她已经完全不屑于伪装了，看着纪墨珏精致帅气的脸，她捏住他的下巴，凑过去吻上他。

纪墨珏这下总算奓毛，恶心透了，别开头：“纪恬，你有病是不是？”

纪恬又给了他一巴掌。

纪墨珏这回没忍她，虽然被绑住，但他一脚踹过去，纪恬被他踹得一趔趄，没有站稳，还好崔尧眼疾手快扶住她，没让她摔倒。

纪恬捂住小腹，恨恨地道：“真正和你有血缘关系的纪黛宁马上就要来了，到时候我会仁慈些，让你们死在一起，既然一起被孕育，那你们就一起死吧。”

“疯女人，纪黛宁怎么你了？做梦吧你，老子为了你和她闹掰，她不可能来。”

崔尧问她：“没事吧？”

纪恬摇摇头，愉悦地道：“十分钟之内，纪黛宁不来，就剁掉纪墨珏的四肢，作为我的贺礼。”

崔尧低下头：“好。”

纪墨珏脸色变了变，他纵使再蠢，这回也明白了什么。

纪恬根本从来就没把他当成过哥哥。

想起为了眼前这个人，他总是和纪黛宁闹矛盾，他心里一时间特别难受。

他咬牙：“要杀就杀，搞这些，你变态吗？”

他不知道那个幼稚娇气的姐姐会不会来，毕竟这么多年了，他们的关系势同水火。这次是他眼睛被屎糊了，把纪恬当个宝，不然也不会这么容易着她的道，而纪黛宁一直不喜欢纪恬，所以也安全，没必要来遭这份罪。

海面一望无际。

纪恬摇摇头："看来她不会来了，崔尧，动手。"

崔尧拿着刀走过来，摁住纪墨珏的左手，纪墨珏再硬气，这种时候也满脸冷汗，忍不住破口大骂。

刀光一闪，纪墨珏都要绝望了，有人突然道："她来了！"

崔尧停手，纪墨珏愣住，看向远方的海面，一个身着红色旗袍的少女，一个人开着游艇，破浪而来。

她的速度很快，划开的海浪成了白色，一双黑漆漆的瞳似有所感般对上了纪墨珏的眼睛。

往事种种——

"纪黛宁你又欺负恬恬，她胆子小，你就不能善良点？"

"相信谁？纪黛宁你当我没长眼睛吗？明明是你干的蠢事，还想诬赖她！"

"恬恬哥哥带你走，她再欺负你，你跟哥哥说。"

"纪黛宁你自己看看，你这副样子，有哪点比得上恬恬！"

还有她出事被毁容的那个夜晚，她打电话给纪墨珏说车子抛锚，她一向性格高傲，还是头一次示弱，可是他说："又玩这种把戏，以为我会上当？恬恬因为你受伤，我在医院，少说些谎话。"

这是她的弟弟，小时候摇摇晃晃地抱来奶瓶和她分享的弟弟，长大后却珍爱别人，与她越走越远。

黛宁收回目光，轻轻吸一口气，海浪声阵阵，她的眼睛渐渐变得清透明亮。

她害怕过，彷徨过，她知道纪墨珏是个蠢货，可是总有些东西，纵使灵魂变成黑色，也无法舍弃。

纪墨珏嘴唇颤了颤，什么也说不出来。

他没想过纪黛宁会来。

眼见黛宁的游艇渐近，纪恬眸中闪过一丝快意。

今天新仇旧恨一起算，纪黛宁挡她的路，害她三年凄苦，还被迫委身给一个恶心的男人，有纪黛宁一天，这些气运子永远看不见她纪恬！

纪黛宁有哪点好？娇情娇气，既不温柔，也不体贴，纪恬甚至知道，纪黛宁一点儿也不善良，偏偏这些男人像魔怔了一样，全部都喜欢她，哪怕是纪墨珏这个蠢货最讨厌她的时候，心里也舍不得她。

不就是卡着一张好看的脸吗？纪恬心中的怨恨一闪而过。

崔尧拿起望远镜观察一番，低声道："她一个人来的。"

"好，按计划。"

黛宁在前方停下游艇，纪墨珏忍不住道："你来做什么？回去！纪恬已经疯了！"

黛宁没看他，定定地看向纪恬，好半晌，她甜甜地弯起唇角："你把纪墨珏放了吧，他很蠢，你也知道。我讨厌你，但是他没讨厌过你，你想要的是我，用我换他怎么样？"

纪恬不明白，这种时候，纪黛宁为什么还能笑得出来。

"纪黛宁！"纪墨珏挣扎着，"小爷不要你换，回去，我让你滚回去！"

黛宁用手指在唇上一点："安静些。"

她依旧看着纪恬，眨眨眼睛，糯声问："你考虑好了吗？不愿意的话人家回去订婚啦！"

"纪黛宁！你从那艘小艇上过来！"纪恬冷声道。

黛宁摇头："你先放了纪墨珏。"

"你想要什么花招？现在是我在和你谈条件，你没有选择的余地。你信不信我现在就杀了纪墨珏？"

黛宁摇摇头："如果我过去，那么今天我和纪墨珏都得死，如果你不愿意换，你现在就杀了他吧。我立马开游艇走，你们的船追不上我。"

两方一时间僵持起来。

海面上突然有烟花绽放，所有人怔住，这本来是黛宁的订婚时间。

黛宁回头看了眼，她红色的旗袍在广袤的海面成了最鲜艳的一点，她眼中绽放出星星点点的笑意，看向游艇上的针孔摄像头。

她能想象那头究竟会造成怎样的混乱，她似乎能透过屏幕看见言景苍白到可怖的脸。

如她所说，三十分钟前，众人才发现准新娘不见了。

言景脸色沉得可怕："找！"

他大步走下楼梯，遇见关再常，关再常皱眉："不是我，小景，关叔再不喜欢那个小妖女，也不至于对她动手。男人在商场上的事，牵扯女人算什么。"

言景闭了闭眼："抱歉。"

关再常说："我知道你关心则乱，这次订婚，很多人都来了，我们不能这样大张旗鼓地找人，否则里子面子都不剩。你这是第一次作为言家继承人露面，我们先拖延时间，悄悄找纪黛宁。"

关再常怀疑纪黛宁跟赵屿跑了，万一是真的，现在公开找人，那他们家言少的面子往哪儿搁。

言景握紧拳头，冷声道："发广播、每个人、找她！"

关再常叹息一声："是。"

广播声响起，众人纷纷诧异，纪家大小姐竟然在这个时候不见了。事情发生得突然，原定仪式甚至来不及取消，直到烟花在甲板上空绽放，大家看见，大堂的屏幕之上突然出现一个画面。

娇小美丽的少女站在游艇之上，回头看他们。

"是纪大小姐！"有人惊呼道。

"言少！"在关再常的呼唤声中，言景跑过来，死死盯着大屏幕，他愿意与黛宁装疯卖傻，并不意味着他真是个傻子。

要失去她的惶恐感，在这一刻，猛然涌上心头。

他狠狠地砸了一下屏幕："纪黛宁！"

可惜，他能看见她，却没法与她说话。

而此时，众人看到屏幕那边的纪二小姐说话了。

"我答应你的提议，可是有个条件，你用刀，在自己脸上划几刀，我把纪墨珏给你。否则……"她打了个响指，崔尧面无表情，刀搁置在纪墨珏手腕上，鲜血浸出来。

黛宁勉强道："好的呀，等等。"

所有人都盯着她，黛宁在游艇上找到一把小刀。

纪墨珏扭动着身体："纪黛宁，你是不是傻，你不是讨厌我吗？你在做什么？！小爷不要你救，不要你救！纪恬，我灭了你祖宗！"

看得出来他是真的怒急攻心，都忘了纪恬的祖宗也是他祖宗。

黛宁将刀子对准她那张嫩生生的脸蛋时，所有人的呼吸都绷紧了，纪恬则兴奋地看着她。

黛宁面对着摄像头，刀子划破皮肤，鲜血蜿蜒流下。

她疼得眼泪汪汪的，可是忍住没有哭。她从小到大鲜少受这样的伤，以前不小心划破手指，她都可以娇气地抱怨半天。

她又划了第二刀。

纪恬眼中带着快意："不够。"

第三刀，第四刀……

纪墨珏疯狂挣扎起来，甚至不管刀子嵌入自己的手腕，崔尧皱眉，挪开了刀。

纪墨珏的眼眶已经红透了，他低着头，眼泪落在甲板上。

他知道错了。

纪黛宁……

黛宁整张脸被血染红，丝毫看不出之前风华绝代的模样，她仰起小脸，泪盈盈地看着摄像头，嘴唇动了动。

屏幕那头所有人都看懂了，她似乎在喊——"哥哥"。

言景脸色惨白，他踉跄着后退一步："关叔、我、求你、求你，救她……"

可是所有人都心知肚明，大海茫茫，即便他们知道黛宁在哪里，也来不及了。

纪恬畅快地笑出声，她拍了拍掌心："崔尧，和她换人。"

黛宁疼得站不太稳，她昏头昏脑地从自己游艇上放下救生艇，看着对面将纪墨珏带过来。

两方缓缓行进，崔尧带着纪墨珏，黛宁眼前一片鲜红。

终于，到了交换人质的时候，崔尧目光一闪，刀子突然往纪墨珏腹部扎去。

纪墨珏被绑着根本没法躲开，一个娇小的身体突然扑倒他，他怀里一软，怔怔地看着黛宁血淋淋的脸。

他一眼就看见了她眼里的泪。

七月的海面，太阳升起来了，她身上带着幽兰的香，夹杂着血腥味，小声啜泣。

纪墨珏腿一软，跪在了她面前，让她靠在自己怀里，他们像还在母亲的子宫里那般，紧紧依偎着。

纪墨珏的眼泪打湿了衣服："姐……"

他从没有像这一刻一样这么恨自己，一母同胞，明明他该是顶天立地那个，可这么些年，从父母去世，他没有一天保护过她。

他不喜欢她的目中无人和跋扈，也不肯喊她姐姐，越长越大，他几乎都快忘记了，当她还是个粉团子的时候，他小心翼翼地走过去，在她脸上吧唧一口，把她团在怀里睡着的模样。

是他错了，他把父母的死怪在了黛宁身上，他怪她的漠不关心和冷血，他总是想，如果纪黛宁那天开口劝一句，爸妈就不会上那架飞机。可她只是远远站着，撑起一把瑰丽的蕾丝伞，裙摆盛放，骄矜漂亮得嘲讽，看着他一个人努力。

纪墨珏颤抖得厉害。

是他错了，他起初明明是那么喜欢她啊，她才是一直在他身边和他一起长大的小公主，他明明比爷爷都喜欢她，什么时候他竟然忘记这一切了呢？

纪恬看着依偎在一起的黛宁姐弟，扬起唇角。

"真是精彩。"纪黛宁的脸毁了，命也保不住了，她倒要看看，从今以后，对方还怎么阻止自己。

"崔尧，动手。"

是，纪恬就没打算守信，纪黛宁一个女人，纪墨珏也被喂了药，两个人都没法反抗，纪恬一个也不会放过。她知道自己做的事法理不容，解决掉一个和两个，又有什么区别呢？

斩草要除根。

纪家老头儿一死，这一家人就死绝了，等他们都死了，她就和崔尧坐上船，开往那个孤岛，去寻找第三个气运子。

他和他们都不一样……

他一定会喜欢自己的。

崔尧扬起手，黛宁猛地站起来，她找不到方向，青团说："右前方！"

她哼哧着，用尽全力撞向崔尧，这样大的力道，海面呼啸，顷刻间，她与崔尧一同落进了海中。

冰冷的海水将她浸没，黛宁用尽吃奶的力气，缠住崔尧的脖子，与他一同下坠。

去死吧，纪恬的走狗。

崔尧想扯开身上软乎乎的少女，可她看起来像软弱无力的菟丝花，这种时候却比海草还坚韧顽强，死死地拖着他。

崔尧的脸涨成了猪肝色，他感觉到自己把她嫩生生的手臂扯脱臼了，可她依旧不松手。

海面上，纪恬冲向船舷边。

“崔尧！”

崔尧在海中睁开眼，看见面前得意地冲他笑的少女，她的眼睛里像是落满了一整个深海的星星，这种时候了，竟然还漂亮得不像话。

她凑过来，抱紧他的脖子，似乎要吻他，饶是崔尧，看着她花瓣般的唇，也愣了一瞬。

可是下一刻，脸上一痛，她跟食人鱼一样，狠狠地咬了他。

崔尧索性抱紧她，那就一起死好了，这也算为纪恬完成最后一件事。

他们不断下沉，恍惚间，黛宁说：“团子，别光看，快救我。”

“哦哦，来了！”

还不待它发力，一个身影迅速往下潜。黛宁的肩膀被人捉住，在海水的推力下，她进入了一个冰冷的怀抱。

他低眸看她。

黛宁抱住他的腰，竟然是早就说过放弃她的赵屿。他以一种保护的姿态，拥她入怀。

赵屿给她渡了口气过去，带着她往上游。他们潜得太深了，而黛宁早没了力气，软绵绵地挂在他身上。她拍拍他肩膀——放开我，你再不走，会死的。

赵屿依旧把她往上送，他们离天空越来越近。

他又渡了口气过来，这次缱绻些，他吻了她。黛宁混沌的意识清醒了几分，终于勉强看清了男人的脸。

他们快要靠近救生艇时，赵屿的人连忙跳下来，伸手要拉他们。赵屿突然松开手，他冷冷地看黛宁一眼，张开手臂，放任自己在海水中沉浮。

他以一种平静的姿态沉下去，这次换黛宁亲眼看着自己死在她面前。

今天是她的订婚典礼，他本来也是要做这样一件事的。

纪黛宁可以不爱他，她可以没有心，但他是赵屿，他不会任由她摆布，为了她痛苦一辈子。

赵安安欠她一条命，三年前的赵屿说，若她死了，他去陪她，诺言实现得晚些，可他从来没有骗过她。

她大可与陈景在一起，她这一生，最好贯彻冷漠，别想他一次。

赵屿的人快要碰到黛宁了，黛宁却突然向赵屿游过去。

她无畏地破开海水，握住他冰冷的手，没有谁可以逼她学会爱，逼她记住一个人，赵屿也不会例外。

“青团，救他！”

前面就是旋涡，只在一瞬，赵屿被卷了进去，他眼里没有半点儿害怕，只是看着黛宁，带着几分自己都难以掩盖的温和。

纪黛宁，我真的挺恨你的。

可是还好，也挺爱你。

她抿着嘴唇，海水将她推远。黛宁猛地闭上眼睛，青团不知道她哭没有，毕竟眼泪落进海水，也不会有人知道她哭过。

事实上，它现在非常慌，他们的计划里没有这一环节，这段时间从言景那里偷来的气运本就不多，只够让黛宁保命，如果救了赵屿，那黛宁怎么办？

“青团！”黛宁在识海里厉声喊，她也没有力气了，赵屿的人无法抓到她，下一刻，她跟随赵屿，落入旋涡之中。

青团懵懵懂懂，只能听黛宁指挥，将赵屿往上送。

监控另一边，人们捂着唇看着大屏幕，黛宁划脸的那一刻，所有人都不自觉地后退，不忍再看。

“纪黛宁落海了！”

“那个地方看上去像横霞湾，落进旋涡就不妙了。”一位男士说。

即便不落入旋涡，海水的凶险未可知，遇上凶猛的鱼类，也很难活下去。

有人庆幸地想，还好纪老爷子此刻不在这里，不然恐怕得当场晕厥过去。

众人悄悄看向言景，他坚毅的侧脸苍白，眼睛一眨不眨地死死盯着屏幕。

他如今身份显赫，可是所有人都莫名觉得，这一刻他挺可怜的。

大家噤若寒蝉，摄像头照向广袤无垠的海面，有人看见另一艘船上，赵屿跳了下去。

离得太远，摄像头并不能拍出男人的脸，但是来宾忍不住心生希望。

有人去救她！

海天一色，他们只能看见海水不断翻滚。许久，那边从海里救出来一个人！众人突然有几分兴奋，定睛看去，却发现不是纪大小姐。

赵屿的手下发现救上来的人是失去知觉的赵屿时，也愣住了。

所有人都看向茫茫无边的海面，有人嘴唇颤抖几下，道："纪大小姐……"

他们没有救到她。

赵爷最后的命令是，不惜一切代价，把纪大小姐救上来。

言景一声不吭，突然跑出大厅，去开游艇。

关再常追出来："言少，你要做什么？"

言景插进去钥匙，尝试了几次，都没启动游艇，他的嘴唇没有一丝血色，关再常心里叹了口气，知道原来言少并不会开游艇。

爱到极致，才会让人孤勇。

关再常有点儿可怜他，就像可怜这些年的自己。

"我来，您坐好。"这样说着，关再常又找了几个人，一同朝横霞湾开过去。

海风阻挡着他们前行，弥散着一股腥咸的味道。其实谁都知道，即便现在用最快的速度出发，也来不及见纪黛宁最后一面了。

海水本就汹涌，何况还充满危险。

关再常的衣服被风猎猎吹起。

他听见言景用嘶哑的嗓音冷冷地说："我、后悔了……"

"什么？"关再常没听清。

言景沉默下来，眼中像是一片死寂的湖。

纪恬心中大骇，她看着海面来了赵屿的人，当机立断做决定："立刻离开！”

手下说：“可是崔先生……”

纪恬给他一耳光，吼道：“我说离开你听不懂吗？难道你要下去救人？！”

纪墨珏被赵屿的人带走，纪恬纵然有几分不甘，可是纪黛宁身死的消息让她十分畅快，牺牲一个崔尧也算值了，毕竟崔尧没有钱，长得也不好看，为自己而死，是他的荣幸。

她不能留在原地，万一言景找来，她一定没有好下场。

“二小姐，我们的船开不了！”

“什么？”纪恬回头，难以置信。

她之所以这么无所顾忌，是因为早已把退路安排好，可是现在他们说船不能开，那她岂不是被困在了这片海域！

“怎么回事？”纪恬脸色大变。

“我们也不知道，明明早上检查的时候还是好好的。”

“废物东西，赶快修！”

手下也是满头大汗，可是他们甚至检查不出船到底出了什么问题。

纪恬焦灼地看向海面，心里拔凉拔凉的，这回她再也没有了刚才的得意，纪恬试图让自己镇定下来，可是怎么镇定！万一让人知道自己刚刚做的事，纪家和言景都不会放过她，她恨不得船立刻生出翅膀，带她远离这里。

比起现在的危机情况，崔尧的死更加微不足道。

屋漏偏逢连夜雨，她才这样想，远处的海面突然出现了新的游艇。

纪恬看清来人，心中一慌，是言景！

男人还穿着礼服，只不过早已褶皱得不像话，他没有看海面一眼，直直地盯着纪恬。

纪恬曾无数次期盼这个男人的目光落在自己身上，可千不该万不该，不该是现在。

她恨不得一脚踹在手下身上：“船修好了没？！”

手下腿脚瘫软：“我们找不到毛病。”

找不到毛病，船却没法开，这不是瓮中捉鳖吗？！

眼看言景要跳上他们的船，纪恬简直要疯，她推搡着崔尧留下的人：

“杀了他，杀了他！”

关再常试图拉住言景：“言少，我们从长计议！”

纪恬那边的人要多些，他们出来得匆忙，游艇上不过六七个人。

然而关再常的劝阻并没有作用，言景已经登上了纪恬那条船。

苍茫的海面上，属于他的订婚典礼的烟花还在天空绽放，而他的她却已经长眠于海底。

她掉下海面时，泪汪汪地看着他，喊他“哥哥”。

明明清晨，她还带着甜甜的笑，说要和他一起变老，为什么才一转眼，她就离开他的生命了呢?

他没有朝大海看一眼，眼底却全是猩红之色。

“拦住他，拦住他，啊！”纪恬的喉咙被人狠狠扼住。

她慌张道：“陈景，不，言景，你听我说，你才来，一定不知道发生了什么事对不对，我、我姐姐不小心落水了，你赶紧让人救她啊！”

纪恬并不知道黛宁在游艇上安了几个摄像头，也不知道，所有来宾都见证了她的犯罪行为。

言景手腕一使力，纪恬被迫朝着大海跪下。

他捡起船上的刀子，对准纪恬的脸。

纪恬觉察到他要做什么，再也忍不住，尖叫道：“啊！不要！疯子！放开我……”

言景站在她背后，纪恬看不见他的神色，但是刀子上骤然滴落一滴水珠。

温热的，溅在她唇边，带着咸味。

关再常心中大骇，他立马道：“言少，住手！纪恬做了错事，司法机关会起诉她，大小姐游艇上的摄像头还没关，你……你这样是犯罪，会坐牢的！”

下一刻，纪恬脸上一阵剧痛。

她痛得失声尖叫，疯狂喊救命。

可是唯一疼惜她的人已经落进了海里，没人再来救她。

转眼纪恬几乎疼得快要晕过去。

为什么！为什么会这样……

等言景的刀锋对准她的脖子，她终于彻底慌了，她不想死！她还没成为这本书的女主角，没有让气运子为她倾心！

关再常和其他人连忙抱住言景往后拖。

“不行！言少，你冷静些！我们让人去找大小姐，现在还有人在搜寻她，你不可以这样。”

言景满手的血，与他们一同跌坐在甲板上。

他挣开他们，依旧一步步朝纪恬走过去。

关再常急得嘶吼出声：“你知道你在做什么吗？！清醒一点！”

纪恬有什么错，也不能是言景来动手。

言景脚步顿住。

太阳完全出来了，映在他英挺的脸上，也映在他喉咙的那道疤上，他嗓音嘶哑到哽咽：“我、知道。”

他知道，那又怎么样呢？如果早知道有这样一天，在凤鸣时，他就应该亲自解决了纪恬。

言景孤单地站在船头。

他从出生被遗落开始，就总是一个人，总是异类，他遇见人类以后，循规蹈矩，听养父的话，从不行差踏错，他一直不被喜欢，也从来不奢求拥有什么。

可是纪黛宁，是他这辈子唯一想拥有的啊！

昨晚他整宿没睡，谁也不知道他到底有多幸福，可是，现在什么都没了。他本来就不想做什么言家大少爷，他只想做暗巷里那个被女孩景仰的男人。

他握紧刀子，靠近纪恬。摄像头把这一幕拍得很清晰，另一边的游轮上，所有人都怔怔地看着屏幕。关再常有心阻止，可是除非他毙了言景，不然所有人都没办法拦住他。

初见时，他那样笃定，他不会为了纪黛宁去做突破底线的事情，可现在，哪怕全世界都在看着他，他依旧握紧了手中的屠刀。

纪恬哀求着，疯狂后退。

看见言景完全没有放过她的想法，她心中惧恨交织，为什么？！一个是这样，两个也是这样，这些男人都是疯子，不要前途，不要自由，连命也不要！

纪黛宁，纪黛宁，她恨死这个名字了！

纪恬一咬牙，从船上跳了下去，消失在无垠的海面。

言景看着海上的日出。

捡到她那天，也是这样好的天气，她脏兮兮地缩在墙角，只有一双黑白分明的大眼睛，一眨不眨地盯着他看。

他只看了一眼，可没想到，一眼就是一生。

她属于过我，哪怕只是很短暂的、很短暂的时光。

一个惯于沉默的结巴，从遇见她那天开始，第一次渴望像个正常人一样讲话。

后来海浪平静下来，穿着制服的年轻警察们赶到，所有人都十分狼狈，只有那一人，满手的血，碧蓝的海水成了他的布景。

言景双眸一直看着遥远的海域，他手中的匕首掉落在甲板上："我伏诛。"

这话不知是对警察们说的，还是对她说的。

冰冷的手铐铐上言景的手腕。

她的愿望终是成真了。

后来，这片海域被搜寻了无数次，都没有找到任何人的尸体。

崔尧、纪恬，甚至纪黛宁。

赵屿拢了拢披风："他还在找？"

阿拾道："是。"

两个月前，赵屿的人就已经撤了回来，如今只剩下言景和纪墨珏在疯狂地找纪家大小姐，不愿意放弃。听说纪墨珏如今的状况也十分糟糕，憔悴得不可思议。

赵屿去纪家看了一回纪老爷子，回来以后变得很平静。

九月，入秋了。

赵屿从容地走在街边小道上，银杏树叶被风吹得簌簌作响。

阿拾跟在他身后，这么几年，赵爷第二次失去纪大小姐，他怕赵爷会受不了。

赵爷还这么年轻，身体却已经没有以前好了。

除了他，谁也不知道，三年前，纪黛宁死的时候，赵屿几乎不吃不喝，后来严重到六分之一的胃被切除。

这次落海肺部呛了水，他总是咳。

阿拾怕他想不开，可赵屿却开始很平静地生活。

“回坞东吧。”赵屿淡淡地道。

银杏在他身后落了一地，男人身影颀长，他看着碧蓝的天空，语气里微不可察地带着一丝温和：“记得早点回来。”

恶之岛

第三卷

DI SAN JUAN

第二十一章

重逢

七月末，炎热的岛屿，几个光着膀子的男人在烤蛇。

“听说了吗？黑子前几天捡了个女人。”

“女人？这破地方还能捡到女人？！”

“谁说不是呢，听说那女人躺在海上一块木板上，黑子捡到她后，连忙藏了起来，可谁承想，还没上，就被向老大截和了。”

“哈哈哈，这事我知道，我前些天路过向老大的房子，那女人在里面直尖叫，听声儿就知道是个年轻的，要是运气好，多半不超过三十岁。”

闻言，有人咽了口唾沫，眸中露出垂涎之色。

女人啊，年轻女人！

要知道，这座“恶之岛”已经快五六年没有出现过年轻女人了，上一个被送来岛上的女人，大概二十八岁，还不到三个月，就成了一具尸体。

被人拖去发泄性欲是一回事，毕竟岛上不分男女，这种事每个人都可能会遇到。最关键的是，女人的体质比较弱，恶之岛这样恶劣的环境，缺乏干净的水源，到处都是毒蛇和蝎子，危机四伏，孱弱的女人在岛上很难生活下去，以至于现在恶之岛上的女人，不是上了年纪、四十岁往上的，就是黑得跟碳似的，比男人还彪悍。

后者这类女人，遇见岛上新来的小白脸，比男人还彪悍直接。

柔弱、白嫩、年轻、可爱的女人，几乎不可能出现在恶之岛。

因此，黑子捡到一个女人，众人反应才会这样大，那女人被抢，似乎也是意料之中的事，毕竟在这个天王老子都管不着的荒岛，拳头硬的才是老大。

“行了，别想从向老大口里抢肉吃，那女人他都没稀罕够，能轮得到你们？东西带好了吗？去换东西。”

众人几下处理好蛇骨，想起此行的目的，有人忍不住小声辩驳：“我们是不敢，可是不意味着那位不敢啊！说起来，那位看不上岛上的女人，岛外的女人，他总得尝个鲜吧？没道理好东西让向老大独享。”

不说那捡来的女人美不美，哪怕是个丑八怪，长年累月在岛上，只要是个母的，都赛过貂蝉。

众人边走边讲些粗犷的黄话，到了一处碑界，看见上面刻了很大一个“时”字，所有人骤然安静下来，连脚步也忍不住放轻，朝里面走。

没走几步，驻守在部落外、几个穿着褪色迷彩服的汉子过来搜身，确定没危险后，问他们：“这次来交易什么？”

光膀子男人们闻言，做了个砍头的动作：“麻烦大哥，帮忙通传一下时老大。”

一个迷彩服汉子挑了挑眉：“竟然让你们捡到了武器。”

武器交易是大事，得通知上头。

他又摇摇头：“你们来得不凑巧，我们老大前两天才动身，前往南半岛，找向雪风去了。”

几个人面面相觑。

他咧嘴一笑：“都知道了吧，向雪风藏了个年轻女人。”

这样的好货色，凭什么他们时老大不能沾一口呢？

南岛，竹屋里传来女人娇媚的喘息声，伴随着男人畅快的低吼，听得人血气沸腾。

守在外头的人低咒一声，惹得同伴哈哈大笑。

屋里，女人白嫩的胳膊攀附在男人背上。

许久，方偃旗息鼓。

向雪风刚要起身，女人柔软的手指拉住他，略微沙哑的语调，带着几分媚意：“你答应过我的……”

男人回身，笑眯眯地拍了拍她布满疤痕的脸蛋：“放心，老子说话算话，你伺候得舒服，老子不让底下那些人碰你。”

闻言，女人露出一个松了口气的笑意。

此人正是纪恬。

她也没想过自己能活下来，还阴差阳错地来到了恶之岛，最初，纪恬被一个叫作“黑子”的男人捡到，那男人一副饿虎扑羊的架势，可把她恶心坏了，黑子甚至想把她藏起来，当自己的媳妇。

岛上生存环境有多恶劣，纪恬来的第三天就彻底见识到了，她见了数十条毒蛇，整个人都不好了。

眼见晚上黑子要和她做那档子事，她恶心得够呛。

有选择的话，纪恬才不愿意和这种人发生关系，她使了点小阴谋，让黑子被蝎子蜇了一下，刚跑出来，她便遇上了南岛的老大向雪风。

向雪风高大威猛，剃了那一嘴大胡子，长相还挺不错的，纪恬没有找到时慕扬，知道自己在岛屿很难存活，干脆撞到了向雪风怀里。

果不其然，当天晚上，纵然她心里抗拒，向雪风依旧要了她。他心情不错，还拿出岛上特别宝贵的伤药，给她的脸擦了药。

纪恬这具身体鲜嫩白皙，向雪风食髓知味，这两天都在和她厮混。

身为原定女主角，纪恬自然有些魅力，虽然她的脸被毁了，可是在这岛上，她这样珍稀的存在，说是仙女也不为过。

当即她又心生希望，有了盼头。

第三个气运子和前两个都不一样，他被人陷害，和手下几个兵一同流落在恶之岛，他亦正亦邪，办事完全不按套路出牌，据说，他还特别懒。

他懒到什么地步呢？换作是赵屿或者言景在岛上，早就一呼百应，造船造反逃出恶之岛了，可这第三个气运子都在岛上待了六年了，也没造船成功，领着众人跑出去。

这是纪恬最后的机会了。

第三个气运子的心，她一定要得到！倘若有一天，她能和时慕扬一起回去，她一定要赵屿、言景和纪家好看！

想归想，目前纪恬最忧虑的事情是她找不到时慕扬，而纪黛宁那个小妖精来路不明，纪恬有种预感，纪黛宁很可能也没死，一同到了恶之岛。

如果这次再被她捷足先登，她就是被埋了，也能从坟墓里气活。

屋子外面一阵喧哗，还没等纪恬穿好衣服，一个黑黝黝脏兮兮的男人闯进来："向老大，那个姓时的小子带着人过来了！"

说话间，脏男人的目光不停在纪恬的身体上逡巡，纪恬气红了脸。

向雪风一脚踹在手下的屁股上："滚，让他和他的人滚去外围等着。"

向雪风抱起她："把衣服穿好，老子出去办点事。"

纪恬的心思一下子被"姓时的"三个字吸引，是时慕扬！

"是、是有人来挑衅吗？"她故作胆怯地问。

向雪风还挺喜爱她的，倒也诚实："估计是听到了你的风声，过来搞老子了，放心，你在这里不要出去，老子不认，那毛小子也没办法。"

纪恬一哽，她在心里骂开，这时候她简直想求向雪风把自己送出去，能跟着时慕扬这个大气运子，谁要跟向雪风！

向雪风走出去，就看见有人抬着一个遮阳竹椅，竹椅上坐了一个唇红齿白的年轻男人。男人的相貌带着几分阴柔，整个人没骨头似的，懒洋洋地看着他。

论起享受，整座岛屿的所有人都不及时慕扬。

向雪风心里瞧不上这种看起来就不强的男人，他从未与时慕扬交锋过，只听说时慕扬手中有杀伤力很强的武器和火药。

六年来，向雪风在南岛当老大，时慕扬在北岛做老大，彼此安然无恙，可是没想到，因为一个外面来的女人，两人在这时候对上了。

向雪风打量时慕扬一番，心中嗤笑，这男人肤色很白，比岛上所有男人甚至女人都白，一副养尊处优的模样，他一拳可以打十个，还想和他抢女人？！

时慕扬抬起眼睛，慢条斯理地开口："向雪风，把那个女人带来给老子看看。"

语调之轻松，就跟命令自家的狗似的。

向雪风道："哪来什么女人。时慕扬，你怕是在北岛睡傻了，岛上多少年没女人了，你心里没数吗？再说，即便有女人，那也是老子的女人，你还敢在老子的地盘上撒野，信不信今天让你有来无回！"

向雪风的人也跟着起哄起来："北岛老大就这么个娘们儿样啊，向老大，这臭小子敢跟你要女人，把他打趴下，兄弟们一起爽爽。"

时慕扬还没开口，几个抬椅子的男人的脸色就变了变，他们怪异地看着向雪风的手下们，像在看着一坨坨死肉。

无他，这么久以来，时慕扬没有踏足南岛，最大的原因就是岛屿很大，南北岛之间太远了，时慕扬懒得来。

可是整个北岛谁不知道，时慕扬就是个暴君！

时慕扬弯起唇，手指在竹椅上点着。

他微微坐起身体，舔了舔唇："剁了，剥皮喂蛇。"

别人不知道什么意思，跟着时慕扬来的人却立刻懂了，但他们还没来得及动，竹林深处便突然跌跌撞撞地跑出一个年轻女人。

纪恬看着对峙的双方，眼睛落在时慕扬身上，突然一亮。

而她刚一出现，在场的男人的目光就都被吸引了去，虽然看得出纪恬已经毁容，可即便这样，她依旧比岛上的女人白嫩多了。

向雪风不悦地道："不是让你在里面待着吗？回去！"

纪恬才不听他的，她兀自跑向时慕扬。

在时慕扬充满兴味的目光中，她拉住他的裤腿，摇了摇，娇声哀求道："求您带我走吧！"

时慕扬抬脚，用靴子挑起她的下巴："要跟我？"

有几分侮辱性的动作，纪恬却坚定地点了点头。

向雪风当场被打脸，啐了一口："你这臭婆娘！"

时慕扬哈哈大笑，笑罢，他脸色阴戾下来。

他抬手，打了个响指，声音轻飘飘的："这女人不错，带走，其余的人，赏他们和老子家的小崽子玩一个游戏。"

接下来的二十分钟，纪恬很难相信自己看见了什么。

一条巨蟒从树林中蹿出来，蟒蛇的身体有两个水桶那样粗。

向雪风和他的手下瞬间脸色发白。

"弄死它，快弄死它！"

巨蟒如入无人之境，冲进人群，将一群人甩向旁边的大树。

时慕扬手指抵着唇，笑吟吟地道："啧。"

纪恬吓得腿肚子发抖。

时慕扬冲她伸出手："怕？"

纪恬摇摇头，努力挤出一个微笑，把手放进他的掌心。

不、不能怕，三号气运子本来就是一个神经病，她要是怕，就满盘皆输了。

她早知道他有一条可怖的巨蟒，但是书中寥寥几笔，哪有现实亲眼所见来得震撼。

她压下作呕的感觉，心想，这回总算是她先走到气运子身边了。

湛蓝的海面，一个小点漂漂浮浮。

黛宁也没想到，因为分出气运去救赵屿，她和青团两个二傻子在能量不足的情况下，在海面上漂了两个月。

从炎热的七月漂到入秋的九月，如果不是有青团这么个憨货在，她估计早就连尸体都不剩了。

纪黛宁也是这次才知道，这个憨货，它是个路痴。

她看着蔚蓝的天空，颇有几分生无可恋的滋味。

青团也知道自己没用，能保黛宁不死已经是它的最高水平了，它看看黛宁白嫩嫩的脸蛋，觉得她当时演得还不错。就障眼法而已，她演得那样悲痛欲绝，想也知道，船动不了的纪恬，后来会有多惨。

青团第一次意识到女人的小心眼，言景不愿为她发狠，她离开前还要摆他一道。

这次不是心甘情愿地去做了吗？！

遥遥看见岛屿的轮廓，青团激动地道："黛宁，是陆地！"

呵，再慢点，时慕扬和纪恬的孩子都能打酱油了。

讲个笑话。

从青团看见陆地开始，它和黛宁已经在海上漂了三天。

事实证明，有的地方，看着近，实际漂不过去。

第一天，海水逆行，它和黛宁反倒离陆地越来越远，青团眼睁睁地看着他们漂走，黛宁摸出在海上捡到的墨镜，戴在眼睛上，生无可恋。

第二天，顺风，但是方向错了，晚上还下起了雨。

第三天晚上，他们终于着陆了。

黛宁整个人趴在岸边的沙子里，鬈发里还兜着一尾小比目鱼。

沙子把她埋了进去，她连手指都不愿意动一下。

青团："黛宁，我们得去找三号气运子，虽然晚了两个月，可是你不要自暴自弃，要相信自己。”

无人应答。

青团：“你振作一点，已经上岸了，这里环境不好，要是被人看到你，我们就危险了。”

黛宁依然沉默着。

青团默了默：“请问，全世界最美最可爱、国色天香有活力的黛黛在吗？”

少女终于翻了个面。

“在的呀。”她欢快地回答。

于是青团哄着这个幼稚鬼站起来，黛宁朝前面走了五十米不到，看见树上盘着一条咝咝吐着芯子的毒蛇。

一人一团愣了许久，黛宁哭着跑回来了，她重新把自己埋进了沙子里。

这时候，青团似乎能听懂她的心声——还不如在海里面漂着呢。

以前在杏花村，一条蠕动的虫子都能吓得她嘤嘤直哭，这么个娇气的小“作精”，看见毒蛇还能跑回来哭，已经是巨大的进步了。

这回，青团怎么哄都不顶用，哪怕喊她爸爸，她都只是上气不接下气地呜呜咽咽，满脸沙子。

女配就是女配，指望她具备坚强或者勇敢的品质，简直是天方夜谭。

青团像个愁苦的老父亲，要不，他们就在这方圆几里猫着吧，否则就纪黛宁这么个小弱鸡，即便走出去，遇见谁不得被蹂躏死啊！

它一直处于没有能量的状态，根本没办法保护她，青团没有再劝，黛宁不知道“恶之岛”是什么地方，它却再清楚不过。

这是世界上唯一被遗弃的土地。

毒蛇猛兽多不胜数，罪犯渣滓都被扔在这座岛上，任由他们自生自灭。

恶之岛只进不出，倒霉一些的，船只搁浅在这里，也得认命登岛。

倘若只有一个人在这里生活，那就是现实版的鲁滨孙漂流记，可不一样的是，岛上总共有上千人，这里没有法律，没有善良，除了生存，人与人之间剩下的都是恶意，所以才被称作“恶之岛”。

岛上的女人很少，黛宁这模样，无异于饿了一辈子的人看到一块肉，恐怕还没找到时慕扬就被人吞得干干净净了。

想到这里，青团索性不再让她走进丛林。

三号气运子和女主角反正都已经那样了，听天由命吧。

接下来几天，青团看着黛宁把攻略文玩成了种田文。

她自己在海岸边找了一个很浅的小山洞，白天团在里面睡，太阳快落下时，她抱着长长的枝条去打海岸边长着的椰子。

恶之岛缺乏淡水，食物需要自己找，椰子汁可以当成淡水喝，椰子肉勉强充饥，黛宁过得可怜，小脸肉眼可见的瘦了一圈。

青团没办法再庇护她，只能憋足了劲儿，赶走附近的毒物和蠕动的虫子。

它企盼黛宁快些遇到气运子，于是鼓励道：“别怕，遇见时慕扬就好了，他好歹是你名义上的小叔叔，不会不管你的。”

它心存侥幸地想，好歹这是唯一与黛宁有交情的气运子，即便晚了一步，应该也比较好相处才对。

说起这个，黛宁揉揉眼睛。

“时慕扬……”她慢吞吞地说，“他最好认不出我。”

“为什么？”

“他小时候，有一年以爷爷的私生小儿子的名义寄住在我家，我爸妈以为他是来抢家产的，对他不太好。”

青团有种不祥的预感，颤声问：“有、有多不好？”

“不给他饭吃，把他关在笼子里，用人还对着他撒过尿，逼他张嘴喝。”她掰着手指，娇声细数着，最后笑嘻嘻地道，“还有……”

青团已经不敢听。

“我那个时候大概五六岁，喜欢看他穿草裙跳舞。”

青团绝倒。

黛宁还不忘甩锅，理直气壮地道：“那人家小时候也不知道他以后会很厉害嘛！”

行吧，你以前就不能善良些吗？

这一家子炮灰作得要死，它原本还祈祷快点遇见时慕扬，现在看来，还是有多远躲多远吧！要是被认出来了，时慕扬不得玩儿死她吗？！

没两天，岸边的椰子吃完了，黛宁不得不往里面走。

“别怕，我把蛇赶走了，不会吓到你的。”

她揉揉眼睛，又饿又委屈：“那是什么？好香啊。”

一丛白色的花，散发着烤肉的香味，黛宁简直快走不动道，被吸引着走了过去。

青团如果有头发，它简直要炸裂到抓头。

“别，不能吃吧，你听过越漂亮鲜艳的蘑菇，越可能有毒吗？这花这么香，万一……”

黛宁叼着半朵花，饿得头昏脑涨，懵懵懂懂地问：“你说什么，我没听清？”

过一会儿，她把这一片吃秃了，回味着道：“好吃的，还是薯片味儿的。”

青团能说什么，它紧张地看着黛宁，生怕她毒发身亡。

“你确定千日白就长在这种地方？”

“当然，你们招子都放亮些，看见白色的花，就过去看看。”

几个男人走得小心翼翼，都知道这里已经是北岛最边缘，靠海的地方。

地下有种毒虫，就埋在沙子里，稍微不注意，就会被虫子从脚底一路钻到大脑，它们长得像甲壳虫，密密麻麻一大堆，沾上以后，跑都跑不掉。

毒虫守护着千日白，不让人采摘。

如果不是北岛那位开出特别高的报酬悬赏，这些人也不愿意冒险来这种地方。

据说前两天来这边摘千日白的人，都没回去过。

树林里连只鸟儿都没有，有人啐了一口：“说起来，这北岛的时慕扬也忒狠辣，就差把向雪风一行人赶尽杀绝了，人家好歹也是南岛老大，能不垂死反抗吗？”

同伴连忙嘘道：“敢说时慕扬，不要命了？”

时慕扬是个睚眦必报的暴君，出了名的阴晴不定，谁敢当面说他一句不好？

据说两个月前，时慕扬从向雪风那里抢了个女人，向雪风没了一条胳膊，手下死了个七七八八。

几天前，向雪风带人来偷袭报仇，好家伙，这人也是个狠的，孤注一掷，全身抹了毒。

时慕扬让人把他剁了喂巨蟒，没承想，巨蟒吃了人，差点被当场毒死。

据说那个抢来的女人，为了保护时慕扬，也受了伤，现在唯一能解巨蟒和时慕扬女人的毒的东西，就是这千日白。

一个胖子瓮声道："时老大魅力不小啊，女人都愿意为他挡刀，来了这破岛，老子连个女人的手都没摸到过，这千日白……"

话音还没落，胖子就被人捅了捅胳膊。

所有人噤声，呆呆地盯着前方，不知道是谁，先发出咽口水的声音。

"老子没眼花吧？"

离他们不远的石头上坐着一个少女。

她抱着一个椰子，用一双湿漉漉的眼睛看着他们，大眼瞪小眼。

"乖乖……这也太漂亮了。"

几乎所有人都这样想。

尽管少女看上去有几分狼狈，可她那小脸儿嫩生生的，双眸又圆又清亮，嘴唇粉嘟嘟的，最绝的是，她穿着一身旗袍，一眼就能看出她胸大屁股翘。看见她，谁也没心思再去想什么见鬼的千日白。

黛宁看见他们，就知道不好。

她没遇见时慕扬，反倒先遇见了一群眼冒绿光、衣服连屁股蛋都遮不住的野蛮男人。

她低头看看自己白嫩的脚丫，知道自己跑不过他们，忍不住皱了皱眉。

"这是老子的，回去家当都给你们。"

"滚，谁要你家当！明明是我看到的。"

"抓住她，别让她跑了……"

所有人几乎争先恐后地扑了过来。

黛宁眼珠子一转，她坐在石头上，干脆晃着小腿，偏头一笑。

"我生病了，你们要是都欺负我，我一定会死的。这样吧，我挑一个，做我的男人好不好？他可以独占我，我也能陪他很久。"

此言一出，差点摸到她小腿的男人被人撞开。

众人眼睛一闪。

对，这么个极品美人，自己藏起来，长长久久地享受，难道不好吗？倘若真的分出去，美人恐怕得像以前那些女人一样，活不过三个月。

黛宁手指一偏，笑得很坏："我选他。"

她指向在场最高、最壮的一个男人，那男人似乎不敢相信还有这种好事，愣住，随即喜上眉梢，可他还没反应过来的时候，同伴手中的一把刀子直接从他心口穿过。

男人瞪大眼睛，鲜血从嘴角流下。

这个动作就像发起了什么信号似的，所有人都动了，疯狂地攻击同伴。

或许有人反应过来，他们此刻不能内讧，但是架不住身边的人要杀他们，只好开始动手抵抗。

黛宁也没想到效果竟然这样好，她本来只是打算赌一把，但这些男人显然是饥渴疯了，"分赃不均"的情况下，什么都做得出来。

她正要思考等剩下最后一两个男人她要怎么脱身时，地下突然簌簌作响。

青团连忙道："黛宁，不好，有危险！"

鲜血引来了不好的东西。

黛宁几乎下意识地踩到了更高的石头上，果然下一秒，地下钻出无数甲壳毒虫，它们头部尖锐，像一把钻头，钻进男人们的身体。

黑色的虫子大片蔓延，不到两分钟，这群人就变得鲜血淋漓，甚至有人的手臂都没了。

倒是有人想跑，可是虫子的速度远远比人快好几倍，还没迈出脚，就被吞噬了。

黛宁捂住唇，把脸蛋埋在膝盖里，不去看这一幕。

这场面吓得青团浑身发麻，它瑟瑟发抖，要是一会儿这些东西不放过黛宁，它就和它们拼了！

等惨叫声平息下来，空气中突然多了些其他味道。

汽油从树上洒下，一个脚踏黑色皮靴的男人懒散地弹了一支火柴下来，大火顷刻燃起，毒虫被烧得噼里啪啦响。

黛宁抬头，看见树上站着一个容貌阴柔的男人。

额发微微遮住他的眼，时慕扬的唇极红，低头对上她眼睛的那一刻，他露出了一个充满恶意的微笑。

“宝贝，”他舔舔唇，“小叔叔很意外，在这种鬼地方竟然能遇见你。”

第二十二章

小叔叔

青团前一秒还在祈祷，时间过去那么久，时慕扬认不出黛宁，结果下一秒就发现马甲根本不存在。

“黛宁，你别慌，虐待时慕扬的是你的父母，你虽然……咳，让他穿草裙跳舞，可是当时你才五六岁，年少无知，应该、应该没事的。”

“其实，还有件事。”黛宁慢吞吞地说，“我十三岁时，在宴会上也见过他一回，他哥哥拜托我诬陷他，让我说他摸我屁股。”

青团目瞪口呆：“你、你没……”

“我同意啦！”她毫不心虚，“他哥哥说送我别墅嘛，我十二岁就想要一座粉红色的别墅，可我爸妈觉得粉红色不好看。”

后来时慕云还真把别墅刷粉了送给了她。

青团试图抢救：“你诬陷他以后，他很惨吗？”

“也不是很惨，都是小事。”黛宁回忆着道。

青团闻言，燃起希望。

“就只是被他爸爸打断了一根肋骨。”还有件事她选择性遗忘了，当时为了演得逼真，她还补刀，为了表达自己的生气，光着脚丫在少年时慕扬的脸上踩了踩。

但是奇了怪了，青团心想，为什么时慕云要让纪黛宁一个未成年小女孩在宴会上诬陷时慕扬，别的人不行吗？

“因为时慕扬很谨慎。”黛宁说，“而且我知道，我十三岁时，他暗恋我。”

所以她才会那么简单就诬陷成功。

如果不是情况不允许，青团真想脱口而出一种植物。

青团回忆了一下书中的事，时慕扬原本叫纪慕扬，九岁时在纪家寄养了一年，以纪老爷子的儿子的身份，所以黛宁喊他小叔叔。

他性格相当古怪，纪家夫妇因为他是纪老爷子抱回来的，认定了他是老爷子的私生子，经常虐待他，直到后来被人接走，众人才知道原来他是个姓“时”的大佬的私生子。

大佬的产业和国籍都在国外，黑白通吃，家世远比纪家厉害，年轻时纪老爷子欠大佬一个人情，这才把大佬情人生的儿子接过来躲躲。

纪家夫妇知道真相以后，场面一度很尴尬，只好装作无事发生，好在时慕扬有个处处给他使绊子的哥哥，时慕扬当年人小，也没法报仇。

黛宁十三岁时，时慕扬刚好十七岁，所有人都默认，时慕扬如果上位，恐怕得报复纪家，也不知道黛宁从哪里知道的时慕扬暗恋她，反正陷害起来毫不手软。

而对时慕扬来说，被第一次喜欢的人陷害，还被生生打断一根肋骨，是个人，都得记恨一辈子！

这个死简直作大了！

青团恨不得摇摇纪黛宁，你就不能善良点，可爱点吗？！当年你去搞他做什么！啊？你就说说，你当初还是个小萝莉，你去搞他干吗？！但凡当初善良一点，你在他心里就是白月光，还需要攻略吗？现在好了，白月光变黑月光，还是洗都洗不白那种！

一堆毒甲虫被燃成灰烬，时慕扬从树上跳下来，慢条斯理地朝黛宁走过去。

在青团看来，每一步，都是死亡的步伐。

黛宁扬起小脸，笑容很甜，她戳戳自己软软的两腮：“如果我说我不是你的宝贝，你信吗？你仔细看看，我和她长得不一样哒。”

时慕扬手指插进她的鬈发，似笑非笑。

“是不太一样，她是宝贝大小姐，你是老子的小奴隶。”

见他戴着皮手套的手指动了动，黛宁连忙举起双手：“别动手，我跟你走。”

时慕扬微笑着取下手套，露出苍白冰冷的手指，在她屁股上捏了捏。

黛宁鼓着小脸，瞪大眼睛，气哼哼地看他。

时慕扬笑着笑着，又突然冷下脸，神色阴郁，狠狠地掐住她的下颚，迫她张开嘴，逼她吃下了什么东西。

那玩意儿味道很怪，黛宁在他掌下没法挣扎，一个囫囵，就被他逼着强行吞了下去。

“咳咳……”黛宁连忙扶着树，试着吐出来。

想也知道，时慕扬这种神经病能给她吃什么好东西？他手下也是一堆神经病，能搞出什么都不奇怪，但是她努力了半天，眼泪都咳出来了，依旧没法吐出来。

“你给我吃了什么？”

“能让坏孩子变成好孩子的东西。生气？”

黛宁抿出一个笑：“不生气，开心呢。”

时慕扬便又笑了，他从身上摸出一根绳子，套宠物一般，慢悠悠地套在黛宁脖子上。

他用力一扯，黛宁一个趔趄，只能跟着他走。

“带我去找千日白。”

“唔……”黛宁闷哼。

“黛宁！”青团焦急地喊。

它万万没想过，只是一个照面，黛宁就处于这么糟糕的局面，这个时慕扬，前一刻还在笑，下一刻就毫无预兆地动手。

还没几分钟，黛宁细嫩的脖子就被勒得通红。

黛宁忍不了这种痛，只好泪汪汪地娇声唤：“小叔叔，小叔叔，我承认我是纪黛宁，人家错了行不行？我不该陷害你，不该踩你。我认错还不行吗？”

时慕扬停下脚步，笑得一脸温和：“好孩子，告诉小叔叔，千日白在哪里？”

黛宁扁嘴，摇头：“不知道呢。”

时慕扬走回来，眯眼在她身上嗅了嗅：“你吃了不少，还说不知道？”

他这样讲，黛宁一下就联想到了薯片味的白花，她眨眨眼：“你要千日白做什么呀？”

“救老子的爱宠，比你听话得多的那种。”他抚上她的脸，龇牙一笑，“还要救老子心爱的女人，比你善良得多的那个。”

黛宁心里幸灾乐祸，冲他无辜地笑：“哎呀！小叔叔早说嘛，人家不小心吃完了呀。”

时慕扬嘴角高高扬起：“是吗？这样刚好，人血入药，效果更好。”

他一寸寸抚摸着绳子，动作又轻又柔："好孩子，为小叔叔献身，想必你很高兴。"

高兴，高兴个屁！

他手上绳子一紧，黛宁闷哼一声，踉踉跄跄地跟着他走。

时慕扬想了想，把她往前面一推。

"去吧宝贝，为小叔叔探路。"

丛林里危险，谁走前面，都会有难以预料的危险，也因此，在悬赏发出，却无人找到千日白的情况下，时慕扬没带自己的人，他暗暗跟着几个小队，来到北岛边缘，准备来一出"黄雀在后"。

没想到捡到了他可爱恶毒的小侄女。

还是个萝莉时，就心黑手狠的、他亲爱的小侄女。

黛宁走在他前面，时慕扬的目光终于可以肆无忌惮地打量她了。

七年不见，她终于不是个小孩儿了。

发育得不错，从他这个角度，能看见她身上惊人的曲线，还有露在外面的又白又细的小腿和脚踝。

这衣裳看上去还是喜服，不知道是哪个倒霉男人又被她捅了一刀。

小怪物从小就没有心肝，他悠悠然打量着她，纪黛宁与她父母一脉相承的恶毒，却长了一张天真明媚的脸，也不知道嘲讽谁。

想起他年少时那愚蠢的心动，他脸色有几分微妙。

很好，老天也算待他不薄，虽然到了这么个鬼地方，可是纪黛宁也落到了他手中，弄不死她，他就不叫时慕扬。

黛宁走在前面，内心已经把时慕扬骂了无数遍。

青团怕她有危险，自动担任起小雷达，勘测起周围环境来。

黛宁沿着先前走过的路，没一会儿，便带着时慕扬回到了千日白生长的地方。

果然如她所说，一小片千日白被她吃得干干净净，只剩下嫩绿色的茎。

说来惊险，毒虫在外围守护，鲜少有人跨过界线，而黛宁一上岸，便在内围。

如果她这个倒霉蛋刚刚不是坐在那块属于内围的石头上，可能和那群男人一个下场，被毒虫吞噬得干干净净。

时慕扬看着一地残茎，低低地笑出声来："很好。"

还真让你当零食吃得干干净净了啊！

天色阴沉沉的，转眼下起了雨。

时慕扬懒洋洋地躺在黛宁找到的洞里，黛宁在洞口，用一张很大的绿叶勉强遮住头顶。

她的小脸也如这天色一般，阴沉沉的，她已经很久没有这样生气而憋屈了。

时慕扬弯起唇，看着她娇小的背影，哪怕她不回头，他也能猜到她心里在骂些什么。

他闭上眼，闻到她身上浅浅的香。

这种女人香，他流落恶之岛六年，还是第一次闻到，倒是久违。

黛宁原本蹲在洞口，可是渐渐地，她肚子猛地传来一阵刺痛，像是痉挛一般，她低低呜咽一声，下一刻全身瘫软，倒在时慕扬怀里。

时慕扬一双带笑的眼，看好戏般凝视着她。

黛宁捉住他的手腕，泪汪汪的："好疼……你给我吃了什么？"

"断肠黄昏，好听吗？"

听名字就知道，到了每天的黄昏，这种变态的东西就会让人剧痛。

疼死了！

"给我解药……"她额上沁出一层冷汗，几乎想一口咬在时慕扬肩膀上。

时慕扬捏住她的下巴。

"以为老子会惯着你吗？纪黛宁，不要自我感觉太良好。"

黛宁口齿不清，一字一顿地道："是啊，当年不知道是谁，明明被人折磨过，还喜欢上他们的小女儿。叫你来你就来，像个傻子似的，活该被人耍。"

时慕扬嘴角的笑意慢慢消失，黑黢黢的眼睛盯着她。

她疼得厉害，偏偏笑得灿烂。

"小叔叔，揭你短了不好意思啊，想当年你半光着屁股跳舞，逗我开心，不是很惯着我吗？"

"宝贝，嘘！闭上嘴，别再作死。"他捂住她的唇，半边脸隐在阴影中，"你知道的，小叔叔性格不太好，别一个不小心把你弄死了。"

黛宁被他捂住嘴，她疼得厉害，却选择张开嘴，试图从他手上咬下一块肉来。

她纪黛宁什么都吃，就是不吃亏。

时慕扬挑眉，他这个人心生七窍，看她表情就知道她要干什么事。

于是在她张嘴时，他一牵手中的绳子，黛宁被迫后仰。

“呜……”

时慕扬顺势把她按在地上，让她趴着，他把她当作枕头，悠然睡在她腰上。

黛宁趴在山洞里，疼得嘤嘤直哭。

她倒是试图扑腾，可是时慕扬看起来弱唧唧的，却精得跟什么似的，心思诡谲不说，论起来比她的狠毒也不遑多让。

青团急得转圈圈。

“黛宁，你没事吧。”

“你……呼……你让人当枕头试试，呼……我要阉了时慕扬，我要让他断子绝孙，死无葬身之地。”她牙齿发颤，在识海边喘气边诅咒时慕扬。

也不知道他是不是故意的，她吃下“断肠黄昏”，肚子本就绞痛，现在被他压着腰部，她冷汗簌簌直冒。

黛宁小手握成拳头，突然泪汪汪地抬起头，天真苍白的脸，眸中划过浅浅的怨毒之色。

青团似有所觉，连忙哄道：“不疼不疼，我给你吹吹，不能杀，气运子不能杀。”

杀了气运子，黛宁的灵魂会被立刻弹出这个世界。

尽管时慕扬是最后一个气运子，可他的危险指数看起来太高了，黛宁选择与他同归于尽，成功了还好说，要是没成功，等时慕扬逃脱“恶之岛”，黛宁这几年的心思将完全白费。

时慕扬这个人，养的那条巨蟒是个听话的憨憨，他自己却一副蛇蝎心肠，上一秒还笑嘻嘻地和你讲话，下一刻做出什么都不奇怪。

黛宁泄气，把脸埋在臂弯，默默等那股疼过去。

时慕扬闭着眼，倒是有几分意外。

他以为小侄女会哭天抢地，毕竟以她娇滴滴的性格，不作妖都不可能，说不定心中已经开始谋划怎么弄死他，就跟之前在丛林，他在树上，看见她三言两语诱使那几个男人自相残杀一般，结果她哽咽得和小猫似的，不停地吸气，却没有求饶哭闹。

他慢条斯理地戴上手套，闭上眼睛休憩。

不错，长大了，长进不少，知道在不心疼她的人面前，怎么哭都没用了。

小雨一直下到半夜，时慕扬睁开眼睛时，黛宁已经没了动静。

他侧过身子，幽冷的眸，带着几分凉意看她。

少女趴在地上，半边小脸沾着沙子，睫毛上沾着泪，纤细的手指半握，已然昏迷。

他嘲讽地想，也不知道小侄女这样的弱鸡在这破地方能活几天，换作别的男人，在岛上待了六年，见到这样的绝色，怎么也不会不动心。

时慕扬身体有几分蠢蠢欲动，但他的神色和眸光又完全不是这么回事。

他拎起她的后领，让她靠在一旁的石壁上，自己枕着手臂，再次睡了过去。

“起来，天亮了。”时慕扬抬起脚尖，拨了拨黛宁。

她毫无动静。

时慕扬见她脸蛋发红，他蹲下，探了探她的额头。

“麻烦，发烧了。”

他顺势又躺下，也懒得管。

岛上药物何其珍贵，他为什么要拿出来救纪黛宁？再说，发热要不了她的命，顶多难受些。

昨晚才下过雨，此刻又是艳阳高照，看着外面毒辣的阳光，时慕扬连手指都懒得动。

时慕扬不管黛宁，青团焦急得不行，虽然黛宁是个小“作精”，可这么久以来，她从未生过病，非常皮实。

它摊开圆滚滚的身体，笨拙地为她输送能量。

它的身体稍稍枯竭，本就不大，渐渐地，又小了一点儿。

黛宁睁开眼睛，推开识海中的它，她脸颊侧向一旁，抿住小嘴：“蠢。”

有了青团那点力量，黛宁好受了不少，可她知道，这样下去不是办法。

她腹中空空，从昨晚吃了一小片千日白后，再也没有进过食，甚至没有喝水。

她索性豁出去，抱住男人的大腿，仰起小脸，她能屈能伸，可怜兮兮地道：“小叔叔，人家好饿，给点吃的嘛。”

男人睁开眼睛，饶有兴致地看着她。

“小宝贝，小叔叔也饿，要不是看你要死不活的，你就应该去帮小叔叔找吃的了。”

黛宁怒道：“你好手好脚，还没生病，不出去找吃的，难不成要一起饿死吗？”

时慕扬冲她一笑：“小叔叔不想动。”

“你来之前，身上没带干粮吗？”

“懒得带。”

时慕扬放任她抱住自己的腿：“小宝贝，小叔叔提醒你一句，不要掐我，顺便藏好你的武器，老子疼了，会膝跳反射的，踹死了你，小叔叔觉得可惜。”

黛宁的手指僵了僵，她天真一笑，为他捏腿。

少女殷勤狗腿地道：“人家只是想给你捏捏，小叔叔长途跋涉，辛苦啦。”

时慕扬弯唇：“真是乖宝贝。”

他伸出手，黛宁愤愤地把藏起来的一根针放进他的掌心，这根针还是从她身上的首饰中抽出来的。

时慕扬打量了片刻，把这根针抵在她脸上。

锐利的针，一下在黛宁脸上刺出了一点伤痕。

黛宁心中已经骂死了他，面上却非常无辜，大眼睛湿漉漉的：“小叔叔，你弄伤人家啦。”

时慕扬拿着针在她脸上游移，含着几分笑。

“手抖。”

她扬起一个乖巧可爱的笑容，牙齿轻轻磨了磨。

“嫁人了？”时慕扬收回针，冷不丁地开口问。

黛宁故意气他，笑得更甜："对呢，我和我家老公的娃娃都一岁啦，下次让她见了小叔叔，喊叔公。"

时慕扬似笑非笑："那倒不必，只是不知道你男人是爱你这张脸，还是爱你这颗黑透的心？"

"他当然不像以前某个人那样肤浅，自然是喜欢我的性格啦。"

"是吗？"他若有所思。

"宁宝啊。"时慕扬看着她的眼睛，叹息道，"你知道小叔叔肤浅，喜欢美艳的皮囊，可惜，我心爱的女人容貌有瑕，岛上没地方帮她治疗整容，要不然，你帮小叔叔一个忙，和她换张皮。"

他嗓音像是华丽的咏叹调，却充满着浓浓的恶意。

"反正你孩子都一岁了，那个人也不介意你的容貌，就算没有这张脸，他也一定会继续爱你，哦不，瞧我在说什么，进了这个鬼地方，这辈子你能不能见到外面的太阳，还不一定。"

黛宁瞪大眼睛，差点从地上弹起来。

这狗贼！

她连忙松开他的腿，鼓起脸颊："我也肤浅，我也爱我这张脸。"

黛宁缩去角落，再也不去招这条毒蛇。

费了大半天工夫，一口吃的没拿到，反倒气得她牙痒痒。

于是，两个人谁都不动，谁也不愿意顶着大太阳去找吃的，上演"我和对方比命长"。

黛宁对青团道："等他快饿死了，我就去把他砍死。"

青团心想，看时慕扬这悠闲的模样，怕不是他还没饿死，黛宁就饿死了。

等到太阳下山，接近黄昏的时候，黛宁的脸色变了变。

"断肠黄昏"昨天折磨她的滋味，现在依然很清晰。

时慕扬睁开眼，从狭窄的山洞里站起来。

"走吧小侄女。"

"去哪里？"黛宁问。

"那群蠢货至今没找来，老子去为他们收尸。"

黛宁这才明白原来时慕扬是在等他的人找过来，那群人没来，他再懒，也得自己走出去，总不可能真饿死在这里。

她心中一转，突然想到她在丛林中听到的那些人谈论的只言片语，一联系起来，黛宁瞬间明白了时慕扬的现状，他要赶回去救巨蟒和纪恬！他赶时间，她又不急。

巨蟒和纪恬，死了就死了呗。

“我不去。”黛宁哼道，知道他需要自己，这回她也不装乖了，“你和你的蛇，抱团去死吧！”

时慕扬笑吟吟地瞥了她一眼。

“你以为我在征求你的意见？”他似乎很惊讶，“宝贝，你今年二十一岁，不是十二岁，怎么还这样天真？杀了你再取血，效果一样的，你既然不想走，小叔叔疼你，自然成全你。”

黛宁猛地抱住他的腰：“走走走，小叔叔咱们快赶路，不然小蛇蛇多受一天苦呀。”

“乖孩子。”他摸摸她毛茸茸的鬈发，“你走前面。”

他想起什么似的：“你吃了‘断肠黄昏’，一会儿该痛了，过来，小叔叔给你解药。”

黛宁狐疑地看着他。

“要不要？”时慕扬问。

“要！”

她将信将疑，将黑乎乎的药丸子握在手中，让青团检测。

青团说：“不是毒。”

黛宁吃下去，苦得小脸变色，里面莫不是加了黄连！但是走出去好一会儿，肚子真的没再痛。

她心思活络起来，又开始琢磨怎么弄死时慕扬。

身后的男人慢条斯理地道：“解药三天一颗，半年一个疗程。”

黛宁小脸黑透，如果她没听错，时慕扬在笑，他一定是在笑！

青团虽然找不到路，可它感知危险倒是靠谱。

时慕扬认识路，相互配合，竟然有惊无险地走到了丛林外围。

路上，黛宁发现了不少骸骨，看来她确实倒霉，上岸都在最危险的地方，如果不是因为她怕蛇虫鼠蚁，不愿意踏足丛林，恐怕早就死在了这里。

路上遇见过两次危险，她还生着病，走得很慢。

时慕扬这贱人偶尔会威胁她，让她走快点，倒是有一条蛇朝她咬过来的时候，被时慕扬掐住七寸，甩在了树上。

黛宁惶恐地看去，发现蛇头里还插着一根针，正是她被时慕扬收缴的那一根。

蛇已经死透，针上应该被这男人抹了药，她还没来得及腿软和恶心，就被时慕扬一把拉住，躲在了草丛后面。

“噤声。”他语调凉了几分，如此命令道。

黛宁当即想和他唱反调，恨不得现场来一段 rap！

“黛宁，听他的，前面有一只吊睛虎。”青团说。

黛宁立马闭上了嘴巴。

果然，没多久，一只威武的白虎，身影在远处若隐若现。

黛宁下意识后退一步，时慕扬把她揽进怀里，他们的身躯紧贴，黛宁紧张地看着那只老虎。

时慕扬低眸看她，许是发着烧，她身体滚烫，小脸看上去比平时气色还好，像是上了妆，又娇又媚。

老虎走过去，黛宁这才觉得不对劲，一个硬硬的东西抵着她。

她愣了愣，低头看一眼，又抬起头，怔怔地看着时慕扬。

时慕扬弯唇：“还行吗？”

黛宁反应过来，歪头看他，娇滴滴地说：“小叔叔嘴上讨厌人家，身体倒是很诚实嘛！”

时慕扬不阴不阳地“呵”了一声，嘴角绷直，眼神冷冷地看着她。

青团：我死了。

第二十三章

灵魂交换

偏黛宁不怕死，还嫌不够。

“小叔叔不会和我这个讲实话的晚辈计较，对不对？”她重点咬字在“实话”上。

时慕扬抬手，搭在她的小脑袋上，用一种摸秃她的力度，揉了揉她的头。

“对，当然对。”

黛宁被摸得头皮发疼，她也不吱声，反正现在这个情况都明白，两个人要和谐共处成了笑话。

时慕扬向来就不是个大度的男人，要是换作言景，肯定不会和她计较，可时慕扬不同，如果她捅他一刀，时慕扬能反手打断她两条腿，然而，对时慕扬示好也没什么用，他心思诡谲，谁也不清楚他在想什么。为他出生入死的手下，他都可以眼也不眨地命令他们去死，而且，明知道小时候的她不是个好女孩，时慕扬还能看上她，他本身也不是什么好家伙。

黛宁走在前面，时慕扬不远不近地跟在她身后，闲庭信步。

黛宁毫不怀疑，如果自己是个男人，这狗贼得让自己背着走。

她本来还好奇时慕扬怎么不报复她刚刚说他小，结果下一秒，黛宁一脚踩空，掉进了一个捕兽坑里。

她灰头土脸地坐在坑中，头顶出现一张含笑的脸。

时慕扬叹息道：“宝贝，怎么这么不小心？”

黛宁头上顶着几根杂草，鬈发乱糟糟的，她吐出嘴巴里不小心吃到的泥土：“呸呸……”

这贱人！

看她跌下来毫不意外，分明就是知道这个地方有大坑，故意不提醒她，她就说，时慕扬这种小心眼的人，怎么可能不记仇，原来在这里等着她呢！

黛宁憋住火，冲他伸出手。

“小叔叔把人家拉上去嘛。”

“一天没吃饭，没力气，小侄女自己努力上来。”时慕扬轻嗤道，“叔叔友善提醒你，附近有毒蛇，要是你不快些，它可能会进去陪你。”

黛宁完全相信，即便附近没有毒蛇，她不在最快的时间爬上去，时慕扬也能扔一条进来。

黛宁明白求救无路，她咬牙，试着往上爬。

可惜昨晚下过雨，泥土比较松软，坑内几乎没有可供她使力的地方，她尝试了许多次，汗水打湿了脸颊旁的头发，原本烧还没退，此刻嫣红的唇也变得有几分苍白。

黛宁从未这样狼狈过，她到底觉得委屈，眼底漫上泪水，要哭不哭地抽噎着，笨拙地往上爬。

时慕扬一双凉薄的眼淡淡地看着她。

他突然意识到，自己刚刚竟然有同情她的想法，脸色冷了几分。

黛宁的手终于够到了地面，时慕扬蹲下，握住她的手腕。

她抬起头，还没反应过来，时慕扬轻轻一使力，黛宁重新跌入了坑里。

她趴在坑底，手指微微一紧，眼睛微眯，这回不再装可怜，也不再看时慕扬，尽自己最大的努力试图爬出去，依然失败了许多次，在时慕扬不耐烦的时候，她喘息着坐在了坑边。

黛宁全身都是泥土，白嫩嫩的小腿微微发着颤。

“起来。”时慕扬看了眼天色，“快天黑了。”

如果天黑之前不走出去，他们会非常危险。

黛宁心里恨煞了他，既然知道危险，为什么还耗费时间故意整她？！想归这样想，大小姐也明白轻重缓急，谁知道天黑以后，这个地方会出现什么怪物。

这次时慕扬也没执意让她走前面，他自己兀自走在前面，看上去非常悠闲，实际行走速度很快，有时候黛宁要小跑才能跟上他。

她发现时慕扬的观察力十分敏锐，有时候根据地上的泥土和脚印就能判断一片区域是否有危险。黛宁一面跌跌撞撞地跟上他，一面陷入了思考。

这个状态不行！

“恶之岛”上男人多，女人少到几乎没有，她这张脸蛋，在安全的时候，还有利于她，可是在这种地方，无异于把一只绵羊扔进了狼群。

黛宁知道自己是个“战五渣”，她也知道，时慕扬这狗贼看起来阴柔，实际上手段厉害得不行，他愿意庇护她，她在恶之岛就是安全的，但现在的情况是，时慕扬不出手对付她，就算好的，谈何保护她？

天黑之前，他们或许就能走出丛林。

黛宁本就不是什么好人，自然也把人往最坏的方向想，她心里一咯噔，想到一个十分可怕的可能。

时慕扬是个很能克制自己欲望的人，他不碰她，就是为了避免再被她插刀子，可是倘若这男人心足够狠，他甚至可以把她当作战利品！时慕扬这狗贼不会把她扔给他的手下吧？！

她的脚步猛然停下来，时慕扬听见身后脚步声顿住，回头道：“想搞什么幺蛾子？”

黛宁揉揉脸，挤出一个笑容。

“小叔叔，你看我，我这样好看，出了丛林很危险的！”

时慕扬似笑非笑：“所以？”

“所以，你能不能保护我呀？”她乖觉地道，“作为交换，有一天离开这座岛屿后，我帮你弄死你哥哥，怎么样？”

“不怎么样，你可太看得起小叔叔了，我可保护不了你。”时慕扬动了动手腕，骨头嘎吱作响，他语调带着几分嘲讽，“况且，谁知道小侄女你如今是不是喜欢绿色的别墅。”

黛宁无辜地眨眨眼，装作听不懂他在说什么。

“人家十三岁以后就不喜欢别墅啦。”

时慕扬皮笑肉不笑：“那就看开点，在这岛上，贞操就是个屁，宝贝儿，说不定你多哄几个男人，还能组成一支军队。”

黛宁磨牙：“借你吉言。”

沟通失败，时慕扬是打定主意牺牲她了。

一路试探，她处在弱势是真的，更重要的是，她有心琢磨时慕扬的性格，如今看来，他软硬不吃，心肠够狠，委实难缠。

黛宁笑了，突然对青团道：“算了吧，不攻略他了。”

青团很懵：“啊？”

“你也看见了，这两天，我刻意弱得他一根手指就能碾死我，可他半点儿也不同情，时慕扬这个人，你和他来硬的也没有用，他当年和他哥哥对上，原本毫无胜算，可他不但长大了，还带着他老爸的好东西跑路了。我太累啦，不想陪他玩。”

“那、那我们怎么办？”

她低头，看着自己虚弱无力的手指。

“我已经少了三分之一灵魂力，不介意再少一点。蠢团，既然你有操控灵魂和空间的能力，那么就做最后一个交易吧。”

“不行！”青团想也不想就拒绝了，“倘若你再失去三分之一的灵魂力，你活不过一年！”

黛宁古怪地看着它：“你好奇怪啊，我死了，你不就可以执行契约，拿走我的灵魂了吗？”

“我……我……”青团心里难过，干巴巴地道，“反正我不会同意的。”

“你不同意，一出丛林，等待我的就是和前世相差无几的命运。”

青团知道她指的是什么。

在这种地方，比初见时黛宁的情形还要可怖。

“你想想吧。”她戳戳它的脑袋。

是让她爽歪歪地活一年，还是要死不活，折在这破地方。

黛宁能想到的，时慕扬也能想到，在这种地方，要护住纪黛宁这样的姿色，恐怕得拼尽全力，脱一层皮。

他无心护她，甚至冷冷地想，她又不是他的女人，他也不是她亲叔叔，没有什么义务，他顺手庇佑纪恬还行，至少那女人全身心地信仰自己，可纪黛宁，就算了吧。

他长够了教训，也知道她是个什么人，时慕扬这辈子，想要权力，想要时慕云死，想要自己过得舒服。

他不要爱情，至于生理问题能不能得到纾解，也没多大关系。

虽然她可能还不错，可是时慕扬知道，自己或许承担不了那种后果，别的女人难道不是女人吗，他又不是非她不可。

他不会对这个狠毒的小萝莉动心第二次，他不是傻子，本来七年前，他要说多喜欢她，也谈不上。

时慕扬这样想着，心中带着冷，他下定决心，不管纪黛宁的死活，他分出心思盘算，纪黛宁吃了那花，她的血液应当有作用才对。

两个人一路相安无事。

黛宁呼吸声渐重，她体力不支，能撑到现在，已经是极限了。

眼见就要看到丛林边缘，耳边响起浅浅的“嗡嗡”声，时慕扬脸色一变，迅速后退，他脱下身上军绿色的迷彩服，兜住头脸，在身上抹了把什么药水，这一切几秒钟就完成了。

时慕扬才要跑，身上跳上来一个软乎乎的身体。

“纪黛宁，撒手！”

“不松不松！”黛宁死死地搂住他的脖子，“你不管我的话，就一起死。”

他气笑了。

偏偏这种时候没法和她掰扯，时慕扬一改方才的懒散，动作非常敏捷。

几乎他前脚刚离开，后脚一团长着翅膀的黑色的毒虫就飞了过来。

黛宁悄悄回头看了眼，大群毒虫，长得像是毒蜂，个个比指甲盖还大两倍，飞过之处，一棵高大的乔木竟然转眼被啃噬得干干净净。

她头皮发麻，勒紧时慕扬的脖子：“快跑，它们追上来了。”

两条腿的，哪里比得过天上飞的。

时慕扬眼睛一眯，把她从身上扯下来。

黛宁立马明白，这狗贼竟然是决定让她去喂毒虫，他自己好跑。

死道友不死贫道，她磨着小虎牙，好个时慕扬！她还没给人做过盾牌呢，谁也别想跑！

黛宁被他扯下来的那一瞬，就猛地撞向他，去死吧你！

时慕扬也不明白这娇气的小萝莉哪来那么大的力气，两人一同滚下陡坡。

毒蜂追到陡坡之上，追丢了人，终于飞向另一个方向。

好不容易停下来，时慕扬头昏脑涨，他心中发狠，抬手就要掐住对方的脖子！

混账小东西，好大的狗胆！

结果抬起手，发现自己的手白嫩小巧，柔弱无骨，这就算了，他竟然掐不住对方的脖子。

纪黛宁的脖子什么时候变得这样粗！而且他竟然在对方怀里……

时慕扬心里突然涌起一阵不祥的预感，直到头顶那人用磁性的嗓音发出一声娇滴滴的“疼——”，他脸色黑了个通透。

时慕扬捏住对方的下巴，映入眼帘的，赫然是自己的模样，而且他在对方眼中清晰地看见此刻自己的模样——巴掌大的小脸，乌溜溜的眼睛，乱蓬蓬的鬈发，像个脏兮兮的娃娃。

只不过这个“娃娃”此刻眼神凶狠暴虐，像要吃人。

他们竟然互换了身体！

黛宁迷迷瞪瞪地反应过来，心里爆笑，她学着时慕扬的口气，怜悯地开口：“扬宝啊，看开点，贞操不算什么，你现在愿意的话，可以组建……嗯……好多好多军队呢！”

时慕扬的脸色，这辈子从来没有这样难看过。

他是个暴虐的人，同时非常自大，在片刻之前，他还是坚定的唯物主义者、科学拥趸，对怪力乱神的事嗤之以鼻。

可是打脸来得猝不及防，他从地上站起来时，觉得自己两条细嫩的腿软得像面条，这也就算了，胸前沉甸甸的玩意儿，他一动，甚至能感觉到它们微颤。

这具中看不中用的漂亮躯体，让他想杀人的心都有了。

他阴森森地看着黛宁。

对方感觉良好地使用着属于他的躯体，她摸摸肚皮：“咦，还有腹肌。”

不仅有腹肌，还有大长腿和一拳过去能打死三个她的拳头！

“纪黛宁！你做了什么？！”

黛宁无辜地眨眨眼睛：“人家什么都没做，可能是小叔叔你想组建军队的愿望太强烈，老天都看不过去啦，决定成全你。”

“闭嘴，不许在老子的身体里用这么恶心的语调讲话。”

时慕扬虽然长相偏阴柔，并且懒，可他实打实是个一米八八的汉子，此刻，这个“汉子”的语气又娇又糯，还眨眼睛！活脱脱一个娘炮！

时慕扬脸色阴沉，抓住她的手臂，试图晃动她，交换回来，可是对方岿然不动，还嘟着嘴，一巴掌把他呼开。

时慕扬现在身娇体弱，一下就倒了。

黛宁惊喜地转几个圈圈：“哇，我好厉害！”

时慕扬趴在地上，眼里的光，明明灭灭。

好半晌，时慕扬微笑着抬头：“好孩子，咱们想办法换回来，小叔叔一定保护好你。”

“真的吗？不骗我？”

“骗你是畜生。”他语调温柔。

“小叔叔。”她捧着脸，“你现在是二十五，不是五十二，怎么就老糊涂啦？人家看上去像个傻瓜吗？”

时慕扬敛住笑容，漆黑的瞳，冷冷地看着她。

“我劝你还是想个办法吧，你也知道人家的身体有多漂亮，可别一出丛林，活不过两天呀。”

时慕扬阴恻恻地道：“没关系，我绞了这头鬈毛，毁了这张脸……”他伸手，“这两团肉，老子也切了不要。”

黛宁说：“你敢！”

那可是她的身体，每天抹香香，好好呵护，擦破皮都要心疼好久的身体！

“你看老子敢不敢！”

黛宁哼一声，她叉腰：“好啊，你剪人家的头发，我就去剃光头，你毁容的话，我就天天光着屁股去裸奔，你要是敢动人家的胸，我就阉了你！”

她说着，作势要去解时慕扬这具身体的裤腰带。

时慕扬陷入了沉默，嘴角抽了抽。

片刻后，两人走在丛林里，这回，黛宁昂首挺胸地走在前面。

时慕扬在她身后，从牙齿里挤出声音：“纪黛宁，走路不要扭腰！”

“哦，人家忘记啦。”

“不许说那个恶心的自称！”

黛宁扬起下巴，回过头，冲他扬了扬自己的拳头：“再对人家指指点点，就揍死你！”

“这是你的身体！”

“可我揍你，我不疼啊。”

时慕扬只好保持微笑，劝她：“会留疤，不好看。”

黛宁点点头：“那倒是。”

“快到丛林外围了，先等等。”

时慕扬从黛宁那里裁下一块迷彩服，用来裹住自己这头鬈发。

黛宁眼睛亮晶晶地盯着他，心里嘲笑，看他走出丛林前，做最后的挣扎。

他从黛宁穿的衣服里找出一个东西，朝着脸上涂涂抹抹，很快，白嫩的皮肤变得黝黑起来。

时慕扬在地上抓了把泥巴，在脸上、腿上各自抹了很多。

他浑身散发着一股浓烈的臭味，黛宁嫌弃地离他远了不少，时慕扬让黛宁只着 T 恤：“把迷彩服给我穿。”

“不要不要，人家穿这个帅嘛。”

“小侄女。”他恨不得捶死她，严厉地看她一眼，“你想让你这具麻烦的身体像破布一样被蹂躏吗？”

黛宁最后还是把迷彩服脱给了他。

给他之前，她还小气地把时慕扬外套里的好东西全部搜罗出来，塞进了自己裤兜里。

时慕扬见她这个模样，也没多说什么。

他致力于把这副身体装扮成倒胃口的女人，也懒得管她，反正大多数东西到了黛宁手中，她也不会用。

“你看起来好恶心。”黛宁围着他走了一圈，点评道。

“呵。”

黛宁觉得别的不说，时慕扬这个人的心理素质真的相当不错，片刻之前，他还是一副晴天霹雳的模样，可他很快接受了现实，并且迅速为自己谋划下了最好的局面。

黛宁问青团：“为什么同一具身体，我用看起来像个小仙女，他用看起来人憎狗嫌呢？”她有点得意，还是她比较棒！

青团本来还沉浸在悲伤中，被黛宁这样一打岔，看过去，嘿，还真是。

现在时慕扬邋里邋遢的不说，脸色还阴戾暴躁，看起来就不讨喜。

不管怎么说，至少招人的风情在他身上半点儿也不剩。

时慕扬抹了把脸，冷静道：“从现在开始，我们合作，你不要让别人觉察你的异样，扮演好我，出去以后立刻下命令，任何人不许靠近老子！听明白没？”

黛宁伸出一根手指，把他戳倒：“你对我说话，放尊敬些！现在我才是老大，你是小弱鸡！”

时慕扬笑笑：“行。”

你先听重点可不可以！

黛宁得意地说：“团团，你看，这就是男人，上一秒还说不要合作，不保护我，现在不是很乖嘛。”

不需要她指挥，都主动规划起他们的未来啦。

青团干笑两声，它心想，要是时慕扬的心理活动能展现出来，现在一定是纪黛宁的一百零八种死亡方式现场。

索二这些人已经在丛林外围驻扎了两天，依时老大的命令，如果第三天他还没有出来，他们立刻进去找他。

之前时老大说，所有人都进去目标太大，他只需要跟在那几波蠢材身后，捡现成的就好。

老大带了索一和索三进去，可是现在一个人都没出来，索二心中沉了沉，决定明天天一亮，就带着人去丛林寻找老大。

索二对时慕扬非常有自信，毕竟老大的实力不容小觑，只不过现在巨蟒受了伤，没法跟着老大，他难免会担心。

太阳落下去，天色刚黑，索二召集众人，道：“我们商量一下明天进丛林以后怎么走……”

几个人讨论得热火朝天，突然有人惊喜地道：“是时老大，他出来了！”

闻言，索二也连忙惊喜地看过去。

果然刚刚擦黑的天幕下，缓缓走出来两个人影，为首的正是消失了两天的时慕扬。

只见他们老大扭着腰，迈着活泼的步子，双手背在身后，蹦蹦跳跳地走过来："大家好啊！"

索二满脸茫然，看着这个行为举止怪异的娘炮，无言以对。

想起老大喜怒无常的恐怖性格，他抖了抖，不敢在心里揣测时慕扬，高高兴兴迎上去："老大，你终于回来了，索一和索三呢？"

眼前的"时慕扬"可爱地偏头："什么一和三……"

身后一个幽幽的声音道："那两个蠢货，恐怕死透了。"

索二听见刻意压低的变难听的嗓音，这才看见时慕扬身后还跟了一个脏兮兮的女的，索二满脸不高兴："小娘们儿，你说什么！敢咒咱们兄弟死！"

小娘们儿"时慕扬"阴恻恻地看向他。

黛宁笑得直打跌："是呢是呢，我在丛林里，捡到这个……这个娘们儿，以后她就是我的啦，谁也不许动！"

按理说，这样霸道的发言，在女人本就稀少的岛屿上，会引发众怒，而且大家都知道前几天时老大从向雪风那里抢来了一个白净女人，那么这个脏脏臭臭的女人按理说就是分给兄弟们的。

可时慕扬行事无常，是活脱脱的暴君，说一不二，没人敢质疑他的任何决定，否则，谈笑间，是怎么死的都不知道。

索二无条件听从他的命令，恭敬地弯腰："是。"

索二身后的人也冲黛宁弯腰，整整齐齐地回答："是。"

黛宁非常开心，她有种自己当土皇帝的感觉，时慕扬原来过得这么爽啊！

时慕扬额角青筋跳了跳，看着这群明明有怀疑，却半个字都不敢说，无条件服从的蠢货手下，不知道自己该庆幸他们的忠心，还是该气他们的愚蠢。

很好，就冲索二对自己的称呼，等他换回来，他要这蠢物掉层皮！

"老大，辛苦了，请上车。"

"咦！"黛宁本以为恶之岛的环境这么差，她得甩着两条腿，一路走回去，最好的可能也不过是指使人背她。

没想到，眼前几头温顺的驯鹿拉着华丽丽的车停在了她眼前。

厉——厉害啊！

小叔叔竟然把远古用的驯鹿都弄出来了，她高高兴兴地爬上华丽的马车，发现车上还垫了一层柔软的毯子。

她往后一躺，手搭在膝盖上，驯鹿听话地动起来。

身后众人列好队伍，整整齐齐地跟在她身后，比军队都有秩序，为她护行，旁边有人殷勤地道：“老大喝水，润润嗓子。”

索二想起什么，阴恻恻一笑，回过头去。

“兄弟们，把那出言不逊的娘们儿绑起来！让她跟在鹿车后跑。”虽然女人珍贵，可那女人一看也不算什么极品货色，以老大的性格，把人捉住，指不定是要怎么奴役她呢。

人群后面的时慕扬闻言，额上青筋一阵暴跳。

很好，非常好！

有人立马过来，要绑住时慕扬的双手。

时慕扬忍不住骂道：“索二你有没有脑子！”

索二心想，哟，这娘们儿还知道他索爷的名字，晓得他是谁，还敢这么豪横，他手一挥：“把她的嘴堵住。”

时慕扬被人捉住，绑了手腕，堵住嘴巴，跟在另一辆运载着物资的鹿车后跑。

换作以往，他早就把这群蠢物捶翻了，可如今纪黛宁这具身体，弱不禁风，在场任何一个人都能随随便便地弄死他。

黛宁在前面幸灾乐祸，也不阻止。

时慕扬觉察到她看自己，眼神像冰刀子似的，死死地盯着她。

黛宁才不怕，反正不打算攻略时慕扬，他哪怕对她恨之入骨，也不影响嘛。

她冲他做了个鬼脸，舒舒服服地仰躺在鹿车上。

约莫二十来分钟后，索二嗓门洪亮地道：“老大，那娘们儿晕过去了！”

黛宁揉揉眼睛：“晕了？”

“对，老大要不要看看。”

黛宁偏头，发现时慕扬狼狈地倒在地上，身上被汗水浸湿，一副要死不活的模样。

好在他为了节操，装扮得看不出原本的模样，黛宁丝毫没有那是自己的身体的代入感。

晕过去自然就不好玩了。

再说，她的身体不能有事，否则灵魂将来就回不去了。

黛宁喝了口蜂蜜水，兴致缺缺地道："把他弄上鹿车。"

索二知道时慕扬平时的暴戾，以为他又想出了新的折磨人的法子，于是点点头，把昏迷的"少女"拎起来，扔在黛宁脚边。

时慕扬身上淤泥的臭气袭来，黛宁连忙道："把他弄走弄走，放在旁边的车上。"

手下立刻把时慕扬扔去旁边的车子了。

黛宁那具身体本就虚弱，在生病不说，还缺失了三分之二的灵魂力，正常人只剩下三分之一灵魂力时，即便灵魂完好无缺，也无法轻松支配身体，时慕扬能坚持二十分钟已经很不错了，换作黛宁，恐怕十分钟就是极限。

不愧是气运子的灵魂，恐怕他至今也只是认为女人的身体普遍比较弱。

一行人井然有序，夜行赶路，天亮时，黛宁被人喊醒。

"老大，我们到了。"

黛宁睁开眼，这才发现太阳都出来好一会儿了，灿烂的阳光照在岛屿上，前面不远处立着一块张狂的石碑，上面刻着一个"时"字。

她似有所感，偏头看过去，果然，另一辆鹿车上，一双黑漆漆的眼睛用恨不得生啖她肉的目光幽幽地看着她。

"少女时慕扬"看上去狼狈又可怜，他的瞳仁像是带着毒汁的两块冰，可惜配上那副皮囊，半点儿威慑力都没有，除了娇弱，只剩下故作威风。

时慕扬明明很认真地在威胁，黛宁却只当他在搞笑，她"扑哧"笑出声，从鹿车上跳下来。

她如今身高骤长，还有点儿不习惯，之前她羡慕章右英的身高，如今愿望成真，体验了一把高个儿的快感。

原来人长这样高，看谁都是个小矮子啊。

黛宁背着手，刚要进去，想起时慕扬那狗贼，又退回来。

她眼睛一转，时慕扬心里一跳，就知道不好。

果然，她不知道从哪里摸出一根绳子，套在他脖子上，像他之前对她那样，把他牵着走。

时慕扬闷哼一声，险些腿软跪在她面前，最后关头，他用胳膊撑住自己，冷冷地抬头去看她。

“你找死！”

“我好怕呀，走你！”黛宁说完，干脆利落地在他屁股上踹了一脚，时慕扬差点摔个狗啃泥。

偏偏这一幕，周围人见怪不怪，没有一个人露出同情时慕扬或者指责黛宁的目光，一看就知道时慕扬这暴君平时没少干坏事。

黛宁催促他：“快走快走，我急着吃午饭呢。”

时慕扬心头火直冒，倘若给他一个机会，他一定会在刚遇见黛宁时就选择掐死她。

他没有当过女人，不知道是不是每个女人的身体都这样虚弱，三五步一喘，连呼吸都有点儿困难。

他昨晚被捆过，现在纤细的手腕上竟然被绳子磨破了皮。

这具身体哪里都不舒服，时慕扬这辈子从不曾这么狼狈过。

黛宁浑然不觉，她十分期待，开开心心地问身后的人：“索二，今天中午吃什么呀？”

索二觉得，这趟出去，老大变娘了好几倍，但这话打死他也不敢说，说不定时老大只是更加莫测了而已。

“咳，老大，你想知道的话，我一会儿去问问付大勺。对了，老大你这次去北岛边境，找到千日白了吗？纪小姐和阿蟒还在等它解毒。”

闻言，黛宁眨眨眼。

“千日白……”她坏笑着回头，看一眼时慕扬，“我会想办法的，你们不用管。”

“是。”

谈话间，一个老妇人匆匆跑了出来。

见了黛宁，她长满皱纹的脸上神色一喜：“时老大，你可算回来了，你去看看吧，纪小姐的情况不太好。”

老妇人也看见了被黛宁用绳子牵着走的时慕扬，虽然他看上去很狼狈，可还是能看出来，是个年轻的女人，老妇人的眼神立刻带上了几分敌意。

“哦，你是谁呀？”

“我……”老妇人脸上一僵，“大首领你忘了吗，我是你找来照顾纪小姐的，老太婆姓柴。”

“柴老太婆。”黛宁叉腰，把她挥开，“人家才回来呢，要先吃饭，你一边儿去。”

柴婆不明白时慕扬为什么突然变脸，但他性格无常，见他生气，柴婆立刻退到旁边去。

她不明白，时慕扬这次出去是为了给纪小姐找解药，这举动证明纪小姐在他心里有一席之地，那么回来第一时间去看看纪小姐，难道不是正常程序吗？

可是他竟然要先去吃饭？

倒是时慕扬身后那个脏污得看不出面容的女人，眉毛微微皱了皱。

黛宁蹦蹦跳跳地往前走，手臂被捉住，时慕扬压低声音在她耳边道：“纪黛宁，别胡闹，先去救人。”

黛宁抽出手臂，扬扬得意：“就不去就不去，气死你。”

时慕扬深吸了口气，勉强维持心平气和。

黛宁雄赳赳地迈步走进去，她牵着时慕扬，用一种领主的目光，巡视着北岛的房子。

时慕扬不愧流着时家的血液，哪怕再懒，他的领地也井井有条。

木头做成的房子鳞次栉比，路上有人见了她，连忙恭恭敬敬地打招呼，也有人对她身后脏兮兮的少女好奇，可是黛宁不讲话，没人敢多问一句。

做暴君真是爽歪歪。

“行了索二，不用跟着我，吃饭叫我。”

黛宁不认识路，她怕露馅，也没问人。时慕扬的领地很大，她等饭吃的时间，转着转着，到了一片灌木林。

时慕扬眸光一闪，没有吱声，眼中划过一丝冷笑。

林中沙沙作响，黛宁还没反应过来，突然一条有两个水桶粗的蟒蛇，两只灯泡般的大眼发着光，向她游弋过来。

黛宁的尖叫声卡在喉咙里，她这个人坏，遇见危险，第一反应就是往别人身边赖。

时慕扬本来在一旁冷笑看好戏，结果转眼，一个一米八八的男人猛然把他扑倒，埋头在他的胸前嘤嘤嘤。

“有蛇时慕扬，快把它弄死，把它弄死！呜呜呜呜……”

时慕扬被她扑倒，腰磕在石头上，“嘎嗒”一声，他额上疼出冷汗，被压得差点两眼翻白晕过去。

“纪！黛！宁！从老子身上下去。”他牙齿咬得咯咯直响。

黛宁紧闭着眼，全身都在抖：“不要不要，时慕扬你不把它弄走，我就抱着你一起被它吃掉。”

阿蟒茫然地看着他们。

它吐了吐芯子，想凑过去，又没弄懂主人到底在搞什么。

哪怕主人踹它一脚，都比这种面对它瑟瑟发抖来得要明白些，它从小就是个憨憨，只管吃，不长智商，听话又傻，这次中了毒，它浑身难受，看见主人，才打起精神飞奔过来，没想到被“主人”嫌弃了。

时慕扬腰都快被压断了，他脸色铁青，撑着最后一口气，吹了声口哨。

阿蟒听令，回到了灌木丛深处。

“它走了，给老子起来。”

黛宁抱住他的脖子，不敢抬头：“真的吗？”

“真的。”

“可是，人、人家腿软啦。”

废物东西。

和他杠上的时候不是挺能的吗？

回去的路上，时慕扬阴森森地道：“纪黛宁，给老子把猫尿憋回去。”

“人家还是怕……”

她用时慕扬的身体，委委屈屈地含着眼泪，边走边抹泪。

路边劈柴的汉子看见大首领扁嘴哭泣的模样，腿一软，直接跪了下去。

“我什么都没看见，什么都没看见……”

黛宁哭得哽咽，压根儿没空理他，从他面前路过。

时慕扬扶着快要断掉的腰，看着地上的男人，脸上闪过一丝杀意。

等他们走远了，男人才呼出了一口气。

时慕扬握紧拳头，想了一万种将来折磨纪黛宁的法子。

他上前几步，捉住她的手腕，面前的人还在委屈巴巴，娘炮兮兮地哭，最辣眼睛的是，用着他的脸！时慕扬硌硬到快吐出来了。

他都能预料到，过不了多久，大首领是个“嘤嘤怪”的消息会传遍整个北岛，如果他自信一点，相信这个预测，很快南岛也会全员知道。

他单手捏住她的脸：“闭嘴，别哭了。”

“呜呜呜……”

“你再哭一个试试！”

“嘤！”

“再嚎一声，老子带着这具身体去自杀信不信？”

黛宁泪汪汪地瞪着他，从本来的小声抽噎猛然变成号啕大哭：“哇呜呜呜！”

两个人僵持了许久，木屋旁一个洗衣服的大爷已经探头探脑地看了过来。

行行行，他哄，他哄还不行吗！时慕扬脸皮绷紧，僵硬地抱住她的腰。

“乖，不怕，它把你当成了我，没想吓你，快别哭了。”

时慕扬用娇小的身体抱住一个硬邦邦的躯体，不熟练地在她背上拍。

他的安抚没有感情，也不温柔，黛宁本就是个“作精”，压根儿不买账，依旧在抽泣。

时慕扬整个人都快炸裂了，要和纪黛宁同归于尽时，索二突然大声喊：“老大，你在哪里？吃饭了！”

“咦，吃饭啦！”黛宁一抹泪水，顿时屁事没有，她瞬间忘记了巨蟒那个恶心恐怖的模样，她一把推开时慕扬，欢欢喜喜地吃饭去了。

时慕扬收回手，表情几经变幻，他要弄死她！早晚要弄死她！

另一边，柴婆回去复命：“纪小姐……”

床上的纪恬因为中毒，脸色发青，她满脸希冀。

“怎么样，慕扬回来了吗？”

“大首领他、他回来了。”

纪恬暗自在心里皱眉，她为了时慕扬中了毒，这几天每天都要呕吐很多次，既然他回来了，为什么不来看她？难道……

“他受伤了，很严重对不对？扶着我，我要去看他。”

她不胜虚弱地从床上挣扎着要下去。

柴婆连忙扶住她，满脸复杂。

“大首领没有受伤。”柴婆心想，不仅没有受伤，还先忙着去吃饭，不仅要先吃饭，还又带回来一个女人呢！

纪恬怔住：“没有受伤，那……”

那他为什么不来看她？明明走之前，他还揽着她，说“等我”。

柴婆痛心疾首，把刚刚看见的一切添油加醋地说了一遍，听得纪恬手指握紧，差点绷不住表情。

什么？女人！难不成是没死的纪黛宁？！

纪恬眸光一冷，这次她已经和时慕扬有了感情，不管是谁，都不可以和她抢！

这次，时慕扬的心是先向着她的，她一定要让时慕扬爱上自己，让那个小贱人好看！

第二十四章

喜欢

黛宁之前一个人在恶之岛边境生活，差点吃椰子吃到吐，此刻闻到肉香，她感动得不行。

肉是烤肉，不知道厨子从哪里搞来的调料，酥酥脆脆，一口咬下去满口留香。

岛上有片沙地，时慕扬实在是个会享受的人才，他让人在沙地种了西瓜，此刻西瓜被榨成西瓜汁，放在冰里冻过，黛宁抱着喝，简直不想撒手。

餐桌另一边坐着满脸泥巴的时慕扬。

他身上还散发着令人难忍的恶臭，黛宁倒也不在吃的方面虐待他，毕竟她知道那具身体太弱了，万一不小心挂掉，以天道的尿性，估计会立刻把她弹出时慕扬的身体，然后让时慕扬回归，那时候，就是时慕扬活，她死。

因为坐得远，时慕扬无法影响她的食欲。

索二站在一旁，越看时慕扬越不爽，他强烈反对时慕扬上桌，忍不住说："老大，这娘们儿出言不逊，你竟然还给她饭吃？"

索一和索三没能平安回来，这二愣子嘴上没直说，心里介意着，估计还在伤心，所以处处针对时慕扬。

在时慕扬的"死亡眼神"中，黛宁憋住笑："哎呀，谁让她是我女人嘛！"

索二想起木屋二楼躺着的纪恬，莫名觉得自己的老大有点渣。

但索二不敢吐槽老大，只好继续用鄙夷的目光看着时慕扬，这岛上没有干净女人，这个脏得看不出脸的女人指不定是用什么方法赖上了老大。

时慕扬一拍桌子，再也忍不了索二的智商。

"给老子滚出去！"

索二："什么，你再说一遍！小娘们儿，老子……"

“哎哎！”黛宁连忙拦住索二，警告道，“不许揍他，骂他可以，不能动手，打他就等于打我！”索二那个身板，万一把时慕扬揍死就不好了。

“是，老大。”索二瓮声道。

黛宁眼见时慕扬就要发飙，挥挥手说：“二楞，你先出去吧。”瞧瞧把你们家老大气成什么样了。

索二领命出去，也不敢对“二楞”这个新外号有什么异议。

“蠢材。”时慕扬冷声道。

黛宁幸灾乐祸，长了眼睛的，都看得出时慕扬现在有多窝火，他是个很霸道的人，掌控欲也比较强，搁在以前，索二是个无脑服从的听话手下，可是现在，他恨不得剥了那个蠢材的皮！

他眸中沉沉，不知道在琢磨什么阴谋诡计，黛宁悄悄看他一眼，抓住机会，把他那份烤肉也吃掉了。

她发现当男孩子好好呀，连吃东西都可以吃好多，假如长胖了，胖的也不是她的身体。

“小侄女。”时慕扬敲敲桌子，森然看着她，“叔叔知道你是个聪明人，现在这种情况，只能相互合作，不然谁也讨不了好。”

黛宁纳罕道：“不会啊，我现在才是首领啊，是你不会好，不是我。”

“你确定你用我的身体可以活过两个月？”

“为什么不能？”

“你会打架？会指挥巨蟒？”时慕扬冷笑一声，“还有才收服的向雪风的人，你压得住？”

不会打架，害怕巨蟒，向雪风又是什么东西？

黛宁其实心里也有数，她本来也不是当大首领的料，如果她真有这个天赋，早去经营自家公司了，还和气运子们玩什么溜溜球？

这也是她对时慕扬留一线的原因，天知道这狗贼到底有多少仇人，有可能她还没享受到，就被人暗杀了。

首领本就不好做，何况是恶之岛上的首领。

岛上都是穷凶极恶的人，她需要留下时慕扬指挥大局，却又不想他过得太舒服。

“不会的东西，我可以慢慢学，害怕的也会试着去克服，倒是你，我亲爱的小叔叔，你还是先忧心自己如今的处境吧，我看二楞非常看不惯你呢，他不会晚上偷偷把你拉出去，扔进男人堆里吧？”

时慕扬危险地眯了眯眼。

这次没有暴躁，从他表情里，黛宁反倒看不出什么，她知道不能太过于得寸进尺，时慕扬已经处在暴走的边缘。黛宁刚想开口和他讨价还价，外面传来一阵喧哗。

黛宁扬声问：“什么事？”

好一会儿，还是索二进来道：“老大，柴婆过来说，纪小姐吐得厉害。”

柴婆不敢来大首领面前闹，只敢在外面烦索二，索二虽然对那个纪小姐无感，可是纪小姐救了老大，他不好不通传。

黛宁暗自轻哼，知道这多半又是纪恬弄出来的幺蛾子。

她记得纪恬会医术，怎么也不可能放任自己越来越严重，她心中不屑，却见时慕扬站了起来。

“纪黛宁，跟老子去救人。”

黛宁的胳膊被拉住，她计上心头，突然有个好笑的主意，她问时慕扬：“小叔叔，你不会真的喜欢她吧？！”

时慕扬似笑非笑：“小侄女很在意？”

“也不是很在意，只不过……”黛宁摇摇头，笑得坏坏的，“我忘了告诉小叔叔，这个纪恬我认识，她是我们纪家的二小姐，我爸在外面的私生女。

“哦，我忘了，小叔叔也是私生子呢，你们家对私生子女是不是有一种特殊的吸引力啊？”

时慕扬倒没有想过纪黛宁和纪恬竟然是姐妹。

“既然是你妹妹，你还坐在这里做什么？”

“小叔叔这就不懂了，纪恬呢，和我的关系特别糟糕，她之前想抢我的未婚夫，如今看来，她志向反倒变了，想做我的小婶婶。我这个人呀，心特别坏，也不喜欢这样不入流的存在，就喜欢看她难受得死去活来。”

时慕扬眼神冷了冷，他也是纪黛宁口中不入流的私生子。

“小毒物，”他语调森冷如冰，“我没空再与你周旋，我比谁都了解你，你自私自利，贪生怕死，你不去救纪恬，可以，如果她出了事，将来我要你受百倍折磨。”

时慕扬俯身在她耳边，再没了之前喊她“小侄女”的不正经，语气带着三分可怖的森寒：“我就该带你去看看北岛的监牢，感受感受让人求生不得、求死不能的手段。”

他的气息让黛宁起了一身鸡皮疙瘩。

这还是第一个为了纪恬威胁她的气运子，黛宁不觉得害怕，反倒觉得好笑。

她面上露出几分犹豫，仿佛真的怕被报复，随即不情不愿地道：“那好吧，我们去看看她。”

时慕扬的表情没有任何变化，他看了她几眼，似乎在揣度她的想法。

“走吧。”黛宁回头道，“不是要去救你的小情人吗？再不跟上，人家就反悔啦。”

时慕扬最终还是跟上了她。

青团叹息道：“果然，女主角还是挺厉害的，两个月的时间，她竟然真的让气运子动了心。”

黛宁倒是不意外，如果纪恬半点魅力都没有，自己上辈子也不至于输得那样惨。

“别慌，既然时慕扬想救，我们就让他救。”

她想到什么，努力憋住笑。

两个人一同来到木屋二楼，果然还没凑近，就听到柴婆紧张地喊“纪小姐”的声音。

黛宁注意到时慕扬微微动了动眉尾。

他这样不羁的人，能有这样的感情波动，看来的确有几分心疼纪恬，好歹是他的白月光，也能理解。

黛宁推开门。

纪恬趴在床边，吐得面无人色，柴婆端着一个盆子，在给她顺气。

时慕扬身体动了动，下意识要上前。

黛宁眨眨眼，果然，下一刻，纪恬我见犹怜地看着她：“慕扬……”

黛宁从未见过纪恬眼睛里这么浓重的爱意。

她憋住笑，走过去：“哎！”

时慕扬脚步顿在原地，看看纪恬，又看看黛宁，没有再动。

纪恬一副苍白虚弱的模样，要往黛宁怀里靠。

黛宁本来想陪她演完，可是她怎么看纪恬怎么嫌弃，这女人才吐完，莫挨她！

她的手伸到一半，又背回身后，还不动声色地退了一步。

纪恬险些扑空掉下床，幸好她最后在床边稳住，纪恬看了一眼冷漠的“大首领”，又看看门边，那小贱人别人认不出来，纪恬却化作灰都认识，不是纪黛宁又是谁！

又是这样，总是这样！每个气运子见了纪黛宁以后，就总是对她不屑一顾。

这两个月，她对时慕扬这个暴君嘘寒问暖，还跪着给他洗过脚，各种取悦他，最后甚至为他挡刀！时慕扬眼里这才有几分动容，凭什么纪黛宁这小贱人什么都不做，就可以俘获他的心？！

如果黛宁知道她这想法，估计会安慰她，想多啦，现在你的暴君魔王还是很喜欢你的。

黛宁唯恐天下不乱地道：“小恬啊，来，给你介绍一下，这位，是人……是老子的新女人，你看你这病歪歪的样子，也满足不了我，她正好合适！”

时慕扬想掐死她。

纪恬的脸色有点儿难看，黛宁笑嘻嘻地道：“不过我会救你的，你好歹是为我受的伤，我不会不管你。放心，我的小宁宁很善良，愿意为了你放血，你说对吗，宁宝？”

时慕扬从牙齿里挤出来一个音：“对。”

纪恬伤心欲绝地看着黛宁，脸颊转到一边去，黛宁看见她眼里淌出了两行泪。

从她这个角度，竟然也不觉得脸上有疤痕的纪恬丑，自己如果真是时慕扬，哪怕变了心，见此估计也会动容心疼。

纪恬脸上的伤恢复得不错，一看就是用了好药。

黛宁心中冷笑，当初自己发烧，时慕扬连给自己用一片退烧药都舍不得，小叔叔还真是爱憎分明。

没一会儿，医生就进来了。

时慕扬起初带来恶之岛的人里就有医术高明的医生，医生先对黛宁问了好，然后道：“只差一种药了，千日白，大首领，不知道你这次出去，找到千日白没有？”

黛宁指着时慕扬：“他吃了很多千日白，用他的血，可以吗？”

医生点点头：“三天之内就可以。”

“那开始吧。”

医生说：“我需要一个碗，用来取血。”

黛宁闻言，开心地道：“我去拿！”

她像个小炮弹一样跑下楼梯：“索二，索二！”

时慕扬见她这么积极，就觉得肯定没好事。他看着床上的纪恬，有心和她说说话，毕竟这个女人能为了他去死，心意可见一斑，有纪恬和他一心，说不定能摆脱如今和纪黛宁身体互换的困境。

但现在有医生在这里，他也不方便。

时慕扬心想，晚上他再过来看她。

楼梯噔噔作响，黛宁破门而入。

看清她手中的东西，医生嘴角抽了抽，时慕扬脸色都变了，再没心思去看纪恬。

纪黛宁直接，抱来了一个脸盆！

黛宁理直气壮地道：“医生伯伯，我家蟒蛇也要用的！它个儿大，你多抽点！”

医生被震惊到，几乎忘了去纠结大首领喊自己“伯伯”的事。

他连忙摆手：“用不着这么多。”

真抽这么多，那门边冷着脸、脏兮兮的女人估计就被抽死了。

“抽少了，药效足够吗？”

“可以，可以，大首领放心。”

“好吧。”黛宁恋恋不舍地放下脸盆，没一会儿，索二拿了个正常的碗上来。

时慕扬也干脆撩起袖子，让医生接了半碗。

纪恬悄悄地去看黛宁，见“他”脸上没有心疼和不舍的神色，这才松了口气，大首领既然愿意让“纪黛宁”放血，证明在他心中，自己比纪黛宁重要。

这种地方自然没有血袋，医生利索地做好一切，又给时慕扬止了血。

黛宁在一旁，心里有点儿不舒服，她这个人很小气，虽然她自己的身体现在是时慕扬在用，可是一想到用来救纪恬，她就相当不高兴，她一不高兴，别人也不要想开心。

黛宁捧起时慕扬的手，心疼极了：“疼不疼呀？我给吹吹。”

说着，她真的嘟起嘴，朝着伤口吹了两下。

时慕扬心想，这妞发什么病？他刚要抽回手，结果就看见了纪恬震惊受伤的目光。

“伤在你身，痛在我心，放心，我今后一定好好对你，不再让你吃苦。”黛宁伸手，轻轻拍了拍他的脑袋，“大首领疼你。”

时慕扬拍开她的手，几乎咬牙切齿地在她耳边道：“纪黛宁！”

她弯起眼睛，小声回：“哎，扬宝。”

时慕扬挣脱不开这魔女的桎梏，简直想杀了她，他冷冷地瞪着她，然而其他人并不知道背后的波涛汹涌，旁人看来，他们正十分亲密地搂搂抱抱。

纪恬的手指死死地捏紧床单，她用一种怨毒的眼神盯着他们。

黛宁回头道：“小恬，我先带宁宁去养伤，你好好休息，有空我再来看你。”

纪恬的怨毒之色一敛，悲戚地道：“好。”

她嘴上说着好，动作却小心翼翼地拉住了黛宁的衣服。

“慕扬……”

那模样，真是谁见了谁心疼。

黛宁莫名有种身处后宫，而自己是皇帝的错觉，纪恬不去争宠，真是可惜了。

她冷漠地把纪恬的手从自己的衣服上扯下去，然后转头对着时慕扬笑得甜蜜宠爱：“走啦宁宝！”

去你的宁宝！

黛宁强行搂住时慕扬，把他从纪恬的房间带了出去。

时慕扬似乎想对纪恬说什么，黛宁一把捂住了他的嘴。

多亏刚刚在北岛领地转了一小圈，黛宁记住了那栋最豪华的房子，依时慕扬骄奢淫逸的性格，那铁定是他的房子无疑。

她抱着布娃娃似的，把时慕扬夹着走。

时慕扬眸中一冷，他手指动了动，有一瞬几乎想毒死她，哪怕换了一具身体，他要她死，方法也多得是，可是一想到纪黛宁用的是自己的身体，他便有几分犹疑。

交换身体实在是太过匪夷所思，他这样谨慎的人，绝对不会冒险。

黛宁一进屋子，就嫌弃地扔掉了时慕扬，他全身脏兮兮的，实在是太臭了。

时慕扬眸中布满了阴云。

这次他没有叫嚣，也没有威胁黛宁。其实以他从前的经验，纪黛宁是个很傻的人，虽然心肠不好，可她好糊弄是真的，而且她喜欢别人顺着她，再夸一夸她，嘴巴甜点，她会被哄得晕头转向，而一旦你欺负她，她智商就会成倍上涨，能活生生把人气死。

知道这些是一回事，但时慕扬自从见面以来，就没有想过对她好，他在她家受了那些折辱，还被纪黛宁耍，他这样记仇的人，只想折磨她。

时慕扬暗自思忖，给她倒了杯水喝，又从一旁储物柜中拿了包棉花糖:“吃不吃？”

黛宁眨眨眼:“真的给我吗？”

岛上这些零食非常稀缺，可能全岛也就时慕扬有这些玩意儿。

时慕扬笑了下:“当然。”

“你突然对我这么好，说吧，在打什么坏主意？”

“小侄女，你可冤枉我了。”他在一旁的木椅上坐下，“怎么说我爸也和你爷爷是至交，我怎么可能真的放任你死在岛上？”

黛宁不信他的鬼话，但是零食她照吃不误。

棉花糖香香糯糯的，她吃得很开心。

时慕扬手指有节奏地点着椅子，在思考什么，没有再看她。

他想得很不错，一包棉花糖暂时哄好了黛宁，至少她没有再戏弄般地把他拎过来拎过去。

晚饭是索二送过来的。

“老大，纪小姐和阿蟒都解毒了。”他笑得很憨，“需要像以前一样，让阿蟒过来吗？”

黛宁连忙摇头:“不要不要，把它赶走。”

索二疑虑地看了她一眼，时老大是个戒心非常重的人，简言之就是“被迫害妄想症”，他不相信任何人，甚至纪小姐都不能和他住在一起，唯独相信阿蟒不会背叛他。

可是现在，老大一副避之不及的架势。

黛宁严肃地道：“你把它关好，这两个月，不！这半年，我都不要见到它。”

索二不敢问为什么，听话地出去了。

饭后，有人抬着水进来，倒进另一个房间的实木浴桶中，黛宁欢欢喜喜地就要去洗澡。

一直装成隐形人思考坏主意的时慕扬总算装不下去了。

他拦住她：“你做什么？”

她歪头：“洗澡啊！”

时慕扬嘴角抽了抽：“宝贝，这是小叔叔的身体。”

“哦……”她这才反应过来，脸上带有几分鄙夷，“放心吧，我不想看你，人家都不害羞，你个大男人介意什么。”

想了想，她又笑嘻嘻地道：“好歹我小时候，你也喜欢过我，这也算成全你……”

“闭嘴。”时慕扬头也不回，看都不想看她一眼，出去了。

这是他这辈子最不愿意提起的事情。

现在这种情况，还能怎么办？可能很长一段时间，他们都得维持这个状态。

黛宁冲他做了个鬼脸，脱光迈进浴桶中。

时慕扬的身材确实不错，每一丝线条都十分精致，但黛宁嫌弃这具身体，她快速洗完，穿好衣服，也确实没有心思多看。

她对于情欲方面并不很看重，她不是个保守的人，但确实不想和时慕扬发生些什么。

她洗完出去，时慕扬依旧坐在那个椅子上，像是没动过，但是黛宁肯定，他一定做了什么手脚。

换身体对于时慕扬来讲实在是太不利了，他肯定不会坐以待毙。

“让人给我烧水。”

“你也要洗？”黛宁好奇地道，“你洗了不怕吗？”

“回来有工具，可以掩盖一下。”他脸上露出一丝嫌恶之色，这身臭气，想来他早就忍无可忍了。

黛宁想了想："好吧。"

她相信小叔叔能保护好她的身体。

但是当时慕扬进去的时候，黛宁拦住他，摇摇头："不可以，这是我的身体，你不可以碰。"

时慕扬似笑非笑："你竟然还介意给你男人戴绿帽子？"

黛宁反应了一会儿，才想起她之前骗时慕扬说的结婚的事。

"也不是吧。"她故意扭捏道，"只不过不想和你。"

时慕扬冷笑一声，懒得理她，抬脚要走。

黛宁想了想，突然有个好主意，下一刻，她一把将时慕扬按倒。

"做什么？"

很快时慕扬就知道她要做什么了。

"小侄女，我劝你最好放开我。"

"不要动，很快的。"

时慕扬这两天，想了一万种等身体换回来后折磨黛宁的方式，却没有任何一刻让他如此想杀人。

纪黛宁把他的双手绑在身后，又在他眼睛上蒙了布条。

她要亲自给他洗！不，她是想亲自洗她自己的身体。

时慕扬想掐死她，明明白白一个"双标狗"，她可以碰他的，却不允许他碰她。

时慕扬冷冷地想，如果之前还想让纪黛宁死个痛快，现在他要让她受尽折磨，跪着求他让她解脱。

起初两分钟，感受到衣服被脱下，他有几分自暴自弃的意思，行，他放任这个"作精"蹦跶，她到时候不要哭。

他一个男人，什么没经历过，他这样厌恶纪黛宁，就当下人在伺候自己，总不至于还对这个小毒瘤有感觉！

可是后来，他才知道——他想骂一万句脏话。

黛宁疑惑地看着自己的那具身体渐渐变成了淡淡的粉色。

她眼珠子一转。

"小叔叔，你很激动啊？"

"放屁！"时慕扬暴躁地道，他反唇相讥，不知道是为了掩盖情绪还是别的，他话说得很难听，"明明是你这具身体淫荡。"

黛宁也不生气，她撑着下巴，朝他的耳垂吹了口气，时慕扬僵着身体，膝盖抖了抖。

“小叔叔，告诉你一个秘密。”她憋住笑，“我用自己的身体二十一年，从来没有哪一天是你这种欲求不满的模样，意外吗？”

她伸出一根手指抵住他的唇：“你是不是还喜欢我啊？”

时慕扬冷笑：“你想多了，我只是想起了和纪恬在一起的感觉。”

“哦，”她慢吞吞地应，“你说不是就不是。”

她纠结地皱起眉头。

“可是你这个样子，似乎不太好受，要不要试试……”她凑近他耳边，小声说了句什么，然后兴奋地嘀咕道，“怎么样，试一下？”

她的声音像是带着一把小钩子，时慕扬喉咙微动。

黛宁没有憋住笑：“哈哈哈，你竟然当真了。”

时慕扬黑着脸：“滚！”

好不容易洗完澡，时慕扬阴恻恻地想，哪怕是为了报复纪黛宁，他今晚也要把这具身体摸个遍，结果晚上睡觉前，黛宁把他绑了起来，她用柔软的丝料把他绑在了自己身边。

坏胚和坏胚之间就是这样心有灵犀。

黛宁得意地说：“我会监督你的，不要想用我的身体干坏事。”

“呵呵。”

“小叔叔，我给你讲个睡前故事吧。”她其实也觉得这样不方便，每天洗两次澡，好累啊。

“老子不听。”

他活像个刺头，黛宁毫不怀疑，如果这时给时慕扬一把刀，他会毫不犹豫地给她几刀。

她侧躺着，面朝他，无视他的拒绝：“每个小朋友，小时候都听妈妈讲过这个睡前故事，可能和我们互换身体的原因有关。”

黛宁自顾自地瞎掰：“从前有个女孩，她进入森林，遇见了坏人，过得很不好，神明怜悯她，于是下了一个咒语，咒语内容是，坏人每次虐待女孩，就会身体互换，等他对她很好的那一天，他们就能回到各自的身体了。坏人起初不信，可是十年过去了，他们的身体依旧换不回来，终于有一天，他决定试试那个办法，对女孩特别好，后来……”

时慕扬的眼皮子抖了抖。

“他们换回去啦！”

“扯淡。”时慕扬冷嗤道，他背对着她，不屑一顾。

“真的，这个故事，每个人小时候都听过，你的妈妈没有给你讲吗？”

时慕扬闭上眼，不搭理她。

黛宁撑着下巴看着他的背影。

有些事情，她是从青团那里知道的，时慕扬小时候跟着他母亲过得挺惨的，那女人是时冥的情妇，却眼高手低，因为时冥不认时慕扬这个儿子，经常折磨他，时慕扬小时候饥一顿饱一顿，更别提会有人给他讲睡前故事了。

他内心残忍，骄傲自大，对这个世界都怀有恶意。

可是万一，没有童年的气运子真的会相信一个睡前故事呢？

月光照进木屋，黛宁已经睡熟。

时慕扬睁开眼睛，窸窸窣窣的声音在外面响起，万籁俱寂，这点动静几乎可以忽略不计。

时慕扬动了动手腕，他的手腕被黛宁绑住，他用巧劲，一下就解开了绳子。

他眯了眯眼，看向身边的黛宁，眼中划过一丝讥笑。

窗外的声音越来越近，他迅速离开床边，慢条斯理地走向门边，等着看好戏。

他结仇不少，从来没有睡得安宁过，所以有点动静，就会立马醒过来。纪黛宁不同，她娇生惯养，可能刀子入了肉，她才有知觉。

时慕扬本可以救她，但他偏不想。

他才不会被一个女人牵着鼻子走，哪怕是处于互换身体的糟糕境地，他宁肯自己的身体受伤，也要让纪黛宁尝到教训。

她对他的戏弄，现在就得加倍偿还回来。

黛宁睡得香甜，青团望一眼躲起来看好戏的时慕扬，吓得一个激灵：“黛宁，快醒醒，有人进来了。”

黛宁迷迷糊糊地睁开眼睛，果然看见窗前有几个黑影。

黑影拿着刀子，一刀砍向她，黛宁连忙一滚，却没有避过刀锋，被擦伤了手臂。

时慕扬倒是对纪黛宁能醒过来有几分意外。

可即便醒过来又怎么样，她什么自保的能力都没有，向雪风这几个手下可不是吃素的。

他本以为会看到黛宁狼狈打斗的现场，没想到她跳下床，呜哇哇地哭喊道：“索二！索二！快来救你家老大，有人要杀我！”

她毫无骨气，求救声恨不得嚎得整个北岛都听见。

向雪风几个手下被她喊得愣了愣，怎么回事，这是那个阴戾高傲的时慕扬？！还没打，时慕扬也没使毒招，竟然哭唧唧地喊救命去了。

几个人对视一眼，管他呢，先杀了这个时慕扬，为老大报仇！

青团说：“黛宁，时慕扬在门后，正在看你们。”

黛宁气死了，她亲爱的小叔叔还真不是个好东西，有危险自己一个人跑，这就算了，还躲起来看她被追。

她都能幻想出此刻时慕扬的嘴角弧度，这个狗贼！

黛宁兀自向门口跑去。

几个歹徒一看：“他要跑，快追！”这是好不容易得来的机会，也不知道为什么，今晚时慕扬那条巨蟒没有守在门口，不然他们无论如何也不敢动手。

机会只有一次，他们不会放过时慕扬。

时慕扬看着纪黛宁向自己冲过来，身后还呼啦啦地跟着几个大汉，他几乎一下子猜到了这个小毒瘤打的什么主意，时慕扬低咒一声，也不再看好戏，掉头就跑了出去。

黛宁跟着他跑：“嘤嘤，小叔叔，等等人家……”

“滚蛋纪黛宁！”

大汉们追着黛宁：“抓住他，别让他跑了。”

于是大家三点一线，一个追一个，在夜晚拔足狂奔。

时慕扬跑了几步，这具不中用的身体就累得气喘吁吁，很快黛宁追上了他，她一把抱住他。

“小叔叔，人家好怕。”

“怕个锤子，松开老子。”

“不松不松，他们都是你的仇人！”

耽搁这一会儿，几个壮汉已追了上来。黛宁本来想着，这几个人一看就是炮灰，动手前总得说几句宣言，喊喊口号，没想到一个人不按常理出牌，手中的斧头直接砍了下来。

她吓一跳，连忙道：“青团，换回去！”

时慕扬本来还在冷笑，看着斧头朝纪黛宁背上落下去，谁承想，下一刻，他回到了自己的身体，而斧头近在眼前。

时慕扬头皮一紧，下意识地矮身，一脚踢在壮汉的手上。

他反应虽快，战斗力却到底不如言景，防住了斧头，却没防住侧后方袭来的匕首。

黛宁怕死得很，赶紧离他八丈远。

下一刻，时慕扬的肩膀被刀子刺伤，他眯了眯眼，心中弥散出一阵暴戾。

无数灯光和火把亮起，索二带着人赶了过来。

“老大！”

几个大汉见势不妙，干脆破釜沉舟，要拉时慕扬做垫背的，时慕扬捏碎手腕上的黑色珠子，一把撒了过去。

黛宁还没看清这一切是怎么发生的，几个大汉突然七窍流血，倒在地上，痛苦地抱住头。

索二道：“老大，你没事吧！”

他松了口气，时老大果然还是那个时老大，没有因为变娘炮就玩丢了小命。

时慕扬按住流血的肩膀，扭头阴冷地看着一个方向。

“纪黛宁，你完了。”虽然受了伤，可是能换回来，简直再好不过。

黛宁扭头就要跑。

时慕扬几步过去捉住她，他捂住自己受伤的肩膀，见不再流血，把她拎起来，一面吩咐索二：“地上几个人，送去喂老子的宠物。”

想了想，他又道：“算了，送去给那几只老虎。”

索二等人连忙把人带走。

黛宁还没反应过来，身前的男人就一把掐住了她的脖子。

“宝贝，你之前很得意啊。”

黛宁无辜地眨眨大眼睛，举起双手：“小叔叔，都是误会，人家在和你玩呢。”

“那小叔叔也和你玩玩。”他冷冷地翘起唇角，“你是喜欢被砍了手脚，丢去当蛇的玩具，还是喜欢被剥了皮，做成观赏品。宝贝的皮相不错，或许我可以对你好点，把你做成人偶。”

时慕扬的手指在她脖子上轻轻摩挲，他语气带着几分漫不经心：“来，选吧。”

她抱住他那只手，可怜巴巴地道：“小叔叔，男人要大度。”

他似笑非笑：“我已经对你很宽容了。”

还真是宽容，宽容到要她的命。黛宁扁扁小嘴，指控道：“你就是因爱生恨，怀恨在心，才处处看我不满意。”

“因爱生恨”几个字，成功让他的脸色低沉了一分。

她还特别不怕死地道：“你这么迫切想要杀了我，是不是怕还会喜欢上人家呀？”

她笑眯眯地捧住脸，歪头冲他卖萌，似乎丝毫不怕他真的掐死自己。

时慕扬拍拍她的脸：“脸皮够厚，也够自恋。”

说着，他猛然收紧手。

黛宁低低闷哼一声，下一刻，时慕扬感觉自己视角变矮，而自己的脖子正被纪黛宁握在掌中。

他们竟然再次换了回去！

黛宁凑近他，笑嘻嘻地道：“小叔叔，忘记那个睡前故事了吗？老天都看不下去你欺负我了呢！”

她毫不犹豫地收紧手，看着时慕扬呼吸困难，黛宁心中一阵爽，然后像扔鸡崽似的，把他往地上一扔。

时慕扬握紧地上的土，一阵狐疑。

难不成那个故事是真的？只有对她好，他才能用回自己的身体？

不，他才不信！

这件事让黛宁一阵后怕。

时慕扬这狗贼积怨太多，用着他的身体固然感觉还不错，可小命时时刻刻都是悬着的。

她现在还没有让时慕扬和纪恬反目，小命还不能丢。

青团提醒她道：“这样来回交换身体，非常消耗灵魂力，本来你可以用这具身体半年，现在看来，顶多能用一个月。”

黛宁想了想：“一个月也够了。”

只要让时慕扬相信那个瞎掰的故事，他就一定会对她好，不再伤害她。

第二天她没看见时慕扬，于是问：“我带回来的女人呢？”

索二挠挠头：“好像去找纪恬小姐了。”

青团很着急：“黛宁，我们已经晚了两个月，不能再让他们相处了。”

它很担心，从某种意义上来讲，时慕扬和纪恬已经算是生死之交，如果时慕扬爱上纪恬，等有一天他们逃离恶之岛，对于其他人来说，就是一种灾难。

纪恬报复心那么强，肯定不会放过纪爷爷和纪墨珏。

黛宁想到什么，一乐：“你别怕，就让他去。”

时慕扬自私自利，即便他对纪恬有意思，也不会毫无保留，他现在用着自己的身体，过去找纪恬，想来就好玩。

她慢腾腾地吃完饭，这才蹦蹦跳跳地出门：“我们去看好戏。”

这头，时慕扬一大早就来找纪恬。

他把脸包得严严实实，故意佝偻着背，外人也看不出他这具身体是个年轻漂亮的女孩。

去之前，时慕扬一直在想该怎么和纪恬谈话。

纪恬是个聪明女人，时慕扬去挑衅向雪风就看出来了，她主动放弃向雪风，让时慕扬对她高看了一分，可也仅仅一分而已，但她愿意为他挡刀，这就耐人寻味了。

爱情对时慕扬来说，屁也不是，可他喜欢别人的忠诚。

忠诚对他来说，比虚无缥缈的感情更可靠，也因此，他勉强愿意不那么懒，作为一个男人，庇佑纪恬这个女人。

纪恬既然为他豁得出去，那么他可以试探一下她的口风，看看她能不能在这个时间段为他所用。交换身体这件事，对他来说是秘密，处理不好，就会威胁到生命，他给纪恬一个站在自己身边的机会。

他走到木屋前，柴婆一眼就看见了他。

“我找纪恬。”一开口，时慕扬略皱了皱眉，纪黛宁这具身体，如果不是气哼哼地说话，竟然是小奶音，他快被自己这副样子恶心坏了。

柴婆听出“她”的声音，翻了个白眼，进去给纪恬通传。

时慕扬走进去，纪恬的脸色看起来好了不少，看来解毒以后，她的身体确实在慢慢康复。

时慕扬还没来得及讲话，纪恬骤然冷笑道：“你倒是命大。”

纪恬一把扯下时慕扬用来蒙脸的宽大布巾，愤恨地道：“你果然没毁容，纪黛宁，你以为这次我还会输给你吗？我告诉你，不会的，恶之岛不比外面……”

她弯了弯唇，想到什么，笑得略微诡异：“也好，你就带着这张脸好好享受在恶之岛的生活吧。”

时慕扬瞥她一眼，他心中暗暗挑眉，因为心有偏爱，虽然纪恬这番话古怪，他却愿意为她辩解一番。

一定是纪黛宁那个毒瘤把纪恬弄成这副样子的，纪恬恨纪黛宁也是理所当然，毕竟自己也很讨厌纪黛宁不是吗？

这样想着，于是时慕扬道：“我不是来找碴的，只问你两个问题，你爱时慕扬吗？愿意为他做到什么地步？”

按时慕扬的设想，纪恬必然是爱自己的，此刻她就可以表忠心了，坚定地讲出对他的爱意，表明可以赴汤蹈火，然后他们就可以……

纪恬很激动地握住她的肩膀，冷笑道：“你是在嘲笑我吗？”

时慕扬眯了眯眼，这——和他想的可不太一样啊。

“我告诉你，虽然赵屿和言景那两个贱人没长眼睛，可是时慕扬我绝对不会让给你，我要你看着我和他一直在一起。”

时慕扬心情复杂地看着她。

很有故事啊，纪恬。

很好，还挺有志气的，还要和他一直在一起。

第二十五章

求不得

时慕扬若有所思地看着她："这么说来，你不喜欢时慕扬？"

纪恬冷笑了一声："这些问题不必问我，你对赵屿和言景是什么感情，我对时慕扬自然是什么感情。"

时慕扬在心里默默记住这两个名字，赵屿、言景，那么，纪黛宁对这两个人应该是什么感情？

在他不知道的地方，他的小侄女似乎也玩得很开心啊。

时慕扬微笑，他把女人的手从自己肩膀上放下去。

"那么，能告诉我，你为什么会救时慕扬吗？"

纪恬觉得有几分不对劲，纪黛宁是傻了吗？好像忘记了她们之间的恩怨，问她一些无厘头的问题。

她一下警醒过来，不好，难道其实时慕扬就在门外，纪黛宁故意和她说这些话，好让她说一些不利于自己的言论？

她往门边看了眼，越看越觉得自己的猜测靠谱，纪黛宁这个小贱人可真是奸诈，她差点就上了当。

纪恬想通以后，一瞬缓和了神色，脸上甚至出现了浅浅的红晕："我当然是爱他，才会拼命救他。我可不像你，一会儿喜欢赵屿，一会儿喜欢言景，我心里只有时慕扬一个人。"

如果起先纪恬说这话，他还能信，可是疑窦一旦上来，时慕扬微妙地看她一眼，听着这样的深情告白，不置可否。

门外脚步声渐近，那一瞬，屋里两个人几乎都立刻反应过来外面是谁。

时慕扬才要讲话，结果就看着眼前的纪恬熟练地一个平地摔。

黛宁推门进来的时候，看见的就是这一幕。

纪恬摔在地上，柔弱地看着自己，她委屈得满眼含泪，轻声说："首领，不关姐姐的事，是我自己摔倒的。”

黛宁瞪大眼，看向时慕扬。

时慕扬神情微妙地看着地上的纪恬。

纪恬完全不觉得有问题，她坚强地擦干脸上的泪水，眼中恰如其分地出现了几丝惶恐和难过。

两个人站在一起，用着黛宁身体的时慕扬连头发丝都写满了嚣张恶毒。

偏黛宁也坏，她反应过来这是什么场面，心里笑喷了，天哪！纪恬竟然用对付女人的手段来对付时慕扬！

她立马上线，装出一副直男的样子，痛心疾首又厌恶地看向时慕扬，转而心疼地扶起纪恬。

“小恬，你没事吧，我知道，你不用为这个恶毒的女人解释。你的身体还没好，她就过来欺负你，放心，我会为你讨回公道的。”

纪恬攀着她的手臂，惶恐不安地道：“真、真的不关姐姐的事……”

她嘴巴上说着不关时慕扬的事，眼神和动作却都在说“就是这个小贱人害了我”！为了逼真，她还装出了一副饱受委屈，十分害怕时慕扬的模样。

黛宁心里爆笑，面上严肃气愤地道：“哼，我今天就收拾他！”

纪恬眼睛里闪过一丝得意。

黛宁让纪恬坐下，转头，她哼道：“纪黛宁，你既然敢欺负我的女人，就要知道后果，你自己选，是喝一碗辣椒水，还是被抽二十下。”

时慕扬眯起眼睛看她。

“看我做什么，你不选，我就帮你选了。你以为我时霸天的女人，是谁都能动的吗？”她说着，一面像摸狗一样摸摸纪恬，“她在我心里有多重要，你不是不知道，你最好认清自己的身份，这次给你个教训，以后再敢欺负小恬，我拿你去喂蟒蛇！”

纪恬觉得非常甜蜜，她抬头看着眼前庇佑自己的男人，心想，还好自己这步棋走对了，现在时慕扬的心在自己身上，哪怕一时被纪黛宁的美色晃了眼，可是他最后会爱上的，只有自己。

纪恬倒是不怀疑自己的魅力，如果她没有魅力，崔尧怎么会为她做那么多见不得光的事，又为什么会为了她，死在那一片海域。既然她可以让崔尧动心，同样的，有一天，时慕扬也会视她为挚爱，看看，这不就帮她出头了吗?

时慕扬危险地看着对面的两个人:“你也跟着胡闹? ”

黛宁演得正高兴呢，小叔叔的不配合让她很窝火，她现在才是暴君，纪恬是宠妃，当然要搞时慕扬这个“新妃子”啦。

她挥手:“索二! ”

“来了老大! ”

“这小娘们儿既然敢欺负我的小恬，‘他’不选惩罚措施，我帮‘他’选，拿根抽人的藤条来。”

索二讨厌这“小娘们儿”，得令兴奋地跑出去，转眼，手里就多了一根柔软的枝条。

这枝条打人痛，但是不会把人打死，而且还不留疤，毕竟是老大的女人嘛，总不能让她死掉。

黛宁表扬道:“做得好。”

索二总觉得有一道死亡目光幽幽地看着自己，他回头去看，发现时慕扬已经转开了目光。

黛宁接过藤条，兴奋地在手中挥舞两下，然后毫不客气地朝时慕扬抽过去。

时慕扬伸出手，拉住藤条，他脸上写着难以言说的荒谬感，看看黛宁，又看看坐在床上，快意的纪恬，还有一旁傻不愣登的索二。

时慕扬嘴角微抽，他低声骂了一句，直接走了。

黛宁挥舞着小树枝，蹦蹦跳跳地追上去:“不把我时霸天放在眼里对吧，今天我要打死你，让你知道什么叫夫为妻纲! ”

这样中二的口号，附近的居民全都听见了。

于是他们同时看见，大首领一鞭子抽在前面蒙住头的女人的屁股上。

时慕扬额上青筋一跳! 他竟然被他搞事的小侄女抽了屁股! 他脸色扭曲，小毒瘤，今天死一起算了!

时慕扬屁股上传来一阵耻辱的痛，他转身一挥手，黛宁“扑通”一声，倒在了地上。

青团看着一秒躺倒的契约者，不忍直视地捂住了眼睛。

老虎哪怕没有牙齿，也有锋锐的爪子，时慕扬可不是什么好鸟，他心肠毒辣，怎么可能没有奇奇怪怪的东西。

偏契约者爱作死，还去抽他的屁股。

时慕扬冷眼看着黛宁，才扬起手，索二大喝一声："住手，你想对老大做什么！"

时慕扬简直想抽死这个不长眼睛的，果然，下一刻，一群人把他按在地上，关了起来。

"把这娘们儿关牢里，快去喊木医生，等老大醒了，再来收拾这娘们儿。"

时慕扬被人拖走的时候，还在想他是怎么养出的这群只长肌肉、不长脑子的家伙的？

半天时间，一个恶毒的女人偷袭大首领，让大首领昏迷不醒的消息已经传遍了北岛。

人人都在为大首领担忧，只有纪恬是纯粹的高兴。

纪黛宁既然对时慕扬动了手，以三号气运子睚眦必报的性格，她肯定完蛋了。

纪恬倒是半点儿也不担心时慕扬会死，毕竟是一个世界的男主角，怎么可能轻易死去。

她走路的脚步轻快，到了房门口，换上一张焦虑的脸："大首领怎么样了？"

"嗐！都怪那娘们儿，也怪我没有保护好老大，医生说没什么事，明天就能醒过来。"

纪恬舒了口气："我来照顾慕扬吧，索二，你去忙。"

索二挠挠头："我不忙。"

还是旁人有眼色，拉走了索二。

索二还不忘说："那我就在门边，纪小姐有什么事，随时可以喊我。"

门关上，纪恬嘴角的笑意再也忍不住了。

北岛的牢房是什么样的地方，她再清楚不过，时慕扬带她去参观过，那里可怖极了。

恶之岛上关押的本就是一群道德沦丧的人，抑或犯了大错，被放逐过来的人，牢房中关押的，自然是更加穷凶极恶的暴徒。

假如牢房的门互通了，一个女人，一个柔弱漂亮的女人在里面，到底会发生什么呢？她可是相当的期待。

她这样做才不算恶毒，只是让纪黛宁受到应有的惩罚罢了，谁让她害得自己毁容，还害得自己的母亲死在三年逃亡中，更让唯一爱护自己的崔尧也丧了命。

纪恬眼神闪了闪，落在昏迷的“时慕扬”身上。

她知道时慕扬身上肯定有钥匙，果然，纪恬在他身上摸索了一番，找到了好几把钥匙。

纪恬露出一个微笑，她不会让“纪黛宁”还有出狱的机会，今夜漫长，那小贱人就算被人弄死在牢里，也不关她的事啊!

晚饭时间，纪恬悄悄唤来柴婆。

柴婆脸上闪过一丝阴毒:“放心，老婆子一定把这件事办好。”

纪恬把手搭在她的肩膀上:“我是大首领最爱的女人，你也少不了应得的好处。”

柴婆喜笑颜开，做事去了。

恶之岛的人，从来不觉得这些事有什么不对。

岛上的月亮又大又圆。

月光照亮牢房，时慕扬单手搭在膝盖上，闭目养神，这具身体太脆弱了，不过是没吃晚饭，他连动动手指都难。

时慕扬不能理解女人都是怎么生活的，他觉得自己的力气时时刻刻都被抽走了一大部分，原本他懒洋洋，只是因为爱享受，喜欢奢华的生活，可自从进入这具身体，他连摸一遍这具极品女体的精神都没有。

心有余而力不足，纪黛宁实在弱得令人发指，亏她在这具身体里，表情还能那样丰富。

他像条咸鱼，干脆往墙角一躺，等着纪黛宁醒过来找他。

现在两个人是交换身体的情况，纪黛宁总不至于真让他死在牢里，他不容许纪黛宁冒犯自己，所以小施惩戒，希望小毒瘤记住这次的教训，不要轻易来惹他。

倒是纪恬，想起这个女人，他眼睛眯了眯。

他不介意女人有心计，可是这计谋用在他身上，就让他非常不愉快了。

即便她已经承认爱他，也不能抵消他此刻身为阶下囚的暴戾感。

隔壁的铁笼吵闹，污言秽语不堪入耳，牢房里弥散着一股浓烈的血腥气，还有恶臭，时不时还有几声惨叫。

若真是一个普通女人，此刻估计已经害怕得瑟瑟发抖了。

时慕扬气定神闲地闭上眼，司空见惯，这些本来也是他经常使用的手段。

可是当月光照亮这一片天地，窸窸窣窣的声音响起，他睁眼看过去，发现自己这间牢房的门被打开了。

时慕扬有几分诧异，眼睛眯了眯。

随即，一股不祥的预感让他立刻坐起了身。

周围叮铃响，是镣铐的声音，几具高大的身影涎笑着出现在门口。

“这里真关了一个女人？老子四年没见过女人了。”

时慕扬的眸光一瞬变得冷锐，他下意识地去摸手腕上的黑珠子，结果摸了个空。

他这才想起来，现在使用的是不中用的女体，唯一自保的药，早上全撒给纪黛宁了！

他低咒一声，而这些人已经靠了过来。

青团焦急地道：“黛宁，快醒醒。”

纪恬偷钥匙的时候，别人不知道，青团却看见了，它的小脑瓜不聪明，可这种时候，猜也知道纪恬要对时慕扬做什么。

那可是黛宁的身体！

时慕扬下的药时效太长，它喊了一下午，黛宁才迷迷瞪瞪地睁开眼。

她从床上坐起来，气得不行，小脸一鼓，就要捋起袖子去收拾人：“时慕扬那狗贼，竟然敢给我下药。”

“先别计较这个，时慕扬现在在北岛的牢房里，估计出事了，纪恬偷走了你身上的钥匙，交给了柴婆。你再晚点去，你的身体和时慕扬的精神就都清白不保了。”

黛宁闻言，下意识地先幸灾乐祸。

“小叔叔不是宠爱纪恬吗？被心爱的女人送到一群男人床上，他心里一定很酸爽。”

青团满脸黑线：“那是你的身体！”

黛宁遗憾地叹了口气，认命地下床，风风火火地往牢房赶。

月光洒了一路，她摸摸包里时慕扬那些保命的脏东西，心里底气十足。

时慕扬眼睛红得快要滴血，他被人压在身下，几个男人一边说着污言秽语，一面扯开他的头巾。

所有人惊艳了一把，随即便是赤裸裸的欲望。

有人按住他的手臂，如果用着自己的身体，他一定有能力将这些人挫骨扬灰，偏这具柔弱的躯体连挣脱桎梏都做不到。

时慕扬虚弱地抓住地面的杂草，眸中盛满阴毒，因为刚才的反抗，他已经用完了力气，听着他们的笑声，他觉得今天可能真的得折在这个地方了。

谁承想下一秒，一个身穿红色衣服的男人出现在了牢房门口。

“他”手握一根漆黑的鞭子，毫不客气地一鞭子抽翻一个，这群人本来想反抗，可是不知道鞭子上涂了点什么，倒刺打在身上皮开肉绽，转眼，所有人都痛苦地在地上打滚，很快便失去了意识。

黛宁走过去，一把抱起地上的人往外走。

夜风和煦，月光把她的影子拉得老长，时慕扬听她用软绵绵的声音，像是哄小孩子一样：“别怕，没事啦。”

他从未想过，有生之年会以这样一种屈辱的姿态，待在小毒瘤怀里。

他半点力气都没有，动动手指都困难。

他抬头看她，大小姐用着属于自己的皮囊，可他半点儿也不能把眼前的人和自己联系起来，毕竟他再骚气，也不会穿一身大红色。

她的眼睛清透干净，一如小时候，曾经时慕扬还在心里嘲讽过，为什么肮脏的人偏生了一双琉璃眼；此刻换了一副皮囊，这双眼睛竟然也不碍眼。

他转过目光，突然不想再看到她。

黛宁为他把伤口清洗干净，她的动作难得的认真又温柔，轻轻地捧着他的脸的时候，时慕扬暴躁地拍开她的手：“你做什么？”

他不会喜欢她的，别不知天高地厚地试着勾引他。

黛宁也来了火气，她一把按住他。

“这是人家的身体，天下第一好看的身体，要是你给我弄坏了，我立刻去阉割。”

气氛一下子变得诡异起来，时慕扬黑着脸，不善地看着她。

黛宁气哼哼地给他抹药，她的呼吸喷洒在他脸上，时慕扬阴阳怪气地道：“这就是你的报复，让一群男人来上你自己的身体。我倒是小看了你，恶毒起来，连自己都害。”

黛宁摸过一旁的镜子，对着时慕扬的脸。

“你做什么？”

“看见镜子里这个不长眼睛不长脑子的傻子了吗？”

时慕扬阴恻恻地看着她。

“纪恬干的，你爱信不信。”

黛宁倒也想得通为什么时慕扬会怀疑自己，毕竟她在牢里出现的时间太过巧合。

她也没多解释，她虽然保护自己的身体比较尽心尽力，可是对时慕扬的情感毫无兴趣。

她半点儿也不关心他，开开心心地跑出去找付大勺要东西吃了。

时慕扬被她冷落，留在原地，他手指动了动，倒没话说了。

他知道不是纪黛宁。

倒不是说她不坏，而是她从很小的时候就更加呵护女孩子，她可能会用别的阴毒手段对付别人，但是让人轮番侵犯一个人的事，她不会做。

他小时候第一次去纪家，因为年纪小，长得比小女孩还可爱，被纪黛宁当作“好姐妹”，她对他很好，晚上还要抱着他一起睡觉。

时慕扬当时只想混口饭吃，干脆装不懂。

后来发现他是个带把的，当时不过五岁的大小姐觉得被欺骗了，才恼羞成怒，一面奶凶地打他，一面用各种幼稚的手段欺负他。

他是个很小气的人，偏偏这些过往让他想起来不怎么生气，否则，他后来也不会犯蠢，在少年时期惦记这样一个人。

时慕扬故意这样说，连他都弄不懂自己在想什么。

想到纪恬，他眸中暗了暗。

既然有这个胆子，那么也有为自己的行为付出代价的觉悟了吧。

一连几天，黛宁都没理时慕扬。

她近来十分快活。

依青团看，自它跟着大小姐以来，就没见她这样开心过。

时慕扬的人她用着很顺手，偶尔让他们去给自己烤个鸟蛋，偶尔再指挥人下海去捞个鱼，她心情好的时候，还能加一份果盘。

时慕扬起先没在意，他用着黛宁这具羸弱的身体，去把向雪风那几个来杀他的人处理了。

索二来请示，黛宁美滋滋地抱着果盘："让他去。"

她只适合享受，不适合处理这些伤脑筋的事。

时慕扬本来就小气，这几天牢里时不时传来痛苦的叫声。

也不知道他用了什么办法，那条巨蟒认出了他，这几天都在听他指挥，总之如果不是他有颗反派的心，这个男主角当得还是很成功的。

黛宁躺在沙滩上，像条咸鱼，她晒太阳很有一套，旁边还围绕着冰块，整个人像要升仙了一样。

这几天有人却坐不住了，纪恬得知"纪黛宁"没出事，满脸错愕，怎么可能，她明明把那些人放了出去，他们没有动纪黛宁吗？

就在这时，平时照顾她的柴婆不见了。

她问人，发现大家都没见过柴婆，纪恬止不住地心慌起来，她有一种不好的预感，可是又想不通哪里出了错。按她的计划，应该是纪黛宁被人折磨死在牢中，时慕扬更加珍惜她，可是这两天，据说时慕扬不是在阳光浴，就是让人下海摸鱼，还让人海边捡贝壳，做了个贝壳帘，但他没来找过她，不管言语交流，还是身体交流，他都没有兴趣。

她倒是遇见过"纪黛宁"，对方远远地看着她，似乎弯了弯唇，那笑容有几分诡谲，让人心里发怵。

对方意味深长地看了她一眼，转身离开了，就像已经知道了什么似的。

渐渐地，纪恬发现自己的生活状态发生了很大的变化，她的食物越来越差，有一天傍晚，竟然只有一小块椰子，连一粒米都见不到。

她委屈地去找"时慕扬"，发现对方桌上全是好吃的。

对方看见她，还不等她说话，便道："食不言，寝不语。有什么事等我吃完再说。"

于是纪恬眼睁睁地看着时慕扬和纪黛宁两个人香喷喷地吃饭。

她一直在咽口水，"时慕扬"像是没看见，还让人弄了一杯蜂蜜柚子茶，多糖的那种。

眼见这顿饭吃完，纪恬委婉地说出了自己的食物越来越差，还吃不饱的事。

黛宁眨眨眼：“你一说，我才想起来。”

纪恬殷切地看着她，她慢吞吞地道：“别人都是干了活才有饭吃，你没干活，当然没饭吃，从明天开始，你自己去找活干吧。”

一旁的时慕扬眼里带着几分猫抓耗子般的兴味，看了纪恬一眼。

纪恬觉得自己被羞辱了。

“可是……可是您当初不是说，跟着您，您会保护我吗？”

作为女主角，她也是敏感的，起初还理直气壮地慕扬慕扬地叫，现在觉察到不对劲，都知道用尊称了。

此话一落，黛宁笑眯眯地看向时慕扬，时慕扬挑了挑眉头，皮笑肉不笑，和黛宁对望一眼。

黛宁撇撇嘴，男人都是大坏蛋，好的时候喊人家小甜甜，给山珍海味，要整人的时候，还温水煮青蛙，钝刀子杀人。

她大抵能猜到时慕扬的想法，于是乐见其成道：“你在北岛，没受伤害，难不成你这么懒，想不劳而获？”

纪恬手一指时慕扬，鼓起勇气委屈地道：“可是，她做了什么？”

时慕扬眼睛微眯。

黛宁半点也不羞赧：“‘他’陪我睡觉了啊。”

屋里安静了一瞬，纪恬最后脸色无比难看地离开，时慕扬脸上的笑也僵住，说起来，这几天的夜晚，他竟然没有掐死她或者弄死她的想法了，甚至比以往都睡得好。

他忍不住看了眼黛宁，结果这小没良心的，趁着他发愣，已经把桌上的新鲜水果吃完了。

没过几天，黛宁听到了一个消息。

为了吃上饭，纪恬开始找事做了，可是作为一个年轻女人，在岛上能干的活几乎没有。

试想一下，哪怕是时慕扬所在的北岛，上面一大半也是穷凶极恶之徒，纪恬肩不能扛，手不能提，这里也没有她现代白领发挥的空间，哪怕是洗衣服，都没有岛上的老大爷洗得干净。

一开始岛上众人持观望态度，以为她仍然是老大的女人，没敢为难她，可是渐渐地，众人也回过味来——老大似乎真的不管她了！

一个年轻女人，在女人稀少的恶之岛上，最容易发生什么——猜也知道。

纪恬来哭诉过两回，说有人摸她，试图博可怜。

黛宁挥挥手："挪开，你挡着索二给我扇风啦！"

说不管就是不管，她也好奇时慕扬想对纪恬做什么，以纪恬的性格，最后事情会发展成什么样。

纪恬完全想不到这回到底是哪里出了问题，明明是她最先遇见时慕扬的，对方也似乎对她心动了，那样暴戾嗜血的一个人，会亲自出去给她找解毒的药引，怎么还没几天，就变了天，局势完全发生了改变呢？

她心灰意冷地离开。

没几天，黛宁从手下那里听到一个消息——纪恬和北岛上一个小头目睡了。

青团瞠目结舌："她、她可是女主角啊。"

黛宁撑着下巴，解释道："正因为是女主角，才会选择这条路，她不想被岛上所有的男人碰，于是找了个相对比较厉害的，希望能庇佑她。"

纪恬想傍男人，已经成了惯性思维。

其实，但凡她是一个自立型女主角，都有很多好机会，哪怕跟了崔尧，也能幸福一辈子。

时慕扬比黛宁还早知道这件事，他懒懒地靠在巨蟒身上，许久，嘲讽地笑了笑，或许，他不用找答案，也知道以前纪恬对他是怎样一种"爱"了。

他觉得挺没意思的。

回去的时候，他看见晒阳光浴的大小姐，她惬意地躺在沙滩上，眼睛看着大海。

海水涌上沙滩，又退回去。

"别过来，你身上有热气。"

时慕扬偏不，见她嫌弃自己，他故意靠过去。

好家伙，一靠近她，他才发现冰块把周围的温度降到了二十度左右，简直如春风拂面一般舒适。

时慕扬也不知道为什么，突然问她："赵屿和言景是你的什么人？"

黛宁一口椰汁差点呛到。好半晌，她偏头看他："你怎么知道他们？纪恬说的？"

时慕扬保持着假笑。

"也没多大关系。"

时慕扬盯着她。

她慢吞吞地说："大概一个是前男友，一个是前未婚夫。"

她说这些事，眼睛里带上几丝温暖，和面对他的假笑完全不一样，就仿佛那些人对她很好，而他是个讨厌的渣滓一样。

时慕扬呵了一声，想掐死她的感觉又上头了。

岛上众人近来最常见的一个场景，就是一个蒙着脸的女孩驱使着巨蟒在岛上搞事。

女孩似乎脾气很糟糕，谁从她身边路过，惹她不顺眼的，都是照着屁股来一脚。

其中最惨的，约莫是他们得上司索二，据说某一天，索二被巨蟒拖进丛林里，蟒蛇的尾巴把他抽得满林子乱窜，哭天抢地。

暴躁"少女"在一旁冷笑。

岛上一时间怨声载道，可是没办法，谁让时老大喜欢她，连大杀器巨蟒都听她指挥呢？

纪恬好几次想给"纪黛宁"使绊子，结果发现不但没成功，她的处境反而更差了。终于在十月份，她跟的小头领把她送给了一个满脸刀疤的男人。

刀疤男舔舔唇："这妞以前还跟过南北两岛的岛主，老子这下有福气了。"

小头领虽然舍不得，可他的能力也保不住纪恬。

纪恬又怒又怨，当天晚上她试图反抗过，刀疤男一巴掌过来，她就老实了。

又过了几天，这男人食髓知味，纪恬主动缠了上去，他总算对她也不错，没有过分伤害她，玩花样。

偶尔月亮升在天空，最明亮的时候，刀疤男伏在她的身上，她也有几分恍惚，她为什么会走到今天这一步呢？

明明最初，哪怕在杏花村，她都过得很不错的，是个讨喜的邻家小妹，赵屿当时对她亲和，连言景最初见她，都把她当作高不可攀的存在。

她在这里令人窒息的小房子里，突然有几分作呕的滋味。

纪恬猛然想起了崔尧，那个一直追随她、不惜为她葬身大海的男人，如果他在，拼了命都会好好护着她的。

这么多年来，她心中总算生出几了分后悔的滋味。

这样的感觉越发强烈，可是早已经完全无法改变她目前的生活，她需要人庇佑，想吃好一点的东西，就必须得付出点什么。

她怨无可怨，又开始恨上了纪黛宁。

是纪黛宁让她变成如今这样的！

第二天，岛上传开了，说纪黛宁是个绝色美人。在岛上，女人都罕见，遑论绝色美人。

第一天，有人试图夜袭摸过去，结果尸骨无存，看得人战战兢兢，安分了几天。

过了几天，又有人试图把“纪黛宁”拉进林子里，结果被巨蟒吞下去，连骨头都不剩。

这下总算消停了，虽说牡丹花下死，做鬼也风流，可是花没摘到，命就没了，谁还有这个胆子？

黛宁看着时慕扬乌沉沉的目光，就明白这个小气的男人估计是开始生气了。

果然，下午就听说纪恬失手杀了她跟的那个男人，畏罪潜逃了。

黛宁看着时慕扬坐在椅子上写公告，意思是纪恬在他的地盘犯罪，从此北岛不再庇护这个女人。

“是你做的？”

时慕扬似笑非笑：“不是。”

“真的吗？”

“当然，我的小侄女，我怎么可能做出陷害人的事？”

黛宁半点儿也不信，纪恬可不蠢，她杀了那个男人又没有好处，显然是替人背了黑锅，从此在北岛上过上了流亡的生活。

她不关心过程是怎么样的，只关心这个结局。

她以三分之一的灵魂力为代价，换来短暂与时慕扬灵魂互换，让他无比憎恶纪恬，以他睚眦必报的性格，纪恬这辈子，与他再无可能。

黛宁突然意识到，她的任务竟在诡诞的情况下完成了。

她瘫在沙滩上，像条咸鱼，什么事都不管，懒得像个废人。

时慕扬每天忙忙碌碌，偶然有一次，从她身边路过，暴躁地差点把她掀下椅子。

“小混账，老子的腹肌都被你吃没了！”

她迷迷瞪瞪地睁开眼，摸摸肚皮，发现肉肉真的变软了，连时慕扬这张脸看上去也没有了最初的锐利。

时慕扬抓狂地拎着她：“你给老子动，起来跑，举重，俯卧撑！”

她翻了个身，不理他。

时慕扬火冒三丈，突然一口血喷在地上。

喷完血，两个人面面相觑，她不确定地问：“我把你气吐血啦？”

时慕扬愣住，他低头，看着自己手上的血迹。

不是的……

他能感受到这具身体的生机在一天天消失，而这是纪黛宁的身体。

她怎么了？

这回，连青团都不讲话了。

时慕扬松开她，后退两步，没有再逼她起来运动，他沉着脸出了屋子。

医生摇摇头：“我们这里没有更好的仪器，但你的身体状况，恐怕活半年，都比较勉强。”

他一脚踢在医生身上：“再说一次！”

医生老老实实地又说了一遍，委屈地道：“你就算杀了我，也是这个结果啊。”

时慕扬烦躁地抓抓头发，咆哮道：“滚！”

医生看看外面的巨蟒，连滚带爬地跑了，怎么大首领不喷火了，这个小姑娘却脾气暴躁得分分钟要拆楼？

黛宁意识到自己那具身体在反复折腾下快撑不下去了，沉默了许久。

青团难过得直哭：“呜呜呜，黛宁……”

黛宁可惜道：“那么漂亮的皮囊，早知道就和赵屿睡几次了，或者和哥哥睡也好，怎么还没用过，就不行了呢？”

她十分叹惋的模样，敢情刚刚沉默那么久，就在琢磨这个？青团打了个嗝儿，哭声戛然而止。

她突然意识到这是件紧急的事，趁还有半年可活，赶紧享受啊！

下午，黛宁开了个会。

北岛自从时慕扬回来这一趟，已经许久没开会了，这次黛宁召集所有人，大家都在想是不是有什么大事要发生了。

黛宁背着手走进来。

众人发现，时老大不仅胖了一小圈，举手投足还像个姑娘般秀气。

大家无言以对，老大怎么了？还不如那个暴躁阴戾的小娘们儿有气场呢，看上去像个树懒似的。

黛宁往椅子上一坐，边嗑瓜子边给大家说：“有个重要的事，给你们商量下，我计划离开恶之岛。”

此言一出，所有人都瞪大了眼睛，才说你没有气魄，就要搞事啊，还一来就搞这么大的事！

“可是老大，出去并不容易，首先我们得造船，再者快冬天了，这片海域不知道多大，万一发生什么意外，可能会在海上丢了命。”

“还有，你忘了吗老大？最基本的，我们过不去防线，守卫海防的防卫队，手中有炮火和子弹，我们还没靠近就会被击毙。”

黛宁倒是不知道还有防线这回事。

她问青团：“我们当时怎么过来的？”

青团弱弱地道：“当时你漂着呢，他们没认出你是个人。”还以为是海洋垃圾呢。

黛宁一拍桌子，脸颊鼓鼓的：“不管，你们去想办法，我就是要离开这个破岛。”

岛上一点都不好玩，她都快没命啦，好歹得享受够。

大首领像个不讲理的熊孩子，说要离岛，就要离岛，众人怎么劝都没用，最后几个稳重点的商量了下，决定先伐木造船。

造船是一件大事，时慕扬几个有头脑的手下当即着手安排起来。

这场会议时慕扬没有参加，他白天出门去了，晚上才回来，一回来就去找黛宁：“你要离岛？”

黛宁摸了根冰棍，点头。

时慕扬道："离岛没有那么容易，你过不去边防。"

如果恶之岛真是造一艘船就能离开，也不会有只进不出的传言。

"不尝试怎么知道。"黛宁不以为意。

时慕扬冷冷地抽动两下嘴角："你知道守海关的是谁的人吗？"

"谁的呀？"

时慕扬见她眸中天真无邪，他残忍一笑："我哥。"

"所以，他连一只苍蝇都不会放过去。"

黛宁也没想到，守这片海域的竟然是时慕云的人，这兄弟俩势同水火，时慕扬会让弟弟出去才怪。

她歪了歪头："那人家也要出去。"

她拿起一根冰棍："你看看，这岛上连冰棍都只能吃椰子味的。"

时慕扬无言以对。

半晌，他幽幽地道："你还可以吃西瓜味和凤梨味。"

沙地里搭了棚子，正在努力保证哪怕是冬季，也有西瓜吃。

黛宁摇摇头："可我活不长啦，我想出去看看爷爷。"

时慕扬神情一顿："你怎么知道？"

"我之前身体就不好，再加上那天你吐血，我能猜到。"

时慕扬看她好一会儿，最后说："要离岛，可不是你开个会就能办到的。"

黛宁发现，最近时慕扬开始参与进离开恶之岛的计划。

他一大早臭着脸出去，晚上又臭着脸回来。

时慕扬本来也是个非常懒的人，没参与这件事之前，大多时候他都是和黛宁在一起"咸鱼瘫"。

他往往只有出去谋财害命的时候比较积极。

黛宁问青团："原著里，时慕扬是为什么离开恶之岛的？"

"为了女主角。"

"那么。"黛宁手里捏了一把沙子，突然笑了，"他和女主角已经反目，现在又是为了什么呢？"

青团愣住。

沙子从指缝漏出去，黛宁眼中划过一丝浅浅的轻蔑，转瞬如常。

小叔叔或许以为，等他们出去，有了外界的医疗设施，她或许还有救。

她明明也没攻略时慕扬，可是男人自己心里想着什么，她也控制不住。

有了这个猜想，当天晚上，黛宁让青团将他们的身体换了回来。

他们睡一张床快一个月了，起初黛宁一直捆着时慕扬，后来见他没搞什么幺蛾子，也懒得捆他。

时慕扬觉察不对，乍然睁开眼，就看见面前一张粉雕玉琢的小脸。

她吐出的气息轻轻的，小嘴微张，睡得香甜。

时慕扬抬手，看见自己骨节分明的手指，他意识到，猝不及防的，他们又换回来了。

他眼睛微眯，伸出手，掐住她的脖子。

少女的脖子柔软嫩弱，他只需要轻轻一使力，她就会消失在这个世界上，他身上也不会再发生那么诡异的事情了。

这是他早就想好的计划，先不与她发生冲突，一旦有身体换回来的契机，立马杀了她，她又懒，又不配合他的安排，留着也没用。

现在下手，估计她也醒不过来，他是知道的，那具身体有多么疲惫。

可他握了很久，久到两个人体温相融，她脖子上还是连一点红印子都没有。

时慕扬猛然收回手，将盖在自己身上的薄被扔过去盖住她，被子粗暴地遮住了她半张脸，眼不见心不烦。

他枕在自己的手臂上，心想，反正他不动手，她也会死的，就当看在小毒物的爷爷的面子上，放她一马，反正她没几个月可活，他和她计较什么。

他从十七岁到二十岁，几乎每天做梦都在想，有一天要这个眼睛长在头顶上的大小姐跪下来痛哭流涕地求他。

后来，这念头没那么浓烈了，却也不曾消失。

很久后他才明白，那种憎恶，大抵是来自年少的求不得。

第二十六章

造船计划

恶之岛风和日丽，明明已经深秋，每个人却都着夏装，正午的阳光毒辣，时慕扬走进卧室，就看见伏在凉椅上的少女还在睡。

她头巾系得松松垮垮，令人惊艳的容颜若隐若现。

时慕扬走进室内，一股凉风袭来，她周围冰块环绕，倒是他才从外面回来，满头大汗。

往常这个点，黛宁用着时慕扬的身体，已经积极地吃饭去了，然而今天，时慕扬坐在桌子上，才发现右手边缺了一个人。

他过来看，果然见她还在睡。

“起来，吃饭了。”

黛宁睫毛颤了颤，揉揉眼睛坐起来。

她慢吞吞地穿鞋子，时慕扬盯着她的动作，见她抬头，他又转开目光，去看窗外一棵椰子树。

她睡得迷糊，身体又疲惫，下意识地伸出手，软绵绵地道：“抱。”

时慕扬的神情一瞬变得十分诡异。

说实话，自从在恶之岛重逢，他们俩都恨不得捅死对方一了百了，可是现在大小姐在和他——撒娇？

眼前少女娇憨懵懂，见他不动，还偏头眨了眨眼睛，似乎在不解他在犹豫什么。

时慕扬不情不愿地伸出手，刚要碰到她。

黛宁突然意识到这是谁，哦，不是赵屿，不是言景哥哥，是最讨人厌的时慕扬呀。

她自然地缩回了手。

时慕扬的手停滞在空中，瞬间变得很尴尬，他神情恼怒，干脆利落地用一根手指把她戳翻了，好像刚刚那个动作不是要抱她，而是故意整她似的。

黛宁被他戳翻，干脆趴着赖在床上，一副饿死也能接受的姿态，少女腰肢玲珑，臀部挺翘，她的小拳头放在脸颊边，顺势安详地闭上眼。

刚刚起床已经用光了她所有的动力，现在再也起不来了，吃饭都无法诱惑她。

时慕扬用恶意的眼神看着她："不要指望我通知第二遍，既然不起来，等着饿死吧。"

他说完就离开，看也不看她。

黛宁在床上饿了大半天，被饿醒了，但是因为累，她选择继续睡觉。

青团心疼得不行："要不咱们再去偷点气运吧。"

三号气运子就在身边，总好过这样动动手指都艰难。

黛宁说话跟蜗牛爬似的，又傲娇又缓慢地吐字："不、要。"

青团也是这时候才明白过来大小姐有多记仇，一开始登岛，时慕扬百般折磨她，以至于现在，她就是不愿意亲近时慕扬。

谁对她好，谁对她坏，她心里都有个小本本，记得贼清。

见她这样疲累，青团难免埋怨起三号气运子来。

不温柔不体贴，甚至还不给大小姐饭吃，它急得直在她识海中转圈。

门突然被推开，索二走进来，把一个饭盒往旁边一放，粗着嗓子说："我们吃剩的，看你可怜，吃吧。"

他闷声讲完，又虎着脸出去，好像来这一趟，不是自愿似的。

青团一看，旁边的饭盒里匠心独裁地做了菠萝饭，还有几块烤肉，鱼汤很鲜，完全没有"剩饭"的痕迹。

它欣喜道："索二真是个好人。"

它正要催促黛宁起来吃，发现她又睡着了。

时慕扬跷着腿，大爷似的监督人造船。

索二跑过来，傻笑着邀功道："老大，我给她送过去了，没说是你让送的。"

"老子问你了吗？滚。"

索二被踹了屁股，差点摔进沙子里，他愣住，半晌激动地抱住时慕扬的腿，感动得痛哭流涕："老大，你终于正常了，老大！"

不娘炮了，又变回那个暴躁狠心不讲理的老大了，天知道他这段时间被穿红衣服的骚包老大吓得有多惨。

时慕扬呵了一声，简单粗暴地拿起旁边一个椰子，砸在索二头上。

索二含着幸福的泪，下午做木工都精神多了。

他们要的木头在北岛外围，每个人汗水流了一身，从林里传来窸窸窣窣的响声，别人没发现，时慕扬却瞥了一眼。

这样一瞥，他瞬间兴味盎然。

只见纪恬跌跌撞撞地朝他跑过来，身后追了两个满脸横肉的男人。

“小娘们儿，你别跑！”

时慕扬坐在阴凉处，眯着眼看着她。

她满脸的泪，一副惶然可怜的模样，虽然脸上带有伤疤，但在岛上也是难得的丽色了。

看见时慕扬，她眼睛一亮，楚楚可怜地跑过来求救。

时慕扬微笑着。

下一刻，一条巨蟒的头凑到纪恬眼前，蛇头狰狞，咝咝吐着芯子。

纪恬“啊”的一声尖叫，腿软跌倒在地。

巨蟒遗憾又无趣地看着她，不明白这个人类为什么这样胆小。纪恬吓得够呛，她之前看过这条巨蟒杀人，向雪风那些人被砍菜切瓜般清理得干干净净。

身后追她的两个男人见势不妙，掉头就跑了。

时慕扬打了个响指，巨蟒乖乖地缩回去，钻进丛林里，调戏林中鸟儿去了。

“慕……时大首领，求你，求你救救我。”纪恬苍白着一张脸，呜呜哭泣道，“我真的没有杀害你的手下，我是被冤枉的，我也不知道他为什么会死。”

“哦？”时慕扬摩挲着指节，一副准备听她申冤的模样。

纪恬看见有希望，眼睛一亮：“我和他无冤无仇，怎么会杀他呢？求你，我想回到北岛。我会听话的，我只听你的话。”

她柔弱地伏在他膝上。

时慕扬抬起她的下巴，怜惜道：“啧，真是可怜。”

纪恬哭得梨花带雨，在他面前，她像个虔诚的信徒，而他是至高无上的神祇。

纪恬知道这男人喜欢别人服从他，也喜欢看别人的卑微姿态，于是她干脆将姿态放得很低，只为回到他身边，这几天在外面过得太差了，如果时慕扬还能像从前那样对她，让她做什么她都愿意。

时慕扬打量着她，突然笑道："我相信你没有杀他。"

"真、真的吗？"纪恬惊喜地睁大眼，她就知道时慕扬不会不管她。

"当然，纪小姐。"他低头，叹息道，"因为，他是我杀的啊。"

"什、什么？"纪恬如遭雷击，难以置信地看着他。

时慕扬带着矜贵的假笑，抬脚蹬在她肩上。

"蠢物！怎么，很意外？不明白发生了什么，觉得老子应该爱你爱得死去活来？"

她痛得神色扭曲了一瞬，看着眼前的男人，却不敢流露出一丝怨恨，纪恬问："为什么？"

时慕扬可没有给人解答的习惯，他最喜欢看人自作聪明的模样。

"念在你跟过我一场，给你十秒钟，离开我的视线，做不到的话……"

丛林里的巨蟒探出头，一双灯泡似的大眼炯炯有神地盯着纪恬。

纪恬哪里还敢追问，她带着不甘，连忙逃窜离开。

时慕扬抵着下巴，弯了弯唇。

他最厌恶被人骗，被人耍，可以不喜欢他，但是不能嘴上说着深爱，行为上却办不到。

第一个骗他说喜欢他的人……

他想起来什么，脸色难看地踢了巨蟒一脚。

没事，第二个第三个，后来无数个，一个比一个惨就对了。

纪恬跑出了林子，两个男人这才围过来。

"怎么样？"

纪恬心情很糟糕，摇了摇头。

一个男人笑着："我们兄弟也帮你了，时老大对你无心，我们会好好疼你的。"

说着，他揽住纪恬的腰肢，亲了过来。

纪恬眼中闪过一丝厌恶，但事到如今，她退无可退，她抚摸着男人的后颈，忍住恶心迎合他。

衣裳掉落一地，纪恬一边反胃一边想，早晚她会杀了他们，这样她的过往就不会有人知道，也可以当作没发生过了。

时慕扬回去，看见了当年第一个以告白之名把他骗过去、害他被打断一根肋骨的人，少女还是中午那个姿势，趴在床上，连手指头都没动一下。

时慕扬阴恻恻地看着她，收拾完纪恬愉悦的心情，在看见她时，明显又不怎么愉快了。

他看一眼放在小几上的饭，发现竟然一口都没动。

时慕扬脸色一沉，这人一天没吃，她是想死吗?

时慕扬握住她的肩膀，把人拎起来，她在半空中迷惑地揉揉眼，不明白自己怎么就原地腾空了。

时慕扬问:“想死？”

大小姐下意识地反驳道:“傻子才想死，我想活一百年。”

时慕扬把她扔在小几旁坐着，她没骨头似的，往沙发上一倒，变成了一个粉嫩嫩的团子。

“你给我的羞辱，我还没报复，敢这么死，老子跟你没完。”

他粗暴地打开饭盒，舀了一勺，往她嘴边怼。

力度之大，黛宁怀疑他是想把自己的牙磕掉。

她闭紧嘴巴，被这样折腾，总算清醒了，她睁着雾蒙蒙的大眼睛，打死不张嘴。

“呵，你这是什么态度，想死就说，老子给你一刀，省得你这副要死不活的模样。”

她别过头，错开他握着的凶器一样的勺子。

少女带着鼻音，嫌弃道:“饭凉啦。”

时慕扬皱眉:“麻烦。”

说是这样说，过了会儿，一个中年女人重新送了份饭进来，她进来也不乱看，放下就走。

时慕扬乱舀一勺，又往她唇边怼。

大小姐饿坏了，这回倒是挺配合，张开了嘴巴。

她的唇嫣红，是标准的樱桃唇，小巧玲珑，时慕扬手中的勺子，她甚至不能全部含住似的。

他边喂边讽刺:“以为还在纪家，摆你大小姐的谱，吃这么慢，喂猪都比喂你快，不吃鸡蛋，不吃白萝卜，养条狗都没你挑……”

她用湿漉漉的眼睛看着他，时慕扬瞬间叨叨不下去了，他凶狠地怼完最后一口，最后说：“吃饱就滚。”

大小姐就当这是个讲骚话的工具人，她声音甜甜地道：“人家要洗澡。”

时慕扬呵了一声。

想起什么，他眯了眯眼睛，把她拎起来，露出一个恶意的微笑。

“行。”他至今都记得纪黛宁是怎么搞他的。

时慕扬找出黛宁先前用的绳子，把她绑起来。

等水好了，他把她扔进去，伸手就要扒她的衣服，少女的锁骨精致漂亮，肌肤白嫩。

他目光一顿，随即不屑，眼见他又要讲骚话，黛宁软声道：“喜欢我第二次的人，是犯贱。你说对吗，小叔叔？”

她曲起膝盖，挡住胸前的风光，突然露出一个笑容，灯光暖黄，这个笑却一瞬让满室明亮。

她的长睫像鸦羽，轻轻扇动。

时慕扬别开目光，张嘴就想来一句嘲讽，还喜欢她第二次，她怎么不上天？他真有那么贱吗？他就算喜欢纪恬那个蠢东西，也不会喜欢她这朵黑心莲。

下一刻，被绑住的少女用额头轻轻一撞他的胸膛，胸腔下那颗心就跳漏了一拍。

时慕扬猛然推开她，恶狠狠地咆哮道：“莫挨老子！”

他头也不回地走了，黛宁下巴抵在浴桶上，笑得不行，笑够了，她才软嗒嗒地喊：“小叔叔。”

时慕扬不理她，拿起轮船设计图纸看了起来。

“小叔叔，时慕扬，小叔叔，扬宝……”

时慕扬一脚踹开门，威胁道：“再喊一句，老子杀了你。”

“人家的绳子，你还没解开呢。”

时慕扬压根儿就忘了这件事，结果打了个死结解不开，他直接把丝绳扯掉，布条扔在她的小脑袋上。

她发间滴落着水，仰起小脸，眨眼冲他笑。

紫色的布条挂在头上，不但没让她显得狼狈，反而有种意外的反差萌。

时慕扬火上心头，却分不清到底是什么火，他把门关得震天响，又出去了。

黛宁舒舒服服地泡了好一会儿，总算觉得麻痹的手指有了知觉，她穿好衣服走出去，发现时慕扬在看设计图。

他不是个正经人，坐姿颇为放荡不羁。

黛宁窝过去，靠着他，与他一起看。

她懂得不多，硬要说起来，和开了挂的纪恬相比，她就是个小废物。

上辈子纪恬帮助时慕扬走出了恶之岛，不知道这次没了纪恬，时慕扬是否还会那么顺利。

她观察着图纸，这艘轮船巨大，一看就非常耗时耗力。

时慕扬一把将她的脑袋推开，她“啊呜”一声，又倒了回来，就靠在他肩上，他再推，她再倒。

反反复复几次，时慕扬嘲讽她：“脸皮厚得能接子弹，不知道的，还以为你缺男人。”

她小小一团，也不反驳。

说来第二次交换灵魂力以后，黛宁连和人对骂都兴致缺缺，于是自动开发了一个新本领，叫作“屏蔽”，对时慕扬，屏蔽等级直接到达十级，哪怕他跳起来旋转三百六十度嘲讽她，她都可以把他当成一个海绵宝宝。

想起海绵宝宝，她突然说：“小叔叔，我想看电视。”

“看个蛇皮，岛上只有真人版妖精打架你看不看。”

“想看电视。”她干脆往工具人腿上一倒，认真重复，“不给看我不起来。”

“那我掐死你。”

“那你轻点儿掐。”

时慕扬面无表情地看着她。

她想了想，说：“想看那种虐得死去活来的，男主角挖女主角的肾救白月光，让女主角坐牢顶罪，还把女主角吊起来……

“手下说：‘老板，夫人被吊起来三天啦。’男主角问：‘那她认错了吗？’

“‘没有，夫人肚子里的宝宝掉啦。’”

时慕扬捂住她的嘴，额上青筋直跳：“闭嘴，没有。”

都是什么跟什么！

她嘴巴被捂住，一双乌溜溜的眼睛却像是会说话，一眨不眨地看着他，没有恳求，也没有臣服，像在看着一台不懂事的点播电视机。

时慕扬：“狗血，毫无可取之处，你脑子里一天到晚装的都是什么，说是豆腐渣，都抬举你了。”

她有气无力地“呜”了一声。

时慕扬掌心的菱唇温软，他下意识地贴合得更紧，反应过来，他连忙松开手，一副被恶心到的表情，把她衣服拉过来擦干净掌心。

她伸出手指，幼稚地捏住他的耳垂。

“人家要看电视！”

“看个鬼，滚。”

她小脸埋在他腹部，特别不开心。

时慕扬下意识地收腹，把她拎起来，她缓缓抬起手，又捏住他的耳朵，奶凶地吼：“我要看电视！”说着，她吸吸鼻子，“你连看电视都满足不了人家，你这个废物男人。”

时慕扬气得差点当场炸裂，谁是废物男人！再说一次试试，不就是看电视……

岛上真没电视。

这破烂地方，发电靠的都是他手下的高科技人才，即便给她搞个信号接收器，这地方也放不了电视剧，更何况，时慕扬怀疑，世界上怎么可能会有人拍那么辣眼睛的电视剧！难道是他被困得太久了？

他单手把她摁住：“小侄女，梦里什么都有。”

他才不会那么无聊，还给她搞电视剧，疯了吗？

时慕扬改图纸改到一半，想起什么，再看身边的人，却见她已经倒在沙发那头，一只小巧的玉足蹬着他的腿，睡熟了。

索二刨着木头，木屑满天飞。

卷卷的木块堆积在他头上，搞笑得简直没眼看，一眼望去，半个岛的人都在努力造船。

这鸟不拉屎的破地方，如果真能出去，谁愿意留在这里呢？

时慕扬与黛宁不同，他有绝对的领导力，说得直白一点，就是洗脑功力。

一开始黛宁提出要离岛，大家都当陪她玩。

可是现在，经过时慕扬的魔性洗脑，每个人都相信，在大首领的带领下，他们一定能逃离这座岛屿。

有了动力，所有人都干劲十足。

他们要造不止一条船，毕竟要带走的人成百上千，加上为了防止意外，还得造救生艇。

《泰坦尼克号》大家都看过，知道一旦出现意外，没有后续保障会有多么严重的后果。

索二又累又渴，这时候一个皮肤黝黑的女人走过来，给他倒水喝，两人说说笑笑，索二一向木讷老实的脸上多了几分憨憨的笑意。

时慕扬眯了眯眼，他这个人，看别人甜蜜，心里也会不舒服。

索二今年三十多岁，那黑皮肤女人已经四十来岁了，在时慕扬眼里，两个都是丑鬼，他轻嗤一声，把索二喊了过来。

“怎么了老大？”

“你相好？”

索二挠挠头，皮肤太黑，也没看出脸红不红。

“不是，她叫张芳芳，前段时间被蝎子蜇了，我把她带回来的。”

“把她喊过来。”

张芳芳战战兢兢地过来：“首领，你找我吗？”

“嗯。”时慕扬手指点着椅子，一下一下，用一种诡异的眼神看看索二，又看看她。

张芳芳虽然年纪不小，可是整个北岛，就没人不怕恶名在外的时慕扬。

就在他看得他们俩腿软的时候，张芳芳突然听见大首领问道：“你们两个会演电视剧吗？”

啊？

“不会也得会，给老子演。”

黛宁被一块布包住，带她走的人似乎特别嫌弃她，用布一裹，直接扛着走。

她看见时慕扬的侧脸，又放心了，她并不关心时慕扬会带自己去哪里，反正如果他有坏主意，她就让青团把他们的身体互换。

左右死不了，她懒得反抗，更懒得问。

今天不算热，毕竟快入冬了，哪怕是热带的岛屿，也凉爽了几分。

黛宁发现周围的人少了许多，才来北岛领地的时候，看得出一片繁华，现在屋子前鲜少有人，顶多有几个没长大的稚童在嬉闹。

这些都是后来岛上罪民生出来的孩子，说不清是幸运还是不幸。

小小年纪看多了丑恶，可是能来到这个世界，谁说不是一种恩赐呢？

见她问都不问，时慕扬阴恻恻地说：“阿蟒缺食物，我看你也养肥了。”

黛宁把下巴搁在他的脖颈处，不服气地反驳道：“人家明明瘦了。”

“没事，它估计想吃排骨换换口味。”

她一口咬在他脖子上，时慕扬手一抖，差点把她扔出去：“你做什么！”

“你敢带我去看蛇，我咬死你。”她说。

时慕扬咬牙，那你倒是咬狠一点。

目的地很快到了，时慕扬把她往躺椅上一扔，在她身旁坐下。

黛宁还被布裹着，她哼哧半天挣脱爬出来，看见眼前出现一个滑稽的舞台。

舞台是木头搭建的，还挺大，后面是白色幕布。

黛宁眨巴着眼，看着台上哇哇哭泣、捶胸顿足的黑女人。

女人跺脚道：“你、你怎么可以挖我的肾，你就那么爱她吗？”

索二从舞台后出来，边看手中的小本本，边念台词：“哼，比起我的小月，你就是贱命一条，不要说拿你的肾，就算用你的心脏换她的，也是你的荣幸。”

黛宁目瞪口呆，青团也惊呆了。

时慕扬抚额。

演员们不断出场，一场活灵活现的尬演开始，看得出来他们还颇为用心，为了表达索二的“霸总”身份，索二脸上戴了不知从哪里捡到的漂流过来的墨镜，张芳芳头上别了岛上的一朵大红花，也惊人吸睛，还有名五十岁的女性，顶着一脸褶子，来演索二的“白月光”。

“这……”黛宁慢吞吞地开口。

时慕扬死亡射线看过来，心想，她今天要是敢吐槽一个字，他就把她剁碎，灰都给她扬了。

“太有趣啦！”她兴奋地道。

他十指相抵，不屑地嗤了一声，嘴角微微扬起，电视剧大概“放”了四十分钟，时慕扬就把她打包带走了。

黛宁不满：“还没演完呢。”

“连续剧，明天播。”

他以为这个小“杠精”要闹，可是她突然伸出双手，抱住他的脖子，用脸颊蹭了蹭他，软声道：“小叔叔，你真好。我不记恨你之前欺负我啦，我们和好吧。”

时慕扬耷拉着眼尾，不耐烦地说：“不和好，不约。”

最近岛上有了唯一的娱乐活动，以索二、张芳芳为主演的现场版电视剧《霸总再爱我一次》。

忠实观众是大首领和蒙着脸的大小姐。

刚迈入十一月，岛上午后的风都凉爽起来，一把躺椅上瘫着两个人，时慕扬漫不经心地把手搭在躺椅上，怀里还靠了个懒洋洋的少女。

上次看见“大首领哭泣”的大爷探出个头，听见他们讨论得兴致勃勃。

大小姐：“白月光想让女主角顶罪，男主角脸上应该有舍不得的，索二没演好。”

首领说：“男主角是个没脑子的，索二也是，本色出演。”

大小姐：“女主角这时候应该哭得惊天动地：‘你就那么爱她，我又凭什么成全你们？’同时，还会有愤怒，捶捶男主角的胸口。”

首领沉默一会儿：“有这个剧情……看见没，张芳芳把索二捶翻了。”

大小姐：“他们打起来啦！”

大爷一看台上，果然乱成了一锅粥，五十多岁的白月光女士头顶一朵大白花，帮着索二打女主角。

索二一见不对啊，连忙又护住张芳芳，张芳芳气得又打索二。

三个人在台上玩老鹰捉小鸡。

时慕扬看看怀里的少女，她睁大眼睛，看得津津有味，他也就懒得阻止，随他们折腾。

等充当“导演”的手下忍无可忍地上去分开他们的时候，他们这才心虚地看向大首领。

时慕扬冲他们龇了龇牙，明显带着恐吓的意味，几个人一阵心惊肉跳。

但他到底没骂人，只是把芭蕉叶往脸上一盖，闭眼小憩，索二看过去，发现纪小姐蜷缩在他怀里，白嫩嫩的小手搭在他胸口上，已经睡熟了。

时慕扬不耐烦她，反正他不会动手给她遮太阳。

所有人自觉静悄悄地离开，张芳芳大着胆子回头看了一眼，发现大小姐的脸蛋快要滑下去了，首领眼睛都没睁，把她往怀里圈了圈。

他可能自己都不知道，他开始照顾她了。

哪怕起初，是用如此粗糙的方式。

另一边，造船大业也在如火如荼地进行着。

时慕扬虽然骄奢淫逸，但他干正事还是靠谱的，黛宁偶然一天精神好的时候，才知道他们的轮船已经初具规模了。

时慕扬下午出门，她慢吞吞地跟着他。

时慕扬回头：“又想搞什么幺蛾子？”

“我想去看看船。”

“看什么看，回去。”

她本来也犹豫，犯懒不想去，可是大小姐会听话才怪，时慕扬越不让去，她偏要去。

黛宁双手抱住他胳膊，半点儿也不想走路。

“小叔叔，你背人家去嘛。”

“背个锤子背，滚。”

他不乐意抱她，也不乐意背她，往往在人前，都是打包带走，一副扛着垃圾袋出门去丢垃圾的模样。

见她今天铁了心跟着，他掏出专用打包布。

黛宁摇摇头，她十分抗拒：“人家今天穿了漂亮的裙子。”

时慕扬一看，果然见她今天穿了小碎花裙，怪不得愿意出门。

“哪来的？”

“张芳芳给我做的。”

这几天演连续剧，张芳芳和她接触颇多，一颗“姨母心”被黛宁萌得直跳，被哄着给她做了好些东西。

遮阳伞，新裙子，更绝的是，还给她缝了一个零食袋，让她随身带点儿果脯吃。

见她伸出双手，时慕扬说：“这辈子也不要想让老子抱你或者背你走，我们什么关系，你心里没点数吗？如果你爷爷今后出不起价码，老子反手就把你宰了。”

他可是北岛的老大，让人看见像什么样子。

他倒是硬气，说不抱就不抱，两个人生拉硬拽到造船的地方，是一片沙滩。

沙滩开阔，离取材点也相对较近。

张芳芳擦了擦汗水，露出一口整齐的牙齿：“大小姐，你咋来啦？”

时慕扬甩开黛宁，手插兜里，自己走了。

众人纷纷给他问好。

巨蟒就盘踞在不远处的丛林里，黛宁也不跟着时慕扬了，她抬头看向不远处的轮船。

“索二讲，下个月船就可以造好，大首领真有本事，竟然可以带着我们离开。”张芳芳道。

黛宁问她：“你来岛上多久了？”

张芳芳叹息一声：“五年了，外面什么样，我都忘光了。”

五年，三十几岁时来这里，青春不再，连家人的脸都快忘记了，张芳芳从来没想过他们还有出去的机会。

“我们会出去的。”黛宁笃定地道。

张芳芳笑着说：“对。”她与黛宁不同，她的笃定来自对时慕扬的信任。

造船的人远比黛宁想象中还要多，还有许许多多生面孔，黛宁猜，时慕扬大概率对外抛出了香饽饽，说也能带他们走，可是谁都知道，这船坐不了那么多人，总有一些人会被留下。

时慕扬笑着骗他们卖命，外人却浑然不知。

“大小姐，我去给你找个木凳来。”

张芳芳像照顾岛上的小孩一样照顾她，从索二那里搬了个木凳，怕她热，还用木棍和芭蕉叶搭了个小棚子。

黛宁坐在下面，小巧得惹人心怜。

她许久没有来过沙滩，此刻撑着下巴，专注地看着一望无垠的大海。

青团忍不住问她：“你在想谁？”

她的心里很空，空到青团谁也感知不到。

“想哥哥。”她说，“他在为我坐牢吗？”

青团说：“可能不会，他毕竟是言家继承人，关再常那个老狐狸不会不管他。”

黛宁脸上流露出几分可惜。

青团就知道不该对她抱有什么期待，她估计还挺希望言景去坐牢的，假如言景真在牢里，说不定大小姐回去后还有心思耀武扬威地去探监。

时慕扬得了空，看过去，发现黛宁在看海，少女坐在小木凳上，望着大海彼岸，漆黑的眼瞳很专注，反正按他看来，怎么看怎么像在想男人。

“水性杨花。”他恶毒地点评道。

巨蟒从他身边路过，帮着人们运木头，被他踹了一脚，巨蟒用尾巴卷着木头，茫然地看他，见他没什么事，它又积极地干活去了。

意外发生得猝不及防。

海岸宽阔，好处是便于施展，坏处也有，没时间围住这片区域。

几个男人冲进来，二话不说，扛着大小姐就跑。

黛宁张了张嘴，懒得喊救命，又恹恹地闭上嘴。

张芳芳第一个发现了不对：“有人带走了大小姐！”

时慕扬回头，眼神一瞬沉下来，他动作很快，吹了个口哨，巨蟒扔下木头，像支离弦的箭，刹那间追了上去。

那几个男人早有准备，知道时慕扬有条巨蟒，扛着黛宁的人头也不回，另一部分则回头，冲追上来的巨蟒撒开网。

他们知道弄不死它，困住它一刻就够了。

黛宁好半天才反应过来，自己是真的快被人抢走了，她慢吞吞地摸出一根针，扎在逃跑的人背上。

那人对她毫不设防，“扑通”一声跪了。随即口吐白沫，翻着白眼在地上抽搐。

说来也巧，上回因为身体互换的事，时慕扬险些被一群男人给搞了，居安思危，他怕再身体互换，于是在黛宁身上也藏了许多保命的东西。

张芳芳跟着追上来：“站住！”

其他几人见情况不好，有人当机立断，把黛宁往海边一扔。

海浪冲上来，张芳芳心里很焦急，大小姐你倒是爬起来跑啊。

随即，她目瞪口呆地看见，大小姐安详地双手交叠，懒得和海浪赛跑，挣扎都懒得挣扎，就一瞬间，被大海卷走了。

时慕扬想也没想，一头扎进了海里。

海水沉浮，无数人围过来。

“大小姐掉进大海了？”

张芳芳心想：不，她是懒得动，被卷走的。

“首领跳下去救她了？”

准备起跳的张芳芳：哎？不是吧，时老大那种人，竟然会救人？他不是专门杀人吗？

果然，没一会儿，一个男人抱着女孩朝岸边走来。

所有人都在围观他们。

对时老大竟然会救人这一点，他们议论纷纷，惊奇不已，他们并不会觉得他正义，反而觉得奇怪，毕竟在恶之岛上，正义和善良才是应该被摒弃的品质。

而作为老大，无恶不作会受欢迎，为一个女人奋不顾身，反倒让人不齿。

时慕扬被海水浸湿，这才发现自己做了什么，他的脸色一瞬间黑透，他为什么会跳下去救她？他不是应该笑盈盈地在岸上，和众人一起看热闹吗？

现在抱着她也不是，扔了也不是。

黛宁呛了两口水，在他怀里低低地咳嗽：“你如果不跳下来，过一会儿，海水又会把我冲回来的。时慕扬，你以前物理是不是没学好啊？”

能量守恒都不懂，她虽然是个学渣，可是赵老师讲课有讲过！

时慕扬额上青筋一跳，这种人救她有什么用！关键是，他刚刚跳下去的举动完全没过脑子，现在所有人都看见了！

在所有人的目光中，时慕扬如烫手一般，立即松手，把她扔进了靠岸边的海水里。

他阴沉沉地宣布：“我是为了亲自淹死她！”

岸上众人恍然大悟，就说嘛，这才是心狠手辣的时老大！毫不犹豫地跳海，原来是为了救起来亲自杀了，多么变态！多么够格当他们的老大！

她坐在海水中，懵懂地望着他。

海是碧蓝色，她的瞳孔却比大海更加干净，海水再次卷上来，眼看就要再次把她带走，张芳芳忍不住担忧地上前。

黛宁伸出小手，轻轻握住了时慕扬的手腕。

她什么都没说，只是安静地看着他，换作以往，她能折腾出许多事，心里也会给时慕扬记上一大笔账，可是虚弱抽走了她的力气，她已经没办法再保护自己了。

时慕扬手指颤了颤，没有动。

黛宁没有力气抓住他，终于，海水再次把她卷走。

岸上一片叫好声。

时慕扬猛然伸出手，握住她的小手，他一言不发，俯身将她从海里抱起来，他把她的小脑袋按在怀里，一言不发地往回走。海浪冲上他的小腿，又退回去。

这段时间和平太久，岛上不安分的人当场要开口质问，时慕扬从他身边走过：“嘘，别惹我。”

他眸光森冷，触及他的神情，人们识趣地闭上了嘴。

毕竟谁也不会忘记当初他是怎么做上大首领位子的，那时候，鲜血染红了海岸，很多天都带着刺目的红色。

黛宁窝在他怀里，无数恶意的目光被隔绝。

时慕扬抱她回了木屋，一路上一句话也没说。

他心情不怎么好，毕竟两个人都知道，他这次救她，并非一件好事，之前黛宁与他身体互换，完全不作为，已经丧失了一部分威信，如今他跳海救她，有八张嘴都没法再对外塑造一个阴毒的形象。

既然叫作恶之岛，那么足够坏的人才有领导力，一旦他不够坏，北岛的人可能就要造反了。

别看外面造船的人勤勤恳恳，他们如果不是犯了大罪逃逸，也不会流亡到恶之岛。

好人早就被这个岛屿淘汰了。

比起担心这些，时慕扬更加不敢相信的是，他竟然会干出跳下去救她这种没有脑子的事，他最恨她的时候，午夜梦回咬牙切齿，想的都是将来要怎样残忍地对她。

“小叔叔……”她仰起小脸，欲言又止。

“别想太多。”时慕扬嫌恶地道，“那个该死的灵魂互换还在，你要是出了事，死的是老子怎么办。”

“可是……”

“难不成你自作多情到了这种地步，还真以为我对你有感觉，不可能的！收起你金鱼脑子里这种愚蠢的想法。”

他不惮于对她散发最大的恶意，脸色紧绷，不满地看着她。

黛宁满脸莫名其妙。

“我是想告诉你，你裤子上有只螃蟹。”

第二十七章

离开

螃蟹事件以后，时慕扬一直到晚上都没有给过黛宁好脸色。

他的恼怒化作实际行动，像是要证明什么似的，他把黛宁扔出了房间。

“滚出去，自己找间房睡，找不到就睡沙滩。离老子远点。”

换作以往，黛宁能和他吵起来。

可她一想，吵架好麻烦，好累啊，换间房就换吧，时慕扬本来就有点神经质，半夜一个风吹草动，他就能警觉地醒来，然后做出让她挡刀的事，他以为自己很招人喜欢吗？

木屋房间不少，她早就看上了一间外面鲜花盛开的房间。只可惜懒得动，没想过搬过去，现在时慕扬提出分开睡，她心里也觉得无所谓。

黛宁慢吞吞地走向鲜花房，啊呜一声，倒在了床上，床没有时慕扬的床软，但是好在也不错。

换作以前，一点不舒服，她都可以挑刺到不行，可是像时慕扬以前说的，没人心疼她，她就不愿意娇气。

黛宁对“小叔叔”半点儿兴趣都没有，她只想舒舒服服地把日子混过去，回到陆地再浪几个月，心平气和地等死。

这一点她挺看不开的，毕竟没人想死。

可是契约都签了，既然没法改变，不如现在活得快乐些。

大小姐一点勾引时慕扬的想法都没有，所以半夜恶之岛下起暴雨的时候，她睡颜娇憨，睡得十分香甜。

闪电照亮屋子，青团觉察不对劲，一下从识海里飘了上来。

它炯炯有神地看着门口。

黑暗里，一个沉着脸的身影出现，阴恻恻地看着大小姐。

又是“轰隆”一声，打雷声似乎要把夜空轰破。

青团本来想喊醒黛宁，一看来人是时慕扬，它默默闭上了嘴，它倒是想看看这个口是心非的狗贼到底想做什么。

结果一等就是好久，久到它以为时慕扬要在门口当一座雕塑时，他迈着骄矜的步子进来了。

他抱着双臂，幽幽地看着黛宁。

这种不太友善的目光，让青团以为他要对契约者做点什么，就在它忍不住要叫醒黛宁时，时慕扬伸出手，把她抱了起来。

青团的一嗓子尖叫卡在了喉咙里。

时慕扬把黛宁抱出房间，许是认定她醒不来，他做这件事半点儿也不心虚。

他一脚踹开自己的房门，把黛宁放在了床上，自己脱了衣服，躺在她身边。

目睹了一切的青团无言以对，用一种看神经病的目光看着时慕扬。

夜深人静，这神经病先是把黛宁揽进怀里，用她的手环住自己的腰。然后他抬起她的头，放在自己的胸膛上，再掰开她的小手，抓住自己的衣领。

他用她的手扒开自己胸膛处的衣服，又把她的小手搭在胸膛上。

做完这一切，他松手，一副嫌弃她的模样，嘴角上翘，这才心满意足地睡过去。

青团觉得这操作真是太骚了，它在人类世界待久了，如果条件允许，它简直想对时慕扬竖个中指，但既然他没有伤害大小姐，它也懒得管，趴在黛宁的识海休憩。

她的虚弱也影响到了它，比起最初识海中漂亮瑰丽的颜色，现在乌沉沉一片黯淡，像在昭示主人生命力的虚弱。

第二天，黛宁被人推醒。

她迷迷糊糊地睁眼，就看见时慕扬冷冷地扬起下巴，用一种讥讽的语气道："怎么，睡习惯了，自己往我怀里爬？"

黛宁一脸茫然，她长长的睫毛眨了眨，反应了许久，才发现原本应该在鲜花房的自己睡在时慕扬房里，她的手还依赖地抱着他，整个人蜷缩在他怀里。

"别信他，是他自己把你抱过来的！"青团立刻把昨晚的事情事无巨细地说了一遍。

黛宁心想，小叔叔好骚啊！她都不想攻略他了，他还主动往上凑，这不是找抽找虐吗?

而且她本来就像只高傲的小孔雀，平时不理他，是懒得理，当他是个工具人，他三百六十度旋转着往她面前凑，还摆出这种嫌恶的表情，这不是找虐吗?

黛宁收回手，露了一个笑容:“对不起。”

她道歉太容易，青团觉得事情并不简单，果然，下一刻，黛宁慢吞吞地说:“可能是习惯吧。”

时慕扬微微挑眉，他就说，和他在一张床上睡了这么久，怎么可能半点依赖都没有。

结果就听见大小姐慢半拍地接话:“我可能把你当成我男朋友啦，对不住啊小叔叔，你是长辈，不会那么小气吧？”

时慕扬盯着她:“你男朋友？”

黛宁目露怀念，娇怯地道:“对呀，好久没见到他，我都想他了。”

她眸光一转，从他怀里退出来，疑惑地补充:“我早就和小叔叔说过，你不是忘记了吧。”

时慕扬磨了磨牙齿:“不知道你讲的，是你哪一任？”

她露出难以抉择的表情，好像这个也怀念，那个也喜欢，一双眼睛水盈盈的，透露着甜蜜。

不用多说，从她的表情里就可以解读出太多东西，没有一样是让人愉快的。

时慕扬冷笑道:“伤风败俗！”

“你在骂我吗？”她好奇地问，“还是你在生气？”

时慕扬还没讲话。

她趴在床上，叹了口气:“算了，不用回答，反正我也不关心。”

时慕扬的心情糟糕透顶，恨不得弄死她，他用一种阴毒的眼神看了她好一会儿，她不但没有感觉，甚至还睡起了回笼觉。

时慕扬黑着脸走了。

黛宁坠海事件带来的恶劣影响不小。

时慕扬后面几天都忙坏了，有时候半夜才回来，许是把他气得不轻，他没再干半夜把她挪个床再甩锅的事。

只不过最近他心情特别不好，整个人像吃了火药似的，见了谁都怼，连索二这种少根筋的都被他怼怕了，每天一集的连续剧也没法再拍。

张芳芳松了口气，她是真的怕看见大首领，他嘴里几乎能喷出毒汁，还暴躁得要杀人。

时慕扬本也不是多么勤快的人，这两天来了好几拨要杀他的人，他烦不胜烦，每捉到一个就往死里折磨。

有一回，黛宁在窗外，看见房子外面挂着一些东西，也不知道时慕扬是在恐吓别人，还是在恐吓她。

黛宁大抵知道他在恼怒什么，在他看来，她仿佛喜欢过很多人，唯独没有他。

青团吓得在识海中乱窜，黛宁却很是不以为然，她无趣地撑住下巴，还点评道：“一点美感都没有。”

她内心毫无波动，青团也感受到了，论起凉薄，她兴许比时慕扬还要深刻几分。

大小姐唯一觉得可惜的，就是每天一集的电视剧没了，她的生活没有盼头，偶尔张芳芳会来看她，给她讲讲造船的进度。

最近黛宁吃饭都在房间里，时慕扬回来得晚，他们很少见面。

“大首领今天受伤了。”张芳芳一面给她切菠萝，一面带着忧虑道，“胳膊上掉了好大一块肉，那些人惹恼了他，我好久没有看见北岛出这样的乱子了，时老大很生气，当场把人……”

她险些脱口而出，然而看见大小姐娇滴滴的模样，担心她害怕，张芳芳揉揉她的头：“放心吧，船一定能造好的。”

黛宁弯起眼睛，装作什么都不知道似的，天真欢快地应她：“嗯呢。”

大小姐心里特别清楚这些混乱为什么会发生。

因为时慕扬受了重伤，晚上她强打起精神，没有提前睡觉，打算去看看他。

她提着张芳芳白天送来的亮甲虫小灯笼，坐在竹屋门口。

小灯笼照亮她的四周，暖黄的光晕中，她像个小仙女。

时慕扬也许久没有见她，他被人抬回来时，眉宇间净是躁郁，看见阶梯上的少女，他微微愣了愣。

大小姐的头一点一点的，在打瞌睡，她撑住下巴，整个人都透着一丝罕见的呆萌。

时慕扬愣神也只有一瞬，他沉下眉眼，走下椅子，当作没看见她，错开她就要回去睡觉。

他的裤腿突然被人拉住，少女仰起小脸，用手掌盖住唇，打了个秀气的呵欠。

“小叔叔，你受伤啦？”她的手细嫩，乌溜溜的眼睛专注。

时慕扬心里突然软了软，多日的气闷散了些。

但他还是忍不住阴阳怪气地道：“怎么，小侄女，还有心思关心我？”

黛宁摇摇头：“不是的，我是想问问你，会影响造船进度吗？你能不能造快点，我想家了。”

时慕扬才好点的脸色当即达到了难看巅峰。

“是想家，还是想你那堆男人了？”

她还真的认真地想了想：“都有。”

时慕扬踢开她的手：“造个鬼的船，老子这辈子都不造船，你有那个能耐，自己漂回去。”

他路过亮甲虫灯笼，因为想杀了它的主人，一脚将它踢翻。

灯笼撞在木柱上瘪掉，里面的亮甲虫飞出来，争先恐后地往丛林中躲去。

青团捂住脸：“黛宁，你刺激他做什么？”

亏它还以为黛宁决定嘘寒问暖一波。

大小姐沉默了好一会儿，方才慢吞吞地道：“时狗贼最近扣了我的零食。”

是的，因为他在生气，她的黄昏零食没有了。

她不高兴，也不想让他高兴。

生气归生气，扣她的零食做什么，她这辈子是不会真心给人认错的，让她服软，不如打死她实在，她就祈祷时慕扬今晚气得发抖，气得血气逆行。

可惜了张芳芳做的灯笼，多漂亮呀！

大小姐不喜欢别人对她不好，当初就算赵屿凶她一下，她都会找回场子的。

哪怕她对时慕扬不感兴趣，可他一旦对她不好，她就气死他。

黛宁在心里默默记上一笔。

又毁了一个她喜欢的灯笼，他死了。

青团本以为，不造船这件事，时慕扬就是说说而已。

谁不想离开恶之岛？

可是时慕扬说不造船，愣是真的不再造船了，第二天半个岛屿都停了工，肤色黝黑一圈的索二还挠着头过来问大小姐，要不要继续拍电视剧，被时慕扬一脚踹出去了。

黛宁看向时慕扬，他胳膊上绑着绷带，还是那副不可一世的模样。

觉察到她的目光，他冰冷着神色，目光郁郁，见他瞳孔漆黑，黛宁觉得他估计又在憋着什么坏主意。

果然，他说："索二，好久没找过乐子了，去给爷找几个女人来。"

索二茫然："啊？"

"啊什么啊，滚出去找。"

索二不明觉厉，乖乖出去给时慕扬找女人了。

黛宁慢吞吞地拿起盘子里的菠萝，准备将就着吃一块，盘子却被时慕扬端走了。

他拿在手上："老子不养闲人。"

那架势，仿佛就算倒掉，也不给黛宁吃。

时慕扬语气一顿，呵了一声："当然，纪大小姐也可以试着求我，说不定我心情好，赏你点吃的。"

黛宁眨眨眼："求你。"

时慕扬半点成就感也没有，森然看着她："求我也没用。"

青团抱住脑袋，时慕扬又发神经了。

大小姐显然也觉得他好恶趣味，这一幕似曾相识，她记得最初时慕扬也是这样对付纪恬的，后来纪恬吃够了苦头，对他唯命是从。

显然，昨天那件事让他受了刺激，现在心情很不爽，两个相似的人，总是很容易揣测到对方的心思，他的心情不好，也不要她好过。

但黛宁毕竟不是纪恬，她见拿不到，干脆不吃。

她起身，打算回房间睡觉。

“我让你走了吗？”

大小姐回头，十分不理解：“我不走，留下来看你找乐子吗？”

时慕扬恶狠狠地盯着她。

恰好在这时，索二当真领着几个女人进来了，这些女人，在岛上来说，相对比较年轻，肤色黝黑，颇有些异域风情。

在纪恬和黛宁没来恶之岛之前，她们也是受人追捧的存在，一听到大首领需要人陪，她们便争先恐后地过来了。

谁都知道时老大最近在造船，如果真有出岛的机会，那就是妥妥的一条“金大腿”。

时慕扬冲女人们扬了扬下巴，笑道：“过来。”

女人们妩媚地倚靠过去，与他调笑。

时慕扬应付着她们，还不忘时不时回头看黛宁一眼。

黛宁最近懒得动脑子，她偏头问青团：“他到底想做什么？”

青团跟着她好几年，现在聪明了不少，它不确定地道：“他希望你吃醋？”

黛宁差点笑出声来，她本来想走，现在也不走了，找了个小木扎坐下来，大眼睛扑闪扑闪地看着他们。

一个女人喂时慕扬吃葡萄，还有人殷勤地给他捶腿，她们很开放，也不在意有多少人围观，有人蹭着蹭着，衣服都已经遮不住身体，有主意的，已经开始往时慕扬怀里倒。

黛宁看着他越发僵硬、逐渐铁青的脸色，极力忍住了笑。

终于，在看见她饶有兴致的目光时，时慕扬挥倒桌上的东西：“都给我滚！”

女人们怕他，全部战战兢兢地跑了出去。

时慕扬大步过去，拎起看热闹的黛宁：“你仿佛很高兴？！

“你可以自信些，把仿佛去掉。”

时慕扬也分不清，是心里的火烧得更旺，还是此刻看见她娇嫩的脸蛋，身上的火烧得更烈，他一把将她摁在沙发上，动手去扒她的衣服。

他又恨又气，是，他必须得承认，无论哪个男人，但凡与盛世美颜的女人同床共枕一段时间后，怎么也不可能看上庸脂俗粉。

黛宁见他眼尾都泛着绮丽的红，也感受到了他的躁动。

“睡完，你负责吗？”她眸中似乎还带着几分不谙世事的天真，勾人极了。

时慕扬顿了顿，掐住她的脸，恶狠狠地道：“想得美！”

黛宁摇头：“那人家不陪你了。”

她双手交叠，把衣领拢回去。黛宁并不怕他，她伸出嫩藕一般的手臂，抱住他的脖子，在他耳边低声撒娇道：“小叔叔，让我起来。”

时慕扬虽然不想承认，但他确实馋她的身子，更何况，他现在这种十分想脱裤子耍流氓的情况，哪里受得了她在他耳边轻轻吐气。

她柔软的身体娇嫩又香，他埋首在她颈窝，没让她看见自己的表情，有几分犹豫道：“我可以考虑……”

“什么？”

“对你负责。”

黛宁这回憋笑没成功，乐不可支地抱着他的脖子。时慕扬此刻哪怕再精虫上脑，也明白过来她多半又是说着玩的。

他猛然推开她，脸上带上一丝杀意。

时慕扬突然意识到，身下这个人到底有多可恨，她从小就坏，即便你予她真心，换来的也只是折辱。

他心里冷下来，身体的躁动也渐渐平息。

他们四目相望，他冷冷弯唇：“你想回去？我偏不如你所愿，就死在这岛上吧。”

要什么没什么，遍地荒芜和罪恶的土地，她是唯一的渐渐凋零的粉色玫瑰。

时慕扬心想，他凭什么成全她呢？放她回去，看一对奸夫淫妇在他面前碍眼吗？

他起身，阴沉着脸离开了。

黛宁看着他的背影，也懒得动，翻了个身，闭上眼睛。

她是真的半点儿也不在意这个男人，她看着他的目光里，瞳孔是冷的。

果然，接下来几天，时慕扬依然暂停造船，并且完全没有宣布重新开始的打算。

隔壁有时候会有吹笛子的声音，还有女人娇俏的笑声。这回时慕扬没让她围观，他对她一下子冷了下来，有一晚打雷，他也没再把黛宁抱进自己屋里睡。

大小姐倒是不在意他到底在想什么，她越来越虚弱了。有时候一睡就是一整天，如果不是张芳芳傍晚来看她，将她叫醒，她连饭都会忘记吃。

时慕扬不愿意管她，她一下瘦了不少。她到底也和纪恬不同，她骨头是又冷又硬的，冷就不容易动感情，硬便不会对人真正屈服。

她娇艳的容颜有了几分稚弱苍白的味道，直到这天黄昏，她心口窒闷，突然一口血喷了出来，然后陷入昏迷。

耳边有惶恐的脚步声，匆匆赶来。

她落进了一个滚烫的怀抱。

“纪黛宁，你别吓老子，醒醒！”

男人拍拍她的脸，黛宁什么都感受得到，可是无法睁开眼睛，她嘴角的血一直流，似乎染红了那个人的衣服。

他终于心慌了，抱着她朝外跑。

进入十一月，热带的树木依然翠绿，他抱着她，一路跑到了医生家里。

黛宁听见沉重的叹息声。

最后医生道：“没法给她查血型，有人是O型血吗？”

黛宁感受到自己的手被握住，有人将她圈在怀中，以保护的姿态睡在她身边。

他新鲜的血液，注入了她的血管。

“小祖宗，老子不和你计较了还不行吗？”他紧紧地抱着她，很奇怪的，她竟然感受到了他的茫然和无措。

黛宁再醒过来时，发现床边守着一个人，见她醒了，他立刻把她扶起来。

“想吃什么？”

黛宁立刻开心起来：“想吃荔枝。”

时慕扬下意识就想捶死她，这是什么月份，什么地方，她还吃荔枝，她怎么不吃天山雪莲呢？然而看见她明透的眼睛里面期待的色彩，时慕扬骂人的话堵在嘴边。

“你等等。”

他真的让人找荔枝去了。

黛宁先喝粥垫垫肚子，他一勺一勺喂，她娇气得不行，一会儿嫌烫，他得用风扇给她吹，嘴巴吹有口水她不要，一会儿嫌碗里的凉了，他还得随时用个灶给她温着，眼看他就要跳起来杀人，可是最后都忍下去了。

她吃饱喝足，看也不看他，小身板一翻，抱着张芳芳做的玩偶娃娃继续睡觉。

时慕扬握住拳头，举在她头上，好半晌，才轻轻地给她把脸颊上的头发拨开了。

他走出去，也开始找那该死的荔枝。

当然是找不到的，他梗着脖子问厨师：“能不能做个荔枝？”

厨师：“啊？”

“废物！”

厨师心想，您有病吗？

找了好几天，别说，最后还真在南岛边境的一家人手中找到了，那家的父亲也是个人才，竟然种出了一种和荔枝味道相同的热带水果。

只不过只剩下最后五颗，是他们家六岁儿子的零食。

时老大带着人，浩浩荡荡地把荔枝抢了。

这是时慕扬这辈子做过的最好笑的坏事，他走的时候，那个六岁小孩一直哭，哭得他脸色都快绷不住了。

回去以后，看见床上睡得香甜的自家“小孩”，他又认命了。

“起来吃。”

见她懵懂地睁开眼，像只小幼猫一样的眼神，那一瞬，他竟然忍不住笑了：“荔枝。”

他剥开，一颗颗喂她，喂完还不忘沾湿帕子给她擦干净唇角。

大小姐蜷缩在他怀中，他的心肠突然变得很柔软。

黛宁得寸进尺道：“还想吃辣条。”

时慕扬刚刚才柔软下来的心险些又没忍住想掐死她。

等他逼着厨师把辣条做出来，已经十一月中旬了，向来不会照顾人的时慕扬，现在喂水喂饭，抱着人跑上跑下，无所不能。

当然辣条最后没给她吃，倒是让厨房挖空心思做了些别的小零食哄她。

时慕扬摸出了规律，你对她好的时候，她会很乖，不吵不闹，也不会刻意让他堵心，让她抬胳膊，她就不会伸腿。偶尔她心情好，还乐意给他讲两个睡前故事，用小蜗牛似的迟缓语调，嗓音却比盛夏的繁花还要柔软清甜，但是一旦对她不好，她总会悄悄地搞点幺蛾子，让人气得要死，偏偏又哭笑不得。

黛宁没有刻意计算时间，直到有一天，天还没亮，整个天幕带着沉重的墨蓝色，时慕扬让人给她准备了很厚的衣服，将她抱起来。

“船造好了。”

黛宁一瞬精神起来，看见海上停靠着的几艘威风的大船，她眼中流露出几分惊叹，确实是男主角，换作她，怎么也不可能完成这样宏大的工程，带着手下渡过大海，回到彼岸。

海风吹动她的衣摆，黛宁站在船上，依旧有种不太真实的感觉。

黛宁小声问：“我们悄悄地走？”

“嗯。”时慕扬压低嗓音。

黛宁自然明白他的意思，他狡诈阴险，明知不可能带所有人走，于是奴役完别人，直接二话不说带人跑，等其他人反应过来，除了破口大骂，总不能游过海来追杀他吧？

但凡在他身边的是个圣母型善良女主角，估计都会流着泪指责他的冷血无情。

可黛宁不是，当第一缕天光亮起，她第一次主动轻轻地抱住他的腰，弯起眼睛：“谢谢你带我回家。”

真蠢啊，小叔叔。

船刚要启动，一群人突然从海滩上跑过来。

原本隐秘的位置被火把照亮，时慕扬下意识地抬手，替黛宁挡住刺眼的光亮。

一个虎背熊腰的男人怀里拥着一个女人，将他们包围住，女人竟然是纪恬，此刻正弯起唇，得意地冲黛宁和时慕扬笑。

时慕扬挑了挑眉，倒不是很意外，他没有搭理纪恬，兀自和那男人对话。

“南岛新岛主，万铜？”

对面的魁梧男人露出狂妄的神色：“你说得对，时慕扬。我知道你们的目的，打算悄悄地离开，有这种好事，你时老大独占太不厚道，所以现在你们谁都别想走！也不知道天明之后，北岛的人知道他们首领扔了他们独自逃跑，会怎么样？”

此话一出，时慕扬这边不少人对望一眼，均在对方眼中看见了忧虑。

时慕扬依旧带着笑，他老神在在地开口：“万老大你想走，不过是说一声的事，时某人在外虽名声不太好，可也不是小气的人。看见那边那条船了吗？现在送给万老大，只不过，船上只有一百五十个位子，带谁走，你可要想清楚，我们的时间不多了。”

万铜一愣，今晚他都做好了与时慕扬血拼开火的准备，没想到时慕扬开口就送了一条船给他，万铜才不是顾及属下的领导，倘若他可以离开恶之岛，管其他人做什么！

纪恬皱眉，时慕扬是什么人，她最清楚，这个男人阴毒小气，智多近乎妖，怎么会笑吟吟地喊万铜万老大？

“万老大。”她连忙拉住他的手臂，“别相信他，时慕扬这样说，肯定有鬼。”

虽然万铜也这样想，可是他的手下显然想不了那么多。

不知道是谁先动的，所有人都拼命地往那条船跑，甚至为了抢那个位子，转眼对身旁的同伴拔了刀，万铜一手拧断前面人的脖子，拽着纪恬：“走！”

纪恬心中暗恨这莽夫有勇无谋，但这种情况也没办法，只能被万铜拖着往船上冲。

时慕扬看戏一般看着这一切，他嘴角勾出讽刺的弧度：“开船。”

他低眸看怀里的人，发现她揽住他的脖子，睡得正香，仿佛外面枪林弹雨，唯有她身边是最后的净土。

他嘴角的讽刺收了收，把她打横抱起，送她去船里睡。

黛宁睡醒，发现时慕扬没在身边。

青团愤愤地道：“时慕扬让纪恬和万铜上船了！”

“你生什么气呀小蠢团？”

“他不会还对纪恬还余情未了吧，出岛竟然都带上了她。”

其实不管是它还是黛宁，都发现了，哪怕故事线在黛宁的搅和下完全扭曲，可是该发生的事，依旧在发生，约莫这就是作为一个书中世界剧情的力量。

黛宁晃动着脚丫，等着时慕扬回来给她穿鞋，她倒是不像青团那样义愤填膺：“小叔叔可不会有这么好的心肠，他肚子里指不定憋着什么坏水，万铜和纪恬也是胆子大，不知道最后能不能留下一个全尸。”

没一会儿时慕扬回来了。

“怎么不穿鞋？”

她抬起玉足，踩在他的膝盖上，笑容天真无邪。

时慕扬叹了口气，捉住她的脚，为她穿好鞋子。

“你做什么去了？”

“万铜想要食物。”那群人上船匆忙，现在才发现没吃的。

“你给了吗？”

时慕扬笑得别有深意：“给了，他恐怕得感谢我的善良。”

他捧住她的脸，轻轻捏了捏：“宝贝，你这是什么表情，我难道不善良？”

她笑嘻嘻的，低头玩着他的领口，语气糯糯地道：“小叔叔，今晚外面有星星吗？我们去看星星吧。”

说实在的，到了现在，她已经不关心时慕扬要做什么了。

时慕扬自然不会拒绝，他当即让人在甲板上准备了柔软的躺椅和垫子，抱着她躺上去，她自觉地在他怀里找了个舒服的位子。

漫天星斗，海水映照着月光，船行而过，也是剪碎的另一半星空，两个平日惯会耍阴谋的人都懒洋洋地瘫着，像两条咸鱼。

她突然拉起他的手，取下他的手套，男人虎口处有一道浅浅的牙印。

黛宁的手拂过它，时慕扬身体一僵，把手抽回来：“你搞什么？”

黛宁问他：“是多福咬的吗？”

她的语气难得平和又温柔，时慕扬从小就认识她，从未见过她这样的一面。

时慕扬觉得有些新奇，又有点儿不自在，他被她虐惯了，每次以为她在关心自己，都会被打脸，所以此刻，他只能似笑非笑地道：“怎么，愧疚，心疼？”

多福是黛宁父亲养过的一条狗。

时慕扬小时候寄住在她家，曾经在狗嘴中抢食，纪家夫妇虐待他，那时候藏在门后的黛宁也看见过。

他这样问，本以为黛宁会嘲笑他连条狗都抢不过，时慕扬也习惯了被她这样对待，没想到，她低下头，在他手上轻轻地吹了吹。

少女皱着眉，气息暖暖的。

时慕扬的笑险些维持不住，他觉得那块地方在发烫，她仰起头，轻轻吻在他的下巴上。

“对不起，小叔叔。”

他全身僵硬，好半晌才把她的小脑袋往怀里一按：“行了行了，肉麻什么。”

然而疯狂上扬的嘴角昭示着他心情到底有多好。

养了这么久的小毒物，竟然会温柔地关心他了，他恨她的父母不错，这种恨也曾经有迁怒，他甚至想过有一天要所有的纪家人求生不得，求死不能。

第一次放弃这个念头是在他十七岁那年，为纪黛宁心动。

那时候他想，暂时放过她好了。

后来纪黛宁害他，让他再次生出将纪家人挫骨扬灰的冲动。

但是今晚这个月夜，他第二次放弃了这个念头，也是彻底放弃了。

他像是很没用，一个被虐了很久的人，得到她一点点迟来的心疼和关怀，他就自行抹去一切不好的东西。有点贱，其实还有点可怜。

如果她小时候也像这样，为他吹吹，给他一口吃的，他一定不会变成一个又孤僻又坏的人，他等她的目光，等她的关注，等她的回头，其实已经等了很久，一点关心，就能让他的心溃不成军。

黛宁在他怀里，弯起了唇。

举手之劳而已，这样她死了，时慕扬也不会再伤害活着的纪家人，这是这两天黛宁琢磨出来的东西。

真可怜啊，他要的东西，简单得令人发笑。

可笑初见他还一副恨不得折磨死她的样子，得不到，所以想摧毁，不让给任何一个人吗？

时慕扬平复了一下，还想从她那里得到更多好态度的时候，她用小手按住他："不许动，我要睡觉了。"

霸道得不像话。

"小叔叔，你的肩膀一点都不软。"

他摸摸她柔软的发，叹了口气，从旁边拿了张芳芳做的玩偶，放在自己肩上。

她乐滋滋地枕着它，一双大眼睛眨呀眨，说是要睡觉，其实还是在看星星，虽然困倦，可她的生命比所有人都短暂，现在也不太爱睡觉了。

"喂，小毒物。"时慕扬实在忍不住，慢条斯理地胡说八道，"回去要不和我过吧，你这么烦人，别人不会真心喜欢你的，也就是我好心，可以勉强收留你。说不定哄得我心情好，还找人给你把病治好了。"

"好呀。"她说。

"你可以考虑……"时慕扬顿住，"你说什么？你再说一次。"

"我说和你过，好的呀！"

时慕扬捏住她软乎乎的腮帮，来来回回地看："没傻吧，没打算耍老子？"

她被捏住脸，不满地去掰他的手。

"我给你说，再骗我，老子发起火来，连自己都杀。"

她被逗笑，笑倒在他怀里，一双眼睛水汪汪的，他便也笑起来，低头去吻她。

这次黛宁没拒绝，她长睫颤了颤，他的气息更深。

时慕扬被撩拨得快动情的时候，却发现她又睡着了，他忍不住温柔地亲亲她的脸蛋，心里从未泛起过这样温柔的情感。

像是猝不及防地回到了少年时代，他第一次为一个人心动的时候，心里软得一塌糊涂，像被人用脸颊轻轻撞了撞胸膛。

只有青团觉得不可思议。

不可能吧！以它对黛宁的了解，这分明是要搞事的节奏啊！

她……她不会还在记恨时慕扬最初在岛上对她做的那件事，要搞个大事吧！

想起黛宁第一次在桥上，让申屠涉的人去杀赵屿；第二次夏令营，她冷眼待在帐篷中，看陈景为她挡住硫酸，他们什么都还没做，就被这样对待，怎么可能时慕扬又把她当枕头，又给她喂毒，她还像个傻白甜似的，要和他大团圆结局呢？

它心里一咯噔，突然害怕地咽了口不存在的唾沫，这哪里是要搞事，是要送时慕扬下地狱的节奏啊！

它看了眼满脸喜悦的时慕扬，突然觉得他是真的可怜。

船行几天后，万铜发现那个姓时的小白脸就是个软脚虾，他要什么，那边就给什么，想到说不定真的能回到陆地城市，万铜就期待得不行。

纪恬觉得不对劲，时慕扬的友善才是最大的反常！偏这蠢货还沾沾自喜。

“跪下。”万铜拍了拍她，疼得她一声闷哼。

纪恬几乎咬碎了牙，屈辱地跪在了他面前。

万铜开始享受她的伺候。

纪恬眸中一狠，这男人不能活着回到陆地上，即便时慕扬不动手，她都不容他。

越靠近海防线，纪恬心中越不安，她了解剧情，知道这里驻守的原本就是时慕云的人，那人也不是个省油的灯，心中有个强烈的声音告诉她，要在时慕扬身边才能活下去。

于是最后一次补给的时候，她跳了海，游到了时慕扬的船下，爬上去找了个放杂物的地方躲了起来。

万铜发现她不见的时候，破口大骂，可是哪里都找不到人，他倒是垂涎时慕扬的那个女人，可惜不知道为什么，他不敢开口。

黛宁两天后才发现，女主角到底是女主角，这种情况还有对于危险的直觉，也不怪纪恬一脸要活到地老天荒的长相。

当爆炸声响起的时候，她才知道时慕扬打着什么样的主意。

他竟然让人开着万铜那艘船撞上了海防线，而那艘船上，藏着一船的炸药。

万铜和手下在睡梦中被炸得碎肉横飞。

那时候时慕扬就眯着眼，站在甲板上，神情带着几分愉悦，观赏艺术一般，看着血一层层蔓延，海水被染红了一片。

他冷笑道：“喊老子小白脸？”

烟雾在他身前蔓延，他黑色的靴子踩上这片土地，巨蟒被放出来，横行开路。

所有人都拿上武器，登上陆地，恶之岛的恶魔们，本来就是天生的屠夫。黛宁看见，连张芳芳也带着兴奋的笑，在人群中游走。只有黛宁穿得干干净净，睁着澄澈的双眼，冷静地看着这一切，鲜血溅洒在她的额头上，她眨了眨眼，终于有几分不悦。

时慕扬回过头，弯腰轻轻给她擦干净血迹。

“抱歉，把你弄脏了，我保证，我下次会注意的。”

她骄矜“嗯”一声，语调却像幼猫一样，脸蛋上还是挂着不满。

时慕扬擦干净自己满手的血，这才冲她伸出手。

好半晌，黛宁才纡尊降贵地把手放进他的掌中，时慕扬牵着她，一同走在被鲜血染红的土地上。

黛宁抬头看他的侧脸，轻轻后退了一步，她轻蔑地想，她从未想过与他并肩同行。

你缔造败者的地狱，那么，哪里又是你的地狱呢？时慕扬。

第二十八章

回家了

海防处自然是没有时慕云，海防归他管，却不归他守。

恶之岛是时家打造的牢狱，时慕扬一跑出来，时慕云立即就知道了，只不过他再派人来追时，已经来不及了。

他这个弟弟在岛上安分了那么久，连他都没想到时慕扬会突如其来地发难，还有那些炸药是从哪里来的?

这些事情恐怕只有时慕扬一个人知道，而此刻，他从海防处搜集够了资源，带着活下去的人继续航行在海上。

清点人数时，黛宁才知道，时慕扬的人死了两百多个，加上万铜等人，差不多死了四百个人。

这四百个人，换了另外四百个人的自由，活下来的人并没有同伴死去的伤感，只在庆幸终于自由了，不用窝在鸟不拉屎的岛屿上，天天担心毒蛇猛兽，他们觥筹交错，心情很是放松。

黛宁发现，给她演电视剧那个饰演“白月光”的女人死了。

被她嫌弃年龄偏大、演技不过关的人，总是喜欢和张芳芳抢索二的女人，她看向索二，发现他此刻正在和张芳芳说些什么，两个人脸上都带有笑容。

他们仿佛谁也不记得那个女人。

青团怕黛宁难过，可是看过去，却从她脸上看不出任何情绪。

打扫船舱时，有人终于发现了躲在杂物间的纪恬。

纪恬被人揪出来，扔在了甲板上。

时慕扬跷着腿，嘴角带着笑，语调上扬：“纪二小姐？”

纪恬实在是狼狈，她头发凌乱，面容憔悴，身上沾着不知道从哪来的面包屑。

许是知道与时慕扬再无和好的可能，她用阴狠的目光看着时慕扬和黛宁。

目光落在黛宁身上时，她的指甲险些在地上刮出难听的声音。

黛宁穿着漂亮的嫩黄色裙子，头发被人精心编成辫子，大小姐戴着帽子和口罩，只露出一双漂亮的眼睛，干净体面得像个瓷娃娃，一看就知道时慕扬把她照顾得有多好。

而纪恬此时落魄得像个疯婆子。

她伸出手去抓黛宁的腿，嘴里喃喃道："我的，都是我的……"

黛宁还没动，纪恬的手就被时慕扬一脚踢开。他的冷血淋漓尽致，打量着地上的女人。

纪恬又哭又笑："你们会不得好死的！"

黛宁笑起来，她早就不得好死了。她走到纪恬面前，轻笑道："你想回去？"

纪恬抬头看她，一时间不明白纪黛宁打什么主意。她本以为，自己被发现，会被时慕扬扔下海。

"你什么意思？"

黛宁笑得无邪："我想成全你一次，带你上岸。"

"真的吗？"纪恬睁大眼睛，欣喜溢于言表，"我就知道，我……我可是你妹妹，你不会不管我的。"

"不，你不是。"黛宁摇摇头，她问时慕扬，"小叔叔，方便把纪恬带上吗？"

时慕扬看她一眼，无所谓地道："随你。"

但是留下来的纪恬，可没有什么好的待遇，时慕扬让人把她关到了底层船舱。

青团很不解："黛宁，你为什么会带她一起走？"

大小姐也愿意多和它解释几句："如果让时慕扬把她扔下海，以她顽强的生命力，死不死还不一定。再说了，她如果真的死了……这个女主角会回到原本的身体里吗？"

青团愣住，它完全没有想过还有这种可能性！纪恬是有自己的身体的，平行世界里，纪恬还是个小白领。

"这就对啦。"黛宁笑起来，夕阳染红了半边天，让她的小脸上也镀上了一层浅浅的红晕，"做了坏事，怎么可以全身而退呢？她如果回去了，只会把这些当成一场噩梦，若无其事地继续生活，可是团子，我们的人生并不只是一张纸，而是我经历过的两辈子。”

哪怕大小姐只是书中的炮灰女配，她也绝对不要这样不公平的待遇，既然纪恬贪图这个世界的一切，那就不要想离开。

大小姐一开始嗜睡，现在反而显得非常有精神。

过了几天，时慕扬神色古怪地说：“纪恬怀孕了。”

正在吃零食的黛宁十分惊讶：“你的？”

这句话，让时慕扬脸色都黑了。

“纪黛宁！”

自从两个人的关系发生变化，他鲜少喊她全名，现在想来是被气得不轻。

见她满脸无辜，时慕扬气得嘴唇都哆嗦了几下，最后拿她坐着的小马扎撒气，一脚把小马扎踹走。

黛宁坐在上面，堪堪掉下去的时候，被他接住，仿佛只是为了吓唬她。

“下次再乱讲话，扔你下海去喂鱼！”

黛宁乐不可支，她软绵绵地搂住他的脖子：“不是你的，你表情那么奇怪做什么？”

“纪恬知道自己怀孕以后，想弄掉这个孩子。”

有那么一瞬间，时慕扬甚至从纪恬身上看见了自己母亲的影子，她们都是那样愚蠢狠毒，他见过许多慈爱的母亲，也见过纪恬这样的，知道怀孕以后如晴天霹雳，恨不得弄死孩子的母亲。

黛宁来了几分兴趣：“我去看看她。”

她没有进去，从敞开的窗户里看见了里面的纪恬，纪恬再不复初见时的那张邻家少女脸，憔悴了不少，眼睛凹陷了进去，正一拳一拳地捶自己的肚子。

没人劝她，也没人帮她。

但是这个孩子显然非常顽强，黛宁听见她絮絮叨叨地骂：“野种，我不会留下你的，去死，去死！”

青团看得一阵唏嘘，这可是上辈子呼风唤雨，被万千人宠爱的纪恬啊，如今竟然是这么个下场，流落荒岛，怀着不知道谁的孩子。

上辈子的纪恬有许多种选择，偏一个也不选，每个都想要，势必要成为所有人的白月光，如今她怀着不知道谁的孩子，脸上带着浅浅的疤痕，整个人状若疯魔。

但纪恬的神智尚存几分，她还想着翻盘，想着黛宁死了，说不定她的生活就会发生天翻地覆的变化。她既然有这种美好希冀，黛宁自然也不想打破。

大小姐用一种冷淡的目光，静静地看着纪恬。

这就是天道之女。

也不知道天道此刻是否得哀泣。

回过头，黛宁看见时慕扬正注视着自己。

他整个人站在阳光下，眉眼间却带着几分阴郁，直到她回眸，他眼睛里才终于燃起淡淡的色彩。

“来，别管她。”他说。

黛宁偏头看他。

时慕扬把她拉过来：“你该吃药了。”

他不容抗拒地带她离开了关住纪恬的地方。

黛宁说：“小叔叔，你每天都这样闲吗？一天二十四小时，我感觉有二十个小时都能看见你。”

他微微抿唇。

黛宁暗自笑了下，没有追问，反而轻松地错开话题：“我问你个问题，你老实回答我好不好？”

时慕扬不太想听，甚至有几分抗拒。

“如果纪恬肚子里真是你的孩子，你会原谅她吗？”

时慕扬听见她问的是这个，竟然下意识地松了口气，可是反应过来，他脸色又变得难看：“纪黛宁，你想死是不是？”

他捂住她的嘴，带着几分恶狠狠的意味：“没有假设，不会讲话，就闭上你这张惹人烦的嘴。”

她一双清亮的眼睛睁得圆圆的，十分不满。

见她呜呜要讲话，时慕扬怕闷坏她，顺势松开了手。

大小姐捧住他的脸，踮起脚尖凑近他唇边。

时慕扬一下愣住了。

黛宁从未主动和他接过吻，他心跳一下加快，情不自禁地想要低头，少女气息香甜，她的睫毛，他都能看得清清楚楚。

可她许久不动，只用一双水汪汪的眼睛看着他，时慕扬心里低咒一声，低头去追她的唇。

黛宁一巴掌拍在了他脸上。

大小姐得意地做了个鬼脸："坏蛋，让你说人家的嘴惹人烦。"

时慕扬捂住眼睛，用尽毕生的自制力，才没有冲上去把她就地正法了。

晚上就有消息过来，说纪恬的孩子流了，那个小生命再顽强，也禁不住纪恬这样的摧残。

黛宁知道以后，并不意外。

换种情况，说不定她还会佩服这个女人，对自己都能下狠手的人，还有什么事情是纪恬不敢做的？

船又开了几天，第一缕阳光出来时，时慕扬为她换上了漂亮的小靴子。

"宝贝，我们到家了。"

从九月到十二月，城市已然进入了冬天，时慕扬亲自给她换上厚厚的衣服，又给她戴上围巾和帽子。

大小姐不喜欢身上的棉袄，土里土气的，不知道时慕扬是从哪里翻出来的。

时慕扬牵着她："陪我去打电话。"

他身上没钱，但做事够恶，用刀子比在一个路人的脖子上，那人吓得连忙把手机给他。

时慕扬对着那边讲了几句，这才把手机扔回去，那个倒霉蛋战战兢兢地接住，头也不敢回地跑了。

时慕扬回头看黛宁，大小姐小小一团，正在踩雪玩。

他啧了声，嫌弃道："麻烦。"要不是这个小毒物太娇贵，他带着一群人，去哪里都方便得多。

没钱就没交通工具，一行人，只有她娇气得一戳就能死。

说是这样说，当她抬起头冲他笑时，他眉眼一瞬温和下来，叮嘱道："别踩雪，感冒了老子把你卖掉。"

为了让黛宁舒服些，时慕扬像个土匪似的，一路又是威逼又是利诱，才凑够让她舒舒服服地坐车的路费，在中午时，到达了一座别墅。

一位老管家颤巍巍地给他开门，一见他，竟潸然泪下："二少爷，真是您，您终于回来了！"

"行了，老子还没死，别哭丧！"

黛宁抬头，发现小别墅有些年份了，估计是时慕扬被设计送进恶之岛前的私产。

"这是哪个市？"黛宁问身后的人。

"T 市，怎么，在计算离京市多远？"时慕扬一瞬回头，冷冷地眯起了眼睛。

黛宁嬉皮笑脸的，毫不避讳地点头。

时慕扬单手禁锢住她，眼里冷了几分，嘲笑道："想得倒是美。"

他跟伺候祖宗似的把人带回来，难不成是为了送她回去，和野男人你侬我侬？不，他祖宗都没得到过他这样的伺候，祖宗们地下有灵，估计都想从棺材板里跳出来。

回到别墅，时慕扬把她放在沙发上："不准动。"

他自己翻箱倒柜地找东西去了。

老管家想帮他，被他坏脾气地挥开，老管家只好过来问黛宁是否有什么需求。

黛宁指着自己，甜甜地问："你认识我呀？"

老管家神色复杂："嗯，您是纪家大小姐，听说您落海了，这段时间，有不少人在找您。"

"哦，都有哪些呀？"

"您弟弟，还有……言大少。"简直找到疯魔了，没想到大小姐和自家时少在一起。

黛宁鼓了鼓脸："赵屿就是不爱我了。"

青团点点头，深以为然。

时慕扬找东西的动作顿了顿，踹得柜子震天响，老管家连忙闭嘴，不再讲话。

时慕扬冷哼一声，他拿到自己需要的东西过来，发现黛宁手里拿着个手机。

时慕扬的脸色当即不太好看，伸手夺过来，怎么？才回来，就迫不及待地和她那些男人联系？

黛宁气得要跳起来抢。

“小叔叔，人家要生气啦！”

时慕扬看一眼手机，神情微妙。

界面不是某个男人，而是一本小说，叫作《禁欲首席长官霸宠小甜妻》。

时慕扬的心情一瞬转晴，把手机还给她，不忘批评：“什么低俗玩意儿。”

她气哼哼地踹他一脚，时慕扬被踢了，却没有不高兴。

他打横抱起她：“去医院。”

外面一大票人还没安置，回来首先带她去看病。

黛宁都有几分意外，她埋首在他怀里，晃动着小腿：“我不离开你，时慕扬，你别怕。”

“闭嘴。”他说。

对于去医院，黛宁完全不反抗，好像每个男主角都致力于把她弄去检查一遍，她的结果很快出来了。

拿到报告单的时候，黛宁趴在窗边吃糖，时慕扬的脸色却一下就白了。

他捏紧这薄薄几张纸，纸上显示黛宁的身体没有任何问题，查不出重大疾病，但她身体的器官正在以普通人数十倍的速度衰弱下去。

这意味着什么，时慕扬几乎瞬间明白。

他看向窗边的少女，她似乎并不知道事情有多残酷，见他看自己，下意识地冲他一笑，笑容纯真又可爱，让他疼得心立即紧缩了一下。

时慕扬勉力笑笑：“等我一下。”

他和医生沟通去了。

黛宁知道自己没救了，也能猜到报告单上都有些什么，所以半点儿也不失望，她晃动着小腿，等时慕扬接受现实出来。

等了半个多小时，他过来了。

男人身上带着一股很浅的烟味，他笑嘻嘻地抱起她：“医生说你吃好喝好病就没事，走，回家。”

黛宁便也认真地点点头。

时慕扬若无其事，给她买了一大堆好吃的好玩的。从恶之岛回来，明明有很多事情要忙，可他每晚总能抽出时间陪黛宁看没有营养的电视剧。

他开会时也把黛宁带在身边。

她坐在一室之隔的休息室里，时慕扬在里面架了一张公主床，还布置了一个水果架、一台游戏机，甚至冷饮柜。

他在的时候，不许她多吃，他一旦去开会，黛宁吃东西便毫无节制。

大小姐对什么都兴致缺缺，也不关心时慕扬每天都在做什么。

有一天，她的雪娃娃冰激凌没有了，她推开隔壁的门，一眼就看见时慕扬在骂人，他那样子跟得了狂躁症似的，恨不得把人骂得狗血淋头，对面的人抖得像他孙子。

门“嘎吱”一声响，时慕扬身体一僵，瞬间扯出一个扭曲的笑容，对门边的人道：“睡醒了，要什么？”

大小姐说：“雪娃娃没啦。”

“等一下，我去买，马上好。”

众人看见时二少人也不骂了，火山瞬间平息，说散会就散会。

他买回来雪娃娃，还不忘絮絮叨叨：“只许吃一个。”

见大小姐不满地嘟起嘴，他也没妥协。

时慕扬监督完她吃东西，又从兜里掏出她的药：“来吃药。”

他喂她吃完药，两个人心里都清楚，那只是普通的维生素，她药石无医，这些东西不知道是时慕扬用来骗她的，还是用来骗自己的。

时慕扬固执地把越来越虚弱的黛宁留在身边，她离开他视线的时间一长，他的脾气就会特别暴躁。

也不知道为什么，他没有离开 T 市，时慕扬阻止任何人靠近她，他像是把黛宁圈在了自己的领域，谁也不给触碰。

而黛宁偶然间刷新闻，知道言景找自己快找疯了，如今单线索，悬赏金就高达一个亿。

不仅是言景，连她那个曾经狼心狗肺的弟弟，每周都开车到处在找人。

听说言景之前被司法机关拘留接受审讯，她十分幸灾乐祸，但她也知道，言景不可能被判得太重。

这事说到底是从纪恬绑架开始的，言景最初的目的是救人，加之纪恬跳海及时，还是自主行为，言景并没有对纪恬造成生命危险。

黛宁有几分可惜。

“纪恬真不该跳海。”她嘟囔道，再晚一些，当时失控的言景一定会犯下无法挽回的罪过。

一个月前，纪墨珏正式入驻纪家公司，他手里股份不少，开始挑起纪家的大梁。

黛宁划过新闻，竟然有好几条都是关于纪墨珏的：

#纪家大少疑似痛哭#

#纪少半夜尾随女子，是怪癖还是另有缘由？#

……

以往他一旦有什么花边新闻，纪墨珏总是很快让这些乱七八糟的东西消失无踪，可是如今，新闻爆出来几个月了，他管也不管。

大小姐咬着冰棍，若有所思。

纪墨珏的脑子坏掉啦？

纪墨珏才下班，见李管家神情犹豫，他立刻道：“有纪黛宁的消息了？”

李管家不忍骗他：“对，据说，在W市，有人看见过大小姐，但是消息来源并不可靠，纪少，我并不建议您前往。”

毕竟上个月那件事还历历在目。

有人用一个疑似黛宁的背影，引得纪墨珏不管不顾地跟随了大半夜，他闯红灯，疯魔一样跟着追，结果被人制住，险些被一刀捅死。

纪墨珏才接过纪家，树敌众多，他本就是纪家独苗，要是他死了，得利的不知道有多少。

就在纪墨珏差点被捅死的时候，对方突然被人一脚踹开。

纪墨珏抬起头，看到了言景。

他从未见过这样的言景，胡子拉碴，憔悴不堪，消瘦不已，身上披着一件外套。

言景身后站着叹息的关再常。

言景被拘留了几个月，当时黛宁遇难那一幕被拍了下来，法不徇私，言景为了纪黛宁伤害纪恬，自然不可能全身而退。

关再常几经辗转，聘请了最好的律师，言景最终被判处一年有期徒刑，缓期执行，有关再常为他作保，言景如今才能回来，却也失去了自由，狱外看管。

关再常看了一眼不远处的警察，又看看瘦得几乎不成人形的言少，深觉纪家那个小“作精”真是个大祸水。

言景一出来便看到了监控，肖似黛宁的背影引来的不止纪墨珏，还有抱着一线希望找人的言景。

一次又一次的失望，才是最折磨人心智的。

纪墨珏瘦了不少，以往他活蹦乱跳，惹是生非，现在脸颊凹陷，几乎能看见脸上的骨头。

他似乎一瞬间长大了不少，不再抱怨接手公司辛苦，不会的东西拼命去学，他终于从不懂事的少年蜕变成了一个试图守护家族的男人。

纪墨珏越来越不爱讲话，那天晚上纪墨珏回来以后，李管家看到他睡在大小姐房间的地板上，脸上挂着泪，难过的像个小孩。

只是第二天，他又穿好西装，照常去上班。

老爷子的身体也没以前那么好了，有时候半夜还能听见咳嗽声。纪墨珏变得孝顺，不再喊他老头儿，知道他腿脚痛，得空就给老爷子按揉。

李管家心中叹息，只是可怜了大小姐，她还那样年轻。

纪墨珏当天晚上还是去了 W 市，他清晨才回来，整个人又染上一分颓然的阴霾，但他心里总有种感觉——她没有死。

他们是双生子，曾经一起被孕育，如果她真的出了事，他一定会知道。纪墨珏不敢回忆过去的事，他曾经为什么会那样混账，为了一个恶毒的私生女妹妹，去指责自己一母同胞的亲姐姐。

言景讨厌他也是理所当然的，他痛苦地抱紧自己的头。

他就是混账！如果再给他一次机会，能再见到黛宁，他一定把世上最好的东西给她，她打他骂他都好，是他忘记了保护她一辈子的初心。

时慕扬不希望黛宁回京市，但她已经许久没有好好透过气了。

这几天大小姐表现得格外懒惰乖巧，时慕扬对她放松了警惕，于是今天，她慢吞吞地跑出房间，下楼出了门。

她还有个计划，总不能真悄无声息地死在时慕扬身边。

她走在下午的大街上，冬日阳光缱绻，T 市的冬天并没有雪，相比较京市，这里格外温暖。

大小姐一张小脸粉黛未施，却惹得街上的人频频回头。

她总是对许多东西抱有强烈的好奇心，看见路上的锅包饼想吃，看见半米长的奶酪香草酥也走不动路，但她身上没钱，时慕扬生怕她不要他，不敢让她经济自主，平时都是要什么给什么。

大小姐目不转睛地看着人制作半米长的香草酥，她眼睛也不眨，青团突然想起，有一年，她也是身无分文，然后靠脸骗吃骗喝。

眼看往事就要重演，大小姐又要卖节操来换吃的，身边一个人轻轻给她系上了柔软的围巾。

她抬起眼睛，就看见了一脸平静的赵屿。

他穿着一身黑色的休闲服，恍然间，还是杏花村初见时的那个少年，可他眉宇间已经褪去青涩，完全是成熟男人的模样了。

因为她的出现，他提前好几年成为不得了的大佬。

他买了一个香草酥，让店家切成小段，拎在手中，边走边喂她。

他没问她去哪里，黛宁啃着香草酥乱晃，他就默默地走在她的身边，等她累了，眨巴着眼睛看他时，赵屿便在她身前蹲下。

大小姐软软地扑在他背上，他背起她，问她:“去哪里？”

“不知道，一直往前走。”

他步子不停，黛宁的香草酥落了他一脖子，他没生气，擦都没擦，真就带着她一路往前走。

黛宁悄悄看他，她以前便最讨厌他这副波澜不惊的模样，如今同样讨厌，她这样好看，他怎么就不像别人那样，与她重逢，激动万分呢?

好个臭男人，肯定是不爱她啦。

她手上的点心也不吃了，去咬他脖子处的碎屑。

男人的身体果然僵了僵，他无奈地把她放下来，轻叹一声，捧住她的脸。

这个吻猝不及防，她睁着清透的眼，眼睛里映照出 T 市清朗的天和男人略微动情的脸。

大小姐总算有种自己得到了重视的感觉，她哼哼唧唧，又不给亲了，想把他的脸拍开。

赵屿没由着她，他缓慢地吻完，唇上还带着大小姐嘴角的香草酥碎屑，他神色寡淡，先给她擦完嘴，再把自己唇上乱七八糟的碎屑抹掉。

青团在黛宁的识海里惊叹："赵屿竟然把气运养回来了！"

它团生不短，还是第一次遇见这样的事。

万物皆平衡，失去气运就失去了一切，没见纪恬越来越倒霉吗？可这是第一次，它见到了凭借一己之力把气运培养回来的。

这样放任下去，赵屿的成就半点儿不会比前世低。

大小姐瞬间好气："你怎么不早说！早说刚刚就偷他气运啦！"

白被他亲了那么久。

她对自己没有的东西很是垂涎，小叔叔是条毒蛇，可眼见这个男人禁欲又干净，她坏心眼一上来，顿时看赵屿顺眼不少。

她拉起他的衣襟摇了摇，丝毫不提这几年的事，一味用糯甜的语调撒娇："晚上想吃糖醋排骨，可乐鸡翅，赵屿，你给人家做嘛！"

赵屿低眸，在给她擦手上的糕点屑。

他的语调很平静："时先生那里，晚上不回去了？不是说不离开他吗？"

青团看着眼前的赵屿，心虚得恨不得找个地洞钻进去，赵屿什么时候知道黛宁回来的，他不是没找她吗？

还好它的契约者脸皮够厚："我骗他的，我当然更喜欢你啦！"

赵屿似乎笑了下，可它看过去时，又没在他脸上找到残存的笑意。

黛宁的耐性向来浅薄，别人如果不依她，她也不会等着同意，只会甩手就走。

"可以。"赵屿说。

其实青团最怕这个人，赵屿看起来平静，可他才是真正的心思难测，疯起来连自己都杀。

既然赵屿知道时慕扬的存在，黛宁干的好事，估计他心里都清楚个七七八八。

换个男人面对这顶锃亮的绿帽子，估计会气得七窍生烟，可他的态度竟然诡异的十分平和，仿佛只是放一个不懂事的孩子独自闯荡几年，等她觉得饿了，又接回家给她喂饭。

青团弱弱地道：“黛宁，咱们不去他那里，回时慕扬那儿吧！”

毕竟现在时慕扬已经不打算伤害黛宁了，要是被时慕扬知道黛宁转眼就不要他了，那时候修罗场该多恐怖啊！

时二少不是言景，暴躁得说砍人就砍人。

黛宁十分期待：“不要，虽然赵屿找到我在意料之外，可是明天一定很精彩。”

青团给跪了，你都活不了几天了，不搞事会死吗？

黛宁没想到，她只是说说要跟赵屿回家，赵屿在T市却真的有“家”。

房子并非大别墅，而是一栋小小的、温馨的海边小楼。

小楼只有两层，二楼的阳光很好，这就是一个普普通通的家。看得出来，房子虽小，装修的人却十分用心，冬天来临，地上铺了暖和的毯子，黛宁脱掉鞋，发现软软的绒毛几乎淹没了她半个脚掌。

赵屿见她只穿袜子四处打量，也没阻止她，反而把屋子里的暖气打开，房间一下温暖起来。

大小姐看了一会儿，便没了兴致，遥控器就在茶几上，她不想看电视，干脆去厨房看赵屿做饭。

男人围着围裙，他身形颀长，一双手分分钟百万上下，此刻却在给她做可乐鸡翅。

他用掉半瓶可乐，另外半瓶被大小姐摸过来，悄悄喝了两口，一切仿佛跨越了几年时间，回到了他们还在杏花村的时候。

赵屿回头，见大小姐抱着个可乐瓶子，像个瓷娃娃。

快要过年了，她睫毛上的冷雪化开，染得湿漉漉的，他偶然间的回头，引起她回以一个甜软的笑容。

“糖醋排骨要多加糖。”大小姐不忘叮嘱。

她炯炯有神地盯着，到了这个步骤，赵屿依旧是该加多少加多少，她有点儿生气，抱住他放糖那只手，强迫他往下倒。

大小姐就快变成一只赖皮的小树懒，几乎挂在男人的手臂上。

被她这样一折腾，半罐糖撒了进去。

赵屿面无表情地看着她，大小姐看着一锅糖，难得有点心虚，她眨巴眨巴眼，理直气壮地甩锅："你自己手不稳嘛！"

他别过头，没让她看见自己眼里浅浅的笑意。

赵屿没理她，他拿了个勺子，把大小姐多折腾进去的糖细细舀出来。

她乖了不少，把玩他围裙上的带子，一直陪他到做完饭。

糖醋排骨果然甜了。

他的胃还没养好，这些东西本就是做给她吃的，黛宁吃得开心，发现甜度刚好。赵屿等她吃完，把碗洗了，出来看见大小姐已经乖觉地开始看电视了。

他在她身边坐下，拿起桌上的茶具，开始煮茶，他煮的是石斛，一种温和养胃的茶。

电视里在播放虐心又搞笑的电影，沙发另一端的大小姐被他的动作吸引，慢慢地靠了过来。

"你怎么知道我在 T 市？"

"沿海城市，我都有让人关注，你从海上回来，肯定得坐船。"

这只是赵屿的一个猜测，没想到真的准了。

"我爷爷的身体还好吗？"

"无病无痛，只是这些年，他可能觉得累了，开始把产业交到你弟弟手中。"他很有耐心地回答她。

"你不生气我和言景订婚的事啦？"

赵屿这才抬起眼皮子看她一眼，那眸光清冷微凉，他淡淡地道："不是没订成吗？"

大小姐打定主意想看他变脸，又笑嘻嘻地凑过去："那时慕扬呢，你不生气我和他在一起？"

青团捂住脸，总觉得换个人被黛宁这样挑衅，估计得挖个坑把她埋了。

赵屿把她拉进怀里，摸了摸她的头发。

"别气我。"他被这样挑衅，语气却依然很轻。

他的茶泡好，先递给黛宁一杯，她抿了一口，觉得不好喝，大小姐从来不委屈自己，她不愿咽下去，鼓着腮帮到处找垃圾桶。

赵屿把垃圾桶给她，示意她吐出来，又抽出一张纸巾，把她唇角的茶水擦干净。

他做这一切，一直是温和且从容的，她的恶意也不知不觉地消散许多，整个人消停下来。

T 市的冬天从不下雪，天黑下来以后，却下起了雨，屋子里处处有暖黄的光。

他的怀抱宽阔而温暖，她像只小猫一样赖在他怀里，逼他和自己一起看电影。

黛宁试图在他眼中找到半点不耐烦，可他从始至终都十分认真，他不觉得幼稚，也不觉得无聊，她让看，他的黑眸便一直落在电视上。

大小姐自己反而觉得无聊，她困倦地靠在他怀里，终于没精神再折腾他了。

“洗了澡再睡。”

她点点头，身体却没动。

赵屿抱起她，去浴室给她放水，她坐在他膝盖上，伸手去摸他的脸。

赵屿握住大小姐作乱的手，让她站好。

“有事喊我。”

偏她本就是个坏种，在赵屿出去之前，勾住他的指头，眸色天真地问他：“要一起吗？”

又不是没洗过。

大概半年前，不知道是谁丧心病狂地和她洗了个鸳鸯浴。

赵屿擦擦她脸颊上的水汽：“乖一点。”

他替她关上了门。

大小姐无趣地脱衣服坐在浴缸中，青团已经自动屏蔽，她看着守在外面的影子，突然觉得赵屿变温柔了，他的棱角不再锋锐，变成了一团温和的光。

黛宁手指轻轻去握浴缸中的水，它们从她指缝里逃出去，竟然让她莫名有几分无所适从的滋味。

她抿紧小嘴，生气地拍了拍水面。

预计着时间差不多以后，赵屿拍拍门：“好了，出来。”

她眼珠子一转，一声不吭。

赵屿又唤了她两声，见里面没有动静，他微不可察地皱了皱眉，抿紧唇直接用备用钥匙开了门。

水汽氤氲中，大小姐一双清凌凌的眼睛看着他。

她没晕过去，证明就是在使坏了。

赵屿的神色重新变得平静，他取下一旁的浴巾，把她从水里抱出来包好。

黛宁见他脸上没有半分羞恼，她倒是恼了，拽了拽他的头发，批评道:“无聊透顶！”

赵屿明知道她不喜欢看他淡然如斯的模样，偏偏在她面前，像几年前一般，如一面平静的湖泊。

她看得手痒，想用小爪子狠狠地挠他几下，倘若他皱眉或者生气，她才觉得开心。

赵屿把她裹成一个蚕宝宝，放在被窝里，他转身，终于忍不住浅浅地弯起唇。安置好她，他这才去洗漱。

黛宁玩了一会儿手机，身边突然凹陷。

她吓了一跳，男人的手已然环住了她的腰。

黛宁俨然是个“双标怪”，一件事她占主导，她就会扬扬得意，但倘若别人不按她设计好的套路走，她要么茫然，要么生气。

她故意撩赵屿，赵屿不为所动，她本以为今晚要各睡各的，没想到赵屿躺在了她身边。

她瞬间不高兴了，从他怀抱里挣脱，拿玉足去蹬他:“走开，人家不要和你一起。”

赵屿握住那只脚，轻轻摩挲几下，把她拖回来。

他语气里隐有笑意:“这么能折腾，不累吗？”

窗外雨声哗哗，他轻轻把她脸颊两旁的头发拨开，在上面亲了一下，不知道是不是她的错觉，那一下又轻又柔，浸了十足的喜爱。

大小姐在心里哼了一声，他都说过放弃她了，在她落海以后也不找她，装什么情深呢?

她半爬起身子，一个泰山压顶想要吓唬他。

赵屿没有躲，反而温和地张开手臂，任她扑进怀里。

兴许有点疼，可他没吭声，只是安抚地摸着她的头发。

她雾蒙蒙的眼微微抬起来，半晌手指动了动，在他怀里找了个安稳的姿势睡着了。

这边时慕扬把人弄丢，发了很大的火，被殃及的人都战战兢兢地出去找黛宁。

他摔了一地的东西，眉眼间阴戾愤怒。

“骗子！”吼到最后，他声线里带上了几分细微的委屈。

为什么纪黛宁总是这样没心没肺，不是答应过他，剩下的时间和他在一起吗？

可是她前一刻还笑着要吃冰激凌，下一刻就走了，没有留恋，甚至一句话都没留。

时慕扬甚至找不到她的行踪，下属说，她的行踪被人抹去了，沿途几个监控都没有看见她的影子。

时慕扬从未这样，对一个人喜欢到了极致，又对一个人恨到极致。

他眼睛里充着血，咬牙说：“找！找到把人给我捆回来！”

“万一、万一有人阻止……”

时慕扬眸光冰冷，他的人瞬间明白了他的意思，这些人本就是恶之岛出来的，会意地点点头。

T 市总共就这么大，时慕扬让他们着重去查通往京市的机票。

他的人横行无忌，搜人的时候弄出的动静很大，第二天几乎整个 T 市都知道了有个大人物丢了个“仇人”。

赵屿收到消息时，正在陪黛宁看书。

她如今懒出了新境界，赵屿要一面给她喂吃的，一面给她翻小说，得知时慕扬正气红了眼，翻天覆地般找她，赵屿关了手机，没什么反应。

找便找吧，只不过大小姐是真能闯祸。

T 市下午难得有阳光，他不许黛宁再窝在屋里，带着她上了屋顶晒太阳。

大小姐也不知道哪根筋没对，突然想起算陈年往事的账。

“赵屿，现在我和赵安安，谁更重要？”

她满眼笃信，粉嫩嫩的腮帮微鼓，似乎在说，你可想好了再说！

一句话记几年，也是没谁。

赵屿安安静静地看着她，没有讲话。

她催促道：“你快说快说！”

赵屿眼睛里带上笑意，却任她怎么撒娇也不吭声。

大小姐气恼地总结："我知道，赵安安更重要嘛，那在我心里，言景比你重要，时慕扬也比你重要，甚至今天早上吃的那个三明治，也比你重要。"

他捂住她的嘴巴，倾身在她漂亮的眼睛上亲了一下。

赵屿没有暴跳如雷，却也不喜欢听这些话，他的性格本就像杏花村里一颗挺拔的杨树，正直而不屈，永远坚持着自己的原则。

她恹恹地缩在他怀里，莫名有几分可怜。

晚上依旧是狂风骤雨。

赵屿关了窗，回来给她讲故事，他的声线干净好听，也不计较她偶尔使坏打断他，她还在记恨下午的事，伸手按住他的喉结。

她用了点儿力气，赵屿把她捣乱的手拿开，握在掌心。

他低眸看她，用平缓的语调问她："没听过一句话吗？男人的喉结别乱按，按重了世上少一个人，按轻了世上多一个人。"

大小姐反应了好一会儿，才发现眼前禁欲淡漠的人，在用一本正经的语调，讲着不那么正经的话。

她乐不可支："这句话对我不适用。"

她弄不死赵屿，显然，她也不具备孕育一个孩子的时间和本事，生命成了指间沙，哪怕不用风，也会慢慢在她手中流逝。

赵屿问她："还听故事吗？"

她要听的东西十分狗血，换个人，估计忍受不了讲出来那种羞耻的感觉，可当他被要求做这些时，很平静。

仿佛她要，他就试着给。

她摇摇头，眼睛眨了眨，依旧去摸他的喉结，赵屿全身上下，这里生得最好看。

男人的喉结滚了滚，他抵住她的额头。

就在黛宁以为他会像每个夜晚那样把她推开时，他却捧住她的脸，温柔地吻了过来。

男人的身躯热似烙铁。

她听见了一声很轻很无奈的叹息。

"不舒服的话，告诉我。"

第二十九章

入局

黛宁累成了一摊水，手指头都没有力气，又委屈又生气。

赵屿看见她，眼睛里忍不住带上了笑意。

她实在可爱，整个人趴着，脑袋朝向另一边，该做的都做了，还试图翻脸不认人，他刚刚知道，几年前黛宁是真的骗了他。

那天晚上，他根本没有和她发生什么，亏她扯谎不眨眼，醒来还耍脾气，赵屿当年就有所觉察，只不过没有拆穿她。

他真的不在意这些，这几年噩梦连连，只有她在怀里的夜晚，他的心才会安静平和下来。他喜欢这个人，知道她坏、不说实话、为达目的不择手段，可他看见她，心就会情不自禁地柔软好几个度，像被小兔子耷拉的耳朵撞了胸膛，只需一触碰，便满腔柔情。

她很容易被惹生气，却也容易哄好。

赵屿带她洗完澡，她就乖乖巧巧地趴在他怀里睡着了。

刚才赵屿手机调了静音，他护好她，遮住光，不让光照到她的眼睛，这才去看遗漏的消息。

紧急消息就有十来条，无一不是来自另外两个男人的威胁，赵屿住在 T 市，并不安全，他能找到黛宁，哪怕用手段掩盖，也不意味着别人找不到。

他盖住怀里姑娘蝶翼一般的长睫，眸中安静漆黑。

赵屿关了手机，给她盖好被子，把她圈在怀里，陪她睡觉。

雨停了，只剩风吹动着冬日的字条，发出清脆的响声。

他心中的大雪也一并停了。

过了两天，天晴朗下来，不再下雨，黛宁不想待在屋子里，她提出想放风筝，出于某种不可说的原因，她现在通身都是气运，如果出去走一圈，说不定都能捡好几张钱的那种。

大小姐从来没有试过气运加身的感觉，青团觉得，如果她的身体条件允许，她可以走出六亲不认的步伐。

换作京市，此刻早已冰天雪地，然而对于临海的 T 市来说，恰好是初秋的温度。

天气一好，大小姐就喜欢可劲儿作，她想在海滩放风筝，要赵屿亲手做的那种。

赵屿拿出风筝纸，亲自给她糊。

她靠在他身边，专心致志地看赵屿削风筝骨架，大小姐觉得这个情景似曾相识，可是一时半会儿怎么也想不起来在哪见过，直到赵屿做好风筝，她才模模糊糊有点儿印象。

四年前，在杏花村，栓子没有钱，就是这样亲自做风筝给新婚妻子小燕的。

想到这里，她瞪大眼睛，一脚踢在赵屿的风筝上。

“不要了！我还是要买的。”

骨架被她踩碎，赵屿也没生气，他握住她的脚踝，语气温和：“买的风筝现在不能送到。”

她悄悄瞥他，嘟起嘴，终于还是勉强愿意接受赵屿的风筝。

“那你重新做，我要一个特别凶的，会做龙吗？”

赵屿有点儿无奈，低声哄她：“我尽力，好不好？”

他怕她等得不耐烦，让她先去一边玩。

“别怕，不会有螃蟹和海龟。”他似乎知道她从前运气不太好，去小溪边玩水都会被螃蟹夹住脚，所以提前把沙滩清理了一遍。

沙子细碎，光着脚踩上去都十分舒服。

赵屿一面做着她要的巨龙风筝，一面分神去看她。

大小姐走得不远，她脚下一硌，愣了愣，差点就要生气，赵屿这个骗子！说了不会伤到她！

她捡起来，发现是一个光滑的小海螺，疼倒是不疼，温暖的阳光下，海螺里有东西在闪闪发光。

青团探头去看，忍不住一阵惊呼，里面有一枚很精致的钻戒。

大小姐不可思议地捏着戒指：“我现在运气好到出门都能捡钻石啦？”

她惊喜莫名，青团也惊喜万分，这、这气运也太厉害了吧！

大小姐蹦蹦跳跳地跑回去，给赵屿炫耀："我捡到了钻石！"

赵屿瞥一眼她手中的钻戒，又看一眼她带着得意的眉眼，他失笑道："嗯，宁宁真厉害。"

她仰起小脸，拉拉赵屿的衣袖，笑嘻嘻地道："回去你给人家找根绳子串起来嘛，我要戴在脖子上。"

"好，风筝做好了，要试试吗？"

黛宁玩了一整天也没有觉得累，等赵屿把戒指串成项链，为她戴上，她眨巴着眼睛，开始细数今晚要吃什么。

她才说了两个菜名，突然一口血喷在赵屿的胸膛上。

赵屿眼里的笑意凝滞，面前的女孩上一刻还神采奕奕，这一刻却从他身前滑落下去。

他把她接在怀里。

大小姐揉揉心脏，有点儿茫然，委屈巴巴地看他："我吐血啦。"

他的睫毛遮住眼睛，用大手轻轻地把她嘴角的血迹擦去，看不见他眸中情愫："嗯，看见了，疼不疼？"

"可疼可疼啦！"

他抱着她坐了好一会儿，黛宁才缓过气，这种时候大小姐还不忘和他讲条件："人家都吐血啦，所以今晚的菜要多五个，昨天你不许我吃的冰激凌，我要吃三个！"

赵屿用下巴抵住她的头，轻轻地说："好。"

他当真把菜加甜了两个度，她吃得津津有味，赵屿尝了一筷子，腻得发慌，然而她一无所知。

他也没有异样，和她一起吃不太正常的饭菜，嘴巴里泛起浅浅的苦。

只是吃冰激凌时，赵屿没真让她吃三个，只给了半个，她还剩下一半时，被他探过头来，一口吃了。

大小姐拿着个甜筒皮，瞪大眼睛看他，一双大眼睛水汪汪的，委屈到似乎下一刻就要哭出来。

这下可不得了，在他面前，她向来要风得风，要雨得雨，赵屿克扣她两个甜筒，还吃了她半个，她生气地踩上他的膝盖，摇晃他："还给我，还给我！赵屿你这个坏蛋！"

赵屿怕她摔倒，抱住她的腰。

见她还要闹，闹得简直没了刚刚吐血的氛围，他心里柔软又好笑，扣住她的后脑勺，唇印上去。

“还你。”

然而他嘴里早已什么都没有，黛宁懊恼得用自己的额头去撞他的胸膛。

他揽住她，任由她闹个够，大小姐发现自己怎样软磨硬泡，都没能讨回剩下的两个半冰激凌。

在某些时候，他的原则还真是坚韧得可怕，换一个人，一定顶不住她这样撒娇。

他只一声不吭，等她闹得累了，抱她去洗澡，她每一根发丝都被他珍而重之地轻轻洗过，见怀里的小气鬼还在计较一口吃的，赵屿只好转移话题：“想纪老先生了吗？过两天我带你回去看看他。”

黛宁点点头，有点儿好奇：“你为什么不想送我去医院？”

言景送她去了医院，时慕扬也强行把她送往过医院，赵屿却没有这个打算，见她吐血，他甚至还算平静地、温柔地把她嘴角的血迹擦干净。

赵屿作为气运子之一，他不合群啊！

面前的男人抬眸，黑眸安静地看着她。

“哦，你知道我快死啦。”黛宁从浴缸捧出一团泡泡，啪叽拍在赵屿脸上，见他被糊了一脸，垂下眸去，她终于歪着头笑起来。

他便也跟着笑起来。

闹腾过后唯一的好处，就是让她这具快不行的身体变得活力满满。

晚上洗完澡，她不可一世地宣布，她还可以闹得再欢实一点。

赵屿笑了一下，一把将飘得不像话的大小姐薅下来。

她蒙了一瞬。

赵屿亲亲她的头发：“你吐血了。”说“吐血”两个字时，他几不可察地顿了顿。

大小姐不服气，她虽然吐血，可她精神状态很好。

作为一个“作精”“杠精”，赵屿说不，她就偏要，黛宁气哼哼地像只按都按不住的小羊驼。赵屿反剪住她的手，试图安抚。

大小姐嘤嘤就要哭，赵屿看得哭笑不得，他没了办法，心里其实早就软得一塌糊涂，对她投降了。

她咬着手指，悄悄看他，他闭上眼，不愿她多看他眼底的神色，凑过去吻她。

因为大小姐的胡闹，早上起得晚了些。

赵屿才给她蒸好蛋，门就被人用巨力破开了。

赵屿的动作只顿了一瞬，他拿出黛宁的蒸蛋，从容地走出去，看向来人。

这样暴戾的行事风格，赵屿本以为是时慕扬，看见门外是言景时，赵屿倒是有两分意外。

每个人都有成长，言景也不例外。

几乎在他们刚刚破开门的时候，赵屿的人也团团把言景围住。

两个男人之间剑拔弩张，气氛一瞬绷得很紧。

“赵先生，麻烦将我的未婚妻，还给我。”言景的声音嘶哑，有种低沉的阴森感。

他已经不再结巴，显然，为了配上某个人，他也付出过许多努力。

赵屿反问:“你的未婚妻？”

温馨的房间里面盘旋着前所未有的低气压，似乎嫌不够，还要雪上加霜似的，一个少女推开门，她身上裹着雪白的被单，肩膀裸露在外面，上面遍布着星星点点的痕迹，饶有兴致地看他们对峙。

言景的目光落在她的锁骨上，瞳孔紧缩，一瞬死死握紧了拳头，他分不清愤怒和心里的疼痛，到底哪个来得更快一步。

明明最是紧张的氛围，偏半分也影响不了黛宁。

赵屿虽然早就做好了打算，然而见她没心没肺看热闹的模样，还是有几分头疼。

“回去，把衣服穿好。”

屋外站着一排排穿黑西装的男人，大小姐这次倒是听话，她走进房间，挑挑拣拣，选了身浅紫色花裙。

她再次走出来时，被言景一把握住了胳膊。

“你……”他想问的问题很多，得知她的消息之前，言景满心都是庆幸，庆幸她还活着，可当看到她在另一个男人怀里，他不是不难过的。

这段时间，他脑海中日日夜夜都是监控中的画面，她坠入深海，而他远在游轮上，无能为力地听她喊好疼。

言景曾一度恨不得杀了自己，为什么不早早听她的，除去纪恬，这样她也不会受那样的伤害，天知道他这段时间浑浑噩噩，到底有多难受。

他孤单冷寂的世界本就只有这一抹鲜明的色彩，只有每日每夜寻她，他才能摆脱那种呼吸都困难的窒闷感。

此刻她细软的胳膊就在他掌中，言景却发现自己什么都说不出来。

他垂眸，正好看见她粉颈上的红痕。

她眨巴着眼睛看他，像是意识不到此刻的尴尬情况似的，笑眯眯地喊他："嗨，好久不见啊，哥哥。"

言景注视着她的眼睛："他强迫你的，是吗？"

每个字似乎都要用他最大的力气才能说出口，然而他问出这个问题就后悔了，纪黛宁是什么样的性格，难道他不清楚吗？他早就知道她对自己没有几分真心，万一她给出否定的答案，他们两情相悦，他站在这里，不就是个自取其辱的笑话吗？

他死死地盯着她的唇，在她要说出答案时，他几乎下意识地就要打断她的话，可是有人比他更快出声："放开她，你弄疼她了。"

言景的手腕被人握住，赵屿冷冷地说："放开她，我和你说。"

言景这才发现自己的手指在颤抖，明明觉得快要握不住她的手，偏自己使了多大力气，自己都不知道。

他眼睛疼得要命，心里也疼，触电似的，松开了黛宁的胳膊。

大小姐不怕死，从赵屿身后探出一个小脑袋："哥哥，其实……"

"是我给她喂了药。"身前的男人平静地出声，勾起唇角，"言少，要说抢人，也是你从我这里抢，毕竟四年前，纪大小姐是我的女朋友。"

赵屿像个反派一样，摸摸黛宁的头发，语气轻柔又沉戾："她落在我手上，早该有这样的觉悟。"

黛宁不明所以，这样的话语却猛然激怒了言景。

言景一面松了口气，知道黛宁不是自愿的，一面属于男人更盛的怒火侵袭了他，赵屿凭什么对她做那样的事。

他拽住赵屿的衣领，一拳打了上去，赵屿没有躲，他闷哼一声，又回过头来，轻轻地嗤笑出声，几乎同时，赵屿的人齐刷刷地对准了言景。

言景眉眼一冷，并不见多少惧意。

赵屿打了个响指，那些人转而对向黛宁。

大小姐被一堆人指着，露出满脸问号。

不是，刚刚赵屿还在床上喊她小宝贝，现在是什么情况？不只是她一时间没想清楚，青团也是懵的。

赵屿慢条斯理地拍掉言景的手，整理着自己的衣领。

赵屿的语调不紧不慢，甚至温和得过分冷漠："我知道你不怕，可是纪大小姐这样娇贵，恐怕'砰'的一声，她就再也睁不开那双漂亮的眼睛了。"

言景僵住，冷冷地看着赵屿。

"安静些，从房子里滚出去，半小时后，我把纪大小姐完好无损地交给你，否则，纪大小姐可再也不会这样活泼了。"

黛宁被赵屿挡得严严实实，看他完成反派式的变脸。

言景抿了抿唇，权衡局势。他确实没办法在这样的情况下保证黛宁全身而退，他什么都不怕，唯恐她有意外。软肋被人捏在手中，言景打了个手势，一行人慢慢退出去。

"半小时。"言景道。

赵屿颔首，关上了门，他回头，就对上一双好玩的大眼睛。

大小姐用手指点点他的胸膛，笑得眉眼弯弯："你说你给我下了药？落在你手里，我要有觉悟？"

赵屿握住她的手指，没有吭声。

他牵着她，走到餐桌前，他自己走进厨房，用手试了试蒸蛋的温度，发现刚刚好，还没凉。

他拿起勺子，一勺勺喂她。

大小姐也是个心大的，外面被重重包围，在他耐心喂她吃早饭时，他喂过来她就啊呜一口，倒是十分配合。

黛宁打量他，赵屿眼中褪去了刚才的邪恶和戾气，重新变得非常平和，甚至带着几分冬日的冷，她从来都不知道，这个男人原来也会收放自如地演戏。

"你的目的是什么？让言景相信你是个坏蛋，而我是被你强迫的，他会心疼我，然后我就可以和他和好。"她咬住勺子，含含糊糊地讲出她的猜想，“赵屿你是不是没睡醒？你知道的，我活不了多久。”

赵屿说：“松嘴。”

见她依旧用几颗小白牙咬住勺子瞪他，赵屿也没硬来，怕她弄疼牙齿。

好在吃了一大半，她应该不会再饿。

“就你这个意思。纪大小姐，吃饱就离开吧。”赵屿看着她的眼睛，“既然你明白，也不用我多费口舌，我已经得到过你，没什么不甘心的。你太能惹麻烦了，我也早就说过我不会永远和你玩这样的把戏，很早以前我就说过，我退出。”

他擦干净她的嘴，眼里无波无澜：“你走吧，跟着他，去看看你爷爷。或许你更喜欢时慕扬？我也可以把你送回去。”

黛宁没从他这副“我已经得到你的身子，现在你爱跟谁跟谁”的渣男模样缓过来。

她有些新奇地看着赵屿，心中不太信。

昨晚在她耳边喊宝贝的男人，今天就是一副无情的样子。

大小姐毕竟不是什么脑残小言女主角，嘤嘤哭着喊“你这个浑蛋我恨死你了”。

赵屿爱不爱她，在她生命倒计时的时候，反倒不那么重要了。

她还有事要做，因此黛宁站起来，点点头，蹦蹦跳跳地就要离开：“那再见啦！”

她走到门口，手被人轻轻拉住。

赵屿低眸，往她手里放了一杯温热的牛奶，他什么也没说，转身走回房间里，只有一个背影，依旧如当年般挺拔如竹。

窗外风云变幻，看上去，像是要变天了。

这是黛宁这辈子经历过的最平和的离别，至少离开时，她竟然还能捧着一杯热牛奶。

言景带她回了京市，他要黛宁安全，到底不可能真在赵屿的地盘上动手。

他们走时，二楼的窗户开着，言景回头，看见那个男人一脸平静地目送他们，手上夹了一支烟。

言景和黛宁一路有些沉默，说起来，沉默的并非黛宁，大小姐只要愿意，向来是个话痨，反倒是言景，他像是明白了什么，却又不敢确认。

作为气运子之一，他并不蠢，赵屿那番话没有取信他，可他假装自己信了，不然，他连最后拥有她的可能都没有了。

在这场本就不公平的爱情里，他卑微到宁愿什么都不懂。

私人飞机飞过海岸，他轻轻抱住她。

“黛黛，”他说，“我带你回去看爷爷。”

男人的怀里有点儿冬日的冷，大小姐笑嘻嘻地道：“好呀哥哥。”

“哥哥，你现在讲话不结巴啦？”

她好奇地拨弄着他的嘴唇，言景压下眸中的苦涩，笑着点点头：“你喜欢我这样吗？”

大小姐诚实地道：“当然啦，这样交流很方便。”

言景只字不提赵屿，也不提情报里的时慕扬，他给她穿上冬天的外套，与她十指相扣，把她牢牢地扣在掌心。

快要进纪宅时，言景收紧手指，突然看着她的眼睛。

“陈怜星母女，我不会再管了，陈继睿……我也可以……我……”

黛宁从来没有看过言景这种模样，他说话时，瞳仁轻颤，他嗓音本就喑哑难听，此刻艰难的几个字，让黛宁明白了他的意思，从前他在意的，现在都不要了，他生命里只剩一个她，别不要他，别对他那样残忍。

京市一场大雪，天地雪白，他眼里真的只有一个她。

赵屿轻飘飘地退出她的生命，将她推向言景，而言景努力练习说话，什么都不要，只为奔向她。

黛宁本来想笑，可是不知道为什么，又笑不出来。

她突然觉得眼前这个男人有几分可怜，恐怕即便他和陈怜星在一起，也不会像现在这样难过吧。他有不怕这世上任何人的天赋，此刻握住她的手掌，却比冰还冷。

大小姐不想笑，别过头去，终于不再胡说八道哄他玩。

“进去吧。”到底没再承诺更多。

言景垂眸，没有说话。

黛宁知道，她死前，是一定要回时慕扬身边的。

赵屿她没法控制，可是言景……应该会按照她想要的路走。

毕竟对于言景来说，她早已是他的全世界。

黛宁走进去，正在喝水的男人一口水呛在鼻腔，也不知道是不是这个原因，让他红了眼眶。

纪墨珏一瞬从椅子上站起来，想要过来，却又局促地站在原地。

“你……你没事就好。”

他慌了神，眼睛死死地盯着她：“你渴不渴？饿吗？要什么？我给你拿。”

纪墨珏甚至怀疑自己还在做梦，一旦走过去触碰到她，黛宁就会消失不见。

他小心翼翼的语气近乎讨好，却一步也不敢靠近。

黛宁有点儿恍惚，记忆里，纪墨珏何曾这样讨好过人，哪怕是对着纪恬，他也总是吊儿郎当的态度。

她心里并没有原谅他，她绕开纪墨珏，欢呼着上楼喊爷爷去了。

纪墨珏满眼失落，却又忍不住眼巴巴地看着她的背影，失而复得的欣喜让他觉得黛宁怎么对他也没关系。

楼下两个男人相对无言，黛宁在楼上，轻轻抱住老人。

头发已经花白的纪老爷子拍拍她的肩头，有几分感慨：“回来就好，宁宁瘦了。”

黛宁庆幸自己被赵屿养了几天，现在无比有精神，她拉着纪老爷子说了些宽慰的话。

“我没骗爷爷，说了会回家，这就回来了。”

子孙都是债啊。

纪老爷子笑着摇摇头，总算放下心，问她：“事情办完了吗？”

黛宁点点头。

纪老爷子看看她的脸，见她小脸光滑，完全没有看见视频时的胆战惊心，心里明白了小孙女异于常人。

黛宁走之前就和他说过，她在下一局很大的棋，赢了可以保住纪家，输了也无伤大雅。

她一定会回家。

现在，黛宁只剩最后一件事——诱时慕扬入局。

黛宁回纪家这段时间，过得十分舒坦。

爷爷疼爱她自是不说，言景偶尔来看她，会用心带许多小礼物，最让纪家用人惊奇的是，大少爷纪墨珏像是变了个人，每天都在变着法子讨大小姐开心。

黛宁一句话都不和他讲，仿佛那天在小船上为了救纪墨珏而跳海的不是自己。

纪墨珏心里相当失落，但他越挫越勇，也不要脸皮了，每天都在大小姐面前刷好几次存在感。

“姐，你看这个手链你喜欢吗？是你以前最喜欢的牌子……不喜欢啊，那也没事，我明天重新给你挑。

“别扔别扔，这个旋转音乐盒不是你十四岁最喜欢的东西吗，我找遍全城都没有一模一样的，好不容易修好，虽然不能放音乐了，可是能转，真的！我示范给你看！

“猫，小猫，你看看。”

眼前的男人打开盒子，期待地看着秋千上的黛宁，里面一只白色的小猫咪从纸盒里探出一个小脑袋，软绵绵地冲黛宁叫。

黛宁看一眼纪墨珏，她从来不养小动物，因为纪墨珏过敏。

此刻纪墨珏的手臂上密密麻麻都是红点，他手一缩，企图藏住自己那只手。

“这个你喜欢吗？它可以陪着你。”

猫咪水汪汪的眼睛看过来，在黛宁的脚踝处蹭来蹭去，黛宁没有摸它，她把它放回纸盒，冷漠地道：“送走。”

纪墨珏抿了抿唇，好半晌，又扯出一个笑容：“不喜欢也没关系，我这就送它走。”

“纪墨珏。”

突然被喊住，纪墨珏惊喜地回头，以为她改变主意了，谁知道秋千上的女孩小腿一晃一晃，冷冷淡淡地说：“你有这个空闲，不如好好守着公司，别过来烦我了。”

纪墨珏勉强笑道：“好。”

转身，他才把难受强行压下去，小时候明明他们很好的，直到她不在意他，纪墨珏才想起从前很多事，比如黛宁小时候喜欢小动物，可她从来不闹着养，因为纪墨珏过敏。

然而自从父母出事，纪恬来家里，他心中被愤懑填满，忘记了她的好，只记得她的跋扈和任性。

其实父母出事怎么能怪黛宁呢？自己劝阻过，也没能制止悲剧的发生，她当初撑着伞，远远地看着他们，其实比他看得透彻多了。

纪墨珏扬起微笑，没关系，他会让姐姐看见自己的改变，他长大了，会守护好爷爷和她，不会再让她那么失望。

今天她不原谅他，总有一天会原谅他的。

打发走纪墨珏，黛宁陪爷爷喝了个下午茶。

她泡茶很有一套，因为老爷子喜欢喝，她便下了点决心钻研。琢磨着时慕扬差不多要杀过来了，黛宁对老爷子道："爷爷，上次我和言景的订婚典礼发生意外，我提前给您说过，后来我阴差阳错，遇见了自己的真爱，那个人你也认识。"

黛宁眼也不眨地撒谎，还红了脸颊，一副有点害羞的模样。

纪老爷子难免好奇："我也认识？"

"对，嗯……就是那个，小时候来我们家寄住过的时慕扬，您还记得吗？"

"胡闹！"纪老爷子差点跳起来。

时慕扬是他年轻时认识的一个人的私生子。

他记得那小子，国籍说不定都不在国内，心眼还不少，加上儿子儿媳以前对时慕扬不好，等纪老爷子发现阻止，已经来不及了，这样一个人怎么可能对他的小孙女好？

黛宁帮他顺着气，开始瞎掰。

她讲故事特别有一套，把现在的时慕扬说成世界上最好的男人，对她温柔体贴，就差掏心掏肺了。

纪老爷子狐疑地看着她。

"我身上发生过奇遇，看人特别准，爷爷，你相信我，时慕扬会对我很好的！"黛宁信誓旦旦，又是撒娇，又是痴缠。

纪老爷子对她向来没办法，只好松了点口风："改天把他带来看看。"

黛宁不慌不忙地应了。

青团疑惑地道："时慕扬真有那么好吗？"

他们俩在一起时，不是大多时候都瘫在一块儿，像两条咸鱼？怎么在黛宁口中，时慕扬恨不得跪下来娶她？

黛宁用神识把它戳翻。

经历了那么多事，每个人都有变化，唯一不变的，恐怕就是这只小蠢团。

她说什么，青团都觉得是真的，这样傻，以后回家娶了媳妇，都不知道能不能看住，她的小青团没车没房的，还吃不饱，想想就团生艰难。

两天后，黛宁口中爱她“要死要活”的时慕扬，干脆利落地把她迷晕带走了。

她在一片阳光明媚的草坪上醒过来。

如今是冬季，显然这片草坪不可能是天然的，黛宁睁开眼，就看见了男人半敞开衣襟里的胸膛。

时慕扬撑着头躺在草坪上，摇晃着酒杯看她。

见她醒了，他露出一抹阴森森的假笑：“纪大小姐，不妨试试尖叫。”

黛宁清清嗓子，自然没有像他说的那样尖叫。

“你想做什么？”她眼睛里没有不安，也没有害怕，仿佛完全忘记了自己之前承诺过会在他身边。

这样的反应，让时慕扬更加愤怒。

他捏住她的下巴：“不应该有点恐惧的表情？还是说纪大小姐已经习惯哄骗各类男人了？”

他手指用了点力，如果用心些，还能感受到那样的力道下，微微的克制。

黛宁点点他的眼睛，嬉皮笑脸地道：“没有我在身边，你没睡好吗，小叔叔？”

时慕扬一把拍开她的手：“放屁！”

国籍不是本国，骂人倒是顺溜，他越是否认的东西，反而越欲盖弥彰。

大小姐嫌草地太硬，往他怀里一躺。

小叔叔被她吃成肥肉的腹肌，不知道什么时候又练了回来，黛宁不得不感叹，男人也是种神奇的生物。

时慕扬身体僵了一下，讽刺道：“你还真是熟练。”

对于这类贬低，黛宁全盘接受，她轻快地说：“我的时间本来就不多了，不想用在和你吵架上面。小叔叔，让我发条报平安的短信，你想做什么都可以。”

说着，她在时慕扬身上找手机，大小姐一双小手柔若无骨，哪怕她真没有别的意思，时慕扬也几乎是立即绷紧了身体，他神色莫测地看着她，见她从兜里拿出手机，他按住了她的手腕。

“你真当老子没脾气，你知道时慕云的下场吗？”

黛宁点开录像模式，将头放在他的肩膀上。

“来，你很久没见爷爷了吧，不知道愿不愿意降低一个辈分，同他问问好。”

时慕扬反应过来她话里的意思，眯了眯眼。

怀里的少女已经笑开：“喏，爷爷，这就是我给你提到的孙女婿，时慕扬，你看看，他长大啦，是不是比小时候可爱多了？”

镜头猝不及防地一转，怼上时慕扬的脸，他阴森的表情下意识呆住，沉默了好半晌。

这种情况，完全不在时慕扬的预想中。

他以为她会害怕，会心虚地求饶，也怕自己伤害她，可这厚脸皮的小“作精”跟没事人似的，还录视频……

黛宁戳戳他：“喊爷爷呀。”

时慕扬脑子一木，嘴巴不受控制似的：“爷爷。”

喊完他反应过来，脸色臭得不行，他在做什么！

“爷爷，时慕扬在害羞呢，他心里挺不好意思的。”

谁不好意思了？纪黛宁是不是脑子坏了，他伸手去抢手机，结果发现这手快的女人把视频已经发给老头儿了！

时慕扬说：“搞什么你！”

黛宁觉得好笑：“你都喊了，现在才计较，有意思吗？小叔叔，我给你出个主意吧，你不是最讨厌我欺骗你整你吗，不如你把人家掐死好啦。”

她说着，露出白嫩修长的脖颈，像小天鹅一样，矜贵极了，没有等死的觉悟，反而带着几分傲慢。

“你不会舍不得吧？”

时慕扬冷笑连连：“你真当我蠢？哪怕我什么都不做，你都得死，我何必为了你摊上不必要的麻烦。”

黛宁可惜地叹了口气：“我和你说实话吧，其实你把我带走，我挺高兴的，至少不用死在爷爷身边。他看不见，不用白发人送黑发人，也不会伤心。”

时慕扬捏住她的下巴，打量她。

“你以为你这样说，我就会把你送回去？”

少女无辜地眨眨眼：“你会吗？”

“呵。”

黛宁就知道，他不会的。有种人的占有欲，天生刻印在骨子里，时慕扬就是这样的人，他愤怒她年少时的欺骗，也生气她前几天的背叛，他心里恐怕想了许多种报复她的办法，刚刚才发现不太合适。

她的身体像一具瓷娃娃，早已经不起磋磨，但让时慕扬放她走，绝对不可能。

他牢牢地圈住她，却发现什么都做不了。

时慕扬有几分恼怒地捏住她的下巴，看着她活泼有朝气的小脸，心想干脆生米煮成熟饭算了。

黛宁半点也不见慌，直到他饿狼扑食一般压住她，她毫不客气地喷了他一脸血。

时慕扬动作顿住，满脸血地看着她。

大小姐不好意思地微笑：“我给你擦擦，咱们继续。”

时慕扬抹了把脸，几乎从牙齿里挤出来几个字：“老子没有奸尸的癖好。”

他起身穿好衣服，不知道从哪里摸来一个手铐，“咔嗒”一声给她戴上。

“等你要死了说一声，老子把你扔回去。”

他把她拖走，黛宁这才发现这里是郊外一处设备比较齐全的会所。

时慕扬管也懒得管她，嫌弃地洗脸去了。

黛宁从门边探出小脸，看见镜子里的男人在怔怔地走神，他很快收起这点异样，变得无坚不摧又凶恶。

时慕扬洗完脸，他环视一圈，脑海里想过许多种弄不死她，但是能羞辱她的办法，到了实践时，又觉得每一样都让这可怜的小家伙雪上加霜。

他心里阴沉沉地发现，人绑来了，他却没有达到出气的目的，反而惹来一肚子气。

大小姐低着头，好奇地玩手上的镣铐。

时慕扬怀疑，哪怕到死去那一刻，他在她心中依旧毫无分量。

这个认知让他心里十分不舒坦，他突然想起调查出来的带走她的男人——坐拥坞东宝矿的赵屿以及和她订婚失败的言家大少。

她不喜欢自己，是喜欢他们吗？

他掩盖不住眼睛里的恶意，把她扯过来。

“我们来玩一个好玩的游戏。”

时慕扬微笑：“坞东的宝矿，言家百分之六十的股份，和你相比，哪个更重要？”

黛宁抬头看他，笑嘻嘻地反问他：“时慕扬，时家在国外的势力和我，在你心里哪个重要？”

时慕扬额上青筋一跳，别过脸去。

“闭嘴，当然不是你。”

第三十章

最后的心愿

黛宁对时慕扬的回答一点也不觉得意外，他要是说她比较重要才惊悚。

交换计划时慕扬也没有实施，临到要做，时慕扬却犹豫了。

他转头看草坪的椅子上，少女用手盖住脸，惬意地坐在那里，她恶毒、柔弱，活不了多久，时慕扬知道，把她当烂摊子甩出去获得最大利益才是最正确的选择。

可是一想到把她换给别的男人，他心里就沉甸甸的，怎么也不得劲。

再想到倘若那些个男人没同意还好，他可以尽情嘲笑她，但若是同意了，这小毒物不知道该多得意，那种画面必定让人万分不爽，所以计划搁浅下来。

时慕扬却没有发现，他竟是没有怀疑她的魅力。

小混账说起甜言蜜语来，让男人连脑子都不想长。

他不想把她放回去，又不能对她做些什么，于是闲暇下来，时慕扬躺在她身边，从一旁摸出一本《葬礼大全》。

“来，挑挑以后你想要的棺材。”

大小姐闻言眼睛一亮，凑过来和他一起看。

图上棺材种类果然很齐全，各种木料，有的竟然还带刻花，大小姐翻了几页，有些失望。

“怎么没有粉色的棺材，我想要个粉色的，上面最好系着彩色的丝带，里面垫上一层漂亮的蕾丝。”

时慕扬认真考虑了下，最后否认了：“不知道的人还以为是个可以拆的礼物，你死了这条心。”

青团被这两个人的思维带偏，脑海里浮现出一个相当有画面感的场景：大小姐躺在粉色的棺材中，棺材打扮得像个礼盒似的，想想就恶寒。

“时慕扬，我觉得这个黑色的棺材适合你。”

“不错。”

“当然，你如果非主流一点，也可以考虑绿色的棺材，到时候我弄个红的，你在旁边给我做绿叶。”

“你不用这么早为我考虑。”他眼角微微耷拉，不紧不慢地说，“你死了五十年，我说不定还活得好好的。”

黛宁意味不明地笑了笑，时慕扬向后翻了一页，竟然有葬礼的场景、规格、布置，两个人看得非常认真，如果此刻有人从这里经过，不知道的，还以为他们是在准备婚礼。

阳光烂漫，他半拥着怀里的女孩，忍不住低眸去看她。

她眼底活泼快乐，甚至透露着轻松，怎么看也不像将死的人，她的身体温暖，或许是大脑迟钝，时慕扬完全想象不到，她如果不动不笑，会是什么样子。

时慕扬“啪”的一声合上了《葬礼大全》，心情突然转阴。

对于死亡，时慕扬并不怎么恐惧，他很早就跟在父亲身边见识了太多血腥的东西，这是第一次，他哪怕用调笑的心态来对待，依旧觉得心脏略微紧缩难受。

下午，时慕扬突然让医生抽了黛宁几管血，晚上把她推进了一个奇怪的治疗舱。

大小姐无聊地躺进去，甚至还打了个呵欠。

时慕扬救不了她，她知道。

等黛宁从里面出来，果然看见时慕扬脚边一地烟头，周围的东西凌乱，显然是他发了不小的脾气。

黛宁歪头看他：“喂，不如我嫁给你吧。”

时慕扬抬起眼皮子看她：“你这么想害我？想让我才领证，就变成鳏夫？”

大小姐笑嘻嘻的：“不在乎天长地久，只在乎曾经拥有嘛！”

“扯淡。”时慕扬显然非常不屑。

他挥挥手，像赶扑棱蛾子那样把她赶走。

“别烦老子，在想事情。”

神奇的是，除了治病，这两天在会所，黛宁并没有看见其他人，偶尔时慕扬会带她在泳池游个泳，天气好时他们就一起在草坪上晒太阳，如果下雨，她就软绵绵地睡上一天，醒来的时候，总会发现一双死死地盯着她的眼睛。

有一次她也坏，故意屏住呼吸，肢体僵硬，为了作弊，还让青团把自己的身体弄凉了，看上去已经死透了。

黛宁借助青团的视角，好奇地观察时慕扬的反应。

时慕扬愣了许久，突然沉默地把她抱进怀里，他抱了好一会儿，脸色透着不正常的红，许久，他捧住她的脸，开始吻她，从睫毛到嘴唇，他动作顿也没顿，一路向下。

动作谈不上温柔或者粗暴，黛宁看得疑惑，几乎快要怀疑时慕扬是不是在试探她。

可是观察下来发现，他真的以为自己死了。

好吧，她快衣衫不整时，突然想起前两天时慕扬那句话——“老子对奸尸没有兴趣”。

他现在这个样子看上去，谁要说没有兴趣，她现场打死谁!

黛宁快和他坦诚相对时，她终于演不下去尸体，睁开眼睛：“你在做什么？”

时慕扬定定地看着她，瞳孔缩了缩。

意识到她“回光返照”，他若无其事地替她拉拉衣服，恢复了荒诞不羁的模样，皮笑肉不笑：“替你入殓。”

我可真是谢谢您了，她这辈子第一次知道有人想用下半身入殓的。

奇怪的知识一瞬间增加，黛宁突然怀疑，死在时慕扬身边，这个决策是否正确？他不会剁一剁将她吃下去吧？

时慕扬看了她好一会儿，突然说：“去结婚。”

他说做就做，把她从床上拉起来：“把这身晦气的衣服换了，今天就去领证。”

看着他微红的眼尾，黛宁知道，恐怕是被她刺激狠了。

“你不在意当鳏夫啦？”

“以老子的身价，死了个老婆，娶第二个很难吗？”

大小姐踢踢他，瞪圆了眼睛：“我还没死，你就想着第二个？”

冬日的风从窗外吹进来，时慕扬伸手摸了摸她的脸颊：“那你就争点儿气，活久些。”

这句话和他一直以来的刻毒语气不同，第一次透着几分似难过似恳求的味道。

黛宁这才发现他的手指冰凉，并不比她刚刚演尸体观察他反应时好多少。

然而婚到底没结成，时慕扬国籍都不是本国，真要领证，手续有的弄。

黛宁也没想过要嫁给他，但愿景总是好的。

没两天就过年了。

这是黛宁生命里最后一个新年，她穿了一身喜庆的衣裳，一大早就拉着时慕扬要出去。

“我带你回家见爷爷。”她小脸粉嘟嘟的，透着股灼人的温度。

少女拉着他的手，时慕扬脸上不情不愿，最后还是被她拖了出去。

两个人都清楚，她那点小猫似的力气，如果时慕扬真不愿意，她绝对拿他没办法。

快到家，时慕扬脑子才清醒过来，警惕地扣住她：“回去！”

糖衣炮弹砸了一路，他险些真以为自己是人家的孙女婿了，可时慕扬流落过恶之岛，老爷子怎么可能承认他，而且他年幼时就看得出来有几分心术不正，时慕扬难免怀疑黛宁在给自己设圈套。

果然，黛宁眸光动了动，突然朝前跑。

“救命！救……唔……”

时慕扬反手捂住她的唇，气得额上青筋暴跳：“你又耍我？”

黛宁在他怀里，被禁锢住不能动，然而她刚刚那一番叫喊，却成功吸引了一辆车上的人。

那车倒退出来，一个男人从车上跑下来。

黛宁眼睛里闪过一丝笑意，是言景。

她泪汪汪地冲言景伸出手，一副求救和依恋的姿态。

时慕扬被她一激，脸上再没了半点温和，他手下的力气也大了些，心里本来在踱步的老虎一下子被人放了出来。

“你喜欢他？”他勒紧了黛宁的脖子，不可思议地问，一面细细观察她的脸色。

黛宁咳嗽连连。

“黛黛！”言景见她这样难受，心瞬间被人拧紧。

“哥哥救我。”她这次的眼泪没有半点儿掺假，时慕扬这个神经病不发病则已，一发病根本不会手下留情，也就这个空隙的时间，双方成了对立的立场。

索二他们不知道从哪里钻了出来，言景势单力薄，身边只有三两个跟着他来串门的保镖。

亲昵的“哥哥”两个字，在时慕扬的神经上狠狠地践踏两脚，一想到她这段时间赖在他怀里，岁月静好地陪着他，全是装出来的，心里只想回到言景身边，时慕扬就气得快要发疯了。

为什么，他对她不够好吗？为什么从小到大，他从来走不进她的眼中？

心里像是被扎了一针，时慕扬阴戾地看着对面的男人，翻涌着难以言说的嫉妒：“弄死他！”

索二他们收到命令，惊惧地看向时慕扬，他们现在不在没有法制的恶之岛上，做的所有事都得付出代价，老大疯了吗？尽管如此，他们依旧硬着头皮，去执行老大的命令。

但出乎意料的是，眼前这个男人比想象中棘手无数倍，在不拔枪的情况下，他们一圈人甚至处于下风。

时慕扬眯了眯眼，也看出言景可以一个打一群，他舔了舔唇角，有些可惜巨蟒不能带出来，怀里的女人还在挣扎：“时慕扬，你敢伤他，我跟你没完！”

这句话让时慕扬恨不得掐死她。

他吹了个口哨，示意自己的人别打了，再把纪家的人惊动了，他今天讨不了好。

言景皱眉看着时慕扬：“放开她。”

时慕扬两指扣住黛宁的脖子，他使了点力，黛宁就一个字也说不出来了。

“言少。”时慕扬阴恻恻地笑道，“把人还给你也可以，我对这个女人的兴趣，远远没有对你们言家股份的兴趣大。”

“据我所知，你手中至少有言家百分之六十的股份，你全部给我，我就不伤害她，怎么样？”

言景看着黛宁，心沉了沉，一时没有说话。

“瞧瞧，宝贝，你以前的男人似乎也没有多在意你呢？”时慕扬手指在她脸上划过，语气嘲讽，“你还是跟我回去，好好跪着认错，说不定把我和我的兄弟们伺候爽了，我可以留你一条命。”

这话落在黛宁耳朵里，当然知道是故意气言景的话，她恨不得给气昏了头的时慕扬点个赞！这也太配合了！

但言景不了解时慕扬，显然当了真，他脸色白了白。前两天知道黛宁离开了纪家，据说是和她喜欢的人在一起，言景整个人心都是空的，今天除夕，他本奢求她已经回到纪家，这样，他远远地看她一眼就好，却没想到她的处境和自己想的不一样。

这个男人并不爱重她，甚至还想伤害她。

然而并非像时慕扬说的那样，言景手中只有言氏百分之五十五的股份，还有百分之二十七，在关再常手中。

他们言家所有的基业如今都在他的手里，他没见过母亲，却也从关再常口里，听到过那个温柔的女人对自己的期许。

然而此刻……

“我给你。”言景闭了闭眼，“全给你。”

一瞬间，时慕扬看看怀里泪汪汪的女人，脸色铁青！

明明如愿以偿，时慕扬心里却生不出半分喜悦，反而无限下坠。

言景竟然同意了？！

然后呢？时慕扬心想，这显得他才是那个心狠手辣的坏人，来证明对面的男人有多爱她吗？

时慕扬一点也不想要那百分之六十的股份！纪黛宁想跟着别人走，做梦！他不会让她如愿以偿，就算她活不了多久，死也要死在他怀里！

可他怎么也不会承认黛宁比这些利益重要。

时慕扬按住怀中人的脑袋，再让他们对视下去，他不知道会不会挖出他们的眼睛。

“不够。”时慕扬道，“想要她平安，还要加上坞东宝矿。”

说完，他强行把人带走，好在索二平时没脑子，干坏事的时候倒是上道，一辆车开过来，时慕扬拽着黛宁上了车。

他看也不看车外那个男人，暴躁地踢了一脚前座：“开车！”

司机接收到时老大的糟糕心情，把车开得飞快。

黛宁从车窗探出头去，看见言景追了几步，她的脑袋被时慕扬按了回来，她抬头，就对上一张风雨欲来的脸。

“我如果现在说我挺愿意和你回去的，你信吗？”

“呵呵。”

时慕扬的心情非常糟糕，第一次把她掳过来，他还陪着她晒太阳，这次回去，黛宁自然没有那么好的待遇了，他像是被刺激成了一个真正的绑架犯，将她的双手绑在床头，屋子里安安静静，只有医生偶尔进来抽两管血。

如果不是黛宁知道这具身体没什么特殊的地方，她还以为时慕扬那个脸色是要拿她去做实验。

到了这个地步，他竟然还不希望她死，可惜，她撑不了多久了。

言景愿意拿言家的股份来救她，黛宁一点儿也不意外，但在回来的路上，黛宁突然想清楚一个事。

时慕扬不可能不知道言景有多少股份，他知道言景还差百分之五，而关再常不会同意言景拿言家的资产救对手家的女儿，所以言景永远也凑不够百分之六十。

时慕扬在为难言景，他不想把黛宁交易出去，所以言景同意以后，他还加了坞东宝矿的要求。

黛宁也不知道为什么，突然想起四年前申屠峰的人让赵屿用宝矿换赵安安。

当时赵屿一口同意，而在赵屿心里，她约莫是比不上赵安安的，所以赵屿大概率不会把宝矿给时慕扬。

想到这里，黛宁放松身体，舒舒服服地往床上一躺。

“小青团，你离开家那么久，还记得故乡是什么样子吗？”

青团不知道她为什么这么问，大小姐突然客气地喊它小青团，让它好慌，它习惯了“蠢团”的叫法，一时间还不适应。

“黛宁，你怎么啦？”它小心翼翼地问。

黛宁没有回答它，她嘴角扯出一抹笑意：“快新年了啊，十二点的钟声敲响，记得把我叫醒。”

言景完全没想到赵屿会一口拒绝。

“宝矿我不会给他，至于你，”赵屿笑笑，“倒是舍得。”

言景嘴唇抿了抿，说不清是失望还是庆幸，赵屿不愿意给出宝矿，黛宁就时刻有危险，然而这是否证明赵屿也没有那么爱她？

赵屿前两天就回了京市，这次他没有带赵安安赵平他们。

赵屿分了支烟给言景。

言景接过来，两个男人沉默地抽了一会儿。

赵屿说：“她是什么样的人，想必你如今也清楚，就算你为她付出一切，她照旧有可能不会选择你，值得吗？”

言景夹住烟的手指抖了抖，他照样不善言辞，从喉咙里低声应：“嗯。”

赵屿看着都市闪烁的霓虹，弹了弹烟灰。

“你还爱她吗？”言景问。

赵屿平静地说：“不爱了，所以抽完这支烟，你走吧。”

“你不愿意拿坞东宝矿换，就和我一起去救她。”言景终于受不了他这种无所谓的态度，拽住他的衣领，“她对你并不是完全没有感情，你怎么可以真的不管她！”

赵屿拿开他的手，有点想笑，于是真的弯了弯唇。

“她对我有感情？别天真了。老八，送客。”

老八连忙过来：“言少，请吧。”

言景走到楼下，还是忍不住看了眼别墅二楼的男人，赵屿摁灭了烟，也在静静地看着他。

与其说看，更像审视。

这场对话不欢而散，言景知道，只能想别的办法救黛宁了，他不敢把这件事透露给纪家，老爷子已经七十多岁了，黛宁先前报平安，就是为了稳住老人的心，不让他担忧。

如果因为这件事，老人的身体出了毛病，即便黛宁安全，她也不会原谅他。

纪家式微，纪墨珏性格冲动，倒不如不让纪家参与进来。

言景心里沉甸甸的，时慕扬调查他的同时，他也调查出了时慕扬的背景，说是亡命之徒都不为过。

十二点，京市开始下雪，赵屿觉得这天气真够讽刺的。

阿拾、老八都知道他不喜欢下雪天，然而此刻车子就停在会所外面，他们老大没带多少人，仿佛只是新年串个门。

赵屿抬脚下车，老八连忙给他撑上伞。

“行了，不用跟着，我一个人进去。”

他穿着宽大的风衣，任白雪落满了肩头，一个人走进灯火通明的会所。

“去给你们老大说，赵屿来了。”

守门的几个大汉面面相觑，机灵点的早就通报去了。没一会儿，时慕扬穿着件松松垮垮的睡衣出来，屋里烧了地暖，时慕扬的唇嫣红，一脸餍足之色。

“怎么，赵爷也喜欢屋里那只小宠物，想和时某一起玩？”

换作言景，明白他的意思后，估计会恨不得杀了他，赵屿打量他一番：“你哥哥时慕云的事，还没解决吧？”

时慕扬脸上的笑淡了些：“赵爷对我的家事很感兴趣？”

“那倒谈不上，只不过时大少前段时间找上我，谈了合作的想法，他似乎很急，对二少这个弟弟也不甚满意。”

时慕扬漆黑的瞳看着他。

“赵爷今天是打算来打个头阵，一个人？未免也太看不起时某了。”

赵屿笑了下：“我从不会看不起任何人，今晚过来，只是好心提醒，整个会所地下都被人埋了炸弹，你怎么对时慕云，时慕云也想怎样回报你。”

时慕扬皱紧眉，饶是他再淡定，脸色也变了变。

赵屿摊开手掌，露出一个信号器，他淡淡地道：“你应该认识这是什么。”

时慕扬当然认得，他以前也是用这个发信号的，他眼神一狠：“要死，我也拉你做垫背的。”

“你走吧，把纪黛宁留下，炸弹不会引爆，我保证你可以安全离开这里。”

时慕扬眯眼：“不可能。”他觉得荒诞，眼前这个男人竟然真是来救纪黛宁的，不是有消息说下午赵屿和言景就谈崩了吗？

时慕扬从不受威胁，让他把纪黛宁给眼前的男人，做梦！

赵屿这才抬眼打量他。

似乎从进来开始，赵屿就没有过分关注他，然而时慕扬的拒绝，反倒让赵屿觉得好笑。

“你竟然也喜欢她，她领情吗？”

时慕扬像是被踩中尾巴的猫：“谁给你说老子喜欢她！时家的人从来不受威胁，你有种就和时慕云那龟孙炸死老子，在这之前，你先担心自己会不会被碎尸万段。”

赵屿知道，威胁时慕扬，显然行不通，这个男人并不把自己的命和手下的命放在心上。

“纪黛宁快死了。”

这个话题让对面的男人也沉下了脸。

“我知道。”

赵屿还没开口，医生匆忙过来慌慌张张地道：“纪小姐，纪小姐好像快不行了！”

时慕扬脸色一变，也顾不得赵屿，拔足往黛宁房间跑，赵屿跟上去。

时慕扬不忌惮他手中的引爆器，时慕扬的手下倒是忌惮，一时间也没人敢拦赵屿。

时慕扬冲进房间，果然看见了脸色惨白的黛宁。

她的瞳孔没有焦距，但是能看出呼吸相当困难，医生在一旁发抖：“她静脉里被注射了药物，这里没法进行手术！”

“去医院！”时慕扬当机立断，几步上前，抱起她就要往医院走。

十二点的钟声敲响，医生拦住他：“最近的医、医院，也要一个小时。”

这里是郊区，哪怕飙车过去，也来不及救大小姐，依医生的经验，床上孱弱的女人不可能撑过一小时。时慕扬也明白了什么，脸色难看。

赵屿突然朝他伸出手：“把她给我吧。”

时慕扬冷冷地注视着他，完全没有把黛宁给他的打算。

“我能救她。”

时慕扬的手指抖了抖。

赵屿抱着黛宁走出去时，雪落了她一脸。

安详等死的大小姐觉察不对，喘了两口气，瞳孔勉强聚焦，这才看见眼前的人并非时慕扬，而是赵屿。

对于一个计划好死亡的人，再也没有比在死前看见身边换人更气人的了。

她费力地用软绵绵的手指拽住他：“赵屿，你做什么？”

他没有回答，大雪落了他们满身，顷刻白头。

黛宁难免有点怨念：“人家都要死啦，你不能让我死床上吗？”

死在野外多难看啊，还冷。

会所对面有一处很高的建筑，赵屿没理她，带着她上了天台。

这里约莫是唯一没有监控的地方。

时慕扬的人陆陆续续地撤离，灯光远去，很快，天地间就只剩赵屿和黛宁两个人了。

意识到时慕扬离开了，黛宁的心狠狠地沉了沉。

计划完全被打乱，饶是她之前再淡然，时慕扬一走，她也没法淡定了。

现在不想死，还来得及吗？

赵屿把她的胳膊拉起来，果然借由天台的光看见了一个小小的针眼。

他如果来晚了些，世上就没有纪黛宁了。

怀里的女人这样虚弱，却也能看出她被自己气得够呛。

“想死在时慕扬身边，然后给他安个谋杀的罪名，让言景给你报仇？”

黛宁艰难地喘着气，赵屿怎么知道她的计划？

赵屿和她一起坐下，让她靠在自己怀里，见她呼吸不过来的可怜样子，他轻轻拍着她的脊背，从怀里拿出一样东西。

那是个盒子，里面装了二十来张明信片，是国外各地风景名胜。

赵屿扫了一眼，上面女孩的字快活地写着：“爷爷，我今年和时慕扬去 Y 国啦，Y 国比国内还热闹呢。”

往下，无不是这些内容。

每年寄一张，也够欺骗纪老爷子二十多年了，如果那位老人身体好的话，当然，还有些提前录好的视频，全是黛宁准备好的东西。

黛宁又慌又生气，探手要去抢赵屿手中的东西。

他握住她冰冷的手指，拿出一部手机，点开给她看。

“先别生气，看看我送你的礼物。”

黛宁低眸，看见视频里竟然是纪恬，纪恬尖叫着被困在一堆道士模样的人中间，她周围隐有月光，在地上难受地滚来滚去，眼睛里淌下热泪，她的目光空洞而绝望，最后被警察铐上带走了。

“我把她永远困在这具躯体里了。”赵屿轻轻摸着她的头发，在黛宁身体僵住时，他低声笑开，“这些年你想做的事，我替你做了。别怕，以后这个世界上再也没有人伤害你了。”

与此同时，脑海里的青团抽泣着小声道：“黛宁，女主角的气运已经完全消失了。”

黛宁抿住唇，抬眼去看赵屿。

下雪的夜晚没有月亮，只有屋顶暖黄的灯光，竟让他的神色变得十分温暖。

“你讨厌所有人，包括我，我都知道。”

他低眸，望进她眼睛里：“宁宁，这些年，累吗？疼吗？”

自从签订灵魂契约以来，这是第一次有人问她这个问题。

黛宁艰难地呼出一团团白气，她避而不谈，只死死地拽住他的衣领。

赵屿见她要说话，便凑到她嘴边。

都到这时候了，大小姐仍有气无力，声如蚊蚋地骂：“混账啊！”

黛宁的确有点儿气，她自诩计划相当完美，静脉注射，让自己死亡，在“凶器”上印好时慕扬的指纹，以言景对她的执着，这辈子估计与时慕扬不死不休，偏时慕扬心高气傲，怎么也不会解释他舍不得杀她。

黛宁给自己留了一个小时，本来是要给时慕扬说遗言的，她临终前哄骗时慕扬把纪恬杀了，时慕扬肯定会同意。

这样女主角就死了，三个气运子，有两个会自相残杀，至于赵屿会不会参与这场纷争，黛宁并不确定，他如果爱她，就不会放过时慕扬，如果不爱，他如今的身价地位不可撼动，黛宁也拿他没什么办法。

她已成为三个气运子的白月光，他们总不至于还要动纪家，加上现在纪墨珏那蠢物开窍，把心思放在了经营纪家上面，爷爷有孙子陪，怎么也能安享晚年。

黛宁重来一次，对她来说，这是最好的结局了。

然而现在，她快死了，却并非在时慕扬怀里，而是在赵屿怀中。

她怎么这么倒霉，每次都死在他旁边?

然而可能快死了，她的愤怒也变得苍白无力，她这些年的确很累了，现在难得这样安宁，她也没心思再和赵屿计较。

青团从看见她注射就一直在哭，此刻识海成了一小片汪洋。

黛宁分出心思，摸了摸它柔软的小脑袋。

青团“哇呜”一声哭得更厉害了。

它看着女孩气若游丝的模样，下定决心，哽咽道:“黛宁，我不要你的灵魂了，我不回家了。”每个契约者完成心愿，交付灵魂的那一刻，代价都是不得好死，黛宁肯定很疼很疼。

“说什么蠢话。”她费力地戳戳它。

黛宁知道，它再不回家，就会湮灭在时空规则中了，一只从来没有吃过饱饭的团子，越饿越瘦，它总是有颗“圣父心”，舍不得伤害契约者。

黛宁是它最后的机会，它一旦放弃她的灵魂，她顶着三分之一的灵魂力会很辛苦，而青团也会灰飞烟灭。

青团其实也清楚，它救不了她。

它还在哭，黛宁叹了口气，也不用担心死得悄无声息，没人哭丧了。

“小青团，我就剩一个遗憾啦，你再去找找看，原书中谁最有可能害我，泼硫酸、凌辱和车祸的馊主意都是谁想的。”

青团撅着小屁股，边哭着打嗝儿，边翻书。

“我这就找。”

尽管他们都知道，黛宁在那本薄薄的书中只是轻描淡写的一笔，不会有过去，也不会有将来，但现世四年，足够黛宁拼凑出真相。

她没有告诉青团，她已经猜得八九不离十了。

打发走了笨拙又爱哭的团子，她已经没有精力再应付眼前这个男人了。

大雪纷飞，赵屿用他的怀抱暖着她。

黛宁这么几年，第一次得了空，安静地看一场雪。

雪堆在他们的肩头，黛宁躺在他怀里，抬头就看见赵屿的头发也被染成雪白。

他没有看雪，只在低着头，静静地看着她。

离得这样近，黛宁才发现他眉眼间还有几分少年的模样，眼前的赵屿年轻英俊，她恍惚记起，其实赵屿只比她大一岁。

然而因为她的到来，他的心千疮百孔，她总是把他看作前世那个阴鸷的男人，可现在看来，他不动也不说话的时候，更像个安静的少年。

赵屿轻轻为她顺着气，黛宁喉头一甜，又是一口血吐出来，血全喷在赵屿的胸膛，他手指顿了顿，把她的嘴角擦干净。

黛宁的瞳孔开始涣散，然而到死，大小姐最记挂的依旧是同一件事：“我、我现在、是不是、不美啦？”

“很美。”他说。

大小姐有点儿遗憾，很多年前，她就不信赵屿的审美了。

赵屿知道她爱美，从前在乡间，她参加别人的婚礼，他怕她捣乱，让她穿素净些，她蹦蹦跳跳地走在他身边，指挥他去摘花，依稀还是昨天发生的事情。

赵屿屈膝，让她靠好，他手指轻柔地为她顺了顺鬈发，编了两条辫子。

她内脏疼得说不出话，然而赵屿感受到了她的配合和愉快，她甚至努力仰起小脸，示意他再擦擦她的脸。

赵屿握了把干净的雪，用自己的体温暖化，把她眼角的血泪擦得干干净净。

她在无声地哭，以前摔个跤都要嘤嘤讨哄，现在她难受得眼泪直流，反倒不吭声了，看起来相当坚强。

她摸摸自己的小发辫，看上去就像当年才来杏花村的少女，天真无邪。

大小姐有点儿高兴，赵屿肯让她干净漂亮地死，她第一次懂礼貌地说：“谢谢。”

赵屿也笑了，只是他的眼眶有点儿红。

她完全没了力气，手指渐渐垂下，赵屿一把握住她的手，低声道：“怎么不问我那个问题了？你和安安，在我心中，谁更重要？”

然而大小姐已经听不清了，她不断地咳嗽，身体发着抖。

青团把自己埋进书里，眼泪打湿了那本封面古朴的书籍。

她的手指从他掌心滑落了出去。

赵屿抱着她坐了许久，他的目光看向遥远的树林，那里燃起了一片火光，照亮他年轻清冷的脸庞。

赵屿抱着一具还未冰凉的尸体，知道她什么都听不见了，也只有她听不见，他才能放心地说出来。

“我这辈子，肩负许多，从来没有彻底为自己活过一天。记忆里，是吃不饱的饭，走不出的大山，饥饿苦恼的弟妹，病弱的爹娘，我抽到一手烂牌，诚惶诚恐地活了二十多年，盼赵平和赵安安长大，盼爹娘康复。

“时慕扬孑然一身，死也不想放开你，言景人生匮乏，把你当成全部，只有我，说服了自己退出。

“所以宁宁，我只能为你活一天。

“就在今夜，我什么都不要，只要你。

“你比赵安安重要，你举世无双，是整个世界。”

火光蔓延，他眼睛带着温柔，在她额上一吻。

我只爱你最后一夜，从此，愿你百岁无忧，与他相守。

饶是再不能接受，黛宁还是死了。

青团哭得上气不接下气，看着那团安静的灵魂，她小了一圈，没了三分之二的灵魂力，灵魂变得破碎，少女黑色的灵魂遵循契约，向它飘过来。

青团哀伤地想抱住她，然而在触碰到黛宁灵魂的前一秒，男人修长的手抱住了那团灵魂。

青团眼泪都来不及擦，惊悚地抬头。

隔着虚空，他对上了赵屿的眼睛，他身边，一个粉色带电的小球体叉着腰，趾高气扬地看着它。

残次品青团内心压力巨大，它哭声依旧止不住，眼巴巴地看向赵屿怀里那个人影。

粉球说：“你想好了吗？”

赵屿：“嗯。”他低下头，眼里含笑，摸了摸怀里少女的脸颊，她的灵魂看起来阴暗又恶毒，他却抱得小心翼翼，像是抱着世上最珍贵的宝物。

粉球点头，身体发出一阵白光。

黛宁的灵魂重新凝成，黑色消失，青团看过去，她的灵魂变得干净无垢。

它鲜少看见这样纯粹而强大的灵魂，一时间张着嘴，忘了说话。

粉球哼了一声，一脚把它踢开。

青团咕噜噜滚远，才看见黛宁的灵魂回到了身体。

青团心里升起一个怪诞的念头，他朝赵屿看过去，男人的躯体依旧在大雪中伫立。

他的眼睛看着地上的少女，从脚慢慢往上，他的灵魂开始消散。

尽管曾经在故乡考试不及格，可青团有种感觉，当地上的少女睁开眼睛的那一刻，赵屿会彻底灰飞烟灭。

青团愣愣地去抓，只看见空气中白色的光和着大雪，竟然一时分不清哪些才是赵屿的灵魂。

很多年后，青团讲起这件事，依旧唏嘘。

毕竟这是它第一次看人魂飞魄散。

那人以生生世世的气运和他坚韧的灵魂，换黛宁安稳幸福的一生。

他只毫无保留地爱了她一晚，也就这一晚，他倾尽所有。

什么都留给她了。

又是一年春天。

海水温柔地吻上女人的足踝，她踏着水走回来，邱谷南连忙迎上去："大小姐，我一眨眼，你怎么就跑这里来了？"

语气嗔怒，却又难掩宠爱。

"不是说要吃杨梅吗？纪少让人寄了些，我都洗好了，今晚或许要下雨，你别往海边跑了。"

年轻俏丽的女人笑着抬起头，正是黛宁。

她的脸庞干净明媚，没有半点儿阴霾，邱谷南这才发现她手里拿了个风筝。

"哪来的啊？"

黛宁偏头，非常无辜："我也不知道。"

手里的风筝霸气威武，是条金灿灿的龙，她一路拖着走，觉得改天把这玩意儿放上天，一定相当威武。

据说这些年发生了一些奇奇怪怪的事。

她醒来，好多记忆都模模糊糊的，那时候电视里每天都在轮番播一则重大新闻，一场火灾烧死了一个女人，还把一个国外大佬的儿子烧伤了，至今还在国外接受治疗。

纪家用人捂住嘴，小声议论说那是二小姐。

黛宁却不记得什么二小姐了，在她生命里，这一生骄傲璀璨，快活肆意。

纪墨珏不知道什么时候长大了，他变得非常关心她，说是姐姐的"舔狗"都不为过。

爷爷身体转好，开始放下手头的事，和一些老友下棋喝茶。

开春时，黛宁在身边发现了一枚钻戒，内里被人刻上了"ZY&DN"。

"DN"她倒是能猜到，是"黛宁"，可那个"ZY"是谁？

大小姐想不出所以然，干脆也不再想。

只是看见这枚钻戒时，她突然很想来看一次海，大小姐的生命宗旨就是想做就做，说来就来，登机那天，远远地还看见一辆车目送她离开。

他似乎追了几步，最后又顿住脚步。

黛宁心中莫名其妙，她倒是知道这个人，他是言家找回来的言大少，按理说言家是从前纪家的死对头，如今倒是不针锋相对了，两家变成了合作关系。

她吊儿郎当地跷着腿，趁飞机还没起飞，撑着下巴看他。

远远的，他对她笑了笑，还挥了挥手。

黛宁一乐，她没给任何人说，她觉得现在的生活非常爽，于是也冲他挥了挥手。

黛宁日记一则

一觉醒来，我发现我二十二岁了，本来是件非常惊恐的事，记忆也十分模糊。

可是……哈哈哈哈，我不用高考了！不用读高中、每天面对秃顶的物理老师。

神清气爽！我让纪墨珏往东，他绝不往西，前天他还小心翼翼地偷偷给我认养了只熊猫！我也是有熊猫的人啦！

谷子每天都对我好好，爷爷说有机会带我去看在故乡养老的钱叔。

什么都很好，甚至每天都可以收到花束，有几次，我还收到过从国外寄来的没有署名的明信片。

感觉长大了几岁，却突然被全世界宠爱。

我没想过去探究发生了什么，反正既然被我忘了，那就一定是不重要的东西。

脖子上的戒指，找个时间扔了吧，这世上才没有男人配得上我。我才不信我答应过谁的求婚！

#黛宁日记第二则#

我见到了纪墨珏认养在我名下的熊猫，果然很可爱，随我，改天我还想弄只羊驼到家里来养。

什么都很好，只是，我是不是吃胖了，该减肥啦？

我低头，怀疑地想，吃得生理期混乱？小、小腹微隆？

番外

番外一

寄余生

（一）孩子

关于小腹微微隆起这件事，大小姐一开始反思是自己吃多了。

她基因不错，整个家族就没有肥胖基因，加上性格耽于享受，压根儿没有想过控制口腹之欲。现在面临长胖的危险，她心中的警戒线猛然拉响，她在美貌和食物之间摇摆不定，最后还是狠狠心管住了嘴。

然而这个小腹，它一两天竟然减不下来，大小姐这个微弱的自制力，只坚持了一周便顺应天命了，该吃吃，该喝喝，还往家里领回来一只羊驼。

通身雪白的羊驼很通人性，她家这只也好养，偶尔投喂点蔬菜，它就每天活蹦乱跳的。

春天海边气候舒适，大小姐没有觉得不对劲，反倒是贴身照顾她的邱谷南觉得不妙。

大小姐最近难道经期紊乱？她自从过来照顾黛宁，就没见大小姐经历生理期，有了这个念头，邱谷南内心惴惴不安。

该、该不是有了吧？

黛宁在沙滩上放风筝，那威武的金龙飞得老高，羊驼扒在窗前，忧郁地往外看，邱谷南推开羊驼，也从这里观察黛宁。

大小姐腰身纤细，白嫩嫩的腿又长又直，加上吃嘛嘛香，丝毫没有妊娠反应，看不出怀没怀。邱谷南心里愁，这要是怀了，孩子他爸是谁啊？

大小姐现在把过往忘了个七七八八，邱谷南对她的事也不甚了解，她那三个前男友，死的死，伤的伤，还有个在沉默地自闭，最后邱谷南决定抱着乐观的心态，说不定是大小姐大病初愈，其实没怀呢！

说服了自己，日子就好过多了。

直到四月份结束，春天也临近尾声，海边气候炎热起来，黛宁带着邱谷南回了京市。

她不回去还好，一回去京市的千金们又开始头痛。

名流宴会多，如果让她们评选最不乐意邀请的人，一定是纪黛宁。

纪黛宁家世好，一张小脸跟狐媚子似的，有她在的地方，就她一个人是明珠，其他人都是沙砾。

最重要的是，如今圈子里最炙手可热的男人是谁？当然是言家那位大少爷！算起来，言家百年传承，在富豪榜上赫赫有名，言景祖爷爷那一辈还有过功勋。

他年轻帅气，却意外地不爱说话，高冷男神形象深入人心，当之无愧是全京市少女最想嫁的对象。

可一个月前，有人看见言少想给纪黛宁送花，据说他在树下站了一下午，后来得知纪大小姐要去 T 市的消息，他立刻赶过去送别。

自己得不到的男人，结果是别人的裙下臣，偏那人还不珍惜，这种感觉要多憋屈有多憋屈。偏偏纪家百折不挠，至今都没倒，扶不上墙的纪墨珏如今一心一意地发展纪家，纪家在一天，人家纪黛宁就是当之无愧的大小姐。所以这场宴会，再不情愿，众人还是挤出了笑脸欢迎黛宁，知情人却笑了笑，用看好戏的目光等着。

黛宁跟着纪墨珏过来，她其实不爱这些聚会，但她喜欢看千金们面上微笑，心里咬牙切齿，疯狂尬演的模样。

都知道她讲究，所以吃的用的，全部换成最好，连给她留的座位都在最舒服的地方。

不管她们心中怎么想，黛宁穿一身精致的小礼服一过来，就被团团围住。

大小姐知道自己小腹吃胖，不太高兴穿不了鱼尾裙，只好穿下摆有流线的蓬松裙子。

流线在光影下穿梭，她微微扬着下巴，拒绝了男士们的搭讪。

来了她又后悔，觉得这样的场面实在太无聊，正要走，一道毫不掩饰的厌恶目光落在她身上，黛宁看过去，发现是一个年轻女孩，那目光似乎带着实质性的恶意，恨不得化作兵刃，在她身上扎上两刀。

不用黛宁开口问，旁边一位千金凑过来道："她叫商茹，小时候和言少定过娃娃亲。"

说起来商茹也倒霉，她家在隔壁市发展得不错，也不是无名之辈，可当初娃娃亲才定下来，言景就失踪了，长大之后，言家就想，不如这个婚约让二少爷言明寇去顶。

好家伙，商茹才成言明寇的未婚妻，言明寇又出了事。

商家本来对这门联姻心灰意冷，可没想到言景又回来了。

商茹在两兄弟中横跳，挨谁谁死。据说她第一眼看见言景，就言明非他不嫁。

黛宁不是很懂这位千金的脑回路，如果青团此刻还在，倒是会给她说，显然是男频气运子的光环，让女配们飞蛾扑火。

商茹的女伴在她耳边窃窃私语，随即两个人说说笑笑地走过来，其中一人脚一崴，突然朝黛宁扑过来。

商茹站在原地，嘴角露出一抹隐秘的笑容，然而还没等她笑开，黛宁拎起裙子，将扑过来的女孩一脚踹开了。

女孩惊呼一声，狼狈地摔在蛋糕架上，蛋糕散落一地，瞬间引起了混乱。

商茹瞪大眼睛，义愤填膺地指责道："纪大小姐，你怎么可以这样？茗茗不小心摔倒，你竟然将她踹开。"

地上的女孩楚楚可怜地哭泣，也没有起来的意思。

黛宁偏头："你的意思是我欺负她？"

商茹哼了一声。

黛宁认真摇摇头："我可没有，刚刚那不是欺负，我怕她把我推倒，现在这才叫欺负。"

说着，她抬起脚，踩在了女生背上。

哭泣的人惊呆了，愣是一声也发不出来，商茹这是第一次和黛宁交锋，完全没想到会是这个情况，她自然听过大小姐恶劣的名声，本来以为只是夸大其词，毕竟哪位千金真的半点名声都不要？

可这个纪黛宁还真就是肆意妄为，什么都不顾。

商茹把地上的女伴扶起来，黛宁轻飘飘地松开脚："你瞪我做什么？人家刚刚没生气，可是现在要生气啦。"

商茹深吸一口气，她恨不得扑上去和黛宁打一架，可人家不要形象只要爽，自己还要形象呢。

“你和茗茗道个歉，这件事就算了。”

黛宁“扑哧”一笑：“要不这样，我把你也打一顿，然后给你们一起道个歉，你说好不好呀？”大小姐还有商有量的，“要不多打几顿，到时候我拿个喇叭给你们道很多次歉。”

商茹的脸被气得通红。

她险些被直接气死，求助地看向周围的人，这边的骚乱已经把内场的男士引了过来。

黛宁没想到，第一个冲过来的竟然是纪墨珏。

他扶住她的肩膀，上下打量她：“你没事吧，谁欺负你了？告诉我，我给你报仇。”

黛宁眨巴一下眼，指向商茹。

纪墨珏转头，刚刚的小心翼翼和保护欲瞬间不见，叱道：“商茹你活得不耐烦了，敢欺负她！”

商茹咬唇：“我没有，这里的人都可以做证，是纪黛宁先动的手。”

然而上层圈子的人最会明哲保身，哪怕是看着监控都能睁眼说瞎话，何况是现在。

没有一个人出声，直到角落一个穿西装的少年走过来。

“我看见了。”他过了变声期，如今声线十分清朗。

商茹眼睛一亮，在场的所有人都看过去，为少年让出一条路，毫无疑问，他虽年纪小，却有超凡的地位。

除了纪家这两位，还有在隔壁厅议事的言景，今天说他最尊贵也不为过。

商茹听父亲提过，这是坞东宝矿最后的继承人，他叫赵平。

有赵平帮自己，她完全不用怕纪家，商茹眼里一喜，然而下一刻，赵平凉凉地道：“是商小姐你们想要撞纪大小姐。”

商茹身体一僵。

赵平哼了一声：“我倒是不知道，那位小姐裙子不长，怎么会平地摔。”

赵平转头，黛宁正饶有兴致地打量他。

这么多年过去，他面对大小姐时，依旧有几分局促，他下意识捏了捏西装裤子，恍然觉得自己还是杏花村那个矮穷矬的小子。

赵平被她看得一阵紧张，他情不自禁地挺起了胸脯。

哥哥已经没办法保护她了，作为赵家的男人，他也要尽一切办法，保护这个大哥最爱的女人。

商茹被连番指责，还被一个少年看穿心思，当下羞愤欲死，她转头要走，没想到看见了一个高大的男人。

“言景……你听我解释，我……”商茹觉得委屈，别人不帮她，言家和她家是世交，言景总得为她说几句话吧？

商茹思索着，要不来个晕倒？她刚要做出可怜弱小的模样，言景已快速掠过她，接住了身后倒下的人影。

商茹回头，看见纪黛宁晕倒了，言景恰好接住了她。

这小贱人是不是拿错了剧本，明明刚刚还强壮如牛！怎么说倒就倒，演的！八成是演的！

众人也心道，纪家小“作精”又要上线了。

结果好一会儿，人家愣是没有醒过来，直到医生匆忙过来，检查出一个晴天霹雳的结果——纪黛宁怀孕四个月了。

大家都若有所思地看向言景，言景愣住了。

他看向黛宁，她的小腹还没隆起，只有流光溢彩的裙子，依旧美丽。

赵平也瞪大了眼。

少年心里难受得很，他哥为了这个蔫儿坏的女人，这辈子都可能长眠于那场爆炸中，这混账竟然怀了别人的孩子，他可怜的植物人哥哥啊！头上那么绿！

黛宁觉得这个事跟搞笑似的，她不过去海边玩了一圈，回来参加宴会就多了个崽，开玩笑，这是海的女儿吗？

她哈哈笑了两声，没想到纪墨珏和言景的脸色都不对，不像开玩笑。

还有一旁的邱谷南，小心翼翼地说：“大小姐，别拍肚皮，您乖点，不能拍。”

黛宁又看向爷爷，老爷子也一脸复杂地看着她。

大家其实都想问一个问题，但没人敢问。

最后还是大小姐指着自己的肚皮，鼓起脸颊，问出了那个费解的问题：“这货谁的？”

言景抿了抿唇：“我的。”

当天晚上，纪家大小姐怀孕的消息不胫而走。

这事碎了无数男人的心，女人们却高兴得不行，毕竟纪黛宁没结婚就有了孩子，天知道那野种是谁的。

面上不敢说，私底下诋毁的话却少不了。

“她那么爱玩，说不定是人家把她甩了，第一美貌的千金，嗤，还不是个未婚先孕的贱人。”

也有个姑娘为黛宁说话：“纪大小姐没乱来吧，我没看见过她主动和谁讲话。”

一朵过于娇艳的花儿，总不能因为周围的蜜蜂多，就怪罪在她的出彩上。

“她私底下怎么玩，你知道？还为她说话，不是想讨好纪家吧？”

“就是就是，现在言大少肯定看清了她的真面目，恶心死她了。”

姑娘叹口气，没再吭声了。

尽管她觉得纪大小姐为人直率可爱，但大小姐的人缘是真不怎么样。

黛宁的“黑粉团”捂唇嘲笑，幸灾乐祸，什么难听话都说了一遍，大体意思就是祈祷她肚子里的种没人认，或者说，那是个不入流的男人的孩子。

言少怒斥她，把她甩了最好。

黛宁也不太高兴。

论谁突然从单身小公主变成孕妇，心情总是不太美好，尽管这个莫名其妙的宝宝乖得过分，她连妊娠反应都没有，怀孕还能这样舒适，反倒让她没有真实感。

言景主动说孩子是他的，黛宁心里不以为然，她不在乎孩子是谁的，也不在乎外人怎么看。

难不成她纪家还养不活一个小豆丁？她漂亮，有钱，骄傲自信，光这几点，就足以让人羡慕。

黛宁唯一烦心的是，爷爷催她和言景把婚礼办了，毕竟四个月没有显怀，再拖下去肚子大了，穿婚纱不好看。

然而纪大小姐跟谁也没说，她不想结婚。

那枚刻着ZY名字的钻戒，早就被她当成烫手山芋，不知道扔到哪里去了，言景帅是帅，对她也好，可她就是不想结婚。

她天生缺乏使命感和责任心，连肚子里的孩子都不想要，她甚至想了个馊主意，只是这馊主意不能对着别人讲，只好对羊驼说："我不想生这个孩子。"

羊驼炯炯有神地看着她，眼神带着鄙夷，下一秒，它直接对着黛宁吐了一口口水。

黛宁掐住它："啊啊啊，我要打死你。"

羊驼也不甘示弱地和她对叫。

大小姐泄了气，一只羊驼都鄙夷她不负责任的行为，更不要说爷爷和纪墨珏，还有言家大少，怎么也不可能同意她说不要就不要。

孩子父亲的事，黛宁还没有公布，但她多少也听了点风言风语。

黛宁不在意，言景却十分在意，也不知道他用了什么手段，将那些不好听的话全部压了下来。

他有空就会来陪她，小心翼翼地陪她散步，偶尔摸摸她的头发，脸上会带着温柔的笑意。听邱谷南说，言景还在看养孩子的书籍。

他在认真学着成为一个父亲。

黛宁起先觉得他不是孩子的爹，可是这样一看，又觉得他像是，毕竟他眼里的爱意和珍惜不作假，但知道是一回事，不想结婚照样不想。

她从小顺风顺水，甚至性格带着几分肆意骄纵，她也不骗言景，于是坦白地和他讲，她不想结婚。

言景垂下头，好半晌点点头，即便这样，她依旧不是他的。他心情低落，心中空荡荡的，有点儿难受，言景能猜到，当初赵屿付出了什么。

那一场爆炸，时慕扬血肉模糊，只剩一口气。

他在天台找到了赵屿和黛宁，她香甜地睡在赵屿怀中，赵屿以保护的姿态圈住她，身上落了薄薄一层雪。

自那以后，时慕云控制住了时慕扬，时慕扬再也不能回国。

而纪恬，据说在监狱里自杀了两回，次次都念叨着她死了就可以回去了，但回到哪里去，却没人清楚。

赵屿为黛宁铺就了生命的所有通途，替她走完了她想走的一切的路。

言景知道，这些事他也可以为她做，只是他终归晚了一步。

有一次，他路过街头，听见街头有人在唱歌：

傻傻的骗子和骗人的傻子
才可能一生一世……

言景听完一整首歌，有几分落泪的冲动，他不是没有机会，如果很早以前，他装聋作哑，接受她的坏，义无反顾地去做她想完成的事，今天会不会完全不一样？

他摸摸面前人的脸颊：“我会一直在这里等你。”

哥哥永远等着你。

她没心没肺地冲他笑：“你换个人喜欢吧，我不要你等，我也不习惯有人等我，想起来会有压力。”

泪意一瞬间涌上来，被他用微笑压下去：“我会尽力。”

既然孩子的爹都同意她可以继续浪，黛宁这下就完全没有心理负担了。

初夏，她偷偷跑去了草原玩。

得知大小姐不见，整个纪家都急得掉头发。

黛宁躺在半人高的草地中，身下铺着柔软的毯子，看天边流云飘过。

邱谷南轻柔地为她扇着扇子，她心想，大小姐是她这一生唯一见过的为自己而活的人。

七月份，黛宁又要去看极光。

她的肚子已经挺大了，偶尔孩子还会在她肚子里动来动去，她摸摸圆滚滚的肚皮，十分嫌弃，然而脸上嫌弃，她眼睛里却带上了几分浅浅的温柔。

算啦算啦，她就将就养一下吧。

崽崽九个月大的时候，又快到冬天了，黛宁怕冷得不行，回到了海边的房子。

房子不远就有家医院，挂在她名下。

说起来这又是一个莫名其妙的事，她多了很多房产，还有两家食品公司，三个最喜欢的服装品牌，还有世界上最美丽的宝石。

那宝石跟不要钱似的，她都不知道是哪个傻子送她的。

京市名媛都想看她落魄凄惨的模样，可惜到了她孩子出生的那天，都没能如愿以偿。

她们目瞪口呆地看着每一季的衣服纪黛宁先穿，名牌包包还没上市，纪黛宁就提前拥有，鸽子蛋大的宝石被她拿来抛着玩，众人气得吐血三升。

是这世界的神明在宠爱她吧！

怀胎十月倒没什么，可是一想到生的时候有多痛，黛宁就牙疼。

生产那天她哭得眼泪狂飙，这下可太真实了！和肚子胀气可太有区别了！

混账东西，她就说男人没一个好货！

（二）他醒了

来年六月，摇篮里的宝宝咿咿呀呀，看着空气说话。

他的一双眼睛纯净漂亮，像是碧海之上夜晚的晴空，眼睛里落满了星星，因为饿了，他吮吸着手指。

不远处的水床上，漂亮的女人睡得香甜。

空气里两个小团子抱来奶瓶，小心地塞进他嘴里。

宝宝吮吸着，水汪汪的眼睛看着他们。

“他能看见我们啊？明明黛宁都不可以。”青团好奇地说。

粉团骄傲地说：“那当然啦，也不看看这是谁的契约者的孩子！”

粉团可是最强的时空兽，它挑中的主人，自然万里无一。

赵屿用生生世世的气运和灵魂，让纪黛宁母子足以顺遂安好地度过一辈子。

青团崇拜地看着粉团：“媳妇真厉害。”

粉团哼了一声，两个团子一左一右，看着摇篮里的宝宝。

他也是会长，又白又软，可爱到人心都化了，虽然他母亲养孩子不太靠谱，可是有它们保护着，他不会有危险。

青团看不见，粉团却可以看见，这世界的气运在逐渐向宝宝偏移。

想想那团它至今不能吸收的纯白灵魂，又看看旁边蠢蠢呆呆地期盼的青团，粉团叹了口气。

那男人的灵魂坚韧温柔，不如，帮他们一下好了？

反正它从来没有饿到过，她穿行世界一百年，早就存粮无数，够养活她自己和忠犬老公了，它们这次偷渡回来看黛宁，总不好什么礼物都不送对不对？

粉团在小可爱宝宝的脸上吧唧一口。

“看你这么可爱，不知道你愿不愿意做个交易啊？看见这个契约没，想让你爸爸醒过来，就在上面盖个手印，把你的气运给我，不过你长大以后呢，就不是男频爽文的主角，不会有很多女孩子对你投怀送抱啦。”

青团目瞪口呆，媳妇这是在骗小孩？

宝宝睁着湿漉漉的眼睛，咿咿呀呀地去摸那块光屏。

他手指触到的时候，光屏亮起，粉团点点头，傲娇地道：“成交。”

青团遇见粉团前，母胎单身，饭都吃不饱，在时空中飘飘浮浮，到底积了什么福，遇见这么个厉害的媳妇！

它什么都不懂，只懂得对粉团好，粉团嘴上不说，心里却美滋滋的。

粉团收起契约。

“这男频文主角，小宝贝你不做也罢。”

毕竟一个人一生就那么多精力，爱一个人都来不及了，怎么会有多余的精力去喜欢那么多人呢？

孩子一岁了，纪老爷子和纪墨珏才意识到他们家大小姐养娃娃不靠谱。

她竟然到现在都没给宝宝取名。

纪墨珏抱着奶娃娃，目瞪口呆地问黛宁：“那你平时喊他什么？”

黛宁含着棉花糖，含含糊糊地道：“小崽子。”

纪墨珏怀里的孩子应和似的，“呀”了一声。

邱谷南差点没憋住笑，纪墨珏也是哭笑不得，宝宝身上一股奶香味，也不认生，可爱到人心都化了。

纪老爷子看起来精神矍铄，乐呵呵地接过孩子：“晚上让他抓周。”

纪大小姐儿子的生日宴，更加热闹。

纪墨珏虽然不是商业奇才，但好歹在这两年里将纪家保住了。

和黛宁比了二十多年的千金们，唯一的盼头又变成了纪黛宁生了孩子身材走形，或者她孩子是个小丑八怪。

可是看着玲珑身段的大小姐，还有那个小粉团一样的娃娃，大家眼睛都要出柠檬了。

啊啊啊啊，纪黛宁的儿子太萌了，软乎乎的小团团啊！

还有少数不喜欢小孩的在坚持："天知道是哪个男人的野种呢！"

"对对，自从她有了孩子，言少不是都不追她了嘛。"

"不过是没人要的种，小孩子不都长那样。"

这些话，总算让人心里平衡下来。

对啊，纪黛宁再光鲜，她儿子还不是无人认领，这两年言少的事业发展得越来越好，他不再痴痴地追求纪黛宁，估计纪黛宁的肠子都快悔青了吧。

场上的小宝宝在抓周桌上歪着小脑袋打量四周。

玉一样的娃娃爬得慢悠悠的，怕硌到他，桌子上铺了很厚的乳胶垫和锦毯。

桌上的东西也大多是模型，大家都很期待地看着他。

可谁知娃娃什么都没要，小身子倒下去，玩起了自己的小脚丫。

纪老爷子有点儿急。

"再拿点小少爷喜欢的东西上来。"

黛宁想了想，把自己兜里那颗蓝宝石一抛："捡到就是你的啦。"

众人集体失语。

宝宝一骨碌爬起来，朝那颗宝石爬过去。

黛宁扔得远，在桌子尽头。

快到边上了，那头也没有封住，眼看宝宝有掉下去的危险，纪墨珏头皮一紧，连忙要去接住小外甥。

下一刻，一双骨节修长的手接住了奶娃娃。

男人低头，看见一张天真可爱的小脸，娃娃黑亮亮的眼珠子看着他，还吐了个可爱的口水泡泡。

小宝宝抓住宝石，大眼睛扑闪，手舞足蹈。

所有人都愣住了，看是哪位手快的接住了纪家的孩子，往上却看见一张英挺年轻的脸庞，众人看看他怀里的孩子，又看看男人。

不是吧！奶娃娃简直就是男人的缩小版。

赵屿抱着软乎乎的一团，眼睛却情不自禁地看向另一处。

长桌尽头，黛宁偏头打量着他。

四目相对，时光荏苒，对于赵屿来说，这一生，再也没有比此刻更好的光景。

（三）心机

有时候孩子根本不需要检验，靠一张脸就能让众人明白所有。

快两年过去，有些人已经快忘记赵屿了，然而老一辈的，都立刻认出了这是谁。

当年叱咤风云的赵爷啊，坞东宝矿的主人。

奶娃娃窝在男人怀里，要把宝石往嘴里送，赵屿轻轻按住他的小手，宝宝在怀里软得不可思议，他碰一碰都怕弄疼了娃娃。

饶是黛宁没心没肺地过了几年，也看出不对劲了，她伸手："把小崽子给我。"

赵屿看着她，眼看这个小暴躁精就要和他翻脸，他把怀里的儿子递了过去。

前段时间还风风雨雨的流言，从这天晚上开始正式消失。

夭寿啦！如果是赵屿的孩子，不结婚也愿意给他生啊！坞东宝矿那么那么有钱！还是个世外桃源，谁不想要啊！

赵屿的弟弟妹妹这两年身价都难以匹敌，更何况是他的儿子！小家伙简直是个金团团啊。

赵屿也没想到自己还有醒过来的机会。

他把灵魂和气运全部交易给了粉团，只想换黛宁好好的，粉团给他讲过，这是一个书中世界，他作为男主角，原本就是叱咤风云的存在。

而他的女主角并非黛宁。

她只是书中一个苦命的炮灰，赵屿没有经历粉团口中的一切，但他知道黛宁这些年很辛苦。

他其实不那么在乎是不是一定能拥有她，但他怕她继续疼下去。

前两天醒过来的时候，赵屿本以为早已沧海桑田，他闭上眼，在安安惊喜的呼唤声中，第一想法竟然是不想活过来。

安安看上去已经是个少女了。

想必时间已经又过了两年，纪黛宁那样的性格，没有爱他爱得刻骨铭心，估计早就和言景在一起了。

想到这里，尽管两年前已经放弃，可赵屿的心脏还是疼得窒闷，那一瞬，他觉得死了也挺好的，至少活着的时候，她不属于别人。

明明是他为她选择了言景，除去危险的时慕扬，可这时候，他却依然觉得难受，一辈子只爱上了这么一个没心肝的小混账，爱到魂飞魄散，一无所有。

这一切赵屿本想眼不见为净，可是没想到自己还能醒来。

在他沉默难看的脸色中，少年模样的赵平突然咳了咳："哥，大小姐前段时间回京市了，她家那个小宝宝，应该不是我的错觉，像你。"

赵屿也愣住了。

前一刻以为自己一无所有，没想到下一秒就是人生巅峰。

今晚，他抱着嫩乎乎的儿子，还觉得不真实。

她真的给他生了孩子?

这可真是……让人忍也忍不住，嘴角疯狂上扬的事。

宴会上，所有人都感受到，重回商圈的大佬，心情舒畅到和颜悦色。

从前都知道他稳重，可是今晚，他眼里溢满一整个世界最温柔的光。

其实赵屿心里也有数，如果不是黛宁当初觉得她会死，儿子怎么也不会降生。

她那样爱自由怕被拘束的人，不会乐意被一个小生命束缚。

此刻，黛宁警惕鄙夷地看着他："死心吧，小崽子我不会给你抚养的。"

赵屿看着爹毛的大小姐，忍住想抱抱她的冲动："宁宁，我不会和你抢。"

她惯于把人想得坏："你心里是不是在想怎么搞垮我们纪家，然后把小崽子接回去当私生子？"

赵屿沉默片刻："宁宁，你最近在看什么小说？"

黛宁心想，《霸道总裁的契约平民妻》啊，里面的龙傲天总裁就是那么干的，抢了恶毒豪门女配的儿子，给平民女主角养。

黛宁扬扬得意地道：“你敢抢我儿子，我就去商业联姻，然后搞垮你们坞东。”

赵屿头疼不已。

小“作精”，你可真是个小机灵鬼。

黛宁一旦明白儿子是谁的种，防赵屿跟防贼似的。

赵屿好哄歹哄，那只骄傲的小孔雀还是连个正眼都不给他，赵屿想她想得没办法，揉了揉眉心，无奈之下，让人给黛宁寄了一份账单。

大小姐一收到，羊驼支棱着脖子和她一起看。

好家伙，两年来，黛宁林林总总吃的花的，甚至穿的用的，全是赵屿的钱，宝石、包包，甚至还有黛宁挥霍的东西，她以为是纪墨珏上进的结果，没想到她被一个植物人养了两年！

她看看身边的羊驼，羊驼也看着她。

这家伙吃的草竟然都是赵屿的账！黛宁又掐住它：“你的草为什么都那么贵？！”

大小姐花钱一时爽，看着最后的数字，她难得陷入了沉默，好多好多零啊。

这事纪墨珏也一头雾水：“我以为是爷爷给你的零花钱。”

问起纪爷爷，纪爷爷也诧异：“不是纪墨珏那臭小子在养宁宁吗？”

问起邱谷南，邱谷南也茫然：“我以为是纪少签的单。”

很好，黛宁气得捶了捶床。

不就是……那么那么多钱嘛，她还！

纪墨珏为难地道：“姐，咱们公司最近在投资一个大项目，可能最早得明年才能匀出资金。”

他倒是把自己的钱全给了黛宁，黛宁一看，很好，够还一个零头。

她这两年连双筷子都是珍品，被养得嫩到手指尖都能掐出水。

坞东半个宝矿，十年的存品，都拿来哄她了，这可怎么还？

账目催得紧，大小姐没办法，想了想，亲自找到赵屿，把儿子往他怀里一塞。

她气鼓鼓的：“行了行了，把他给你抵债。”

等她有钱再买回来，亲爹总不可能对小崽子不好吧？他那么有钱，小崽子应该过得还好些。

赵屿抱着儿子，小家伙吸着手指头，咿咿呀呀地卖萌。

赵屿失笑："好，你想他随时过来看看他。"

黛宁可气死了，还说不是为了和她抢儿子，估计平民妻子都准备好了。

她忍不住回头看小崽子，有几分舍不得的模样，赵屿看得心疼，但他知道黛宁是什么性格，忍住没有心软。

宝宝一无所觉，冲黛宁伸出手，要妈妈抱抱。

赵屿小心护住儿子的腰。

门口的大小姐走了好几步，又走了回来。

"我买小崽子回来的话，要多少钱啊？"她可怜兮兮地问。

赵屿失笑。

不要钱，只要你愿意多看我几眼。

此前赵屿虽然带过孩子，可他只带过赵安安，那时候赵安安已经四五岁，能跑能跳，皮实得紧，瘦得像个小黑猴子，哪有怀里的宝贝看着精致。

玉娃娃的眉眼三分像黛宁，七分像赵屿，像黛宁的三分，全在一双水汪汪的眼睛里。

赵安安尖叫一声，被萌得心都快化了。

三兄妹围着一个小奶团，别说赵安安，连赵平都是一脸痴汉笑，小家伙一来就得到了最好的待遇，软软的摇篮，新奇的玩具，还有精致到奢华的婴儿床。

赵屿小心冲好奶粉，试过温度才喂儿子，宝宝抱着奶瓶，乌溜溜的大眼睛四处看。

崽崽没来过这个陌生的别墅，起先两天还好好的，后来看不见妈妈，终于慢半拍反应过来黛宁不要他了，开始小声抽抽搭搭。

娃娃和别的宝宝不一样，其他宝宝号啕大哭，玉娃娃只知道抽泣，偏那一双大眼睛，泪汪汪地掉泪，让赵屿心疼得不行，像看见她在哭一样，抱着儿子来回哄，好不容易才把小家伙哄睡。

赵屿给他擦了擦口水，又忍不住笑了。

小家伙哭了，她总得来。

黛宁下午就知道儿子想她在哭，那崽子随她，没心没肺，反射弧慢了好几天，她又好气又好笑，还以为白生了个小蠢蛋，没想到他还知道想妈妈。

可是让她去见赵屿，她莫名就很抗拒。

那男人看着温柔，实际手腕强硬，在她心里，是个坏蛋无疑，何况她把儿子给他抵债，现在去了估计也要不回来。

黛宁忍来忍去，心里还是有了牵绊，羊驼在一旁，用一种看透一切的眼神看着她，大小姐敲一下羊驼，坏脾气地道："看什么看，再看拿你去抵债！"

晚上，黛宁还是来了别墅。

玉娃娃睡醒，又慢半拍地想起来妈妈不在，他抽抽搭搭，伏在赵屿肩上，黛宁难得心疼，这下也不管赵屿怎么想了，接过小家伙就开始哄。

宝宝很快就不哭了，咿咿呀呀地糊了她一脸口水。

黛宁瞬间又开始嫌弃他。

大小姐来之前就想好了，她要多挑点赵屿的刺，最好找出他虐待宝宝的证据，这样她就可以光明正大地接回去养。

糟心，拖到明年公司周转开，她就可以把儿子买回来了。

可她横看竖看，得出了一个扎心的结果——赵屿比她还照顾得好。

他对她的孩子，确实爱如珍宝。连黛宁想不到的细节，他都做得很好。

大小姐鼓了鼓脸，没事找事她最擅长，她一脚踹在那张婴儿床上："这什么破质量……"

婴儿床轻轻晃动，却毫发无损。

赵屿跟在她身后："你不喜欢，我可以换。"

换什么换！

她拿起宝宝的纸尿裤："这什么破……"是她儿子常用的牌子。

就连拨浪鼓上的宝石都是细细打磨过的，抠都抠不下来。

大小姐气恼得不行，下意识地踢赵屿一脚，他做得这么好，让她怎么挑刺！

动作太熟练，踢完才想起来这是债主，还是手持她儿子的那种。

黛宁愣了愣，抬起头看他。

他低下头，眼神很温和，摸摸她一头软软的鬈发，包容又温柔："别生气，你不喜欢什么，都可以和我说。"

"不喜欢你"几个字在唇舌绕了一圈，最后没吐出来，变成一声娇滴滴的"哼"。

安抚完宝宝，她又得走了。

外面下着雨，赵屿从她手里接过儿子，装作不在意地随口道："下雨回去不方便，纪大小姐不妨留下来，宝宝这两天晚上容易哭。"

面前骄傲的小孔雀有点儿意动，却又不太情愿。

赵屿唇角轻轻弯了弯："家里房间很多，大小姐可以随意挑。"

黛宁终于同意留下来。

一旦她愿意在他能看见的地方，赵屿就把儿子还给她，亲自去厨房给她做饭了。

赵安安和赵平都不在别墅，早早被他打发走了。

赵屿做了一桌子黛宁爱吃的菜，还给她做了个爆浆蓝莓蛋糕。

她捧着小蛋糕，高兴得不行，黛宁吃饭，赵屿就给儿子冲奶粉喂他，等黛宁吃完，他才吃她剩下的。

收拾好出来，看见儿子在软软的地毯上爬。

漂亮的女人偶尔坏心逗逗他，机器人尽职尽责地守在门口，实时监测孩子的状态。

窗外下着雨，赵屿的心软得一塌糊涂。

到了睡觉，又是一个问题。

黛宁想和宝宝睡，她几天没嗅到儿子身上的奶香，嘴上不说，心里却不太安稳，觉都没怎么睡好，好不容易有个抱着小家伙的机会，可赵屿不让。

"他和我睡。"赵屿抱着儿子，之前什么都依着她，此刻倒是不容置喙。

黛宁眼巴巴地看着他把小团子抱走。

赵屿突然回头："你不放心，也可以过来看着他。"

这个事就超纲了，大小姐用圆圆的眼睛瞪他。

到了半夜，儿子开始哭，赵屿熟练地起床抱起来哄，心里却止不住隐秘地高兴。

他嘴角抿住了笑，看向门口。

过了会儿，大小姐探头探脑地出现在了门口。

赵屿没有为难她，也不说半句笑她的话，把儿子递给她。

黛宁松了口气。

这件事循环了一周。

终于，大小姐充沛的精力没了，在赵屿的床上睡了过去，雷也打不醒那种。

小崽子真是讨债的，她都有种送给赵屿也挺好的想法。

赵屿把睡熟的儿子放回婴儿床，这才小心翼翼地回到床上，更轻地环住了她。

感受到热源，黛宁往他怀里钻了钻，额头就靠在他的心口。

赵屿手指一颤。

现在胸膛里外，全是她了。

（四）取名

宝宝虽然大多数时候很乖，晚上却也偶尔会醒一两次。

听见细小呜咽声的那一刻，赵屿立刻睁开眼睛，他没有惊动怀里的人，轻手轻脚地抱起摇篮里的孩子走了出去。

给儿子换了尿不湿，又抱着在走廊上来回哄，很快小家伙就在他怀里睡安稳了。

把儿子哄睡，他这才上床。

有了不省心的宝宝，黛宁夜晚也有几分浅眠，她迷迷瞪瞪地睁开眼睛，赵屿轻轻拍着她的背。

他的动作太过温柔，很快黛宁又睡了过去。

黛宁一开始对赵屿的印象并不好，带儿子的闲暇，她辣眼小说看多了，总觉得赵屿这样身价的男人会和她抢孩子。

她向来薄情，一旦先入为主，赵屿做什么，她都容易“阴谋论”。

比如带孩子这件事，她心想，赵屿知道她过来，多半是做做样子，亲自带几天，一旦她离开，她儿子说不定就被扔给保姆带了。

不要问她为什么会这样想。

她小时候就是这样长大的，父母表面恩爱，可她和纪墨珏都是没人爱的孩子，纪墨珏变得叛逆，黛宁则变得冷漠。

父亲有情妇，母亲有情夫，为了一个大家族的体面，勉强将家庭拼得完整，爷爷没照顾他们之前，黛宁大多数时候都跟着保姆。

他们对她不错，却少了那份真心，所以尽管她嫌弃小崽子，可当香香软软的孩子一天天长大，她到底舍不得把他扔给保姆带。

可是这段时间下来，黛宁发现赵屿与她的想象完全不同，他并不霸道乖戾，也没有对她用任何强硬手段，相反，他十分包容又耐心。

别墅里没有出现过孩子的保姆，偶尔钟点工会来打扫卫生。

赵屿没有假以人手，有时候儿子吐着泡泡，小脚丫蹬在他脸上，这个外界传得近乎神一般的男人温和得不像话，为了宝宝，他甚至大多数时候都在家办公。

黛宁看得迷惑，她仿佛从赵屿身上第一次看到何为父亲。

肩膀宽阔，有责任感，包容温和，又如山般可靠，如果单是这样，黛宁倒挺满意。

去哪儿找这样一个有身价有颜值的看娃神器呀?

但赵屿之意显然不完全在她儿子，比起孩子，她竟然隐约觉得这个男人更在意她，比如今天早上，她睁开眼睛，还没睡醒，眸光一下变得警惕。

“你在做什么？”

赵屿的唇离她的唇很近，似乎没想到她今天会醒早许多，他沉默了下，倒也没辩解:“抱歉。”

黛宁将他推开。

玉娃娃的生物钟比她的规律多了，此时正在摇篮里吮着手指看她，乌溜溜的大眼睛眨巴着，小脚丫还在蹬。

看见黛宁凑过来，宝宝兴奋得手舞足蹈。

黛宁不许他吸手指，玉娃娃是个没有脾气的小家伙，这点倒是不随黛宁。

因为早上那情不自禁的吻，黛宁头一次有了危机感。

她开始反省自己，是否在习惯赵屿对她生活的入侵？平心而论，因为父母失败的婚姻，大小姐对世界上的婚姻和爱情并无期待。

这段时间下来，孩子已经渐渐熟悉了赵屿这个爸爸，偶尔还舒舒服服地赖在他怀里吐口水泡泡。

这让大小姐心里酸溜溜的，凭什么呀，她生的小蠢蛋，为什么要去亲近一个坏人？那人还是他们母子的债主呢，小崽子到底有没有自觉？

因为害怕孩子被抢走，黛宁总算有了几分危机感，打算离间一下他们父子之间的关系。

赵屿看出了什么，心里好笑，也随她折腾，大小姐不许他靠近他们母子的时候，他就去隔壁书房看文件。

宝宝到了学走路的阶段，白天用上学步车，小家伙可以自己懵懵懂懂地走许久，到了晚上，小家伙精力依旧充沛，不要学步车，在赵屿床上爬来爬去。

黛宁随他自由生长，爱走爱爬都没有意见。

宝宝大了些，黛宁便觉得一天下来有点儿累，又因为把赵屿想得很坏，她最近勤快得像只小蜜蜂，但她娇气惯了，才把孩子放进婴儿床，她就累得伏在沙发上睡着了。

赵屿低头，就看见了一张如花娇颜。

暖黄的光下，她漂亮得不像话，许是离了青团，她这具身体像是从花苞渐渐绽放，褪去几分稚气，带上了几分令人惊艳的美丽。

赵屿其实还记得那一年，在谷场，大小姐袅袅婷婷走过来的样子。

当时，整个杏花村的男人女人，都愣愣地随着她的步子，目光发直。

赵屿坐在谷场的地面，身上带着汗水，他目光冷淡，心里猜她会搞事，可不得不否认，黛宁是他最初对于美的认知。

尽管那时候他并不觉得这朵娇气可爱的花儿会属于自己，他也并不知道自己后来会有多爱这个女人。

赵屿反应过来的时候，手指已经轻轻触上了她的脸颊。

真要说起来，大小姐的性格并不怎么好，然而不是因为她的美丽，赵屿才喜欢她，很早以前他就无比清楚地知道，哪怕有一天她容颜凋谢，性子骄纵，可无论什么时候，他只要看见她，便觉得心里柔肠百结，幸福得不像话。

他轻轻抱起她，让她去床上睡。

屋里没开灯，他怕她醒过来，也没去按那个开关，没承想这样便坏了事。

大小姐带孩子没有收拾烂摊子的习惯，地上全是他儿子的玩具，赵屿踩上去，脚下一滑，他下意识地护住怀里的人。

黛宁被惊醒，睁开眼睛，就看见自己趴在赵屿身上。

众所周知，她这个人惯于把人想得很坏。

有了前几天偷吻事件，她几乎第一时间感受到了什么。

他修长的双腿微微分开，手还放在她的腰上。

室内没有光，窗外却隐约有些别墅外的灯光。

大小姐没太清醒，手下意识地摸了摸，赵屿身体僵住，喉结滚了滚。

她茫然的眼神清醒过来，然后毫不含糊，一巴掌打在了赵屿脸上。

“混账东西！”气死她了，趁她睡觉竟然做出这种事。

她那点力气，打在脸上并不痛，赵屿头都没偏，握住她的手腕：“你听我解释。”

他嘴上说要解释，身体却更加诚实。

这种情况，赵屿难得有点儿尴尬。

他是个正常男人，娇滴滴的心上人在怀里，不是他性格淡然就能控制住的。

黛宁抓起儿子的玩具，劈头盖脸地捶了他一通。

赵屿由着她闹，可这小坏蛋气哼哼地打完人，还踢了他一脚，赵屿吸了口气，额上青筋跳了跳。

黛宁教训完人，想去抱起儿子，离开这个禽兽，赵屿握住她的脚踝。

“宁宁……”他嗓音微哑，“别下去，床下有……”

大小姐唱反调最厉害，她抬起玉足，无情地在男人脸上踩了一脚，然后直接下床。

赵屿好笑又认命，他怕她踩到地上的宝石玩具，下来打横抱起她，大小姐现在非常抗拒他，抡起小粉拳捶赵屿：“你再碰我，我就让爷爷弄死你！”

“嗯，我知道。”他没多说什么，绕开零碎的玩具，抱着黛宁出了房间。

赵屿回来，开了一盏最小的灯，把地上的玩具拨开，幸亏摇篮里的小家伙依旧睡得香甜。

赵屿连婴儿床带宝宝，一起送到黛宁的房间去了。

她惊疑不定地看看宝宝，又看看赵屿。

赵屿摸摸她的头发，看她像只小刺猬一样，觉得又好气又心软，他忍不住笑笑："别怕，你不愿意我不会做什么。"

说罢，还真回他自己的房间去了。

赵屿把四散的玩具收好，去浴室洗澡。

然而第二天，赵屿最担心的事情还是发生了。

往常他都比黛宁起得早，可今天他出门，就看到宝宝在摇篮里玩拨浪鼓，而一旁，是邱谷南在守着。

赵屿心中沉了沉。

邱谷南看见他，连忙站起来，磕磕巴巴地解释："大小姐说、说她出去玩几天。"

赵屿表情冷淡，抱起儿子时脸上才有了几分柔和。

他也没说什么，让人准备早饭去了。

黛宁不在时，他不会亲自下厨，厨师被叫过来做饭，房子里弥散着不太好的氛围。

邱谷南叹了口气，也看出赵屿心里挺难受的。

她战战兢兢，生怕他会把这股火迁怒到孩子身上，小家伙的口水全流在了赵屿的衣服上，也没见他生气，赵屿拿柔软的棉布，给儿子把口水擦干净。

邱谷南心里一松，这才反应过来自己想多了，这可是孩子的亲爹。

她所有的担心，其实不无道理。

赵屿推开门前，眼里温柔又期待，可是当看见房间里只有孩子时，那双温和的黑眸几乎一瞬间空了几分。

邱谷南很紧张，生怕他发火。

拜大小姐稀奇古怪的思维所赐，邱谷南看到赵屿，就忍不住脑补，这可是真正的总裁啊，会不会一会儿就下拦截大小姐、冻结银行卡之类的命令？

她忧心忡忡，却发现赵屿什么都没做。

下午坞东送来了宝石坠子，赵屿看了两眼：“拿去黛宁房间。”

他抱着儿子，突然转头问邱谷南：“她钱够花吗？”

啊？

黛宁虽然走了，可她并没有想象中快活，她躺在沙发上拿着手柄玩游戏，羊驼支棱着脖子，见她死掉，就不屑地看过来。

这羊驼跟成了精似的！

她在赵宅是个小宝贝，可是回了自己的地方，连羊驼都鄙视她。

“你中午没饭吃。”她超小气。

眼见羊驼就要朝她吐口水，她恶狠狠地道：“敢欺负我，就让赵屿把你捉去炖汤。”

羊驼僵住。

大小姐欺负了羊驼，颇为自得，心情也没有那么郁闷了。

想到儿子漫长的反射弧，她应该还有时间去隔壁市玩一圈。

她年轻漂亮，比电视里的明星都好看，身上娇养出来的气质更是难得一见，享用午餐时，一个法国的小哥哥眸中流露出钦慕的色彩，递来一支玫瑰花。

他蓝色的眼睛多情、渴盼又绅士地看着她。

黛宁突然觉得兴致缺缺，她想，假如此刻她因为被打扰，往面前男人的脸上泼一杯水，这世上唯一半点儿都不会生气，还替她擦手指的，可能只有赵屿。

她没接玫瑰，饭后逛街去了。

自从得知自己手中的几个牌子是赵屿送的，她脸皮再厚，也不太想用他的东西。

说起来，因为这几年被娇养，大小姐对自己卡里有多少钱，没有半点数，想到自己如今是个身负巨债的大小姐，她付账后，怀着微妙的心情去查了查银行卡。

出乎她的意料，五天前有一笔转账。

一个陌生账号给她转了好大一笔钱，那么多个零，一晃也数不清楚，但五天前，恰好是她离开赵家那一天。

看着那一串足以买下商场的零，黛宁突然也没了逛街的心情。

她回到家里，看见羊驼正在目不转睛地盯着一只苍蝇。

“蠢货。”她恶毒地评价道，也不知道到底说的谁。

大小姐换上漂亮的裙子，心想，如果小崽子再哭，她还是大发慈悲地去看看好了，好歹是自己生的崽崽，总不能真给赵屿了。

为此，她还特地打电话给纪墨珏：“明年我们家是真有买小崽子的钱吧？”

纪墨珏哭笑不得，含含糊糊地给出一个答案：“应该吧。”

纪墨珏对所有觊觎姐姐的男人都没什么好感，可是两年前在大雪中接回黛宁，他是亲眼看见那个男人将黛宁护在身下的，宽阔的脊背上一层厚厚的积雪。

在那场爆炸里，唯一没波及的地方就是天台，唯一没受伤的人是黛宁。

她在他怀里，甚至脸颊都透着健康温馨的粉色。

纪墨珏看见了男人口袋里掉出来的字条，只有三个字——快乐点。

这是他对她唯一的期盼。

那一刻，饶是纪墨珏，也有几分动容。

醒过来的姐姐忘记了不愉快，还是以前那个不可一世的大小姐，纪墨珏变得成熟有担当，也学着开始宠爱她。

真好，一切来得及，黛宁心里明透又干净，她始终都是快乐的。

黛宁对弟弟给出的答案很不满意，什么叫“应该”？难道还可能买不回来小崽子吗？

邱谷南在纪家，偷偷给黛宁传递情报。

“宝宝练习走路挺顺利。”

“孩子没哭，就是忍不住到处找你的身影。”

“赵总在教他说话。”

对小没心肝不满意，黛宁又忍不住问：“赵屿教他说什么？”

该不会是坏妈妈之类的吧？

邱谷南偷听了一下，复述着打字。

“爱，宁宁。”

黛宁捂住脸颊，不吭声了，别指望她羞愧，她不会羞愧的，教她儿子喊“宁宁”，他要上天吗？

赵屿没有试图束缚她，也不敢给她任何一丝被捆绑的感觉。又过了两天，不知道赵屿从哪里知道她没买衣服，让人送了新季度的裙子过来。

林林总总，让人看花了眼。

黛宁身后跟着羊驼，拒收了这堆糖衣炮弹。

黛宁摸着羊驼，和它商量："如果我没钱，你就自己出去讨饭吃，能做到吗？"

羊驼想鄙夷又不敢鄙夷地看着她。

邱谷南的消息又来了，这次比较劲爆。

"赵总的母亲来了，大家都催着给宝宝取个大名。"

总不能每个人都像大小姐那样没心没肺，"小崽子""小崽子"地喊，小家伙已经一岁了，还没个正经名字，黛宁不靠谱的让人想哀叹。

听见这两天的信息，大小姐气得从床上弹起来，把偷吃土豆丝的羊驼吓了一跳。

"气死啦，不经我允许，就给我儿子取名字，我要抽死这王八蛋。"

黛宁之前可是看过的，像赵屿这样的男人，出身贫寒，能站到今天的高度，往往心机水准没得说。

通常故事里，他会有个白富美妻子，在他心里，乡下的母亲和弟弟妹妹显然是最重要的，而这些亲人往往贪得无厌，对千金大小姐生的孩子不会好！瞧瞧，才过来，竟然就要给她儿子取名！

大小姐再也坐不住，也不指望那个小没良心的宝宝哭着要自己，杀气腾腾地就到了赵家。

她可不是喜欢赵屿的女配大小姐，她可以守住自己的心，生气很可怕的！

一路上，奇怪的知识让她想了许多种结果，甚至想家到了儿子被打扮成一个特别土的娃娃，流着口水，哭泣都没人抱的样子，然后赵屿抱着一个平民妻子，表情漠然。

黛宁打开门，四双眼睛同时看过来。

黛宁愠怒的神色僵在脸上，房子内，赵安安看见她，两眼放光又亲昵，少年模样的赵平则惊喜地看向他哥。

那个看上去苍老朴素的、坐着轮椅的妇人，有点儿忐忑却期待地看着她。

赵屿也没想过她会回来，愣了一瞬后，眼睛里泛起浅浅的笑意。

黛宁的儿子坐在老太太腿上，啊呜啊呜地玩着脚丫。

小家伙水水嫩嫩，衣服是浅浅的蓝色，看上去干净又可爱。亏他还认得妈妈，看见黛宁，伸手要抱抱。

反正怎么看，这家人都不像在虐待她的孩子，一个个就跟围着什么稀世珍品似的。

大小姐进门，成了第二个稀世珍品。

黛宁心想，不对啊，这剧本和她的知识储备不太一样啊。

她心里哼了一声，赵屿的母亲看起来和善温柔，可谁知道是不是演员，反正赵屿是坏蛋，他全家都是坏蛋。

既然表面上挑不出虐待孩子这个毛病，就只剩一点可以挑毛病了。

“你们要给我儿子取名？”

赵屿还没说话，赵母连忙紧张地解释道：“大小姐，我们是看娃娃这么大了，总得有个名字才行。”

总不能真一直喊“崽崽”。

在老太太心里，这个身份高贵的大小姐，可爱又心地不错，她知道自家屿哥儿有多么爱她，那几年的疯魔痴狂，让老太太至今仍心有余悸。

她非常怕大小姐不要她儿子，毕竟赵母清楚，这辈子除了黛宁，赵屿谁都不会要。

而且怀里这个软乎乎的可爱孙孙，真是萌得人心都化了，赵屿小时候没吃食瘦巴巴，孙孙却水嫩嫩的，还遗传了黛宁眼睛的灵气，赵母喜欢得恨不得喊小心肝儿。

黛宁抱着孩子：“我就要喊‘崽崽’！”

她任性地鼓起脸颊，看向赵屿。

赵屿忍不住弯唇：“嗯，那就不取。”

赵平有点儿想笑，好在他忍住了，他们一家子，倒也都是好脾气的人。

还是赵安安鼓起勇气，用清脆软糯的少女音说：“大小姐，我们没有要给小侄儿取名，哥哥说等你来取。宝宝一岁啦，大小姐你有喜欢的名字吗？”

大小姐死活不肯承认，自己第一，是吃了不爱学习的亏，取名字不够惊艳，第二，对于取名字，她朝三暮四，昨天喜欢一个，今天就反悔了。

赵平和赵安安期待地看着她，连赵母都非常殷切。

黛宁拒绝道：“今天不宜取名！”

小家伙在她怀里“呀呀”地叫，竟然有几分似模似样地在学她讲话，黛宁愣了愣，她脸上忍不住温柔了些，亲了亲儿子粉嘟嘟的小脸。

小家伙开心得直笑，小乳牙都能看见。

宝宝到底想她，赖在她怀里就不肯下来。

晚饭已经准备好，赵家人都期盼地邀请黛宁吃饭，黛宁抱着儿子，勉强同意留下来。

饭菜竟然没有黛宁和赵屿两个人在的时候丰盛。

黛宁看看桌子，又看一眼赵屿。

男人回望她，低声笑道：“不喜欢的话晚上我给你做别的？”

黛宁哼了一声，倒也没挑剔，吃完了这顿饭。

赵母知道大小姐能来看看儿子有多不容易，吃完饭她就招呼平安两兄妹回房间睡觉去了。不管怎么样，把空间留给儿子和大小姐是好事。

他们这样自觉，黛宁眨巴了下眼，男人的气息近在身边。

他试探般轻轻伸出手，抱住她和孩子，下巴抵住她的肩膀，语气十分温柔：“宁宁，儿子叫余生好不好？”

她刚要说难听。

“纪余生。”赵屿在她脸颊上亲了亲。

寄余生。

再也不选任何人，余生所有的爱全给你。

那个纪姓让她抬起了小脸，连赵屿亲她都不计较了，大小姐莫名觉得冠上自己的姓挺好听的。

怎么说呢？又土又潮。

好半晌，大小姐娇声道：“好吧，至少罚抄的时候，他可以少写点字。”

赵屿失笑，觉得她可爱到不行，忍不住摸了摸她的小鬈毛，想来眼前的小坏蛋还是个孩子的时候，没少被罚抄弄出心理阴影。

怀里的小家伙啊啊呜呜，时隔一年，他终于有了名字。

不仅如此，小名也顺带取了，就叫“果粒”。

这名字黛宁喜欢，听上去可可爱爱还能吃。

赵屿完全不在乎孩子跟谁姓，黛宁也不在乎，相反，接地气的名字莫名让她心中舒坦。

空气中，青团小心地圈着粉团，解释道："我家契约者可能害怕标准男主角名了。"

毕竟如果小果粒长大真当男频男主角，多么惊悚啊。

粉团得意地道："早就不会啦。"

小果粒以前能看见他们，现在却不能了，气运消失以后，他会健康普通地长大。

当然，比起别的小朋友，他有首富爹千金妈，依然不可忽视。

青团红着脸，害羞地说："那、那我们什么时候可以有个，有个小团团啊？"

时空兽老大粉团也难得红了脸，傲娇地道："痴心妄想！"

青团还是傻乎乎地看着媳妇，心里美得冒泡。

青团唯一的遗憾，就是不能亲自和契约者道别，这次倒是轮到粉团安慰它："他们看不见我们才是最好的，毕竟人类过得好，就并不需要我们完成愿望。黛宁没有恨，她的灵魂干净安稳，有赵屿爱着她，她会一直幸福的。"

青团点点头。

它们本就是人类强烈心愿才能召唤出的契约兽，只有人生有缺憾时，才能看见他们，所以当初看见赵屿身边的粉团，它才会那样意外。

失去黛宁，对赵屿来说，竟然是一件比黛宁经历的前生还要可怕的事，这股力量让他召唤出了粉团。

青团飞到黛宁肩上，不舍得地抱了抱她，这才和粉团手牵手离开。

黑色灵魂的姑娘，愿你此生圆满，有人可依，免你流离。

黛宁似有所觉，然而她抬起眼睛，却什么都没看见。

（五）无价之宝

儿子两岁大的时候，黛宁终于绝望地发现，她抓不到任何一个赵家人的把柄。

小果粒太可爱了，没人不喜欢他，赵安安每次都被萌得尖叫。

在赵家人眼里，大小姐是世上最漂亮可爱的女孩子，她的儿子是世上最漂亮可爱的男孩子！

更令黛宁绝望的是，纪墨珏竟然和她说，没钱买回小果粒。

对此，纪墨珏解释道："他们坞东之前开采出来一颗稀世宝石，听说L国的王妃想要，可是赵屿给你了。"

黛宁模糊间想起，确实有这么一回事，那颗宝石先前被她做成了项链，好看得不像话，可惜后来又有漂亮的宝石吸引了她的注意力，黛宁没考究过那东西有多珍贵。

现在明白了，全世界就一颗，还是无价之宝。

纪墨珏无奈地道："既然无价，那我真的没办法，要不你和赵总商量下？"

他咳了一声，又道："黛宁，其实就是撒个娇的事。"

都僵持一年了，黛宁心想，要是赵屿算利息，那利息都滚成一个可怕的数字了。

骨子里的傲气和从小优渥的生活，就不容许黛宁欠债。

对此，她终于就债务一事，再次和赵屿探讨。

大小姐绷着小脸，她今天穿得很漂亮，一身蝴蝶兰镂空裙，花纹都是金线绣上去的，大小姐发间绑了蓝色丝带，如果不说，半点也看不出她是两岁孩子的母亲。

一张娇颜粉嫩嫩，怎么看怎么像没毕业的大学生。

赵屿看着她，轻笑："打欠条？"

黛宁严肃地点头。

男人薄唇轻启，连拒绝都是温和的："不可以。"

她有点儿急："宝宝给你带了一年，总该还我啦！哪怕离了婚，都不能独属于一个人！"

赵屿给她切了块蛋糕，动作顿了顿，淡淡地颔首："你说得对，可是我们并没有结婚。"

所以离婚这个程序，还差得远。

"更何况，宁宁，我没有剥夺你探视的权利，你如果愿意，可以一直住在这里。”

黛宁不占理，可不妨碍她超凶地掐住他的脖子。

“不管不管，把小果粒还给我。”

赵屿弯了弯唇，这时候他又怎样都不松口了，黛宁恼得不行，恨不得咬他一口。

儿子买不回来，再给他养，说不定就和自己不亲啦，别以为她不知道，那小家伙在赵家简直是团宠，现在还软趴趴地睡在隔壁呢。

赵屿镇定自若，看她耍赖。

大小姐没了办法，想起纪墨珏的话，半晌，干脆抱住他的脖子：“赵屿，你还给人家嘛好不好？好不好呀？”

赵屿伸手抱住她的腰，眼里浮现出柔软的笑意：“那还你三天。”

她吧唧亲他一口，大眼睛水汪汪的。

赵屿抿了下翘起的唇角：“好吧，七天。”

黛宁不太甘心，七天有个什么意思。

两个人大眼瞪小眼，终于，赵屿低头，试探着来吻她。

黛宁想了想，这样是不是就三年了？于是她没动，手指软软地搭在赵屿肩上。

男人略微冰凉的唇覆上她的，黛宁睫毛轻轻颤了颤。

原本浅尝辄止的吻渐渐深入起来，她眼睛蒙上了一层氤氲的水汽，赵屿终于不再努力隐忍，托着她，在她唇上反复辗转。

最后等男人跪在她腰侧来亲她时，黛宁还在想，五年、十、十年啦……

她抓住男人的头发：“赵屿，小果粒给人家打个折嘛！”

赵屿含糊道：“嗯。”

她开心起来。

云消雨歇，赵屿握住她的手，把那枚曾经被她乱扔的钻戒戴了上去。

她迷迷糊糊，嘴里还在嘀咕：“无价之宝……是多少……”

赵屿亲了亲她的脸颊，低声回答她：“是你。”

初夏来了，窗外蓝天白云，晴朗一片。

赵屿不知道要多少年，黛宁才会如他爱她那样眷恋着自己，可这些他都不在乎。

他爱她，喜欢她的全部，他知道她骄纵，凉薄，别有居心；他知道他们最初的身份天差地别；他知道她的恨、她黑色冰冷的灵魂。

他什么都懂。

所幸，他有一辈子的耐心，爱护一件稀世珍宝。

（六）一生

清晨黛宁醒来，赵屿吻了吻她的额头："早。"

大小姐还记得昨晚的事，揉揉眼睛道："小果粒可以还我了吗？"

赵屿没有立刻回答，只问她："那你昨晚说过的话，你还记得吗？"

黛宁自然地道："不记得啦。"

赵屿知道她惯于翻脸不认人，昨晚柔情蜜意地喊好哥哥，什么好听话都敢说，今晨一醒来，只惦记着让他给小果粒打个折。

纪家有钱归有钱，可是和赵屿没得比，加上纪墨珏处于发展期，需要的流动资金非常多，大小姐要从赵屿手中赎回儿子，简直是天方夜谭。

昨夜的交换是这样的——

赵屿把果粒还给她多久，她就得先在赵宅住多久，但是看大小姐这个慵懒不要脸的模样，显然心中只记得前半部分交易，自动忽视了赵屿的条件。

赵屿早知如此，并不意外，起床穿衣裳。

和纪黛宁什么都可以谈，就是不能谈感情，因为这小没良心的没有感情。

他冷静克制地扣好衬衫扣子，没有管床上蜷成一团的大小姐，系好领带准备去公司。

见他软硬不吃，黛宁也有些来气。

她瞌睡醒了一半，赵屿出门换鞋前，她麻利地换好衣裳，追上他，拽住他的领带，威胁道："我告诉你赵屿，不要敬酒不吃吃罚酒，小果粒不还给我，你休想去公司。"

赵屿低眸看她一眼。

他相貌英挺，似笑非笑："你确定让我留下？"

“你还是滚吧。”黛宁松开手。

赵屿知道小“作精”一会儿一个主意，没把她的胡闹当回事，换上鞋，刚要出门，身后蹦上来一个人。

怕大小姐摔着，赵屿不敢躲，硬生生地扛了这一下，就势背着她，往外走，淡声道：“要么好好谈条件，先答应我的条件，来我身边，我再把小果粒还给你，其余免谈。”

“谁要和你谈条件了。”大小姐拽住他的领带，狠狠一收，勒紧他的脖子，“小果粒还不还给我？！”

赵屿深吸了口气，眉眼冷静：“不还。”

“那我勒死你了啊？”

赵屿：“嗯，随意。”

她泄气地松开他，这个人怎么回事啊？命都不要，也不把儿子这个筹码还给她。

她跳下他宽阔的脊背，没意思地摆摆手，回房间补觉了。

赵屿看着她的背影，良久，整理了下凌乱的衬衫上车。

晚上，赵母和赵安安过来吃饭。

赵母一眼就看见了赵屿脖子上的勒痕，惊讶道：“屿哥儿，你脖子怎么了？”

黛宁本来在逗小果粒。

她坏得很，小果粒正是馋的年龄，她把三角形的奶酪放到宝宝手边，人家咿咿呀呀要去拿的时候，她又故意拿开。

如此反复逗弄小果粒，乐此不疲。

赵平也皱眉说：“大哥，你没事吧，要不要去医院？”

听见赵母和赵平的话，黛宁飞快地瞥一眼赵屿的脖子，果然，有很重的勒痕。

想起早上自己下的狠手，大小姐并不心虚，撑着下巴，眨眼看着赵屿，不要指望她愧疚，有本事直接给大家说啊，把她和小果粒都赶出去。

赵屿拿起奶瓶，平静地说：“没事，早晨领带被勾到，不小心勒了一下。”

赵母说：“以后多加小心，都青了。”

赵屿说：“嗯，我知道的，妈。”

大小姐心里突然有点儿难受，也不用奶酪逗小果粒了，自己闷闷地咬了一口。

什么嘛，这样都不告状，也不赶她走，她干脆上楼去打游戏。

她一走，赵平靠近赵屿，笑得贼兮兮的，道：“哥，是大小姐干的吧？”

赵屿：“不是。”

“你骗不了我。”赵平说，“她干坏事你总是包庇，以前在杏花村就是，大小姐把刘婶婶家的菜当花给摘了，你亲自送了篮鸡蛋去赔罪。”

“你又知道了？”

“当然，我和赵安安都知道。”

赵屿没什么反应，测了温度，把奶瓶塞到儿子手里，小果粒现在能自己喝奶了，两只小手抱着奶瓶，叽叽咕咕地喝，一双大眼睛十分纯净地看着赵屿。

赵屿心里软得不像话，指腹摸摸儿子的脸颊。

赵平在旁边幽幽地道：“纪家浑蛋不少，不过长得是真没话说。”

不管是纪墨珏，还是小恶魔一般的纪黛宁，或者现在大哥的孩子小果粒，漂亮得像小天使似的，都拥有一张被天神吻过的脸。

赵屿失笑。

是啊，最漂亮的那个偏偏最坏，还在楼上打游戏呢，想要他的钱，要他的儿子，却唯独不要他这个人，世界上哪里有这么好的事情。

乖乖和他在一起，要什么他都给。

若依旧如此冷心冷情，那么大小姐就看看自己打不打得过精打细算的资本家吧。

安顿好小果粒，赵屿一上去，就听见大小姐气哼哼地说：“垃圾打野，垃圾打野，我用脚玩都比你玩得好，撒把米在键盘上，鸡都比你会操作。”

赵屿眸光一转，落在大小姐赤裸晃悠的玉足上，纤细漂亮的足，上面还臭美地涂着樱花粉的指甲油，扇贝一般好看。

打野说：“不服来 solo。”

大小姐也就嘴巴厉害，真让她上她比人家还菜。

她鼓了鼓腮帮子，笑嘻嘻地跑到赵屿身边：“赵屿，这个坏蛋骂人家，你帮人家打他嘛。”

赵屿受不了她这软软求人的语调，好脾气地道：“可以，你先把鞋子穿上，别感冒。”

“好呀好呀。”

赵屿接过她的手机，发现单挑界面已经开了，对面已经选好了英雄。

大小姐凑过来一个小脑袋，指点道：“我要这个英雄，这个帅。”

赵屿没什么异议，选了她喜欢的打野英雄，把对面杀得五体投地。

对面本来以为屏幕那头是乱玩 ADC 的菜鸟，结果被赵屿打得心态崩了，差点吐血：“这么厉害刚刚你不选打野？让老子打野，输了你又骂！”

黛宁看见这句话，瞬间心里舒坦了。

她对赵屿说：“你给我打辅助嘛。”

赵屿温和地道：“好。”

给她打辅助是个很惨烈的活儿，黛宁玩得菜，还霸道，总之不许赵屿死在她后头。

大小姐稀奇古怪的要求，赵屿一个都没拒绝。

黛宁看他一眼，把手机一扔：“不玩了不玩了。”

赵屿垂下眼睑，心中了然，笑了笑说：“早点休息。”

说罢，他带上门，真就出去了。

黛宁瞪着那扇门，良久哼了一声，昨晚饥渴至极的男人，穿上衣裳，又变成了衣冠禽兽的温和模样。

她用被子盖住自己，喃喃道：“天下男人没有一个好东西。”

正如自己年幼时父亲出轨一般，纪恬在她上辈子悲惨的一生中，始终是根刺。

她并不敢相信世上真有人会不顾一切地爱她。

入夜，赵宅的警报响起。

赵屿睁开眼，穿好衣裳从容出门，看见赵宅门口的保安，还有拎着一个大口袋，戴着墨镜的黛宁。

保安和大小姐面面相觑，大眼瞪小眼。

看见赵屿，黛宁抬了抬下巴：“人家要回去了。”

赵屿靠在门边看她，问：“半夜回去？”

黛宁：“嗯哼。”

赵屿的目光落在她手中的袋子上，问：“你拎着什么？”

黛宁理直气壮地说：“人家的衣裳。”

他走过去。

黛宁：“你你你你做什么！”

赵屿扯开袋子，看见一张憨憨的小脸，宝宝在婴儿睡袋里吐着口水泡泡，见了爸爸，还以为赵屿在和自己玩躲猫猫，咯咯直笑。

赵屿对此头疼又好笑。

他把小果粒抱出来，双手托住儿子，也不理身后的小“作精”，回赵宅里去了。

黛宁半夜带着儿子离开赵宅被发现，只好恹恹地跟上他。

“还给我吧，这是人家养大的小玩具。”

“儿子是你的玩具？”他回眸，难得严厉了些。

可赵屿面对的人是黛宁，从生出来，黛宁谁也没怕过：“我生的，我爱怎么说怎么说。”

他漆黑的眸看了她一眼，一言不发地抱着小果粒，送宝宝回了房间。

黛宁磨磨蹭蹭地走到赵屿房门口，男人已经上床休息，见她推开门，翻了个身，背对着她。

大小姐戳戳他，笑嘻嘻地道：“喂，你生气啦？那你把我和小果粒都赶走吧。”

赵屿闭着眼。

她知道他吃哪一套，吧唧一口亲在他脸上：“赵屿，赵屿，你别生气了，睁开眼睛看看人家嘛……”

赵屿叹息一声，知道面对她，连恼意都持续不了多久。

他睁眼：“宁宁，你到底在怕什么？”

黛宁眨眨眼，装傻：“你说什么呀，人家听不懂。”

赵屿说：“都不认得我了，怎么知道我会玩游戏？”

这游戏还是当年黛宁教他的。

黛宁面不改色地胡说：“猜的。”

赵屿长臂一伸，把她禁锢在怀里：“来吧，气死我，好继承我的遗产和我儿子。”

这句话不知道戳中了她哪个笑点，她在赵屿怀里乐不可支。

“才继承不了遗产呢，都没结婚。”

赵屿笑着叹息一声：“明天结婚好不好？”

黛宁摇头，眼睛盯着他脖子上的瘀青看了眼：“疼不疼呀？”

赵屿眸中温柔：“不疼。”

“骗子。”她低声道。

“你别害怕，宁宁。”他轻声说，“我和你父亲不一样，不会辜负你。你若依旧没有安全感，至少也别带走小果粒，我只剩他能留住你了。”

这个你觉得好玩的“人质游戏”，我可以陪你玩一辈子，只要你别彻底离开我。

她眼眶有几分湿润，戳着他脖子上的伤不说话。

黛宁一直以为赵屿不懂呢，没想到他什么都知道。

满天星星隐入云层，他抱着她，轻轻拍着她的脊背，这样温馨的时光，在赵屿都快要睡着时，怀里的人突然开口了。

“赵屿，明早去民政局吧。”黛宁说，“好多遗产呢，人家要光明正大地拿！”

赵屿蓦然睁开眼，不可置信她话里的意思，许久，他笑着道：“好。

番外二

时慕扬

时慕扬醒过来的时候，天还没亮。

他闷闷地哼了一声，床头守着的索二连忙扶起他。

“老大，你醒了？”

时慕扬捂着腹部，肌肉上撕裂的伤口让他处于非常难受的状态，索二小心翼翼地给他喂了些水，听见男人嘶哑着嗓音问：“她呢？”

索二愣了愣，慢半拍反应过来老大指的是纪家大小姐。

“被纪家的人带回去了。”

索二知道自己的老大是个什么性格，生怕这个独裁的暴君伤都还没好，就要去把人给抢回来。

时慕扬的东西，哪怕碎在自己手中，也绝不便宜旁人半分！

可是没想到，时慕扬只是垂下眼睛，抿了抿干涩的唇瓣：“也好。”

索二起初以为时慕扬明白了如今艰难的处境，想劝他，可是转眼就发现并非这样。

时慕扬不知道他们被时慕云软禁了，他看着窗外，目光空洞，带着显而易见的低落。

以索二对他的了解，哪怕时慕云把他的手脚剁下来，老大也不至于流露出这样的表情，那么，就一定是在他不知道的时候，发生了一些别的事。

时慕扬放在床单上的手指苍白，在索二看不见的地方，他眼珠颤得厉害，许久才佝偻着身子咳嗽了一声，那一瞬，他整个人跟脱力了似的。

索二听见他嘴里低声念：“我混账，我该死……”

索二小心翼翼地退了出去，飞鸟飞过窗外，时慕扬抓紧被子，身体终于剧烈颤抖起来。

昏迷这段时间，时慕扬看见了一个不同的世界。

那是另一个世界的自己，那时候，他叫纪慕扬。

九岁的男孩被推倒在地上，他瘦骨嶙峋，身上布满了可怖的伤口。

“臭小子，让你偷厨房的东西吃，活得不耐烦了！”肥胖的厨子不满口头的教训，想到这肮脏的小孩把他精心为小少爷做的蛋糕弄得一团糟，他就心头火起，一脚踹在孩子的心口。

小小的纪慕扬伏在地上，他嘴角还有偷吃留下的奶油，身体瘦弱不堪，眼神却像鹰隼一样歹毒。

厨子被他看得身上发毛，更加不愿意放过他。

“看什么看！你还真拿自己当家里的二爷了？”

他怎样踢打，这邪门的小孩始终一声不吭，最后还是厨娘看不下去，劝住厨子：“算了算了，你打死了他，还得把自己赔进去。”

趁他们说话的空档，纪慕扬从地上爬起来，一溜烟跑了。

他刚跑出花园，就被几个小孩堵住。

面前几个孩子，从六岁到十岁不等，个个愤怒地看着他。

“就是他把小莲推倒，还抢了小莲的棒棒糖！”

“我知道，宋玮哥哥也是他偷偷扔石子砸伤的。”

“打他，打他！”

纪慕扬被孩子们围在中间打，他眸中燃起深深的愤怒，也不管面前的是谁，一口咬在人小腿上，一个八岁的男孩尖叫出声，大家手忙脚乱，却怎么也拉不开纪慕扬，闹得大人过来，小孩的腿才保住。

纪慕扬像头桀骜不驯的小野狼，用充满仇恨的目光看着眼前每一个人。

他们有的是园丁的儿子，有的是厨娘的孩子，这些人他会一一记住，将来十倍百倍奉还。

然而到了晚上，上头的决定出来了。

纪家大爷轻飘飘地睨着他：“既然学狗咬人，那就把他和多福关在一起。”

纪慕扬身体一僵，他知道多福是纪家大爷养的藏獒。

用人来捉纪慕扬，这个看起来羸弱到雌雄不分的小孩终于跳起来大骂：“纪庭，我咒你祖宗、你全家，你妈……”

有人堵住他的嘴，纪庭也黑了脸，不悦地看向小男孩。

到底年少，纪慕扬被关进了多福隔壁的狗笼。

他身上到处都是伤，那条恶犬冲他狂吠，他冷冷一笑，趴在笼子里睡着了。

其实，他也不知道自己是谁。

出生以来，他总是在各种人手中辗转，最初是他那个冷血无情的母亲。

女人在各色男人身下婉转承欢，偶尔喝了酒，就拼命打他，嘴里骂着不干不净的话。

后来有一天，他们没了钱，女人把他推进一个屋子里，抬起他的下巴，冲人讨好地笑。

“这是我儿子，你看看这长相，比小姑娘都漂亮，如果你们愿意，给我这个数，我就把他卖给你们。”

她伸出手指，用五万把他卖了。

后来，他被人救了出去，来的人据说是他父亲的手下，他被养在一栋公寓里。

他出去时，听说那个女人死了，她的尸体漂在河中，被泡得发白。

他有几分茫然，随之而来的，是又轻又浅的快意，那股快意窜过四肢百骸，让他苍白的脸染上了一丝红晕。

跟着父亲的手下，他过得也并不是什么好日子。

据说那个人的私生子非常多，他是死是活，根本无所谓，偶尔保姆阳奉阴违，会偷偷拿走给他的钱，把他的手臂掐得青紫。

小孩站在门口，神色莫辨，过了一周，保姆被发现摔在楼下，断了一条腿。

三个月后，有人匆匆过来抱走了他。

然后他到了纪家，一个睿智和蔼的男人摸摸他的头：“以后你住在我家，喊我‘爸’，别害怕，我家也有两个和你一样大的孩子，算起来，你现在还是他们的小叔叔，哈哈哈。”

一旁，男人的大儿子和儿媳用嫌恶的眼神看着他。

来纪家以后的生活果然不错，可是没过几天，和蔼的男人走了，他的日子又开始难过起来。

纪庭阳奉阴违，处处苛待他。

他起先住楼上的客房，后来让他住杂物间，用人们发现虐待他还有奖赏，争先恐后地欺辱他。

有一天，纪慕扬听见纪庭愤恨地道：“老头子一把年纪了，还弄出来个私生子！”

他的妻子叶千蕊冷笑道：“上梁不正下梁歪。”

“你说什么你！”

叶千蕊：“你家弄出来的事，你自己解决，总之一分钱都不可以给他！”

那天以后，纪慕扬的日子更难过了，他经常吃不到饭，饿得难受，只好去厨房偷。他性格天生凶残，看人的目光也阴恻恻的，纪家上下都不喜欢他。纪慕扬又是个睚眦必报的性子，别人犯他一分，他哪怕蜷缩在黑暗中，也会找机会报复回去。

他被关在狗笼里两天，没有一个人想起他。

实在饿得受不了，求生欲望让他敲击铁栏杆：“让我出去！”

巧的是，被他咬伤的人正是负责照顾藏獒的男人的儿子，男人满怀怒气，把笼子打开，指着多福的饭碗：“想吃，自己去和狗抢啊！”

纪慕扬把嘴唇咬出了血，从狗碗里捡了块他能吃的肉，靠在角落，一言不发地吃了下去。

这样的日子过了一周，最后多福咬伤了他。

那一晚，也是纪慕扬最难过的时候，他发起了高烧。

可是整个纪家都喜气洋洋的，透过狗笼，他听见有人说：“赶紧，小姐要回来了！东西都换成新的。”

纪慕扬趴在狗笼中，冷冷地嗤笑一声。

此前他没有看见过纪家小姐，只看见过那个蠢蛋一般的纪小少爷，小少爷在母亲的教导下十分讨厌他，不许纪慕扬踏进他的地盘一步，毒物夫妇生出来的儿女，无疑，也是一对小毒物。

夜深些，一辆豪车开回来。

那是纪慕扬第一次见到纪黛宁。

她穿着粉白的公主裙，头发天然卷，用丝带绑了两个可爱的小鬏鬏。

纪慕扬烧得迷迷糊糊，一睁眼就看见了她。

她蹲在铁笼边，扬起小下巴，好奇地问：“你是谁，为什么和多福在一起呀？”

女孩神色倨傲，纪慕扬饿得前胸贴后背，从她身上闻到一股香甜的味道，像是谁家甜美的小蛋糕。

他舔舔唇，从笼子里看她，有种咬她一口解馋的冲动。

这一年的时慕扬头发很长，许久没打理，他脸蛋生得精致漂亮，比起男孩儿的轮廓，他更像一个羸弱的女孩。

面前的小女娃眨巴着水汪汪的眼，嫌弃地嘟着嘴："你好脏。"

她说完就走了。

纪慕扬眸色暗了暗，无力地倒回笼子里。

可是第二天，有人说小姐要和他一起玩。

他被洗干净，穿着宽大的衣服，病恹恹地站在粉团子面前，有人拧了他一把，警告道："老实点。"

粉团子满意地点点头，她郑重地说："我当姐姐，你当妹妹！"

纪慕扬撩起眼皮子看她，尽管心中厌恶，身体也难受，可他实在没办法说眼前的小粉团子面目可憎。

她非常可爱，大眼睛明透，脸蛋软乎乎的，连小嘴都是甜蜜的粉色，加上漂亮的鬈发，整个人就是一个可爱的洋娃娃，看上去和一块精美点心似的。

比起小少爷，这位小姐似乎更受宠些。

纪慕扬眼珠子一转，心里有了计较，打起精神陪她玩了一下午堆城堡，果不其然，因为小姑娘对他的亲近，他能和她一起吃晚饭。

纪家大人常年不在家，只有一堆用人围着两个小主人。

小姐没有小女孩做朋友，好不容易得了一个，非常珍惜。

纪慕扬心想，能吃饱，性别算个屁，他忍住恶心，看了眼喝牛奶的小粉团，调整好面部表情，羞涩地说："姐姐，我晚上可以和你一起睡吗？"

五岁的大小姐严肃着小脸，见面前的"女孩"羞怯可爱，她难得有朋友，也很稀奇。

"好吧，妹妹。"

纪慕扬心中"呸"了一声，却又舒了口气。

至少晚上不用再睡狗笼了。

小姐年纪小，虽然霸道骄纵，却很好骗。

纪慕扬知道，纪家无论如何都不会让自己和小团子睡一间房，他说服了黛宁，晚上悄悄过来。

小粉团信守承诺，踮起脚给他开了门。

纪慕扬往床上一倒，心里莫名的恶意又舒坦，他美滋滋地想，让你们纪家这样对小爷，小爷把你们五岁的小宝贝给睡了！面上还是一副“白莲花”模样，嘤嘤嘤说身上痛。

小黛宁果然好骗，给他弄来了些药。

纪慕扬挑挑拣拣，龇牙咧嘴地上完药，又吃了退烧药。

因为不要脸，他终于迎来了在纪家最好过的一段日子。

他能吃饱饭，睡最软的床，在小姑娘耳边吹吹“枕边风”，就能拿到自己想要的一些东西。

五岁的大小姐又傻又大方，心肠也软，偶尔纪慕扬装一装可怜，大小姐还要茫然笨拙地来哄他，让他不哭。

受伤的鸟雀飞进别墅，她会让用人治好以后放飞。

纪慕扬教唆她做坏事，她鼓着包子脸，严肃地摇头。

用人想用小猫小狗讨她欢心，她奶声奶气地说：“墨墨会长红点点。”

小小的纪慕扬每天算计她，心里排斥她，却又不得不仰仗她。

他握紧拳头，看着睫毛卷翘的小女孩，嫌恶地想，总有一天，他要他们整个纪家求生无路，求死无门！

被娇养的女娃娃处处骄矜，纪慕扬把对她父母的恶意全部加诸她身上，骗起人来毫不愧疚。

他每天陪她玩一些女孩子游戏，倒是度过了这辈子最安生的日子。

用人们捂着嘴，笑他穿小女孩的裙子，纪慕扬垂下浓黑的睫毛，充耳不闻，小小年纪他就明白，比起活着，自尊算什么。

平时也没人关注他，所以这两个月，所有人都不知道他住在黛宁的房间。

直到有一天，叶千蕊踩着高跟鞋回来，尖叫着甩了纪慕扬一耳光。

他哄骗黛宁的事情暴露了。

他满怀恶意地看向黛宁，想知道这个小团子现在是什么表情。

震惊吧！厌恶吧！觉得恶心吗？

可粉雕玉琢的女娃娃推了推女人的腿：“妈妈，你不能打他，他是宁宁的朋友！”

尽管小小一个人，才不过比女人膝盖高一点，那股不认输的气势却丝毫不弱。

她张开手臂，挡在瘦弱的小男孩面前。

叶千蕊怒得不行，反倒不管纪慕扬，开始教训起女儿来。

“朋友？你和一个野种做朋友，他一个男孩，装作女孩陪你玩，他不要脸，你也不要脸吗？”

小粉团花了很长时间，才隐约听懂母亲的意思。

她的小姐姐原来不是小姐姐，是小哥哥，可尽管这样，她却丝毫不让步。

“宁宁的东西，不准动！”

叶千蕊锋利的指甲掐住女娃娃肉嘟嘟的胳膊，连拉带拽地将她拖走。

“我怎么会有你这么个没用的女儿，被人骗了还替他说话！你要是一直这样没用，纵容这些私生子，那么以后你和纪墨珏会一无所有，废物东西，还没你弟弟……”

母女俩走远了，纪慕扬没有跟上去。

他从地上爬起来，换下身上这身女孩的装扮，手插在兜里，若无其事地走下楼。

这不正好吗？他心想，叶千蕊教训那个小蠢妞，怒火就暂时不会波及他。

可当他走下楼，看见跪在地板上的黛宁时，步子还是顿了顿。

女孩的眼泪包在眼眶中，却一直没哭。

女人冷漠的嗓音一直在问：“知道错了吗？”

女娃娃扬起小脸，一字一字倔强地道：“宁宁没错！我要告诉爷爷！”

女人这回气急败坏，许是知道长久没在孩子身边，这孩子已经和她离了心，她眼里闪过一丝不耐烦。

叶千蕊说：“你会知道错的。”

小小的纪慕扬站在门口，没有过去，他垂下头，不去看地上的女孩，转身出去了。

然而那天晚上，他蜷缩在杂物间，枕着手臂怎么也睡不着。

肯定是因为换了硬邦邦又不舒适的床！他心想，才不是因为想着那个小蠢物。

又过了几天，他再次看见了小姐。

女孩垂头丧气地坐在花园里，怔怔地看着空中的蝴蝶飞舞，脸色有些苍白，看见纪慕扬，她跳下秋千，飞快地跑回了房子。

纪慕扬想走过去的脚步顿住，他心里有一丝近乎恼怒的情绪，什么嘛，以为他稀罕她吗?

男孩想了想，干脆一咬牙，往她秋千上钉了一颗钉子。

既然这么嫌弃他，他也不会让她好过的!

“不要！”

然而，小小的纪慕扬看不见，陷入回忆里的时慕扬却清楚地看见了这段时间发生了什么。

他想要阻止年幼的自己，却看着自己的手从对方身体穿了过去，直到小男孩扬扬得意地跑远，时慕扬心里升起一股难言的恐慌。

他看见女孩救下来的燕子被女人杀死，尸体被扔在小女孩面前，女人划破了小女孩最喜欢的公主裙，把女孩最亲近的保姆妈妈送走。

保姆抱着小女娃哭，小女娃也哭得撕心裂肺。

“太太，求你不要赶走我，小姐……”

“妈妈……”

叶千蕊拽过小女孩，掰过她的脸。

“看见了吗？这就是失去的无力感！给我好好记住！”

女人眼睛里盛满冷漠和讥嘲：“你会因为一个小杂种，喜欢的通通失去，想要的全部得不到。犯蠢被骗，还执迷不悟，就要付出代价。”

女娃娃一直在哭。

叶千蕊甩开她：“哭有什么用！我听说你前段时间把零花钱给刘妈了？人家在你面前哭一哭，你就给钱出去，以后有人想利用你，岂不是轻而易举?！给我把钱要回来，要不回来的话，那个总是给你做点心的厨师也不用留在纪家了。

“你记住，同情心和软弱，永远是世上最没用的东西。”

因为保护一个男孩，她失去了救回来的小燕子和伴随她长大的保姆。

然而这一切，年幼的纪慕扬并不知道。

又过了几天，女娃娃的手臂被秋千上的钉子划伤了。

小纪慕扬听说这件事后，愣了愣，他其实已经忘记这个事情了，怎么会这样呢？他明明记得，小姐的保姆每次都会陪同她一起玩耍，做什么都会检查的。

纪慕扬咬牙，关他什么事？他心里这种怪怪的感觉，一定是害怕别人知道是他做的。

花匠的小儿子和黛宁告状。

“我看见了，就是他，他那天动了小姐的秋千！”

女娃娃抬起头，看着一旁脸色冷漠的新保姆。

新保姆皮笑肉不笑：“这种小畜生，就应该给他教训。”

小黛宁的大眼睛眨了眨，许久，她抿了抿小嘴儿：“我亲自惩罚他。”

她把纪慕扬叫过来，指了指旁边的草裙。

“你穿这个，跳舞给我看。”

纪慕扬睁大眼睛，不可思议地看着女孩。

女孩别过眼睛，攥紧了手指。

保姆在一旁得意地笑，太太让她看着点小姐，这也算有点进步，她能交差，就不用亲自动手打那个小畜生了。

纪慕扬恶狠狠地笑了声，寄人篱下，小女娃是高高在上的千金大小姐，而他只是个爹不疼娘不爱、吃了上顿没下顿的人而已。

他捡起草裙，胡乱套上，在她面前敷衍地跳。

女孩黑葡萄似的眼睛看着他。

纪慕扬在心里，狠狠给她记了一笔。

当天晚上，回来的叶千蕊抱着小粉团亲了一口：“现在才像话，不愧是妈妈的好女儿，宁宁，你终于做了一件正确的事情。”

小女孩趴在女人的肩头，没有讲话。

纪慕扬从门外路过，冰冷地瞪了她们一眼，他就说，大毒物生出来的种，怎么会是什么好东西，现在看来，纪黛宁果然是个小毒物。

那天开始，纪慕扬经常会受到一些小小的刁难。

有些是来自小姐，有些是来自纪家其他人，纪慕扬把这些账，一笔一笔地记清楚。也亏得纪黛宁年龄小，整人的法子低劣到没眼看。

他骗小粉团子的愧疚感，半点也不剩，毕竟她报复回来了，不是吗？

又过了不久，纪老爷子回来了。

他痛斥了纪氏夫妇，也是那一天，众人知道了纪慕扬的身份，原来他并不是老爷子的私生子，而是国外一个朋友的孩子。

纪氏夫妇对望一眼，彼此都没说什么。

纪慕扬吃了那么多亏，却也没有跳起来告状，他的棱角早被生活磨平，反而无师自通了装可怜这项技能。

他低着头掉泪，纪老爷子愧疚得不行。

“孩子，是我对不住你。放心，你很快就能回家了。”

原来，那场动乱让纪慕扬的生父失去了其他所有的孩子，如今活着的血脉，只剩下婚生子时慕云和他了。

没过几天，小男孩纪慕扬被人接走了。

他走的时候，回头看着那扇开满蔷薇花的窗户，不屑地哼了一声。

再见到纪黛宁，已经是八年后。

当年五岁的小粉团，已经长成身段纤细美丽的少女，十三岁的她，坐在茶几旁，百无聊赖，将熟未熟的身形，脸蛋还没长大，却漂亮得不可方物。

纪黛宁姿态傲慢又慵懒，气走了一个企图和她搭讪的少女。

对方捂着脸，哭着离开。

纪慕扬已经改名叫时慕扬，少年快要成年，身高颀长，见状微微冷笑。

大小姐叼着棒棒糖蹦蹦跳跳，身后跟着那个保姆。

时慕扬脚步一顿，也不知道为什么，他放轻步子跟了上去，然后他就看见了那一幕——保姆倒在地上，少女把一把雪亮的刀子抵在妇人的下巴上，说着什么狠话。

时慕扬挑眉。

觉察到有人来，小少女收了折叠刀，对他笑得很甜美。

她双手背在身后，笑容甜蜜可爱。

“哥哥，你是迷路了吗？回大厅的路在那边呢。”

“当然没有，小宝贝。”时慕扬玩味地看着眼前的小恶魔，“我是刻意跟着你出来的，还有，你不该叫我‘哥哥’，论辈分，你应该喊我一声‘小叔叔’。”

她眨巴着眼，似乎在思考他是谁，可是显然，并没有成功。

好在大小姐也不在意，踢了一脚吓得瘫软的保姆，从时慕扬身边走了过去。

她的气息又浅又轻，喷洒在时慕扬耳边。

“那么，小叔叔，您不会说出去的，对吗？”

时慕扬耳朵很痒，在心里骂，果然和她妈一个德行，才多大，就知道勾引男人了。

他嘴角依旧噙着笑：“那可说不准，得看你的表现，小侄女。”

她想了想，可能真把他当成那些爱慕者了，从衣襟处褪下一枚王冠胸针，放在他手心。

“你这是做什么？”

“贿赂你。”她笑嘻嘻地道，“现在可以了吗？”

“当然，我什么都没看见。”

她满意地点点头，回了客厅。

时慕扬转头看她，这一年，十三岁的少女肢体纤细，身量还没长开，不到他胸膛高，她穿着超短裙，马尾高高束起。

不知道的人，看她简直清纯又可爱，可惜，披着天使皮囊的，是一个不折不扣的小毒物。

少年嗤笑一声，将钻石胸针随手一扔，落入草丛。

她的东西，他嫌脏呢，让他来想想，怎么整她好呢？

对了，他还没有过女人，如果得到她再把她抛弃，大小姐的表情一定很好看，不知道那时候，她还能不能维持住高傲和体面？

时慕扬刻意打听了下，照顾她的保姆果然不见了，也对，十三岁，已经不是小女孩了，她不需要人照顾，也不需要把她当作懵懂的孩子看待。

他再次见到她的那天，下着雨。

少女从学校走出来，有人和她告白。

时慕扬降下车窗，刚好看见那一幕。

小毒物抱着双臂，靠在一旁的墙上，那个告白的少年紧张得脸都红了，殷勤地为她撑着伞。

少女抬起纤细漂亮的手，毫不犹豫地扇了少年一巴掌，少年僵在原地，无措又伤心。

她夺了他手中的伞，步子轻盈地离开。

时慕扬不置可否，笑着开口："过来，小叔叔顺道带你回家。"

小毒物！

许是对他有印象，料定他来家里做过客，不是什么坏人，少女扔掉手中的雨伞，上了车。

时慕扬偏过头，大小姐漫不经心地嚼着泡泡糖，趴在车窗上，看着窗外的雨。

小姑娘任性得紧，没有关车窗，外面的雨点落在她慵懒的小脸上，饶是时慕扬心中看不起她，也不得不承认她真是被上帝吻过的容貌。

不施粉黛的幼嫩脸庞偏要命地沾了几分少女风情，怪不得让刚才告白的男生失魂落魄，她的确有把男性的心踩碎的资格。

时慕扬视线微微向下，看见大小姐晃荡着两条白嫩的腿，她穿着朝气蓬勃的超短裙，他一时失控，多看了两眼。

结果小姑娘回过神，偏头问他："你在看哪里？"

时慕扬知道她早就把童年那段回忆忘得差不多了，他演习惯了，嘴角带上少年人羞赧的微笑，装作不敢对上她的视线。

这波被她吸引却羞于启齿的演技，果然让小姑娘信了，她鼓了鼓脸颊，无趣地别开头。

时慕扬营造出来的粉红泡泡瞬间被全部击碎。

这种冷漠轻慢的态度，明晃晃地说明了她看不上他，时慕扬微微眯了眯眼，情绪染上一丝微妙的不悦。

大小姐下车前，时慕扬忍不住握住她的手腕："你就这样走了？"

她回头，眸中带着京市七月天空的颜色："不然呢？"

少女嫌恶地看向他握住自己手腕的那只手，毫不留情地一巴掌拍开。

"直说了，我不喜欢你，离我远点！"

"不喜欢我，还上我的车？"

少女弯了弯眼睛，声音娇脆："顺风车而已。"

说罢，她低头在口袋里掏了掏，拿出一张一百块的纸币，塞在他手中，不耐烦地道："车费拿好。"

时慕扬看着她的背影，忍不住磨了磨牙。

因为时纪两家的交情，时慕扬又陆陆续续地见过她两回，她穿着漂亮的小礼服，从来不给他一个眼风。

也不知道是出自年少的自尊还是什么，他总觉得自己看了她一整晚，注意力始终放在她身上，她却连个眼神都吝啬赐予，这让时慕扬心中堵得慌。

第二次，他们终于有了交集，大小姐人缘差得不行，也不知道谁使坏，让她跌进了泳池。

时慕扬冷眼旁观，直到发觉不对，小姑娘好像腿抽筋了。

他想了想，跳下去捞她。

少女柔软的手臂攀缠在他身上，自私又霸道："不、咳咳，不许放开我。"

怕死怕得相当明显。

他不屑地笑了声，少女柔软的唇突然触到他的胸膛，不经意地、要命地吻在心脏的地方。

时慕扬下意识绷紧身体，松开了她，反应过来又把人捞回来，她呛了两口水，直接给了他一耳光。

旖旎不见，时慕扬气得牙痒痒："老子救了你！"

"那又如何？"她趴在岸边，用一副小可怜的模样说着忘恩负义又无情的话，"你如果不是有所图，不会救我。"

叶千蕊就是这样告诉她的！世上不会有白白赠予她的好意。

时慕扬年少时远远没有后来沉得住气，差点没被她气死。

纪黛宁嚣张跋扈、目中无人，哪哪儿都惹人讨厌。

他干脆把她翻过来："就是对你有所图。"

他的唇落下去，少女咳嗽两声，水全咳在了他的脸上。

时慕扬脸都黑了，身下的少女"扑哧"笑出声来，时慕扬第一次见她笑得那样开怀。

她抬起手，轻轻把他脸上的水擦掉。

她在他耳边娇滴滴地道："人家才十三岁，你是个变态。"

他没动，许久，低咒一声，爬起来跑了。

她还在笑。

最后一次见她，发生的那件事，让时慕扬永生难忘。

纪黛宁主动靠近他："我有话和你说，你跟我来。"

娇小的女孩仰起小脸问他："你要继续那天的事吗？"

她眼睛天真纯洁，却脱了鞋子，踩上少年的皮鞋。

"嗯？"时慕扬抱住她的腰，迟疑地看着她。

真对他有好感了？

他亲了亲她的眼睛，她笑盈盈的。

时慕扬看向她的唇，少女的唇像清晨处处盛放的花瓣一样，涂着水润的唇膏，这么近，他似乎闻到了水蜜桃的香味。

十七岁，正是最馋最没自制力的时候，他几乎忘了自己原本的目的，心跳加速，试探着低下头去。

然后一群人闯了进来。

那一次，他被他那个心狠手辣的父亲打断了一根肋骨。

少女弯腰，穿上自己的小靴子，天真地偏头看了看他。

他朝她吐出一口血沫，握紧了拳头。

她后退两步，似乎也意识到太过严重，干脆直接跑了。

十三岁的纪黛宁被叶千蕊养得骄横跋扈，没有同情心，为达目的不择手段，她缺乏责任心、爱心，更没有少女原有的纯善。

那之后，时慕扬没有再见过她。

经常想起她是必定的！每次想起这个女孩，那股憋屈的滋味就会让人气得青筋直跳。

过了几年，他尝过了女人的滋味儿，却不知怎么的，他不愿吻人，也不愿让人吻他。

尤其是胸腔的位置，他不许任何人触碰。

他想，他一定是有阴影了。

他见过世上最好看的、最恶毒的女孩，一面讨厌她，一面为她在心里圈起禁区。

后来他失势，被时慕云算计，去了恶之岛。

那几年的生活很难熬，可是对于时慕扬来说，经历了小时候的苦难，世界上便没有什么过不去的。

阴差阳错，他遇见了船只意外搁浅的纪恬。

和纪黛宁一样大的纪家二小姐，她温柔纯善，笑起来眼睛里都是他的模样。

知道她是纪黛宁的妹妹以后，他所有的恶趣味几乎都找到了发泄的地方，但她的反应却和纪黛宁完全不同，她弱小、柔软，不懂得反抗。

她可怜又崇敬地讨好他，时慕扬和她在一起的时候，拍拍她的脸："喊我。"

"慕扬。"

"不，喊小叔叔。"

"小叔叔。"

"不对，声音骄纵一点……"

怎么都不对，他兴致缺缺，可他怎么也没想到，他那样羞辱纪恬，她还为自己挡住伤害，她像一块海绵，不管他怎么拿捏，这个女人似乎都可以无条件原谅他。

在岛上过了半年，他终于开始怜悯她，对她好了不少。

他终于想起，他喜欢的，就是这样善良可爱的女孩。

后来，时慕扬带她出了恶之岛，他弄死了时慕云，接手了时家明暗的势力。

他回去以后，才知道纪黛宁有未婚夫了。

时慕扬去过纪家几次，次次都看见这跋扈的大小姐欺辱纪恬，年少那些不甘，从未走进她眼中的恼怒，让他推开纪黛宁，扶起了纪恬。

"够了，大小姐再敢对她做什么，时某不保证你这双玉手能完好无损。"

过了不久，纪黛宁毁容了。

那天，纪恬哭得比谁都惨："我想救姐姐，可我来不及。"

时慕扬搂住她："别哭，不是你的错，你尽力了。"

可是醒过来的纪黛宁，疯魔似的，指认是纪恬害她，那副模样，比起纪恬，可难看多了。

时慕扬心里一股火气，害她？还以为人人都像她那样恶毒？

纪恬救人是他亲眼见证过的事情，他突然有种没来由的厌烦，纪黛宁这也算恶有恶报，没了那张脸，她算个什么东西呢？

然而半个月后，纪恬和纪黛宁发生争执，纪恬被她推下了楼梯。

时慕扬真正动了怒。

那一年，他二十七岁，再也不是那个存了一肚子坏心，却反被恶魔少女撩得仓皇的少年。

“给她个教训。”他垂下眸子，冷漠地弹了弹烟灰，他认识很多可以办这些事的人。

空气中，目睹这一切的时慕扬脸色骤然惨白，他突然不敢再看，上辈子，他到底对她做了什么。

人找好，另一边的纪恬冷笑道：“几位，我家时老大和那位的仇可不共戴天，她虽然脸毁了，可那身体嫩着呢，还有，我不想看见她回来。”

那头的人嘿嘿直笑：“放心，我们明白。”

毕竟时老大说教训，也没说是怎样的教训。

而此刻的时慕扬恨不得过去撕碎纪恬，可他什么也做不了，他像是被困住，完全阻止不了这一切的发生。

最后，等他终于能动，扑过去的时候，他看见那个鲜活的小姑娘，那个第一次吻过自己的胸膛的女孩，了无生息地躺在马路上，全身鲜血淋漓。

“不要，不要。”他跌跌撞撞地跑过去，却怎么也没办法抱住她。

他看见这个世界里的自己，只是浅浅地皱了皱眉，然后漠不关心，他看见那个纪恬，在低眸时笑得畅快。

“不是我，我喜欢你，我爱你。宁宁……不要这样……”

时慕扬从来不知道，原来灵魂也是会痛的。

他和那个混账的自己不一样，他看着她长大，看着她小时候对他赠予善意，她那时候爱笑，不爱计较小事。他看着叶千蕊用尖厉的声音一遍遍给她灌输自私冷漠的思想，还有她失去父母的那一天，茫然无措的表情。

她是他的初恋啊！

他第一次动心的人，他的青梅，他见过她掉了小乳牙，说话漏风的模样，见过她卷卷的短发变长，与她一起看过雨，让她触碰过他的心脏。

她本来是世界上最可爱的小姑娘，因为他没有保护好她，她才会自己变成一只小刺猬。

他这辈子，从未像今天这样，流过那么多泪，可不管他痛得怎样撕心裂肺，一遍遍去触碰她的躯体，他都不能碰到她分毫。

他觉得自己快要和她一起死掉了，甚至想杀了这个世界的纪恬和自己。

可一想到那个让人作呕的男人是自己，他就痛苦到颤抖。

“宁宁，黛宁，小叔叔错了，我错了，你打我，你杀了我，不该是这样的结局，我怎么可能这样对你……”

他伸出手去，难受到肝胆俱裂。

后来，一个穿着风衣的男人来把她带走了。

“把她还给我！”他癫狂地追上去。还给他！是他第一个遇见她，也是他最早爱上她的！

然而，他才触碰到男人的身体，一股力量突然袭来，再睁眼，他躺在医院的小床上，看见了憔悴的索二。

时慕扬颤抖着，眼泪打湿了床铺。

原来是这样，竟然是这样。

时慕扬知道自己的身体似乎不太好，索二在隐瞒，他也没揭穿，或者说，已经懒得揭穿。

他的内脏似乎在慢慢腐朽坏掉，连从床上坐起来都显得吃力。

有一天，阳光明媚，他吃力地坐起来，索二连忙说：“老大，我联系到我们的人了，我们在外面还有一笔东山再起的财产，我们到时候可以……”

他没有听这些愿景，而是去花园里摘下了一朵淡紫色的小花。

这么多天，索二第一次看他淡淡地笑了，然后听见他说：“给她送些花去吧。”

男人声音低哑，自顾自地说：“再写点明信片。

“我记得她有个漂亮的音乐盒碎了，再也买不到相同的。索二，你去买些材料来。”

后来，他送出许多鲜花、寄出许多明信片，还在病床上做好了一个小巧的音乐盒。

索二欲言又止。

他没有告诉老大，他送去的鲜花枯萎了都没有人收，明信片躺在邮箱里，最后被人清扫进垃圾桶，他的音乐盒倒是到了那人手中，却被她看也不看地踩碎了。

前生往事都忘记了，却依旧记得讨厌他啊。

她有了孩子。

时慕扬愣了许久，才笑出声："真好。"

他笑着笑着，笑出了眼泪，嘴角溢出鲜血："真的很好。"

还好，这辈子她没有被他这个混账糟践。

他知道自己活不久了，那场爆炸，本就是为了要他的命的，他不怨，只是有些舍不得。

困住他的，不是时慕云，而是他自己。

许是知道他会死，连时慕云都懒得对付他了。

索二劝他出去治疗，他充耳不闻。

后来，这个快一米九的汉子都要急哭了："老大，你出去吧，我们的人来接你了。"

这个小屋没有光亮，空气中弥散着血腥和发霉的味道。

时慕扬垂头，在为新的音乐盒涂色。

"你说，这次她会多看一眼吗？"他眼中带着浅浅的希冀。

索二别过眼去。

然而，时慕扬到底没能撑到音乐盒做好的那一天，他大口大口地咳血，咳到最后，突然拉住索二的手。

"我想最后再看她一眼！"

他眼里的执念和疯狂让索二心惊肉跳："老大，我现在就联系外面那些人，让你出去……"

时慕扬浑身颤抖，眼泪不受控制地布满了瘦削的脸颊，他已经什么都看不见了，眼前一片血雾。

"算、算了……"他缓缓地松开手。

他很脏，别再弄脏她了。

恍然间，他似乎看见五岁的小女孩正天真无邪地看着他。

"你是谁，为什么和多福关在一起？"

我是坏蛋，但我不会再伤害你，为了让你快乐地长大，我死在今夜，你说好吗？

番外三

言景

言景没有想过在花园会看见那个孩子。

小果粒跌跌撞撞地追着一只蝴蝶跑，胖乎乎的手腕上戴着一只精巧的宝石镯子。

身后临时看顾孩子的保姆，吓得一头冷汗跟着娃娃追。

小娃娃还那样矮，堪堪过言景膝盖。

言景在他摔倒之前，长臂一伸，接住了孩子。

小果粒今年两岁半，不怕生，被英俊冷淡的叔叔抱在怀中，还用一双剔透明亮的大眼睛打量着这个高大的男人。

“谢谢，叔叔。”爸爸说小果粒要讲礼貌。

按理说，他脸色那样肃冷，小果粒应该害怕他，可是被男人抱在怀里，小果粒半点儿畏怯都生不出来。

因为面前的男人看他的目光太柔软了，好像他是一朵软绵绵的云。

眼前的男人，保姆自然知道，除了自家男主人和女主人，就属这位身价最高，保姆颤声说：“先生……”

言景看了她一眼：“没事。”

他生涩地抱住怀里的小团团，孩子的面容和黛宁有四分像，然而也只需四分，就能让他的心肠软的不像话。

言景问孩子：“你叫什么？”

小果粒抱住他的脖子，奶声奶气地回答叔叔：“我叫纪余生。”

“好名字。”言景笑了笑，怀里的小果粒被他夸得羞怯，一双眼睛却扑闪扑闪的。

不到三岁的娃娃可爱极了，举手投足间，都有那年小浑蛋可爱装乖喊他哥哥的影子。

唯一不同的是，她是装出来的天使，实际是诱人沉沦的小恶魔，而这个宝宝是个真正的什么都不懂的小天使。

言景抱着小果粒，孩子也不闹，安静地趴在他肩头，天真无邪的模样，小果粒也好奇这个大人，悄悄地打量他。

这个叔叔真的好奇怪，看着他的眼神难过又温柔。

言景突然后悔自己刚刚抽了一支烟，他身上的味道一定不好闻，熏到孩子总归不好。

“你的妈妈呢？”

小果粒认真思索这个问题，但他显然没法阐述出完整的答案，一旁的保姆连忙说：“赵总在会谈，夫人裙子弄脏了，在换裙子。”

怪不得会临时把孩子交给保姆看顾。

小果粒跟着点点头。

言景怕她找不到儿子会慌乱，于是抱着小果粒往里面走，保姆连忙跟上。

真到了见她的那一刻，言景却顿住脚步，把孩子给了保姆。

“你带他进去。”

小果粒窝在保姆怀里，咬着手指看他。

言景轻轻摸了摸他软软的头发。

真好，你那么像她，让人看着就满怀柔情。

像他这几年辗转反侧惦记着的、别人的妻子。

很长一段时间，言景甚至不敢站在这片土地上，身为言家的继承人，这几年他早已独当一面，但一旦涉及外国事务，他总是身先士卒，让自己忙得脚不沾地。

各种原因，别人不懂，关再常却再清楚不过。

关先生怕他走不出这段过去，甚至在去年还给他安排了一场相亲，对方什么都很好，名流千金，知趣懂礼，美丽柔善。

然而那是言景第一次发火。

他甚至失去了绅士风度，把手边的文件扔出去：“滚！”

女人最后哭泣着离开了。

也是从那以后，言家上下突然明白，这位看起来低调沉默的言总，有片不让人触碰的逆鳞。

关再常沉沉地叹了口气，知道再没办法。

有的人是砒霜，早就让人毒入五脏了。

不是有意撮合的千金不好，而是她并非言景想要的那个人。

言景心里那个狡猾的小妖孽，不善良，不大方，骄纵得出了名，可是圈子里谁都知道，她是坞东宝矿那位主捧在心上疼宠的爱人。

人家的孩子都两岁多了，也就他家言少，像个苦行僧似的，守着那段比眼泪还要苦涩的过往。

言景看着小果粒消失不见，这才转身离开。

他依旧想见她，却知道以他的身份，不能再见她了，他连她的哥哥都不配再做，连守护她都没有理由。

这天晚上，关再常看出他心情低落，邀请他去喝酒。

关再常喝高了，两个男人坐在江边，年过半百，头发都白了的中年人哭得跟孩子似的。

言景听他翻来覆去地念叨着母亲的名字。

他不记得母亲的样子，也不知道那个女人到底有多迷人。但他明白这种感受，爱上一个人，却一生都得不到的感受。

酒流入喉咙，呛得眼泪都要出来了。

他不是关再常，不像他常提起，他曾经只是个沉默的结巴，那个名字，辗转在唇边，言景终是没有说出口。

远处灯红酒绿，江风带着春天的料峭。

渐渐地，言景耳边听不见关再常的念叨，他睁开眼睛，却发现自己在另一张洁白的床上。

他坐起来，脑海中没有宿醉的感觉。

这个房间很舒服，像言家老宅，可是有很多细节不同。

言景微微皱眉，敏锐地觉察出不太对劲。

他拿起一旁的衬衫和西装长裤，一丝不苟地穿好，言家的老管家连忙迎上来。

老人用畏怯依赖的眼神看着他。

“大少爷，纪家那边出事了。”

言景抬起狭长的眸。

老管家斟酌道：“那个女人打了二小姐，说是二小姐害她。”

“那个女人……是谁？”

对方怪异地看他一眼，似乎不解他为什么会问这样的问题：“当然是纪家大小姐，她把毁容这件事怪罪在二小姐头上，现在整个纪家乱糟糟的，关先生刚刚还来了电话，说要收购纪家某些产业，最好趁现在。”

这段话信息量太大，和言景所掌握的一切完全不同，他心里陡然有种不安的感觉。

为什么老管家会称黛宁为“那个女人”？这可不是什么尊敬的叫法。

整个言家明明都知道那是连言景自己都不敢提的人。

何况……纪恬，纪恬那个恶心的女人，不是在两年前就在牢里被折磨死了吗？

最严重的是老管家口中“毁容”二字，谁毁了容？不，不可能的。

言景的眉头紧蹙，直到下午关再常来找他。

言景揉着额角，意识到一件不得了的事，他似乎来到了另一个奇怪的地方，这个地方有他认识的所有人，然而境况却完全不同。

这个时空的他对纪恬有空前的好感。

却憎恶着那位没见过两面，嚣张跋扈的纪家大小姐。

在这个古怪的地方，自己依旧是言家掌权人，却远比本来的自己手段狠辣，他这几年都在配合着关再常打压纪家。

而原本鼎盛的纪家，现在早已是强弩之末。

他意识到这一切，心里有个想法几乎不受控制地跑了出来。

这是不是意味着，在这个时空，一切都还来得及？

他还有守护黛宁的资格，还能做那个什么也不要，为她铺上玫瑰锦毯，把心剖给她看的哥哥。

“赵屿是纪家大小姐什么人？”犹豫许久，他还是找了个无关紧要的人问。

天知道那一刻，言景心中有多忐忑。

“赵总是纪家大小姐的未婚夫。”

未婚夫，听到这个答案，言景的拳头松了些许，他眼里忍不住带上了几分笑意。在那个世界，他不是不想拥有，也不是不想争，而是当他坚定地为她舍弃一切的时候，才发现她已然不需要自己。

想也没想，言景拿上椅子上搭着的外套出了门。

他要去找她。

去找他的黛黛，这次比谁都坚决。

哪怕死在她脚下，为她化作白骨，只要她肯多看哥哥几眼就好。

他要守着她，把一切最好的东西全部给她。

曾经他犹豫是否要为她做的事，现在他哪怕沦为疯子，也会为她去做。

出门前，言景想起一件事。

“关再常。”

“您有什么吩咐？”

“停止对纪家产业的收购。”

关再常不可思议地险些失声：“什么？”

“按我说的去做。”

言景一刻都等不及了，也不管关再常多么震惊，径自奔向纪家。

然而当他看见半边脸被毁的少女，险些没有站稳身子，身体像是陷入十二月的寒冰，骤然冷得他骨头发颤。

少女像一只凶恶的小兽，砸了一地的东西。

不远处，纪恬缩着肩膀，哭得可怜兮兮。

“别拦我，我要杀了她！”

“大小姐，您不可以这样，调查结果都出来了，这件事与二小姐无关！”

似乎没想到言景会过来，正在哭泣的纪恬有点意外。

这两年，言景和关再常对纪家的打压都是在暗中无形实施的，这个言家找回来的勋贵，心肠冷漠，是朵不可攀折的高岭之花。

纪恬知道，他是这个世界的男主角之一。

所以在他还没有回到言家的时候，她就挖空心思予他温暖待他好，纪恬甚至帮他看清了陈怜星，他那个小吸血鬼妹妹的真正面目，加上言大少回归以后，纪恬还上心地帮助他救助养父陈继睿，种种恩情，让知恩图报的言少对她很是感激。

可这份感激，却还没有转化为爱。

有一次，她装醉想要和他成就好事，她吻上他的喉结，他明明动了情，最后却依然推开了她。

这件事虽然让纪恬对自己的魅力存疑，却更加倾慕他冷淡禁欲的风骨。

他不是对她不好，逢年过节，言大少总是会差人给纪二小姐送来厚礼，只是比起这些，纪恬更想这个男人把她当成女人。

可惜她的人设就是善良温柔的解语花。

在言总心中，她的形象也无异于不可亵渎的恩人。

言景最大的兴趣在商业上。

为了帮他，纪恬甚至利用纪墨珏，偷看了许多纪家的商业机密，就等着在合适的时候，为言景出谋划策。

此刻，不在任何宴会露面的言景突然到来，纪恬微愣之后，便是惊喜。

自己潜移默化地说了很多关于纪黛宁的坏话，言景肯定是来帮自己出气的！

那头的大小姐狼狈地滑落在地板上，像只孤立无援的小兽。

纪黛宁似乎也意识到，这恐怕又是一个帮助纪恬来教训她的人，她撑着一口气，纪大小姐虽狼狈，宁折不弯的风骨和倔强却还在。

她冷笑地看着言景："你又是她哪个姘头？真是什么狗，都敢来我纪家撒野！"

这话说得难听，纪恬红着眼眶低下头，一副委屈得不行的模样。

纪恬心想，言景肯定会来安慰自己，因为纪黛宁的出言不逊，也会对她更加厌恶。

那个男人果然动了，却不是走向她。

他步伐僵硬地走向了那个狼狈的纪家大小姐，然后伸出手，跪在她身边，小心翼翼地将她抱在怀中。

"对不起，哥哥来晚了，黛黛一定很痛。不怕，哥哥帮黛黛报仇……"

这样一句话，似乎耗尽了他所有的力气，男人甚至红了眼眶。

纪恬僵住，言景不是……结巴吗？！

因为这个缺陷，言大少几乎不在人前说话，这还是纪恬第一次听他说这样长的句子。

这些并不算很惊诧，让她难以接受的是，言景知不知道自己在做什么？他抱着的那个女人，明明是他瞧不上、厌恶的人！言景疯了吗？

言景怀里的黛宁似乎恍然间明白了他的身份，想也不想，摸起一旁的水果刀，扎向言景。

言景像是无知无觉，躲也不躲。

纪恬一直关注着这一切，一咬牙，生生替言景扛了这一刀。

用人们惊呼：“二小姐！”

纪恬手臂上的血汩汩流下，她忍着痛，焦急地道：“言少，姐姐已经疯了，你快放开她！”

然而那个男人却爱如珍宝地抱着怀里的少女，轻轻拍着她的脊背哄，一遍遍告诉她别怕。

大小姐在他怀里昏了过去。

纪恬完全不明白现在是什么情况，对她敬重又听从的知己大亨，抱着那个毁了容的丑女人，一副心都要疼碎了的模样。

连用人都看出来了，这个体面的男人，手在不停颤抖，似乎怕碰疼了怀里的人，等她昏迷过去，男人方抱起她，让她安睡在沙发上。

他直起身子，纪恬这时候依旧犹豫地提醒了他一句：“姐姐精神不正常，言少，她刚刚想杀了你。”

言景抬起眼，不同于刚刚安抚大小姐时的惶恐和温柔，此刻他的眼是冷的。

“她想杀我？”言景用喑哑可怖的嗓音重复一遍，听得用人们抱紧了手臂，遍体生寒。

“她想杀，就让她杀好了，至于你，你竟然敢说她疯了？”

他的怒气阴戾可怕，纪恬有危机感地抖了抖。

言景脸色惨白，眼睛却漆黑。

他看向房子里的每一个人，从他们的眼中看见了惊恐，最后，言景深深地看了纪恬一眼，把她看得后退一步。

他转身，抱起沙发上脆弱的少女，一步步往外走。

不怕，黛黛，哥哥带你走，你想要的，我统统给你，你憎恨的，我化作利刃，全部为你抹去。

这个奇怪的男人又来喂她吃饭了。

黛宁冷冷地注视他，突然伸手推倒餐车，滚烫的汤汁洒在男人身上，他手指颤了颤，面上依旧带着笑。

“你不喜欢这个口味没关系，我让厨房重新做。”

“我如果没猜错，你就是那位神龙见首不见尾的言家大少吧？怎么，弄垮我纪家还不够，现在还想戏弄我这个丑女？”

“不、不是的，黛黛，你听我说。”他手背上青筋鼓起，刚要靠近她，她警惕地后退。

言景愣了愣，突然跪下，小心翼翼地朝她靠近。

她终于疑惑了，眸中染上几分困惑，最后任由男人轻轻环住她。

“对不起……”他嗓音低沉，“哥哥来晚了，哥哥没有保护好黛黛。”

他卑微的姿态终于让遍体鳞伤的大小姐的目光变得复杂。

然而她眸中的厌恶依旧清晰可见。

种种奇怪的迹象落在大小姐眼中，就是一场荒诞的闹剧。

她不知道这个有权有势的男人想做什么，她痛恨自己现在的无能为力。

爷爷因为她毁容的事，伤心愤怒之下，还躺在医院。

纪墨珏在照看老人，上次回来，却口口声声为纪恬开脱。

所有的证据都在说那是一场意外，然而黛宁知道，那不是意外。

那是一个让她粉身碎骨的局。

她摔得这样狠，讨厌目之所及处的任何一个人。

眼前这个男人，她早就听过他的大名，回来还没几年，就接手了整个言家，把纪家变成了板上的鱼肉。

她竖起一身的刺，却没想到，为了安抚她的情绪，男人跪下来抱她。

窗外正是黄昏，飞鸟飞过，在地面上投下浅浅的剪影。

黛宁听见这个男人用像刀片磨过砂纸一般粗粝的声音对她说：“别怕，我不会让任何人伤害你了，她会付出代价。”

大小姐垂眸看他。

她心中微哂。

其实并不是没了这张脸，她就活不了，只是她这两年对抗得太累了，纪恬如有天助，总有那么多人保驾护航。纪家支离破碎，爷爷一年年老去，有时候连她自己都怀疑，难道真是她做错了吗？她不该为难那个善良爱哭的女孩？不该针对妈妈口中恶劣的私生子女？

过了几天，黛宁听说，纪家二小姐失踪了。

也不知道为什么，她突然联想到那个自称是她“哥哥”的男人，他说的竟然是真的？

言景擦干净手指。

他冷眼看着在地上翻滚的女人。

纪恬不可置信，却疼得死去活来。

言景在她身边坐下，看着自己的双手。

“我这双手，曾让她失望，所以现在，我想做些让她开心的事。我曾经不愿意为了她向你出手，我怕她只是骗我，可其实，她骗我又怎样呢？”

他笑了笑，眼泪砸在地板上。

“我不会让你死得那么容易，你会一寸寸腐烂，痛不欲生。”

怪不得她怎么也不肯喜欢他，她跨越岁月的鸿沟，来到他身边，只是一场早有预料的阴谋，因为在这个时空，他是纪恬无形中的帮凶。

言景甚至不敢想，如果自己不过来，她最后的下场到底会是什么样。

身边的女人，最后成了一摊血肉模糊的烂肉。

“别让她死了，这太轻易。”

他要知道所有的过去，替她一丝一缕，点滴不漏地还回去。

黛黛，哥哥来赎罪了。

纪家两位小姐同时不见，消息很快就传得人尽皆知。

这两年言家风头无两，相对而言，纪家则像风中朽木，时刻面临着倾覆。

姿容无双的大小姐毁容，老爷子痛心之下住进医院，纪家的继承人纪墨珏却完全没有独当一面的本领，没想到在医院伺候爷爷，家中姊妹相继出了事。

言景早就做好有人找上门来的准备，果然不出他所料，第一个找来的是纪墨珏。

“言景，你把纪黛宁和恬恬怎么样了？”

年轻的男人气急败坏，显然最近的局势让他焦头烂额，甚至一度茫然。

言景冷冷地打量着他。

“你直呼亲姐姐的姓名，却亲近地喊一个私生女？”

纪墨珏皱眉：“我怎么称呼，是我的事，你对付纪家还不够吗？商业上的事，成王败寇没得说，可她们只是女孩子，你这样做无异于犯罪。”

言景轻啜了口茶，没有回答他的话，反问他：“恰巧，她们两个的下落我都知道，但是只想告诉你一个，你想听谁的消息？”

此言一出，纪墨珏脸色变了变，下意识去抓言景的衣领。

言景可没有惯着他的习惯，反手格挡住他的手，借力打力，纪墨珏后退几步，撞在门板上。

言景想到苍白无依的黛宁，心中像是燃了一团火。

曾经自己重话都不舍得说她一句，可在这个时空，黛宁过得都是什么日子。

纪墨珏没有明确地给出答案，言景心里便沉了沉，这说明，对纪墨珏而言，纪恬的分量不轻。

言景做过她的哥哥，他的黛黛那样爱撒娇痴缠，从前他将陈怜星接来家里，她都会不开心，何况是这样的局面，亲弟弟维护另一个女人，对她来说，是多么伤心的事。

“纪少爷，如今你自身难保，恐怕没有资格和我叫嚣，你既然保护不了她，就老老实实地夹紧尾巴做人，送客！”

纪墨珏被保镖轰了出去。

这两天，纪恬生不如死，她早已将该说的、不该说的，全部交代了。她使计人为制造了一场“意外”，毁了黛宁的脸，如今证据全毁，倘若不是言景冷酷地折磨她，谁都没有办法定她的罪。

许是受不了这样刺骨的痛，纪恬抓住他的裤腿，歇斯底里：“哈哈哈！真是好笑，那些证据还是你一手销毁的呢，如今你却来问我……你竟然来问我……”

看见言景在一瞬间脸色惨白，纪恬疼得发抖，却畅快不少。

“你上个月还说，有朝一日纪家衰败，纪黛宁那种蛇蝎心肠的女人，就该滚出去过她瞧不上的日子。你明明之前什么都愿意帮我，我让你处理的东西，你问都不问，义无反顾，为什么你现在这样对我？”

她的声音凄厉，犹如厉鬼索命。

这几段话却让言景全身冰凉，一股寒意从心底升起来。

他原以为，这一切都没有关系，即便没了证据，从来到这个世界开始，他就是纪黛宁的一把刀，可他不敢想，这些事情，他竟然也是背后推手。

靠着纪恬的言语，言景推断出了某些事。

一个人的犯罪想要完美遮掩，必定会有很多程序，这个时空的自己欣赏纪恬的“纯真善良”，感激她的恩情，也相信她不会做任何坏事，于是每次她找自己帮忙，自己都答应了下来，原以为只是无关紧要的小事，可是间接地造成了黛宁的悲剧。

那天从地下室上来以后，言景发了很久的呆，他像是一瞬间被人抽干了所有的精力，躯壳都变得空荡荡的，他终于意识到了自己性格中要命的缺陷。

他喜欢谁，那便全身心托付，她就是全世界，值得他倾力相助；他讨厌谁，那人便处处歹毒丑恶，纵然不会主动出手，可倘若死在他眼前，他也不会多看一眼。

下午，言景去看黛宁。

她脸上带着狰狞的伤，很不开心，他进去的时候，她抱着膝盖，看窗外振翅翩飞的蝴蝶。

这个时空，他言家掌权人的身份让她很是厌恶。

言景站了许久，才小心翼翼地问她需要什么。

大小姐回头，脸上的难过倒并不浓烈。

“需要恢复脸，需要杀了纪恬。你能做到吗？不能就滚。”

言景看了她许久，挤出一个微笑，说“好”。

大小姐偏头看他，似乎在说他疯了。

因为她知道，她的脸被腐蚀成了这个样子，差一点可见白骨，现在的医疗技术，根本没有办法让她恢复成原来那个样子。

言景远远地看着她，其实，如果不知道那些真相，他还想说许多话。

比如，黛黛，哥哥不会伤害纪家了，我会保护它。

再比如，在哥哥心里，你不管变成什么样子，都是小仙女，我会照顾你一辈子。

然而听过了纪恬那番话，他又有什么脸照顾她一辈子？

言景的眼睛突然涩得发疼，看着她冷漠的眉眼，他低声道：“黛黛，

‘哥哥’会帮你安排好一切。”

你要什么我便给你什么，还好，在我的时空，那些硫酸全部泼在了我身上，没有伤你分毫。

言景帮黛宁联系了做手术的地方，尽管他也清楚，这种手术只可能尽量修复，让脸看起来没有那么可怖，永远也不能恢复如初。

他细致地和医生探讨细节，还抽空亲自料理了对付纪家的那堆资料。

言景用一把火将它们烧得干干净净，关再常满头冷汗，却来不及阻止。

“你疯了！”

运筹帷幄两年，明明就差最后一步，结果被言景全部毁掉，而且对付纪家那些计划，被永久喊停。

关再常险些被气死，这几天，言少终于能正常说话了，干的却尽是不可思议的事。

言景眸中映出跳跃的火光，却没有一丝热度：“你说我疯了，那就当我疯了吧。”

“言总，你到底怎么回事，我听说，你最近把纪家大小姐接到身边照顾，还有，那位二小姐失踪了。时慕扬你认识吗？那位说二小姐是他女朋友，今天威胁到我们公司来了。”

“时慕扬？”

“这个人也不是善碴，心狠手辣，心思诡谲，我们最好不要得罪。”关再常犹豫地问，“纪二小姐的下落，你知道吗？”

言景冷冷地抬眸：“不知道。”

然而当他再去郊外的地下室时，发现纪恬已经被人救走了，想也不用想是谁干的。

言景倒也没有很愤怒。

纪恬被折磨成那样，身上没有一块好肉，时慕扬即便把人捞出去，活不活得下来都是个问题。言景猜，他很快就会迎来时慕扬的反扑。

但他什么都不怕。

他的黛黛被伤害成那个样子，他心里已竖起了一层带刺的盔甲，谁也不要跑。

其实这辈子，很多东西都一样，唯一的不同，是言景至今都没有见过赵屿，那个叱咤风云的男人，在这个世界，似乎并没有多厉害，至少比不上言景和时慕扬。

言景在晚上拿到了赵屿的资料。

他一目十行地看完，助理在一旁道："这人说来也奇怪，两年前横空出世，成为纪家的上门女婿，其他人一直在暗中笑话他。

"他好像和纪二小姐是青梅竹马，却为了攀高枝，答应娶纪大小姐。听说一开始纪家的产业，都是赵屿在打理，这男人攀龙附凤人品不好，手段却厉害，如果真是他掌权，我们瓦解纪家不会那么容易。

"一年前，纪大小姐和他大吵一架，说死也不嫁给这么恶心的男人。也不知道后来发生了什么，赵屿没再留在京市，去了分公司，每两个月才回来汇报一次。

"其实谁心里不清楚呢，纪大小姐总是让他没脸，说不定他心中早就讨厌死那个女人……"

"滚。"言景冷冷出声，打断了助理的话。

助理吓得连忙噤声，麻利地滚了出去。

言景看着那叠资料，却觉得并非助理说的那样，毕竟资料显示，赵屿虽然来自穷乡僻壤，却在四年前就已经有了自己的公司。

他的公司在言景看来，非常有发展潜力，以那个男人的能力，他没有必要为了攀附，名声不要，脸也不要，入赘纪家，倘若有耐心多等几年，他自己的公司不会比纪家弱。

然而赵屿成了纪家的一条恶犬，他在的那年，纪家固若金汤，一年不在，纪家就被渐渐瓦解。

言景沉默地合上资料，既然赵屿不为钱，不要名声折腰入赘，那么，就只剩下一个理由了。

在一个雨后的下午，言景等来了赵屿。

彼时，他在喂黛宁吃饭，她比他记忆中坚强得多，有积极认真恢复身体，言景有一回还听见她碎碎念，等她回去，要让纪恬那个小贱人死无葬身之地。

她娇气、任性，或许还歹毒，但她的脊梁挺直，百折不弯，哪怕是条不归路，她撞了南墙也不会回头。

这段时间，已经足够言景了解清楚。

黛宁身边的所有人似乎都对纪恬很有好感，京市名流圈，提起大小姐就是一副嫌恶的口吻，而提起这位二小姐，人人赞叹倾慕，连纪家的用人似乎都觉得大小姐远远比不上二小姐纯善。

昨晚言景收到一个略讽刺的消息。

纪墨珏挣扎几天，最后沙哑着嗓音问他：“我姐呢？”

真好笑，这位小公子终于想通谁才是他重要的人了，在纪墨珏心里，这个世界的黛宁劣迹斑斑，歹毒无礼，挣扎之后，他却依旧选择了一同在母体中孕育的黛宁。既然她重要，为什么舍得伤害她、质疑她、呵斥她？真要失去以后，才明白一个人到底有多重要吗？

言景没有把黛宁还回去，纪墨珏眼盲心瞎，守护不好她，即便有一天他要把黛宁还回去，也是在为她荡平一切以后。

纪墨珏成长的代价，总是让黛宁失去。

言景讨厌他，但言景知道，自己也是罪人。

午后没有阳光，别墅外竟然飞来了一只避雨的燕子。

赵屿进来以后，目光落在黛宁身上，瞳孔微缩，眉头狠狠皱紧，如果不是了解他，或许会把他的目光理解为对黛宁容貌的嫌恶。

果然，趴在窗前看燕子的大小姐奓了毛。

她回头，冰冷讽刺地说：“怎么，我纪家都要破产了，赵总竟然还看得上这块肥肉？你的公司在外面不是养得挺肥了吗？这块踏板都这样了，你还不扔？”

赵屿看着她：“和我回去。”

大小姐的回应直接多了，她虽然受着伤，凶得不行的性格却没变：“滚！”

她没有武器，干脆扔拖鞋去打他。

那只拖鞋砸在男人肩膀上，赵屿狠狠抿住唇，他的情绪管理比较到位，然而因为没笑，看起来就像在酝酿一场风暴。

言景全程沉默着。

赵屿伸手去拉她。

大小姐险些跳起来：“别碰我，你听不懂人话吗？我早就说过让你有多远滚多远，还是你的纪恬妹妹又去你面前哭了，你要替她讨回公道？”

赵屿低声道：“我没有。”

大小姐冷笑一声，她活泼的性格变得冷漠了许多。

她身上有种厌世的态度，见赵屿还在看她脸上的伤，她愤怒地推他："你给我滚！"

赵屿见她身体微微颤抖，顾及她的情绪，他起身："我今天先离开。"

两个男人走到室外，赵屿眸光冷淡地看向言景，带着审视的态度。

"言少，纪大小姐是赵某的未婚妻，还请安全送回。纪家或许没了，赵氏却还没倒，轮不到你对她动手。"

言景沉默许久："我不会伤害她。"

赵屿不置可否。

两个男人都是聪明人，赵屿自然能感觉到言景对黛宁没有恶意。

"你喜欢她？"言景问。

赵屿抬起眼睛，讽笑了一声："你未免管得太宽，谁不知道，我入赘纪家，是为了纪家的财产。"

可是，如今纪家快没了，黛宁还毁了容，反而是赵屿在外省经营的公司规模不小。

他一面帮纪家管理着分公司，一面发展自己的事业。

言景还有什么不明白的。

黛宁以为，赵屿拿纪家的资源去补贴他自己的公司。

或许个中还有一些误会，比如，黛宁似乎认定大家都喜欢纪恬，赵屿也是喜欢纪恬的，毕竟赵屿是纪恬邻家一同长大的哥哥，而纪恬又擅长往黛宁心中种刺。

这个世界的大小姐，冷漠、多疑、自私，没人小心认真地爱她，她就努力装作无坚不摧，用柔软的躯体一次次往纪恬铺起来的荆棘上撞。

如果自己这趟没有过来，她的结局一定不好。

因为纪恬的算计，她赶走了赵屿，得罪了时慕扬，这个时空的言景又视她为跋扈的陌生人。

言景明白了许多事，但他并不打算把黛宁还给赵屿。

没过多久，时慕扬转头开始对付言家。

时慕扬手里有一支不得了的队伍，有一次黄昏，言景的车胎被打爆，他胸口被划了一道长长的口子，如果不是他能打、命大，可能就死在那里了。

他没死，若无其事地回来了，伤口淌着血，言景却没处理，反而安安静静地守着手术室里的少女。

她醒来前，他擦干净自己的手指，小心地握住了她的手。

女孩的手漂亮又温软，这样小小一只，躺在他的手心，让他忍不住笑起来。

这是黛宁第一次的修复手术，他无微不至地照顾她，后来天气好了些，女孩靠在他胸口，言景指给她看。

“你看，纪家的股票慢慢上涨了。

“外面的花儿也开了。

“纪爷爷说，想和你通个电话。”

她脸上终于有了几分笑意，叽叽喳喳地和老爷子说起话来。

言景退到一旁笑着，眼神温暖。

他绝口不提这段时间和时慕扬斗得你死我活的事，也没告诉她，赵屿一直待在京市，昨晚来看她，可她已经睡觉了。

他的胸口很痛，她靠过的地方，或许是前段时间没有愈合的伤口。

言景悉心照顾着她，黛宁做完第二次修复，脸上远远没有过去看着恐怖了。

言景本是个不善言辞的人，这段时间却生生学会了讲冷笑话，大小姐从不给面子，也不打算笑，只用看笑话的眼神看着他。

讲到最后，他低下头，轻轻吻了一下她的手背，是个非常绅士的礼仪，眼泪却落在了她手上。

她似乎也感受到了不同，愣了愣，奇怪地打量他，险些毁了纪家的是眼前这个男人，然而放手成就纪家的，也是他。

黛宁做完第三次修复手术时，纪老爷子已经可以出院了。

言景突然说：“我带你去凤鸣看看吧。”

大小姐问：“那里能有什么？”

言景笑着替她梳了个辫子。

“你陪我去一天，我把言家的股份都给你。”

她狐疑道：“真的吗？”

“嗯。”

大小姐到底是大小姐，有便宜不占是王八蛋，抱着将信将疑，这人难道是个傻子的心态，她随他回了凤鸣。

言景并没有带她去做多么惊天动地的事，他买下了一座小洋楼，亲手为她做了一顿晚饭。

两个人相对而坐，吃了顿晚餐。

言景说：“你能喊我声‘哥哥’吗？”

大小姐露出一言难尽的神色：“我这样，你还看得上啊？”还玩角色扮演，可真会玩。

言景忍不住笑了。

那一天，他已经在这个世界陪着她半年了，他很满足。

“你什么样，都是最好的。”

在我心中，你永远是那个蹲在街角、眼睛干净明亮的少女，红颜总会化作枯骨，你却是我此后不变的信仰。

黛宁做完最后一次修复手术后，言景看见了赵屿，男人穿着风衣，一个人走在街头。

他又来探望了一次大小姐，沉默、无声的。

言景远远站着，没有拆穿他，黛宁让赵屿滚出她的世界，显然，他并没有滚。

两个人不约而同地对付起了时慕扬。

没几天，纪恬死了，死在郊外，尸体被狼撕碎。

言景坐在山坡上，身边血腥气弥漫，他看着城市高楼鳞次栉比，从午后一直坐到黄昏。

他拿起手机，拨通了那个电话。

“喂？”

他一直没有讲话，听着她的呼吸，红着眼眶，看太阳慢慢落下。

黛黛，你看，虽然晚了些，哥哥最后还是站在你这边了。

余生没有我，愿你快乐。

番外四

赵屿的幻想

很多年后，赵屿忘记了许多与她有关的事，唯独记得清晰的是，她死的时候，正好是秋天。

那是他被驱逐出纪家的第二个年头。

W 市的空气向来是冷的，听到她死讯的那一刻，更是冷入骨髓。

纪家还没彻底衰败，它的千金却被人蹍入了尘埃。

她可怜到什么地步呢？

在他回去之前，连一个为她收尸的人都没有。

她满身血污，孤零零地倒在马路上。

赵屿抱起她，才惊觉她瘦得可怕，伶仃娇小，在他怀里，像一把没有重量的骨头。她绝美的容颜没有了，唇瓣像枯败苍白的花瓣，连身体也冰凉得可怕。

他心里空落落的，后知后觉地让疼痛撕扯着皮肉。

来之前他不相信，毕竟祸害遗万年，她怎么可能真正死去呢？

然而来之后，他却信了。

纪大小姐倘若活着，绝不会这样安静地待在他怀里，她必定会跳起来骂他是个心机深沉的“凤凰男”。

可她现在悄无声息，任由他摆弄。

赵屿给她擦干净身体和脸蛋，又给她换了一身崭新的衣裳，她从头到尾都安静得像个娃娃。

这约莫也是这辈子，他离她最近的一次。

赵屿还记得三年前，老爷子找到他，让他照顾纪家大小姐。

对于一个年富力强的男人来说，入赘怎么都是伤及自尊的下策。

赵屿皱眉，老爷子便开出了许多丰厚的筹码。

赵屿全部没有听进去，他那时候拥有的一切，是他父母的命换来的，虽不算显贵，却也早已衣食无忧。

赵屿拒绝之前，老爷子拿出一张照片，殷切而真诚地再次拜托他。

看见照片上活泼明媚的大美人，他突然想笑。

他记得这个人。

上个月京市的街头，有个流浪的老人拦住她。

老人抹泪道："我孙子丢了，我为了找他，已经一天没吃东西了，我……我太饿了，好心的姑娘，你能不能施舍我十块钱，让我吃个面包？"

赵屿坐在车里，看见一个年轻俏丽的少女回头，她妆容明艳，看上去年龄不大，单纯可爱。

赵屿淡淡地看着，他想，倘若是邻家那个心善的妹妹纪恬，必定会帮挨饿的老人，她们年岁相差无几，想必这少女也很快就会拿出钱包。

果然，少女拿出自己的包，却没有立刻给老人钱。

她弯了弯眼睛，用一种惊讶的语气说："什么，你孙子丢了，这么大的事，怎么能不报警呢，老头儿，你站在这里不要走，我帮你报个警。警察局里，不但衣食无忧，还能帮你找孙子呢！"

老人脸色一变："不、不用，我只需要一顿饭钱……然后我自己去找孙子……"

"那怎么行，110吗？这里……喂！老头儿，你跑什么？"

脸色难看的老人已经跑得没影了，连拐杖都没要。

少女嗤笑着踢了一脚拐杖，冲骗子做了个嚣张的鬼脸。

比别人还要坏的模样。

赵屿抬起眼睛，唇角轻轻扬了扬。

连骗子见了她都吓得飞奔逃命，怪恶劣的，也怪可爱。

赵屿最后同意了这莫名其妙的要求。

他承认，纪大小姐很美，或许是见色起意，又或许是别的原因，他最后还是来到了纪家。

但她并不喜欢他。

她叫他"凤凰男"，说他别有所图，让他的脏手别碰她。

他少年意气，心意被人狠狠践踏，冷笑着离开。

他们吵过许多次架，纪大小姐牙尖嘴利，最会往人心上戳刀子。

赵屿也是个有脾气的人，他平时不与这蠢女人计较，默默地做自己的事。

然而纪大小姐作死无底线，有一回，他为了给纪家应酬，喝得醉醺醺的。

纪恬从对面跑过来，扶住他。

纪氏企业像一个得了绝症的耄耋老翁，赵屿为了撑起这个庞大的产业，自己的公司反倒冷落下来。

纪二小姐柔声喊他屿哥，在他耳边说着什么，赵屿没听清楚。

他胃里像是有团火在烧，难受得要命，赵屿闭上眼，靠在路灯杆子上。

纪恬突然踮起脚尖，吻上了他。

赵屿猛地睁开眼，那股恶心的感觉还没来得及泛滥，有人比他动作更快，拉开纪恬，赏了他们一人一巴掌。

纪恬哭唧唧地坐在地上，一脸委屈，赵屿捂着脸，也看向眼前的大小姐。

她先是低头嘲讽纪恬："你也不用这样，反正这个男人我不喜欢，你大可光明正大地和他在一起，最好让爷爷也知道，好解除我的婚约。"

然后她扬起小脸，高傲地审视他，樱桃唇说出两个字："肮脏。"

她像只骄傲的小孔雀，高跟鞋后面的蝴蝶振翅欲飞。

这两个字，简直是把他所有的自尊，可笑的心意，全部放在地上踩，赵屿心头又冷又怒，在街头，他第一次强吻了她。

迫她张嘴，迫她哭着求饶，向他道歉。

求饶道歉，大小姐怎么也不肯，她奓毛地要打他，赵屿禁锢住她，酒劲和这些年的自嘲上来，他解下领带，反绑了她的手，把大小姐扛回去，抱着她睡了一晚。

尽管什么都没干。

代价却是巨大的，本来第二年开春，纪家就要为他们举行婚礼，然而这回，黛宁没有同意嫁给他。

她用世界上最轻慢的言语，让他沉了脸色。

纪墨珏也认为他居心叵测，不同意他继续担任纪氏总经理。

他赵屿告别故乡凄冷残败的月光来到这里，不是来让他们姐弟折辱的，心灰意冷之下，他去了纪家分公司。

走的那天，只有纪恬来送他。

赵屿没说什么，让她回去。

赵屿本以为，纪家那只高傲的小孔雀，离了他也死不了，她有足够的聪明劲，尽管没有用在他身上。在她眼中，他狡诈，贪婪，手段层出不穷，一双眼也像是肮脏的冰，即便温柔地化开，她也不愿伸出脚尖走进来。

他走了，她果然过得很不错。

起先半年，赵屿还听人描述她的生活，后来他便不愿听了。

纪家总公司的财务出现了很大的问题，然而赵屿的手不可能伸那么远，他并非天神，这种情况下，即便是他，短时间内也无力回天。

那一瞬间，他有个非常阴暗的念头。

她看不起他，可如果纪家不再是她的靠山，她总得来讨好他这个未婚夫。

赵屿没回去，他等着她来找自己，如果她肯说两句软话，他什么都可以考虑一下。

然而他没等到这个骄傲的姑娘来，等到的是她的离开。

赵屿这辈子做过许许多多后悔的事，但后来，他仔细想，却从没有后悔过入赘纪家。

尽管那个人，并没有带给他多少快乐。

他将她葬在了风光最好的湖畔，春天燕子会来这里筑窝，冬天山坡上会堆满积雪。

碑上的字，他低眸，一笔一画地刻了上去。

从收敛纪黛宁的尸骨开始，他始终都很平静，好像只是死去了一个无关紧要的人。没到半年，纪老爷子身亡，纪家宣告破产。

纪墨珏落魄潦倒，郁郁寡欢。

纪恬跟了时慕扬。

据说，那位言家的掌权人对她也十分有好感。

赵屿没管他们，他开始一心发展自己的事业。

他的起点比他们低很多，这个过程也很漫长，很多年后，他甚至都快记不清她的音容笑貌了，只记得，这个不那么善良的姑娘，有一双极其漂亮的眼睛。

一个风和日丽的下午，时慕扬出了车祸，断了腿。

赵屿施施然地喝茶。

不到半年，言家出了重大的金融纰漏，言景等股东被关押调查。

当年清纯的邻家妹妹求到了赵屿面前。

赵屿细细地打量她，把她看得满脸通红，她甚至说，只要他愿意救言景，她可以跟了他。

这个害死姐姐，甚至有勇气借时慕扬的手杀死亲爷爷的女人，此刻哆哆嗦嗦，含羞带怯地在他面前脱得精光。

赵屿笑出了声。

纪恬死的时候，不着片缕。

有人说，她男人残疾以后，精神失常去吸毒，然后跑出去，被车撞死了。

只可惜，她的运气连黛宁都比不上，连一个为她收尸的人都没有。

赵屿也不明白这些年自己为什么做这些，要说有多爱她，还真谈不上。

小姑娘嘴上带刺，身上带毒，他每次靠近她，都被她刺得体无完肤，所以后来，他打算忘记她，开始重新生活了。

弟弟妹妹长大，都成了人中龙凤，最大的心愿就是大哥早点结婚。

可赵屿却开始吐血，他撑着洗手台，擦干净嘴角。

赵屿轻轻地皱眉。

没多久，他遇见一个瞎眼的老人，老人稀奇地围着他转了几圈。

“啧啧，气运吞噬。”

“一副短命相啊，扰乱天道的偏爱，你活不久喽！能不能告诉老头儿，你心中的执念是什么？”

赵屿觉得这是个招摇撞骗的神棍，没有理他。

他心中不会有任何执念。

死了就死了，这辈子，他来得坦然，什么都容易释怀，死的时候，也当如此洒脱。

他喊来妹妹：“有一天哥死了，你让人把我埋在来生湖，那里风景不错。”

赵安安哭得满脸泪水。

她悄悄去过一次来生湖，那里已经有了一座小小的坟墓。

“我要把你和大小姐葬在一起吗？”

赵屿愣了愣，笑了：“不用。”

他都快忘记那位千金是什么样子的了，怎么还会往她身边凑呢？他真的只是喜欢湖边的风景而已。

可赵屿没想到，他快死的时候，一个粉团蹲在他肩上。

“你好，我是空间穿行者 86 号，你有什么执念，我都可以帮你。立下契约，完成你的心愿。”

赵屿摇头。

粉团急了：“真的什么都可以！回到过去，改变来生，你要什么，我都可以完成。”

它垂涎不已地看着他的灵魂，偏偏这男人油盐不进，闭着眼睛，安详等死。

“这样，我也不要你的灵魂了。”粉团觉得自己堂堂 86 号，此刻却像个讨价还价的大妈，“你把这个世界积攒的气运、财富给我，同意我去与某个时空的你的灵魂立下契约，我完成你一个愿望，怎么样？”

赵屿睁开眼睛。

许久，粉团听见他说：“可以。”

他许了一个愿望。

他记不清她的样子，也似乎快要忘记她的名字，但他的愿望是，让那个蠢女人来生运气好些，给她一次机会，让她亲自去完成她想要完成的事。

粉团歪头：“你不爱她吗？不想和她在一起吗？”

赵屿笑了笑。

“算了。”他说。

他在杏花村醒来。

十八岁的少年扎起裤腿，六岁的小妹妹怯生生地倚靠在门边：“大哥，后山的果子熟啦，我能和三妞他们上山摘果子吗？”

赵屿摇头："哥哥改天有空，去给你摘。"

正是夏天，山上什么蛇虫鼠蚁都有，小孩子最好不要上去。

赵安安虽然有几分失望，但还是乖乖点头。

赵屿摸摸她的头："等哥把水稻割完，带你去镇上玩。"

小丫头瞬间喜笑颜开。

赵屿去割水稻，他养尊处优地当了十多年大总裁，拿起镰刀却也没有不适应，纵然一切都很古怪，可他向来是个淡然处之的人。

直到有小孩奔跑过田埂，用夸张的语调说："城里来了个大小姐，她有很多东西要搬进山里，听说给她干活的人，都至少能拿八百块钱呢！"

一听这话，众人蠢蠢欲动，田里的赵屿突然抬起眸。

"大小姐"，熟悉又陌生的三个字。

他没有动。

这一幕和他记忆中的不太一样，他记得，自己是打拼好几年以后才遇见她的，怎么会现在就在杏花村遇见那个人呢？

纪恬刻意打扮了，来到他身边，轻声细语地和他说话。

赵屿心情微妙。

他曾亲手送她去黄泉路，看见过她眼中的不可思议和惊恐，现在十七岁的少女，在他耳边叽叽喳喳。

竟然一切都没发生吗？

晃神间，大路上一派热闹，纪恬聒噪的声音远去，他抬眸，便看见了高高在上的少女。

她慵懒地坐在竹椅上，被几个人抬着走，足上一点泥都没沾。

所有人新奇羡慕的眼睛都在看她，而她听见村长说话以后，惊诧憋笑地朝他看来。

赵屿愣愣地低下头，看见自己满手满脚泥巴，觉得此刻真是一个荒诞的梦境。

她还没有十八岁，他也只是个少年。

随后小弟失手打碎大小姐的碗，她故意刁难他让他赔偿。

"我不管，我就要住你家，你伺候我，不然你就还钱。"

赵屿低头，嘴角轻轻抽动，有点儿想笑。

"可以。"

赵平都快哭出来了，小少年忧心忡忡，做了错事，恨不得以死谢罪，却突然感受到大哥摸了摸自己的头。

“做得好。”

赵平瞪大眼，哥哥这是被他气疯了吗？

赵屿腾出自己的屋子，他把破旧的窗户订好，灰尘打扫得干干净净；他让赵安安把鸡关进栅栏，又亲自扫了院子里的粪便；他去屋子外的花丛里摘了两朵灿烂的向日葵，放到房间的床头。

想了许久，他把门口凹凸不平的路也填好了。

然后他出门接她来家里。

果然才过来，小姑娘就开始搞幺蛾子。

“这么破的地方，给我住？”

要是曾经的自己，多半会说一句“你爱住不住”。

想到这里，他有几分莞尔。

“是不太好，有哪里不舒服的，给我说。”

她圆圆的眼睛瞪他：“那你倒是推倒重建啊！”

这简直是无理取闹，他头疼地揉揉额角，这小“作精”果然不是一般人能招架的。

在她委委屈屈的小眼神里，他笑道：“秋天吧，秋天我给你重新建个屋子好不好？”

她扬起下巴，满意地点点头。

他知道娇滴滴的大小姐不会吃他们家的饭，也就没喊她，伺候爹娘把饭吃了。

想了想，趁着月色，他上山去采了点赵安安惦记的果子。

挑了几颗又大又圆、没有虫子的出来，剩下一捧给了赵安安。

天还没亮，他打水的时候，身后响起脚步声。

他回头，压低声音问：“怎么了？”

大小姐蹲下来，一脸不满地伸出胳膊。

赵屿低眸，看见她嫩生生的胳膊上数个显眼的红印子。大小姐皮肤白嫩，像无垢的雪地，这几个红印子让人看得触目惊心。

黛宁拉住他的衣袖，奶凶地命令：“你快给我点蚊香！”

触上那几个红点，他皱起眉，倒是忘了这件事。

“我家没有蚊香，一会儿我用草药给你熏一下屋子，晚上就不会有蚊子了。

“还疼的话，用牙膏抹一下。”

大小姐鼓起粉嘟嘟的腮帮，似乎不太满意这个结果。

他突然往她手心放了几颗圆润可爱的果子。

大小姐注意力瞬间转移：“这是什么？”

赵屿看她一眼，低头打水，淡淡地道：“拿来哄我家不听话小朋友的。”

田里的稻谷还没收完，赵屿劳作的时候，远处走来一个窈窕的身影。

他直起腰，下意识地看过去，看清来人以后，他眼中的笑意散去，重新弯腰干活。

来人却没觉察到他的情绪。

这一年纪恬还叫杜恬，她走过来，柔声道：“赵屿哥，我做了蔬菜饼，我娘让我给邻居都分一点，你要尝尝吗？”

赵屿眸光冷淡：“不用。”

杜恬愣了愣，她说：“那你喝点水吧。”

赵屿自然也没接她的水。

他心无旁骛，田边的杜恬却着急了，觍着脸想和他搭话。

如果以前不明白，现在赵屿还有什么不明白的，杜恬多半是看上他的“气运”了，他心中觉得荒诞厌恶，懒得抬起眼睛看她一眼。

小路上，少女蹦蹦跳跳地跑过来，她的裙子似盛放的紫罗兰，发间用同色丝带做点缀。

赵屿抬起头，心道，这个也是看上他的“气运”的。

然而面对白白嫩嫩、不怀好意的大小姐，他心中只剩好笑和无奈。

“你来做什么？”

外面这么热，一会儿她又得闹。

“我来看割谷子。”她以为他不欢迎自己，指指杜恬，“她都能来，我为什么不能来？”

赵屿叹息一声：“那你站远点，这儿晒。”

她惯于用揣测坏人的心思看他，他这样说，黛宁以为赵屿是想近距离和杜恬接触，打发走她。

大小姐踢踢他在岸上的竹篓，专和他唱反调："我就要在这里。"

"杠精"。

他听见小"杠精"去挑衅杜恬。

"喂，你今年多大啦？"

杜恬："十七。"

"咦，你这么小啊，真是看不出来，我以为你二十五了呢。"

杜恬脸都黑了，委屈地看向赵屿。

赵屿抬头看大小姐一眼，小姑娘正在看田埂上的嫩蜻蜓。赵屿对杜恬的眼神视而不见，让杜恬心里更不舒服。

太阳高照，大小姐坚持了一会儿，就坚持不住了，赵屿割好几大排水稻，离田边已经有一段距离。

黛宁站田埂上，冲赵屿道："喂，你过来一下。"

赵屿回头。

"你快过来嘛！"

他心里叹息，走过来："怎么了？"

杜恬也警惕地看过来。

"好热，我晒。"她拽住少年干净的衣领，摇呀摇，"你快想办法呀。"

赵屿见她原来白皙的脸蛋发红："回去好不好？"

男人声音敦厚，解释道："我必须把这片割完，身上也很脏，没办法送你。"

黛宁紧紧拽住他的衣领，无理取闹："你不给我想办法我就不让你继续！"

他低头，看见她嫩生生的小手，心里骤然软下来。

他走上岸，去林子里采了几片芭蕉叶，在一棵小树下搭起棚子，用两片垫在地上，冲黛宁道："过来。"

大小姐欢欢喜喜地跑过来坐好。

树下，少女肌肤瓷白，眼睛水汪汪的，抬眸看他。

他心里软成了一汪水，又折了一片小些的芭蕉叶，轻轻给她扇了会儿风，少女惬意地眯起眼睛，脸蛋还是热得粉嘟嘟的。

他抬手，捉了一只小蜻蜓，放在她掌心。

“很快就结束了，你乖一点，别闹好不好？”

大小姐捧着红蜻蜓，欢喜极了，冲他点头。

杜恬在另一边有些恐慌地喊：“赵屿哥，快中午了，你还剩那么多，我来帮你吧。”

赵屿淡淡地看她一眼：“行。”

他递给她一把镰刀。

杜恬语噎，她本来只是想帮他拢一下，没想亲自割，然而自己提出来的事，硬着头皮也得上。

赵屿没管她，偶尔分心去看芭蕉叶下的大小姐。没一会儿，杜恬大汗淋漓，早上梳好的头发也变得乱糟糟的，整个人狼狈不堪，她越看树荫下的纪黛宁，越觉得生气，两相一对比，杜恬生怕赵屿看见这样的自己，紧张得脚趾都蜷缩起来了。

好在割完了，杜恬松了口气，冲赵屿伸出手，让他搭把手，拉自己。

赵屿眉梢微微压下去，他笑了笑：“抱歉，没力气了。”

杜恬只好委委屈屈地自己爬上来。

她脚上全是淤泥的臭味，赵屿刚要招呼树下的大小姐，让她一起回去。

大小姐的眼睛瞪得圆滚滚的，她故意气杜恬：“赵屿，你来拉我。”生怕他不过来，黛宁威胁他，“你敢不管我！”

赵屿走过去，和她说实话：“我手上很脏。”

她犹豫又嫌弃地看着他。

要是以前，赵屿铁定会被这个娇气的小“作精”气得不轻，然而经历了那么多事，他变得宽和又包容，她爱怎么作都行，他受着就是了。

“拉衣服吧，我衣服干净。”

她这才高兴，拽着赵屿的衣服站起来。

大小姐偏过头，看见杜恬盯着这边，她也不嫌弃赵屿身上脏了，干脆勾住赵屿的脖子，半边身子挂在他身上。

少女在他耳边娇滴滴地命令说：“你抱人家走！”

杜恬眼珠子都恨不得瞪出来！

赵屿也愣了愣，曾经，她怎么也不愿意自己碰到她的。

虽然大小姐来这么一出，他险些没站稳，缓和冲力后，他忍不住笑了笑，没说什么，空出一只手，轻轻把她往上颠了颠。

他们路过杜恬身边，满身汗水的杜恬气得死死咬唇，赵屿说没力气？没力气还抱着一个人走？

黛宁也坏，挂在赵屿身上，冲她做了个鬼脸，杜恬险些当场晕厥，一半是天气太热，快要中暑，一半是被她这个扬扬得意的模样给气的。

大小姐安分了不到两分钟，她小声在他耳边问："赵屿，你喜欢她呀？"

少女呵气如兰，赵屿扶了扶她下滑的身体，看她一眼："别胡说。"

要真是就好了，也不用为这么个没良心的肝肠寸断。

"你们俩不配。"大小姐还当他在说假话，给他分析，"你看你家，房子那么破，还带着四个累赘。你养自己都困难，怎么养老婆啊？"

赵屿头疼不已。

她越说越觉得好笑，似乎想到了赵屿娶不到老婆的可怜光景。

赵屿抱着她走过田埂，到了大路，大小姐把下巴往他肩上一搁："你家怎么这么远？我好热。"

她被照顾得很好，身上很香，说话的口气都是香甜的。

赵屿知道她娇贵，想把她放下来，少女以为他不要抱她了，双腿往他腰上一盘。

"不要不要。"她像朵菟丝花，见赵屿脚步顿住，大小姐危机感很重，她坏脾气地捏住他的脸颊，"你是不是不想抱人家啦？"

赵屿只是看着她。

"反正你要把我抱回去，不然我就把赵平卖了抵债！"

赵屿："嗯，那我勉强抱你回去。"

她以为自己的威胁有效果，得意到美滋滋的。

放在以前，纪恬帮了忙，赵屿这样的性格，少说也得请邻居吃顿饭，可这次他故意整她，怎么可能叫上她，倒是他打完谷子，买了只小鹌鹑，给大小姐熬了份汤。

对于好吃的，大小姐倒是来者不拒。

赵屿的手艺很不错，她干脆让厨师弄了点食材，放在赵家，见赵屿有空，就使唤他让他做好吃的。

赵屿大部分时候都依着她闹，他也不吃她的东西，由着她吃独食。

本以为大小姐心血来潮，在杏花村待不了多久，赵屿也做好她随时会离开的准备，没想到这次她超凡有耐心，待了好几天，也没有要走的迹象。

打完谷子，晚上赵屿得去谷场守着，第二天，杜恬跟来了，据说是帮一个乡亲守谷场。

赵屿看她一眼，想到什么，弯了弯唇。

果然，没过两天的黄昏，一个袅袅婷婷的身影跑过来，她赶走纪恬，离他也八丈远。

赵屿毫不在意，装作不知道她会过来，他把自己的垫子让给她，他自己随地一坐。

到了晚上，见小“作精”还不愿走，赵屿无奈地道：“你不自己回去，晚点我也没法送你。”

黛宁摇头：“我不回去，我也要在这里守谷子。”

赵屿心情微妙。

太阳落下去，山村没多少人夜间舍得点灯，谷场黑漆漆的，好在有月光，还有满天星斗，远处传来几声细弱的虫鸣和蛙叫声。

蚊子围着黛宁转，不得已，她和赵屿告状。

“赵屿，有蚊子咬我。”她可怜巴巴的，又委屈又生气。

赵屿说：“到我这里来。”

少女挪到他身边，他拿起一把扇子，轻轻为她扇风，扇走周围的蚊子，渐渐地，小“作精”的脑袋开始一点一点的。

她揉揉眼睛：“我要睡觉。”

大小姐的声音软绵绵的，赵屿说：“不介意的话，去帐篷里睡，嗯？”

黛宁说：“哦。”

她还小心眼儿地回头：“你不许靠过来。”

赵屿失笑：“嗯，我守着你。”

黛宁钻进他的帐篷，没一会儿，她气恼地钻出来。

“地上太硬了，我睡不着，身上疼！赵屿，我不管，你给人家想办法嘛！”

赵屿低头看她。

少女嘟着嘴，委屈死了。

他伸出双臂，愣了一秒，她懂了他的意思，钻进他怀里睡。

他抱着她，眼里的笑意隐入黑暗中。

大小姐很快就睡着了，怕蚊子咬她，他继续给她扇风。

她就枕在他腿上，触手可及。

大小姐迷迷瞪瞪地抱住他的腰，娇憨极了。

他伸手，抚上她的脸颊，动作又轻又柔。

没多久，小燕和栓子要结婚了。

因为这件事，赵母心绪不宁，叫来赵屿，催他也早点相看姑娘。

赵屿本来在给黛宁做鱼，闻言道：“您别担心我。”

“屿哥儿啊，告诉娘，你怎么想的？”

赵屿也不知道自己是怎么想的，他想，这辈子，黛宁的态度约莫就是他的态度，他的心态早已不是少年，足够包容她的一切，她的坏脾气、她不单纯的心思。

但如果她依旧不喜欢他，对赵屿来说也没什么，总归，他经历过世上最残忍的事，她活着，每天都爱笑，就是赵屿能想到的最好的事了。

即便不喜欢他，也没关系。

他走过一条无比漫长的路，对他来说，现在让她开心，比什么都重要。

没想到栓子也邀请了大小姐。他了解这只小孔雀，哄她穿朴素一点儿去，这段时间，他对她好，黛宁倒也听他的话，他哄一哄，她就乐得找不着北了。

赵屿只觉得好笑又可爱。

路过一片烂漫的雏菊，他给她摘了一束花。

小“作精”美滋滋地让他别在发辫中，赵屿看着剩下的花，干脆给她编了一个漂亮的花环。

“乖，到了现场，这个就摘下来，好吗？”

她点点头，尽管可能根本没有听进去他在说什么。

一切都很顺利，除了她闹洞房想出来的馊主意，让赵屿好气又好笑。

他给栓子夫妻赔礼道歉，然后把小“作精”拎走了。

“你管我做什么！”她像只奓毛的小猫，“不知道的，还以为小燕是你媳妇呢。”

他睨她，轻飘飘地道：“你都说过了，我穷，没资格娶媳妇。”

大小姐看不出他生没生气，她谨慎地道：“你是不是要打我呀？”

赵屿看着她不服气的小脸：“是啊。”

他伸出手，想掐一把小坏蛋的脸蛋。怎么就不省点心呢？小朋友都比她听话。

大小姐把这句话当了真，像只小兔子似的，跑离他身边。

赵屿怕她崴了脚，连忙追上去。

小混账慌不择路，一头扎进了人家的菜地！空心菜才种下去不久，显得弱小又可怜，大小姐跑进去，一大片立即遭殃。

赵屿嘴角抽了抽：“你赶紧出来。”

黛宁见他不追，她回头，有点儿不解：“你不打我啦？”

赵屿说：“不打你。”他真狠得下那个心就好了。

“你早说嘛。”她穿高跟鞋跑过来脚很难受的。

“出来。”

小浑蛋一本正经地摇头：“我才不信你，万一我过去，你对我动手怎么办？”

僵持好一会儿，赵屿怎么哄都没用，他都想直接把人扛出来算了。

大小姐突然僵住了身子：“赵屿！有什么东西在人家腿上，呜呜它在动！我怕，你救救人家！”

赵屿被她抽搭搭哭得心慌，几步过去，小“作精”几乎是跳进了他怀里。

“是什么？”

赵屿看见一只蟋蟀。

他想笑，搂住小“作精”，走出菜地了，才吓唬她：“嗯……菜青虫，看上去很笨的一只。”

她一脸天都要塌下来的哀切表情，瞬间埋首在他颈窝：“呜呜呜，我恨死你了！”

他抱住她，忍不住笑：“以后还调皮吗？”

“都是你的错，不是你，我才不会遇到这么恶心的虫子。”

他轻轻摸摸她的头发：“抱歉，是我的错，那罚我抱你回去好不好？”

她呜呜咽咽，特别难过时，还小口咬他的脖子。

他叹息一声，拍拍小姑娘纤细的脊背："别闹。"

他现在尚且能控制，这辈子随她快乐，可如果她这样任性，有一天她喜欢上别人，真会有人像他这样，什么都包容她吗？

在大小姐看来，这个赵屿脾气好，也不凶她，她压根儿不怕他。

小"作精"哼哼唧唧地说："我要听你唱歌。"

赵屿罕见地沉默了。

她毫不讲理，用小粉拳捶他："快唱嘛！"

赵屿叹了口气，认命地说："我不太会，我唱歌不好听。"他顿了顿，补充道，"五音不全。"

"那我也要听。"

她笑眯眯地抱住他的脖子，眸中像是落满了天上的星星，专为难为他而高兴。

他拿她毫无办法："那你听了就忘记。"

她眨巴眼："嗯。"

男人嗓音低醇，唱的是杏花村一首老旧的曲子。

黄昏的山村下，
少年还没回家，
他心爱的姑娘，
站在夕阳下等他。
年少的他们啊，
大多喜欢鲜衣怒马，
红尘万丈，
富贵荣华，
他的心里眼里，
却只有她……

她趴在他肩膀上，夜凉如水。

赵屿唱过一遍，怎么也不愿意再开口了。

黛宁好奇地问他："你唱的什么呀？"她从未听过这样的歌，夹杂着一些当地的土话，调子却很婉转。

赵屿轻飘飘地揭过：“忘了，以前听人唱过，不重要的民谣吧。”

不算特别好听，可他的嗓音很温柔，反而让她听出一丝缠绵柔情的意味来。

没多久，大小姐去湖边烧烤。

赵安安用一双明亮的眼睛艳羡地看着她，想了想，她顺手把赵安安也带上了。

天气晴好，她哼着那晚赵屿唱的歌，虽然不记得歌词，但是调子倒大致记得。

赵安安非常惊讶，神情还有点儿纠结：“大小姐，你也会唱这首歌啊？”

“不会，这是什么歌呀？”

她本来是随口一问，谁知道赵安安却羞红了脸。

“嗯……这不是女孩子唱的，是我们这边结婚的晚上，新郎唱给新娘听的。”这个话题让小丫头特别不好意思，她挠挠耳朵，“杏花村的每个男孩子都要会唱呢，连我大哥二哥都会。爹身体还好的时候教过他们，让他们唱给以后的嫂嫂听。”

黛宁差点摔跤，又突然想起，那天赵屿说什么来着？

——你听了就忘记。

没过多久，钱叔催促黛宁离开，她逗留在这个小村庄已经太久，老爷子十分为她担心。

黛宁这段时间过得十分惬意，听到要走，于是提出让赵屿带她去山上玩。

赵屿说：“山路不平，还很热，你确定要去吗？”

黛宁点头：“我都快走啦，肯定要去看看。我听赵安安说，上面很好玩呢。”

男人突然沉默下来。

黛宁拉拉他的袖子：“好不好？”

赵屿便说好。

他的神色没有任何异样，给家人做晚饭去了。

过了几天，天气凉爽些，赵屿带她上山。

小丫头赵安安目送他们离开，那小可怜样，让大小姐回了个头。

黛宁踢一脚路边的石子："想去就跟上呀！"

赵安安开心地问："大哥，我也可以去吗？"

赵屿说："随你。"

赵安安跟上了他们。

赵屿折了一根树枝，在前面开路，后面两个女孩在叽叽喳喳地聊天，她们说，赵屿安静地听。

赵安安："大小姐，你什么时候走呀？"

"不知道，或许明天。"

"那你以后还会来杏花村吗？"

黛宁看一眼前面男人宽阔的背影，笑得坏坏的："当然不来啦。"

赵安安失望极了，眼泪都快出来了。

"那安安长大之后，可以去看你吗？"

"如果是你，我就勉强同意吧。"

赵安安有了些许安慰。

"那我能带上大哥和二哥吗？"

黛宁摇摇头："不行。"她信口胡诌，"到那时候，说不定我都结婚啦，也有孩子。你是女孩子，可以来看我，你哥哥是男孩子，引起误会怎么办？"

"那哥哥这辈子，都不能看见你了吗？"

大小姐点头："是呀！"

赵安安看了大哥一眼，总觉得他步子慢了几分。

她心想，哥哥好可怜啊，天底下的男孩子都这样可怜吗？

还没等赵安安分心多久，她一转头，大小姐就不见了。

赵安安回头，一惊："哥哥，大小姐在那里……"

兄妹俩一看，黛宁蹲在草丛中，和一只小野兔大眼瞪小眼。

大小姐才要伸出试探的小手，赵屿一把握住她，他叹了口气："不可以。"

她鼓起脸颊，显然很不高兴。

赵安安连忙给她解释原因，大小姐才勉强接受。

"大小姐，我和你说，山上有一片野果林呢，还有山泉，我一会儿带你去吃。"赵安安热情地说。

顾及黛宁娇气，赵屿没带她登上山，只将她带到了赵安安说的果子林。

出乎意料，黛宁竟然看见了一只火红的小狐狸，她的眼睛噌一下就亮了，才要跑过来，腰上横出来一只手。

“不行。”

她有点儿生气，踩了身后的人一脚：“这也不行，那也不行，你怎么不改名字叫赵不行！”

赵屿额上青筋跳了跳，小混账！这是男人能忍的称呼吗？

“你都要走了，不能让我安生些吗？”

他把人转过来，轻轻给她理了理脸颊旁的小碎发。

赵安安早就欢呼一声，跑到远处的树上了。

黛宁还是不高兴，水汪汪的眼睛里写着对他的不满。

“那人家都要走了嘛，想带点有纪念价值的东西都不可以，你太小气了！”

赵屿失笑：“我给你买点特产吧。”

“谁要那个！”她闷声道，“就想要小狐狸。”

赵屿沉默了下，最后道：“我给你捉只兔子，让你摸摸，摸完就放它走，好不好？”

两个人讨价还价到最后，黛宁终于摸上了小兔子。

她是个坏蛋，说好只摸一下，结果她一把捉住了兔子的长耳朵。

“不不不，我要多摸几下。赵屿，你让我多摸几下兔子，我以后会想你的。”她眨眨眼，“这辈子，一直想你。”

小兔子都快哭了。

阳光烂漫，山涧流水哗哗，她说会想他一辈子。

可是啊，他一个人走过好孤单的路，你再骗他，他都快老了，都快爱不动你了。

他倾身，吻在她唇上。

大小姐蒙了，愣愣地看着他，不经意间松了手，小兔子连忙逃脱了。

她的手还维持着原本的姿势，被男人扣在掌心。

他捧着她的脸，与她额头相抵：“宁宁，过几年，让我去看看你吧。那时候，我一定不会这样穷，我不会打扰你，我只是看看你过得好不好……有没有人欺负你。”

她摸摸嘴唇，小声念叨：“说的好像有人欺负我，你会有办法一样。”

他轻轻摸了摸她的脸颊。

怎么会没有办法？即便和魔鬼做交易，付出灵魂，他也会给她一个好的结局。

他曾经心里装了太多东西，满手烂牌，这次，趁他还年轻，趁他的灵魂尚未老去，趁他还爱得动。

黛宁离开那天，听说杜恬落水了，赵屿没去救人，倒是听说王二麻子跳下去把人捞了起来，然后王二麻子赖上了她，非要和纪恬结婚。

赵安安坐在院子里，看一年级的课本。院子里安安静静的，只有黛宁坐过的秋千在随风摇摆。

赵屿枕着胳膊，想长眠一场。

这个故事里，总归会有人难过些。

赵安安气喘吁吁地跑进来，推醒他：“大哥！大哥！大小姐回来啦！”

他睁开眼，跑出院子，一眼就看见，夕阳下，少女脚边围着一群毛茸茸的小鸡。

她矜持地扬起下巴，冲他伸出手。

赵屿一把将她抱进怀里。

她笑起来。

“喂，你再给我唱一下那天晚上给我唱过的歌吧！”

图书在版编目（CIP）数据

宁愿：全 2 册 / 藤萝为枝著 . -- 南京：江苏凤凰文艺出版社，2021.6
ISBN 978-7-5594-5807-0

Ⅰ. ①宁… Ⅱ. ①藤… Ⅲ. ①长篇小说 - 中国 - 当代 Ⅳ. ① I247.5

中国版本图书馆 CIP 数据核字 (2021) 第 069503 号

宁愿：全 2 册

藤萝为枝 著

责任编辑 王昕宁
特约编辑 马春雪 夏君仪
装帧设计 卷帙设计 QQ: 2649686699
封面插画 陶 然
责任印制 刘 巍
出版发行 江苏凤凰文艺出版社
南京市中央路 165 号，邮编：210009
网 址 http://www.jswenyi.com
印 刷 天津旭丰源印刷有限公司
开 本 880 毫米 × 1230 毫米 1/32
印 张 24.5
字 数 750 千字
版 次 2021 年 6 月第 1 版
印 次 2021 年 6 月第 1 次印刷
书 号 ISBN 978-7-5594-5807-0
定 价 69.80 元（全 2 册）
